그 영애가 소꿉친구를 피하는 이유

서가린 장편소설

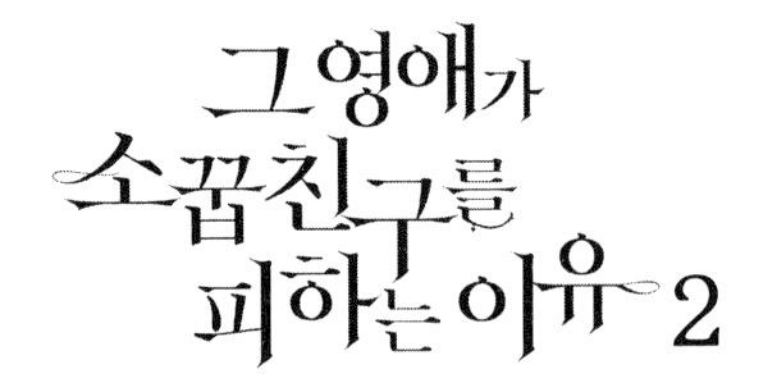

초판 1쇄 인쇄일 | 2020년 01월 21일
초판 1쇄 발행일 | 2020년 01월 31일

지은이 | 서가린
펴낸이 | 박성면
펴낸곳 | (주)동아

출판등록 | 제406-2007-000071호
주소 | 경기도 파주시 문발로 115, 세종출판벤처타운 201-A호
전화 | (031)8071-5201
팩스 | (031)8071-5204
E-mail | bear6370@hanmail.net

정가 | 12,800원

ISBN 979-11-6302-297-8 (04810)
ISBN 979-11-6302-295-4 (set)

그 영애가
소꿉친구를
피하는 이유
서가린 장편소설
II
동아

Contents

12. 그 영애가 혼란스러운 이유

마차 안에서 나는 멍하니 넋을 놓았다. 마음이 싱숭생숭해 정신이 없는 상태는 저택에 도착해 마차에서 내리고 나서도 계속 이어졌다. 꿈속에 머무는 것처럼 몽롱했다.

"아가씨, 벌써 오셨습니까? 저녁은 라인폰트 대공가의 저택에서 드신다고 하시지 않으셨습니까?"

나는 집사 아저씨의 말을 듣고 나서야 미몽에서 완벽하게 깨어났다. 라인폰트 대공가! 키르가 왔었지! 황태자비님과 아드리안 님 때문에 완전히 잊고 있었다. 피곤해 쉬고 싶지만 어쩔 수 없지.

"깜빡했어요. 마차 좀 부탁드려도 될까요?"

나는 죄송스러운 표정으로 부탁했다.

"바로 준비시킬까요?"

"네. 바로 출발할게요."

집사 아저씨는 웃으며 마차를 준비시키러 사라졌다.

잊고 안 갔으면 키르가 얼마나 또 심통을 부릴까?

지금도 늦은 편이라 심통이란 심통은 죄다 부릴지 모른다. 오랜만에 만나 보니 겉모습이 예전과 달라진 건 알겠는데, 과연 그 키르가 속까지 달라졌을지는 의문이었다. 아까 만남이 너무 짧아서 내면이 성장했는지는 볼 시간이 없었다.

사실 큰 기대는 없었다. 사람은 쉽게 변하지 않으니까.

* * *

어린 시절 너무 오래 함께 있어서 그런가? 아니면 내가 업어 키우다시피 할 정도로 붙어 살아서 그럴까?

분명히 키르와 몇 년 떨어져 있었고 그사이 놀랄 정도로 훌쩍 자라서 만난 건데, 낯설다는 감정이 적었다. 오랜만이라 어색하다는 느낌이 조금도 없었다. 어제 만났던 키르를 만나는 것 같아서 더 기분이 이상했다.

내가 대공저에 도착했을 때 다행히 키르가 짜증을 내지 않았다. 그래서 우리는 아무렇지 않게 아버지와 공국에서 친했던 사람들의 안부를 물으며 식사를 하고, 아무렇지 않게 티타임을 가졌다.

대화는 막힘없이 술술 이어졌다. 외모는 분명히 낯선데. 또 기분은 내가 알던 키르라니.

"뭘 그렇게 생각해?"

"응? 그냥. 오랜만이다 싶어서."

"오랜만이란 느낌이긴 해?"

마치 내 생각을 읽은 것처럼 말하는구나. 그동안 뭐 하고 살았기에 이렇게 눈치가 좋아졌대?

그러고 보니 아버지가 같이 오지 않은 게 서운해서 식사 땐 그 이야기를 묻느라 여태까지 따로 키르에 관한 이야기를 나누지 않았음을 깨달았다.

"그러고 보니 무슨 일로 온 거야? 오래 있다가 갈 거라니 얼마나?"

"폐하의 탄생일이잖아."

제국에 산 지 몇 년인데, 나도 황제의 탄생일 정도는 기억한다. 그리고 이번이 무려 61번째 탄생일이었다. 전생으로 치면 환갑! 큰 행사라 대공가에서 참여하는 건 당연했다.

그런데 이해가 안 가는 건 키르가 너무 빨리 왔다는 거다. 탄생일과 현재 날짜를 꼽아 봤다.

"그거, 두 달은 넘게 남은 거 아니야?"

"맞아."

"되게 빨리 왔네? 괜찮겠어?"

"뭐가?"

내가 제국에 머무는 동안 키르는 딱 한 번 방문했다. 대공이 몇 번 방문했을 때도 키르는 오지 않았었다. 그 정도로 고집을 부렸으면 제국을 그만큼 싫어한다는 건데.

그런 키르가 제국에 오래 머물 생각을 하니 걱정이었다. 이제는 괜찮은가? 본인 일이면서 내 질문의 의도를 못 알아듣고 무덤덤한 표정인 게 속이 탔다.

"너 제국 싫어하잖아."

우리는 티 테이블이 아니라 응접실 소파에서 시간을 보내던 중이었다. 그의 대각선에 앉아 있던 난 키르의 옆으로 옮겨갔다. 그리고 손을 뻗으면 닿을 거리에 나란히 앉아 언제든 토닥토닥 다독일 준비를 했다.

키르를 돌보는 게 귀찮다고 생각하면서도 반사적으로 이렇게 챙기려 드는 걸 보니 습관이 이렇게 무서운 거다.

그런데 키르가 뚱하며 불만을 터트리는 게 아니라 가볍게 웃음을 터트렸다. 그 웃음에서 키르가 정말 성숙해졌음을 느꼈다.

뭐라고 설명하기 어려운 여유와 만족감이 드러난 웃음이었다. 낮게 울리는 웃음소리에 이상하게 심장이 쿵쿵댄다.
"아렌."
나른하고 가벼운 목소리인데, 왜 이렇게 묵직하게 들릴까? 변성기를 지나면서 예전에 비해서 낮아진 음성 때문인가? 난 묘하게 껄끄러운 느낌에 시선을 돌리다가 키르의 손이 눈에 들어왔다. 소파 팔걸이에 걸친 손의 크기도 예전과는 달랐다. 얘는 볼 때마다 더 커지네.
"아렌은 참 예전 그대로야."
"뭐? 아니거든?"
요즘 계속 듣는 그 소리에 내 스트레스가 극에 달했다. 성인인데 성인 취급 못 받으니 억울했다.
"외모 말고."
키르는 내가 화를 낼 줄 알았던 것처럼 빠르게 정정해 주었다.
"그냥 내가 알던 아렌이라서 참 좋다."
그러고서 화사하게 웃는 키르 때문에 입을 다물어야 했다. 그게 뭐라고 저렇게 기쁘게 웃는지 모르겠다. 그때 이제는 완전히 성인의 느낌이 나는 키르의 손이 올라왔다. 처음엔 조심스럽게 검지가 스치듯 내 얼굴선을 따라 움직였다. 몰려드는 긴장감에 숨을 쉴 수가 없었다.
느리디 느린 그 움직임은 마치 잃어버렸던 보석을 다시 손에 쥐는 듯 조심스럽고 탐욕적이었다. 마침내 키르의 손바닥이 내 뺨을 온전히 감쌌다. 손이 너무 커다래서 한 손에 내가 움켜 쥐여질 것 같은 느낌이 들었다. 키르의 보랏빛 눈동자가 위험하게 빛났다.
분명히 웃고 있는데, 내가 아는 키르가 맞는데, 쿵쿵 울리는 심장 소리가 키르에게까지 들릴 것 같았다.
"이번에 헤어져 있었을 땐 내 생각 좀 했어?"
느슨한 미소를 짓고 있는 키르가, 내가 알던 그가 아님을 알리는 고혹적인 미소였다.

“말해 봐. 보고 싶진 않았더라도 내 생각을 하긴 했어?”

살짝 기울어진 고개 때문에 키르의 결 좋은 머리카락이 아래쪽으로 흘러내렸다. 흡사 금가루가 떨어져 내리는 것처럼 보여 손을 뻗어 받는 자세를 할 뻔했다.

긴 속눈썹의 그림자가 드리워진 보랏빛 눈동자가 형형하게 빛났다. 요사하다고 느껴질 붉은 입술은 느슨하게 호선을 그리고 있었다.

아찔하다. 의도한 건지 모르겠지만 키르의 행동은 작정하고 사람을 홀리려는 듯 유혹적인 몸짓이었다. 내가 아니었으면 키르가 꼬시려는 줄 알고 홀라당 넘어갔을 거다. 어디서 못된 것만 배워 왔다.

이러다가 또래 영애들 다 홀리고 다니는 거 아니야? 순진한 영애들이 키르의 저 요사함에 제정신을 차릴 수 있을 리 없었다. 엄한 귀족 영애의 미래 망치지 않게 단속 좀 해야 하는 거 아닌가 하는 위기감이 생겼다. 그만큼 지금의 키르에게서는 야릇함이 심하게 풍겨졌다.

“키르는 많이 변했구나.”

나도 모르게 중얼거렸다. 그러자 키르가 또 낮게 웃음을 터트렸다.

내가 알던 키르는 철부지 중에 철부지였는데, 어째 지금은 온몸에 여유를 두르고 있는 것 같았다. 변화된 모습이 적응이 안 된다. 낯설다 싶다가도 익숙하고 익숙할 만하면 낯선 모습을 보여준다.

대체 어느 쪽이 진짜 키르일까?

“그래서, 싫어?”

무슨 질문을 그렇게 해?

“싫고 말고 할 게 어딨어?”

“그렇지. 그게 아렌이지.”

도대체 뭐가 기쁜지 모르겠는데, 키르는 연신 즐거운 듯했다. 뺨을 감쌌던 손이 느리게 움직여 뒷목을 감싸 왔다. 사람의 손이 잘 닿지 않는 곳을 침범하는 생경한 감촉에 나는 어깨를 움츠렸다.

키르의 검지가 내 목뼈를 따라 더듬듯 서서히 유영했다. 어쩐지 검지가 닿는 부분이 아래로 갈수록 내 심장도 같이 내려가는 기분이다. 뱃속이 뭉글뭉글 뭉쳐 드는 것 같았다.

"갑자기 왜 그래?"

손을 쳐내긴 껄끄럽고 기분이 이상해서 내 입에서는 퉁명스러운 목소리가 나갔다. 그러자 키르는 계속 달고 있던 가벼운 웃음을 지웠다.

"있지, 아렌."

"응?"

할 말이 있는 것처럼 부른 주제에 시선만 보낸다. 너무 차분해서 숨 막히도록 진중한 눈빛이다. 내 목을 감싸고 있는 손보다 시선이 더 노골적으로 나를 더듬고 있었다.

도대체 왜 이렇게 바라보는지 모르겠다. 그렇게 하고 싶은 말이 어려운가? 키르가 어른스러워진 건 좋은데, 그만큼 부담스러워졌다. 얘가 왜 이렇게 무게 잡아. 어떻게 분위기를 돌려야 할까 내가 고민할 때, 키르가 먼저 입을 열었다.

"안아 보고 싶어서. 안아 봐도 돼?"

나직한 목소리가 귓가에 내려앉았다. 놀라서 살짝 들이켰던 숨을 느리게 내뱉었다. 난 또 뭐라고. 언제는 그런 걸 물어보고 했나? 아까 나를 발견하자마자 번쩍 안아 들었던 사람은 누구던가, 키르가 새삼스럽게 하지 않던 짓을 한다. 괜히 긴장했네.

"뭘 그걸 그렇게 어렵게 이야기해. 난 또……."

난 분명 마지막에 무슨 말인가 내뱉으려 했지만, 막상 말하려니 딱 떠오르는 말이 없어 뒷말은 웅얼거리며 삼켰다.

분명히 어떤 생각이 있었는데, 명확하게 정의되지 않아서 표현할 길이 없었다. 풀릴 듯 말 듯 한 문제를 풀고 있는 것처럼 미묘한 감각이었다. 나는 더 생각하기 귀찮아 그냥 키르를 향해 팔을 벌렸다.

"자, 이리 와."

내가 큰맘 먹고 안아 준다. 그런 표정을 지었더니 키르의 입술이 한쪽으로 비스듬하게 올라갔다.

"……정말 그대로라서 큰일이네."

분명히 혼잣말 같은데 다 들린다. 그리고 전혀 곤란해 보이지 않은 표정인데, 왜 썩 내게 좋은 의미가 아닌 것 같을까?

"뭐야? 안고 싶다고 해서 안아 주려고 했더니 불만이야?"

나는 한쪽 뺨을 부풀리며 벌렸던 팔을 회수했다. 키르는 별다른 변화가 없었다. 저렇게 무덤덤하게 굴어도 거슬리네. 오랜만이라 내가 너그럽게 굴었더니 키르가 나라는 사람의 성격을 잊은 모양이다.

"안아 주지 않을 거야."

내가 키르에게 관대한 사람이 아니라는 걸. 흥, 움찔하겠지. 찔리겠지. 본인이 원하는 걸 얻지 못해 뒤늦게 후회할 키르의 반응을 기다렸다.

하지만 사람이 변하긴 엄청 변했나 보다. 키르는 되레 느슨한 미소를 지었다.

"네가 틀려서 그래."

담담하게 구는 것보다 더 놀라운 건 나를 향한 키르의 지적이었다. 키르가, 그 키르가 내가 틀렸다고 지적하고 있다. 내 얼굴은 더없이 불만으로 찌그러졌다. 이런 감정을 애써 감추고 싶은 마음도 없었다. 다른 누구도 아니고 키르 앞이니까.

"내가 틀렸다고?"

키르는 내 불쾌감을 읽었을 텐데도 덤덤했다. 그게 기가 막혀서 쏘아보는데 키르는 고개를 끄덕이고 제 팔을 벌렸다. 그리고 내게 알렸다.

"내가 아니라 네가 와야지."

마치 그게 당연하다는 듯이. 키르는 소파에 방만하게 기대앉아 어서 안기란 듯이 손을 까딱였다.

안고 싶다고 했던 건 자기면서, 저 '안아 주겠다'는 자세는 도대체 뭐야?

"왜 내가 가야 해?"

"그게 당연한 거 아닌가?"

키르의 얼굴엔 놀랄 정도로 '당연한 거 아니야?'라는 감정밖에 없었다. 밑도 끝도 없는 당당함을 보니 눈앞에 있는 사람이 키르가 맞긴 했다. 낯설다는 감정이 싹 사라질 정도의 익숙한 뻔뻔함이었다.

내가 움직이지 않자 키르가 어서 안기라고 손을 계속 까딱이기까지 한다. 도대체 포옹이 뭐라고 이런 어이없는 대화를 주고받고 있지?

하지만 키르는 하고 싶다고 마음먹었을 때 하지 못하게 되면 징글징글하게 사람을 귀찮게 구는 경향이 있었다. 그 성격을 아니까 미래의 귀찮음을 피해 지금 잠깐 어울려 주고 정리해야겠다.

원래 나란히 앉았던 터라 조금만 더 앞으로 움직이면 몸이 맞닿을 정도로 가까워졌다. 그런데 또 막상 이렇게 되니까 왠지 망설여졌다. 넓어진 가슴팍을 노려보다 껄끄러워 키르의 얼굴을 확인했다.

키르의 표정은 평소와 같았다. 이 정도 거리면 먼저 손을 뻗어서 당길 만도 한데, 오늘따라 키르는 내가 다가오길 기다렸다. 내가 먼저 안기지 않으면 끝까지 기다릴 것처럼 정적인 시선이었다.

저러니까 자꾸 별거 아닌데 갑자기 이상하게 긴장되네. 낯설다는 감각이 살짝 남아 있어서 그런지 느낌이 어색했다. 그러면서 키르랑 새삼스럽게 뭐 하는 짓인가 싶은 마음도 있다.

그러고 보니 얜 왜 갑자기 이런 걸 원하는 거야. 그동안 못 부렸던 어리광이 부리고 싶은 건가? 의식하니 두드러기가 일 것 같이 낯간지러운 기분이다. 망설이면 더 힘들 테니 눈 딱 감고 키르의 가슴에 기대며 허리를 끌어안았다.

서로의 몸이 맞닿자 커다랗고 또 다부져진 신체에 키르의 성장이 여실히 느껴졌다. 내가 작으니 품에 파묻힐 것 같다. 아까 키르에게 달랑 들렸을 때와는 다른 느낌이 몸 정중앙을 관통했다.

부담감이 몰려와서 이제 몸을 떼어내려는 순간, 나른한 한숨이 정수리 위로 떨어지고 키르의 팔이 나를 감싸 왔다. 갇혀 버린 것 같은 압박감이 몰려왔다. 불편해서 반사적으로 움직였더니 팔이 더욱 조여들었다.

"키르?"

숨 쉬지 못할 정도로 불편한 것도, 꾹 눌린 것도 아닌데 단단하게 옭아매는 팔 때문에 떨어질 수가 없었다. 내 부름에도 키르는 조용했다. 불편한 자세에도 짜증을 낼 수 없었던 이유는 내 뺨이 닿은 키르의 가슴에서 커다란 심장 소리가 들려서였다.

무슨 나쁜 일이 있나? 싶을 정도로 심상치 않게 뛰었다. 머리 옆에서 쿵쾅거리니까 어지러웠다. 엄청난 반응이라 불길함이 전염되어 내 심장도 가쁘게 뛰었다. 제국에서 오래 머무는 게 싫어서 그런 건가? 그렇게 여유로운 척했으면서 속으론 불안했던 걸까?

도대체 무슨 일이 있냐고 묻고 싶은 걸 참았다. 난 내가 말하지 않는 것을 억지로 캐묻는 게 싫었다.

내가 싫어서 타인에게도 먼저 말해 주기 전까지 물어보지 않는 편이었다. 그래서 키르도 내게는 이런 날것 그대로의 감정을 내보일 수 있는 것이겠지. 내가 캐묻지 않을 거란 걸 아니까.

남한테 약해 보이기 싫다는 오기는 여전한가 보다. 아무래도 키르는 힘들어서 더 여유로운 척했던 것 같았다. 나는 가만히 안겨 키르의 어리광을 받아냈다.

닿아 있다 보니 키르의 상태가 의식하지 않아도 느껴졌다. 열이 나나? 서로의 옷으로 덮여 있는 피부인데, 어쩐지 맨살이 맞닿은 것처럼 열기가 전해졌다. 호흡도 조금 빠른 것 같았다. 아프기까지 한가? 또 사람 약해지게. 나는 손을 뻗어 키르의 등을 천천히 토닥였다.

"괜찮아. 괜찮아. 괜찮아."

어떤 일로 고민하는지 모르니 섣불리 조언할 수 없었다. 그래서 나는 세뇌하듯 괜찮다는 말만 내뱉었다. 그러자 키르의 몸이 작게 들썩였다. 심장이 덜컥 내려앉았다. 아무 소리도 나지 않지만 맞닿은 몸의 흔들림이 심상치 않았다. 나는 키르의 감정 변화가 걱정되었다.

설마 거기까지 가는 거야? 아니겠지?

"너 울어? 어? 그런 거야? 왜 무슨 일인데? 야!"

얼굴을 확인하려고 했더니 키르의 손바닥이 내 뒤통수를 누르고 있어서 몸을 뗄 수가 없었다. 억지로 떨어지지 못하게 하는 게 제 헝클어진 얼굴을 보이고 싶지 않아서 그런 것 같았다.

마음이 다급해졌다. 키르를 마구 밀어냈지만 그의 품에서 벗어날 수 없었다. 까마득하게 오래전에 본, 오열하던 키르의 모습이 떠올랐다. 서럽게 모든 걸 토해 내듯 울던 그 작은 꼬마가.

걱정 때문에 짜증의 소리를 내기 직전 키르의 손에 의해 내 몸이 확 떨어졌다. 그리고 난 충격적인 상황에 빠져 버렸다.

두 뺨 가득 투명한 물방울을 흘리는 모습이 아니라, 어딘지 유쾌함이 담긴 초승달처럼 휜 눈가와 소릴 죽이기 위해 아랫입술을 깨물고 끅끅거리는 키르를 발견하고 말았다.

그러니까 울었던 게 아니라 웃었던 거야? 웃음을 참아서 몸을 들썩인 거라고? 나 혼자 오해하고 삽질한 거지만 억울했다.

"키르!"

내가 버럭 소리 질렀는데도 키르는 웃음을 완전히 삼키지 못했다. 세월의 무상함이여! 예전에 내 말에 꼼짝 못 했던 시절의 키르가 그립다. 도대체 뭐가 그렇게 즐거워서 저렇게 웃는지 모르겠다.

"괜히 걱정했어. 내가 다신 걱정하나 봐라. 세상에 키르 걱정이 가장 쓸모없는 일이지."

짜증나서 들으란 듯이 중얼거렸다. 혼자 착각한 거라 키르를 더 탓할 수는 없었다. 애초에 그가 억지로 연기한 것도 아니지 않은가. 그저 몸을 떨었다는 사실만으로 그렇게 오해한 내가 어리석었다. 키르가 쉽게 울 애가 아닌데.

"왜? 난 네가 걱정해 줘서 기쁜데? 더 걱정해 줘."

웃음기를 지우지 못했으면서 저렇게 말한다. 키르의 뻔뻔한 행동에 한숨만 나왔다.

"지금 사고치고 다니겠다고 선언하는 거야? 도대체 얼마나 큰 사고를 치고 다니려고? 이제 어린애 아니잖아. 큰일 난다."

사고 치기만 해 봐! 내가 너 아는 척하나. 모른 척하고 걱정도 하지 않을 거야. 나는 경고의 눈빛을 부라렸다.

그때, 낮게 큭큭거리던 키르가 갑자기 고개를 숙여 왔다. 움찔하는 사이에 키르의 이마가 내 어깨에 툭 떨어졌다. 무게를 실은 건 아니라서 무겁지는 않았다. 어깨를 튕겨서 밀어내려 했더니 살랑이는 머리카락이 뺨과 턱을 간질였다.

"좋다."

그리고 작게 들리는 중얼거림에 슬금슬금 차오르던 화가 푸시식 가라앉았다. 멀리 여행을 갔다 집에 돌아온 사람에게서 나오는 것 같은 평온한 목소리에 허무함이 찾아오며 마음이 바람 빠진 타이어처럼 물렁물렁해진다.

키르를 진지하게 상대하는 게 더 이상한 건데 내가 뭐 했나 몰라. 생각하는 것도 귀찮아진다. 밥도 먹었고 장난도 다 받아 줬겠다. 그냥 집에 가서 쉬어야겠다. 그런 허탈함이 몰려왔다. 하여튼 얘랑 얽히면 피곤하다니까.

"무슨 일 있었던 건 아닌 거지?"

"그냥 오랜만이라서 어리광부리고 싶었나 봐."

키르가 살짝 고개를 들어 아주 가까이서 눈이 마주쳤다. 웃음기를 지운 얼굴은 차분했다. 집요하게 살펴봤지만 딱히 이상한 점은 모르겠다. 그럼 아무 일 없는 거 맞겠지.

나는 알겠다는 의미로 고개를 끄덕였다. 그리고 이어서 이제 가겠다고 말하려는 순간 희미한 웃음을 단 키르의 고개가 다시 움직였다. 재빠르게 움직인 입술이 내 뺨을 스치며 귓가에 닿았다.

"어리광 받아 줘서 고마워."

나는 작게 속삭이는 목소리보다 방금 일어난 일에 얼떨떨해 어깨를 펄떡였다. 키르는 아무렇지 않은 걸 보니 착각인가? 하지만 감촉이 있었는데. 방금 뺨을 스치고 무언가 지나간 것 같은데. 어쩐지 오른쪽 뺨에 소름이 돋았다.

* * *

느낌이 이상했다. 분명히 내 뺨에선 어떤 감촉이 느껴졌는데, 가는 실타래 같은 것이 아니라 살짝 말랑하면서 부드러운, 그러면서 온기를 가지고 있던 아마도 붉은 빛깔을 가진…….

그건, 그거잖아! 차마 입으로 내뱉기 힘든 단어를 떠올려 뺨이 간질거렸다. 그 감촉이 남았던 부분이 화끈거리는 것 같고 부끄러움이 몰려왔다. 손바닥으로 얼굴을 감싸고 묻었다.

아니겠지. 아닐 거야. 내가 생각이 많아서 착각한 거겠지. 열기가 오르는 얼굴을 손바닥으로 열심히 식히며 머리를 비우려 했다.

그런데 착각이라기엔 감촉이 확실히 있었단 말이야!

내가 이렇게 혼란스러운 이유는 난 스치는 걸 생생하게 느꼈는데, 키르는 아닌 것 같았기 때문이다.

차라리 키르가 '아, 실수! 부딪혔다!' 라고 하면 이렇게 신경 쓰이지 않을 것 같았다. 그런데 어제 키르는 아무것도 모르는 사람처럼 친절히 나를 배웅해 줬다. 그러니까 더 기분이 찜찜했다. 나 혼자 의식하고 신경 쓰는 것 같아 물어보지도 못했다.

내가 예민하게 구는 건가?

사실 키르가 워낙 어렸을 때부터 사람에 대한 온기의 부족을 내게 갈구해 와서 그와 신체접촉이 없었던 것도 아니다. 키르는 평범하다고 할 수 없을 정도로 내게 닿고 싶어 했고 그만큼 자주 달라붙어 왔다.

아무리 키르를 귀찮아해도 쥐똥만 한 연민이란 게 내게도 있었다. 저게 다 사람이 그리워 그러는 어린애의 떼라는 것을 알았기에 나도 가능한 받아 줬던 편이었다.

그래서 딱히 키르와 만지고 포옹하는 행동들이 어색한 건 아닌데. 그래서 이런 접촉도 어색하지 않아야 하는데. 왜 이렇게 신경 쓰일까?

오른쪽 뺨을 손바닥으로 한 번 더 비비적대고 다시 당면한 문제에 집중했다. 헛된 생각 하느라 오늘도 한 문제도 못 풀었다. 어제도 완전히 놀아 버리고……. 이러다가 포포 아저씨가 내 준 문제를 몇 달 동안 못 풀게 될까 두려워 정신을 날카롭게 세웠다.

연구실에 와서 몇 시간째 헛생각인지 모르겠다. 종이 위에 쓰여 있는 게 숫자라는 건 알겠다. 다만 뭐라고 적혀 있는지 머릿속으로 이해가 안 되는 느낌이다.

말 그대로 읽히긴 하는데 그게 무슨 말인지 모르겠달까?

짜증스러워서 다시 손바닥으로 오른쪽 뺨만 비비적거렸다. 걸리적거리는 무언가가 남아 있는 기분이다. 낯간지럽지만 부드러운 어떤 것이 간질간질하면서…….

이젠 진짜 집중해야지! 사소한 일로 정신이 흐트러져선 안 돼! 다짐하고 눈을 부릅뜨며 다시 문제를 보려는 찰나, 노크 소리가 들려왔다.

똑똑.

작은 소리인데도 신경을 모으고 있던 중이라 긴장이 탁 풀려 버렸다. 공부하지 말라고 주변에서 이렇게 도움을 준다. 나는 허탈한 한숨을 내뱉고 밖을 향해 외쳤다.

"누구세요?"

살짝 문이 열리고 빼꼼 고개를 들이민 상대를 확인한 순간 나는 놀라서 몸을 벌떡 일으켰다.

"어, 어쩐 일이세요?"

혼란스러워 목소리가 튀었다.

"들어가도 되지?"

다신 만날 일 없을 사람이라 결론을 내렸는데, 상대방의 목소린 절친을 찾아온 것처럼 평온했다.

우리 어제 이야기 끝난 거 아니었나요? 당신이 왜 제 연구실에 왔나요? 난 속에서 떠오르는 무한 질문을 삼킨 뒤 손으로 얼굴을 한번 쓸어내리면서 마음을 조금 진정시켰다.

"우선 들어오세요."

우리 상관없는 사이잖아요! 당장 돌아가요! 라고 외치고 싶은 걸 참고 상대방을 연구실 안으로 불러들였다. 누군가의 시선이 닿아서 좋을 것 없었다.

"내가 방해한 것은 아니지?"

당신의 존재 자체가 방해임을 알려 주고 싶은 인물은 이번에도 익숙하게 의자를 끌어다가 내 앞에 가져다 놓고 앉았다.

"무슨 일로 찾아오셨어요? 어제 대화로 끝난 거 아닌가요?"

"대단해. 인사도 없이 본론을 꺼내고."

우아한 지적에 입이 딱 막혔다. 막 여행을 떠나도 될 것 같은 간편한 옷차림에 로브까지 걸친 잘생긴 청년이라고 부를 만한 인물은 바로, 변장하고 찾아온 황태자비님이었다.

옷차림이 심상치 않아서 또 몰래 도망친 건가 싶어 걱정됐는데, 로브를 뒤집어쓴 또 다른 인물이 뒤늦게 들어와 문을 닫았다.

얼굴을 드러내진 않았지만 뒤에 선 인물이 누군지 짐작 갔다. 호위 기사인 아드리안 님일 거다. 그럼 황태자비님 혼자 오신 건 아니니까 탈출은 아니겠지. 저 꼴을 보면 몰래 나온 것 같긴 하지만.

황태자비란 사람이 큰일 나면 어쩌려고 이렇게 무모하게 구는지 모르겠다. 아니, 잠깐. 내가 왜 황태자비님의 안위를 걱정해야 하는 거지?

나는 우리가 그렇게 친한 사이가 아님을 상기했다. 다시 키르가 등장해서 걱정 생활을 하려다 보니 반사적으로 걱정이 떠오른 것 같았다.

나는 우선 잡생각을 지우고 황태자비님이 지적했던 대로 정중하게 인사를 했다.

"황태자비님을 뵙습니다."

"보시다시피 공식적인 방문은 아니니까 그렇게 어려워하지 않아도 돼."

일단 황태자비님에게 인사하고 아드리안 님 쪽을 확인했다. 그사이 로브를 벗어내려 잘생긴 아드리안 님의 얼굴이 드러났다. 그는 뻔뻔한 황태자비님과 다르게 이게 민폐인 줄은 아는지 곤혹스러운 표정이었다. 양해를 구하는 그 눈빛에 한숨을 삼켰다.

아드리안 님은 이렇게 될 걸 예견하셔서 어제 헤어질 때 그런 식으로 말씀하셨구나. 아셨다면 미리 언질 좀 주지. 마음의 준비나 하게.

"어쩐 일이세요."

벌써부터 지친다. 기운이 없어서 내 목소리도 축축 처졌다. 이렇게 피곤해 보이면 빨리 용건을 꺼내든가 그냥 갈 텐데 황태자비님은 아니었다.

"내가 못 올 곳을 온 건가?"

키르나 황태자비님이나 무례하긴 똑같다. 키르야 어렸다고 하지만 이 분은 성인이신 분이 어찌 이러나 모르겠다.

"그건 아니시죠. 하지만 굳이 오셔야 하는 곳을 찾아오신 것도 아니죠."

내 말에 황태자비님은 나를 위아래로 훑었다. 확실히 그녀는 '황태자비'라는 틀을 몸에 두르지 않았을 때는 행동을 편하게 하는 편이었다.

그녀의 예쁜 입술이 한쪽으로 비스듬히 올라가며 비릿한 미소를 매달았다.

"그대는 참 신기해. 아니, 당돌하다고 해야 하나? 완전히 순종적인 태도를 보였다가도 어느새 겁 없이 굴지."

나도 인식하고 있던 문제였다. 황태자비님이 어렵다고 생각하면서도 나도 모르게 어느 순간 납작 엎드려야 한다는 경계심이 약해진다. 그렇다고 황태자비님이 친근하게 느껴지는 것도 아닌데 말이다.

딱히 질책의 의미가 담긴 어조는 아니었지만 이쪽도 워낙 종잡을 수 없는 인물이라 많은 생각을 하게 만들었다.

"제가 한 행동이 건방지게 느껴졌다면 죄송합니다."

나의 사과에 황태자비님이 별일 아니라는 듯 가볍게 손을 흔들었다.

"그냥 재밌었어."

그게 더 무서운 말 같은데. 불쾌하면 처벌하겠다는 말 아니야? 더 행동을 조심해야겠다. 그런데 그런 건 황태자비님이 내게 접근하지 않으면 문제없을 일인데.

조심하겠다고 다짐한 지 3초도 지나지 않아 또 울컥하고 불만이 올라왔다. 물론 그 불만을 바로 표현하지 않았지만.

"오늘도 시간은 없어 보이십니다."

그러니 할 말 있으면 얼른 말하고 가라.

"맞아. 시간이 없긴 하지. 이렇게 몰래 나오는 것보다 자리를 비웠단 걸 들키는 게 문제니까."

본인의 행동에 문제가 있다는 걸 알긴 아는구나. 그런데 왜 찾아왔으면서 자꾸 저렇게 말을 돌리지? 나는 황태자비님이 아니라 내가 풀던 문제 쪽으로 시선을 돌렸다.

딱히 문제를 풀려는 건 아니었다. 그냥 마주보고 할 이야기가 없어서 그런 거다.

그런데 왜 그런 순간이 있지 않은가. 번뜩 스쳐지나가는 영감이라고 해야 하나? 아깐 글자가 머릿속에 입력이 안 되더니 지금은 문제가 또렷하게 파고들며 이 공식을 대입하면 되겠다! 수준까지 나왔다.

하지만 안타깝게도 내 머리로는 암산이 불가능했다. 나는 슬쩍 눈치를 보다가 펜을 들고 힌트를 적어 넣었다. 다음번에 보고 바로 떠올릴 수 있게 재빠르게 휘갈겼다.

그때, 낮은 웃음소리가 들렸다. 고개를 확인해 보니 황태자비님이 유쾌하게 웃음을 터트렸다.

“나를 앞에 두고 그렇게 딴 짓을 할 수 있다니 놀라워서.”

“공식적인 방문은 아니시라면서요.”

그렇게 어려워하지 말라고 당신이 말한 게 조금 전인데요, 라는 의미로 봐 주니 황태자비님은 곁에 서 있는 아드리안 님을 올려다봤다.

“봤지?”

뭘? 무슨 의미의 말인지 몰라서 긴장했다.

“에이드 영애는 맞는 말씀하셨습니다.”

다행히 아드리안 님이 내 편을 들어준 덕분에 어깨의 힘을 풀었다. 그런데 이분들 이렇게 내버려 두면 계속 여기서 노닥거릴 생각인 건가? 결국 나는 펜을 도로 내려놓고 황태자비님을 진지하게 바라봤다.

“정말 무슨 일로 오셨어요. 이렇게 장난치러 오신 건 아니시잖습니까?”

“그대를 꼬시러 왔어.”

황태자비님이 팔짱을 끼며 느긋한 자세를 했다. 원하는 것을 말해 봐! 다시 협상을 하자! 라는 태도가 어딘지 매우 익숙했다.

“그게 이성을 상대할 때의 의미는 아니겠지요?”

“왜? 그대는 여성을 좋아해? 그렇다면 꼬셔 줄 용의도 있어.”

전에 스스로 미남 소리를 할 때부터 알아봤어야 하는데, 너무 대단해서 머리가 지끈거린다.

황태자비님이라는 사람이 겁도 없는 이야기를 한다. 지금 남편을 두고 바람피우겠다고 당당히 말하는 지 과격함을 어찌해야 할까. 아니면 스스로조차 미끼로 활용하는 저 대담함을 존경해야 할까.

문제는 황태자비님은 해 달라면 정말 해 줄 것 같다는 점이다. 그녀는 자신이 원하는 것을 얻기 위해서라면 상식을 벗어나도 상관없다고 생각하는 면이 있었다. 결국 내 입에서 앓는 소리가 나왔다.

"도대체 저한테 왜 그러세요. 저 그렇게 대단한 사람 아니에요."

"알아."

아는 분이 저한테 왜 그러세요.

"다른 현자 분을 찾아가시는 건 어떠세요?"

나는 친절하게 다른 분을 권유해 줄 기세로 말했다. 정말 진지하게 직접 연결해 줄 생각으로 과연 누가 괜찮을까 까지 생각하기도 했다. 하지만 황태자비님은 단호했다.

"다른 사람이 더 나을지 모르지. 하지만 난 그대가 마음에 들어."

"도대체 제가 무엇을 했다고요?"

"그런 점이 마음에 드는 거야. 권력을 무서워하지 않잖아."

"무언가 착각하시는 것 같은데요. 저 권력 무서워합니다. 그것도 엄청."

난 권력 앞에서 간이고 쓸개고 다 내빼 주면서 대항하지 않을 자신이 있었다.

"그런데 태도가 그렇단 말이야?"

하긴 여태까지 내가 황태자비님에게 했던 행동들이 있어 할 말이 없긴 했다.

"어쨌든 저보다 더 권력에 무심한 분으로 소개해 드리면 될까요?"

"과연 그들이 내 앞뿐만 아니라 다른 사람 앞에서도 그럴까? 그리고 테일런이라는 작은 나라에 관심이 있을까?"

황태자비님의 생각이 어디까지 뻗었는지 알 것 같았다. 의욕이 있는 사람을 데려가고 싶은 욕구도. 이렇게까지 준비하려는 건 역시…….

"정말 싸우시려는 거군요."

"그럼 싸우지 않을 건데 이렇게 활동하겠어?"

의욕이 넘치는 건 좋다. 저렇게 열성적으로 굴면 도와주고 싶은 마음이 들기도 했다. 하지만 의욕만큼 현실이 따라 주지 않을 거다. 황태자비님은 몰라도 내가 나서기엔 무리다.

어떤 계획이 실패했을 때 과연 그 책임을 누가 지게 될까? 저 엄청난 권력자? 아니다. 만만한 아랫사람이다. 황태자비님이 진행하는 일이 잘못될 경우 내가 뒤집어 쓸 확률이 높았다.

"저도 테일런에 관심 없습니다."

황태자비님의 눈썹이 꿈틀 움직였다. 그럼 어째서 그런 논문을 적었냐는 의미 같았다. 애국심이 커서 그런지 착각이 대단하시다.

"스승님이 과제를 내 주셔서 작성했을 뿐인걸요."

내 말에 황태자비님뿐만 아니라 아드리안 님에게도 혼란스러움이 번졌다. 정말 내가 테일런에 관심이 있어서 그런 논문을 적은 줄 알았던 건가? 저들이 멋대로 오해한 건데 내가 속인 것처럼 된 기분이라 멋쩍었다.

"현자의 서재에 들어간 지 얼마 안 된 터라 과제를 받아 가며 살았거든요. 저는 테일런에 관심 조금도 없어요."

나는 해맑은 얼굴로 단호하게 진실을 알렸다.

"처음엔 조심하는가 싶더니. 지금은 너무 대놓고 거절하는 거 아닌가?"

황태자비님의 잇새로 기가 차다는 듯한 헛바람이 새어나왔다. 하지만 나는 불호령을 각오하고 입을 열었다.

"조심스럽게 거절한다고 들으실 것 같지 않아서요."

"맞아. 내가 거절 한 번 당했다고 눈치 볼 사람은 아니지."

그거 그렇게 당당하게 할 말은 아닌 거 같아요. 칭찬 아니거든요.

물론 황태자비님이 백치미 넘치게 내 말을 칭찬으로 알아들은 건 아니었다. 오히려 오만하게 네가 뭐라고 해도 난 굴하지 않는다, 의 의미에 가까웠다. 날 응시하는 눈빛이 매서웠다.

그렇게 길어질 것 같은 대화에 내가 슬슬 걱정할 때였다.

"아쉽군. 내가 시간이 많은 사람이 아니라서."

그렇게 말하고 황태자비님이 벌떡 몸을 일으켰다. 이야기가 정리된 것은 아니지만 그녀가 자리를 뜨려는 모습에 기쁨이 몰려왔다.

"가시게요?"

나도 모르게 반색했다. 그 순간 황태자비님의 얼굴에 비틀린 감정이 스쳐 지나갔다. 내가 얄미워 죽겠다는 비뚜름한 미소에서 사악함이 떠올랐다.

"지금은 가야겠지. 하지만 명심해. 내가 그렇게 호락호락 포기하는 사람이 아니야."

아니 왜! 도대체 왜! 이럴 땐 호락호락해 주면 좀 좋아? 그렇게 얄미우면 '나도 너 따위 콧대 높게 구는 사람 필요 없다'고 휴지처럼 버려 주면 얼마나 좋아! 물론 이런 속내는 끝내 내뱉지 못했다.

결국 황태자비님은 로브를 뒤집어쓰고 휙 나가 버렸다. 바로 그녀를 따라가려던 아드리안 님이 멈칫하더니 나를 향해 허리를 숙였다.

"죄송합니다. 나쁜 분은 아니십니다."

아드리안 님에겐 잘못이 없다는 걸 알면서도 양해를 구하는 그 태도에 샐쭉한 감정이 먼저 떠오르는 건 내가 못돼서 그런 걸까? 그래도 나는 불만을 터트리지 않고 이성적으로 대했다.

"또 찾아오실까요?"

아드리안 님의 입가에 쓰디쓴 곤혹스러운 미소가 생겨났다. 저건 또 찾아오겠다는 소리겠지. 머리가 아프다.

"얼른 나가세요. 황태자비님 혼자 가게 두시면 안 되잖아요."

"죄송합니다."

또 사과하는 아드리안 님이 못내 안쓰러웠다. 황태자비님과 아드리안 님 두 사람의 관계가 마치 키르와 나를 보는 것 같달까.

물론 내가 아드리안 님처럼 키르 대신 남에게 사과를 하고 다니지는 않았어도 주변에 머물며 한 사람의 일방적인 행동에 스트레스 받는 상황은 나와 비슷하게 여겨졌다.

여기까지 생각이 닿으니 내가 왜 황태자비님 앞에서 긴장이 풀리는지 알겠다. 바로 이것 때문이었다. 그녀에게서 키르가 연상되니 자꾸 마음이 풀리나 보다. 그래, 아드리안 님 당신에게 무슨 죄가 있겠어요. 주변에 이기적인 인물을 둬야 하는 불운 탓이지요.

"조심히 들어가 보세요."

나도 모르게 동지 의식에 찬 눈빛을 숨기지 못하며 얼른 볼일 보러 가라고 이야기했더니, 아드리안 님은 멈칫했다. 눈에 보일 정도로 흠칫하니 나 또한 같이 흠칫 놀랐다.

난 뒤늦게 내 시선이 동정으로 비쳐 불쾌함을 느꼈을 수 있음을 자각했다. 그래서 얼른 시선을 가다듬었다.

그런데 아드리안 님은 여전히 뭔가 머뭇거리고 있었다. 어쩐지 또 할 말이 있는데, 꺼내기 어려워하는 기색을 내비쳤다. 입술이 달싹이는 것도 아닌데, 말할까 말까 망설이는 게 눈에 보였다.

이분은 안 그러게 생겨서 은근히 소심한가 보다. 왜 매번 하고 싶은 말을 하지 못하는지 모르겠다. 눈이 마주치자 살짝 커졌다가 작아진 눈매엔 체념이 생겨났다.

"……감사합니다. 들어가 보겠습니다."

정중한 인사를 하고 아드리안 님이 떠났다. 태풍처럼 난입했다가 바람처럼 사라진 두 사람 때문에 괜한 찜찜함만 더 커졌다.

그런데 설마, 앞으로 이렇게 계속 날 찾아오는 건 아니겠지?

* * *

내 손에 들린 게 전생에 쓰던 샤프나 연필이었다면 지금쯤 심이 한 백 번은 부러지지 않았을까?

펜 끝이 상할까 자꾸 손에 힘이 들어가려는 것을 간신히 막았다. 그리고 내 신경을 분산시키는 존재를 향해 눈을 부릅떴다.

"드디어 볼일은 다 본 건가?"

내가 노려봤는데! 그걸 어떻게 그렇게 알아들어! 이젠 나를 상대해 줄 건가? 하는 듯한 그녀의 태도에 난 소리 없는 비명을 질렀다.

오늘도 황태자비님은 굉장히 잘 어울리는 남장 차림을 하고 떡하니 내 앞에 앉아 있었다. 벌써 며칠째 이어지는 일이었다.

처음엔 놀라서 일일이 반응했지만 나중엔 일부러 무시도 했다. 그랬더니 지금은 저렇게 간식까지 싸 가지고 와서 먹으면서 날 기다린다. 소리라도 조용하면 몰라!

"왜? 한입 할 텐가?"

내가 간식이 든 봉투를 노려봤더니 황태자비님이 봉투를 내게 내민다. 딱히 배고픈 건 아닌데 맛이 궁금하긴 했다. 황태자비님이 아까부터 딱딱 소리를 내면서 먹는 간식은 해바라기 씨였다. 그런데 뭘 했는지 고소하면서 짭짤한 냄새가 났다.

황태자비님은 도착한 순간부터 체면도 잊고 쉴 새 없이 해바라기 씨를 까 드시는 중이었다. 맛은 궁금한데, 먹자니 자존심 상하는 것 같고. 나는 봉투를 눈앞에 두고 진지하게 고민했다.

"먹어 봐. 나도 처음 먹어 보는데 입이 심심할 때 먹기 꽤 괜찮아."

"처음 먹어 본다고요?"

"그래. 오다가 노파가 길에서 팔길래 사 봤지."

어쩐지 해바라기 씨라는 것이 황태자비님과 어울리지 않는 음식이라고 생각했는데, 노상에서 산 거구나.

……노상? 납득하다가 걸리는 단어에 깜짝 놀랍다.

"그런 거 드셔도 돼요?"

"못 먹을 건 또 뭔가?"

귀족들은 워낙 고급스러운 것들만 먹어서 입맛이 특히 까다로웠다. 키르만 해도 밖의 음식들을 썩 좋아하지 않았다.

재료가 싸구려고 비위생적이다, 이런 문제를 떠나서 밖에서 파는 음식은 맛 자체가 자극적이고 강했다. 귀족들의 음식이 고급 한정식의 깔끔한 맛이라면 평민들의 음식은 MSG 팍팍 친 자극적인 음식 맛이랄까.

"입맛에 안 맞으실 것 같은데요."

"방금 내 말을 뭐라고 들은 거야? 먹기 괜찮다니까. 물론 황궁에서 먹는 것들과는 많이 달라. 고소하면서 짭조름해. 살짝 불량한 맛인데 그래서 계속 먹게 된 달까? 그러고 보면 밖엔 참 맛있는 게 많아."

황태자비님은 거짓이 아니라는 듯 말을 하면서도 쉴 새 없이 딱딱거리는 소리를 내며 해바라기 씨를 까먹었다. 전생에 햄스터였나. 뭘 저렇게 열심히 먹어? 저기에 정신이 팔려 오늘 난 안중에도 없는 편이었다.

"어서 먹어 보라니까?"

얼마나 맛있는지 두고 보자, 이런 심리로 하나 집어 들었다. 이빨로 껍질을 깨뜨리고 안에 있는 작은 씨앗을 입 안에 넣고 씹는 순간, 내 눈은 부릅떠졌다. 해바라기 씬데, 분명히 내가 아는 그 해바라기 씨가 맞는데, 살짝 짭짤한 맛이 있으면서 더 고소한 풍미가 있었다.

씨는 워낙 작아서 순식간에 입 안에서 사라졌다. 그 맛을 좇아 입안에서 혀를 굴리던 나는 참지 못하고 다시 해바라기 씨 하나를 집어 들었다. 뭐니? 엄청 특출하게 맛있는 건 아닌데. 자꾸 손이 가는 맛이다.

해바라기 씨 자체의 고소함이 전부가 아닌 것 같은데. 뭐로 이런 고소한 맛을 냈지?

"거 봐, 먹을 만하지? 중독성 있지?"

황태자비님의 거들먹거리는 음성에 정신이 번쩍 들었다. 어느새 내 책상 위에 해바라기 씨 껍데기가 수북하게 쌓여 있었다.

설마 이거 내가 다 먹은 거야?

놀라서 해바라기 씨의 잔해와 황태자비님의 얼굴을 번갈아 보았다. 뭐지 이 사람의 영혼을 빨아들이는 마성의 해바라기 씨는?

"이거 뭐예요? 왜 이렇게 맛있어요?"

"훗, 내가 고르는 눈은 있지."

황태자비님의 득의양양함이 전해졌다. 성공적인 선택에 자신만만하게 구는 모습이 언뜻 천진했다. 원래 저렇게 편하게 행동하는 사람이었나? 최근 매일 얼굴을 봐서 그런가, 그녀는 나를 허물없이 대했다. 마치 친구를 대하는 것처럼 말이다.

만날 때마다 종잡을 수 없이 구는 황태자비님은 보면 볼수록 캐릭터를 정의하기 어려워졌다. 내가 이 묘한 상황을 의식하기 시작하자 황태자비님이 벌떡 일어섰다.

"벌써 시간이? 이만 가야겠군. 좋아하는 것 같으니까 남은 건 다 먹어. 나중에 또 봐."

그러더니 호위로 데려 왔던 아드리안 님과 휙 가 버렸다. 잔뜩 쌓인 해바라기 씨만을 남겨두고. 혼자 남은 나는 머리를 부여잡았다.

황태자비님이 날 찾아와서 엄청난 대화를 나누는 것도 아니다. 고작 이런 시답잖은 이야기를 나누는 데 참 꼬박꼬박 지치지도 않고 찾아온다.

의도가 있는데, 대놓고 요구하지 않으니 답답하다. 노골적으로 요구하면 거절하면 된다. 그러지 않으니 내쫓으려고도 못하겠다. 황성에서 봤던 야망을 좇던 사람과 요즘의 그녀는 완전히 달랐다.

그런데 황태자비라는 사람이 아무리 잠깐 머물다 가는 거지만 이렇게 매일 몰래 나와도 되는 건가?

나는 왠지 다른 쪽으로 문제가 생길 것 같음을 예감하며 남은 해바라기 씨를 집었다. 어쨌든 맛있는 음식은 죄가 없으니까 말이다.

* * *

"음……. 이게 어렵니?"

내가 내민 답안지를 본 포포 아저씨가 신중하게 고른 후 내뱉은 말이었다. 그런데 내겐 상처만 남았다. 둥그런 배를 긁적이는 포포 아저씨의 얼굴엔 '거 참, 이 쉬운 걸 왜 자꾸 틀리지?' 라는 곤란한 감정이 드러나 있었다.

나는 참담해져서 대답 없이 포포 아저씨를 올려다봤다. 일부러 그런 건 아니지만 서러움이 담긴 내 그렁그렁한 눈에 포포 아저씨가 눈에 띄게 당혹스러워했다.

"뭐, 모를 수도 있지. 다른 문제를 내 줄까?"

자애로운 분이라고 감격해야 하나. 문제를 풀지 못하면 풀이를 알려 주는 게 아니라, 문제 자체를 바꾸는 해결 방법이 놀랍다.

"아니에요. 더 풀어 볼게요. 어디까지 맞았어요?"

포포 아저씨가 내 풀이 식을 흘끗 보더니 다시 배를 긁적였다. 저건 난감함의 신호였다. 덜컥 놀라 아저씨를 간절히 쳐다봤다. 내가 생각하는 최악의 결과가 아니길 바라며.

"음, 이건 처음부터 공식을 잘 못 썼어. 이땐……."

내가 생각했던 최악의 결과에 정신이 멍해졌다. 설명이 아득하게 들린다. 잘 가다가 안타깝게 틀린 것도 아니고 처음부터라니. 눈물이 앞을 가렸다. 정녕 이번 생에도 수포자의 길을 걸어야 하는 것인가.

나는 자기 연민에 빠지려다가 그럴 시간이 없다는 걸 깨닫고 이어지는 아저씨의 설명에 집중했다.

"이건 이 공식을 사용하면서 여기에 숫자를 대입하고, 이건 이거고, 이건 이거야. 그래서 이렇게 풀면 돼. 참, 쉽지?"

아니에요. 거기에 왜 그 숫자가 들어가는지 모르겠어요. 제 뇌는 썩었나 봐요. 포포 아지씨의 빠른 펜 놀림을 보면서 눈이 핑핑 돌았다. 울적함에 눈물도 핑 돌았다. 아까 해바라기 씨나 먹으면서 노닥거리는 게 아니었는데.

"어때, 풀 수 있겠니?"

포포 아저씨의 해맑은 '이것쯤은 어렵지 않지?' 라는 물음에 난 '더럽게 어려워요!' 라는 말이 나오지 않았다. 그래서 대신 눈물을 머금고 부탁했다.

"한 번만 더 설명해 주세요."

포포 아저씨의 얼굴에 충격이 스쳐 지나갔다. 내가 알아듣지 못했다는 사실에 저렇게 충격을 받다니, 좌절감이 더 크게 몰려온다.

"그래, 이건 말이지……."

포포 아저씨가 곧 낯빛을 회복하고 다시 친절하게 설명해 주셨지만 난 아저씨의 '이걸 이해 못 했단 말이야?' 신호를 다 봐 버리고 말았다. 어릴 때 하늘 높이 치솟던 자신감이 지금 여기서 다 무너진다. 진짜 천재들과 함께하게 될 줄 알았다면 그렇게 자신만만해 하지 않았을 텐데! 어릴 때의 자만했던 나여, 반성해라!

결국 난 설명을 두 번 더 듣고 나서야 포포 아저씨의 연구실을 나올 수 있었다. 내 양손엔 「수리의 정석」이란 두꺼운 책이 들려 있었다. 어깨가 축축 늘어진다. 짧은 설명이었지만 나와 맞지 않는 공부였기에 뇌에 과부하가 걸려 머릿속은 멍했다. 오늘도 문제를 하나도 못 풀었다.

짐을 싸 들고 집에 가기 위해서 터덜터덜 걸었다. 과목이 수리로 바뀌었을 뿐인데 내 인생이 초췌해지는구나.

"무시하고 지나갈 거야?"

반쯤 넋 놓고 걷던 중, 툭 어깨를 치는 손길에 반사적으로 고개를 돌렸다. 언제 왔는지 키르가 내려다보고 있었다. 약속한 적 없는데 와 있네.

"왜 왔어?"

눈이 마주치자 키르의 미려한 눈썹이 불만스럽게 휘었다. 피곤해서 나온 퉁명스러운 어조에 키르가 삐진 건가 싶었는데, 커다란 손이 다가와 거침없이 내 뺨을 감쌌다. 그리고 느릿하게 엄지손가락이 눈 밑을 쓸었다.

오소소소 오싹한 감각이 몰려와 반사적으로 눈을 감자 손이 떨어져 나갔다. 온기가 사라지자 알 수 없는 안도감이 퍼졌다. 이상한 기분이 순식간에 사라져서 뭐가 껄끄러웠는지 잘 모르겠다.

"뭐야, 무슨 일 있었어?"

"응?"

"얼굴이 안 좋아 보여. 어디 아파?"

수리 공부했다고 진짜로 얼굴이 핼쑥해진 거야? 내 나약한 육체에 한심함이 몰려왔다. 나는 손바닥으로 얼굴을 쓸었다.

"정신적 피로 때문인가 봐. 오늘 어려웠거든."

"적당히 하지."

포포 아저씬 적당히 했는데 내가 적당히 받아들이지 못해서 그렇지. 이런 자기 비하 발언을 키르에게 할 수 있을 턱이 없었다.

"다음부터는 적당히 할게. 그런데 무슨 일로 왔어?"

"너 데리러 왔지."

"날 데리러? 왜?"

"우선 출발하자. 출발하고 이야기해."

키르가 귀찮다는 듯 주변을 눈짓해서 돌아보니 어쩐지 꽤 많은 사람이 이쪽을 보고 있었다. 정확히는 키르를 말이다.

하긴 대충 봐도 눈에 띄긴 하지. 저 죽일 놈의 미모.

다들 키르의 성격을 알게 되면 치를 떨 텐데 그저 눈에 보이는 외모에 홀려 저러는 거다. 키르의 겉가죽이 너무 훌륭해서 문제다.

나란히 서 있는 난 공시생 일상툰을 찍고 앤 혼자 순정만화 찍고 있다고 여겨질 정도였다. 이런 장르 파괴범.

"그래, 가자."

괜히 더 있다가 나랑 친한 사람이라도 만나면 골치 아파질 것 같아 키르의 팔을 잡고 이끌었다. 키르가 약속 없이 찾아와서 나를 데리러 온 마부 아저씨를 그냥 돌려보내야 했다.

"아저씨, 죄송해요. 저 친구가 데리러 왔어요. 얘가 집까지 데려다 줄 거니까 그냥 돌아가셔도 돼요."

마부 아저씨가 의아한 듯 내 뒤를 보다가 키르를 발견하고 고개를 숙여 보였다. 어릴 때부터 오랜 시간 나의 통학을 도와 준 아저씨라 키르가 누군지 알았다.

"저녁 먹고 돌아오시는 겁니까? 교수님께 그렇게 전할까요?"

무슨 일로 키르가 나를 찾아왔는지 모르니 어찌할 거야? 하고 돌아봤다. 키르가 고개를 끄덕이다가 멈췄다. 그리고 나를 향해 되물었다.

"자고 갈래?"

그렇게 늦게까지 붙잡으려는 건가? 도대체 무슨 이야기를 하려고? 어쩔까 고민하는데, 마부 아저씨의 놀란 목소리가 들렸다.

"외박하실 겁니까?"

내 외박이 잦은 건 아니어도 그렇다고 없었던 것도 아닌데 이상하게 놀라신다. 마부 아저씨도 반사적으로 내뱉은 건지 표정에 놀람과 후회가 뒤섞여 있었다.

"그게……. 교수님이 걱정하실 것 같아서 그럽니다."

마부 아저씨는 예전에 귀족가에서 마차를 몰던 분이라 귀족들의 까다로움을 잘 알았다. 그래서 내가 아무리 친하게 굴어도 어느 정도 선을 지켜 왔던 분이다. 그런 분이기에 놀라 우리 대화에 끼어든 무례한 상황에 안절부절못하는 것 같았다.

난 아저씨가 저런 말을 한 이유가 딸이 외박할까 봐 걱정하는 아버지 마음과 비슷하단 것을 알기에 불쾌하지 않았다. 그래서 괜찮다며 아저씨를 향해 살짝 웃어 보였다.

“굳이 외박할 필요까지는 없는 것 같아요.”

내 대답에 아저씨의 얼굴에 안도가 퍼져서 웃음이 나오려 했다.

“아렌.”

“응?”

문득 키르의 부름에 고개를 돌리다 또 기분이 싸해졌다. 방금 기분이 나쁠 일이 있나? 키르의 기색이 달라졌다. 눈빛이 싸늘해지거나 표정이 경직된 건 아닌데 본능적으로 느껴지는 그런 거 있지 않은가. 얘 지금 살짝 불쾌하구나, 하는 신호가 감지되었다.

“자고 갔으면 좋겠어.”

다정한 목소리다. 분명히 다정한 목소리인데 고집이 들어 있었다. 나는 나긋하게 웃는 키르와 초조해 보이는 아저씨를 번갈아 쳐다봤다. 묘하게 둘 중 하나를 선택해야 하는 상황에 빠진 것 같은 기분이다.

왜 내가 곤란한 상황 같지?

찜찜한 기분을 느끼면서도 사실 이럴 때의 내 선택지는 정해져 있었다.

“알았어. 자고 갈게.”

키르의 입가에 느슨한 미소가 생기며 주위를 맴돌던 위화감이 말끔하게 사라졌다. 하지만 미묘하게 내 피로는 더 누적되는 것 같았다. 관자놀이를 꾹 누르고 아저씨에게 죄송하단 표정으로 양해를 구했다.

“외박하게 됐어요. 스승님께 말씀 잘 전해 주세요.”

그러자 마부 아저씨의 얼굴에 온갖 걱정이 내려앉았다.

어디 악의 소굴에 팔려 가는 것도 아니고, 그렇게 걱정할 일이 아닌데 저렇게 걱정하니 내가 나쁜 일을 하는 기분이 들었다. 내가 번복하지 않음을 알아 챈 마부 아저씨가 작게 답했다.

"네. 교수님께 잘 말씀드리고, 내일 입을 옷가지를 대공가로 챙겨다 드리겠습니다."

아저씨 불편하게 일을 만들었구나. 내가 감사하다고 말씀드리기도 전에 키르의 목소리가 끼어들었다.

"필요 없어."

내 고개가 절로 휙 돌아갔다.

"옷을 입는 건 난데 왜 네가 필요 없어, 있어를 따져?"

난 깔끔한 체하는 성격은 아니라 입었던 옷을 하루쯤 또 입어도 상관없긴 했다. 그런데 키르가 저렇게 나서니 썩 좋은 기분은 아니었다. 누구 맘대로 내가 같은 옷을 이틀 동안 입을지 말지를 정하래?

물론 내가 아저씨더러 옷을 가져다 달라고 말할 생각은 없었다. 하지만 키르가 먼저 나선 게 싫었다. 불만스럽게 쏘아 보자 키르의 손이 표정 풀라는 듯 내 찡그린 미간을 문질러 왔다.

"저택에 네 옷 준비해 놨어."

입이 딱 벌어졌다.

"내 옷을? 언제?"

"제국에 온 다음날 준비했지."

대수롭지 않은 목소리에 할 말을 잃는다. 나도 없는 사이에 내 옷을 준비한 건 무슨 생각이냐. 이것저것 쏟아내고 싶은 말은 많은데, 너무 많아서 뭐부터 지적해야 할지 정리되지 않았다. 마부 아저씨도 표정이 이상했다. 우선 아저씨를 보내고 이야기하자.

"그렇다니 옷은 필요 없겠네요. 돌아가셔서 스승님께 외박한다고만 전해 주세요."

"……알겠습니다."

마부 아저씨는 찜찜함이 남는 표정으로 답하고 먼저 출발하셨다. 난 자연스럽게 키르가 타고 온 마차 쪽으로 움직였다. 먼저 걸음을 옮긴 키르가 마차 문을 열고 내게 손을 내밀었다.

이것은! 그것이 아닌가!

며칠 전의 나였다면 '이게 무슨 짓이래?' 하며 영문을 모르고 지나갔겠지만 난 그때의 내가 아니었다. 이미 아드리안 님에게 에스코트를 받아본 적이 있는 세련된 성인이다.

훗, 어리숙하게 굴지 않겠어! 나 경험 있는 사람이야!

나는 손끝을 우아하게 움직여 키르의 손바닥 위에 내 손을 착 얹었다. 그리고 이런 일은 비일비재하게 겪은 고상한 영애처럼 우아한 몸짓으로 마차에 올랐다.

의자에 앉아 등을 기대며 제멋대로 날뛰려는 입가를 꽉 깨물었다. 대단한 것을 한 것도 아닌데 짧게 표현하자면 '좋아 죽겠다'는 느낌이었다. 익숙지 않은 행위라서 그런가, 에스코트를 받을 때마다 설렜다.

하지만 이런 걸로 좋아 죽겠다는 티를 내고 싶지 않아서 꾹 참고 발만 달랑달랑했다. 뒤이어 키르가 올라탔고 마차가 출발했다.

그런데 키르도 이젠 에스코트가 익숙해진 나이가 되었구나. 저번에 만났을 땐 날 달랑 들어 옮겼었는데. 알면서도 때때로 낯섦을 깨달으니까 감흥이 새로웠다. 매너를 따로 배웠으려나?

그러고 보니 다시 만난 키르는 많이 다정해졌다. 평생 까칠하게 살 줄 알았는데 커서 상식인이 된 건가? 키르가 영애들을 대하는 장면은 상상이 안 된다. 그러고 보니 오늘 왜 온 거야?

"오늘……."

무슨 일이냐고 물어보려고 했는데, 턱을 괴고 날 차분하게 응시하는 키르의 태도에 나오려던 말이 다시 들어갔다.

잠깐 잊었던 '그' 기억이 떠올랐다. 키르의 시선이 닿으니 다시 뺨이 간길간질했다. 피부에 '그' 감촉이 남아 있는 것만 같았다. 왜 키르를 보자마자 떠올리지 못했을까?

부담스러웠지. 그래서 키르를 피했지. 아니, 피했다기보다는 딱히 만나려고 노력하지 않았다. 키르가 시간이 괜찮냐고 물었을 때도 바쁘다고 핑계를 댔다. 저택에 잠깐 들러주면 안 되냐는 부탁조차 거절했다.

괜히 만나면 어색할 것 같아서 조금 괜찮아질 때까지 기다리려 했다. 눈치 빠른 키르라면 내가 피했다는 걸 눈치 챘을 텐데. 그냥 봤을 땐 괜찮았는데 그날을 기억해 내니 기분이 이상하다. 오른쪽 뺨에 감촉이 남은 것 같아 습관적으로 손바닥으로 뺨을 문질렀다.

키르는 아무렇지 않은 표정으로 날 응시하고 있었다. 별것 아닌 일을 나만 의식하는 것 같은데……. 그만 보고 눈 돌리라는 말이 입 밖으로 새어나가지 않도록 힘을 줬다. 확실히 나이를 먹으니까 예전처럼 막말을 못하겠다.

* * *

불편한 시간을 보내던 중 마차가 멈췄다. 우리가 도착한 곳은 대공가 저택이었다. 자고 가라고 할 때부터 찜찜하더라니. 뭐 어디 중요한 곳이라도 가는 건가 했더니 결국엔 저택이다.

어이가 없어서 키르를 쳐다봤지만 그런 것에 굴한 그가 아니었다. 장소가 특별한 게 아니라면 특별히 할 말이 있는 거겠지…….

"들어가자."

그래, 들어가면 뭐 중요한 이야기라도 있겠지.

……는 내 소망일뿐이었다. 우리는 식사 시간 내내 시답잖은 이야기를 나눴다. 난 닦달하는 것처럼 보이지 않으려 키르가 말해 주길 기다렸다.

하지만 심각한 주제는 나오지 않았다.

장소를 옮겨 후식 먹을 땐, 이번에야말로 하고 싶은 이야기를 하겠지.

……했더니 또 쓸데없는 말을 주절거리며 중요한 이야기를 꺼낼 생각이 없어 보였다.

가뜩이나 요즘 황태자비님도 비슷한 행동을 해서 꽤 스트레스를 받고 있었다. 그런데 그걸 키르가 똑같이 하니 결국 참지 못하고 내가 나섰다.

"그래서 할 이야기가 뭐야?"

"할 이야기?"

"어. 그래서 나 만나러 온 거 아니야?"

약속도 없이 찾아온 이유가 있을 거 아니야. 난 팔짱까지 끼며 이제 진지하게 이야기하라는 신호를 보냈다. 그러자 키르가 가볍게 대꾸했다.

"그냥 보고 싶어서 데리러 간 건데?"

내가 헛소리를 들은 건가?

"보고 싶어서?"

"어. 보고 싶어서."

키르의 그 무슨 당연한 소리를 하냐는 표정에 할 말을 찾지 못하고 난 입을 빠끔거렸다. 장난치는 건가? 화내지 않으려고 관자놀이를 꾹꾹 눌렀다. 그리고 키르를 이해해 보려고 노력했다.

하지만 고작 그런 이유로 불쑥 찾아오다니! 안 되겠다. 나도 내 일정이란 게 있다고 잔소리하려는 찰나, 키르가 먼저 입을 열었다.

"네가 날 피했잖아."

그의 강력한 펀치에 쏟아져 나오려던 불만이 목 안으로 쑥 밀려들어갔다. 눈치챈 건 알았지만 그걸 직접 언급할 줄은 몰랐다. 하긴 얘 어릴 때부터 자기 피하는 거 진짜 싫어해서 그 점은 귀신같이 알아챘지.

"무슨 소리야."

"가끔 아렌은 참 단순해."

"나 피한 거 아닌데."

늘 그렇듯 내게 불리한 일은 우선 부정부터 하고 봤다.

"피한 거 맞는데."

키르는 당연히 그걸 또 부정했다. 말려들어선 안 된다. 나는 당당하게 목소리에 힘을 줬다.

"아니라니까."

키르의 눈이 낮게 가라앉았다. 화를 내는 건 절대 아니다. 하지만 묘하게 차분해진 눈길에 조마조마해졌다.

"그러지 마. 나 섭섭해. 제국에 오면 매일 볼 수 있을 줄 알았는데 매일 못 봤잖아."

부끄럽지도 않나 봐. 키르의 변화에 정말 입이 떡 벌어진다. 애가 조금 직설적으로 변한 건 알았는데 저런 낯간지러운 말을 뻔뻔하게도 했다. 아니, 말한 사람은 당당한데 들은 사람이 부끄러운 경우는 뭐지? 얼굴로 열이 확확 몰렸다.

"뭘 매일 보려고 해. 어린애도 아닌데."

"어린애가 아니니까 매일 보고 싶은 거지."

키르는 마치 준비해 둔 것처럼 척척 답했다. 그만큼 내 손발이 오그라든다. 갈수록 감당하기 힘들어졌다. 어쩌면 나는 키르가 이럴 걸 알아서 무의식중에 피했던 게 아닐까? 사람이 성숙해진 게 아니라 느끼해진 것 같다. 부담스러워.

"그럼 매일 보겠다고? 나 쫓아다니기라도 하려고?"

빈정거림이 들어간 말이었다. 하지만 상대는 키르였다. 그는 굴하지 않고 오히려 재미난 말을 들었다는 것처럼 눈이 가느스름하게 휘었다. 그리고 기꺼운 목소리로 중얼거렸다.

"그럴까?"

하지 마. 그러지 마. 네가 그러면 진짜로 그렇게 들린단 말이야. 나는 괜한 입방정을 떨었다는 두려움에 몸을 떨었다.
"진짜 그러려고?"
내가 질색 어린 표정을 했더니 키르가 낮게 웃었다. 장난이었다는 신호에 나는 안도의 한숨을 쉬었다. 장난도 칠 사람이 쳐야 장난으로 느껴진다는 걸 새삼 느꼈다. 그리고 얼른 키르에게 일을 만들어 줘야 할 것 같은 사명감이 생겼다.
"이렇게 빨리 제국에 온 거면 너도 할 일 있어서 그런 거 아니야?"
본인 일이 바쁘면 날 따라다니겠다는 생각 따윈 하지 않겠지.
"아직은 괜찮아. 때 되면 움직일 거야."
"아니야. 미리 움직여도 돼. 사람이 준비성이 철저해야지."
"시간 많으면 널 쫓아다닐까 봐 그래?"
눈치는 빨라서. 나는 속으로 구시렁거리면서도 겉으론 나긋하게 키르를 설득했다.
"미리 준비하면 좋다, 이거지."
"큰일이네."
키르의 중얼거림이 의아했다.
"뭐가?"
"그렇게 말하니까 더 격렬하게 쉬면서 널 따라다니고 싶어서."
"날 쫓아다니면서 뭐 하려고!"
나도 모르게 펄쩍 뛰었다.
"감상? 네가 어려운 걸 공부할 땐 어떤 표정인가, 짜증날 땐 어떤 행동을 하나, 예전과 얼마나 달라졌는지 알 수 있을 거 아니야."
그건 감시겠지! 예전의 키르가 금붕어 똥이라면 지금의 키르는 스토커가 될 것 같단 말이다. 난 슬슬 팔에 소름이 돋아 정색했다.
"농담이라도 그런 말 하지 마. 징그럽다."
"그렇게 싫어하다니 아쉽네."

싫어하는 게 당연한 걸 가지고 아쉽다고 하지 말라고!

키르는 소파에 등을 기대고 앉으며 꼰 다리에 깍지 낀 손을 비스듬히 얹었다. 나를 바라보는 표정은 진지했고, 오만해 보였다. 그런 거로 진지해지지 마.

"그럼 아렌, 내가 널 쫓아다니지 않는 대신 내 부탁 하나만 들어줘."

날 쫓아다니지 않는다면 뭐라도 해 줘야지!

다급하게 알겠다고 고개를 끄덕이려던 나는 무언가 이상한 점을 알아챘다. 사람을 쫓아다니지 않는 게 당연한 건데, 그런 당연한 걸로 원하는 것을 얻어 내는 이상한 상황을 만들어 내는 중이었다.

말도 안 되는 요구를 너무나 당당히 해서 언뜻 들으면 말이 되는 것 같아 속을 뻔했다. 사기꾼이냐? 양아치야?

"무슨 헛소리야! 당연히 하지 않아야 하는 것을 가지고 누가 협상을 해?"

"그만큼 내가 바라는 게 있어서 그래."

표정이 장난스럽거나 거만하게 굴면 나를 놀리는 건가 싶어 잘라낼 텐데, 비스듬히 기대앉은 그는 한없이 차분했다. 보랏빛의 눈동자가 요요히 빛났다.

아이처럼 드러누워 떼를 쓰는 것은 아니다. 그런데 키르의 눈동자에서 짙은 열망이 읽혔다. 또 키르가 저렇게 진지하게 굴면 내가 마음이 약해진다. 이래서 애들 버릇이 나빠지는 건데.

"뭔데?"

내 새끼 엉망으로 만드는 지름길이란 것을 알면서 들어 주게 되는 게 부모의 마음인가 보다. 키르의 입가에 잔잔한 미소가 잠깐 걸렸다.

"아렌, 나랑 같이 살자."

난 또 무슨 엄청 진지한 부탁을 하나 했다. 나는 오랜만에 솟은 모성 본능에 가능한 한 키르의 요구를 들어주려고 했다. 한동안 떨어져 있으면서 키르에게 해 주지 못한 걸 아니까. 그래서 나름 챙겨주려고 했더니 가당치도 않은 요구를 한다.

“뭐? 같이 살자니. 말이 되는 소리를 해.”

“왜 안 돼?”

“그걸 일일이 설명해야 돼? 내가 여기로 이사 오는 게 이상한 거지. 나 스승님이랑 사는데 불편한 거 없어. 딱히 이사할 필요성 못 느껴.”

“전혀 이상한 일 아니야. 그리고 그게 싫은 거야.”

언뜻 짜증이 스며든 키르의 중얼거림이 귓가를 날카롭게 스치고 지나갔다.

“뭐가 싫은 건데?”

놀라 바라보니 그런 짜증을 표현한 적 없다는 듯 키르의 표정은 똑같았다.

“이제 너도 성인이잖아. 언제까지 스승 집에 얹혀 살 거야?”

“난 하나뿐인 제자라 스승님 저택에 사는 게 이상한 건 아니거든?”

하프테리 님이 나를 집중적으로 가르치는 건 아니지만 나는 문하생의 개념에 가까워서 스승님의 저택에서 머무는 게 이상한 건 아니었다. 그런데 키르가 저렇게 말하니 나이도 꽤 찼으면서 아직도 부모님 집에 얹혀 사는 식충이라고 비하하는 것처럼 들려 화가 났다.

“그런 의도로 말한 건 아니야.”

“뭐가?”

“네가 생각하는 그런 의도.”

내가 무슨 생각을 떠올렸는지 정확하게 읽은 것 같은 키르의 시선에 뚱해지던 마음을 삼켰다. 독심술이라도 익혔나.

“난 네가 조금 더 편했으면 좋겠어.”

이미 잘 지내고 있는데 키르가 뭘 걱정하는지 모르겠다.

“지금도 아주 편해. 아까 마부 아저씨가 참견한 거 같아서 그래?”

키르의 귀족적인 사고로 보면 고용인이 나서는 걸 번잡하게 느낄 수도 있다 싶었다.

나야 귀족이 아니니까 그들이 내게 친근하게 대한다고 불쾌하지 않았다. 그들도 적정선을 알아서 과한 참견이라고 느껴질 정도로 행동하지는 않았으니까.

"네가 사람을 대하는 것에 대해 내가 참견할 건 아니지."

"그런데 왜?"

"내가 곁에 있는 게 아무래도 더 챙겨 줄 수 있으니까. 대공가의 저택만큼 안전하고 편한 곳이 어디 있어?"

"누가 들으면 내가 엄청 불편하고 아슬아슬한 위협에 노출된 채 사는 줄 알겠다."

"그래서 나랑 사는 게 싫다고?"

키르의 눈썹이 자꾸 토 다는 것이 싫은지 신경질적으로 휘었다. 잘 살고 있는데 굳이 이사를 해야 하는 이유를 모르겠다.

예전처럼 하프테리 님이 공부를 가르쳐 주시지 않는다고 해도, 틈틈이 물어 가면서 배움을 얻을 수 있다는 건 공부를 하는 사람으로서 굉장히 유리한 점이었다.

그리고 그런 걸 다 떠나서 가장 큰 문제가 있었다.

"당연하지. 너 제국에 평생 살 것도 아니잖아."

정곡을 찔린 키르가 입을 다물었다. 할 말이 있을 턱이 없었다. 키르는 황제의 탄생 축하연이 끝나면 다시 공국으로 돌아간다. 그때 하프테리 님의 저택에 되돌아가는 것도 그렇고, 그렇다고 내가 집주인도 없는 키르네 저택에서 계속 머무는 것도 이상하다.

공부만 해 온 내게 무슨 돈이 있겠는가. 독립하겠다고 아버지한테 폐를 끼치고 싶지도 않았다. 얼렁뚱땅한 이유로 이사하는 건 아닌 것 같았다.

키르가 내 대답에 조금 다른 의미로 심각해졌다. 어릴 때에 비해 투박해진 손가락이 키르의 입술을 느리게 쓸었다. 막다른 문제 앞에 선 것처럼 고민이 깊어 보였다.

"제국에서 평생 살려고?"

"그건 아니지만 이른 시일 안에 공국에 갈 생각은 없으니까."

나도 언제 공국으로 돌아가게 될지 모르겠다. 배움에 끝은 없다지만, 아직도 초심자처럼 헤매는 중이라 현자의 서재를 떠나는 건 막연히 먼 미래라는 생각뿐이다.

"내가 제국에서 평생 살겠다고 하면 이사할 거야?"

"살 수는 있고?"

키르가 제국을 싫어하는 건 둘째 치고 대공이 허락하지 않을 것이다. 어릴 때의 유학과는 차원이 다른 일이다. 이제는 번듯하게 대공 대신 일을 할 정도가 되지 않았는가. 키르는 앞으로 더욱 대공의 업무를 배워야 할 텐데 제국에서 사는 것을 대공이 허락할 리 없었다.

"네가 약속하면."

얘가 오늘따라 왜 이래? 부담스러울 정도로 들이대는 느낌이다.

"무슨 일 있어?"

"내가 무슨 일이 있는 게 아니라 네가 그 집을 나왔으면 좋겠어."

"스승님 집? 왜? 나 거기서 진짜 잘 지내. 아무 문제없다니까."

키르가 씁쓸한 미소를 달고 손가락으로 눈두덩이를 문질렀다. 굉장히 피곤해 보였다.

"난 진지하니까 너도 진지하게 고민해 봐."

뭐라는 거야. 진지하게 고민할 필요도 없는 문제 가지고 진지하게 고민하라는 게 이해가 안 갔다. 키르가 벌떡 몸을 일으켰다.

"늦었다. 그만 씻고 쉬어. 오늘 피곤했잖아."

나도 얼떨결에 같이 일어났다. 키르의 등 떠미는 손길에 그를 더 잡고 할 말도 없었다.

난 이야기를 끝내지 못한 찜찜함이 남는 상태로 내 방으로 향했다.

* * *

사실 대공이 제국에 방문할 때마다 동행한 아버지를 만나려고 나도 여기서 자주 잤다. 따로 내 방이 있을 정도라 내게 저택은 아예 낯선 곳은 아니었다.

능숙하게 방을 찾아가면서 묘한 느낌은 들었다. 이 정도면 따로 산다고 해도 내 공간이라고 볼 수 있는데 굳이 다시 이사까지 해야 하나?

내 방에 도착해 방문을 열었다. 어제 사용했던 것처럼 친숙함이 번졌다. 그렇다고 어질러졌다는 소린 아니다. 호텔 방처럼 깔끔하게 정돈되어 있었다. 그저 그만큼 낯선 것은 조금도 없다는 소리였다.

포근한 침대를 보니 눕고 싶어졌다. 얼른 씻고 누워야겠다.

잠옷은 이미 있었다. 정확히는 내가 잘 크지 않아서 예전에 사 놓은 옷을 그냥 입는 것뿐이지만. 또 찾아오는 서러움을 애써 밀어냈다.

그 잠옷을 꺼내려 옷장 문을 여는 순간, 아까 이해 못 했던 키르와의 대화가 떠오를 수밖에 없었다.

"키르!"

나는 방에서 소리치는 것으로 끝내지 않고 방문을 열고 키르를 찾았다. 내 방은 키르의 맞은편 방이었다. 내 부름을 들은 키르가 영문을 모르겠단 얼굴을 문틈으로 내밀었다.

"이리 와 봐. 얼른!"

내 다급한 마음과 다르게 키르가 느릿한 걸음으로 다가왔다. 나는 그의 팔을 잡아채서 옷장 앞으로 이끌었다. 그리고 눈이 있으면 확인하라고 손가락질까지 했다.

"이거 뭐야?"

키르가 내 손가락 끝을 확인하고 날 멀뚱히 바라봤다. 멀끔한 얼굴에 당혹감이 조금도 없었다.

"옷."

"아니, 내가 옷인 줄 몰라서 그래? 이거 설마 내 옷이라고 준비해 놓은 거 아니지?"

답을 알면서도 아닐 거라는 믿음을 가지고 불안감에 떨면서 물었다. 키르는 심드렁했다.

"여기 네 방이잖아. 당연히 네 옷이지."

악 하는 비명소리를 내지르고 싶었다.

키르가 내게 옷을 사 줘서 부담스럽다거나 그런 건 아니다. 아니, 사실 부담스럽긴 하지만 키르가 주는 선물이 못 받을 정도로 과한 것도 아니었고 마구 떠넘기는 것도 아니라서 별말 없이 받아 주는 편이었다.

다만, 키르에게 받는 걸 당연히 여기게 될까 봐 스스로가 조심하는 중이었다. 키르가 챙겨 주는 건 나에 대한 호의다. 그걸 당연한 권리처럼 여기게 될까 봐 두렵다. 받는 게 익숙해져서 타성에 젖는 것만큼 끔찍한 것도 없었다.

하지만 그런 것들을 제쳐두고 난 눈앞의 결과에 부들부들 몸이 떨렸다.

"아까 네 옷 준비했다고 했잖아."

그렇게 여유롭게 말할 상황이 아니란 말이다. 그러니까 키르가 '선물을 해 줬다'가 문제가 아니라 그 '선물이 뭔지'가 문제였다.

"나더러 이걸 입으라고? 미쳤어?"

"왜 못 입어?"

"이건 귀족 영애들이 연회에서나 입을 법한 드레스잖아! 주려면 실용성 있는 걸 줘야지. 내가 입을 수 없다고!"

화려한 장식과 나풀거리는 레이스가 가득한 드레스는 예뻤다. 황궁에서 만나 뵈었던 황태자비님이 입었던 옷 못지않을 정도로 세련됐다.

그렇다는 건 전혀 실용성이 없는 옷이라는 소리였다.

저걸 입고 공부를 할까? 아니면 누굴 만나? 아무리 생각해도 내가 저런 화려한 드레스를 입을 일이 없다.

차라리 내가 평상시 입는 옷을 준비했다면 이렇게 아깝다는 생각이 들지는 않을 것 같았다. 저거 비싼 걸 텐데. 저거면 평소 내가 입는 옷 열 벌은 살 수 있을 것 같은데!

"왜 못 입어?"

왜 못 입냐니, 저걸 입고 현자의 서재에 가서 공부하라고? 그건 또 무슨 수치 플레이야!

"입을 일 없어. 그렇게 되면 저건 그냥 장식이잖아. 평소에 입을 수 없다고, 입으면 웃겨 보일 거야."

"입어. 분명히 예쁠 거야."

"말도 안 돼."

내가 저걸 입은 상상만 해도 낯부끄러워서 몸이 부르르 떨렸다. 날 놀리려고 이런 드레스를 준비한 건가 싶어서 노려봤더니, 키르의 표정이 딱딱하게 굳었다. 그는 제법 냉정한 눈길로 나를 훑고 있었다. 장난기는 조금도 찾아볼 수 없는 고요한 눈동자가 부담스럽게 다가왔다.

뒤늦게 내 잘못이 떠올랐다. 키르 딴에는 챙겨준 건데 나는 불만부터 쏟아냈다. 성의를 봐서 감사 인사부터 했어야 했는데. 선물 준 사람으로서 지금 내가 한 행동만큼 불쾌한 상황도 없다는 걸 깨달았다.

나는 우선 손가락으로 미간을 누르며 당혹감을 정리했다. 그때, 키르가 손을 뻗어 드레스를 직접 꺼내 들었다. 놀란 나는 반사적으로 키르의 팔에 매달렸다.

"왜, 왜? 나 준 거잖아."

신경질적인 손놀림이 아님에도 내가 예상하는 키르의 행동은 하나였다. 필요 없으면 버려, 하면서 내팽개치기.

아무리 불만족스러워서 투덜거렸다고 해도 그런 꼴을 보고 싶지는 않았다. 입을 수 없더라도 옷은 죄가 없으니까.

그런데 키르는 옷을 내던지는 게 아니라 내 몸을 휙 이끌었다. 나는 얼떨결에 키르를 등 뒤에 두고 거울 앞에 섰다. 키르의 손에 들린 옷이 내 몸 위에 대졌다. 자연스럽게 이걸 입었을 때의 내 모습이 연상되었다.

딱히 드레스에 대한 로망은 없었다. 난 언제나 편한 옷을 선호했다. 입어 보고 싶다는 생각조차 하지 않았던 옷인데, 몸 위에 걸쳐지니 느낌이 색달랐다. 드레스를 발견하고 이걸 어떻게 입어? 라고 당황했던 거랑 전혀 다른 감정이었다.

전체적으로 연한 하늘색의 드레스였다. 어깨 라인이 드러나 성숙미는 조금 올리고, 치마는 허리를 조인 후 물결처럼 퍼트려 귀여움도 살렸다. 치맛단 아래와 소매에 있는 레이스는 우아함을 드러냈고, 포인트로 달린 짙은 푸른색의 리본으로 밋밋함을 없앴다.

이걸 입으면 어린애가 아니라 고상한 여인으로 비칠 것 같았다. 이걸 입고 어른스러워진 날 상상하니 짜릿한 희열이 느껴졌다. 기대감에 심장이 콩닥거렸다.

"어때, 잘 어울리지?"

바로 귀 옆에서 낮은 음성이 저릿하게 들렸다. 귓가에 숨결이 닿을 것 같은 가까움이었다. 이제 보니 자세가 이상했다. 묘하게 의식되어 움츠러들려는 어깨에 힘을 주었다. 거울 너머로 키르와 눈이 마주쳤다.

기이한 열기가 감도는 눈동자가 나를 주시하고 있었다. 옷을 들지 않은 반대쪽 손이 어깨에 마구잡이로 흘러내린 내 머리카락 한 움큼을 쥐고 매만졌다. 머리카락에도 감각 세포가 있는 건 아닐까 의심될 정도로 그쪽으로 신경이 몰린 기분이다.

거울 속 키르는 내게서 눈을 떼지 않았다. 이상하게 뺨 가까이에 닿을 것 같은 키르의 입술에 시선이 갔다. 스칠까 봐 조마조마함이 몰려왔다.

그 입술이 느릿하게 움직였다.

"말했잖아. 예쁠 거라고."

느슨한 미소를 달고 속삭이는 음성은 악마의 숨결처럼 뜨겁고 달콤하며 아찔하게 느껴졌다.

심장이 바닥으로 떨어질 것 같았다.

13. 그 영애가 찜찜한 이유

뭐에 홀린 것 같다. 아니, 홀린 게 맞지. 키르의 요사함에. 나는 어젯밤 키르의 아릇했던 행동에 제정신을 차리지 못했다.

키르는 내가 더 불만을 표현하지 않자 나를 내버려두고 제 방으로 돌아갔다. 난 혼이 빠져 가까스로 침대에 누웠다. 하지만 밤새 키르의 행동과 목소리가 떠올라 잠을 설쳤다.

무슨 정신으로 아침을 먹고 현자의 서재까지 왔는지 모르겠다. 마른세수로 모자라 얼굴에 찬물을 끼얹고 나니 서늘함에 그제야 정신이 들었다. 그리고 포포 아저씨의 앞에서 눈치를 보며 입을 열었다.

"죄송해요. 어제 일이 있어서 하나도 못했어요. 이따 집에 가기 전에 들를게요."

열심히 무언가를 적는 포포 아저씨에게 난 우선 본론을 밝혔다. 조금의 결과라도 있으면 이렇게 죄송스럽지 않았을 것이다.

하지만 난 어제 저녁을 완전히 날렸다. 공부 생각은 조금도 하지 못했다.

포포 아저씨를 만나고 나오자마자 키르에게 끌려갔고 홀리기까지 당해 방금 전까지도 멍했던 내게 무슨 결과물이 있겠는가.

포포 아저씨는 아무 말 없이 나를 쳐다봤다. 차라리 쓴 소리를 하면 이렇게까지 죄스럽지는 않았을 거다. 아저씨가 평소의 가벼운 태도와 다른 모습을 보일수록 내 가슴이 묵직해졌다.

가뜩이나 공부를 못 따라가는 주제에 게으름까지 피웠다. 나는 죄인의 자세로 포포 아저씨의 눈치만 봤다.

"오늘은 더 할 필요 없다."

포포 아저씨의 선언에 놀라 고개를 번쩍 들었다. 저 말이 날 포기하겠다는 말로 들렸다. 변명이나 한 번 더 기회를 달라는 말조차 나오지 않았다.

파리하게 질리는 내 안색을 봤는지 포포 아저씨의 손이 내 머리 위에 닿았다. 천천히 느리게 토닥이는 손길에 가빠지려던 내 호흡이 안정되었다.

"오늘은 문제를 푸는 대신 심부름 좀 해 주겠니?"

오해가 없도록 차분하게 말을 마친 아저씨가 나를 응시했다. 난 대답하지 못하고 마주 잡은 손가락만 꼼지락거렸다.

"네가 크게 부담감을 느끼는 것 같아서 그래. 난 문제가 풀리지 않을 때 밖에 나간단다. 평소와 다른 것을 보고 다른 경험을 하면 새로운 시각으로 보이는 것들도 있지. 아렌, 내 심부름이 네게 그런 기회가 되었으면 좋겠구나."

그제야 억눌린 안도감이 퍼졌다. 아저씨가 나를 배려한다는 것을 깨닫는 순간, 두려움 대신 감동이 몰려왔다. 나는 찡해지는 코끝을 훌쩍이며 고개를 끄덕였다.

"그럴게요. 어떤 심부름을 해 드릴까요?"

포포 아저씨의 손이 작게 어깨를 토닥이고 떨어져 나갔다. 그리고 서랍을 열어 메모지를 건넸다.

메모지엔 장소와 상호, 그리고 물품까지 전부 적혀 있었다. 뒤이어 건네는 돈 꾸러미까지, 포포 아저씨는 작정하고 내게 심부름을 시키려 한 것 같았다.

"여기 적힌 것 전부를 사다 주렴. 물건이 많아서 직접 들고 오긴 힘들 거야. 행정실에 가서 마리아에게 내가 심부름 시켰다고 말하렴. 그러면 마차를 준비해 줄 거다."

바로 나가 보면 될 것 같은데 이상하게 발이 떨어지지 않았다. 내가 머뭇거리자 포포 아저씨가 다정하게 웃었다.

"자꾸 불안해하는 것 같으니 네가 할 일을 확실하게 알려 주마. 오늘은 공부 생각은 하지도 마. 조급해 하지 마렴. 느긋하게 구경도 하고 새로운 것도 보면서 기분 전환 좀 해. 알겠지?"

마지막엔 포포 아저씨가 제법 엄하게 말해서 단호하게 들렸다. 하지만 표정만은 나를 배려하는 기색이 가득했다.

"네. 다녀오겠습니다."

"그래. 잘 다녀오렴."

이상한 기분이다. 마음이 무거운 것 같으면서도 가볍다. 포포 아저씨의 연구실을 나와 행정실을 찾아가던 중 문득 떠오른 생각에 걸음이 멈춰 버렸다.

사람은 역시 자기 일은 객관적으로 보기 힘든 게 확실했다. 오늘 내가 들은 말 또한 내가 어린 시절의 키르에게 했던 말이었다. 그러고 보니 어린 시절 키르가 했던 실수를 내가 조금 더 나이를 먹고 되풀이하고 있었다.

전생의 기억이 있어서 내가 당연히 더 성숙하다 여겼는데, 실제로 어린아이는 내 쪽이 아니었을까? 도리어 전생의 기억에 얽매여 현실의 내가 크지 못하고 있는 건 아닐까?

갑자기 가슴 한 편이 갑갑해졌다.

* * *

나는 마리아 언니를 만나 마차를 할당받고 로비에서 마차가 준비되길 기다렸다. 멍하니 기다리려다가 가만히 있으면 마음이 더 심란할 것 같아 메모지의 목록을 확인했다.

그런데 사 와야 할 물품 중에 황당하고 신기한 게 끼어 있었다. 대장간에서 주문한 물품을 찾아오기나, 점심 간식 심부름, 약초 등은 괜찮았다. 그런데 내가 모르는 새로운 장소가 너무 많았다.

그중 포포 아저씨가 도대체 왜 이런 물건을 구하는지 이해가 안 될 정도로 독특한 것도 있었다.

마녀의 뒷골목이라니……. 그리고 거기서 저주받은 개구리의 뒷다리를 사 오라는 건 무슨 의미지? 이걸 어디에 쓰려고?

현자의 서재라고 해서 모두 논리적인 연구만 하는 건 아니었다. 설화나 신화, 요정 같은 신비한 것도 지식의 한 종류이기에 존중받았다. 그래서 많지는 않지만 비현실적이고 비논리적인 부분을 연구하는 사람도 분명히 있었다.

그런 주제를 연구하는 현자가 저주받은 개구리의 뒷다리를 사 오라고 하면 이해를 한다. 어떤 실험을 한다고 보면 되니까. 하지만 논리적인 과학을 기반으로 연구하시는 포포 아저씨가 저것을 어디에 쓸지 미스테리였다.

그 밖에도 비슷하게 이해가 안 되는 물건들이 꽤 있었다. 포포 아저씨를 찾아가서 이걸 주문한 게 맞는지 다시 물어봐야 하나 진지하게 고민이 되었다.

"아렌다인 에이드 양, 아렌다인 에이드 양이 누구십니까?"

나를 부르는 소리에 고개를 드니 현자의 서재 소속 마부 아저씨가 두리번거리며 나를 찾고 있었다. 나는 현자의 서재 소속 마차를 처음 이용하는데다가 로비에 드나드는 사람이 여럿 있었기 때문에 아저씨가 나를 한눈에 알아보지 못했다.

"저요!"

"아, 오늘 안내할 마이크입니다. 이쪽으로 오시죠."

번쩍 손을 들고 나를 알리자 다가온 아저씨가 인사 후 나를 이끌었다. 입구에 바로 탈 수 있도록 마차가 준비되어 있었다.

내가 막 마차에 올라타려고 한 발 올린 순간이다.

"어디를 가는 거지?"

익숙하다면 익숙하고, 익숙하지 않다면 익숙하지 않은 기괴하게 변형된 목소리를 나는 무시하고 싶었다. 하지만 상대가 누구인지 뻔히 알면서도 무시할 자신이 없는 난 목소리를 찾아 고개를 돌렸다.

살짝 불만이 서린 표정, 오늘도 역시나 남장 차림의 황태자비님과 그 뒤에 그림자처럼 서 있는 아드리안 님으로 추정되는 로브 쓴 인물이 나란히 서 있었다.

"어쩐 일이세요?"

"섭섭하군. 내가 찾아오는 걸 몰랐다고 할 건가?"

당연히 찾아오기로 약속한 사이였나요? 팔짱을 끼고 위아래로 훑는 황태자비님의 눈길이 너무 당당해 마치 내가 도망가다가 걸린 사람처럼 주눅 들게 만들었다.

"오늘 저랑 만나기로 약속하고 오신 거 아니잖아요."

"내가 요 며칠, 매일 들렀단 걸 몰랐다고 하지 않을 테지?"

"알았죠."

"그런데 오늘 내가 올 걸 몰랐다고?"

그렇다고 우리가 만나기로 약속했단 소리 같지는 않습니다만. 키르 덕분에 이런 우기기식 대화에 익숙하다 여겼는데, 그것도 아닌가 보다. 기가 막혀 답하지 못했다.

"저, 안 타십니까? 입구를 이렇게 계속 막고 있으면 안 됩니다만……."

안절부절못하던 미부 아저씨가 조심스럽게 이야기를 꺼냈다가 황태자비님의 눈길을 받고 바로 고개를 돌렸다.

높은 사람의 매서운 시선은 언제나 무서운 법이다. 하지만 이렇게 사람이 드나들어야 하는 입구를 막고 있으면 질책당하는 건 결국 마부 아저씨였다. 나설 수밖에 없던 아저씨의 상황이 이해가 가서 안타까웠다.

"저, 심부름 가야 하는데요."

내가 마차를 보내고 연구실로 돌아갈 줄 알았나? 황태자비님의 눈썹이 불만스럽게 휘었다.

"언제 돌아오는데?"

"꽤 여러 곳 들러야 해서 오래 걸릴 것 같아요."

그러니까 내 말은 '오늘은 그냥 돌아가세요.'의 의미였다.

어차피 황태자비님과 내가 함께한다고 무언가 의미 있는 대화를 나누는 건 아니었다. 주로 황태자비님이 나를 관찰했을 뿐이다. 그러니 하루쯤은 그냥 가도 별 일 없을 거라서 한 말인데 듣는 그녀 입장에선 그게 아니었나 보다.

황태자비님이 허리에 양손을 얹고 불만스럽게 쏘아보았다.

"어떻게 그럴 수가 있지?"

"뭐가요?"

"그럼 당연히 같이 가자고 제안해야 하잖아."

좋은 게 있으면 당연히 나한테 권해야지, 하는 태도에 할 말을 잃었다. 이분 천성적으로 여왕님이구나. 아니지, 신분 자체가 진짜지. 역시 황태자비님이구나 싶었다. 절대 권하고 싶지는 않지만 황태자비님이 대놓고 말했는데 묻지 않을 대범함이 내겐 없었다.

"저, 심부름 갈 건데……. 같이 가실래요?"
"좋아. 그렇게까지 부탁하니 같이 가 주지."
그렇게까지 부탁한 적 없습니다만. 나는 떨떠름한 감정을 숨기며 황태자비님에게 자리를 양보했다. 신분이 높은 황태자비님이 먼저 오르는 게 당연해서 한 행동인데, 그녀는 마차에 오르는 대신 고개를 저었다.
"그게 아니지."
몰라서 멀뚱멀뚱하게 바라보자 황태자비님이 마차 입구에 서며 제법 멋들어진 자세로 내게 손을 내밀었다.
같은 일로 몇 번 설렌 경험이 있어 황태자비님이 무엇을 의도하는지 알아챘다. 나를 에스코트하려는 거다. 무려 황태자비님이. 어딜 보나 에스코트를 받아야 하는 사람은 황태자비님인데 말이다.
상황이 이상한 것 같아서 나는 어색한 미소를 지었다. 그러자 어서 잡으라는 듯 황태자비님의 손이 흔들렸다.
"오웬 남작이니까."
그러면서 황태자비님이 한쪽 눈을 찡긋거렸다. 그 행동이 느끼하기 이루 말할 수 없었지만, 바람둥이 설정의 캐릭터라고 생각하면 참 잘 어울렸다. 매일 변장을 하더니 역할극에 완전히 빠졌나 보다.
황태자비님은 어쩐지 자신의 변장에 취한 모습이다. 신나서 하는 행동을 방해했다가 잔소리를 들을 것 같아 적당히 어울려 주기로 했다. 내밀어진 손 위에 내 손을 사뿐히 얹었다.
그러자 가녀리고 고운 손이 내 손끝을 잡아왔다. 어제 잡았던 키르의 마디가 굵어진 투박한 손과는 다른 부드러운 감촉에 반사적으로 움찔 떨렸다. 따스하고 부드럽다.
기묘한 위화감이 손끝에서 번져 기억 어딘가를 맴돌았다. 황태자비님이 손을 살짝 힘주어 잡는 느낌에 나는 정신을 차리고 마차에 올라탔다.
"감사해요."

상대가 황태자비님이다 보니 가볍게 인사를 남겼다. 뒤이어 황태자비님과 아드리안 님까지 마차에 올랐다. 진짜 동행을 하다니. 제발 순탄한 심부름이 되었으면 좋겠다.

어디부터 출발해야 할지 미리 언급을 받은 듯 마차가 바로 출발했다.

"그래서 무슨 심부름이지?"

사람들과 격리되자 황태자비님은 억지로 비틀던 목소리를 평소 목소리로 바꿨다. 사실 목소리는 몰라도 남장 차림은 소름 돋게 어울려서 저렇게 영롱한 목소리가 나오면 괴리감이 느껴지곤 했다. 아무리 생각해도 이런 대화를 나눌 격의 없는 사이가 아닌데 말이지.

그래도 세상엔 신중하게 생각하면 오히려 내가 피곤해지는 인물이 몇 있었다. 나는 최근에 그곳 명단에 황태자비님도 올렸기에 마음을 편히 했다.

"현자님이 필요한 물품이 있대요. 물건 종류가 다양해서 꽤 여러 군데 돌아다녀야 해요. 오래 걸릴지 모르는데, 괜찮으시겠어요?"

황태자비님이 나를 매일 찾아왔지만 그렇다고 내 연구실에 머무른 시간이 긴 건 아니었다. 길어야 한 시간? 대부분은 차 한 잔 마실 정도의 시간 동안 있다가 떠났다. 몰래 나왔으니 빨리 돌아가는 건 당연했다.

그러니까 저 말은 오랜 시간 날 따라다니게 될 상황이 나름 걱정되어 한 말이었다. 하지만 황태자비님은 내 말을 듣고 의문을 표했다.

"내 일은 내가 알아서 하지. 그런데 이상하군."

"뭐가 이상해요?"

"그대는 심부름할 급이 아니잖아. 비밀을 필요로 하는 아주 중요한 물건을 사는 일이었으면 나를 동행시키지도 않았겠지. 그렇다면 지금 사려는 물건이 중요한 물건은 아니라는 건데, 그걸 사려고 그대가 움직이는 것도 이해가 안 가. 왜 그대가 하찮은 심부름을 하지?"

불쾌감이 담긴 황태자비님의 눈길이 부담스러워 영 껄끄러웠다. 어째서 네가 고작 심부름 따위를 하느냐고 대신 화내시는 것 같았다.

일부러 날 띄우려고 그러시나? 나를 정말로 뛰어나다고 착각해서 인력 낭비라고 생각하는 거야? 아니면 이번에도 신뢰하는 척을 하는 거야?

황태자비님이 워낙 가면을 잘 써서 어떤 쪽인지 알기 어려웠다. 그건 그렇고 포포 아저씨의 장대한 뜻을 한순간에 하찮게 만들어 버리다니!

"하찮은 심부름이라는 표현이 조금 그런데요."

"사실이지. 인력 낭비잖아."

내 표정은 인력 낭비 소리에 더없이 오묘해졌을 거다. 요 며칠 내가 똑같은 문제를 풀고 또 풀고 있다는 걸 알았다면 저런 소리가 나올까?

구시렁거리지 못한 입술만 삐죽이며 시선을 돌리다가 아드리안 님과 눈이 딱 마주쳤다. 나를 계속 보고 있었는지 부담스러울 정도로 빤한 시선이었다.

보통 이렇게 기습적으로 눈이 마주치면 보던 사람이 돌리기 마련인데 오히려 내가 돌릴 뻔했다. 그런데 왜 이렇게 나를 빤히 보고 있었던 거지? 얼굴이 뚫릴 것 같아서 뺨을 비비적거렸다.

"저도 기분 전환해야죠."

나는 여유가 필요한 상황의 새로운 시각 어쩌고 설명을 해도 황태자비님이 튕겨낼 것 같아서 그냥 내 핑계를 댔다. 잠시 불편한 눈으로 나를 보던 황태자비님이 체념했다.

"……그래서 어디를 가는 중인데?"

메모의 첨부된 지도를 확인했다. 가까운 곳부터 가면 거기다. 내가 이름부터 놀랐고, 사 와야 할 물건도 괴상했던 곳.

"음, 여러 군데라……. 마녀의 뒷골목부터 가지 않을까요?"

그러자 황태자비님과 아드리안 님의 눈이 동그랗게 되었다.

"마녀? 그런 곳도 다녀?"

"위험하지 않겠습니까?"

놀랐는지 아드리안 님까지 그렇게 물었다. 어……. 그런데 그곳, 위험한 곳인가요? 올라오려는 질문을 삼켰다.

설마 포포 아지씨가 나를 위험한 곳에 보내겠는가 싶다가도, 내가 멍청해서 도저히 못 쓸 것 같아서 암살을 시도한 건가 싶기도 하고……. 엄한 생각을 떠올린 것 때문에 되레 자괴감이 들었다.

"심부름이니까 안 위험하지 않을까요?"

그건 무슨 생뚱맞은 소리냐 하는 두 사람의 시선에 어설프게 웃었다. 나도 가본 적 없는 곳이라 안전하다고 확답을 할 수가 없었다.

그리고 타이밍 좋게 마차가 멈췄다. 밖에서 마녀의 뒷골목에 도착했다는 마부 아저씨의 목소리가 들렸다.

아까는 오웬 남작이라고 에스코트하겠다던 인물이 이번엔 엉덩이가 무거운지 일어설 생각을 하지 않았다. 얼굴에 떠오른 건 분명 오만한 황태자비님의 표정이었다. 하지만 왜일까, 그 태도 속에 어떤 은은한 감정이 느껴졌다. 망설임이라는 감정이. 그래서 내가 먼저 나섰다.

"제가 먼저 내릴까요?"

"응? 아! 아니, 내가 먼저 내려야지."

흠칫하던 황태자비님은 자신이 현재 오웬 남작으로 변장 중이란 것을 자각하고 먼저 내려야 한다고 중얼거렸다. 하지만 말과 달리 이번에도 황태자비님의 몸은 내릴 생각이 없어 보였다.

표정만은 오연한데, 슬슬 반복적으로 움직이는 손가락이라던가, 자꾸 흔들리는 얼굴 근육, 뭉그적거리는 엉덩이를 보니 확실하다. 황태자비님은 마녀가 무서운 거다! 아드리안 님도 마찬가지인지 묘하게 긴장한 기색이 느껴졌다.

여기, 정말 이상한 곳인 건가?

하지만 아무리 생각해도 포포 아저씨가 위험이 넘치는 곳에 날 밀어

넣지는 않았을 것 같다. 그러니 저렇게 두려워할 필요 없을 것 같은데.

"저 혼자 갔다 올까요?"

누군가의 두려움을 발견했을 때 그걸로 놀릴 만큼 성격이 나쁘지는 않았다. 그래서 나름 배려해 준다고 그렇게 말했더니 황태자비님에게서 살짝 신경질적인 반응이 돌아왔다.

"뭐? 왜?"

왜긴, 당신이 무서워서 안 움직이니까 혼자라도 갔다 오려는 거지. 그래도 예민한 사람을 더 자극하고 싶지 않아서 좋게 돌려 말했다.

"다른 곳도 움직여야 하니까요."

예리한 사람이라 내가 말하고 싶은 바를 다 눈치챘을 거다. 아니나 다를까, 황태자비님은 표정을 가다듬었다. 그리고 살짝 뻣뻣함이 남은 자세로 비장하게 문을 열었다.

또 오웬 남작 노릇하느라 황태자비님이 내리자마자 바로 내게 손을 내밀 줄 알았다. 하지만 그녀는 살짝 넋이 나간 사람처럼 정면을 멍하니 응시하고 있었다.

더 기다려야 하나 고민하다가 딱히 우릴 바라보고 있을 사람이 없을 것 같아서 나는 몸을 틀어 황태자비님을 피해서 내렸다. 그리고 나 또한 넋을 놓았다. 현자의 서재를 처음 봤을 때 같은 충격이 휩쓸었다.

뒤이어 내린 아드리안 님 또한 멍하니 눈앞의 건물을 응시했다. 이미 현자의 서재에 경험이 있으면서도 멍청하게 이름을 듣고 선입견이 생겼나 보다. 어리석은 실수를 했다. 마녀의 뒷골목은 내 상상과는 차원이 다른 곳이었다.

이름만 듣고 사람들이 잘 다니지 않고 입구도 좁은 골목길 같이 음습한 뒷골목을 생각했다. 하지만 '마녀의 뒷골목'은 내가 상상했던 것과 정반대로 독특한 분위기의 건물이었다.

아랍 궁궐 같은 건물 양식이다. 독특하다는 말로도 부족한 붕 뜬 분위기였다. 거기다 대로변에 떡 하니 있었다. 문화가 어색하게 뒤섞인 공간을 보는 기분이다.

우리 셋은 멍청히 서서 한동안 건물만 구경했다. 그래서 두 사람도 나처럼 마녀의 뒷골목을 처음 방문한다는 길 알 수 있었다. 이무리 이질적이어도 두 번째 봤을 때 저렇게까지 넋 놓지는 않을 테니까.

"안 들어가십니까?"

마부 아저씨의 멀쩡한 목소리를 듣고 나서야 우린 정신을 수습했다. 우리와 달리 마부 아저씬 독특할 게 없다는 태도였다. 우리만 촌스럽게 굴었다.

"드, 들어갈까요?"

"그, 그러자."

내 목소리와 마찬가지로 황태자비님의 목소리도 떨렸다. 우리는 어쩐지 주눅 드는 분위기의 문을 열고 들어갔다. 안쪽은 더 이질적이었다. 살짝 뿌연 정체를 알 수 없는 연기가 떠다녔고, 이번 생에는 처음 보는 물건들이 여기저기 널브러져 있었다.

'마녀'라는 명칭이 어울릴 정도로 가게엔 기괴한 분위기의 물건도 많았다. 비쩍 마른 사람 손 모형이라든가, 해골이라든가, 말린 박쥐라든가 말이다. 귀신의 집에서나 나올 법한 음산하고 괴상한 웃음소리가 들릴 것 같았다.

"여긴 왜 사람도 없어?"

황태자비님이 투덜거리면서 슬그머니 내 팔을 잡았다. 의연한 척하려고 하지만 공포에 휩싸인 것이 보였다. 사실 나도 내심 두렵긴 했다. 마법이 있는 세상인데 저주라고 없겠는가. 전생에 미신이라 생각했던 것들이 이 세상에선 실제로 일어날 수 있었다.

"그러게요. 왜 사람이 없을까요?"

나도 소름이 돋고 있기에 황태자비님의 손을 떼어 내지 않았다. 이 온기라도 닿아 있어야 안심이 될 것 같았다.

우리는 옹기종기 모여서 안쪽으로 더 깊이 들어갔다. 들어갈수록 더 으슥해지는 것 같았다. 건물이 대로변에 있으면 뭐 해! 안이 이렇게 무서운데!

무언가가 나와서 덮칠 것 같은 두려움에 떨 때였다.

"오랜만에 단체 손님이네."

허스키하면서 섹시한 음성이 나른하게 울려 퍼졌다. 절로 소리를 따라 시선이 움직였다. 그 시선 끝에서 느슨한 웃음을 짓고 있는, 주인으로 짐작되는 인물을 보고 우리는 깜짝 놀랐다.

황태자비님은 체면을 잊은 채 아예 입을 벌렸고 아드리안 님은 재빨리 고개를 돌렸다. 그만큼 소파에 비스듬히 누워 있는 여인의 의상은 이 세계엔 어울리지 않는 파격적인 것이었다.

가슴을 가리는 천과 길게 늘어져 찰랑거리는 치마의 조합. 긴 흑단 같은 머리카락이 살짝 가렸지만 배와 어깨가 전부 드러나 있었다. 마치 벨리 댄서들이 입을 것 같은 야릇한 복장이었다.

이 세계에 통용되지 않는 과감한 옷차림이 이질적인 장소와 꽤 어울렸다. 그리고 주인 역시 저런 차림에 전혀 위화감이 없는 섹시한 외모였다. 길고 풍성한 속눈썹과 붉고 도톰한 입술이 과하긴 커녕 매력적으로 조합되었다.

"무엇이 필요해서 오셨나? 귀여운 손님들."

반쯤 감긴 눈에 비딱한 호선을 그린 입술. 파이프 담배를 꺼내 물면 어울릴 것 같은 퇴폐미가 좌르륵 흘렀다. 천박함보다 섹시하다, 라는 말을 떠올릴 정도로 당당해서 매혹적으로 보였다.

"그, 무……."

황태자비님은 무슨 말을 떠올려야 할지 모르는 사람처럼 입술만 달싹였고 아드리안 님은 귓가를 물든 채 바닥에 시선을 고정했다.

사람들의 이런 반응이 익숙하다는 듯, 여인은 깊게 미소를 베어 물다가 나를 발견하고 눈을 살짝 크게 떴다. 그래 봤자 원래 반개했던 눈이라서 이제야 제대로 눈을 뜬 것과 같았지만. 그녀의 주홍빛 눈동자가 요요히 빛났다.

"거기 아가씨가 대화가 가능하겠네. 무슨 일로 찾아왔지?"

팜므파탈의 유혹이란 게 이런 것 아닐까?

이 세계에 익숙지 않은 옷차림이라 파격적인 것도 이해한다. 하지만 내겐 비키니도 입는 전생의 기억이 있지 않은가. 그런 내가 고작 옷차림만으로 여인의 분위기를 재단할 리가 없었다.

하지만 여인은 그냥 몸 전체에서 흘러나오는 기운이 남달랐다. 홀릴 것 같은 느낌. 대화가 아니라 명령에 따르는 것처럼 내 입이 제멋대로 움직였다.

"심부름 왔어요."

"누구 심부름?"

여인이 손을 내밀면 거기에 내 턱을 올려 애교를 피울 만큼 나는 정신을 놓고 있었다. 그 질문에 막 대답하려는 찰나, 내 손을 잡아당기는 힘에 나는 입을 다물었다. 아직은 얼굴의 붉은 기가 다 가시지 못한 황태자비님이 또 어설프게 변형된 목소리를 냈다.

"실례하오, 가능하면 무엇을 하나 걸쳐 주겠소? 시선을 어디에 둬야 할지……. 내 불편하구려."

여인은 황태자비님의 쭈뼛거리면서도 정중한 요청에 피식 웃음을 흘렸다.

"고귀한 분이라서 그런가? 마녀를 찾아왔으면서 참 우스운 부탁을 하네."

여인은 황태자비님에 대해 무언가를 눈치 챈 사람처럼 은근슬쩍 말을 흘렸다. 하지만 완전히 황태자비님의 정체를 알아챘다고 하기엔 오만한 태도라 모르겠다.

여인의 도발 섞인 거절에 황태자비님의 눈동자에 짜증이 스치고 지나갔다. 그래도 오웬 남작으로 변장 중임을 잊지 않았는지 차분하게 응대했다.

“내 정중히 부탁함세.”

“내 공간에서 내가 손님의 눈치를 볼 필요는 없다고 보는데. 손님들이 참 오만해? 이런 논쟁을 할 시간에 볼일을 보고 가는 게 낫지 않나?”

여인은 물러설 생각이 없어 보였다. 황태자비님은 잠시 여인을 노려봤고 여인은 계속 여유롭게 굴었다.

상대를 더 강제할 수 없다는 것을 깨달은 황태자비님이 눈짓으로 나를 재촉했다. 저 말대로 얼른 볼 일을 보고 돌아가자는 의미 같았다.

내가 막 입을 열려는 찰나, 아드리안 님이 억눌린 목소리로 작게 말했다.

“죄송하지만 전 잠시 자리를 피해 있어도 되겠습니까?”

유일한 남성인 아드리안 님에겐 여인의 존재 자체가 큰 자극이 될 수 있다는 걸 생각 못했다.

“네. 나가 보셔도 돼요!”

내가 먼저 외쳐 놓고 아차하며 황태자비님의 눈치를 보았다. 다급해서 내가 한 대답은 월권이었다. 아드리안 님의 상사는 엄연히 황태자비님이고, 그의 업무는 그녀를 보호하는 것이다. 낯선 장소에서 호위 기사가 홀로 자리를 비운다는 것은 말도 안 되는 일이었다.

……어? 그걸 알 텐데도 자리를 피한다고 말한 아드리안 님이 이해가 되지 않았다. 여인이 공격하지는 않을 거라는 확신이 있나?

“그래. 어서 나가 봐.”

다행히 황태자비님은 상황의 특수성을 고려했는지 바로 허락해 줬다.

“감사합니다.”

아드리안 님은 황태자비님의 허락이 있자마자 몸을 돌렸다. 당장 뛰쳐 나가고 싶은 다급함이었다. 얼굴은 무표정하지만 몰래 땀을 뻘뻘 흘리고 있지 않을까 걱정될 정도로 순진한 반응이라 제법 귀여웠다.

여인도 그렇게 느꼈는지 다시 나른한 웃음을 흘리며 아드리안 님에게 말을 걸었다.

"기사님 안쪽으로 들어가 봐. 밖보다 나을 거고 흥미로운 게 많을걸?"

잠시 멈칫한 아드리안 님은 밖으로 향했던 몸을 돌려 안쪽으로 향했다. 위협이 있을 시 밖에서 들어오는 것보다 안쪽에서 튀어나오는 게 빠를 거라 여긴 것 같았다.

아드리안 님은 고개를 들지 못하고 원수진 듯 바닥을 내려다본 채 휘장 안쪽으로 사라졌다.

여인이 장난기가 밴 낮은 웃음을 터트려 살짝 두려움이 일었다. 왠지 아드리안 님이 저 안쪽에서 더 충격적인 것을 보거나 겪게 될 것 같은 느낌이 들었다.

"그래서 용건이 뭐라고?"

"포포 현자님의 심부름을 왔어요. 저주받은 개구리의 뒷다리가 필요하다고 하셨어요."

이 여인과 포포 아저씨가 아는 사이인지는 확실히 모르겠다. 그래도 물건의 원주인이 현자임을 밝혀 두는 게 나을 것 같아서 나는 일부러 아저씨를 언급했다.

"흐음, 귀찮은 물건을 찾네."

그렇게 중얼거리고 정말 귀찮은지 일어서는 여인의 몸놀림이 느렸다. 한쪽으로 움직여 서랍을 뒤적이던 여인은 검은색의 주먹만 한 주머니를 통째로 내밀었다.

내 눈으로 저주받은 개구리의 뒷다리를 보지 않게 되어 다행이라고 안도하는 순간, 여인의 입에서 나온 금액에 눈이 튀어나오는 줄 알았다.

“금화 1개.”

“금화 1개요?”

은화도 아니고 금화 소리에 절로 목소리가 커졌다. 금화면 혼자 산다고 했을 때, 아껴 쓰면 수도에서 사는 1년 생활비였다. 내가 바라는 공국의 공무원 연봉이 금화 2개다. 월급이 아니라 연봉이 말이다. 이것도 다른 직종에 비해서 넉넉하게 버는 금액이다.

그런데 이 주머니 하나가, 그것도 개구리 뒷다리 주제에 금화 1개? 이 무슨 말도 안 되는 폭리란 말인가. 내가 어려 보여서 속이는 건 아닌가 하는 의심이 들었다.

“귀여운 아가씨, 그렇게 보지 마. 마녀의 기운이 들어간 물건이 싸겠어?”

그건 또 맞는 말이다. 가게가 이렇게 떡하니 대놓고 있다고 해서 마녀란 직업이 흔한 건 아니었다. 오히려 마녀는 희귀 직업에 속했고 잘 모르는 사람들에겐 불길함의 상징이었다.

얼마 전까지 마녀란 직업은 음지의 직업이었다. 마녀가 공식적으로 인정받기 시작한지 얼마 되지 않았다. 그만큼 마녀가 되긴 힘들었고 제대로 된 마녀란 호칭을 쓸 수 있는 사람은 현자보다 그 수가 적었다.

그렇게 따지면 마녀의 힘이 닿은 물건은 희소성이 높은 거고, 당연히 물건 값도 높을 터였다.

“비싸겠죠.”

“맞아. 기준이 다르지. 이것도 시세보다 싸게 주는 거야.”

왜 이렇게 내 속이 쓰릴까? 돈이 모자라지는 않겠지? 값을 치르려 포포 아저씨가 준 돈 주머니를 열어보고 깜짝 놀라 주머니를 다시 닫았다. 내 동그랗게 뜬 눈을 보고 여인과 황태자비님이 뭐 하냐고 봤지만, 대답하기엔 내 심장이 벌렁거려서 겨를이 없었다.

다시 슬금 돈주머니를 열었던 나는 헉 하는 소리를 내뱉지 않기 위해 이를 악물었다.

세상에, 전부 금화라니. 은화나 동화 따위는 없는 찬란한 금빛의 향연에 숨이 턱턱 막혔다. 현자라는 인물은 경제관념이 없단 말인가! 도대체 얼마를 쓰는 거야?

여인이 아무렇지 않게 금화 1개를 외칠 만했다. 그러고 보니 황태자비님도 금화 소리를 듣고 당연히 꿈쩍도 안 했다. 다들 개념이 다르구나.

"뭐 해?"

빨리 자리를 뜨고 싶어 하는 황태자비님의 물음에 정신을 차리고 동전 하나를 꺼냈다.

"잠깐 놀라서요. 여기요."

내가 금화를 건네고 저주받은 개구리 뒷다리가 들어간 주머니를 받으려는 순간, 여인의 손이 내 손을 잡아챘다. 난 주머니를 받지 못하고 바닥에 떨어뜨렸다.

손길을 뿌리치고 주머니를 주우려는데 그럴 수가 없었다. 힘이 얼마나 센지 덫에 걸린 것처럼 벗어날 수 없었다. 가늘고 긴 손가락이 서늘해 감촉이 오싹했다.

"왜, 왜 그러세요?"

반사적으로 외쳤지만 여인은 주홍빛 눈을 빛내며 나를 관찰했다. 아까의 나른하던 인물이 아니다.

반개했던 눈을 전부 뜨고 또렷하게 직시해 오는 것이 무서웠다. 나라는 사람의 민낯이 낱낱이 까발려질 것 같은, 그런 두려움이 생겼다. 나쁜 의미로 여인의 눈동자에 빨려 들어갈 것 같았다.

반사적으로 물러서려 했더니 손이 더욱 단단히 감겨와 그럴 수도 없었다. 의식하자 손길마저 무서웠다. 기괴함이 느껴지는 손이다. 부드러운 피부인데, 깡마른 탓에 뼈가 도드라져서 그런 것 같았다. 온몸에 소름이 돋았다.

"무례하게 무슨 짓이지?"

그때 불쑥 손바닥이 나타나 내 시야를 가렸다. 그리고 어떤 흔들림 후 내 손이 자유로워졌다. 나를 사로잡던 것들이 차단되자 긴장으로 막혔던 호흡이 터져 나왔다.

"어머, 사나우셔라. 그냥 좀 봤을 뿐이야."

얼마나 긴장했는지 콧등에 송골송골 식은땀이 맺혀 있었고 몸은 은은히 떨리고 있었다. 심상치 않은 내 상태를 읽은 황태자비님의 음성에 서릿발이 날렸다.

"무슨 짓을 한 거야?"

"고귀한 분이 많이 까칠하네."

난 그제야 내 눈을 가리고 나를 보호하고 있는 인물이 황태자비님임을 감지했다. 두 번째 물음에도 여인은 여유로웠다. 눈 위를 덮은 손바닥을 통해 황태자비님의 무시무시한 분노가 전해졌다.

"감히! 내가 네 말장난을 들어줄 너그러운 사람으로 보이느냐!"

황태자비님은 더 이상 변장 따위는 하지 않겠다는 듯 본래의 목소리로 거침없이 분노를 드러냈다.

순간 정신이 번쩍 들었고 상황에 어울리지 않는 의문이 찾아왔다. 지금 황태자비님은 나를 위해 이렇게까지 나섰다. 그런데 우리가 그렇게까지 할 사이인가?

"신분을 숨기시고 싶으셨던 게 아니신지?"

여인은 묘한 말투를 사용했다. 흥분한 사람의 화를 더 부추기는 행동이었다.

이대로는 황태자비님이 스스로 정체를 밝힐 것 같다고 느끼는 순간, 내 정신이 온전히 돌아왔다. 내 눈을 가리고 있던 황태자비님의 손을 덥석 잡아 내렸다. 애초에 내 시야를 가려 줄 용도였기에 손은 쉽게 떨어졌다.

"괜찮아?"

여인에게 화를 내는 것보다 내 상태가 중요하다는 듯 묻는 황태자비님의 태도가 어쩐지 내겐 어색했다. 어디를 봐도 황태자비님의 행동은 나를 챙기려는 것이었다. 우리가 그렇게 친한 사이였는지 다시금 떠올리게 된다.
진지한 눈길로 내 상태를 확인하던 시선이 불안감으로 꿈틀거려 또 홀로 생각에 빠졌음을 지각했다.
"괜찮아요. 아무 일도 없었어요."
정말 아무 일도 없었다고 하기엔 애매한데 그렇다고 무슨 일이 있었다고 하기엔 명확한 증거가 없어 여인을 추궁할 수도 없었다. 그래서 나는 정말 괜찮으니 일 키우지 말자는 의지를 담아 황태자비님을 응시했다. 황태자비님은 자못 불쾌한 듯 아랫입술을 짓이긴 후 몸을 홱 돌렸다.
"그대가 괜찮다면 어쩔 수 없지. 이런 불쾌한 곳 더는 있고 싶지 않아. 리안!"
아드리안 님이 부름을 기다렸다는 듯이 안쪽에서 나왔다.
"볼일은 다 보신 겁니까?"
"몰라. 이만 가지."
"네. 알겠습니다."
황태자비님의 짜증이 담긴 목소리에 아드리안 님의 표정에 의아함이 감돌았다. 마치, 우리한테 있었던 일을 알아채지 못한 것 같았다. 이름을 부르는 목소리에 즉각 반응했으면서 황태자비님이 여인에게 화내는 건 몰랐나?
"정말 불쾌해. 어서 나가자고."
황태자비님은 이곳에 1초라도 더 있기 싫다는 듯 진저리를 치며 나갔다. 아드리안 님도 재빨리 뒤따라 나갔고 나도 바닥에 떨어진 물건을 주운 뒤 뒤따르려고 했다.
"귀여운 아가씨."
홀로 남겨지기 싫어 서두르는데 나를 부르던 호칭이 또 들려 반사적으로 멈췄다.

슬쩍 돌아보니 여인은 처음 봤을 때처럼 나른한 모습으로 돌아와 있었다.

"대단한 재능이 있네. 왜 깨울 생각을 하지 않아?"

대단한 재능? 내게? 재능이란 단어는 사람의 능력을 나타내는 단어고 그만큼 설레게 하는 단어다. 게다가 무려 '대단한' 재능이라 표현했다. 가뜩이나 요즘 내 멍청함에 자괴감에 빠지려던 순간에 들려온 대단한 재능 소리에 내 심장은 두려울 정도로 빠르게 뛰었다.

"어, 어떤 재능이요?"

기대감이 담긴 만큼 내 목소리도 떨렸다. 여인은 대답 대신 의미심장한 미소를 지었다. 여인이 알아챌 만한 재능이 뭐지? 설마, 내게 마녀의 재능이라도 있나? 고조되던 감정이 가라앉았다.

재능 자체에 대해선 딱히 좋다고 하기도, 싫다고 하기도 애매하다. 예전만큼 마녀가 박해 받는 직업이 아니긴 해도 그렇다고 환호하는 직업도 아니었다.

그래도 내 재능에 대해 더 자세히 이야기 해 주지 않을까? 난 기대감을 가지고 쳐다봤지만 여인은 흥미가 떨어졌다는 듯 나른한 얼굴로 손을 흔들었다.

"가 봐. 고귀하신 분 다시 쳐들어오겠네. ……황궁과 얽히는 것은 사절이라."

여인의 마지막에 작게 중얼거리는 말은 어쩐지 황태자비님이 황궁과 관련 있다는 것을 확신하는 것 같았다. 여인은 내게 재능에 관해 더 말해 줄 생각이 없어 보였고, 시간을 끌었다간 황태자비님이 다시 문 열고 뛰어 들어올 것 같아서 나도 서둘러서 나갔다.

아닌 게 아니라 황태자비님은 입구에서 떡하니 허리에 손을 얹고 내가 나오길 지키고 있었다.

"왜 이제 나와? 또 무슨 일을 당하려고."

황태자비님이 보호자처럼 굴어 묘하게 껄끄러웠다. 하지만 그녀의 그런 행동에 도움을 받았으니까 그런 점을 언급하지는 않았다.

"바로 나온 거예요."

내 대답에 황태자비님의 얼굴에 못미더운 기색이 더 짙어졌다.

"아무래도 안 되겠어. 시간 없어서 한 군데만 더 같이 갔다가 그냥 가려고 했는데, 혼자 보냈다가 무슨 일 있을 줄 알고? 가자. 서둘러."

아무래도 안에서의 일로 황태자비님은 오늘 나와 모든 심부름에 함께 하기로 마음먹은 것 같았다. 그녀가 내 팔을 이끌어 마차에 태웠다. 그리고 다음 장소로 가라고 마부를 재촉했다.

황태자비님은 시간이 흘러도 분이 안 풀리는지 씩씩거리면서 불만을 토로했다.

"아니, 그대는 나한테는 그렇게 야무지게 굴더니. 아깐 왜 그랬어?"

"그러게요."

나도 몰라서 그렇게 대답한 건데, 황태자비님은 내 대답이 성의 없다고 느껴졌는지 매섭게 쏘아봤다. 괜히 같이 다니면서 구박만 받는 이 기분은 뭘까. 괜히 황태자비님의 눈치만 보고 있는데, 한숨을 내쉰 황태자비님이 흥분된 마음을 진정시켰는지 다시 물어왔다.

"정말 아까 아무 일도 없었어? 솔직히 보기엔 별 문제 없었다만 어쩐지 느낌이 이상했어."

"사실 저도 기분은 이상했지만 그게 전부였어요."

나 홀로 그렇게 느낀 게 아니라 옆에서 보기에도 이상했다고 하니 더 기분이 껄끄러워졌다. 찜찜함을 터놓자 황태자비님이 내 그럴 줄 알았다는 것처럼 나섰다.

"마녀란 소리를 들었을 때부터 불길했어. 그 위험한 사람이 어떻게 저렇게 수도 한복판에 떡하니 가게를 열고 있지? 제국은 너무 관대해."

마녀의 존재 자체를 받아들이기 싫다는 태도였다.

하긴, 테일런은 제국보다 마녀에 더 배타적이라고 알고 있다. 자국민들끼리 똘똘 잘 뭉치는 만큼 이질적인 건 더 배척하기 마련이다. 그런 무의식은 무시 못 한다.

그러니 개인적으로 마녀를 싫어할 수는 있다고 생각한다. 하지만 그 개인이 황태자비라면 조금 달랐다.

"그렇게 말하면 안 돼요. 제국에선 엄연히 마녀를 직업으로 인정해 줘요. 마녀 자체가 나쁜 게 아니에요. 단지 그중에 위험한 사람이 있고, 그게 더 두드러지게 느껴지는 것뿐이지요."

내 지적에 황태자비님의 표정이 좋지 않아졌다. 하지만 잘못된 일반화를 그냥 내버려 둘 수는 없었다.

황태자비님은 권력의 중심에 선 사람이다. 지금은 최중심이 아니라고 해도, 남편이 황제가 되면 어떻게 될지 모르는 거다. 여기서 그릇된 고정관념을 가지면 그녀의 판단으로 제국의 정책이 바뀔 수도 있었다. 예를 들면 마녀 박해 주의 같은 방향으로 말이다.

"방금 그런 일을 당하고도 그런 말이 나와?"

"아니죠. 사실 의심스럽긴 하지만 위험한 일은 없었죠."

"또 모르지. 내가 막지 않았으면 무슨 일이 일어났을지 어떻게 알아?"

황태자비님의 말도 맞다. 황태자비님은 본능적으로 여인과 나 사이에 무슨 일이 있다는 것을 느꼈다. 그 예상대로 가게 주인이 내게 무언가를 한 것은 맞지만 모순적이게도 생명의 위협은 없었다. 지금 생각해 보면 그녀가 날 해칠 거라는 위험은 조금도 들지 않았다.

이상한 상황이다. 내게 아무 것도 하지 않았다고 하기엔 아리송하고. 찝찝함이 남지만 그래도 지금은 난 아니라고 우겨야 했다.

황태자가 황태자비님을 얼마나 아끼는지 짐작할 수는 없다.

다만, 이렇게 황태자비님이 자유로운 일을 하도록 내버려 둘 정도로 존중하고 마음을 주고 있다고 짐작한다면 그녀가 안 좋은 선입견을 갖게 내버려 둘 수는 없었다.

일반적으로 마녀에 대해 들으면 으스스하게 생각하긴 한다. 어쩐지 마귀할멈같이 생겼을 것 같고, 사람에게 저주를 걸 것 같고, 독약을 만들 것처럼 여겨진다.

하지만 정확한 마녀의 정의는 '여성 마법사'이다.

예전에 아주 예전에. 마법이란 게 남자들의 전유물이었던 시대가 있었다. 그땐 여자가 마법을 쓴다는 것은 상상도 할 수 없었고 써서도 안 되는 일이었다. 그런 능력은 남자에게만 있는 것이었다.

하지만 특별한 사람의 특별한 재능이란 것은 막을 수 없는 법. 세월이 흘러 엄청난 재능을 가진 여성 마법사가 등장했고 그녀의 성장세는 압도적이었다. 그녀는 가르치지 않아도 스스로 깨우치며 남성 마법사들보다 뛰어난 능력을 발휘했다.

그리고 기득권 세력이었던 마법사들은 자신들의 권위를 빼앗으려는 존재에 위기감을 느꼈다. 그래서 그녀를 억누르기 위해 '마녀'라는 틀을 만들어 뒤집어 씌웠다. 그리고 대중에게 마녀에 대해 안 좋은 소문을 흘려 선입견을 갖게 만들었다.

그 와중에 최초의 여성 마법사 덕분에 다른 재능 있는 여성들도 마법사가 되었다. 여성 마법사들은 피어나는 자신들의 재능에 취해 다른 것은 신경 쓰지 못했다.

그 사이 사람의 입을 타고 전해지는 소문은 쉽게 불어났다. 어느 순간 마녀는 사람을 제물로 끔찍한 실험을 한다는 소문까지 퍼졌다. 여자가 마법을 쓰는 순간 마녀라 소리치며 사람들이 도망갔다. 어디를 가도 배척당했다.

뒤늦게 자신들의 상황을 알아챈 여성 마법사들이 권리를 찾기 위해 투쟁에 나섰다. 하지만 이미 고정되어 버린 마녀에 대한 소문은 쉽게 바뀌지 않았다. 사람들은 그녀들의 말을 듣지 않았다.

모두에게 배척 받자 여성 마법사의 분노는 원래 기득권이던 남성 마법사들에게 쏟아졌다. 남성 마법사 집단과 여성 마법사의 싸움은 격렬하게 번졌다. 가끔은 무력 싸움까지 번졌다. 당연히 인명 피해가 생겼고 그 결과로 마녀에 대한 소문은 더욱 나빠졌다.

싸움이 길어질수록 불리한 건, 수가 적고 아직 자리 잡지 못한 여성 마법사들이었다. 결국 그녀들은 한때나마 음지로 숨어들곤 했다.

물론, 현재는 시간이 흘러 여성 마법사들이 늘었고 위험하지 않음을 증명하면서 당당한 직업으로 인정받게 되었다.

그리고 시대가 변해 마법사들의 관념도 많이 달라졌다. 여성이라는 이유만으로 배척하지 않았다. 재능이 있는 존재는 여성이라고 해도 제자로 받아들여 인정받는 여성 마법사도 제법 있는 추세다.

이러다 보니 예전엔 성별로 마법사와 마녀를 나눴지만 지금은 '어떤 종류의 마법을 배웠나'로 두 직업을 구분하고 있었다. 마법이라는 큰 틀 안에 정통학파와 마녀학파가 있다고 보는 거다.

하지만 아직도 잘 모르는 대중에게는 마녀에 대한 두려움이 남아 있었다. 사실, 황태자비님 정도 되는 교육을 받은 사람이 마녀의 역사에 대해 모를 리 없었다. 그래서 그런 그녀가 오히려 저런 선입견을 갖고 있는 게 이상했다.

"마녀는 여성 마법사일 뿐입니다. 마녀 자체가 해로운 존재는 아니에요."

나를 응시하는 황태자비님의 시선이 흔들렸다. 살짝 아랫입술을 깨물며 바라보는 얼굴엔 배신감 비슷한 감정이 떠올라 있었다.

"나도 모든 마녀가 나쁜 건 아니란 건 알아. 하지만 내가 만났던 마녀는 끔찍했어. 그리고 아까 그 여인도 의심스러운 행동을 했고."

애써 만들어 낸 차분한 목소리, 잔뜩 경직된 얼굴, 두려움을 숨기려는 몸짓, 그럼에도 은은히 떨리는 몸은 황태자비님이 정말 끔찍한 마녀를 경험했음을 알려준다.

존재를 떠올리는 것만으로 저 정도로 질색할 일이 있었다면 안 좋은 선입견을 가질 수밖에 없을 것 같다. 그래서 가게에 들어가기 전부터 두려움을 느꼈구나.

몇몇 나쁜 사람들이 나쁜 사건을 만들고 선량한 대부분에게 안 좋은 인식을 준다. 세상의 모든 사람이 나쁘진 않다. 하지만 정말 나쁜 사람이 존재하긴 한다. 내겐 아무렇지 않은 일이 남에겐 끔찍했던 경험의 잔재일 수도 있다.

"미안해요."

미리 알아채지 못해서. 그래서 배려하지 못해서. 내 생각만 우겨서.

지나치게 많은 말은 황태자비님 같은 분에겐 오히려 독이 될 테니, 나는 진심을 담아 사과한 뒤 그녀를 차분하게 응시했다. 황태자비님은 잠시간 말가니 날 바라보다가 고개를 돌렸다. 내 진심이 통했는지 황태자비님의 기색이 누그러든 것 같았다.

그런데 이번엔 아드리안 님의 기이한 시선이 느껴졌다. 습관인가? 참 빤히도 쳐다보신다.

나는 부담스러워 눈을 내려 바닥을 내려다봤다. 아드리안 님이 내게 말을 걸지 않을 거라는 확신이 있어서 그렇다. 원래도 길게 주절거리는 분이 아니기도 했고, 특히 황태자비님과 있을 때 사적으로 말을 걸지 않으셨으니까 말이다.

약간 어색해진 상태로 황태자비님의 주도 아래 내 심부름은 빠르게 진행되었다.

대장간에 들러 어디에 쓸 걸지 짐작이 되지 않는 이상한 물건을 찾아왔고, 연금술사의 상점에 들러 정체불명의 시약을 샀다. 약초 상점에도 가서 말린 약초를 샀고, 엘프의 주점에 들러 술도 샀다. 아주 큰 서점에도 들렀다.

나는 포포 아저씨의 주문대로 물건을 챙기면서 사면 살수록 이 목록이 더 이상하단 걸 깨달았다.

어째서 이런 물건이 필요한지 알 수 없을 물건들을 혼잡하게 사들였다. 서로 연관성이 전혀 없는 물건들도 많았다. 마차에 물건을 실을수록 내가 거액이라고 여겼던 돈주머니도 눈에 띄게 가벼워졌다.

포포 아저씨가 비싼 것을 요구했는지 다들 거침없는 금액을 요구했고, 황태자비님은 내가 망설이며 값을 치르는 것에 답답함을 느끼고 돈주머니를 채가 마치 제 것처럼 돈을 지불했다.

돈을 물 쓰듯 썼더니 마지막에 돌아가는 마차 안에서 확인한 돈주머니엔 짤랑이는 금화 두 개만 남았을 뿐이었다. 돈 쓰는 거 참 쉽다.

마지막 물건까지 사고 나서 내가 현자의 서재로 간다고 하자 황태자비님은 돌아갔다. 어떻게 돌아가나 했더니 우리가 탄 마차 뒤를 황태자비님이 타고 왔던 마차가 졸졸 쫓아오고 있었다.

"다음에 또 보자고!"

기가 막혀 입만 뻥긋거리는 날 두고 황태자비님은 상쾌한 얼굴로 떠났다. 오랜만의 쇼핑으로 스트레스를 확 풀었는지 신난 표정이었다.

나는 홀로 돌아와 포포 아저씨에게 사 온 물건들과 남은 잔돈을 건넸다.

"다녀왔습니다. 목록에 적혔던 거 전부 사 왔어요."

"고생했구나. 어땠니?"

재미는 있었는데 첫 관문이 셌던 탓인지 묘하게 피곤했다.

"신기한 게 많더라고요. 특히, 마녀랑 연금술사는 낯설었어요."

그렇게 말했지만 다 신세계였다.

대장간에 들렀을 때 본 무기들은 아름다우면서도 강인해 보였다. 연금술사가 만들어 낸 물건 또한 효과가 얼마나 있을지 모르겠지만 설명해주는 능력치 자체는 신비했다. 약초 상점에선 쉴 새 없이 사람들이 방문했다. 크고 작은 아픈 사람들이 넘쳐났다.

새삼 내가 정말 좁게 살았음을 느꼈다. 분명히 조금 더 큰물에서 놀겠다고 제국에 유학까지 왔는데, 결국 난 내 행동반경 내에서만 돌아다니고 있었던 거다. 공국에 있었던 기랑 뭐가 다른가.

공부를 좀 더 하게 된 것? 그 정도는 대공가의 가정교사들도 충분히 가르쳐 주실 수 있는 것 아닌가. 포포 아저씨는 이런 걸 의도한 걸까? 이런저런 생각이 많아졌다.

"그런 것도 다 경험이지."

포포 아저씨가 흡족하게 중얼거리며 물건을 확인했다. 제대로 사 왔는지 연신 고개를 끄덕이고 있었다. 마지막으로 돈주머니 안을 확인한 아저씨가 멈칫했다. 그리고 나와 물건을 번갈아 쳐다보았다. 미묘하게 번져가는 표정에 담긴 부정적 기운을 읽은 난 심장이 덜컥했다.

"왜요?"

뭐 잘못된 거 있나?

"음, 아렌."

포포 아저씨가 곤란함을 담아 나직하게 불렀다. 배를 긁적이며 머뭇거리던 아저씨가 충격적인 말을 했다.

"아무래도 경제관념부터 다시 배워야겠다."

"그게 무슨 소리에요?"

무슨 의미로 아저씨가 저런 말을 했는지 알면서도 믿고 싶지 않아 부정했다. 하지만 포포 아저씬 냉정했다. 내가 좌절할 말을 아무렇지 않게 내뱉었다.

"바가지를 썼다. 그것도 엄청. 일부러 넉넉하게 담았는데도 거의 다 썼네."

"어쩐지 비싸더라니!"

나는 비명처럼 외쳤다. 특별한 물건들이라도 그렇게 비싼 건 아니라고 의심했었어야 했는데. 속았다는 생각에 분노로 부들부들 떨었다.

아저씬 다 그렇게 크는 거라고 내 어깨를 다독였지만 이 울분이 가라앉질 않았다.

사실 이 시대의 바가지는 비일비재했다. 가격도 정찰제가 아니다. 주인이 부르는 대로 값을 주는 게 대부분이라 호구처럼 보이면 당하기 십상이었다. 외지인들은 알면서도 비싸게 값을 치르기도 했다.

나름 전생에 백화점 다닐 때 매장 내 매출 최고까지 찍었던 내가 남에게 호구로 보였다니, 굴욕이다. 다음번에 꼭 설욕하고 말리라 다짐했지만 그렇다고 내가 당한 게 없어지진 않는다.

짜증나고 억울했다. 복수하고 싶은 건지, 멍청하게 당했다는 자책감인지 모를 감정이 정신 사납게 뒤섞여들었다.

* * *

"왜 이렇게 뚱해?"

긴 손가락이 다가와 뺨을 쿡 찔렀다. 아프지 않은 세기지만 이미 분노에 차 있던 나였기에 불쾌감이 커졌다.

얜 바쁘지도 않나.

나를 데리러와 옆에 앉아 내 뺨을 콕콕대면서 장난치는 키르가 얄미워 힘껏 째려봤다. 물론 그런다고 키르가 찔린 기색을 내보일 리가 없었다. 오히려 손가락을 느리게 굴리며 내 피부 위를 덧그렸다.

간질이는 것과 같은 작은 움직임에 감촉이 이상했다. 내 과민 반응일지 모르겠는데, 다시 만난 키르는 어쩐지 껄끄러운 접촉을 많이 했다.

괜히 의식되어 키르의 손을 잡아채 마차 의자에 내려놓았다. 놔 주면 다시 또 내 뺨을 괴롭힐 것 같아 벗어나지 못하게 내 손으로 꾹 눌렀다. 키르의 손바닥은 자연스럽게 내 손바닥과 의자 사이에 끼게 되었다. 키르는 손을 빼내려는 행동은 하지 않았다.

"내가 지금 장난칠 기분 아니야."

"무슨 일인데 말을 해 봐."

그렇다고 '내가 오늘 호구 짓을 하고 왔어, 세상엔 사기꾼이 너무 많아!' 라는 말을 키르에게 할 수는 없었다.

미쳤다고 내 실수를 내가 직접 소문내고 다니겠는가. 흑역사는 가능한 아는 사람이 적은 게 최고였다.

그러다 문득 키르는 어떠한가? 의문이 들었다. 키르야 말로 직접 돈 주고 뭘 사 본 적이 있을까? 당연히 사람을 시켜서 물건을 사 오겠지? 그럼 키르도 물가를 모르겠네?

거기까지 생각이 닿자 나는 사악한 생각이 들었다.

"오늘 급한 일 없지? 잠깐 어디 들렀다가 가자."

난 음흉함을 드러내지 않기 위해 일부러 입꼬리를 내리려 힘썼다. 키르의 눈동자가 차분하게 움직였다.

"어딜 가게?"

"이 근처 돌아다녀 본 적 없지? 나랑 같이 구경 가자."

"구경?"

키르가 생경한 말을 들었다는 것처럼 중얼거렸다. 흥미가 있는지 아닌지 모를 단조로운 음성이었다. 난 시선을 똑바로 마주치고 내 진심을 호소했다.

"응. 너랑 같이 가고 싶어."

돌아다니다가 아무 가게에 들어가서 키르에게 물건을 사 보라고 그래야지. 그리고 진짜 물건 값을 알아내는 거다. 알고 보니 키르도 바가지를 썼다는 결과가 나오고! 그럼 자존심 상한 키르가 시근덕거리며 부끄러워하겠지.

내가 당했다고 생각했을 땐 화가 났는데, 키르가 당할 생각을 하니 벌써 고소해서 죽을 것 같았다. 키르의 눈동자가 나를 관찰하는 것 같아 나는 히죽 올라가려는 입을 손바닥으로 가렸다.

키르의 시선이 느릿하게 움직였다. 대답 없이 고민하는 행동이 마치 내 꿍꿍이를 눈치채고 있는 사람 같아 조마조마했다. 너무 티 나게 좋아했나? 안 간다고 하면 어쩌지?

"싫어?"

"아니야. 좋아, 가자. 어디로 갈까?"

당할 줄도 모르고 저렇게 답하다니 키르의 산뜻한 허락에 폭소를 터트릴 뻔했다. 보기보다 순진한 면도 있다니까. 좋은 척 참기도 힘들었다.

"중앙 거리로 가자. 그쪽에 볼 게 많아."

키르가 바로 마차의 벽을 탕탕 두들겼다. 마차 속도가 줄어들자 키르는 창문을 열고 변경된 목적지를 알렸다.

"저택 말고 중앙 거리로."

"네. 알겠습니다."

마부 아저씨는 토 달지 않고 능숙하게 목적지를 바꿔 달렸다. 벌써 이러면 안 되는데. 키르를 놀릴 생각에 자꾸 들떴다.

엉덩이를 들썩이는 사이, 마차가 멈췄다. 그리고 벽 너머로 마부 아저씨의 목소리가 들려왔다.

"중앙 거리입니다. 어디로 갈까요?"

"내려서 걷자."

걷자고 하자 그는 두말없이 고개를 끄덕였다. 딱히 걷고 싶어서가 아니라 걸어야 키르에게 바가지를 씌울 상점을 찾을 수 있을 것 같기 때문이다.

마음 같아서는 내가 오늘 돌아다닌 곳들을 추천하고 싶었다. 하지만 내가 그 물건들을 사서 쓸 일이 없어서 참았다. 저주받은 개구리의 뒷다리를 사서 내가 뭐 하겠는가.

먼저 마차에서 내린 키르가 내게 손을 내밀었고 나 역시 이젠 아주 능숙하게 내밀어진 손을 잡고 마차에서 내렸다. 나도 이제 에스코트 받는 게 익숙해진 어엿한 성인이 되었다.

"전 어떻게 할까요?"

마부 아저씨의 질문에 잠깐 고민했다. 어차피 목적은 키르가 실수하는 모습을 보는 거고 그게 오래 걸릴 일은 아니라는 판단에 나는 한 시간을 요구했다.

"한 시간 정도 돌아다닐게요. 시간 맞춰 데리러 와 주시겠어요?"

"알겠습니다. 장소는 여기로 할까요?"

"네. 여기로 돌아올게요."

"네. 한 시간 후에 이곳에서 뵙겠습니다."

그렇게 말한 마부 아저씨가 마차를 끌고 사라졌다. 근처를 계속 돌던가, 마차의 쉼터를 찾아 가시던가 알아서 할 테니 걱정은 접었다.

본격적으로 키르 놀리기를 하려면 어디로 가야 할까? 고민하던 중 아직도 키르가 에스코트했던 그대로 내 손을 잡고 있음을 알아챘다. 키르는 처음 나들이 나온 아이처럼 내 손을 간절하게도 붙잡았다.

"뭐야, 어린애처럼 언제까지 잡고 있을 거야?"

나는 키르가 낯간지럽게 손잡고 걷자고 할까 봐 손을 털었다. 하지만 키르의 손은 떨어지기는커녕 순식간에 휘감고 들어와 깍지를 꼈다. 이게 무슨 짓이냐고 불만을 쏟아내려는 찰나, 키르의 표정이 불쌍하게 무너졌다.

"……잡고 있고 싶어."

입을 꾹 다물고 눈가를 처연하게 내린 버림받은 고양이 같은 얼굴에 쓴소리가 목구멍 안쪽으로 사라졌다.

"왜? 설마 길 잃어버릴 거라는 유치한 소리 하려는 거 아니지?"

장난은 그만 두라는 의미였다. 그런데 키르는 힘없는 목소리로 내가 장난에 들떠 잊었던 사실을 상기시켰다.

"제국이잖아."

제국인데, 나 홀로 있으라고? 키르는 마치 버림받은 아이처럼 애처롭게 나를 쳐다봤다. 그리고 기운 없이 바닥으로 시선을 떨구었다. 기나긴 속눈썹이 파르르 가녀리게 흔들렸다. 웃음기가 싹 사라진 긴장된 표정이었다.

맞다, 키르가 아직도 제국은 껄끄러워하는 부분이었지. 그런데 이렇게까지 싫어하는 거였어? 정색도 아니고 약한 모습이라니.

사실 제국을 싫어한다는 말이 크게 와 닿지 않았는데, 저런 표정을 보니 말이 막힌다. 저건 싫어하는 게 아니라 두려움에 가까웠다. 비유하자면 공포증 같은 건가 싶었다. 고소 공포증이 높은 곳에 가면 아찔해지는 것처럼 제국에 있으면 두려움에 빠지는 제국 공포증인 거다.

키르의 쓸쓸하고 자신감 없는 모습에 마음이 무거워졌다. 세상 제멋대로인 녀석이 이렇게까지 약한 모습을 보이다니.

내가 괜히 돌아다니자고 했나 보다. 장난칠 생각에 눈이 뒤집혀 생각이 거기까지 미치지 못했다.

아무래도 제국은 키르의 천적인 게 확실한 것 같았다. 저택이나 현자의 서재, 마차 안은 밀폐되거나 익숙한 공간이라 괜찮았나 보다. 그것도 모르고 안일하게 굴었다.

조금 우스운 공포증 같지만, 공포증이 원래 그렇다. 그렇게 본능적인 거다. 손끝 하나 내 마음대로 통제가 되지 않는 혼란 상태에 빠지게 된다. 나도 무시무시한 공포증이 있다 보니 이런 키르의 상태가 이해가 갔다.

"미안. 네가 불편해 한다는 거 깜빡했어. 괜찮아? 지금이라도 돌아갈까?"

하지만 키르는 느릿하게 고개를 가로저었다. 기운이 없는지 그 고갯짓마저 미약했다.

"아니야. 이건 아닌 것 같아. 돌아가자."

"한 시간 뒤에 마차가 이리로 오기로 했잖아."

그동안 철이 너무 많이 들었다. 이 와중에 마부 아저씨를 신경 써 주는 키르가 기특해서 더 안쓰러웠다.

"방법이야 만들면 되지. 사람 한 명 구해서 여기서 기다리다가 마차 오면 돌아갔다고 전해 달라고 하면 돼. 지금이라도 길 마차 잡자."

길 마차를 잡기 위해서는 장소를 옮겨야 해서 손을 잡아당겼지만, 키르는 버텼다.

"나도 익숙해지도록 연습해야지."

그렇게 말하며 직시하는 눈동자가 제법 결연해서 들어줘야 할 것 같았다. 이러다 쓰러질까 봐 걱정이 되었다. 하지만 먼저 나서서 공포증을 극복하기 위해 노력하겠다는 키르를 말릴 수 없었다. 그게 얼마나 큰 용기를 요하는 일인지 알기에.

내가 도와 줄 수 있는 부분은 도와 줘야겠다.

"알았어. 혹시 숨쉬기 힘들거나 쓰러질 것 같으면 말해. 알았지?"

사람이 충격 받았을 때, 호흡 곤란이 올 가능성이 높다. 혹시 몰라 당부하자 키르의 입가에 희미한 미소가 달렸다. 전체적으로 유약해 보이는데 미소가 달리니 더욱 처연해 보였다.

"고마워."

"가자."

그렇게 말하고 나는 최대한 천천히 걸었다. 내 손을 꼭 쥔 채 키르는 세상에 처음 발을 내딛는 아이처럼 조심스럽고 느리게 걸었다. 나는 세심하게 키르의 반응을 살폈다.

아주 느린 속도로 앞으로 걸어 나가는 만큼 키르의 얼굴에 만연했던 불안감이 점차 줄어들었다.

"걸을 만하네."

성장의 순간을 빨리 감기로 본 것처럼 키르를 감싸던 우울함은 빠르게 평온함으로 바뀌었다.

그리고 얼마 걷지 않아 기가 막힌 소리를 했다.

"이제 괜찮은 것 같다."

"벌써?"

"그러게, 벌써."

그 엄청난 적응력에 놀라 멍하니 키르를 바라봤다. 아까 두려움을 내비쳤던 것이 거짓인 것처럼 키르의 상태는 멀쩡했다.

이렇게 쉽게 적응하는 게 말이 돼? 무서워했던 거 맞아? 너 처음부터 공포증 아니었지? 대놓고 물어보고 싶을 지경이었다. 그러던 중 눈이 마주치자 키르가 눈가를 접는 환한 미소를 지었다.

"아렌이 도와 줘서 그런가 보다."

이게 아닌데. 키르가 괜찮다니까 안도해야 하는데, 속은 것 같다는 느낌을 지울 수 없었다.

"아니, 내가 보기엔 넌 내가 없어도 아무렇지 않게 잘 적응했을 것 같은데."

내 목소리는 싸늘했다. 하지만 날 보는 키르의 눈엔 따스함이 가득했고 대답하는 목소리엔 다정이 넘쳐났다.

"아니야. 정말 아렌이 도와줘서 그래."

아닌 게 아니야. 너 꾀병이었던 거 같다고! 아무리 생각해도 내가 속은 거 같아 뱃속에서 화가 버럭버럭 올라왔다. 하지만 저렇게 해맑게 웃는 키르의 얼굴에 찬물을 끼얹을 수는 없어 그저 떨떠름하게 바라봤다.

"우리 저기 가 볼까?"

자신감을 찾은 키르는 거침없었다. 막 헤집고 다니는 것은 아니지만 자기가 앞장서서 걸으며 여기저기 구경하자고 요구했다.

묘하게 불쾌감을 쌓아 가던 중 나는 키르를 놀려 먹으려 했던 내 생각이 얼마나 멍청했는지 깨달을 수 있었다.

키르에게 흥정 따윈 필요 없었다.

"이거 필요한가요? 동화 1개면 됩니다."

동화 1개면 보리빵도 못 산다. 그저 구경만 했을 뿐인데 상점 주인이 리는 여지가 헐값에 물건을 넘기려고 했다. 헐값이 뭐냐, 과일 상점 직원은 그냥 가져가라고 판매 중인 과일을 품에 안겨 줬다.

"오늘 토마토가 싱싱해요. 그냥 줄게, 먹어 봐요."

키르가 안 받으려고 하자 직원은 귀여운 동생이 대신 받으라면서 내게 떠넘겼다. 난 얼결에 품에 안은 토마토 봉지를 멍하니 바라봤다. 키르가 상냥하게 군 것도 아닌데 사람들은 키르에게 친절했다.

"맛있게 먹고. 오빠랑 자주자주 와. 이 언니가 또 챙겨 줄게. 아유, 동생이 오빠랑 친한가 봐?"

키르와 내가 손을 꼭 잡고 돌아다니니 사람들은 키르를 동생을 살뜰히 챙기는 천사표 오빠로 착각했다.

보통은 남녀가 이렇게 손을 잡고 다니면 연인 사이라고 오해를 해야 하는데, 나의 저주받은 외모는 우리 사이를 오누이로 만드는 결과를 만들어 냈다.

하긴 키르와 연인 취급당하면 소름 돋을 테니 오누이 취급이 낫겠다.

그리고 상인들이 굳이 입으로 표현하지 않았지만 눈길로 그들의 생각이 전부 읽혔다.

'저렇게 잘생긴 남자가 다정하기까지 하네.'

'동생도 챙기고 기특해.'

'오늘 눈 호강하네.'

'세상 다정한 오빠야. 저 동생은 참 좋겠다. 저런 잘생긴 오빠가 있어서.'

이런 감정들 말이다. 난 억울했다. 아니야! 내가 키르를 챙겨주고 있는 쪽인데! 왜 날 코찔찔이 막냇동생 취급하는 거야! 키르의 폭풍 성장과 반대로 나의 멈춘 성장이 더 절실하게 와 닿았다.

"놓으려고?"

내가 억울해서 손을 빼려고 할 때마다 즐겁게 잘 돌아다니던 키르는 갑자기 약한 표정을 하면서 손을 꼭 잡아와 그럴 수도 없었다.

결국 손이 붙잡힌 채 약 한 시간 동안 난 키르에게 끌려 다녀야 했고, 내가 보고 싶었던 키르가 바가지를 쓰는 모습을 볼 수 없었다. 오히려 모든 여성들이 퍼주지 못해 부둥부둥 안달하는 모습을 봐야만 했다.

키르 이놈은 고맙다는 말 한번 안 했는데 눈웃음 하나로 공짜로 먹을 걸 얻었다. 아주 대놓고 미인계로 사람들을 홀리고 다녔다.

세상은 썩었다. 나같이 귀엽고 깜찍한 아이는 등쳐먹으면서, 잘생긴 남자에겐 마구 퍼 준다. 키르가 당하는 꼴을 보고 회복하려는 내 자존심은 더욱 철저하게 무너졌다.

"구경도 다닐 만하네."

한 시간이 지나 우리를 데리러 온 마차에 올라타 느긋하게 중얼거리는 키르의 말에 난 분노에 떨며 획득품을 집어먹었다.

* * *

아무리 생각해도 억울하다. 나이 먹은 키르는 요령이 너무 좋아졌다. 제 성질 못 이겨 파르르 떨던 꼬마가 뭘 잘못 먹었는지 능글맞은 어른이 되어 버렸다.

꼬마가 어른이 된 걸 축하해 줘야 하는데 왜 이렇게 신경질이 나지? 다른 것보다 키르를 골탕 먹이지 못한 게 너무 화가 난다!

"뭐에 그렇게 화가 나서 사람 들어오는 것도 몰라?"

없던 오기가 생겨 씩씩거리며 어떻게 키르를 골탕 먹일까 생각에 빠져 있던 난 머리 위에서 들리는 소리에 소름이 쫙 돋았다. 혼자 있다고 생각할 때 들리는 타인의 목소리가 주는 공포는 상상을 초월했다.

나는 책상에 앉은 상태에서 엉덩이로 펄쩍 뛰다시피 몸을 일으켰다. 내가 경기하자 황태자비님도 같이 놀라 심장을 부여잡아 보였다.

"깜짝이야! 뭘 그렇게 놀라?"

"저야말로 놀랐다고요. 왜 그렇게 몰래 들어오세요!"

"무슨 소리야? 난 노크 했다고. 본인이 정신을 놓아 놓고서 누구 탓이야?"

황태자비님의 어디서 적반하장이냐는 눈빛에 나는 악을 쓰려고 벌렸던 입을 다물었다. 그녀가 정말로 노크를 했고, 그걸 내가 못 들은 게 맞다면 무작정 화를 내는 건 내 잘못이었다.

확실히 그동안 황태자비님이 노크 없이 내 연구실에 들어온 적은 한 번도 없었다. 도대체 얼마나 정신을 팔렸기에 노크 소리도 못 들었지?

"못 들었어요. 죄송해요."

내가 시무룩하자 황태자비님은 혀를 찼다.

"왜 이렇게 정신이 없어? 무슨 일 있어?"

차마 내 입으로 말하기엔 치졸한 이야기였기에 고개를 저었다. 황태자비님은 익숙하게 자기 자리를 찾아 앉으셨다. 아드리안 님도 최근 늘 서 있는 입구 근처에 편하게 자리 잡았다.

이분들 이제 아주 자기 공간이 다 되었다.

그리고 놀라운 점은 황태자비님의 옷차림이 갈수록 멋들어져 간다는 점이다.

예전엔 그저 정체를 숨기기 위한 옷차림이라면 이젠 옷차림에 자부심을 가진 사람처럼 입었달까? 멋쟁이 신사처럼 보여 시선이 절로 갔다. 정체를 숨길 생각이 없는 건지, 남장 자체에 취미를 붙인 건지 모르겠다.

"옷차림이 너무 화려한 거 아니에요?"

그러고 다니다 걸리면 어떡할래? 의 의미였는데, 황태자비님에겐 다르게 들렸나 보다. 얼굴이 활짝 폈다. 그리고 일어서서 내 앞에서 빙그르르 돌더니 포즈까지 잡아 보였다.

"어때? 멋있나? 이번 신상이라고 해서 사 봤지. 기가 막히게 나랑 잘 어울리지?"

아닌 게 아니라 황태자비님을 위한 옷처럼 잘 어울렸다. 누가 저 모습을 보고 황태자비님을 바로 떠올리겠는가. 위화감이 전혀 없었다. 남자 옷이 무서울 정도로 잘 어울리는 것도 엄청난 능력 아닐까? 변장을 휙휙 할 수 있다는 뜻이니까.

"잘 어울리긴 하네요."

"그렇지? 이번 쇼핑은 정말 잘 한 것 같아."

황태자비님은 호탕한 웃음을 흘리며 즐거워했다. 그 해맑은 얼굴을 보던 중 어제의 사건이 떠올라 부글부글 끓어오르는 감정이 되살아났다.

"맞다! 그거 알아요? 어제 우리 바가지 썼어요!"

"바가지?"

황태자비님의 무슨 말인지 모르겠다는 어리둥절한 표정에 난 더 답답함이 생겼다.

"물건을 비싸게 샀다고요! 포포 아저씨가 저더러 경제관념을 배워야겠대요. 어제 엄청 비싸게 산 거예요."

황태자비님이 느릿하게 눈을 깜박였다.

"그러니까 물건의 값을 비싸게 치렀다고?"

황태자비님도 이 사실을 믿지 못하는 게 틀림없다. 그렇지 않으면 이렇게 단조로운 목소리가 나올 수 없었다. 황태자비님이 단꿈에 젖어 살게 해 드리고 싶지만 알릴 건 알려야 했다.

"네. 우리가 그 사람들에게 당한 거라고요. 죄다 2배 이상씩 받았어요!"

금액을 알고 보니 더 화가 났다. 최소로 남겨 먹어도 두 배였다.

난 이 충격적인 소식을 듣고 황태자비님이 엄청난 자괴감을 느낄 줄 알았다. 나처럼 분노로 부들부들 떨며 감히 자신을 물 먹였다고 격노를 쏟아내며 쫓아 갈 줄 알았다.

그런데 예상치 못한 행동이 나왔다.

"그렇군."

그렇게 말하며 황태자비님은 의자에 몸을 기댔다.

놀랍게도 황태자비님은 평온해 보였다. 물론 정말 평온이라기엔 표정에선 다소 불쾌감을 나타내고 있긴 했다. 다만, 내 예상보다 너무나 분노의 크기가 작아 얼떨떨했다.

"불쾌하지 않으세요?"

무슨 그런 질문을 하냐는 듯 황태자비님의 한쪽 눈썹이 쓱 올라갔다.

"당연히 불쾌하지."

"그런 것치고는 덤덤하셔서요."

황태자비님에게 어이없음이 떠올랐다.

"그럼, 그대는 내가 그들에게 분노를 쏟아내며 날 우습게 봤다고 소리치고 쫓아가 난리를 쳐야 한다고 생각해?"

난리를 쳐야 한다고 생각한 게 아니라, 난리를 칠 거라 생각했기에 나는 대답하지 못하고 머뭇거렸다. 황태자비님이 질책하듯 쯧쯧 혀 차는 소리를 냈다.

"그 사람들이 작정하고 속인 거니까요."

"그들이 날 속인 건 맞아. 하지만 내가 무지해서 당한 거잖아."

황태자비님이 이 일을 자신의 탓으로 돌릴 줄은 몰랐다. 내 잘못이라고 해도 남 탓을 더 하는 게 일반적인 심리였다. 거기다 이번 일은 명백히 저쪽의 잘못이었다. 그런데도 남 탓을 하지 않는다고?

"속인 사람이 잘못한 거 아닌가요?"

"속였다고 한다면 잘못한 게 맞지. 하지만 내가 제값을 알았다면 과연 물건들을 무턱대고 샀을까? 잘 알아보지 않고 산 내 잘못이 있으니 그들에게 화를 낼 순 없지."

"하지만 사람을 속이려 한 것부터가 잘못이잖아요. 그 사람들이 양심껏 팔았어야죠. 속은 사람이 잘못이라니 이상해요."

황태자비님이 방방 뜨며 노여움을 터트려도 문제지만 상인들을 옹호하는 태도는 더 이해가 가지 않았다. 황태자비님이 작게 웃었다.

"에이드 영애는 순진하군."

"네?"

이게 순진하다는 말을 들을 상황인가?

머리를 긁적이는데 황태자비님이 새삼스럽다는 눈으로 나를 훑었다. 그리고 조금 심오한 말을 꺼냈다.

"사람은 욕심을 추구하는 존재야. 늘 더 많은 것을 원하지."

이건 나도 동의하는 부분이다.

정말 사람의 욕심은 끊임없다. 하나를 얻게 되면 나도 모르게 둘을 원하게 되는 본능이 있는 것 같다. 로또 2등이 되었을 때 1등이 되지 못했음을 안타까워하지 않는 사람이 몇 명이나 될까? 더 이득을 얻고 싶어하는 건 당연했다.

하지만 늘 그렇듯 일반화는 위험한 거다. 그래서 나는 작게 항의의 기색을 내비쳤다.

"그렇지 않은 사람도 있지 않을까요?"

황태자비님의 눈길이 잠시 다른 빛깔로 변했다. 탓하는 건 아닌데 그렇다고 호의적인 기색도 아니라 괜히 주눅 들었다. 저도 알아요. 억지에 가까웠던 거.

"그렇겠지. 선인이라 일컬어지는 몇몇 존재들이나 그러지 않을까?"

상인들이 돈을 벌기 위해 내게 바가지 씌운 것이 당연하다고 말하고 싶은 건가?

"욕심을 부릴 수는 있어요. 하지만 그렇다고 모든 사람이 욕심대로 살지는 않잖아요. 절제할 줄을 알죠. 절제를 모르고 사람을 속인 게 잘못이라고 생각해요. 사기꾼과 다를 바 없잖아요."

다시 원점으로 돌아가자 황태자비님도 막막함을 느꼈는지 나를 빤히 바라보았다. 차분하게 눈을 몇 번 깜빡이며 생각을 정리한 듯 그녀는 고개를 끄덕였다.

"그렇군. 바라본 관점이 아주 달랐어."

무슨 의미인지 몰라 멀뚱한 시선을 보냈다.

"그댄 도덕적 관점으로 크게 봤고, 난 상행위의 일부분으로 봤으니까."

황태자비님의 정리에 나는 낮게 탄성을 터트렸다. 무슨 이야기를 하는지 알겠다.

난 내가 속았다는 사실을 주의 깊게 봤다. 난 황태자비님이 사기꾼에게 사기를 당했는데, 몰라서 당한 피해자가 잘못 이라는 말도 안 되는 논리를 펼친다고 생각했다.

반대로 황태자비님은 그저 거래 방식 중 하나로 봤다. 이곳은 물건의 값어치가 딱 정해진 세상이 아니다. 물품 하나에도 더 이득을 얻기 위해 계산해서 파는 게 현명한 세상이다.

반대로 생각해서 내가 상인이라면 사온 값 그대로 불렀을까? 물건을 사고파는 것으로 이득을 얻어야 하는데?

무섭다. 관점이 어긋났을 뿐인데 이렇게 이야기가 달라지다니.

"난 사기꾼을 옹호하는 게 아니야. 정말 악랄한 사기꾼이라면 마땅히 처벌해야지. 단지 어제 상인들은 그들의 이윤을 추구했다고 여겼을 뿐이야. 과연 그들이 우리에게 지불 능력이 없어 보였으면 그런 식으로 과하게 불렀을까?"

그들 입장에선 우리가 돈 많고 물정 몰라 주머니를 쉽게 열 것처럼 보였으니 그렇게 값비싸게 부른 것뿐이다. 지불할 능력이 없어 보였으면 그들도 그렇게 비싸게 말하지 않았겠지. 못 파는 것보다 적게라도 이득을 얻는 게 나을 테니까.

"아니요."

답하는 내 목소리에 힘이 없었다.

"그들은 비싸게 물건을 팔 기회라고 판단을 한 거고 큰 도박을 한 거야. 그들의 이윤을 위해."

맞는 말이다. 이해는 하는데 소비자의 입장에서 납득은 안 됐다. 나는 돈을 쓰는 입장이다. 내가 필요해서 산다지만 내 주머니에서 실제로 돈이 나가는 건 굉장히 크게 느껴졌다.

"하지만 상인은 신용이 있어야 하잖아요. 물건을 비싸게 샀는데 신용이 생길 수 있나요?"

나라면 비싸게 샀다는 걸 자각한 순간 다시 그 상점에 안 가겠다고 다짐했을 것이다. 물론 그렇다고 해도 문제는 있었다. 내가 간 곳이 일반 상점이 아니라는 것.

내가 다른 곳을 가겠다고 마음먹었다고 해서 다른 상점을 갈 수 있는 게 아니다. 그 물건을 파는 다른 곳이 없으니까. 독과점이 이래서 무서운 거다.

"그들이 건넨 물건에 문제가 있다면 그건 문제지. 그게 진짜 사기인 거고. 그 물건들이 문제가 있었나?"

포포 아저씨도 물건은 제대로 사 왔다고 했다.

"물건엔 문제가 없었어요."

"그래. 결국은 우리가 그들과의 거래를 잘 못 해서 손해를 본거지, 사기를 당한 건 아니란 거야."

내겐 어쩐지 황태자비님의 말이 정신 승리처럼 들렸다. 마음 깊이 공감하지 못하고 뚱한 표정을 짓고 있자 황태자비님이 예시를 들었다.

"이렇게 생각해 보지. 영애가 동화 1개를 주고 비상식량으로 풀뿌리를 샀다고 쳐. 엄청 흔하고 널린 거지?"

동화 1개짜리 풀뿌리면 뒷산에서 널린 식용 식물 수준이다. 굳이 돈 주고 살 필요 없는 것이다.

“그걸 들고 영애가 여행을 가. 걸어서 한두 달 정도 걸릴 만큼 떨어진 먼 곳이지. 그곳에서 어떤 사람을 만나. 그는 이 풀뿌리를 자신에게 팔라고 하지. 얼마에 팔 거야? 동화 1개?”

“아니요.”

운송 비용과 내 이득을 고려해야지, 멍청하게 원가 그대로 파는 게 어디 있는가.

“그런데 알고 보니 이 풀뿌리가 그 사람의 지병을 고쳐 줄 중요한 약재야. 심지어 그 동네에서는 자라지 않는 풀이지.”

“그럼 희소성까지 더해서 가치가 올라가네요.”

“그렇지. 게다가 그 사람은 얼마든 지불할 능력이 있어. 그럼 얼마를 부르겠어? 은화 1개를 부르면 영애는 사기꾼일까?”

황태자비님이 어떤 뜻으로 말하는지는 알겠다. 거래의 행위로만 봐라 이거였다. 내가 거래의 주최가 된다고 했을 때, 과연 내가 이득을 취하지 않을까? 나도 두 배, 세 배 남겨 먹을 거다.

전생에 판매직을 했어도 정찰제로 팔았던 나라서 고정관념이 있었던 것 같다. 제 금액 이상의 것은 사기라고.

머리 아프다. 머리 아파. 이해는 하는데 지금은 내가 판매자가 아니라서 그런지 와 닿지 않는다.

“무슨 소리인지는 알겠어요. 그런데 썩 기분이 좋은 건 아니네요.”

“그만큼 철저한 경쟁 사회라서 그렇지.”

황태자비님이 저렇게 말하니 어색했다. 처음부터 공주라서 몽땅 가진 사람이 경쟁을 해 보고 저런 말을 하는 건가? 그래도 황태자비님의 생각이 의외로 열려 있음을 알 수 있었다.

본인이 당한 불합리함에 분노하지 않는 모습만 봐도 일반적인 귀족들과 달랐다. 제 권력에 취한 사람들은 감히 네까짓 게 날 속였다고 난리 칠 수도 있는 상황이었으니까.

황태자비님은 만날수록 의외의 모습을 보여 주고 있었다. 친해지는 게 나쁘지 않다는 생각이 들만큼.

"어찌됐든 우리가 무지해서 당했다는 거니 다음번에도 그러지 않으려면 연습 좀 해야겠군."

황태자비님이 중얼거린 후 벌떡 일어서서 나를 쳐다봤다. 내가 멍청히 바라보고만 있자 왜 말귀를 못 알아 듣냐는 듯 황태자비님이 덧붙였다.

"나가자고. 얼른 일어서."

얼른 나갈 채비를 하라는 소리에 얼떨떨하기만 했다.

"어디를요?"

"어디긴. 무작정 나가서 돌아다녀 보는 거지. 보니까 그대도 공부만 해서 시야가 좁아. 물론 나도 궁 생활만 해서 모르는 것이 많아 똑같이 당했지. 그러니까 알아 봐야지."

몸소 발 벗고 나서서 돌아다니겠다는 소리에 입만 떡 벌렸다.

당신 몰래 나온 거 아니었어? 그렇게 돌아다니다가 누굴 만나면 어쩌려고?

"뭐 해. 언제까지 앉아 있을 거야?"

내가 꿈쩍 안 하자 황태자비님이 내 팔을 잡아 이끌며 채근했다. 당연히 내가 동행하는 것처럼 행동하는 그녀에게 이끌려 나는 얼떨결에 황태자비님의 물가 조사에 함께하게 되었다.

* * *

"세상에, 이건 무슨 황홀한 맛이지?"

호호 불어 가며 연신 감자를 콕 찍어 입에 넣는 황태자비님은 진짜로 황홀해 보였다. 나 역시 고개를 끄덕일 수밖에 없었다.

저 입 속에 들어가는 것이 바로 통감자 버터 구이였다.

작은 통감자를 버터에 살살 굽고 그 위에 솔솔 설탕과 소금을 뿌려 맛을 살린! 그 중독성 있는 맛!

"맛있죠!"

나 또한 한쪽 뺨을 볼록하게 만든 채 열심히 씹고 있었다. 황태자비님과 나는 며칠 굶은 사람처럼 흡입하고 또 흡입했다.

그런 우리를 아드리안 님이 안쓰럽게 보고 있었다. 참고로 부러운 눈빛이 아니라 불쌍한 사람 보는 눈빛으로.

아드리안 님은 이걸 먹어 보지 않아서 우리의 행동을 이해 못하는 거다. 아드리안 님께도 먹어 보길 권했지만 그는 호위 중 음식 섭취는 따로 안 한다고 거절했다. 이 유혹적인 냄새를 맡고도 거절하다니 의외로 독한 사람일지도 모른다.

우리는 현자의 서재를 벗어나 마차를 타고 밖으로 나왔다.

그리고 본격적으로 돌아다니기 직전, 황태자비님은 버터 구이의 냄새에 이끌려 움직였다. 그리고 장난감을 처음 보는 아이처럼 홀린 듯 바라봤다.

"저게 뭐지? 냄새가 엄청난데?"

"통감자 버터 구이요. 드셔 보신 적 없으세요?"

멍하니 고개를 끄덕이며 음식을 바라보는 모습이 안타까웠다. 냄새가 유혹적이긴 하지. 금강산도 식후경이라고, 먹고 시작하자고 내 쪽에서 제안했다. 황태자비님은 내가 먹자고 권하지 않았다면 좌절했을 정도의 기쁨을 표현하며 통감자 버터 구이를 샀다.

그렇게 처음 맛보게 된 통감자 버터 구이에 푹 빠진 황태자비님은 게 눈 감추듯 클리어하고 상큼한 과일 주스를 한잔 마시며 입가심했다.

뭔가 더 먹고 싶다. 아쉽지만 황태자비님과 함께니까 먹는 건 이 정도로 해야 했다. 오늘의 목표는 물가 조사니까 말이다.

살짝 진정 돼서 이제 슬슬 어디로 갈 건지 정하려는 찰나, 황태자비님이 입가를 닦으며 우아하게 물었다.

"자, 다음은 또 뭘 먹지?"

참으로 고상한 음성으로 황태자비님은 내 마음과 자신의 마음이 일치함을 알렸다. 어서 다른 음식을 권해 보라는 그 도도한 눈빛에 난 망설임 없이 손가락을 쭉 뻗었다.

"저기에 맛있는 게 있을 것 같습니다."

통감자를 주워 먹으면서 내 눈에 들어왔던 곳이었다.

"뭐지?"

"얇게 편 밀가루 반죽을 구운 것에 고기와 채소를 넣고 특제 소스까지 뿌린 후 말아서 들고 다니면서 먹을 수 있게 만든 겁니다."

황태자비님의 눈동자가 격렬하게 흔들렸다. 고기와 야채, 밀가루의 조합이라니? 환상의 궁합이잖아! 라고 그녀의 눈이 말하고 있었다.

"가자고."

결연하게 고개를 끄덕인 황태자비님과 난 동시에 움직였다. 뒤에서 아드리안 님이 작게 한숨을 내쉬는 것 같았지만 무시하고 우리는 음식을 향해 돌진했다.

그렇게 우린 물가를 느끼며 경제관념을 배운다는 미명 하에 본격적인 맛집 탐방에 나섰다. 세상엔 먹을거리가 너무 많아 행복하다. 맛있는 것을 함께 먹는 것만큼 사람에 대한 경계가 허물어지고 쉽게 친해지는 행위도 없는 것 같다.

한 번 나갔다 온 맛집 탐방에 푹 빠져 버린 황태자비님과 나는 거의 매일 같이 맛집을 찾아 다녔다. 평생 못 먹어 봤던 음식들이 황태자비님에게 꽤나 감동을 준 것 같았다.

그리고 나도 외출이 별로 없었기 때문에 나날이 새로운 먹을거리를 알아 가는 재미에 빠져들었다. 온전히 먹는 것에만 집중했기 때문에 황태자비님과의 만남이 불편하지 않았다.

오히려 너무 가까워진 건 아닌지 걱정될 정도로 우리는 음식에 대한 견해를 자유롭게 나눴고, 그러다 보니 난 가끔 황태자비님을 또래 친구 대하듯 대하고 있었다. 집에 와서 생각할 땐 그녀와 적당히 거리를 두려고 하는데, 맛있는 게 입에 들어가면 그게 안 됐다.

"이건 또 엄청나게 감동적인 맛이군. 기름에 튀긴 터라 겉은 바삭하고 그 안쪽은 의외로 말랑하고 보드라운 빵이라 식감이 대단해. 그리고 이 빵 안에 담긴 소시지가 정점이지. 두툼한 안쪽에서 육즙이 흘러나와 짭조름하고 감칠맛을 더해. 물리지 않는 맛이야. 오늘도 최고야."

오케스트라의 감동적인 연주를 들은 음악 평론가처럼 장엄한 목소리의 평가였다. 고고한 말투와 다르게 표정은 예찬을 넘어서 이 빵을 만든 분을 존경할 것 같았다. 갈수록 황태자비님의 음식에 대한 평가가 세세해지고 있었다. 어떠냐는 시선에 나도 재빨리 맞장구를 쳤다.

"진짜 맛있어요. 바삭한 빵 속에 소시지의 조합이라니 오늘도 성공적인 선택이었어요."

나도 절로 행복해지는 미소를 지으며 야금야금 소시지 빵을 씹어 먹었다. 감동으로 끄덕끄덕하고 한 입 먹고, 행복함에 끄덕끄덕하고 또 한 입 먹었다.

빵이 반쯤 줄었을 때 나는 우리가 먹는 모습을 흐뭇하게 바라보던 빵집 주인아주머니에게 부탁했다.

"이거 하나만 포장해 주세요."

"맛있게 먹기도 하네. 금방 준비해 줄게."

내가 워낙 맛있게 먹었던 탓인지 빵집 주인아주머니의 음성은 호의적이었다. 즉석에서 한번 튀겨 주기 때문에 빵이 늦게 나오는 편이라 미리 주문했다.

다시 빵을 한 입 더 물려는 찰나, 어쩐지 왼쪽 뺨이 따가운 것 같아 시선을 돌리니 황태자비님이 사람을 뚫어져라 보며 의미심장한 웃음을 짓고 있었다.

"왜요?"

"아니. 그냥."

말은 그냥인데 표정은 그냥이 아닌 것처럼 콧소리 섞인 비음을 흘리며 즐거움을 감추지 못하고 있었다.

내가 꺼림칙한 표정을 짓건 말건 황태자비님은 나와 아드리안 님을 번갈아 보고는 다시 빵 먹기에 열중하셨다. 놀리는 것보다 먹는 게 중요하단 태도였는데, 그러면서 황태자비님이 이미 다 눈치챘다는 신호를 보냈기에 묘한 부끄러움이 몰려 왔다.

"뭐 해? 먹지 않고?"

"네. 먹어요."

괜히 얼굴이 화끈거려 못 먹고 있자 황태자비님이 내 행동을 지적했다. 어차피 남부끄러운 행동은 아니었기에 마음을 비우고 먹는 것에 집중했다. 다시 입에 소시지 빵이 들어가니까 행복이 무한대로 퍼진다.

너무 맛있어. 왜 이렇게 먹어서 행복할까? 세상은 먹기 위해 사는 건가 봐.

사실, 맛집 탐방에 푹 빠져서 요즘 공부도 등한시하고 있었다.

현자의 서재 분들이야 워낙 내 자율적인 공부를 존중해 주는 분들이기에 아직까지 아무 지적이 없었지만, 언제 제재가 들어오지 않을까 걱정될 정도였다. 그래도 황태자비님이 가신 다음에 조금은 공부하려고 하니까.

자기 위안하면서 말랑해진 내 뺨을 꾹 눌렀다. 살도 찐 것 같아. 맛있어서 행복한데, 씁쓸해지는 이 기분은 뭘까.

잠시 무상함에 빠지려 할 때 빵집 주인아주머니가 포장된 빵을 들고 나왔다.

"자, 여기."
"여기요."
나는 남은 빵을 와앙, 입에 집어넣고 동화 10개를 내밀어 계산을 했다. 이 소시지 빵의 위대함은 무엇보다도 저 엄청나게 저렴한 값에 있었다. 이 맛있는 게 겨우 동화 10개 밖에 안 된다니!
아주 저렴한 식당에 가서 싼 메뉴로 한 끼를 먹었을 때 동화가 50개가 필요했다. 그런데 한 끼를 든든하게 채워 주는 이 빵이 동화 10개면 아주머니는 버는 것 없이 장사하는 것과 다름없었다.
사실 갑자기 간식을 넘치게 사먹으니 요즘 지출이 늘어서 걱정이긴 한데, 내겐 몇 년 동안 차곡차곡 쌓인 용돈이 있었다. 그동안 나가 놀 일이 없어서 고스란히 모아 온 용돈을 요즘 열심히 쓰고 있었다.
"다 드셨어요?"
"응. 맛있게 먹었지."
"그럼 갈까요?"
남장 차림의 황태자비님은 조금 전 허겁지겁 먹은 기억 따위 없는 사람처럼 우아하게 고개를 끄덕여 보이고 몸을 돌렸다. 난 빵집 주인아주머니에게 잘 먹었다는 의미로 고개를 숙여 보이고 뒤따랐다.
이번 음식이 오늘의 마지막 음식이었기에 황태자비님과 아드리안 님은 황궁으로 돌아갈 예정이었다.
멀지 않은 곳에 대기하는 자신의 마차에 다가간 황태자비님이 잽싸게 올라탔다. 아드리안 님이 타지 않았는데 문이 닫혀 황당했다.
그때, 창문을 연 황태자비님이 빼꼼 고개를 내미셨다.
"볼일 보고 타. 내 여유롭게 기다려 줄 터이니."
앞의 문장은 아드리안 님을, 뒤의 문장은 나를 보고 말한 황태자비님이 교묘한 미소를 흘리며 창문을 닫았다. 내가 무슨 행동을 할 지 다 안다는 그 표정에 머쓱해졌다.

아드리안 님의 얼굴에도 살짝 멋쩍음이 떠오른 것 같았다.

눈에 확 띄는 잘생긴 남자가 눈가를 붉히며 시선을 피하는데, 가슴 한 구석이 찡해진다. 딱딱한 냉미남일 줄 알았는데, 은근히 모성본능을 자극하는 점이 있었다.

아드리안 님의 아슬아슬한 매력에 괜히 민망해져 바로 행동하지 못해 어색함이 더 흘렀다. 별것도 아닌 일인데 황태자비님 때문에 남녀 간의 긴장감이 있는 듯한 분위기가 되어 버렸다.

더 머뭇거렸다간 정말 분위기가 이상해질 것 같아 나는 손에 든 것을 내밀었다.

“이거요.”

아까 포장한 소시지 빵이었다.

내가 이렇게 아드리안 님에게 포장된 음식을 건넨 게 처음은 아니었다. 사실 처음엔 나와 황태자비님만 음식을 먹었다. 하지만 그것도 하루이틀이지 나중엔 눈치가 보였다. 일한다고 옆에서 먹는 모습만 구경해야 한다는 게 얼마나 괴롭겠는가.

그래서 언제부터인가 포장 가능한 음식이 있으면 아드리안 님께 몰래 건네주곤 했다. 일할 때 못 먹어도 저녁에 쉴 땐 먹을 수 있지 않을까 해서 말이다.

이미 식어서 제 맛은 아니겠지만 맛도 못 보는 것보단 나을 것 같아 한 행동이었다. 그걸 황태자비님이 눈치채고 은근슬쩍 나를 놀려댄 것이다. 맛있는 걸 나눠먹는 게 뭐 대단한 일이라고.

아드리안 님은 내 손에 담긴 빵을 잠시간 내려다보다가 빵을 집어 들었다.

“매번 챙겨 주셔서 감사합니다.”

은은한 감동이 담기고 수줍은 미소가 살짝 달린 저 얼굴을 보니 아주 다리가 떨려 서 있기 힘들 정도였다.

아드리안 님은 갈수록 청초함이 강해졌다. 냉미남 기사에게 '청초함'이란 단어가 어울리는 것 같지는 않지만 잘 어울리는 걸 어쩌겠는가.

거의 매일같이 봐서 이제는 제법 익숙해졌다고 생각했는데, 저렇게 기습적인 미소를 보여 주면 정신이 몽롱해질 정도다.

주려던 물건도 줬겠다. 얼른 보내야지. 시간을 끌었다간 황태자비님이 더 즐거워할지도 모른다.

"먹는 모습 구경하는 것도 곤란하시잖아요. 그냥 저만 먹기 그래서 산 거예요. 얼른 들어가 보세요."

잠시 망설이던 아드리안 님이 깊게 허리를 숙였다.

"매번 모셔다 드리지 못해서 죄송합니다."

"아니에요. 안에 계신 분 모셔 가야죠. 전 여기서 저택이 가까우니까 괜찮아요. 하루 이틀 다니는 것도 아닌데요. 뭘."

계속 같이 있기 부담스러워 나는 얼른 들어가라고 손짓했다. 마음 같아선 등을 직접 밀어 주고 싶었지만 그 정도로 친하지 않아서 허공에 대고 손만 흔들었다.

"그럼 조심히 들어가십시오."

아드리안 님이 어색한 미소를 지어 보이며 인사를 하고 마차에 올랐다. 그러자 창문이 열리고 황태자비님의 고개가 쏙 나왔다. 그 얼굴은 나는 다 알지롱, 하는 미소를 감추지 못했다. 아무것도 아닌데 저러시니까 자꾸 의식하게 되는 거다.

내 생각을 읽은 것처럼 황태자비님의 웃음은 짙어지기만 했다.

"조심히 들어가. 내일 보자고."

이젠 다음날 만나는 게 아주 자동이 되었다. 물론 맛있는 음식을 같이 먹는 게 나쁘지 않기 때문에 나도 싫지는 않았다.

"네. 조심히 들어가세요."

마차가 출발하고 나서야 안도의 한숨을 쉬었다. 분위기 어색해서 큰일

날 뻔했다.

심장 근처를 툭툭 손바닥으로 치며 과하게 뛰는 심장을 달랬다. 설레지 마. 아무리 잘생겼어도 내 것 아닌 거 보고 함부로 설레는 거 아니야. 그렇게 스스로를 다그치며 뺨도 가볍게 두들겼다.

그러고 보니 요즘 뺨이 먹방으로 토끼 궁둥이처럼 토실토실 살이 올라 말랑말랑해졌다. 습관적으로 볼에 손을 올리고 비비적거렸다. 내 뺨이지만 찹쌀떡처럼 쫀득쫀득해서 만지는 재미가 있구나.

아무래도 살이 너무 찐 것 같다. 마차를 잡아 탈 게 아니라 집에 걸어가야겠다. 여기서 집까지 버스 서너 정거장 거리였다. 짧은 다리로 걸으려면 꽤 걸어야 하지만 다이어트를 위해 과감하게 선택했다.

그리고 막 걸음을 옮기려는 순간.

"저기, 꼬마야."

등 뒤쪽에서 들리는 나직한 부름에 소름이 쫙 돋았다. 목소리가 음습해서 그런 게 아니다. 분명 조심스럽고 청명한 목소리지만 문제는 너무 가까이서 들린 것이다. 마치 귀 뒤에 고개를 붙이고 말하는 것처럼 말이다.

"으악!"

나는 비명을 외치고 앞으로 튀어나가며 몸을 돌렸다.

수상함을 풀풀 풍기는 검은색 로브를 뒤집어쓴 장신의 남자가 내 뒤에 우두커니 서 있었다. 내 질겁하는 태도에 차마 나를 잡을 수는 없었는지 남자의 손이 허공에 어색하게 떠 있었다. 일단 남자는 당장 내게 달려들 기색은 없어 보였다.

"뭐, 뭐예요?"

"놀라게 했다면 미안하다. 물어 볼 게 있어서 그런데……."

최대한 친절하게 말을 거는 정체불명의 남자의 말을 나는 단호하게 끊었다.

"안 사요. 안 믿어요."

잡상인과 종교인은 사절이다. 제대로 말을 걸기도 전에 잘라 내서 그럴까? 남자는 굳은 사람처럼 말을 잇지 못했다.

본론을 꺼내기도 전에 거절당한 게 처음인가? 아직 경력이 얼마 되지 않은 아마추어인가 보다. 저런 것도 나름 멘탈이 단단해야 할 수 있는 것을 알기에 그러려니 했다. 곧 정신 차린 남자가 다시 입을 열었다.

"아니……."

"필요한 물건 없고요. 종교도 괜찮다니까요."

난 지체 없이 다시 남자의 말을 잘랐다. 이런 건 칼같이 잘라 줘야 한다. 내가 요즘 살이 보기 좋게 올라서 살짝 유해 보이는지 이상한 사람이 잘 달라붙어 귀찮았다.

"다른 분에게 많이 파세요. 이왕이면 다른 일을 하시거나요."

나는 나름 충고를 던진 뒤 갈 길을 향해 바삐 움직였다. 괜히 상대해 줬다간 더 엉겨 붙을 지도 모른다. 세상이 먹고 살기가 힘들어서 그런지 이상한 사람이 너무 많아져서 탈이다.

나는 넋 놓은 남자를 뒤로하고 걸음을 빨리 했다. 역시 무시가 최고다. 그런데 처음의 어설펐던 모습과 다르게 남자는 끈질겼다. 나를 쫓아오는 발걸음 소리가 들리며 다급한 외침이 들렸다.

"저기, 꼬마야! 정말 물어볼 게 있어서 그래. 나 정말 위험한 사람 아니야! 물건 파는 것도 아니고, 종교 권유는 더욱 아니야!"

내가 한 번은 참았는데 또?

아까는 너무 놀라기도 했고 위험한 사람일까 봐 꼬마라고 불려도 한 번은 참았다. 그런데 이 남자는 두 번째도 나를 '꼬마'라고 불렀다. 내가 다른 건 다 참아도, 어린애 취급은 못 참겠단 말이다!

"이봐요!"

나는 홱 하고 고개를 돌리며 버럭 외쳤다.

하지만 언제 벗었는지 로브의 후드가 뒤로 넘어가 있었다. 얼굴을 드러낸 남자의 댕그랗게 뜬 눈과 마주쳤을 때, 난 놀라 말을 잇지 못했다.

놀랍게도 남자는 낯익은 사람이었다. 정확히 안다고 표현하기 애매한 사람이지만, 분명히 기억에 있는 남자였다. 호감형의 번드르르한 낯짝. 금발의 화사함과 살짝 처진 눈이 웃으면 더 순해 보이는 인상의 잘생긴 남자.

이런 얼굴을 착각하기 힘들 테니 만난 적이 있는 사이인데, 누구지? 이름이 기억나지 않는 걸 보니 최근에 만난 사람은 아니었다. 남자도 나와 같은 느낌인지 고개를 갸웃거리고 있었다.

내가 바깥사람을 만날 일이 없는데, 요즘에 외출했을 때가 아니면, 꽤 오래 전인가?

그렇게 기억을 더듬던 중 어떤 사건이 머리를 번뜩 스치고 지나갔다.

이 남자, 그 남자다!

몇 년 전 황태자비님이 테일런의 공주님으로서 제국에 왔을 때, 행렬을 구경 갔다가 만났던 이상한 사람. 내게 유괴범으로 몰려 뺨을 맞았던 남자였다. 이 사람도 살짝 은밀한 취향이 있었던 것 같은데.

난 반사적으로 거부감이 떠올라 주춤주춤 뒷걸음질 쳤다.

나는 최근 드디어 키르가 멀쩡해져서 해방감을 느끼고 있었다. 다시 만난 키르의 입에서 때려 달란 말이 나오지 않아서 얼마나 감격했던가. 드디어 내 손바닥도 정상적인 행동만 하게 됐다고 감동했다. 다른 사람과 얽혀 다시 뺨 때리는 일을 하며 살고 싶지는 않았다.

순식간에 머릿속에서 이상한 소설이 써졌다. 이 사람 혹시 예전에 내게 맞고 내 마성의 손바닥 맛을 잊지 못해 나를 찾아 헤매다가 드디어 만난 걸지도. 상상만으로 끔찍했다.

다행히 그 끔찍한 상상은 상상으로 끝났다.

“우리가 아는 사이던가?”

남자가 어리둥절해 물었다. 난 재빠르게 고개를 저었다. 내 부정의 표현을 읽은 남자가 미간을 찡그렸다.

"내가 아는 아가씨들 중 하나가 아닌 것은 확실한데, 그런데 왜 꼬마 아가씨가 낯이 익지?"

어디서 또 꼬마래!

"꼬마 아닙니다! 꼬마 취급하지 마세요!"

나는 자동 반사처럼 버럭 했다. 내가 진심으로 외쳐서 남자가 움찔했다. 내 분노는 더욱 차올랐다. 한동안 타인의 어린애 취급에 너그러워졌다고 여겼는데, 아니었다. 새로운 인물을 만나 꼬마 취급을 안 받아서 그런 거였나 보다.

그러고 보면 황태자비님과 아드리안 님은 내가 전에 경고 비슷한 행동을 해서 그런지 이제는 나를 어린 아이가 아니라 다 큰 성인으로 대했다. 어린애들도 어린애 취급하는 걸 싫어하는데!

이 남자는 사람에 대한 배려가 너무 없었다. 나는 허리에 손을 얹고 온 힘을 다해서 남자를 노려봤다. 그때, 남자가 무얼 떠올렸는지 나를 향해 손가락질 했다.

"너! 뺨! 아니, 당신? 어라?"

남자의 눈동자가 격렬하게 흔들렸다. 그러면서 제 뺨을 보호하려는 듯 손바닥으로 소중하게 감쌌다. 그 행동을 보아하니 남자도 나를 떠올린 것이 틀림없다.

그때의 만남을 또렷하게 기억한다면 그럴수록 남자가 혼란스러워하는 것도 당연했다. 몇 년 전 일인데 슬프게도 난 그때와 거의 달라진 점이 없었으니까.

"그때 그…… 영애 맞지요?"

남자는 내게 맞았던 기억 때문인지 어설픈 존댓말을 구사했다. 그런데 말투에 확신이 없는 걸 보니 긴가민가 하는 것 같았다.

아무리 강렬한 인상을 주는 만남이었다고 해도, 오랜만의 만남이니 확신 못하는 것도 당연했다. 아니면 당시의 내가 지금의 나라고 확신을 해도 그때 그 모습 그대로 전혀 자라지 않은 내 외모에 혼란스러워 하는 걸지도.

여기서 내가 그때 그 사람이 맞다는 것을 밝혀야 할지 말아야할지 고민되었다. 남자가 꼬마라 부른 걸 잔소리하려면 맞다는 걸 인정하는 게 유리하겠지만, 내게 남자에 대한 마지막 인상이 너무 강렬했다. 얼마든지 때리라며 매달렸지.

그때 못 때린 걸 지금 때려달라고 매달릴까 봐 걱정이 들었다. 자기를 때려 달라고 말하는 사람치고 정상인은 별로 없으니까. 아무리 어렸다고 해도 키르도 내게 몇 년 동안 때려 달라고 하지 않았던가. 걸러지지 않은 찜찜함이 남았다.

그래서 나는 대화의 주제를 돌렸다.

“절 왜 부르셨어요?”

“응?”

남자가 바뀐 주제를 따라잡지 못하고 멍청한 소리를 냈다.

“절 왜 부르셨냐고요. 계속 쫓아오면서 부를 정도면 중요한 이야기였던 거 아닌가요? 저 바빠요. 빨리 물어보세요.”

“아니, 쫓아다닌 건 아닌…….”

“저 바쁘다니까요? 그냥 갈까요?”

남자의 변명하려는 말을 자르며 다그치듯 말했다. 저번엔 아예 쫓아왔고 이번에도 쫓아와 잡을 것처럼 굴었다. 이 정도면 확신범인데, 구질구질한 변명 들어서 뭐 하겠는가. 내가 정말 갈 사람처럼 몸을 돌리자 남자가 다급하게 불렀다.

“잠깐! 잠깐만! 맞아, 물어 볼 말이 있어.”

급하다 보니 반말을 해놓고 흘긋 내 눈치를 본다. 아직도 내가 그때 그 뺨 때린 사람이라는 확신이 안 생기나 보다.

끝까지 안 생기면 더 좋은 거지 뭐. 얼른 말하라고. 그렇지 않으면 정말 떠나겠다고 고개를 까딱이며 나는 심기 불편한 표정을 지었다. 남자는 이게 아닌데, 하는 표정으로 어설프게 말을 꺼냈다.

"아까 누구랑 같이 있는 모습을 봤는데 같이 있던 사람이랑 무슨 사이인지 물어도 될까?"

이 남자도 묘하게 학습 능력이 없다. 그렇게 물어 보면 내가 퍽이나 '네, 그러세요.' 하고 답하겠다.

"아니요. 안 돼요. 그럼 가도 되죠?"

남자는 내 단호한 거절에 멍청한 얼굴을 했다. 이해 못 하고 눈만 깜빡이는 남자를 두고 몸을 돌렸다.

"아니, 잠깐만! 왜? 왜 안 되는데?"

이건 또 무슨 멍청함을 참신하게 나타내는 질문이지? 기가 막혀 돌아보니 남자는 왜 대답을 못 듣는지 이해 못하는 멍한 표정이었다. 저 진실함은 뭐야.

"제가 왜 알려 드려야 하는데요?"

난 진지한 의문을 담아서 물었다. 남자가 더 없이 황당해 하고 있었다. 내 한심한 시선을 받은 남자는 어리바리하며 버벅거렸다.

"답할 의무가 없나?"

이건 밑도 끝도 없이 순진한 거야? 멍청한 거야? 이 남자 저번에도 정상은 아닌 것 같더니 이번에도 마찬가지다. 허술함이 넘쳐흐른다. 수상하게 접근했지만 대놓고 어리숙한 사람이라 범죄자는 아닌 것 같았다. 그런 걸 하기에 이 남자는 너무 모자랐다. 위기감 대신 한심함이 생겼다.

"네. 없지요."

나는 삐딱하게 대답하고 남자를 위아래로 훑었다.

키는 아드리안 님과 비슷할 정도로 컸다. 로브로 몸을 가려 잘 모르겠는데 듬직한 체구에 가까운 것 같았다. 거기에 미소가 잘 어울릴 것 같은 말끔한 얼굴까지 가지고 있으니 허우대는 멀쩡한데, 왜 이렇게 사람이 어설프지? 하긴 그러니까 내게 유괴범 취급당하고 뺨까지 맞았지.

"나 수상한 사람 아닌데."

내 눈길이 부담스러웠는지 한다는 변명이 저거였다. 저러면 더 수상하게 느껴진다는 걸 모르나? 뒷머리를 긁적이는 모습이 참 어수룩했다.

"어려 보이는 사람 쫓아와서 말을 걸려는 걸 보면 충분히 수상해 보이는데요."

내 삐딱한 음성에 남자의 혼란이 가중되었다. 남자는 '어려 보이는'에서 그때의 추억이 떠올랐는지 다시 자신의 뺨을 소중하게 감싸 보호했다. 저렇게 방어를 하는 것을 보니 맞는 취향이라는 건 내 착각이었나?

"아니야. 물어보고 싶은 게 있어서 그런 거야. 그 귀족처럼 보이는 사람과 네가 무슨 상관이 있는지 난 그게 알고 싶어서……."

허술해도 이렇게 허술할 수가. 물어 보지 않은 것도 술술 불고 있었다. 나는 한심한 눈길로 남자를 바라보다가 제 입으로 약점을 나불거리고 있단 것도 모르는 그의 말을 끊었다.

"꽤 오랫동안 저를 지켜봤나 보네요?"

내가 남자의 행동이 음습했음을 알리자 그는 소스라치게 놀랐다. 전에도 느꼈지만 이 사람은 은근히 도덕심이 강한 것 같았다. 그때도 범죄자 취급에 심하게 좌절하더니 이번에도 마찬가지로 얼굴이 하얗게 탈색되고 있었다.

"어? 아니, 그게……."

남자는 얼마나 놀랐는지 말도 제대로 못 했다. 나는 변명할 방법을 찾지 못하고 허둥지둥하는 남자에게 쐐기를 박아 주었다.

"이 변태! 쫓아오지 마요! 쫓아오면 소리칠 거예요!"

난 질겁한 얼굴로 가녀린 포즈를 하며 도망쳤다.

흘긋 돌아보니 남자는 입을 딱 벌리고 경악한 채 멈춰 있었다. 그러다

정신을 차리고 버럭 외친다.

"아니야! 난 변태가 아니라고! 난 그저……!"

남자는 날 붙잡았다가 정말 변태 취급을 받을까 걱정돼서인지 절규하면서도 막상 행동은 못하고 있었다. 못 박힌 사람처럼 서서 처절하게 외칠 뿐이다.

나는 남자가 따라올 생각이 없어 보이자 더욱 재빨리 움직였다. 일부러 골목을 돌아 남자가 안 보이는 장소로 움직인 다음 몸을 숨겼다.

따라오지 않은 게 확실하지? 나는 두리번거리며 남자가 없는 걸 확인하고 안도의 한숨을 내쉬었다. 장난스럽게 위기를 모면했지만, 아무래도 엄청 수상한 남자였다.

물론 남자가 어수룩해서 위험성이 크게 와 닿지는 않았다. 하지만 접근이 의도적이었다는 건 확실했다.

문제는 그 목표가 내가 아니란 것.

언뜻 흘린 말에 힌트가 들어 있었다. 남자는 나와 함께 있었던 인물에 대해 궁금해 했다. 내게 관심이 있어서 떠봤다는 착각도 할 수도 없는 게 '귀족처럼 보이는 사람'이라고 지칭했다.

모르는 사이라 겉모습만 보고 판단했다면 보통 '-처럼 보이는'이라는 표현을 쓰지 않았을 거다. 그냥 귀족이라고 말했을 것이다. 겉모습은 의심할 여지없이 잘나가는 귀족이 확실했으니까.

거기다가 그는 '남성'이 아니라 '사람'이라고 표현했다. 오늘도 황태자비님은 멋들어진 남성복을 입었고 그녀와 기가 막힐 정도로 잘 어울렸다. 오죽하면 들르는 가게마다 모두 황태자비님이 남자임을 믿어 의심치 않았다.

그런 사람에게서 굳이 '남자'란 표현을 빼 버린 것은, 저 남자가 황태자비님의 정체를 알고 있기 때문일 확률이 높았다. 그 모든 걸 알고 내게 접근한 거다.

저 남자의 목표는 내가 아니라, 황태자비님이었다.

* * *

오늘도 비슷한 시간에 어김없이 내 연구실 문을 노크하는 소리가 들렸다. 누구인지 알기에 대답도 하지 않았다. 상대도 거리낌 없이 문을 열었다.

"뭐해? 출발 안 해?"

황태자비님이 문틈으로 고개만 내밀고 나를 재촉했다. 함께하는 게 당연하다는 태도였다. 저렇게 말하는 게 이상하지 않다고 여겨질 정도의 익숙함이었다. 저 해맑은 얼굴을 보니 어제의 사건이 떠올랐다.

"잠깐 들어오시겠어요?"

또 다른 맛집 탐방에 들떴던 황태자비님의 얼굴에 어리둥절함이 떠올랐다. 난 더 말하는 대신 내 앞의 의자를 향해 눈짓했다. 그러자 황태자비님의 표정이 차분해졌다. 가볍게 꺼낼 이야기가 아님을 알아챈 듯 연구실 안으로 들어왔다. 아드리안 님이 뒤따라 들어와 문을 닫았다.

의자에 걸터앉으며 황태자비님이 먼저 이야기를 꺼냈다.

"할 말이 있는가 보지?"

"네. 어제 헤어지고요……."

막상 이야기를 꺼내려니 걸리는 게 있어 난 이상한 곳에서 말을 멈춘 채 잠시 두 사람의 눈치를 봤다. 황태자비님은 그런 나를 재촉하지 않고 느긋하게 기다렸다.

남자의 정체라도 알면 나을 텐데, 괜히 불확실한 이야기를 꺼내서 두 사람에게 심란함을 던져 주는 건 아닐까?

하지만 만약 무슨 일이 생긴다면 모르고 당하는 것보다 나을 테니까. 그리고 위험은 대비할 수 있으면 대비하는 게 좋았다.

"두 분이 탄 마차가 출발한 후 제게 접근한 사람이 있었어요."

"접근?"

여유롭던 황태자비님의 기색이 싹 바뀌었다. 목소린 싸늘해지고 눈매도 날카롭게 변했다. 내 잘못도 아닌데 긴장감이 차올라 손바닥을 펴서 허벅지에 비볐다.

"네. 확실하지는 않지만 그 사람은 제가 아니라 황태자비님을 알고 접근한 것 같아요."

황태자비님과 아드리안 님의 얼굴이 동시에 굳었다. 상대가 누구인지, 왜 접근한 것인지 등등, 둘 다 최악의 수를 생각하고 있을 것이다. 싸늘하게 내뿜는 기운에 난 눈치만 봤다.

정체불명의 남자가 노리는 대상이 내가 아니라고 해서 나도 마음 놓고 있을 수는 없었다. 황태자비님은 권력의 중심에 서 있는 사람이라 존재 자체로 적이 있을 수밖에 없었다.

만일 그 적이 황태자비님을 관찰하다가 나를 발견한다면? 나랑 자주 만난다는 것을 알게 된다면 내게도 피해가 올 확률이 높았다. 난 언제 터질지 모르는 시한폭탄을 만나고 다니는 것과 다름없었다. 앞으로 여태까지와 같은 안일한 만남은 자제하는 게 좋았다.

사실 지금까지의 만남이 무모하긴 했다.

황태자비님이 변장을 하고 있는 건 계속 몰래 나온다는 뜻인데, 우린 매일 사람이 많은 곳을 돌아다녔다. 처음 먹어 보는 먹거리에 정신이 팔린데다가 이번 생에 처음으로 생긴 동성 친구랑 같이 놀러 다니는 재미에 빠져 나 역시 안일하게 행동했다.

황태자비님을 알아볼 만한 사람들이 없는 동네라고 해도 사람 일은 모르는 거다. 그 어수룩한 남자처럼 황태자비님을 아는 인물을 마주칠 수도 있었는데, 나는 멍청하게 놀기 바빴다.

"무슨 일 있었나? 혹여 그 사람이 영애에게 해코지라도 한 건 아니겠지?"

살짝 생각이 정리되었을까? 황태자비님이 차분한 목소리로 내게 별일이 없었는지를 물었다. 날카롭게 선 눈이지만 붉은 빛의 눈동자엔 처음엔 볼 수 없었던 감정이 담겨 있었다. 걱정이라는 감정이 말이다.

속이 울렁거렸다. 우리가 언제 이렇게 친해진 걸까? 꾸준한 만남으로 생기는 사람 사이의 정이란 건 정말 어쩔 수 없나 보다. 분명히 계산적인 관계에 가까웠던 거 같은데.

아드리안 님 또한 어디 다친 건 아닌지, 무슨 일이 있었던 건 아닌지, 나를 걱정하는 눈으로 세심하면서 예리하게 관찰하고 있었다.

"다행히 제게 접근했던 사람이 좀 허술한 면이 있어서 잘 피했어요."

"허술한 면이 있었다고?"

황태자비님에게 믿기지 않는다는 떨떠름함이 떠올랐다. 위협이 없었다니까 다행이라 여겨야 하는데, 적이라 예상한 인물이 허술하다니 기운 빠지지 않는 게 이상했다.

"몇 마디 말했더니 혼란 상태에 빠지던 걸요. 그때 잽싸게 도망쳤지요."

황태자비님이 헛바람 빠지는 소리를 냈다.

"무슨 말을 했기……. 아니다. 그대가 어지간히 알아서 했겠지."

고개를 절레절레 흔들면서 나를 보는 눈길이 참 찜찜했다. 뭐지, 나를 걱정했으면서 막상 이야기 하니 내 편이 아니라 상대를 걱정하는 것 같은 저 표정은. 누가 보면 내가 엄청 이상한 사람인 줄 알겠다.

아까 감동한 거 취소. 내가 입을 삐죽이자 황태자비님이 그제야 얼굴에 안도감을 드러냈다.

"그래도 별일 없다니 다행이지. 그래, 그 사람이 누군지는 모를 테니까. 외모는 어떻지? 설명 좀 해 봐."

황태자비님은 웃는 얼굴이지만 눈동자는 냉철했다. 내 말을 한마디도 놓치지 않겠다는 집중력이 보여 나는 최대한 자세히 설명해야겠다는 의지가 생겼다. 하지만 그게 마음대로 되겠는가.

"아드리안 님과 비슷한 나이대로 보였고요. 키도 비슷했던 것 같아요. 로브를 뒤집어써서 잘 모르겠는데, 체격도 아드리안 님과 비슷할 것 같아요."

내 설명에 황태자비님의 입가가 굳었다. 내게 미술에 재능이 있었다면 눈을 감아도 그린 듯 설명할 수 있을 텐데, 이쪽으론 평범보다 못한 재능의 소유자였다.

어린 시절 내 그림을 본 키르가 자지러지게 웃었다. 그러면서 자기가 발로 그려도 나보다는 잘 그리겠다고 해맑게도 말했다.

그때의 키르는 정말 무자비했다. 그게 마음의 상처가 되어 그 다음부터 미술을 더 멀리하게 되었다. 어쨌든 그래서 묘사하는 내 센스는 최악이었다.

"그게 전부야? 하다못해 머리카락 색깔은?"

황태자비님의 질문에 아차 싶었다. 외모를 볼 때 제일 먼저 머리카락 색깔과 눈 색깔을 확인하면서 그걸 떠올리지 못했다.

"금발이요. 그리 길지는 않은데 굉장히 화사했어요. 눈동자는 어두운 파란색이고요. 아! 눈이 살짝 처졌어요. 그래서 선해 보이고 호감 가는 인상의 미남이었죠."

설명을 술술 하는 내가 기특해 스스로를 칭찬하며 이것저것 떠오르는 바를 말했다.

그런데 내 말이 이어질수록 황태자비님과 아드리안 님의 얼굴이 또 굳어 갔다. 황태자비님은 초조함이 생기는지 아랫입술을 잘근 씹기까지 했다. 입 근처에 엄지손가락이 배회하는 게 손톱을 물어뜯고 싶지만 체면 때문에 참는 것 같았다.

"누군지 아세요?"

"짐작 가는 이들이 몇 있어서 확신은 안 서네."

나는 어안이 벙벙해서 입만 뻥긋거렸다. 아니, 그 정도면 엄청 특별한 외모인데 그런 사람이 몇 명이나 있단 말이야?

어떤 의미로 놀라야 할지 혼란스러웠다. 황태자비님이 쓰게 웃고 몸을 일으켰다.

"어쨌든 알려 줘서 고마워. 덕분에 대비할 수 있겠어."

"제 안위와도 관련 있는 걸요."

황태자비님이 자리를 떠나려는 것 같아 잘난 척 대신 조심스럽게 답했다. 그녀는 잠시간 말없이 나를 내려 보았다. 아무 말도, 어떤 감정도 떠오르지 않은 것 같은 시선이 무거워 나는 숨을 들이켜며 이어질 말을 기다렸다.

할 말이 있는 것처럼 굴더니 막상 황태자비님은 말없이 몸을 돌렸다. 인사도 하지 않고 떠나는 게 어색해서 반사적으로 몸을 일으켰다.

그때, 문을 붙잡고 황태자비님이 멈춰 섰다. 뒷모습으로 망설임이 읽혔다. 내가 나서야 하나 싶을 정도로 머뭇거림이 보여 괜히 신경 쓰였다.

황태자비님은 비스듬하게 내 쪽으로 몸을 틀었다. 몸처럼 시선도 비껴가 있었다. 늘 나를 또렷하게 주시하던 사람이 눈을 피했다. 그게 이상하게 보였다.

"한동안, 아니, 어쩌면 꽤 오랫동안 찾아오지 못할 거야. 그동안 고마웠어."

마지막 인사였다. 마음이 무거웠다. 오늘 이야기를 꺼냈을 때부터 이렇게 될 걸 예견했지만 생각보다 속상했다. 이렇게 정리하는 게 맞다는 걸 알면서도 서운한 감정이 차오른다.

하지만 서운함을 꺼내선 안 된다. 그녀가 날 찾아오지 않는다는 선택 자체가 날 배려하는 것이기 때문이다.

"저도 그동안 감사했습니다. 덕분에 맛있는 것 많이 먹었어요."

"재밌었어. 나중에 꼭 다시 같이 맛있는 걸 먹을 수 있었으면 좋겠네."

이렇게 헤어지면 그녀와는 다시 만날 일은 없다고 봐야 했다. 황태자비님은 지금껏 일탈을 해 왔다. 그걸 들켰으니 조심해야 했다. 오히려 지금까지 사사로이 시간을 내서 외출해 왔던 게 말이 안 되는 거였다.

황태자비님이 온화하게 웃었다. 우리끼리 있을 때의 소녀 같은 천진함도 아니고, 가짜 신분이었던 오웬 남작의 능글맞은 표정도 아니었다. 철저하게 황태자비님이라는 직위의 가면을 뒤집어 쓴 얼굴이었다. 서늘하게 시선이 바뀌었고 우아하게 그린 듯한 미소가 입가에 걸렸다.

적당히 오만하게 고개를 까딱인 황태자비님이 몸을 돌려 나갔다. 그녀는 미련을 두지 않겠다는 듯 오연한 자세로 흔들림 없이 걸었다. 그 당당함이 이상하게 서글퍼 보였다.

아드리안 님 또한 마지막에 정중한 태도로 내게 깊게 허리를 숙였다. 그동안 감사했다고 말하지 않아도 그 감정이 전해졌다.

난 문이 닫히고 나서도 고개를 돌리지 못했다. 문 너머로 두 사람의 뒷모습이 잔상처럼 보이는 것 같았다.

어쩌면 그동안 황태자비님은 나를 찾아온 게 아니라 쉬러 왔던 게 아닐까? 황태자비가 아니라 또래의 친구로 대해 주는 사람에게 위안을 받고 숨을 쉬고 싶었던 게 아닐까? 가끔 키르가 내 품에서 쉬었던 것처럼.

그녀가 말하지 않는 이상 상대의 속내를 알 수 없다. 하지만 어쩐지 그렇게 느껴졌다. 이렇게 갑작스럽게 사이가 끊어질 줄은 몰랐기에 허무하고, 서늘하며, 미안함만이 남았다.

14. 그 영애가 피곤한 이유

이상하게 의욕이 생기지 않았다. 이제 한가해져서 나를 방해할 사람이 없으니까 그동안 밀린 것까지 더 열심히 공부해야 하는데 뭔가를 해야겠다는 마음 자체가 안 생겼다. 그래서 책상에 엎드려 펜만 굴렸다.

이젠 무슨 재미로 사나.

그때, 노크 소리가 들려 나는 벌떡 일어났다. 아니겠지, 싶다가도 그래도 혹시 모르니까, 의 희망으로 헐레벌떡 뛰어가 반갑게 문을 열었다. 하지만 환했던 내 얼굴은 문 앞에 서 있는 상대를 확인하고 시무룩해졌다.

방문자는 황태자비님이 아닌 키르였다. 그 표정 변화를 실시간으로 본 당사자인 키르의 표정이 서늘해졌다.

"누구 기다렸어?"

"아니."

키르에게 황태자비님 이야기를 할 수 없으니 부정부터 했다. 키르의 눈썹이 미심쩍음으로 치켜 올라갔지만 나는 모른 척 자리로 돌아가 앉았다.

"그런데 왜 왔어?"

"맨날 왜 왔냐고 묻지?"

"내가 언제?"

나쁜 사람으로 몰아가는 것 같은 밀에 발끈했더니 키르가 진지하게 대꾸했다.

"생각해 봐. 매번 그랬어. 이유 없으면 찾아오면 안 돼? 우리가 그런 사이야?"

섭섭함이 담긴 말투에 멈칫했다. 그리고 내 행동을 돌이켜봤다. 그러고 보니 그랬던 것 같다. 맨날 '왜 왔어?', '무슨 일로 왔어?' 키르를 보면 반사적으로 이것부터 물었던 것 같았다. 서운할 만하다.

이상하게 키르를 대할 땐 이런 점이 잘 조절되지 않았다. 그러고 보면 맨날 틱틱대는 내게 얜 은근히 너그러웠다. 아니지, 본인 말투도 퉁명스러워서 그냥 무딘 건가?

어쨌든 키르한테 본의 아니게 상처를 계속 줬던 것 같아 살짝 미안하긴 했다.

"미안. 그냥 네가 이유 없이 찾아오지 않을 거라고 생각해서 그랬나 봐."

무성의한 사과였지만 그래도 사과를 받았다는 것이 기쁜지 키르의 표정이 한결 풀렸다. 단순하다, 단순해.

아까 잠깐 엎드려 있었다고 몸이 찌뿌둥해 의자에 등을 기대며 허리를 폈다. 내가 앉아 몸을 뒤틀고 있는데 키르가 다가왔다. 그리고 내가 앉은 의자 옆에 서더니 책상에 걸터앉았다.

그렇게 가까이 앉으면 내가 고개를 뒤로 젖혀서 봐야 하잖아. 멀쩡한 의자 내버려 두고 뭐 하는 짓이냐. 살짝 불만스러움을 담아 응시했지만 키르는 움직이지 않았다.

"왜 이유가 없으면 찾아오지 않는다고 생각해?"

질문이 어째 이상했다.

나이 먹으면 어릴 때처럼 꼭 붙어 있는 쪽이 이상한 거 아닌가? 크면 각자의 인생이 있어서 바쁜데 매일 만나는 게 이상한 거지.

그런데 키르가 너무 확고한 시선으로 바라봐서 나는 이런 속내를 드러내지 못하고 어물거렸다.

"어, 그냥?"

또 키르의 얼굴에 탐탁지 않음이 스쳐지나갔다. 멋쩍어서 머리를 긁적이려는데 키르의 손이 와서 내 손을 잡아챘다. 이젠 내 마음대로 머리도 못 긁게 만드는구나.

멀뚱히 잡힌 손을 바라보는데 키르가 잡은 손을 흔들었다. 자길 봐 달라는 신호에 나는 고개를 꺾어 키르와 눈을 마주쳤다.

"이유가 없어도 난 찾아올 거야. 알겠어?"

그걸 왜 나한테 확인 시켜? 제 발로 본인이 돌아다니겠다는데 내가 뭐 어쩌겠는가. 시간이 남아돈다고 생각하고 말지. 나는 알겠다고 고개를 끄덕였다. 그랬더니 그의 반대쪽 손이 올라와 내 뺨을 감쌌다.

커다란 손바닥이 뺨 전체를 감싸고 문질문질 피부 위를 쓸어 느낌이 이상했다. 키르의 손바닥을 통해 내 뺨이 더 오동통해졌음을 자각하는 그 느낌이란. 맛집 탐방에 며칠 행복했지만 죄책감이 몰려왔다.

볼살아, 내가 미안해.

"그것보다 아렌, 생각 좀 해 봤어?"

"뭘?"

키르의 얼굴에 그럴 줄 알았다는 감정이 스쳐지나갔다. 그의 눈에 한심함도 담긴 것 같아서 나도 눈을 모로 세웠다. 똑바로 말해 줘야 알아듣지! 그렇게 대충 말하고 내가 어떻게 알아들어?

"이사. 진지하게 생각해 달라고 했잖아."

그때 말한 같이 살자는 이야기? 이사 갈 이유가 없는데 자꾸 이사 이야기를 꺼내니 귀찮았다.

"그거? 다 끝난 이야기 아니었어? 난 안 간다니까."

"진지하게 생각해 달라고 했지. 그래서 일부러 찾아오지 않았는데, 넌 연락도 없더라?"

키르의 목소리가 한층 낮게 가라앉았다. 불만으로 눈빛이 심히 좋지 않았다. 괜히 심장이 쫀득해지는 기분이다.

"왜 연락도 없었어?"

그거야 황태자비님이랑 맛집 탐방 다니느라 바빠서 다른 생각은 하지도 못했지. 공부도 못했는데 네 생각이 나겠니? 라고는 말할 수 없어서 나는 변명 대신 눈동자를 굴려 시선을 피했다.

그랬더니 키르가 내 뺨을 꾹 눌러 오리 입을 만들었고 반사적으로 내 입에서 변명이 튀어나왔다.

"진지하게 생각하느라."

키르의 눈길이 거짓말하지 말라고 경고하고 있었다. 그래도 봐주려는지 꾹 눌렀던 손의 힘을 빼고 다시금 볼을 살살 문질러 왔다. 자꾸 접촉하니 닿은 부분이 뜨끈뜨끈해져 신경 쓰였다. 내가 그 손을 밀어낼까 말까 고민하는 사이 키르가 입을 뗐다.

"생각해 봤는데……."

말하는 내용과는 반대로 이제야 생각을 정리하는 것처럼 키르가 말을 끌었다.

"내가 떠난 뒤에 넌 계속 저택에 살아도 아무 문제없잖아. 저택 관리인들을 모르는 것도 아니고. 알아서 잘 챙겨 줄 거야."

나를 어떻게든 설득하려는 키르의 본심이 느껴졌다. 왜 이렇게 끈질기게 굴지? 내가 아무리 키르가 만만하다고 해도 그건 키르 본인에 한정된 거다. 그것도 '특이한 소꿉친구'라는 특성으로 이루어진 관계다.

그래서 난 키르의 것을 내 것이라고 여길 만큼 담이 크지 않았다. 주인 없는 집에서 어떻게 살라고 그러는 거야?

그래서 나는 머릿속에 떠오르는 말을 했다.

"물론 저택 사람들은 내게 잘 대해 줄 거야. 하지만 너랑 너희 아버지 평판은?"

"평판?"

"그래. 미혼 여성을 살게 해 줬다가 나쁜 소문이라도 돌면 어떡하려고!"

"무슨 나쁜 소문?"

키르가 기가 막힌다는 듯이 코웃음 쳤다. 얘가 몰라도 너무 모른다.

"소문이란 걸 우습게보지 마! 얼마나 이상하게 변질되는데."

"그래서 어떤 소문이 돈다는 건데?"

내 입으로 말하기 조금 껄끄러운데 키르가 못 알아듣고 자꾸 물었다.

"내가 저택에 드나드는 모습을 보고 너한테 여자라도 있다는 소문 돌면 어쩔 거야? 그러다가 네 혼삿길 막히면 어떡해!"

키르에게 어울리는 신붓감은 공국 내에선 없었다. 제국에서 결혼할 사람을 데려와야 하는데, 아무리 공국의 주인이고 방계 황족이라고 해도 제국과 거리가 있어 결혼하겠다는 여자를 구하기 쉽지 않을 것 같았다. 그런데 이상한 소문이라도 돌아서 그마저도 없어지면 어쩌란 말인가.

"하!"

내 말에 키르가 기가 차다는 헛바람을 내뱉었다. 그런 오해가 말도 안 된다는 건 안다. 하지만 사람의 상상력은 무한대다. 다 키르처럼 비웃어 넘기면 좋을 텐데 그걸 가십거리로 만드는 사람이 꼭 있다. 그러니 애초에 소문이 생길만한 일을 만들지 않는 게 좋았다.

그런데 그때 키르의 입 꼬리가 위로 당겨지고 눈가가 가느스름하게 접혔다. 화사하게 펴지는 미소에 심장이 덜컥했다. 반사적으로 찾아오는 오싹함에 몸을 뒤로 젖혔다.

키르의 반짝반짝한 미소 속에 싸늘함이 담겨 있었다. 눈빛이 차디차게 식어 있었다. 키르는 지금 터질 것 같은 짜증을 참고 있다. 왜?

"아렌은 참 착해?"

거기서 왜 의문형이야? 그냥 착하다고 인정해 줘.

다정한 말투인데, 느릿하게 이어지는 끝이 의미심장해서 불만을 내뱉지 못했나. 생존 본능에 몸이 오들오들 떨렸다. 뒤로 물러서고 싶은데 앉아 있는 상태라 더 물러설 곳이 없었다.

키르의 손이 턱 하고 내 의자 등받이를 붙잡고 느긋하게 몸을 숙여 왔다. 위에서 그늘이 지니 위압감이 생긴다. 내 얼굴 가까이에 다가온 키르의 얼굴이 더욱 고혹적인 미소를 만들어 냈다.

"내 결혼도 걱정해 주고, 아렌은 정말 착해. 그렇지?"

그러니까 그렇게 착하다고 생각하면서 왜 의문형이야! 발끈하면서도 키르의 더할 수 없을 정도로 다정해진 음성이 경고처럼 들려 입을 꾹 다물었다. 맹수 앞에 놓인 소동물처럼 숨죽이고 눈치만 봤다.

키르의 서늘한 시선이 내 뺨을 핥고 지나갔다. 핥는다니, 꽤 선정적인 표현이다. 하지만 그렇게 느낄 수밖에 없는 게 아까 손바닥으로 감쌌을 때도 느끼지 못한 끈적끈적하면서 오싹한 느낌이 들었기 때문이다. 접촉이 없었는데도 그런 감촉을 느낀다는 게 신기했다.

도대체 뭐에 저렇게 기분 나쁜 건지 모르겠다. 내버려 두면 계속 기분 안 좋은 티를 낼 것 같아 기분 풀라는 의미로 나는 손으로 키르의 허벅지를 꾹꾹 눌렀다. 뭐야? 돌덩이야?

몸이 다부져진 건 알았는데, 이렇게 닿으니 느낌이 또 이상했다. 놀라서 키르의 허벅지와 얼굴을 번갈아 봤다.

이렇게 가까이서 보니 두께도 장난 아니었다. 얼마나 수련을 열심히 한 거야? 육상 선수 허벅지 같네. 이젠 어릴 때처럼 허벅지 베개 절대 하면 안 되겠다. 그랬다간 내 목이 견뎌내지 못할 것 같다.

엉뚱한 생각을 하며 양손으로 꾹꾹이를 계속하는 동안 위에서 키르가 내 정수리를 내려다보는 게 느껴졌다. 이젠 기분이 좀 풀렸나 싶어 고개를 들어 키르를 올려봤다.

키르가 어이없다는 눈으로 보고 있다가 한숨을 쉬고 내 뒤통수를 잡아당겼다. 나는 얼떨결에 키르의 복부에 고개를 박게 되었다. 머리 위로 나른한 숨결이 떨어졌다.

"……약았어."

고작 꾹꾹이에 기분이 풀린 네가 단순한 거지. 의도하고 했어도 이렇게 쉽게 기분이 풀릴 줄은 나도 몰랐다. 나른해진 키르의 음성에 잔뜩 졸였던 내 마음도 풀렸다. 이상하게 부스스 미소가 새어나왔다.

나는 팔로 키르의 허리를 감싸며 기댔다. 커다란 손바닥이 뒤통수를 천천히 쓰다듬는 손길에 힘이 빠졌다. 언제 불쾌했냐는 듯 손길이 부드러웠다.

더 했다가는 눈이 감길 것 같아 나는 키르를 밀어내고 바로 앉았다.

웃음기를 지운 무표정이지만 키르 주변의 공기가 느슨하게 변해 있었다. 얘도 참, 감정 포인트를 알 수 없어서 어렵다. 이렇게 쉽게 풀릴 거면서 뭐에 그렇게 기분 나빴는지 모르겠다.

키르의 손가락이 내 머리카락 끝을 감아 올렸다.

"내 결혼은 신경 쓰지 않아도 돼. 내가 알아서 할게."

차분한 음성이 선을 긋고 들어와 울컥했다.

"내가 어떻게 네 결혼을 신경 안 써?"

내가 너를 어떻게 사람으로 만들었는데! 이 엄마는 그렇게 책임감이 없지 않다! 서운함 반, 내 의지 반을 담아 바라보았지만 키르는 단호했다.

"결혼 문제는 내가 알아서 한다고 했어. 나중에 네가 도와 줄 일 있으면 그것만 해."

더 이야기하는 건 용납하지 않겠다는 태도에 난 입술만 삐죽였다.

서운하지만 이성적으로 생각하면 과한 참견인 건 맞다. 나만 해도 아직 생각도 없는 내 결혼에 누가 참견한다면 싫을 것 같긴 했다. 주책바가지에

극성맞은 엄마처럼 보일 거다.

“알았어. 네가 알아서 해.”

그제야 키르의 얼굴에 희미한 미소가 생겼다. 내 참견이 정말 싫었나 봐. 그래서 그렇게 정색했던 거야? 딱히 결혼을 재촉한 건 아닌데. 괜히 시무룩해졌다.

“그럼, 걱정거리 없으니까 이사할 거지?”

집요한 놈. 다시 돌아온 이사 소리에 황당함이 몰려온다. 내가 알았다고 대답할 거란 믿음이 가득한 얼굴에 더 기가 막혔다.

“아니. 안 할 거야.”

“왜? 걱정거리도 없는데.”

“소문은 그것만 있는 거 아니거든.”

키르의 눈매가 서늘해졌다. 또 어떤 허튼소리를 할 거냐는 경고가 담긴 눈빛이었다. 그래서 나도 말을 해야 하나 말아야 하나 망설여졌다. 내 딴엔 챙겨 준 부분에서 키르가 화가 났던 거니까. 하지만 키르는 이사를 원했고 난 원하지 않았기에 설득해야 했다.

“너 말고 너희 아버지와 관련된 소문이 돌면 어떡해?”

키르가 미간을 찌푸리며 ‘그건 또 무슨 헛소리야?’라는 감정을 표현해 냈다.

“설마, 너랑 아버지랑 그런 사이라고 소문날 거란 건 아니겠지?”

키르의 목소리에 음산함과 짜증이 뒤섞여 들었다. 말도 안 된다는 반응이었고 키르는 진심으로 질색했다. 나도 그런 의미로 한 거 아니야. 이런 말하기 정말 자존심 상하지만 어쩔 수 없이 해야 했다.

“대공에게 숨겨 둔 딸이 있었다! 막둥이를 낳았다! 라는 소문이 돌지도 모르잖아!”

사실 대공가의 저택에 머물면서 나와 관련해 어떤 소문이 돈다면, 키르의 약혼녀 소리보다 대공의 딸 소리가 더 그럴싸했다.

키르의 짝이라고 하기엔 난 많이 어려 보였으니까. 차라리 어디서 어린 애를 데려다 키운다는 쪽이 더 수긍이 가는 소문이었다.

이래서 내 입으로 말하고 싶지 않았던 건데. 어린애 취급 너무 싫다. 내가 망상으로 쌓인 분노로 씩씩거리자 키르가 한숨을 쉬었다.

"넌 정말 생각이 많아서 큰일이다."

철딱서니 없는 동생 보는 듯한 말투에 뺨을 부풀리고 키르를 노려봤다. 난 이성적인 생각을 한 건데 이런 취급이라니. 생각을 해 줘도 고마운 줄을 모른다.

"그래. 이사 이야기는 그만하자."

내가 키르를 향해 소리 없는 울분을 토해내던 중 들려온 포기 선언에 눈을 동그랗게 떴다.

키르가 한 번 고집 피운 이상 제 마음대로 하기 전에 그만 둘 사람이 아닌데? 그렇다고 내 이야기에 납득한 것 같지도 않고.

"정말?"

"네가 이런데 과한 걱정이었지."

키르가 방긋 웃으며 말하는데 전혀 좋은 의미로 들리지 않았다.

"뭐야, 그거 무슨 의미야?"

"아렌을 걱정할 필요 없다는 의미."

그러니까 그게 무슨 의미냐고. 내 표정이 제법 살벌했나 보다. 키르가 쓰게 웃으며 변명했다.

"나쁜 뜻은 아니야. 내가 조급했다는 의미지."

키르의 얼굴이 살짝 흐려졌다. 난 키르가 약한 모습을 보이면 가슴이 답답해지고 이상하게 목구멍이 막힌 것 같은 감정이 몰아쳤다. 자책하는 게 어색해서 나는 반사적으로 키르의 허벅지를 눌렀다. 이번엔 꾹꾹이만으로 부족했나 보다.

"안아 줄래?"

키르의 위로를 바라는 음성에 나는 아까 했던 것처럼 몸을 숙여 그의 허리를 감쌌다. 그러자 키르의 손바닥이 뒤통수를 감싸 당겼다. 키르의 호흡이 머리 위로 자잘하게 떨어졌다.

"여유를 갖기가 쉽지 않네."

나직한 중얼거림에 피로가 가득했다. 긴장을 풀라는 의미로 등허리를 따라 느릿하게 쓰다듬었다.

그런데 내 예상과 반대로 키르의 몸이 경직되었다. 힘 빼는 게 쉽지 않은가 보다. 피곤해서 오늘따라 더 까칠하게 굴은 건가? 편한 상대라는 이유로 네 짜증을 받아 줘야 하는 내 입장도 생각해 달라고.

나는 속으로 투덜거리면서도 어서 긴장을 풀라고 키르의 등을 계속 토닥토닥하며 말했다.

"괜찮아. 여유를 가질 수 있을 거야. 지금까지 잘 하고 있어. 더 잘할 수 있을 거야. 내가 응원할게! 힘 내!"

나는 온 힘으로 진심을 다해 키르를 응원했다. 내 마음이 통했는지 키르의 몸에서 힘이 빠졌다. 그리고 그는 힘없이 기대 왔다. 무거웠지만 내가 도움이 된 것 같아 기분은 좋아졌다. 그래서 더 힘차게 키르의 등을 토닥였다. 그러자 키르의 허탈한 중얼거림이 들려왔다.

"어쩐지 무서운 응원이네."

내가 기분이 좋은 터라 키르의 배부른 투정은 상큼하게 무시했다.

* * *

황태자비님의 방문이 멈추자, 내 일상은 다시 공부에 매진하던 예전으로 돌아갔다.

잠시 공부에서 완전히 손을 뗐던 것이 오히려 득이 되어 이제는 포포아저씨가 내 주는 문제도 제법 풀 수 있게 되었다. 막힘없이 술술까지는 아니더라도 예전처럼 무지막지하게 틀리지 않았다.

키르 또한 여유가 필요하다고 중얼거리며 돌아가더니 날 찾지 않았다. 덕분에 온전히 공부에만 힘 쏟을 수 있는 환경이 되었다.

그런데 공부를 하다가도 묘한 허전함을 느끼곤 했다. 외로움을 타는 사람처럼 쓸쓸했고 가끔 혼자 넋을 놓거나 멍하니 정신을 빼고 앉아 있는 시간이 생겼다. 예전엔 몰랐던 서늘한 감정들이 씁쓸하게 들러붙었다. 나이를 먹는다는 건 이런 건가.

인생의 무상함에 머그컵 한가득 핫초코를 만들어 마시자 마음까지 따스해졌다. 역시 우울해질 땐 단 것이 최고다. 볼록해지는 배만큼 허함도 채워지는구나. 나는 잠깐 우아하고 차가운 도시 여자의 기분을 맛보며 심란함을 정리했다.

그렇게 쉬고 나서 막 다시 공부를 하려는 찰나, 노크 소리가 들렸다. 이젠 묘한 기대감은 사라졌다. 헐레벌떡 뛰어가는 대신 느긋하게 걸어가 연구실 문을 열었다. 일을 도와주는 사무 보조 직원분이 서 있었다.

"무슨 일이세요?"

"다행히 계셨군요. 케이티 님이 부르셨습니다. 가 보세요. 그럼."

사무 보조 직원은 말을 전하는 걸로 볼일을 다 봤다는 듯 재빠르게 인사하고 자기 갈 길을 갔다. 수다를 나눌 만큼 친한 직원이 아니긴 한데 본론만 던져 놓고 가니 기분이 묘했다. 그래도 전달하고자 하는 내용은 알아들었으니까.

나는 지체하지 않고 케이티 님의 연구실로 향했다.

무슨 일로 부르셨을까? 그러고 보니 다른 일들로 정신이 팔려 꽤 오랜만의 방문이라 죄스러운 마음이 들었다. 만나 뵌 김에 애교도 좀 피우고 해야겠다.

노크를 하고 케이티 님의 연구실로 들어갔다. 안쪽에 계신 두 분을 확인한 나는 긴장하며 예의바르게 인사했다.

"안녕하세요."

"그래. 오랜만이구나."

"아렌, 잘 지냈니?"

무심한 듯한 데이브 님의 대꾸와 친근한 케이티 님의 안부 인사에 나는 밝게 미소 지었다.

"네. 잘 지냈어요."

"이리 앉으렴."

탁자를 두고 가장 상석에는 데이브 님이, 우측에는 케이티 님이 앉은 상태였다. 케이티 님이 자신의 맞은편을 가리켰다. 조심히 앉자 데이브 님의 형형한 눈동자가 내 뺨을 쿡쿡 찔렀다. 왜 데이브 님은 매번 만날 때마다 이렇게 어렵고 불편한지 모르겠다.

나는 발가락만 꼼지락거리며 시선을 내렸다. 그러자 케이티 님이 미리 준비된 찻잔에 차를 따라 내 주었다. 데이브 님이 먼저 느릿하게 찻잔을 들어 한 모금 마시고 입을 열었다.

"듣자하니 최근 헤맸다고?"

혼내려고 부른 거구나. 가감 없이 찌르고 들어오는 내용에 심장이 너무 아팠다. 포포 아저씨가 그랬듯 천재 입장에서 보면 왜 문제를 못 풀어내는지 이해가 안 되겠지. 평범하게 못 풀어도 멍청한 게 되어 버렸다.

딱히 나를 놀리거나 비난하는 건 아니었지만 난 실패하면 크게 주눅이 들었다. 천재들 틈에서 공부하다 보니 어쩔 수 없었다.

"네. 지금은 그럭저럭 따라가요."

"그럴 수 있지. 누구나 막히는 순간이 있단다. 너무 실망하지 마렴."

데이브 님에게 눈을 흘긴 케이티 님이 내게 건넨 위로에 난 가까스로 미소를 만들어 냈다.

현자의 서재에서 나를 제일 오랫동안 봐온 사람이 케이티 님이었다. 그녀는 내게 은연중에 자격지심이 있다는 걸 알고 있었다.

그런 케이티 님이 더 걱정하지 않도록 괜찮은 척하는 게 내겐 최선이었다.

“더 노력할게요.”

“무리하지는 마렴.”

데이브 님의 무심하게 던지는 말이 위로처럼 들리지 않았다. 안 되는 걸 억지로 하지 말라고 찌르는 것 같았다. 데이브 님이 나를 보며 무슨 생각을 하시는지 언제나 알기 어려웠다. 그래서 나는 데이브 님이 불편했다. 내가 표정 관리를 못 했는지 케이티 님이 안타까운 눈빛을 던졌다.

“천천히 가도 괜찮단다. 사람에겐 각자 맞는 속도가 있으니까.”

케이티 님의 말에 나는 찻잔에 시선을 내린 채 고개만 끄덕였다. 하지만 잔뜩 움츠러든 상태라 기운이 나지 않았다. 심란해진 나는 두 분이 언제까지 나를 혼내실까, 언제 이야기가 끝날까, 눈치만 봤다. 신발 속 발가락을 꼼지락거리며 불편함을 달랬다.

“아렌도 바쁜데 본론을 말해야겠구나. 너를 부른 건 부탁이 있어서 그렇단다.”

내가 고개를 들자 케이티 님이 자애롭게 웃으셨다.

“오늘 심부름 좀 다녀오겠니?”

“심부름이요?”

요즘 묘하게 내게 심부름을 부탁하시는 일이 많네. 어릴 땐 없었던 일이다. 케이티 님의 심부름도 포포 아저씨와 같은 의미인 걸까?

“왜, 싫니? 강제는 아니란다.”

내가 대답이 없자 케이티 님이 조심스럽게 말씀해 주셨다. 난 고개를 좌우로 저었다.

“아니요. 할게요. 제가 무슨 일을 해야 하나요?”

무려 케이티 님의 부탁인데 심부름을 못할 이유는 없었다. 케이티 님이라면 딱히 어려운 일을 요구하지도 않을 거다.

그러자 케이티 님은 미리 준비해 놓은 편지 봉투를 내게 내밀었다.

"이걸 하프테리한테 가져다주렴."

어려운 부탁은커녕 너무 쉬운 일이었다. 이걸 뭐 '심부름'이라고 표현한던 말인가. 그냥 집에 갈 때 가져가서 전달하라고 하시면 되지. 별것 아닌 일을 참으로 조심스럽게 말씀하신다.

나는 가벼운 마음으로 편지 봉투를 잡으며 대답했다.

"네. 이따가 스승님께 전달해 드릴게요."

그런데 케이티 님이 고개를 저으셨다. 뭐가 아니란 것인지 몰라 눈만 깜빡이니 케이티 님이 놀라운 말씀을 하셨다.

"지금 말이다."

"지금이요?"

내 눈이 휘둥그레지자 케이티 님이 그렇다는 듯 고개를 끄덕이며 낮게 웃음을 터트리셨다. 하지만 난 케이티 님처럼 웃을 수가 없었다. 왜냐면 하프테리 님은 지금 일하고 계실 테니까.

하프테리 님은 지금 아카데미에 계신다. 그리고 아카데미는 관계자가 아닌 이상 안에 들어갈 수 없었다.

"어떻게요?"

"현자의 서재 일로 서신을 보내는 거니 들어갈 수 있지. 공적인 업무잖니."

그렇구나. 공적인 업무로 가는 거니까 가도 되는 거구나! 아카데미에 갈 기회가 생기다니.

특별한 건 없겠지만 스승님이 일하는 장소를 방문한다는 점에서 묘한 설렘이 찾아왔다. 부모의 직장을 방문하게 된 아이의 심리가 이렇지 않을까? 심장이 두근거렸다.

"이걸 가지고 가면 무리 없이 통과할 거야. 사무실에 말해 마차를 준비해서 타고 가렴."

나는 케이티 님이 내민 펼쳐진 서책 모양이 찍힌 펜던트를 받아들었다.

저 간단한 모양이 현자의 서재 소속을 나타내는 표식이었다. 원래는 현자들에게만 주어지는 거였다. 금빛의 고급스러운 펜던트를 직접 보니 욕심이 생긴다. 나도 열심히 해서 여길 떠날 때 받을 수 있으면 좋겠다.

나는 탐욕스럽게 펜던트를 보다가 자리에서 벌떡 일어났다.

지금 당장이라고 할 정도면 급한 서신일 거다. 거기다가 그냥 일꾼이 아니라 나를 부른 건 중요한 내용이란 뜻이고. 머뭇거릴 시간이 없었다. 천재가 아니더라도 눈치껏 다른 분들의 생각을 읽고 똘똘하게 행동하는 것 정도는 할 수 있었다.

“답신도 받아 와야 하나요?”

“하프테리가 알아서 할 거란다.”

묘한 말이었다. 어리둥절했지만 케이티 님 말씀대로 하프테리 님이 알아서 하겠지 싶었다. 읽어 보고 답신이 필요한 거면 적어서 내게 전해 주겠지. 아니면 그냥 가라고 하거나.

“그럼, 다녀오겠습니다.”

나는 침묵하고 계신 데이브 님의 시선이 불편해서 고개를 숙여 보이고 아카데미로 바로 출발했다.

마차 안에서 펜던트를 구경하고 또 구경했다. 황금색이 참 영롱하기도 했다. 순금은 아닌지 누런색보다는 화사한 금색이었다.

내게도 이 물건이 들어올 날이 있을까? 그러려면 더 공부해야지. 머리가 안 따라줘서 속상하다. 어디 천재가 되는 법, 이런 거 없나? 벼락 맞아서 천재가 될 수 있으면 좋겠다.

그렇게 허튼 생각을 하는 사이 마차는 아카데미의 입구에 도착했다. 경비병에게 금색 펜던트를 보여 주자 손쉽게 통과가 되었다.

아카데미에 현자 출신의 교수들이 있어 종종 현자의 서재 사람이 드나든다고 들었다. 그래서 현자의 서재 소속 펜던트를 가진 자에 한해서 경계가 조금 느슨하다고 했다.

"아카데미 내부에선 마차 이동이 금지입니다. 죄송합니다만 내려서 도보로 이동해 주시겠습니까?"

여기 규칙이 그렇다는데 어쩌겠는가. 경비병의 요구에 나는 마차에서 내려 걷기 시작했다.

한눈에 들어 온 아카데미 전경은 마치 대학교 같았다. 예상보다 드넓었고, 자유롭게 학생들이 돌아다니고 있었다. 내가 아는 학교생활과 다를 건 없다고 생각하면서도 파릇파릇한 신선함이 느껴져 자꾸 눈이 돌아갔다.

제일 놀라운 건 내 또래의 인물들이 많다는 점이었다. 내 행동 반경이 워낙 좁았기 때문에 내가 만난 내 또래는 키르가 전부였다. 친하게 지낸 황태자비님도 20대 중반의 나이셨다.

그런데 아카데미 학생들의 평균 나이는 10대 초반에서 20대 초반까지였다. 나보다 어리거나, 나랑 거의 나이 차이가 나지 않는 사람들을 보니 신세계다. 이 세상에도 아이들이 이렇게 많았구나.

어린 사람들을 볼 일이 거의 없어서 어색하기만 했다. 아카데미 학생들은 교복을 입어 더 학생처럼 느껴졌다.

학생처럼 느껴진다니. 나이 드신 분들과 함께하다 보니 내 사고 회로도 늙게 변한 건 아닌지 위기감이 들었다.

느릿하게 걸으면서 사람들을 구경하는 동안 반대로 학생들은 나를 구경하고 있었다. 외부인이 쉽게 들어올 수 없는 장소에서 척 봐도 교복을 입지 않은 난 외부인임을 티내고 있었다.

시선이 점차 많아져서 불편하다 느낄 즈음, 한 소녀가 내 앞에 나섰다.

"안녕하세요. 혹시 도움이 필요하신가요?"

푸른색의 굽실거리는 머리카락과 싱그럽고 또렷한 초록빛 눈동자가 매력적인 소녀는 성숙한 분위기라 여인이란 말이 더 잘 어울렸다. 뚜렷한 이목구비를 가진 그녀는 늘씬하고 길쭉한 키에 교복으로도 가릴 수 없는 볼륨 있는 몸매까지 가졌다.

나랑 비슷한 나이일 텐데, 이 엄청난 차이는 무엇이란 말인가. 나는 흔치않은 미녀의 등장에 홀린 듯 눈을 뗄 수 없었다.

“가능하시면 도와주시겠어요?”

마침 도움의 손길이 간절했던 터라 소녀의 호의를 거절하지 않았다.

“그러려고 말을 건넨 걸요. 무엇을 도와드릴까요?”

소녀의 싱그러운 웃음에 마음까지 상쾌해진다. 원래 낯선 사람을 안내하는 게 본업인 것처럼 소녀는 친절했다.

다만 이상한 건 소녀가 내게 말을 걸자 주변 사람들이 술렁거렸다는 거다. 무슨 말을 하는지 들리지 않지만 어쩐지 분위기가 찜찜했다. 의아해 소녀를 쳐다보니 그녀는 상큼한 웃음으로 보답했다.

위험해 보이지는 않는데…….

“교수님을 찾아왔어요.”

하프테리 님의 성함까지 밝혀야 하나 망설이던 때였다. 소녀가 싱긋 웃으며 알렸다.

“교직원실은 따로 몰려 있습니다. 그쪽으로 안내해 드릴게요. 곧 점심시간이라 교수님들은 그곳에 계실 확률이 높아요.”

“감사합니다.”

진짜 안내 도우미해도 되겠다. 깊게 파고들지 않고 딱 필요한 안내만 하겠다는 듯한 그녀의 손짓을 따라 걸었다. 나란히 서니 소녀와 내 키 차이가 더 도드라졌다. 또래와 함께 있으니 더욱 비교가 되며 우울해 진다. 정녕 내 몸은 크지 않는 것인가.

근처에 식당이 있는지 솔솔 음식 냄새가 풍겼다. 타이밍이 식사 시간이라 너무 폐를 끼친 것 같아서 소녀에게 미안했다.

“그런데 식사하셔야 하는 것 아니에요?”

학창 시절의 점심시간은 너무나 소중한 것인데 그 시간을 나눠 주다니 진짜 착한 소녀다. ……그리고 난 민폐 덩어리지.

아까 데이브 님에게 눈치를 받고 와서 그런가, 갑자기 열등감이 폭발했다. 자꾸 소녀와 나를 비교하며 한탄하게 된다. 그래도 발끈하며 분노가 쏟아지지 않는 건 소녀가 나를 어린애 취급하지 않아서였다.

날 미아가 아니라 도움이 필요한 사람으로 대해 주는 그녀의 태도에서 나는 위안을 얻고 있었다. 또래의 소녀에게 미아 취급까지 당했다면 좌절감이 몰려왔을 거다.

"원래 이른 시간엔 혼잡해서 전 조금 느긋하게 먹어요. 폐가 아니랍니다. 아, 전 클레어 세르비아라고 합니다."

소녀는 나를 보며 굉장히 온화하게 웃고 있었다. 길 안내해 주고 끝날 인연의 상대에게 이름도 밝히나? 살짝 이상했다. 하지만 상대가 먼저 이름을 밝혔는데 모른 척할 수 없었다.

"아렌다인 에이드라고 해요."

내가 이름을 밝히자 숲속에 있는 것처럼 청량감을 주는 초록빛의 눈동자에 반짝임이 스며들었다. 클레어가 물끄러미 나를 응시했다. 싱그러움을 품었던 눈동자가 더욱 강렬한 빛을 발했다. 모른 척하려고 했는데, 그녀의 눈은 부담스러울 정도로 기이한 감정을 내뿜고 있었다.

갑자기 소름 돋는 이 느낌은 뭐지? 전에 만난 적 있나?

클레어의 반응을 알 수 없어 나는 '왜 그러세요?' 하는 의미로 어색하게 웃으며 올려다봤다. 그러자 클레어는 그렇게 부담스럽게 쳐다본 적 없다는 듯 눈을 깜빡이며 순진하게 바라봤다.

내가 너무 의식했나? 민망해서 뺨을 긁적이며 넘어가려고 하는데 클레어가 중얼거렸다.

"신기해요. 외부인을 보기 쉽지 않거든요."

신기해서 쳐다 본 거였나? 난 또 아는 사이인 줄 알았네. 클레어의 강렬한 눈빛은 마치 '나는 상대를 아는데, 상대는 나를 모르는 것 같은.'

그런 비슷한 느낌을 줬다.

그러고 보니 아카데미 학생들은 기숙사 생활을 한다. 평소 외출도 자주 할 수 없어 나름 고립된 생활을 하는 걸로 안다. 나처럼 자발적으로 돌아다니지 않는 것과 규칙 때문에 돌아다니지 못 하는 건 느낌이 다르다. 특히 어린 나이엔 자유에 대한 동경이 있으니 더 갑갑하겠지.

그래서인지 가끔 아카데미에서 탈주해 처벌 받는 학생도 있다고 한다. 제법 큰 처벌임에도 간혹 그렇게 탈주하는 학생들이 나온단다.

내가 처음 제국에 와서 현자의 서재에서 공부하게 되었을 때, 좋긴 하지만 아카데미에 못 간 점은 실망스러웠다. 또래를 많이 만나 볼 줄 알았는데 아니라 서운했다.

그러자 그걸 위로하듯 하프테리 님이 아카데미의 단점만 줄줄 읊어줘서 저런 쓸모없는 정보를 알고 있었다. 그걸 떠올리니 클레어가 안쓰러웠다.

"그래서 다들 이렇게 절 구경하는군요."

클레어랑 함께 걸으면서 점차 학생들의 시선이 달라붙어 껄끄러움이 강해지고 있었다. 처음엔 괜찮았는데 날 보는 사람들의 수가 늘어나니 부담스러워졌다.

난 동물원의 동물들이 이런 기분이겠구나 싶을 정도로 구경거리가 되어 갔다. 살면서 내가 이렇게 많은 이의 시선을 받을 일이 없었기에 더 어색해졌다.

"그건 귀여……."

"네?"

클레어의 웅얼거림에 소리 내 물으니 그녀는 아무것도 아니라는 듯 고개를 젓고 상큼한 미소 지었다. 그 해롭지 않은 미소에 조마조마하던 마음이 풀린다. 난 클레어의 옆으로 슬쩍 움직여 가까이 붙었다. 팔이라도 붙잡고 싶었지만 그 정도 친한 건 아니라서 붙잡지는 않았다.

그래도 클레어에겐 놀라운 일인지 그녀의 눈이 살짝 커졌다. 갑자기 줄어든 거리에 의아해 하는 것 같은 클레어에게 난 어색한 웃음을 흘렸다.

"시선이 너무 부담스러워서요."

뒤에 좀 숨을게요, 라는 말을 내가 하기도 전에 갑자기 클레어가 가슴께까지 손을 들어 올리며 주먹을 불끈 쥐었다. 뭐, 뭐야? 순간 내게 어퍼컷을 날리는 줄 알고 움찔했다.

그때, 클레어가 날 뚫어져라 바라봤다. 마치 탐욕스럽게 갈구하는 눈빛이랄까. 그녀의 얼굴이 살짝 상기된다. 이를 악물었는데도 거친 호흡 소리가 흘러나올 것 같은 상태다.

갑자기 얘 왜 이래?

돌변한 그녀의 기세에 나도 모르게 주춤 뒤로 물러섰다. 그러자 클레어가 언제 나를 그렇게 게걸스럽게 봤냐는 듯 화사한 미소를 지었다. 가면을 뒤집어쓰듯 재빠르게 돌변하는 그녀의 미소가 오싹했다.

"왜 물러서세요? 이리로 오세요. 얼마든지 제 뒤에 숨으셔도 되어요."

다정한 미소였다. 하지만 난 방금 클레어의 이상한 면을 봐 버렸다. 아까 그녀의 모습은 어딜 봐도 정상적이지 않았다. 내 본능이 클레어가 정상인이 아님을 알리고 있었다.

"괜찮아요. 그냥 걸을게요."

경계심이 생겨 내가 다시 거리를 벌리자 클레어가 실망스러운 얼굴을 했다. 그러거나 말거나 나는 빨리 걸었다.

"제가 잘 가려 줄 수 있는데요."

클레어가 미련이 뚝뚝 흐르는 목소리로 중얼거린다. 갑자기 생겼던 클레어에 대한 호감은 순식간에 사라졌다.

역시 다른 학생들이 수군거릴 때부터 알아 봤어야 했는데! 얘도 이상한 애였어! 그녀의 이상함이 본격적으로 드러나기 전에 어서 교직원실에 가서 헤어져야겠다. 나는 조금이라도 더 빨리 헤어지려 발걸음을 빨리했다.

“뽈뽈뽈 걸어 다녀, 귀엽…….”

뒤에서 무슨 말이 들리는 것 같아 휙 돌아보니 걸음을 멈춘 클레어가 황홀한 표정으로 넋을 놓고 있었다.

클레어는 점점 더 첫인상과는 달라지고 있었다. 분명히 숲 내음이 나는 싱그러운 소녀였던 그녀에게서 이제는 어쩐지 변태적인 위험함이 느껴졌다. ……버리고 도망갈까?

“아! 갑니다.”

그런 내 기색을 읽은 것처럼 클레어가 성큼거리며 다가왔다. 난 되게 열심히 걸었던 것 같은데 클레어는 참 시원하게도 거리를 좁혔다. 다리 길이 때문에 도망쳐도 바로 붙잡힐 것 같았다.

가까워지며 드러나는 클레어의 싱그러운 웃음이 참 무섭게 느껴졌다. 눈동자에 숨기지 못한 기묘한 열기가 반짝이고 있었다. 토끼를 눈앞에 놓고 재는 사자와 같은 느낌이라 오싹했다.

이건 사탕으로 어린아이를 꾀는 마귀할멈 같은 그런 꿍꿍이가 있는 친절이었다. 이래서 남의 친절은 함부로 받아들이면 안 되는 거다.

어떻게 도망쳐야 하나 내가 고민하고 있을 때였다.

“클레어 세르비아!”

앙칼진 기운이 느껴지는 음성이 클레어의 이름을 불렀다. 그다지 친한 사이가 아닌 듯 성까지 붙인 음성엔 불만이 가득했다. 시선을 따라가니 클레어와 이미지가 다른 도도한 소녀가 서 있었다. 하나로 땋아 내린 원색에 가까운 붉은 머리카락이 인상적이었다.

그런데 의아한 점은 클레어에 비해 새로 등장한 소녀가 조금 어려 보인다는 것이다. 언뜻 보기에 그녀는 15~16세 정도로 나보다 어릴 것 같았다. 갑자기 이상한 직감이 들었지만 아쉽게도 그 생각은 끝까지 닿지 못했다.

“벨리타.”

클레어가 나직하게 이름을 부르자 벨리타는 그녀에게 이름을 불린 것 자체가 불만스럽다는 듯 표정을 실룩였다. 아니, 자기가 먼저 아는 척해 놓고 저러는 건 무슨 태도야? 싫으면 그냥 지나가면 되지. 굳이 아는 체해 놓고 저러니 황당했다.

그때 새침하게 고개를 돌리던 소녀가 나를 발견하고 멈칫하더니 위아래로 사람을 훑었다. 그리고 별거 아니라는 듯 콧방귀를 뀐다. 나는 이렇게 대놓고 평가를 당할 줄은 몰라서 당혹스러웠다.

"이건 또 누구야?"

벨리타의 온몸에는 오만한 태도가 배어 있었다.

"손님에게 무례하잖아."

벨리타는 클레어가 제지하자 한쪽 눈썹을 불만스럽게 추켜세우더니, 곧 입꼬리를 올리는 비웃음을 만들어냈다.

"내 손님도 아닌데 예의를 갖출 필요는 없잖아."

요즘 애들은 저런 논리로 사나? 너무나 당당해서 머릿속이 멍해진다. 갑자기 그 옛날 내 제국 유학이 결정되었을 때, 키르가 내게 다른 사람을 때리지 말라고 약속을 받아 냈던 게 떠오른다.

그러고 보니 그때 그랬지, 제국에 키르 저 같은 놈이 많다고. 그렇다고 이렇게 쉽게 이런 성격을 가진 사람을 만날 줄은 몰랐다. 갑자기 익숙한 본능에 손바닥이 근질근질하다. 하지만 본능대로 살 수는 없겠지.

참아, 내 손바닥아.

"죄송합니다. 이 친구가 무례했습니다. 아직 철이 없어서 그런 거니 이해해 주세요."

내가 손바닥의 본능을 내리 누르는 사이 벨리타 대신 클레어가 나서서 내게 사과를 했다.

"왜 네가 사과를 해? 네가 뭔데! 저 꼬마는 뭔데!"

뭐? 꼬마? 나보다 어릴 것 같은데!

"벨리타, 그냥 가던 네 길 가라."

내가 발끈하기도 전에 클레어가 선수를 쳐 싸늘하게 말했다. 더는 들어주기 힘들다는 태도였다. 벨리타의 얼굴이 붉게 물들었다. 오기로 이를 악문 그녀는 몸을 바들바들 떨었다.

그런 벨리타를 내버려두고 클레어가 화사한 미소를 지으며 내 어깨를 잡고 밀었다.

"어서 가요."

얼떨결에 떠밀려 걷는데 뒤에서 버럭 외침이 들렸다.

"클레어 세르비아!"

쩌렁쩌렁한 외침이었다. 저쪽이 다가와서 시비를 건 상황인데 어째서 목소리에 억울함이 넘쳐날까?

세상에 이상한 사람은 많다더니 갈수록 더 이상한 사람이 등장하는 것 같았다. 그러고 보면 묘하게 내 주변에 이상한 사람이 많은 것 같은데, 혹시 내게 무슨 문제가 있나?

나는 불길한 상상을 하면서도 뒤에 남겨진 벨리타가 자꾸 신경 쓰였다.

"이렇게 그냥 가도 돼요?"

"괜찮아요. 괜찮아."

클레어는 그렇게 말하며 내 어깨를 주물주물 아프지 않게 주물렀다. 그제야 내가 어깨를 움츠리고 있었단 걸 자각했다. 손길이 나긋해 절로 어깨에서 힘이 빠졌다. 시원해서 노곤해진다. 그래도 불안감이 남았다.

"그래도 그냥 이렇게 가면 안 될 것 같은데요."

벨리타가 저렇게 화를 내는 이유는 모르고 그녀가 화를 내든 말든 나완 상관없는 일이다. 하지만 괜히 나 때문에 클레어의 인간관계가 틀어졌을까 봐 걱정되었다.

아카데미처럼 매일 부대끼고 살아야 하는 장소 특성상, 한 명이랑 관계가 틀어지면 귀찮고 피곤하다.

특히 감수성 풍부한 어린 나이에는 의외로 잔인하고 대범한 짓을 저지르곤 한다. 예를 들면 따돌림 같은 거 말이다. 그 나이대의 아이들은 자기 상처가 제일 크고 아프게 느껴져 남의 상처를 돌보기 쉽지 않기 때문이다.

클레어는 내가 걱정하는 게 신경 쓰였는지 다시 나를 다독였다.

"걱정하지 말아요. 저러다가 쫓아올 테니까."

응? 뭐라고? 뭔가 말이 이상한데? 내가 잘못 들은 건 아닌가 의심하는 사이, 뒤에서 발걸음 소리가 가까워지더니 벨리타의 뾰족한 목소리가 들렸다.

"그렇게 가 버리면 어떡해!"

"네가 무례하게 구니까."

"그건 네가!"

클레어의 심드렁한 대꾸에 벨리타가 버럭 외치려던 말을 나와 눈이 마주치자마자 삼켰다. 분함을 참지 못하면서 우리와 발걸음을 맞춰 걷는 행동이 어쩐지 낯설지 않았다. 그리고 깨달아 버렸다.

이 벨리타라는 애, 어렸을 적 키르와 똑같은 성격이구나.

두 사람의 행동이 익숙해 보이더니 나와 키르 관계와 비슷했다. 성격이 제멋대로인 벨리타에겐 클레어가 유일한 친구인 모양이다. 자기의 유일한 친구를 빼앗길지도 모른다는 생각에 발끈하고 툴툴 대는 거겠지.

키르도 내게 좀 많이 매달렸는가. 금붕어 똥이 따로 없을 정도로 내게 집착했다. 그렇게 여기니 벨리타의 행동도 귀엽게 보였다. 아무렴 어릴 때의 키르에 비할까. 저 정도면 애교지.

내가 너그러운 엄마 미소로 봐 주자 벨리타가 질색했다.

"이 꼬마 왜 그래?"

귀엽게 봐 주려고 했는데! 또 꼬마래! 하지만 이번에도 나보다 클레어가 먼저 나섰다.

"내가 사람 함부로 대하면 안 된다고 했잖아. 왜 사람 무서운 줄을 몰라? 그러다 큰일 당한다고 했지."

클레어의 말이 과장된 건 아니었다. 일반적으로 외부인이 아카데미 안에 들어왔단 것 자체가 배경이 좋지 않으면 불가능한 상황이었다. 아무래도 클레어는 내게도 무언가 있을지 모른다고 짐작했나 보다.

벨리타는 클레어의 염려가 담긴 말에 코웃음을 치며 어깨를 쫙 폈다.

"괜찮아. 아빠한테 말하면 돼."

아버지도 아니고 아빠냐? 결론은 무슨 일이 생겼을 시 부모님께 이르겠단 소리였다. 기세등등하게 말하기엔 모양 빠지는 내용 같은데, 벨리타는 그게 아무렇지 않아 보였다. 키르는 방치를 당해서 엇나갔다. 그런데 벨리타는 너무 곱게 자라서 이렇게 제멋대로가 됐나 보다.

"그것보다 언제까지 잡고 있을 거야?"

벨리타가 내 어깨를 잡은 클레어의 손을 떼어냈다. 그러고 보니 아까 클레어에게 잡힌 그대로 기차놀이하듯 나란히 걸어가고 있었다.

내가 해방감에 어깨를 으쓱하자 클레어가 내 어깨가 탐난다는 듯 안타까운 눈길을 줘 또 오싹해졌다. 맞다, 얘도 위험했지. 새로운 등장한 인물의 황당함 때문에 나도 모르게 클레어에 대한 경계가 풀어졌다.

"얼른 가죠."

왠지 다시 잡겠다고 나설까 봐 나는 얼른 그렇게 말했다. 그러자 클레어가 알겠다는 의미로 고개를 끄덕였고 벨리타는 툴툴댔다.

"그런데 손님이 무슨 일이래?"

말도 섞기 싫다는 거냐. 내용은 나에 관한 질문인데 말을 거는 대상은 내가 아닌 클레어인 기묘한 화법이었다.

"교수님을 만나러 왔대."

"무슨 교수님?"

뚱하게 그렇게 말하는 벨리타의 눈빛엔 내가 누굴 만나는지 궁금한 게 아니라, 너 같은 꼬마가 어째서 교수님을 찾냐? 라고 질문하는 것 같았다. 역시 이번에도 벨리타 잡는 클레어가 나섰다.

"뭘 그렇게까지 참견해?"

"뭐? 참견? 네가 이 꼬미를 데려다 주겠다고 하지 않으면 나도 신경 안 써!"

"내가 데려다 주든 말든 네가 무슨 상관이야?"

클레어의 무심한 말에 벨리타가 하얗게 질린 얼굴로 파르르 떨었다. 클레어는 제가 한 짓을 모르는 듯 멀뚱했고 벨리타는 제법 상처 받은 얼굴을 숨기지 못했다. 벨리타의 어그러진 얼굴을 보자 심장이 내려앉았다.

그녀가 잘한 것은 조금도 없다고 생각한다. 내가 느낀 건 벨리타에 관한 감정이 아니라 내 스스로에 대한 죄책감이었다.

아까 느꼈듯 이 둘의 관계는 어린 시절 나와 키르의 관계와 참 닮았다. 내가 당사자로서 키르에게 무심히 대할 땐 몰랐는데, 남이 하는 걸 옆에서 보니 참 냉정하고 모질었다. 내가 정말 키르에게 못할 짓을 하고 살았구나 싶었다.

학창 시절 친구와의 유대감은 깊다. 항시 붙어 있으니 친구의 존재가 가깝게 여겨지는 것이다. 내 친구가 다른 친구와 노는 것만으로 서운할 만큼 예민한 시기이기도 했다.

전생에 고등학교를 졸업하고 나는 친구들과 거리가 멀어졌다. 친구들은 대학생활을 하고 난 내 일하면서 살기 바빴다. 서로 새로운 그룹이 형성되니 예전처럼 유대감을 유지하기 힘들었다.

그런 시기를 겪었기 때문에 나는 친구랑 함께 하는 시간이 영원하지 않다는 걸 안다. 하지만 벨리타나 키르는 이런 걸 모른다. 심리적으로 의존하는 유일한 존재가 하는 배척은 크게 와 닿을 것이다.

그런 상황에서 클레어가 참으로 냉정하게 너와 상관없는 사이다, 라는 식의 말을 했으니 벨리타가 서운함을 느끼는 것도 당연했다.

그리고 나 역시 키르한테 이런 식으로 굴어 왔다. 클레어와 똑같은 무심한 태도로. 죄책감이 더 크게 몰려왔다.

난 내가 키르를 잘 키운 줄 알았다. 하지만 그건 내 오만한 착각이었다. 그 애의 심장에 있는 대로 상처를 만들고 소금을 뿌려 왔던 거였다. 그런데 그렇게 잘 자라 줬다니. 키르를 찾아가서 사과하고 칭찬해 줘야겠다. 물론 그 전에 이 둘의 관계도 조금 바로 잡고.

벨리타는 자존심 때문에 울컥하는 마음을 참지만 서러움을 견디기 힘든지 눈에 눈물이 슬며시 차오르고 있었다.

예전엔 이해가 안 가던 키르의 억울해 하던 눈빛이 왜 이제야 절절하게 이해가 되는지. 그 당시의 나는 매달리는 키르가 귀찮기만 해서 무심히 대꾸하곤 했다.

나, 진짜 나만 생각했네.

"너, 정말……."

벨리타의 부스스 부서질 것처럼 가녀리게 흔들리는 목소리에도 클레어는 끄떡도 하지 않았다. 그 점이 자꾸 내 죄책감을 자극했다.

클레어가 또 무심히 벨리타의 말을 받아칠 기세에 나는 둘 사이에 끼어들어 자리잡았다. 그리고 벨리타를 등진 채 클레어를 노려보았다.

"그만하세요. 친구한테 그렇게 퉁명스럽게 말하면 안 돼요."

양손을 허리에 얹고 제법 진지하게 말했지만 말을 하면서도 과거에 저질러왔던 내 죄책감에 마음은 자꾸 움츠러들었다.

그런데 내 분신에 가까운 행동을 저지르는 중인 클레어는 내 말을 알아듣기는커녕 멍하니 나를 바라봤다. 심드렁하게 벨리타를 흘기던 클레어는 어디가고 넋 나간 사람만 있었다.

그러지마. 너도 나중에 후회해! 그러니까 있을 때 잘해. 그런 경고의 눈빛을 보냈는데, 클레어는 몽롱한 눈동자로 초점을 맞추지 못했다. 완벽히 다른 생각에 빠진 모습이었다.

"제 말 듣고 있어요? 앞으로 친구한테 친절하게 대하라고요. 나중에 후회해요."

시간은 정말 잘나다. 지금 귀찮다고 대충 상대했다가는 나중에 이렇게 나처럼 후회할 날이 온다. 불과 몇 시간 전의 일도 후회하는 게 사람이다. 조금 더 현명하게 생각하고 행동하는 게 필요하다. 물론 그렇게 해도 10년 뒤의 내가 후회하는 일이 생기긴 했다.

어쨌든 클레어가 미래에 조금이라도 덜 후회하도록 하는 조언이었다. 그런데 내가 한 말에 대한 반응은 클레어가 아니라 내 뒤쪽에서 나왔다.

"너……. 생각보다 쓸모 있구나?"

편을 들어주려고 해도 자꾸 마음이 식게 만드는 능력이 있네. 벨리타가 악의로 똘똘 뭉친 게 아니라 표현을 저렇게 밖에 못 하는 미성숙한 성격이라는 걸 알면서도 내 마음이 옹졸하게 반응했다.

하지만 나는 서러움을 지우고 새침한 척하는 벨리타를 삐딱하게 바라봤다. 희게 질렸던 얼굴에 혈색이 돌아오고 우쭐함이 생겼다. 아직 어려서 그런지 감정 변화가 참 빨랐다.

"맞는 말 잘 한다고."

편들어 줘서 고맙다는 표현인데 전혀 그렇게 들리지 않았다. 키르처럼 가르칠 수 있는 것도 아니고. 정말 내 손바닥이 운다, 울어.

클레어야 먼저 내게 사과할 정도로 정도를 아는 인물이라 조언을 했다. 하지만 벨리타 같은 경우엔 생각 자체가 다르다. 내가 말했을 때 어떤 반응을 할지 종잡을 수 없어 지적은 위험했다. 그래서 나는 나오려던 불만을 참았다.

저렇게 툴툴대지만 생각보다 내 행동에 벨리타가 더 감동했는지 그녀는 갑자기 내게 조언했다.

"그런데 너 조심해야 해. 저렇게 보여도 걔 멀쩡하지 않아. 이제 한계일걸?"

난 벨리타의 턱짓을 따라 고개를 돌렸다가 질겁했다.

싱그러운 빛을 발하던 소녀가 사라지고 없었다. 대신 어딘가 이상한 집착을 가진 듯한 변태 같은 사람만 있었다. 눈빛이 탐욕스럽게 번쩍이고, 거센 콧김이 흘러나오고 발갛게 상기된 볼도 불안했다. 흐물흐물 풀어진 미소가 기괴했다.

클레어의 손이 날 움켜쥘 듯 무섭게 뻗어 왔다.

"귀여워! 귀엽다고! 한 번만 안아 보면 안 될까요? 뺨 비벼 보면 안 될까요?"

덜덜 떨다가 나온 클레어의 충격적인 고백에 나는 비명을 질렀다.

"으악! 왜 그래요! 정신 차리세요!"

"으악이래! 너무 귀엽잖아요!"

눈이 맛이 갔다. 싱그럽던 숲이, 썩은 숲이 되어 팽팽 돌았다. 도와 달라고 벨리타를 돌아봤지만 그녀는 내게 '그것 봐'라는 눈빛만 보냈다. 그것 보라니! 그것 보라니! 나를 껴안을 듯 뻗어 오는 손길에 난 펄쩍 뛰어 벨리타의 뒤로 숨었다.

"이리 와요. 한 번만 안아 보고 놔 줄게요."

말끝에서 하악, 하악 거리는 변태적인 거친 숨결이 느껴졌다. 유괴범이다! 납치범이야! 나를 끌고 갈 것 같은 클레어의 태도에 나는 필사적으로 몸을 숨겼다.

"싫어요! 뭐 해요, 말려 봐요!"

벨리타를 사이에 두고 빙글빙글 술래잡기를 하는 게 힘들어 도움을 청했더니, 그녀는 심드렁하게 대답했다.

"어쩔 수 없어. 클레어 세르비아가 자기 취향의 작고 귀여운 거만 보면 환장한다는 사실은 아카데미 내에서 유명한걸. 한번 안겨 줘. 그러면 진정될 거야."

그래서 다들 수군거렸구나!

너 같으면 저렇게 눈이 돌아갔는데 안겨 주고 싶겠냐!

내 귀엽고 깜찍한 외모는 어른들에게 호감을 얻기 쉬웠고, 특별한 사유가 있을 때 빼고는 대부분 내게 호의적이었다. 그래서 나 역시 누군가 내게 좋은 감정을 내비치는 게 어색하지는 않았다.

……분명히 그렇다고 여겼는데.

"말랑말랑해 보이는 빵빵한 볼, 제발 한 번만 만지게 해 주세요! 제 뺨이랑 비비고 싶어요!"

이건 해도 해도 너무하지 않는가. 살려 줘! 나를 잡을 듯 아슬아슬하게 스치고 지나가는 손이 무서웠다.

그때, 나를 구원하는 천상의 음성이 들렸다.

"아렌? 아렌이니?"

고개를 돌린 곳엔 하프테리 님이 서 계셨다. 어찌나 반가운지 뒤에서 후광이 번쩍였다. 난 필사적으로 하프테리 님을 향해 뛰었다.

"스승님!"

마음 같아서는 안기고 싶었지만 나를 그렇게 번쩍 안아 주실 분이 아니라서 나는 헐레벌떡 하프테리 님의 뒤로 돌아가 몸을 숨겼다. 살려 달란 의미로 하프테리 님의 등에 얼굴을 묻으며 옷을 부여잡았다.

"변태가 쫓아와요!"

"쪼르르 도망가서 숨었어! 귀여워! 하악! 하악!"

제발! 그놈의 귀여워 소리 좀 그만해! 거친 숨 내뱉지 마! 하프테리 님이 달라붙어 있어 내 진절머리를 느낀 듯 나섰다.

"클레어 세르비아 학생, 거기서 멈춰 주겠습니까?"

아는 사이인지 하프테리 님 입에서 클레어의 이름이 나왔고 쥐 쫓는 고양이처럼 나를 쫓아오던 클레어가 우뚝 멈춰 섰다. 그리고 놀랍게도 평범하게 인사를 했다.

"교수님, 안녕하세요."

클레어가 하프테리 님을 뚫고 올까 봐 조마조마했는데 멈춰서 다행이다. 그래도 나는 긴장의 끈을 놓지 않았다.

"안녕하세요, 교수님."

벨리타 또한 정중하게 인사를 했다. 평범한 목소리로 돌아온 것 같아 나는 고개를 옆으로 내밀었다가 다시 번쩍이는 클레어와 눈이 마주쳐 도로 숨었다.

"무엇 때문에 클레어 세르비아 학생이 흥분한 줄은 알겠지만 진정해 주겠습니까? 제 제자는 작고 연약한 편이라 세르비아 학생이 그렇게 행동하면 놀란답니다."

하프테리 님의 낯간지러운 표현에 얼굴이 뜨끈해지려는 찰나, 클레어가 입을 틀어막고 부들부들 떨었다.

"작고 연약한!"

당장 손을 뻗어 끌어내고 싶다는 듯한 눈빛이 무서웠다. 내게 이런 두려움을 줄 수 있는 존재가 있을 줄이야.

갑질이 넘쳐나는 이 세상에서도 나는 나름 편하게 살아왔다. 우선 주변에 위협이 되는 사람이 없었고 내게서 가장 가까우면서 조심해야 할 권력자인 키르가 내겐 하찮은 존재였기 때문이다.

아무리 화를 내고 지랄을 해도 키르가 내게 해를 끼치지 않을 거란 믿음이 있었다. 제 성질대로 안 되면 발작을 일으키긴 했지만 그 역시 어느 순간부터 나한테 화풀이를 하는 일은 없었다.

얼마 전에 만난 황태자비님마저 처음엔 어렵다가 얼렁뚱땅 친해지고 나니 내 행동에 유하게 넘어가서 더 그랬다. 그래서 솔직히 나도 조금쯤은 제멋대로 살았다. 세상 무서운 줄 모르고 위풍당당하게 살았다.

그런 나를 잡는 천적이 등장했다. 클레어는 내게 위해를 주지 않을 것 같으면서도 위협적이었다. 큰일이 생길 것 같지 않은데 큰일이 생길 것 같다. 클레어에 대한 내 느낌은 그랬다.

"그렇게 행동하면 제 제자는 놀란답니다."

하프테리 님이 온화한 목소리로 내용만은 단호하게 잘라냈다. 예의 바르면서 선을 긋는 말투에 클레어가 움찔하며 자신의 행동을 수습했다.

"죄송합니다. 제가 과했습니다."

클레어는 사과 후 시선을 비껴 내리고 감정을 다스리는 행동을 했다. 뒤이어 벨리타가 나섰다.

"교수님의 제자라고요? 제자가 있으셨어요?"

"네. 그렇습니다. 아렌, 이젠 괜찮단다. 세르비아 학생도 충분히 진정한 것 같으니 나오렴."

살기 위해서 한 거라도 부모님에게 매달리는 어린애의 행동 같아서 부끄러웠다. 더 매달려 있는 건 꼴불견일 것 같아 슬그머니 옆으로 나섰다.

벨리타의 눈빛에 나를 다시 본다는 듯한 빛깔이 떠올랐다. 클레어는 눈을 반짝이면서 필사적으로 내게 손을 뻗지 않으려 참고 있었다. 소심하게 굴고 싶지 않은데 클레어의 눈빛이 또 번득였다. 무서워진 난 언제든 다시 하프테리 님의 뒤로 숨을 준비를 했다.

"묘한 조합이군요. 언제 이렇게 친해지셨습니까?"

어색한 공기를 깬 건 하프테리 님의 음성이었다. 하지만 내용이 어째 이상했다. 스승님 이게 친해 보이는 건 아니시죠? 묘한 분위기에서 나선 건 의외로 벨리타였다.

"친해지지 않았습니다. 저흰 손님을 안내해 준 것뿐입니다. 그런데 그 꼬마 손님이 교수님의 제자일 줄은 몰랐네요."

벨리타가 아까와 다르게 나를 보는 눈길은 호기심이 가득했다. 굉장히 신기한 것을 보는 듯했다.

"안내를 해 주는 중이었다니 감사하군요. 여러분과 연이 닿기 전부터 가르쳤던 제자입니다. 친절을 베풀어 준 것은 감사합니다만, 제 제자에 대한 호칭에 유의해 주시겠습니까? 그녀가 어린애 취급을 받을 나이는 아니라서 말입니다."

하프테리 님은 늘 아카데미 일로 바쁘셨다. 그래서 나보다 아카데미 학생들을 더 챙기는 것 같아 계속 은연중에 서운했었는데, 하프테리 님이 대놓고 내 편을 들어주니까 어깨에 힘이 들어갔다.

내가 이분의 제자랍니다.

"그게 무슨……."

벨리타와 클레어의 얼굴에 의아함이 떠올랐다.

"크리시아 학생이랑 세르비아 학생이 동갑이지요? 둘보다 제 제자가 연상이란 소리입니다. 그게 아니더라도 타인에게 꼬마라는 표현은 썩 예의바른 표현은 아니랍니다."

하프테리 님은 특유의 조곤조곤한 말투로 설명을 했다. 그러자 벨리타와 클레어의 입이 떡 벌어졌다. 내가 본인들보다 연상이란 소리가 충격적인 것 같았다.

"말도 안 돼! 나보다 연상이라니!"

벨리타는 작게 중얼거렸고 클레어는 눈만 휘둥그레 떴다. 놀람을 감추지 못하고 내게 시선을 던지는 그들의 행동에 속이 부글부글 끓어올랐다.

나로선 클레어의 나이가 더 놀랍다. 저 외모로 나보다 어리다니!

외모의 편견에 휩싸이지 않아야 하는 난데, 저 성숙해 보이는 외모에 클레어의 나이가 나랑 비슷할 거라 여겼다. 어려 보이는 벨리타와 친한 모습에서 그녀가 보기보다 어리다는 걸 떠올리지 못했다. 갑자기 묘하게 서글퍼졌다.

"제 제자가 조금 어려 보이긴 합니다만 실제론 여러분보다 나이가 많습니다. 그러니까 어린애 취급은 하지 말아 주시길 바랍니다."

내 나이를 믿지 못하는 이들에게 하프테리 님은 확언을 해주었다. 벨리타의 얼굴엔 '어떻게 저게 나보다 나이가 많아?' 하는 충격과 공포가 그대로 드러났다.

또 의외인 건 클레어는 그렇게 놀라지 않은 거 같았다는 점이었다. 그저 '괜찮아. 언니여도 귀여우면 다 용서가 돼.' 라고 풀린 눈으로 중얼거리면서 합리화를 하는 것 같지만 말이다.

"그럼, 여러분 다시 한번 제 제자를 도와주셔서 감사합니다. 점심시간 놓치기 전에 식사하러 가세요."

아까부터 느꼈는데 하프테리 님은 학생들에게 예의를 깍듯하게 차리는 것 같았다. 처음 봤을 때부터 존댓말과 선을 긋는 말투가 나를 대할 때와는 확연하게 달랐다.

물론 목소리만은 부드러웠지만. 우리도 자리를 옮기자는 하프테리 님의 눈짓에 따라 나는 머뭇거리면서 두 사람을 향해 인사를 했다.

"여기까지 안내해 주셔서 감사합니다."

마음 같아서는 감사 인사를 하고 싶지 않지만 도움 받은 것도 있고 하프테리 님도 인사를 하셨는데 내가 안 할 수는 없어서였다. 나는 인사를 마치자마자 재빨리 몸을 돌리며 얼른 가자는 시선을 하프테리 님에게 보냈다. 그렇게 우리가 막 걸음을 옮기려는 찰나였다.

"자, 잠깐!"

클레어의 처절하고 다급한 목소리가 우리의 발걸음을 잡았다. 하프테리 님이 의아하게 돌아보자, 클레어가 간절한 자세로 양손을 맞잡았다. 그리고 도저히 안 되겠다고, 이 말만은 꼭 해야겠다는 듯이 간곡하게 부탁했다.

"교수님의 제자분을 한 번만 안아 보면 안 되겠습니까?"

그런 거 간절하게 빌지 마! 그리고 그걸 왜 하프테리 님께 허락을 맡아? 내가 싫다고!

난 클레어의 부탁에 질겁하고 바라봤다. 웃기게도 클레어 본인도 말도 안 되는 부탁을 하고 있다는 것은 아는지, 최대한 공손한 자세를 하고 있었다.

하프테리 님이 클레어를 물끄러미 응시했다.

재고의 여지도 없는 질문인데 왜 침묵하시는지 초조했다. 그렇다고 내가 나서서 답했다가 클레어의 번뜩이는 시선이 내게 닿을까 봐 나서지도 못했다.

어서 거절하라는 의미로 하프테리 님의 옷소매를 슬며시 잡았더니 클레어를 응시하던 스승님의 눈이 나에게로 옮겨 왔다. 차분한 눈동자가 어떤 의미로 감정을 드러냈다. 오랜 시간 곁에 있었던 터라 그게 무슨 의미인지를 직감해 버렸다.

나를 케이티 님에게 떠넘길 때의 눈빛이다! 안 돼! 스승님이 내게 이럴 순 없어! 지금은 케이티 님 때와는 차원이 다른 문제라고!

내 처절한 거부가 말로 나오기 전에 하프테리 님의 입술이 움직였다.

"좋습니다. 허락하지요."

왜! 어째서 스승님이 내게! 하프테리 님 당신마저!

내가 처절한 외침을 하기도 전에 난 빨려가듯 클레어의 품으로 끌려 들어갔다. 허락만 기다리고 있었던 사람처럼 클레어가 비호처럼 내게 달려들었기 때문이다. 부드럽고 완연한 여성의 향기를 뽐내는 품이 나를 뒤덮었다.

난 하프테리 님에 대한 배신감에 충격에 빠졌다.

아무래도 내 스승님은 나를 아끼는 게 아니었던 것 같다. 어릴 때 내 뇌를 학대할 때부터 알아봤어야 했는데, 변태의 품속에 나를 이렇게 가차 없이 내던져 버리다니. 그저 안 된다는 말이면 되었을 텐데.

이루 말 못 할 배신감에 화낼 기운도 없었다.

"감사합니다!"

얼마나 다급했는지 클레어는 행동부터 저지른 후 감사 인사를 했다. 하프테리 님은 별것 아니라는 듯 가볍게 미소 지었고, 클레어는 기쁨을 어찌하지 못한 채 나를 어릴 때 품에 끼고 자는 인형처럼 꼭 끌어안았다.

가녀린데 의외로 힘이 센지 나를 번쩍 안아들어 내 발이 허공에 달랑달랑 떴다.

"귀여워. 품에 쏙 들어와. 사랑스러워! 언니여도 괜찮아요. 귀여우니까요. 제가 언니라고 불러도 될까요?"

가까워지니 그녀의 몸에서 숲의 상쾌한 향기가 나는 것 같았다. 게다가 나긋함이 느껴지는 몸인데, 이상하게 소름이 돋는다.

"언니는 따스하네요. 향기도 달콤해요."

클레어의 말처럼 따스한 체온이 느껴지는데 내 몸은 점차 서늘해졌다. 손발이 꽁꽁 얼며 마치 총 맞은 사람처럼 굳어 움직일 수 없었다.

"언니, 뺨 비벼도 돼요?"

안 돼! 콧김을 내뿜으며 얼굴을 바짝 들이미는 게 두려워 정신이 번쩍 들었다. 난 뭔가에 억눌린 것처럼 목소리가 나오지 않아 필사적으로 고개를 저었다. 클레어가 크게 시무룩한 표정을 했다.

"통통해서 말랑거릴 것 같은데요. 맞닿으면 황홀하겠죠."

너만 황홀하겠지! 도대체 왜 이렇게까지 날 좋아하는 거야? 어째서 하프테리 님은 이런 변태의 품에 나를 던져 놓은 거냐고! 하프테리 님은 내 질린 얼굴을 그저 바라보고 계셨고 벨리타는 지겹고 하찮다는 시선으로 바라보고 있었다. 그렇게 보기 싫다면 떼어 달란 말이야!

"진짜 너무 좋다. 저 심장이 너무 두근거려서 터질 것 같아요. 세상에 어쩜 이렇게 귀엽게 생기실 수 있죠?"

나도 몰라. 그런 거 묻지 마.

사실 내가 변태라고 질겁하는 것치고 클레어는 적정선을 지키고 있었다. 무언가 하고 싶을 때 계속 물어본다는 점, 품에 안고 막 더듬지 않는다는 점, 손길이 음흉하지 않다는 점을 보면 그렇게 막나가는 것 같지도 않았다.

게다가 아까 날 잡으려는 듯 움직일 때도 충분히 잡을 수 있음에도 실제로 날 잡지 않았다. 내가 허락하지 않아서 그런 건지, 아니면 필사적으로 도망 다니는 모습을 구경하는 게 좋아서 그런 건지는 모르겠지만.

그렇다고 얘가 정상인이라는 소리는 절대 아니다. 그냥 변태에 막무가내치고 이성적인 편이란 소리다.

"제가 언니 머리 손질하면 안돼요?"

그것도 싫다고 내가 고개를 저으려고 할 때였다.

"그럼 놓아 줄게요. 머리도 손 못 대게 하면 안 놓아 줄 거예요. 계속 이렇게 안고 있을래요. 진짜 좋겠다. 따스해라."

세상엔 이렇게 양아치들이 넘쳐났다. 나를 놓아 줘야 하는 게 당연한 상황을 가지고 협박하다니.

불합리한 상황에 분노했지만 결국 클레어의 협박에 굴할 수밖에 없었다. 하프테리 님과 벨리타 그 누구도 내 편이 아니었기 때문이다. 내가 아무리 간절한 도움의 눈길을 보내도 다들 강 건너 불구경하듯 했다.

내가 고개를 끄덕이자 클레어가 나를 내려놓았고 그제야 난 내 다리로 설 수 있었다. 나를 뒤돌게 한 클레어가 내 머리를 반으로 갈라땋기 시작했다. 손길이 스칠 때마다 오싹오싹했다. 아까도 말했지만 음흉한 손길은 아니다. 그런데 기피하는 마음 때문인지 거부감이 커졌다.

머리를 만지며 클레어는 내가 얼마나 귀엽고 사랑스러운지, 그리고 곱실거리지만 머릿결은 또 얼마나 폭신폭신 부드러우며 나라는 존재 자체가 얼마나 따스한지, 나중에 꼭 또 만나자는 이야기를 중얼댔다. 하지만 난 반쯤 영혼이 사라진 터라 건성으로 들었다.

머리 끈이 없었기 때문에 클레어는 제 교복 소매의 리본을 풀어서 내 머리 끝에 묶었다. 그렇게 머리를 양쪽으로 다 땋은 후 클레어가 기운 빠진 음성을 냈다.

"벌써 다 끝났네요. 더 만지고 싶은데 약속했으니까 안 되겠죠? 뺨을 못 비벼서 안타깝네요."

나는 그것만은 절대 안 된다고 필사적으로 고개를 움직였다. 거부 몸짓에 시무룩하던 클레어는 또 아무렇지 않은 얼굴로 웃는다.

"언니 다음에 또 만나요. 그때 하면 되죠. 제가 놀러 가면 모른 척하면 안 돼요. 알겠죠? 그럼 저희는 가 보겠습니다."

오지 마, 그때도 허락 하지 않을 거야. 모른 척할 거라고. 하지만 간절한 내 바람은 입 밖으로 흩어지지 못했다. 그렇게 혼자만의 약속을 간직한 클레어가 손을 흔들고 벨리타와 제 갈 길을 갔다.

소중한 무언가를 잃어버린 것처럼 내 마음 한구석이 황량해졌다. 갑자기 눈물 한 방울이 흐를 것 같았다. 서운해서 하프테리 님을 팩 노려보았다. 믿었던 사람에게 받은 배신은 정말 뼈아팠다. 내 이글거리는 눈에 하프테리 님이 쓰게 웃었다.

"우선 안에 들어가서 이야기할까?"

나는 고개도 끄덕이지 않고 뚱한 얼굴을 유지했다. 하프테리 님이 앞장서고 뒤따라 걸어 개인 사무실로 짐작되는 방 안으로 들어갔다.

작은 크기의 방이었다. 하프테리 님의 깔끔한 성격답게 어질러진 것 하나 없는 방이었다.

"소파에 앉으렴."

내가 소파에 앉자 하프테리 님은 한쪽에서 마실 것을 따라 내 앞에 놓아 주셨다. 내가 눈도 마주치지 않고 불퉁하게 앉아 있자 하프테리 님은 직접 권했다.

"사과 주스란다. 마시고 진정하렴."

짜증이 나서 나쁜 말이 쏟아져 나올 것 같아 말없이 주스를 마셨다. 사과를 갈아 꼭 짜낸 주스는 달달해서 맛있었다. 그래도 단 걸 먹으니까 울컥 치솟던 감정이 조금 잦아들었다.

물론 서운함이 사라졌단 소리는 아니다. 그저 그 서운함을 나쁜 말로 쏟아내고 싶던 감정이 줄어든 것뿐이다.

나는 아무 말 없이 빈 컵만 만지작거렸다. 먼저 말문을 연 건 하프테리 님이었다.

"아렌, 서운했니?"

"네."

너무 당연한 질문에 나는 불퉁하게 답했다.

"내가 생각을 잘못했구나. 미안하다."

하프테리 님은 날 예의 없다고 혼내는 대신 솔직하게 사과하셨다. 나를 도닥이는 행동에 더 서운함이 몰려왔다.

"제가 싫은 티 엄청 냈는데요."

그걸 모른 척해서 서운했어요.

"알아챘는데 그래도 네 편을 들어주지 못해서 미안하다."

하프테리 님은 진심으로 미안한 표정을 지었다. 계속 사과하시기도 하고. 사실 그렇게 이상한 상황에 하프테리 님이 그런 선택을 했다는 것 자체가 이해가 안 갔다. 전혀 이성적이지 않은 선택이었다.

혹시 어떤 특별한 이유가 있으셨던 걸까? 클레어의 부탁을 들어줄 수밖에 없는? 뒤늦게 생각이 거기까지 미쳤다.

"왜 그러셨어요?"

"첫 번째 이유는 네게 도움이 될 것 같아서였단다. 그래 보여도 세르비아 학생은 마탑에서 탐내는 인재란다. 마탑의 제안을 거절하고 아카데미에 왔는데, 그 콧대 높은 마탑의 인물들이 아직도 그녀를 원하지. 지금이라도 세르비아 학생이 마탑에 가겠다고 하면 얼마든지 갈 수 있을 정도로 말이다. 그녀는 세기의 천재라 불리고 있단다."

세상에 그 변태가? 세상은 불공평하다. 어째서 그런 변태에게 엄청난 재능을 준 것일까? 아니지, 이성을 앗아간 대신 재능을 주신 건가?

그러고 보면 키르도 변태치고 재능이 출중했지.

공부를 하지 않았던 8살 때는 몰랐는데, 작정하고 공부하는 키르의 습득 능력은 엄청났다. 진심으로 공부하자 그는 무섭게 내 뒤를 쫓아왔었다. 이 세상은 변태에게 관대한 것인가. 어째서 변태들만 재능의 혜택을 받는가. 나도 변태가 됐어야 하는가!

어쨌든 그 정도의 재능을 가진 존재와 인맥이 생기는 건 나쁜 건 아니다. 전생에도 그렇지만 이 세상도 마찬가지다. 사람 사는 곳은 다 똑같아서 이곳에서도 학연, 지연, 혈연을 무시 못 했다.

잘난 사람이나 미래의 잘나갈 사람과 친해지면 좋지만 그래도 정상적이지 않은 존재잖아! 만날 때마다 그러면 인맥이 무슨 소용이야! 아무리 세기의 천재면 뭐 해!

"별로 친해지지 않아도 될 것 같아요."

사실 그녀가 내게 큰 해를 끼친 건 아니다. 극한의 거부감을 주긴 했지만 클레어는 어느 정도 선을 지켰다. 그래서 도움이 되면 가식으로라도 사귀는 게 좋다. 하지만 오죽하면 내가 세기의 천재를 거절하겠는가.

이건 내 계산적인 마음으로도 안 된다. 그냥 잘 나가는 사람 모르고 살아가련다. 그런 과한 애정 공세는 오히려 부담이었다. 지금도 클레어를 떠올릴 때마다 솜털이 곤두서고 반사적으로 몸이 떨렸다.

내가 진저리를 치자 하프테리 님이 정말 곤란한 표정으로 쓰게 웃었다.

"두 번째 이유는 그 소망을 이루어 주지 않으면 더 위험해져서란다."

"더 위험해져요?"

나는 하프테리 님의 무서운 발언에 동공 지진을 일으키며 바라봤다. 하프테리 님은 느릿하게 고개를 끄덕였다.

"천재는 정상의 범주를 벗어난다는 말이 있지 않니."

딱 봐도 정상인이 아니긴 하다.

"그래도 도망치면 되잖아요."

"도망이 가능하다면 말이다."

클레어로부터 내가 도망칠 수 없다는 소름 돋는 말을 하프테리 님은 참 나직한 목소리로 말씀하셨다.

"네 예상보다 세르비아 학생은 집요하고 뛰어난 능력자란다. 자기 욕구를 충족하지 못하면 폭주해 널 찾아갈지도 모른단다."

날 찾아온다는 소리에 나는 펄쩍 뛰었다. 어떻게, 왜 찾아온단 말인가? 그리고 왜 그 무서운 이야기를 하프테리 님은 이렇게 담담하게 한단 말인가!

"아카데미 학생은 외출이 힘들다면서요?"

"그렇긴 하지. 하지만 그 엄청난 재능으로 몰래 저지르면 어쩌겠니?"

상큼한 체념이 담긴 말에 영혼이 빠져나갈 것 같았다. 하프테리 님이 이런 것으로 나를 속일 인물은 아니다. 즉, 클레어가 정말 나를 쫓아 올 정도로 요령이 좋고, 구제할 수 없는 변태라는 것이다.

신이시여, 어째서 변태에게 재능까지 주신 것입니까? 이 노력하는 어린 양에겐 똑똑한 머리를 주지 않으셨으면서! 믿지도 않는 신을 부르짖을 정도로 난 간절했다.

"내 제자란 것을 아니까 밤에 몰래 저택에 찾아갈지도 모르지. 그게 아니면 현자의 서재를 찾아가거나. 그러니 그녀에게 이성이 있을 때 적당히 맞춰 주는 편이 좋을 거란다."

결국 스토커를 달고 살라는 소리다. 나는 감정이 울컥해 어떤 말도 하지 못하고 어물어물했다. 난 왜 이렇게 귀엽게 생겨서는.

한 번 생긴 거부감은 쉽사리 지워지지 않는다. 난 클레어가 불편했고 그래서 멀리하고 싶었다. 하지만 하프테리 님은 그녀를 상대하라 말하고 있었다.

"제가 그녀와 친해졌으면 좋겠어요?"

사실 하프테리 님이 누군가와 친분을 만들라는 의중을 내비친 게 처음이라 더 의아했다. 그 정도로 클레어가 대단한 사람이 될 거라 여겨서 그러는 건가?

나는 의문을 담은 눈으로 하프테리 님을 응시했다. 하프테리 님도 알 수 없는 차분한 눈길로 나를 한참동안 바라보다가 말했다.

"아렌, 나쁜 것만은 아니란다. 세르비아 학생과 크리시아 학생 둘 다 친해져 두면 도움이 될 거야."

내가 예상했던 답은 아니다. 당연히 네 마음대로 하라고 할 줄 알았는데. 계산적이라고 생각하지 않았던 인물이 계산적인 답을 내놓으니 혼란스럽고 착잡했다. 할 말이 없어진 나는 다시 빈 컵을 만지작거렸다.

"참 무슨 일로 왔니?"

이제야 생각났다는 듯 하프테리 님이 물어 왔고 나 또한 뒤늦게 정신이 들어 용건을 기억해 냈다. 재빠르게 편지를 꺼내 내밀었다.

"아! 심부름 왔어요. 이거, 케이티 님이 주셨어요."

인장으로 밀봉되어 있는 편지봉투를 보고 하프테리 님의 눈동자가 서늘하게 식었다. 갑자기 달라진 기운에 나 역시 움찔했다. 그걸로 부족한지 하프테리 님은 나를 한번 지그시 응시하시고 편지 봉투를 받아 내용물을 확인하셨다.

하프테리 님의 이질적으로 변한 눈빛에 심장이 쿵쿵댔다. 내용을 읽느라 시선이 점차 편지지의 아래로 내려갈수록 하프테리 님의 표정은 딱딱해졌다.

그제야 내가 편지 내용에 대해 조금도 궁금해 하지 않았음을 깨달았다. 도대체 무슨 내용이기에 하프테리 님의 표정이 저렇게까지 변하시지? 나는 불길한 느낌에 눈치만 봤다. 괜히 내가 무언가 잘못한 것만 같았다.

빠르게 편지를 읽은 하프테리 님이 편지를 접어 품에 갈무리했다. 그리고 나를 향해 지금까지 한 번도 들어보지 못한 냉정한 어조로 말했다.

"아렌 앞으로 이런 심부름을 네가 할 필요는 없단다."

말투를 최대한 조심하시는 것 같지만 그 안에 담긴 날카로운 기운에는 명령과 경고의 기색이 짙게 깃들어 있었다. 하프테리 님은 명백히 지금이 상황을 탐탁지 않게 여기고 계셨다.

스승님의 성격상 내가 심부름을 했다는 사실을 불쾌하게 여기시는 것은 아닐 거다. 그렇다면 저 안에 담긴 내용이 문제라는 것일 텐데. 나는 떨리는 아랫입술을 깨물었다.

경솔했다. 부탁한 상대가 케이티 님이고 그저 편지 전달만 하면 되는 간단한 심부름이라고 쉽게 생각했다.

"죄송합니다."

고개를 숙인 내 사죄에 하프테리 님은 아무 말씀도 안 하셨다. 내가 고개를 들지 못하고 있자 낮은 한숨 소리가 들렸다. 그리고 평소의 차분한 음성이 들려왔다.

"미안하다. 네게 화낸 게 아니란다. 그렇게 자책하지 마렴."

고개를 들어 시선을 마주친 하프테리 님에겐 다시 온화한 표정이 돌아와 있었다. 하지만 그 표정이 주눅 든 나를 배려하려는 것임을 알아 나는 정체불명의 음식을 입 안에 넣은 듯 껄끄러웠다.

"다만, 앞으로 이런 심부름은 하지 않았으면 한다."

하프테리 님의 눈빛이 단호해 나는 알겠다고 고개를 끄덕였다. 저 편지에 어떤 내용이 적혀 있었던 것일까? 차마 불안해서 삼키지 못한 감정을 뱉을 수도, 삼켜 넘길 수도 없었다. 이상하게 불안했다.

나는 싸늘해진 분위기에 더 있기 불편해져서 하프테리 님께 인사를 하고 아카데미를 나섰다. 어차피 슬슬 점심시간이 끝나가서 더 있기도 힘들었다. 아카데미는 엄연히 하프테리 님의 직장이었으니까. 볼일을 마치고 바로 떠나는 건 당연했는데 마음이 편치는 않았다.

현자의 서재에 돌아가도 공부가 손에 잡힐 것 같지 않았다. 그래서 나는 마부 아저씨한테 부탁해서 키르네 집으로 직행했다.

대공저에 도착해서 마차는 바로 돌려보냈다. 저택으로 돌아가든 현자의 서재로 가든 대공가의 마차를 타면 되기 때문이다.

"오셨습니까? 아가씨."

집사님은 예의에 어긋나는 갑작스러운 방문이었음에도 나를 친절하게 맞아주셨다. 그만큼 대공가의 저택은 내게 열린 공간이었다.

"안녕하세요? 키르는요?"

"서재에 계실 겁니다. 두 시간 전에 업무 보러 간다고 들어 가셨습니다."

"들어가 볼게요."

"네. 들어가 보십시오."

안내나 키르에게 내 방문을 허락 받는 일 따위는 늘 생략이었다. 서재를 찾아가며 먹먹한 감정이 차올랐다.

사실 지금의 급작스러운 방문은 아까 클레어의 행동을 보고 떠올렸던 죄책감 때문이었다. 기억났을 때 사과하고 싶었다. 나중으로 미뤘다간 미안했던 감정도 옅어질 것 같았다.

나는 어느새 도착한 서재 앞에서 가볍게 노크하고 문을 열었다. 키르는 편한 자세로 일하고 싶은지 등에 쿠션을 받치고 소파에 반쯤 눕다시피 앉아 서류를 읽고 있었다. 무심한 눈길이 의무적으로 서류를 훑고 있었다. 노크를 했는데 쳐다보지도 않네.

나는 서재 안으로 들어와 탁 소리 나게 문을 닫았다. 그제야 서류에서 붙어 있던 시선이 짜증을 담고 내 쪽으로 움직였다. 이렇게 곳곳에서 키르의 더러운 성질머리가 숨김없이 보였다. 보랏빛 눈동자가 찰나에 나를 담아 내고 놀람으로 물들었다.

"아렌?"

질문을 하면서도 답을 찾은 얼굴이었다. 아무 대답이 없었음에도 서늘하다고 느껴질 정도로 무감각하던 얼굴에 온기가 번졌다. 그리고 곧 내가 알던 키르가 되어 날 반겼다. 미소를 지은 것도 아닌데 놀라울 정도로 화사한 얼굴에 심장이 울렁거렸다. 역시 저렇게 예쁜 얼굴은 반칙이다.

"어쩐 일이야?"

키르가 반가움과 의문이 담긴 목소리로 질문하며 일어서려고 해 나는 재빨리 외쳤다.

"잠깐! 그대로 있어 봐."

키르가 움찔 그대로 멈췄다. 그 사이에 나는 잠시 눈으로 각도와 구도를 쟀다. 실현 가능할 것 같다.

내가 혼자 생각하고 혼자 결론을 내리는 동안 키르는 어리둥절해 하면서도 얌전히 바라보기만 했다. 그런 키르를 보니 벨리타와 다르게 확실히 잘 자랐음을 알 수 있었다.

어린 시절의 내가 무심해서 못되게 굴었는데, 이렇게 훌륭하게 크다니. 아까 생겼던 죄책감과 미안함이 더 크게 와닿았다. 그래서 나는 큰맘 먹고 계획을 실행하기로 했다.

"내가 안아 줄게."

내 뜬금없는 발언에 놀라 눈을 크게 뜨는 키르에게 다가가 허리를 꽉 안아 줬다. 반쯤 누워 있던 키르의 자세 탓에 그 위에 올라타는 형세가 되었지만 크게 무게가 나가지 않을 테니 나는 그냥 몸을 내던졌다. 이럴 땐 내 체구가 작아서 다행이다.

키르는 놀라 어쩔 줄 몰라 하면서도 내가 떨어지지 않도록 감싸 안았다. 그러자 묘한 안도감이 생겼다. 익숙한 온기와 향기, 감촉이 내게 남아 있던 불안과 불쾌감을 지워 갔다.

하프테리 님과의 일로 잠시 뒤로 잊혔던 클레어에게 안겼던 감각이 떠올랐다. 나도 모르게 그 진저리 쳐졌던 감각이 은근히 질척하게 남아 있었던 듯싶었다.

키르를 칭찬해 주려고 했던 행동인데, 익숙한 품이 내 신경을 날 서게 했던 낯선 찌꺼기들을 지워 갔다.

"자, 잠깐. 아렌, 무슨 일 있었어?"

뒤늦게 정신을 차린 듯 키르가 질문하며 나를 밀어내려 했다. 당혹감 어린 목소리에 손짓도 필사적이다. 평소엔 못 달라붙어 안달이더니 내가 선심 쓰니 되레 거부한다. 하지만 아직 정화 작업을 끝내지 못한 난 더 깊이 파고들며 키르의 등짝을 살짝 때렸다.

"그러지 말고 제대로 안아 봐."

키르가 갑자기 뻣뻣하게 굳었다. 숨 쉬는 것도 잊은 사람처럼 경직됐던 그는 느슨한 숨을 내쉬며 몸에 힘을 풀었다. 키르가 밀어내려는 행동을 멈추자 난 다람쥐가 겨울 식량 마련하려 보물창고에 도토리 숨기듯 키르의 품에 더 파고들었다.

키르도 내가 보낸 신호를 알아들은 것처럼 단단히 안아 왔다. 나직하면서 뜨거운 숨결이 정수리를 간질였다. 따스하고 익숙해서 편했다. 찝찝하던 기분이 점차 풀려 갔다.

사람 품이 이래야 하는데 클레어에게 안겼을 땐 왜 그랬을까? 과한 애정에 대한 거부감인가? 잠시 키르의 품에 안겨서 생각을 정리하다 보니 또 내가 하려던 것을 잊고 있었단 것을 깨달았다.

키르한테 사과하려고 했지!

"좋아해야 하는 상황인 것 같은데 왜 불안할까?"

잘 있다가 갑자기 불안을 토로하는 기운 빠진 키르의 음성이 머리 위에서 들렸다.

"뭐? 왜, 뭐가 불안해?"

"아렌이 답지 않은 행동을 해서?"

칭찬해 주려고 했더니? 키르의 장난기 담긴 말에 발끈해서 등을 탁탁 두드렸다. 낮게 웃으며 키르가 안은 팔에 힘을 줘 왔다.

키르의 행동에 말려들어갈 뻔했다. 또 실수하면 안 되지. 아프라고 때리던 등을 나는 토닥여 주었다.

"사과하고 칭찬해 주는 거야."

"사과와 칭찬?"

무슨 사과와 칭찬이냐고 묻고 있지만 그게 현재의 일이 아니기 때문에 설명할 것이 없었다. 키르에겐 참 뜬금없겠다 싶다. 그렇다고 내가 예전에 저질렀던 잘못을 이제와 사과한다는 말을 하고 싶지 않아 나는 스리슬쩍 말을 돌렸다.

"응. 이것저것 미안했고 너 잘하고 있다고. 잘 커 줘서 고맙다고. 그냥 칭찬해 주고 싶었어."

전부 솔직하게는 아니더라도 키르에게 말하고 나니 속 시원하다. 개운해져 툭툭 등을 두드리며 놓아 달라는 신호를 보냈다.

키르의 팔이 슬쩍 풀렸지만 온전히 힘을 뺀 건 아니었다. 나는 키르의 팔을 잡고 상체를 일으켰다. 오늘 내가 많이 이상하긴 했는지 키르의 가늘어진 눈매가 나를 세심하게 관찰했다.

"됐어. 이제 놔 줘."

나는 무슨 일이 있는지 알아내려는 키르의 눈길이 괜히 껄끄러워 독촉했다. 하지만 키르의 손은 풀리지 않았다. 키르의 눈이 내 땋아진 머리에 닿았다.

"머리, 처음 보는 스타일이네."

머리 소리에 바로 클레어가 연상되어 나는 반사적으로 표정이 굳었다. 나도 참 단순하고 멍청하다.

그렇게 진절머리 쳤으면서 아까 그녀가 해 준 그대로 다니고 있었다. 거기다가 하필이면 내가 싫어하는 스타일이었다.

내 머리는 살짝 붉은빛이 도는 갈색 머리다. 그래서 일부러 땋은 머리, 특히 양쪽으로 땋은 머리는 의식적으로 피해 왔다. 어느 소설 속 주근깨 빼빼마른 소녀가 떠올라서 말이다.

나는 신경질적으로 머리끝에 손을 뻗었다.

"어쩌다 보니 누가 해 줬어."

귀여워, 귀여워 거리는 변태의 숨소리가 들리는 것 같아 몸을 부르르 떨었다. 리본을 잡고 쭉 잡아 빼려는 내 손 위를 키르의 손이 덮었다. 내 마음대로 움직이지 못하게 잡은 키르를 향해 나는 눈을 치켜떴다.

"내가 풀어 줄게. 너 그냥 잡아당길 거잖아."

내 속을 들여다 본 말이었다.

기운 빠져서 손에서 힘을 빼니 그제야 내 손을 덮었던 키르의 손에서도 힘이 빠졌다. 내가 놔 버리자 키르의 손가락이 리본의 끝을 잡아당겼다. 손쉽게 풀려 버린 리본을 키르가 잠시 만지작거렸다.

저거 내가 챙겨야 하나? 만나기로 약속한 것도 아닌데, 내가 보관해야 할 이유가 있나?

클레어만 생각하면 머리가 아팠다. 나도 모르게 리본을 노려보고 있자 키르는 미련 없이 리본을 놓아 버렸다. 리본은 나풀거리며 자연스럽게 바닥에 떨어졌다.

마치 버린 것 같아 멍하니 올려다보니, 눈이 마주친 키르가 예쁘게 웃었다. 아무 일도 없었던 것처럼. 화사하게. 나도 저 끈을 챙길까 버릴까를 고민하고 있었던 터라 키르의 행동을 탓하지는 않았다.

키르가 그대로 꼬아져 있는 내 머리카락을 손가락으로 살살 풀었다. 차분한 손길로 진지하게 내 머리카락을 풀고 있는 키르를 보니 묘했다. 어쩐지 소꿉놀이를 하고 있는 것 같았다. 문제는 내가 키르의 인형이 된 기분이란 것이지만.

입을 삐쭉이는데 머리카락 깊숙한 곳에 키르의 손길이 쑥 들어와 뒤통수를 감싸듯 움직였다. 뒷덜미를 타고 내리는 오싹함에 어깨가 들썩였지만 이어 느릿하게 쓱쓱 빗어 내리는 손길에 몸에 힘을 뺐다.

키르가 내 머리카락을 손가락으로 빗질하며 물었다.

"머리 누가 해 준 거야?"

"있어. 이상한 애."

역시 다시 떠올려도 썩 기분이 좋지 않았다. 그런 애와 친해져야 하다니. 강제가 아닌데 강제적으로 친분이 생길 것 같아 두려웠다.

"이상한 애?"

"몰라. 말하고 싶지 않아."

나는 불만과 짜증을 숨기지 않고 투덜댔다. 키르는 차분한 눈길로 내려다보면서 내 머리카락만 쓰다듬었다.

"무슨 일 있었던 건 아니지?"

그 '무슨 일'을 이야기하려면 하프테리 님한테 심부름 간 것부터 클레어와의 일까지 전부 말해야 하니 말하고 싶지 않았다.

"응. 없었어. 그냥 너 칭찬해 주러 온 거야."

"내가 칭찬 받을 짓을 뭘 했을까?"

"그건……."

저렇게 자꾸 물으니 어설프게라도 대답해 줘야겠다 싶어서 구체적으로 생각해 보던 나는 충격에 빠졌다. 진지하게 생각해도 진짜 키르가 잘한 일은 떠오르지 않았다.

잘 자라서 칭찬한 건데, 원래 잘 자라야 하는 것 아닌가? 그럼 지금 잘한 일도 없는데 칭찬하게 된 건가? 뭐지? 사기꾼은 없는데, 사기당한 것 같은 이 기분은?

난 혼란 속에 빠져들었다. 키르가 피식 웃음을 흘렸다.

"생각나는 거 없지?"

그런데 왜 칭찬해? 라고 묻는 것 같아서 난 얼른 대꾸했다.

"아니야. 뭔가 칭찬할 게 있을 거야. 그냥 칭찬해."

내가 들어도 억지였다. 키르가 낮게 웃음을 흘렸다. 그러다가 돌연 한숨 섞인 말을 내뱉었다.

"이런 상황에 이렇게 오순도순하기도 힘들겠다."

나직한 목소리가 살짝 씁쓸하게 들렸다. 그렇지만 미소만은 잃지 않았다.

분명히 다정한 미소다. 하지만 만족하면서도 어딘가 불만족스러운 그 태도에 내 뺨이 부풀어진다.

"나랑 친한 게 불만이란 거야?"

어릴 땐 그렇게 나 없으면 안 되는 것처럼 굴더니. 똑바로 잘 대답하라고 최대한 앙칼지게 키르를 노려봤다. 우리의 오랜 우정이 산산조각날 수 있는 상황임을 알리는 경고였다. 하지만 키르는 조금도 당황하지 않았다.

"아니, 당연히 좋지. 아렌은 나랑 친한 게 좋아?"

너무 즉답이고 어린아이 꾀는 것 같은 말투가 참 마음에 안 들었다. 하지만 오늘은 자기반성을 한 날이니 불만을 참았다. 그렇다고 고운 말이 나가지는 않았다.

"내가 잘해 줄 때 잘해. 나 한번 사람 싫어지면 무섭다. 오늘은 칭찬하러 왔으니까 넘어가는 거야."

내 딴엔 무섭게 말한 건데, 역시나 키르에겐 크게 와닿지 않나 보다. 되레 그의 웃음이 짙어졌다.

"알지. 아렌한텐 다정히 대해야지."

키르는 그 짧은 사이에 기분이 풀려 좋은지 헤프게도 웃음을 쏟아냈다. 순간 화사함이 뙤약볕처럼 뜨겁게 쏟아졌다. 보랏빛 눈동자가 예쁘게 반짝여 갑자기 목 안쪽이 턱 막혔다. 그거로도 모자라 명치가 아린 기분이다. 아프니까 심장이 두근거리는 것 같았다.

갑자기 이 상황이 불편해졌다. 그와 눈을 마주치고 있기 부담스러웠다. 그래서 나는 시선을 아래쪽으로 내려 땋았다가 풀려서 더욱 구불구불해진 머리카락을 응시했다. 그 시선을 따라 움직인 키르의 손가락 하나가 흐트러진 내 머리카락을 느릿하게 감아 올렸다.

아까와 딱히 달라질 것 없는 상황인데, 어째서인지 손길이 묘하게 느껴졌다. 숨이 턱턱 막혀 온다. 그러고 보니 왜 이렇게 달라붙어 있었지? 이제야 우리의 기묘한 자세가 의식되었다.

키르의 무릎에 올라타 마주보고 있는 자세를 하기에 우리는 너무 나이를 먹지 않았는가. 그렇다고 후다닥 내려오기엔 과하게 의식하는 것 같아 어떻게 해야 자연스럽게 내려 올 수 있을지 바삐 머리를 굴렸다.

"칭찬하는 김에 더 해 줘."

"어? 어?"

키르의 온기가 이렇게 어색하게 의식되는 건 처음이라 혼란스러워 생각이 잘 이루어지지 않았다. 기이했다. 그리고 내가 허둥지둥할수록 키르는 느긋해졌다. 그의 깊은 미소가 더욱 깊어졌고, 난 궁지에 몰린 사람처럼 더 초조해졌다.

"더 칭찬해 주지 않을 거야?"

나직하고 달콤한 목소리가 귓가에 맴돌았다. 이상하다. 심장이 바닥으로 굴러 떨어질 것 같은 느낌이었다.

"어, 칭찬해. 칭찬해."

나는 무의식적으로 입을 움직여 칭찬을 했다. 그러면서 머릿속으론 어떻게 이 자세를 자연스럽게 벗어나야 할지 궁리했다. 이상하다고 의식하면 더욱 껄끄럽게 느껴지는 법이다. 아깐 못 느꼈던 불편함에 나는 죽을 맛이었다.

그때였다. 어느새 키르의 얼굴을 다 볼 수 없을 만큼 그의 얼굴이 가까이 있단 걸 자각했다. 내가 뒤로 몸을 젖히려는 순간, 커다란 손바닥이 등을 눌러 도망가지 못하게 막았다.

그리고 뺨에 온기가 느껴지는 말캉한 것이 내려앉았다. '그것'은 도장을 찍듯 꾹 한번 누르고 재빠르게 떨어져 나갔다. 소리 없이 감촉만을 남기고.

얼마 전 느꼈던 스쳤는지 아닌지 의문이 드는 그런 감각이 아니었다. 이번엔 분명하게 확실히 노리고 닿았다. 확 얼굴로 열이 오르며 머릿속이 텅 비었다. 뻣뻣하게 몸이 굳어 버렸다.

"칭찬해 준 게 고마워서."

눈이 가늘게 휘는 교태로운 미소로 키르는 제가 저지른 짓이 아무렇지도 않은 것처럼 굴었다. 들쩍지근하게 들러붙을 것만 같은 목소리에 솜털이 곤두섰다.

나는 정신을 차리고 그의 위에서 구르듯 내려왔다. 키르가 잡지 않았기에 손쉽게 벗어날 수 있었다. 내려오자마자 나는 키르와 멀찍하게 거리를 벌렸다. 그리고 내 뺨을 감싸며 외쳤다.

"무슨 짓이야!"

나는 당황스러워 미치겠는데, 키르는 참으로 평온해 보였다. 오히려 내가 왜 이렇게 놀라는지 모르는 사람처럼 고개를 갸웃거렸다.

"고마움을 표현한 건데?"

성적으로 크게 개방된 사회가 아니긴 하지만 그렇다고 꽁꽁 싸매는 사회도 아니었다. 지인들과는 적절하게 친애의 의미를 담아 손 키스나 가벼운 포옹 등을 하곤 했다.

그런 걸 생각하면 키르가 사회적으로 이상한 행동을 한 건 아니었다. 다만, 난 여태까지 키르와 적지 않은 스킨십을 해 왔어도 뽀뽀는 처음이라서 당혹스러웠다.

"네가 말했으니까 그런 의미인 건 알아! 그런데 그건 친밀한 사이에만 하는 표현이잖아!"

내게서 시선을 떼지 않는 키르의 고개가 한쪽으로 더욱 기울었다.

"친밀한 사이? 어떤?"

그걸 왜 몰라? 나는 씩씩거리면서 소리쳤다.

"진짜 친한 경우 말이야! 가족 같이!"

사람 놀라게 사고를 치고 모른 척하는 키르 때문에 내 심장이 분노로 벌렁거렸다. 키르가 느슨하게 눈을 접으며 웃었다.

"그래. 우리 같은 사이 말하는 거지?"

"그래! 우리 같은……. 어?"

키르의 자신만만한 태도에 나는 혼란으로 굳어 버렸다. 볼에 입 맞추기와 같은 친밀한 행위를 할 수 있는 상대를 정의해서 말하면 '가족 같은 경우'라고 할 수 있다.

그리고 나와 키르의 사이를 정의하면 '가족 같은 경우'였다. 그동안 내가 뒤치다꺼리하면서 키워온 키르인데, 그에 대한 내 감정이 복잡하다고 해서 남이라고 딱 잘라 말하긴 애매했다.

맞는 말인데, 이상할 게 없는 상황인데 난 왜 이렇게 혼란스럽지?

"맞지? 너랑 나처럼 가까운 사이."

키르의 말처럼 우리 정도 사이에 친애의 감정을 드러내는 것이 어색한 건 아니다. 그냥 봤을 때 오히려 여태껏 그런 행동을 하지 않았다는 게 어색할 정도의 사이였다.

"어. 맞긴 한데……. 그래도 왜 갑자기 안 하던 짓을 해?"

하지만 역시 포옹과 다르게 볼에 입 맞추는 건 거북했다. 할 말이 없어진 나는 키르의 갑작스러운 행동을 타박했다.

"나 원래 표현 잘 했는데?"

아닌데. 키르가 고마움을 표시할 애가 아닌데. 내가 미심쩍은 눈으로 쳐다보자 그는 느긋하게 웃을 뿐이었다. 난 당황해서 익은 토마토 꼴일 텐데 쟨 뭐가 저렇게 여유로운 거야?

아직도 얼굴에 뜨끈한 열기가 묻어나는 것 같아 재빠르게 볼을 비볐다.

"이거 하지 마. 그냥 예전처럼만 굴어."

내가 괜히 과하게 의식하는 것 같지만 미리 제지해 두지 않으면 또 기습적으로 해 버릴 키르를 알기에 나는 단호하게 말했다.

"왜?"

하지만 키르는 되레 의문을 드러냈다. 내가 과하게 의식해서 그런 거란 말을 차마 할 수 없어 나는 빽 소리쳤다.

"하지 말라면 하지 마!"

소리쳤는데도 화사한 미소를 짓고 있는 키르가 얄미워 나는 힘껏 째려보고 어린애처럼 '집에 갈 거야!' 라고 외치고 서재를 벗어났다.

도망가는 것 같지만 혼란스러워서 어쩔 수 없었다. 키르가 괜히 답지 않은 짓을 해서 사람을 심란하게 했다. 너무 놀라 아직도 심장이 벌렁거렸다.

나는 그대로 집사 아저씨를 찾아가 마차를 부탁했다. 빠르게 준비된 마차를 보며 잠시 목적지를 고민하다가 현자의 서재로 향했다. 키르 때문에 더 심란해져서 공부할 기분은 아니지만 심부름 결과를 알리긴 해야 할 것 같았다.

현자의 서재에 도착한 나는 바로 케이티 님을 찾아 뵀다.

"그래, 부탁한 일은 처리했니? 무슨 일 있었던 것은 아니고? 조금 늦어서 걱정했단다."

질문하는 케이티 님의 얼굴은 평온해 이상함을 감지하기 힘들었다. 하프테리 님이 그렇게 날카롭게 반응했던 것이 내 착각인 듯 상반된 반응이었다.

"죄송해요. 하프테리 님께 편지 전해 드리고 잠시 어디 들렀어요. 답장은 주지 않으셨어요."

"답장을 주지 않았다고? 전한 말도 없었니?"

케이티 님은 평소와 같았다. 너무나도.

"아니요. 없었어요."

구태여 내게 심부름을 하지 말라고 했던 하프테리 님의 말은 전하지 않았다. 도대체 어떤 내용을 보냈기에 하프테리 님이 그런 반응을 하신 거냐고 묻고 싶으면서도, 괜히 선불리 나서서 두 분 사이에 어색함이 감돌까 봐 참았다.

"그러니? 알았다. 수고했고. 가 보거라."

케이티 님은 미소를 지으며 축객령을 내렸다. 더 물을 줄 알았는데 별 말씀 없으셨던 게 오히려 신경 쓰였다.

"네. 알겠습니다."

케이티 님은 내가 인사를 하고 나올 때까지 평소와 같은 상태였다. 마음의 어수선함이 정돈될 틈도 없었다.

하프테리 님의 이상한 행동과 케이티 님의 신경 쓰이는 태도, 부담스러운 클레어와 감당하기 힘든 키르까지.

오늘은 내가 피곤함을 느낄 수밖에 없는 하루였다.

15. 그 영애가 소꿉친구를 의식하는 이유

나는 어지러운 마음을 잡지 못하고 또 며칠을 헤맸다.

저택에서 만나는 하프테리 님도 아무렇지 않게 날 대하셨고, 어쩐 일인지 키르도 따로 날 만나러 오지 않았다. 클레어야 당연히 만날 일 없고. 그럼 평온한 시간이 되어야 할 텐데 마음이 불안해 공부에 집중하지 못했다.

내가 산만해져 있음을 제일 먼저 알아차린 것은 포포 아저씨였다. 현재 내 공부 담당인 아저씨에게 내가 며칠째 찾아가지 않았기 때문이다.

“오늘도 심부름 좀 해 주겠니?”

결국 포포 아저씨가 나를 불러 또 심부름을 부탁했다. 이번에도 내가 기분 전환하길 바라시는 것 같았다.

잠시 하프테리 님의 말씀이 걸려 멈칫했다. 하지만 내가 아는 하프테리 님은 심부름을 했다고 화내는 분은 아니란 확신이 있었기에 심부름을 하기로 했다.

이렇게 생각하니 그때 편지의 내용이 정말 신경 쓰였다. 몰래 뜯어 볼걸 하는 마음이 생길 정도였다.

어차피 공부도 안 되는 거, 심부름이나 하자.

"알겠어요. 무얼 사다 드릴까요?"

"여기 목록이 있단다."

다행히 이번 목록은 짧았다. 그런데 그중에 눈에 띄는 장소가 있었다.

바로 마녀의 뒷골목. 내게 바가지를 씌웠던 곳!

전 목록과 비교하면 갔던 곳은 그곳밖에 없었다. 그래서 마녀의 뒷골목이 적힌 목록을 보며 난 눈에 불을 켰다. 설욕의 시간이 왔다. 비록 그 여자가 조금 무섭지만 해낼 수 있을 거다!

나는 포부도 당당하게 마녀의 뒷골목으로 출발했다. 하지만 막상 건물을 앞에 두고 심리적으로 압박감이 몰려왔다. 이국적이라 낯선 건물 안을 혼자 들어가려고 하니 그때 누군가 함께 했었다는 게 얼마나 위안과 용기를 주었는지 새삼 깨달을 수 있었다.

키르처럼 같이 어울려 다닌 세월이 길었던 것도 아닌데 새삼 두 사람의 빈자리가 크게 느껴졌다. 하지만 어린애처럼 투정만 부리고 있을 수는 없었다. 나는 용기를 내 가게 안으로 들어갔다.

건물 내부의 신비한 분위기와 기괴한 물건들은 여전했다. 기묘한 향기와 정체를 알 수 없는 연기도 마찬가지였다. 그 어둑어둑한 분위기가 으슥해서 무서웠다. 안쪽으로 천천히 움직였는데 한 번 왔던 곳임에도 굉장히 멀게 느껴졌다.

전에 여인이 있던 곳을 살펴봤지만 그곳엔 빈 소파만 있었다. 주인 없는 장소는 더 무섭게 느껴졌다. 이 기괴한 공간에 나 홀로라니? 나갔다가 다시 올까 진지하게 고민할 때였다.

"어머, 귀여운 아가씨가 또 왔네."

전에 아드리안 님이 사라졌던 안쪽에서 여인이 나왔다.

그때와 다를 바 없는 이 세계엔 파격적인 옷차림과 그녀를 감싼 기이하게 나태한 분위기는 한결같았다.

의욕 없이 풀린 여인의 얼굴을 보는 순간 사람을 만나서 그런지 막막하던 두려움이 옅어졌다. 남몰래 참았던 숨을 내쉬었다.

"물건 사러 왔어요."

"오늘은 혼자인가 보네? 귀하신 분이라, 그분은 바쁜가 봐?"

막 긴장의 끈을 풀려는 찰나, 여인의 의미심장한 중얼거림에 다른 종류의 공포가 덜컥 찾아왔다.

그러고 보니 이 여자도 믿을 만한 인물은 아니었다. 내게 기괴한 행동을 했었다. 그때 내 손을 잡아챘을 때 느낌이 이상했다. 분명히 불쾌하고 섬뜩한 감각이었다. 황태자비님이 도와주지 않았더라면 그 괴상한 감각을 더 오래 느껴야 했을지 몰랐다.

그래서 이번엔 그녀에게 붙잡히지 않도록 경계했다.

"혼자여도 괜찮아요."

여인은 내 경계에 느슨한 미소만 지을 뿐이었다.

"그래, 오늘은 어떤 물건이 필요해서 왔을까?"

무얼 사러 왔냐는 물음을 듣는 순간, 두려움에서 깨어났다. 도전 정신과 오기가 순식간에 생겼다. 소심하게 있어선 안 된다는 마음이 커졌다.

오늘은 설욕을 하러 왔다. 더는 호구 같은 모습을 보여주지 않으리라 굳세게 다짐하고 왔다. 약한 모습을 보여선 거래가 제대로 되지 않았다. 그래서 나는 호기롭게 외쳤다.

"요정의 눈물 주세요!"

자, 물건을 내놔라! 그리고 금액을 불러라! 내가 전심전력으로 깎아 주겠다! 난 호구가 아니다!

눈에 불을 켠 나는 흥정을 할 만반의 준비를 하고 있었다. 그녀가 얼마를 부르든 그 가격의 반값을 부를 준비를 단단히 했다.

여인은 손가락으로 자신의 턱밑을 쓰다듬으며 곰곰이 기억을 뒤지더니 아쉬움을 나타냈다.

"흐음, 이를 어쩌지? 요정의 눈물은 지금 재고가 없는걸?"

"네?"

"물건이 없다고."

못 알아들은 게 아니었다. 단단히 벼르고 있다가 그게 허무하게 무산되자 멍해진 것뿐이다. 물건이 없는 게 어디 있냐고 따지고 싶을 정도로 억울했다. 흥정으로 값을 왕창 깎은 다음 엄청나게 싼값에 물건을 손에 넣어 자신감 회복하려고 했었는데.

"요정과 관련된 물품은 희귀품이라 재고가 없을 확률이 높아."

그래서 목록에 그런 말이 쓰여 있었구나. 없으면 예약해 놓고 오라고. 전과 다르게 적혀 있었던 말이 이상하긴 했다. 이렇게 허무하게 설욕의 기회를 날리다니 억울하다. 내 활약을 보여 줄 기회였는데.

"그럼 예약해 주세요."

나는 기운 빠진 음성으로 예약을 부탁했다.

"내가 예약은 잘 받지 않지만 귀여운 아가씨를 위해 선심 쓰지. 대신 다음에도 아가씨가 물건 사러 와."

여인의 나른한 웃음은 호구를 보는 눈빛이 아니던가! 다음번에도 내가 온다면 바가지를 씌울 자신감이 있단 의미였다. 두고 보자, 오늘은 내가 이렇게 허무하게 돌아가야 하지만 다음번엔 꼭 제대로 흥정하고 말 테다! 나는 혼자 발끈해 호기롭게 외쳤다.

"좋아요. 다음번에도 제가 물건을 사러 오죠!"

"뭐 다른 거 필요한 건 없어?"

여인이 승자의 미소를 지었다. 하지만 마지막에 웃게 될 것은 누가 될지 두고 봐야 한다.

"없어요."

“손님이 왔는데 물건을 하나도 못 팔다니 아쉽네.”

말과 달리 그녀의 목소리에서는 아쉬움 따위는 느끼지 않는 것 같았다. 그냥 들으라고 하는 말 같아 크게 신경 쓰지 않았다.

“가 보겠습니다. 장사 잘 하세요.”

“그래. 나중에 또 봐. 귀여운 아가씨.”

살 물건도 없으니 밖으로 나가야 하는데, 갑자기 전에 여인과 마지막으로 나눴던 대화가 떠올라 내 발걸음을 잡았다. 그 의미심장하고 기대감을 만들었던 내용.

더 말해 주지 않을 것 같았지만 밑져야 본전이라는 생각을 떠올리자 저절로 입이 움직였다.

“전에 말씀하셨잖아요. 제게 재능이 있다고.”

여인이 돌리던 몸을 멈춰 세웠다. 느슨하게 풀려 있던 눈동자에 초점이 맞춰졌다. 순식간에 여인을 감싼 분위기가 변했다. 나태함에서 신묘함으로. 기이한 빛을 발하는 눈동자에 집중하게 되자 긴장감이 몰려왔다.

서서히 목이 졸려오는 느낌이라 나는 일부러 목소리를 냈다.

“제게 어떤 재능이 있다는 거죠?”

여인은 대답 대신 모호한 웃음을 흘렸다. 낮게 흐르는 웃음소리가 어두운 이 공간을 더욱 어두침침하게 만들었다. 반짝이는 저 눈동자만 아니라면 뒤도 돌아보지 않고 도망쳤을 거다. 알려 줄까, 말까. 고민하는 매혹적인 미소엔 장난기가 담겨 있었다.

“혹시 제게 마법의 재능이 있는 건가요?”

“마법? 마녀가 되고 싶어?”

의외라는 음성의 질문엔 부정이 담겨 있었다. 이상하게 턱턱 조여 오던 숨통이 트이며 절로 한숨이 새어나갔다.

“되고 싶은 건 아니지만 재능이 있다고 말씀하셨으니까요.”

“아쉽게도 마법적 재능은 아니야. 귀여운 아가씨에게 마법 재능이 있었다면 당장 납치해서 마녀가 되도록 종용했을걸."

납치 소식을 참 당당하게 말씀하신다. 거기에 잘못된 점이 무엇인지 모르는지 범죄를 이야기하면서 여인의 표정은 그대로였다.

얼마 전 떠올렸던 것처럼 갈수록 내가 만나는 사람들 중에 정상인이 없어지는 느낌이 들어 소름이 돋는다. 내가 사회생활을 잘못하는 건가. 아니면 세상이 미쳐 돌아가는 건가.

"그럼 저한테 어떤 재능이 있나요?"

나는 또 엉뚱한 생각으로 빠지려고 해서 얼른 질문했다. 그랬더니 여인은 화사한 웃음을 지으며 상큼한 목소리로 답했다.

"말해 주지 않을 거야."

"어째서요?"

그저 나를 놀리려는 행동인가? 아니면 조언료를 내야 한다는 건가? 아예 이야기를 꺼내지 않으면 모를까, 본인이 실마리는 언급은 하면서 왜 제대로 알려주지 않는지 궁금했다.

"귀여운 아가씨가 깨달아야 하는 거니까. 그 정도 재능이면 이미 피웠어야 해. 그렇지 못하다는 건 이유가 있다는 거지."

인식을 할 수 있는 재능이란 건가? 그게 뭐지?

"무슨 소리인지 모르겠어요. 정말 제게 재능이 있는 게 맞아요?"

"귀여운 아가씨, 난 거짓말을 하지 않았어."

딱히 여인이 거짓말을 했다고 매도하려는 건 아니었다. 그저 정말 내가 알아채야 하는 게 맞다면 난 알지 못하니까 그런 재능이란 게 진짜로 내게 있는 게 맞냐는 의문이 들 수밖에 없었다. 요점을 쏙 뺀 채 대화를 하니 이야기가 길어질수록 답답해졌다.

"아가씨가 조금 더 자신을 돌이켜 보는 게 어떨까?"

나를 돌아보라니? 누가 스스로를 정확하게 잘 진단할 수 있단 말인가. 그것만큼 모호하고 힘든 일이 없었다. 결론은 어떤 재능인지 말해 주지 않겠다는 소리다.

"노력해 볼게요. 조언 감사합니다."

결국 여인은 끝까지 어떤 재능인지는 말해 주지 않을 것 같았고, 나는 아직 심부름이 끝나지 않았기에 인사를 하고 몸을 돌렸다. 몇 발자국 걸었을 때였다.

"귀여운 아가씨."

나직한 부름이 들려 고개를 돌렸다.

"귀여운 아가씨는 스스로 답을 알고 있어."

느슨한 미소를 지어내는 여인의 눈동자는 신묘하게 빛났다. 확신을 담고 있는 눈빛. 여인이 확신할수록 내겐 찜찜함만 남았다.

요즘 뭘 해도 찜찜함만 남는 것 같았다.

공부만 할 때는 매일이 딱딱 정리가 되는 정돈된 생활이었던 것 같은데, 바깥 생활을 하자마자 어지러워서 답답했다. 뭐 하나 말끔하게 정리되지 않았다. 해결도 다 흐지부지라 찜찜함만 남았다. 일이 쌓이고 쌓이는 느낌이라 스트레스도 그만큼 쌓였다.

나는 가게 입구에서 기다리고 있던 현자의 서재 소속 마차를 타고 다음 장소로 이동했다. 멍하니 밖을 응시할 때였다. 익숙한 거리를 지나가게 되자 문득 생각나는 것이 있어서 마부 아저씨에게 외쳤다.

"아저씨! 잠시만 세워 주세요."

마부 아저씨는 능숙하게 마차의 속도를 줄여 세웠다. 재빠르게 마차에서 내려 질문을 하려는 아저씨에게 내가 먼저 말했다.

"아저씨, 저 잠깐만 저기 갔다 올게요. 금방 올 거예요. 잠시만 기다려 주세요."

그렇게 헐레벌떡 뛰어 도착한 곳은 전에 황태자비님과 소시지 빵을 사 먹었던 가게였다. 가까이 다가가자 벌써부터 맛있는 냄새가 공기 중에 퍼져 들뜨게 했다. 환상적인 맛을 기억하는 내 입 안에 절로 침이 고였다.

"안녕하세요!"

"어머, 또 왔네?"

나를 알아본 주인아주머니가 미소 지었다.

"네. 자주 오고 싶었는데, 이런저런 일 때문에 오기 힘들었어요. 두 개 포장해 주세요!"

마부 아저씨 거랑 내 거까지 합해서 두 개를 시켰다. 얼른 먹고 싶어서 몸이 들썩였다.

"잠시만 기다리렴."

주인아주머니가 흐뭇한 미소를 지어 보이고 빵을 준비하러 가셨다. 튀겨지기를 기다리는 동안 코를 벌름거리며 냄새를 만끽했다. 계속 먹고 싶다고 생각했던 음식은 아니지만, 오랜만에 먹게 될 기대감에 마음이 들뜬다. 마부 아저씨도 좋아하시겠지?

맛있는 걸 먹을 생각에 내 속을 어지럽히던 심란함이 말끔하게 사라지다니. 역시 사람은 맛있는 걸 먹고 살아야 한다.

"여기 있다."

잠시 기다리다 보니 아주머니가 입 안에 군침 가득 돌게 만드는 냄새가 솔솔 풍기는 소시지 빵을 준비해 주셨다. 나는 절로 헤벌쭉 벌어지는 입을 앙다물며 계산했다.

"맛있게 먹고. 또 오렴."

"네! 많이 파세요!"

마부 아저씨가 기다릴 테니 걸음을 빨리했다. 그리고 이건 뜨거울 때 먹어야 제 맛이다.

뭐가 들었는지 아는데도 자꾸 내용물을 확인하고 싶어서 흘긋거리며 허겁지겁 걷다 보니 나는 그만 갑자기 앞을 쓱 막아서는 사람을 보지 못했다.

"저기!"

"으악!"

앞에 불쑥 등장하는 사람의 몸에 난 깜짝 놀랐다. 반사적으로 몸을 젖히다가 중심을 잡지 못해서 뒤로 몸이 쏠렸다. 정말 찰나의 순간, 시간이 천천히 흐르기라도 하는지 많은 생각이 스쳐지나갔다.

이대로 뒤로 넘어져 바닥에 머리를 부딪치겠구나. 아니다, 팔을 뒤로 뻗으면 되지 않을까? 하지만 그랬다가는 소시지 빵이 바닥에 떨어지겠지. 소시지 빵이 중요한가? 뒤통수가 중요하지.

아니다, 지금이라도 무릎을 구부리면 엉덩방아로 마무리할 수 있을 거다. 엉덩이는 몸에서 살이 많은 부위니까 괜찮겠지. 엉덩이의 희생으로 소시지 빵을 지켜내면 남는 거다. 소시지 빵은 소중하니까.

그렇게 일련의 의식의 흐름을 진행시킨 나는 재빨리 무릎의 힘을 빼고 다가올 충격을 대비했다.

"우아악! 괜찮아?"

그런데 내 예상보다 나와 부딪힐 뻔한 인물의 순발력이 대단했나 보다. 그는 갑자기 양 손목을 덥석 잡았다.

양 손을 단단히 잡아 주는 힘에 의해 엉덩방아는 면했다. 덕분에 스쿼트 비슷하게 어정쩡한 자세를 하게 되었다. 중심이 뒤로 쏠린 채 버티게 되니 하체에 힘이 몰렸다.

이게 뭐야! 강제로 하게 된 운동에 허벅지가 후들거렸다. 무릎이 진동하자 난 어쩔 줄 모르고 울상만 지었다.

"정신 차려! 일어서!"

그렇게 말하며 당기는 힘에 나도 허벅지에 힘을 주고 일어섰다. 쑥 몸이 당겨져 다행히 제대로 서게 되었다. 하지만 갑작스럽게 하게 된 운동에 정신이 없었다.

그 와중에도 손에 들린 소시지 빵을 놓치지 않은 내 집념이 대견했다.

그리고 뒤늦게 정신이 들어 이 상황을 만든 상대방에 대한 분노가 쏟아져 나왔다.

“갑자기 앞에 나타나면 어떡해요? 부딪힐 뻔했잖아요. ……어?”

난 버럭 소리를 지르다가 당황해 어쩔 줄 모르는 남자와 눈이 마주쳤다. 순간 내 눈은 더없이 휘둥그레졌다.

남자는 지은 죄가 있다 보니 굉장히 어색한 웃음을 지었다. 서글서글한 인상이라, 괜히 선한 사람을 내가 괴롭히게 된 듯한 상황을 만드는 얼굴이었다. 분명히 내가 아는 얼굴이다.

하지만 친절하게 인사를 나눌 상대는 아니기에 난 슬금슬금 뒷걸음질 쳤다. 남자는 어수룩하게 웃고 있다가 내 회피하는 동작을 읽고 재빠르게 외쳤다.

“잠깐! 잠깐! 제발 대화 좀 하자!”

살짝 처절하기까지 한 음성이었다. 그는 내게 겹겹이 오해를 쌓아올린 금발 머리 남자였다. 내게 뺨을 맞은 적도 있고, 황태자비님과의 내 사이를 물었던 그 정체불명의 남자 말이다.

난 남자랑 대화할 이유도 없었고 하고 싶지도 않았다. 그러다 보니 내 시선이 고울 리 없었다. 내 불신 가득한 눈길에 남자는 더 처량 맞은 표정을 했다.

“제발, 난 오해를 풀고 싶은 것뿐이라고.”

이번엔 나를 놓치지 않겠다는, 그리고 꼭 설명하고 말겠다는 결연한 의지가 남자에게서 느껴졌다.

“오랜만이지? 난 그때 그 오해를 풀고 싶어서 그래. 나 진짜 변태 아니거든?”

귀찮게. 그냥 모른 척 지나가면 기억에서 지워 줄 텐데 왜 저렇게 매달리는지 모르겠다. 이러면 내가 더 이상하게 생각한다는 거 모르나?

남자는 살짝 허술할 뿐만 아니라 눈치가 없기까지 했다. 하긴 그러니까 내게 자꾸 당하지.

나는 불쌍함인지, 짜증인지 모를 감정을 담아 남자를 쳐다봤다.

"저기요. 믿어 드릴게요. 그러니까 그냥 가세요."

"아니야. 믿어 주는 게 아니라, 진짜 아니라고. 믿어야 한다고."

이 남자도 참 한심하고 이상하다. 모르는 사람한테 뭘 그렇게까지 오해를 풀고 싶어 하는지 모르겠다. 애당초 남자의 이름을 알지도 못했는데, 내가 남자에 대한 이상한 소문을 내고 다닐 것도 아니지 않은가.

게다가 황태자비님과의 관계보다 본인이 변태가 아님을 피력하는 걸 보면, 황태자비님을 노리고 파헤치려는 사람인 것 같지도 않았다. 아니면 그조차 의도한 건가? 내가 위기감을 갖지 않도록? 남자가 너무 허술해서 종잡기 힘들었다. 도대체 정체가 뭐야?

남자의 눈에 간절함과 자신은 절대 변태가 아니라고 호소하는 듯한 감정이 번쩍였다. 역시 황태자비님은 뒷전 같다.

왜 저렇게까지 내 믿음이 필요한 거지? 난 아주 상관없는 타인이 날 변태로 생각하든 말든 관심 없는데. 나만 떳떳하면 되는 거 아닌가? 헉! 혹시 스스로가 떳떳하지 않아서 내게 인정받고 싶은 건가?

또 다른 변태가 꼬일 기운이 싸늘하게 내 몸을 감쌌다. 인생이 변태 풍년이로구나. 변태들은 참 이상해서 거부하면 더 달라붙었다. 그래서 나는 순순히 나가기로 했다.

"알겠어요. 믿어 드릴게요."

"정말? 믿어 주는 거야?"

"네."

이런 사소한 거짓말로 이 상황을 벗어날 수 있다면 얼마든지 믿어 준다는 말을 할 수 있었다. 그러면서 나는 눈으로 나와 마부 아저씨와의 거리를 가늠하고, 저 남자와 내 다리 길이 차이와 체력을 계산해 봤다.

내가 뛰어갔을 때 마차에 도착할 때까지 이 남자에게 잡히지 않을 수 있을까? 아슬아슬할 것 같은데.

“그러니까 저, 가도 되죠.”

남자의 눈이 가늘어졌다. 남자의 미심쩍음을 드러내는 눈빛에 나는 뛸 준비를 마쳤다.

“아무래도 안 믿는 것 같은데.”

“믿어요.”

“의심스러워.”

지금 광신도처럼 믿습니다! 하고 외쳐 줘야 믿겠다는 거야? 남자가 꼬투리를 잡는 행동에 성질이 났다.

“의심스러우면 어쩌라고요? 증명할 방법도 없는 건데.”

“증명하자. 증명할 방법을 찾자.”

남자가 진지하게 답했다. 변태에, 허술함에, 똘기까지 있었다. 그걸 어떻게 증명하느냔 말인가.

무슨 헛소리냐고 싸움을 하기보다 난 도망을 택했다. 황태자비님의 정체를 알기위해서 접근해도 무섭긴 한데, 별 시답지 않은 이유로 나와 인연을 이어 가려 하는 것도 무서웠다. 가까워져야 할 이유가 전혀 없는 인물이라서 더 그랬다.

그래서 나는 눈치를 보다가 남자가 방심한 것 같은 순간 재빠르게 마차 쪽을 향해서 달렸다.

“어? 어!”

뒤늦게 반응하는 남자의 목소리가 들렸지만 무시하고 달음박질에 더 힘냈다. 어떻게든 마차를 타고 난 다음에 출발하면 될 거라 여겨 열심히 달렸다.

하지만 내가 남자와 내 다리 길이와 체력의 차이를 너무 우습게 봤나 보다. 무서울 정도로 남자의 기척이 가깝게 느껴졌다. 빠르게 달리려면 앞만 보고 달려야 하는데 나도 모르게 본능적으로 돌아봤다.

그리고 그때 내 눈에 띈 모습은 공포 그 자체였다.

"헉!"

"왜 도망가는 거야!"

남자가 필사적으로 날 따라잡으며 손을 뻗고 있었다. 위에서 뻗어 오는 커다란 손바닥이 무서웠다. 공포에 다리가 굳었다.

"으악!"

나도 모르게 비명을 지르며 몸을 웅크렸다. 그리고 눈을 질끈 감고 머리를 감싸 최대한 몸을 둥글게 말았다.

그러길 수 초, 나를 잡는 손길은 없었다. 정적만이 주변을 감쌌다. 나는 이상함을 감지하고 천천히 고개를 들었다. 그러자 금발의 남자에게서 나를 지키듯 서 있는 누군가의 뒷모습이 보였다.

누구지? 붉은 머리카락을 가진 남자의 실루엣이 낯설지 않았다. 붉은 머리카락? 어? 나를 지켜 준 사람이 누군지 짐작이 가려 할 때였다. 낯익은 목소리가 울렸다.

"고귀한 분이 왜 연약한 여인을 괴롭히십니까?"

목소리를 듣자 누군지 확신이 섰다. 하지만 그 사람이 왜 여기에 있는지 의문이었다. 그는 엄연히 다른 사람의 호위 기사였으니까. 이렇게 따로 돌아다니면 안 되었다. 혹시 같이 오셨나?

나는 반사적으로 주위를 둘러봤다. 하지만 내가 찾는 사람은 보이지 않았다. 금발의 남자도 나와 같은 결론에 달했는지 주위를 둘러봤다. 그리고 나와 똑같이 그녀를 찾지 못 한 듯 다시 눈앞의 상대에 집중했다.

"무슨 오해를 한 것인지 모르겠지만 저 소녀를 괴롭힌 게 아닙니다. 그저 대화를 하려던 것뿐입니다."

"어디를 보나 한쪽은 도망치는 모양새였습니다."

"그보다 어째서 당신이 여기 있습니까?"

대꾸할 말이 없는지 금발 남자가 말 돌리기를 시전했다.

"저도 마음껏 돌아다닐 권리가 있습니다."

"당신이 돌아다니는 것을 막을 권리는 없지요. 하지만 당신에겐 임무가 있지 않습니까? 그분을 지키는 걸 어쩌고 여기서 이러고 계십니까? 아드리안 페레즈 경."

그렇다. 갑자기 등장해서 나를 지켜 주고 있는 인물은 바로 아드리안 님이었다. 이름을 불린 아드리안 님이 살짝 몸을 틀어 나를 확인했다. 난 그와 눈이 마주치고 나서야 내가 아직 쭈그려 앉은 상태 그대로라는 것을 깨달아서 몸을 일으켰다.

금발 남자가 황태자비님을 알아 본 듯했을 때부터 서로 아는 사이라는 것을 짐작했기 때문에 그가 아드리안 님의 이름을 말한 게 놀랍지는 않았다.

"제가 여기 있는 것보다 황, 당신이 이곳에서 한 여인을 괴롭히고 있었다는 게 더 이상합니다. 제가 본 모습은 누가 봐도 불한당이었습니다."

아드리안 님이 남자를 향해 쏘아붙이려다가 멈칫하더니 다급하게 호칭을 바꿨다. 하지만 눈치가 빠른 난 심장이 덜컥 내려앉았다. 분명히 '황'까지 들었다.

황궁에 사는 인물들의 호칭 중 '황'이란 글자로 시작하는 호칭이 붙는 사람을 골라 보시오. 황제 폐하? 황태자? 황자? 못해도 황족 아닌가!

미친, 나 황족의 뺨을 그렇게 찰지게 때리고 변태로 만든 거야? 내가 저지른 어마어마한 사건에 나는 오들오들 떨며 눈치만 봤다.

하지만 두 사람 다 난 안중에도 없어 보였다.

"오해다! 내가 그런 수치스러운 짓을 할 리 없지 않은가!"

황족으로 추정되는 남자가 버럭 외치며 자신이 불한당임을 부정했다. 얼마나 분노했는지 말투까지 신경 쓰지 못하는 모양이었다. 남자는 진심으로 그렇게 여겨진 것 자체가 치욕스럽다는 표정이었다.

"당하는 입장에서는 다르지요. 그러게 왜 그렇게 쫓아가셨습니까?"

"그건 자꾸 도망가니까, 난 그저 이야기만 나누려 했을 뿐이다!"

"무섭게 쫓아오니까 도망가는 겁니다."

"무섭게 굴지 않았다!"

"그렇게 일방적인 행동이 문제인겁니다. 받아들이는 사람이 무서워하면 무서워하는 게 맞습니다."

황족 남자가 아니라고 부정할 때마다 아드리안 님은 냉정하게 대꾸했다. 그때마다 허술한 황족 남자는 점차 기싸움에서 밀렸다. 아드리안 님의 서늘한 눈빛에 점차 주눅이 든 남자는 억울해 죽을 것처럼 보였다.

여태까지 난 아드리안 님이 살짝 순진하고 말랑한 구석이 있다고 여겼는데, 이렇게 보니 냉철하기 그지없었다.

어라? 그러고 보니 나도 저 황족처럼 말려들었네.

두 사람의 대화를 구경하느라 아드리안 님이 왜 여기 있는지 자연스럽게 잊고 있었다.

"난 정말 며칠 전 길에서 보게 된 사람이 그분이 맞는지만 확인하려 했던 거란 말이다! 그 다음엔 이 말도 안 되는 오해를 풀고 싶었고!"

"그게 궁금하셨으면 그분에게 직접 확인하시지 왜 질색하는 사람을 쫓아가면서 물으십니까? 이렇게 작고 여린 분을 보면 조심스럽게 대해야 한다는 생각도 들지 않으셨습니까? 계속 그렇게 일방적으로 구니까 오해가 풀리지 않는 겁니다. 그만 돌아가시죠."

아드리안 님은 철벽 수준의 언어를 구사해 황족의 말을 잘도 잘라 냈다. 황족이 말로는 못 이겠다고 여겼는지 신경질적으로 아드리안 님을 노려봤다.

아까부터 서로 호칭을 조심하는 것을 보니 지금이야 변장 중이라 적당히 상대하고 있는 것 같은데 이러다가 황족의 성질이 폭발해서 직위를 내세우면 어떻게 될지 걱정됐다. 원래 사람이 옹졸해지려면 얼마든지 쪼잔해질 수 있었다. 내가 나서야 하나 말아야 하나 전전긍긍했다.

묘한 신경전을 벌이던 두 사람 중 먼저 포기한 사람은 황족이었다.

그는 슬며시 눈을 돌려 나를 바라봤고, 나는 반사적으로 움찔하며 아드리안 님의 뒤쪽에 몸을 숨겼다. 그래도 고개는 슬쩍 내밀고 있었기에 내 행동에 황족의 쓰디쓰게 변하는 표정을 전부 보고 말았지만. 내 반응으로 황족은 자기가 잘못했다고 인식해 버린 것 같았다.

그래서 살짝 미안해졌다.

황족의 말대로라면 처음부터 끝까지 내 일방적인 오해였다. 사실 몇 년 전에 만났을 때도 그는 나를 도와주려고 노력했었다. 다만, 내가 보기보다 나이가 많았고, 날 도우려는 방식이 원치 않은 방향이었기에 문제였던 거다.

자기 손으로 거칠게 제 머리를 헤집은 황족 남자가 조금 진정했는지 진지하게 나를 향해 사과했다.

"정말 겁을 주려는 의도는 아니었어. 미안하다."

변장 중일지라도 속은 황족이 분명한 남자가 평민인 내게 담백하고 진중하게 사과를 해 오니 나도 가만히 있을 수가 없었다.

"저도 무작정 의심하고 오해한 거 죄송해요."

내가 허리 숙여 사죄를 하니 황족이 크게 한숨을 내쉬었다. 이 쉬운 일을 가지고 왜 그런 지랄발광을 하며 난리쳤는지 심란하단 태도였다.

"그냥 오해를 풀고 싶었던 거니까. 다음번에 우연히 스치게 되면 제발 이번처럼 질겁하지 말아 줘."

"네. 그럴게요."

황족치고 놀라운 반응이라 나도 고분고분 응수했다.

허술한 모습에서부터 놀라웠지만 남자는 굉장히 인간적이었다. 게다가 그에게선 귀족이나 황족 특유의 오만함이 거의 없었다. 곱게 자란 티가 안 난다는 것이 아니라 행동에서 그렇게 느껴졌다. 본인의 실수를 내게 먼저 사과하는 것만 봐도 알 수 있지 않은가.

그래서 기분이 묘해졌다. 허술해서 말빨에 속아 넘어간다고 해도 순순히 사과했다는 것 자체가 황족에겐 대단한 일이었다. 나는 그에게 새삼스러운 눈길을 보내고 있었다.

하지만 아드리안 님이 훈훈하게 변하려는 공기를 깼다.

"우연히 스치더라도 아는 척하지 않아 주는 게 더 득이 된다고 여기는 사람도 있습니다."

아드리안 님이 이렇게 칼날 같은 사람인지 처음 알았다.

물론 나도 아드리안 님의 말대로 생각하긴 했지만 소심해서 속으로 생각했을 뿐이다. 그걸 황족에게 직접 이야기할 용기는 없었다. 나는 괜히 눈치가 보여 황족을 살폈다. 그는 기가 막힌다는 듯 헛바람만 내뱉었다.

황족의 얼굴에도 슬슬 불쾌감이 생겨나기 시작했다. 원래 사이가 안 좋은 사람이었나? 아드리안 님 답지 않게 어째서 이렇게 곤란할 정도로 막 나가시는지 의아할 정도였다.

"앞으로 만날지 안 만날지도 모르는 사람한테 그 정도 말도 못 하나?"

황족이 짜증을 담은 말투로 아드리안 님에게 쏘아 붙였다. 이번에도 아드리안 님이 직설적으로 듣기 불쾌한 소리를 할까 봐 내가 외쳤다.

"그럼요. 말할 수 있지요!"

두 사람의 시선이 내게 쏠렸다. 나는 부담감이 가득하지만 이 상황을 정리할 수 있을 것 같아 열렬하게 말했다.

"다음번에 마주치면 절대 무작정 도망가지 않겠습니다."

그렇게 말한 뒤 나는 아드리안 님한테 화내지 마세요, 눈빛을 열렬하게 보냈다. 아드리안 님의 무표정에서 무슨 생각을 하는지 알 수 없었다. 허술하기 짝이 없는 황족이지만 눈치가 없지는 않은지 그는 나와 아드리안 님을 잠깐 번갈아 보다가 한숨을 내쉬었다.

"어쨌든 오늘은 내 실수도 있고 하니 그냥 넘어가겠네. 영애, 진심으로 미안했어."

그렇게 황족은 다시 내게 사과를 한 후 의외로 산뜻하게 자리를 떴다. 황족이 완전히 사라질 때까지 아드리안 님은 그 사람에게서 시선을 떼지 않았다.

황족의 그림자도 보이지 않게 되고 나서야 나도 한숨을 내쉬었다.

갑자기 튀어나와 사람을 놀라게 했던 남자도 그렇고, 두려움을 떨 때 영웅처럼 짠 등장해서 나를 도와준 아드리안 님도 그렇고, 거기다가 아까 그 남자의 정체가 황족이란 것도 그렇고. 어쩐지 상황이 극적이면서도 얼떨떨했다.

난 잠시 멍해 있다가 뒤늦게 정신이 들었다. 그리고 언제부터인지 물끄러미 나를 응시하는 아드리안 님을 향해 먼저 고개를 숙였다.

"도와주셔서 감사합니다."

"괜찮으십니까?"

"네. 그냥 놀랐던 거예요. 저분은 제게 아무런 해를 끼치지 않으셨어요."

황족이 내 태도에 혼자 자책하게 만든 것도 죄책감이 느껴지는데 타인이 오해하게 둘 수 없어서 변명 아닌 변명을 했다. 그제야 아드리안 님의 얼굴에 안도의 기색이 스쳐지나가는 것 같았다.

"그런데 여긴 어떻게 계신 건가요? 정말 기막힌 순간에 절 도와주셨어요."

말하다 보니 정말 기막힌 순간이었다. 아드리안 님은 이렇게 타이밍이 좋을 수 없을 정도로 나타나서 황족을 말려 줬다. 만약 그때 황족의 손이 내 어깨에라도 닿았다면 난 그에 대해 정말 안 좋은 생각을 가질 수밖에 없었을 것이다. 그만큼 무서웠다.

그런데 황태자비님도 보이지 않고, 황궁에 있어야 하는 아드리안 님이 어째서 여기 계시지? 사실 이게 우연이라면 운명의 상대급 우연 아닌가?

저 잘생긴 아드리안 님이 내 운명의 상대라면? 잘생겼지, 직업도 기사지, 성격도 좋지. 대충만 봐도 딱 일등 신랑감이다.

아드리안 님과 나?

상상만으로 몸이 배배 꼬여진다. 망상이 너무 달콤해서 행복했다.

"잠시 이야기를 나눌 수 있겠습니까?"

나 혼자 상상으로 방방 뜨는 사이 아드리안 님이 양해를 구했다. 그런데 그의 표정이 이상했다. 포포 아저씨의 심부름이 바쁜 것은 아니라 기꺼이 허락했다. 대신 마부 아저씨가 기다리니 함께 마차로 향했다.

음식에 대한 집념이랄까? 그 와중에 아직까지 내 손에 소시지 빵이 들려 있어서 묘한 기분이 들긴 했다. 기다리고 계시던 마부 아저씨는 내가 일행을 달고 오자 의아해 하셨다.

"이거 사러 갔다가 아는 분을 잠시 만났어요. 이거 드시면서 잠시만 자릴 비워 주실 수 있나요? 대화 좀 할게요."

내가 조심스러운 태도로 양해를 구하자 마부 아저씨는 흔쾌히 허락해 주셨다. 따로 장소를 옮기기 애매해서 나는 아드리안 님을 마차로 안으로 불러들였다.

아드리안 님의 묵직한 분위기가 비밀 이야기를 하고 싶어 하는 것 같았고, 마차가 방음이 아주 잘 되는 건 아니지만 탁 트인 장소보다는 소리를 차단해 주겠지.

아드리안 님과 마차에 같이 타는 게 처음은 아닌데 단 둘이 타는 건 처음이라 긴장됐다. 아드리안 님의 표정이 심각해서 더 그런 것 같았다. 무슨 엄청난 말씀을 하려고 그러시나.

더 기다렸다간 숨 막혀 죽을 것 같아서 내가 먼저 이야기를 꺼냈다.

"이제 말씀하세요."

마주 앉아 지그시 나를 보던 아드리안 님이 깊게 머리를 숙였다.

"사죄드리겠습니다."

비장한 아드리안 님의 행동을 이해하지 못해 나는 허둥지둥 나섰다.

"왜 그러세요? 이러지 마세요. 무슨 일인지 모르지만 고개 들고 이야기해요."

아드리안 님이 나를 도와주면 도와줬지, 내게 죄를 지은 것이 없는데 이러는 게 이상했다. 혹시 지은 죄가 있다고 해도 아드리안 님이라면 내게 피해가 올 행동을 하지는 않았을 것 같았다.

난 그렇게 생각하는데 아드리안 님은 아닌지 고개를 들지 못한 채 덧붙였다.

"제가 한동안 에이드 영애의 뒤를 밟았습니다. 그래서 이번에도 나설 수 있었고요."

아드리안 님이 내 뒤를 밟았다고? 왜? 상상을 초월하는 말에 굳어버렸다. 할 말을 찾지 못하고 있는 내 반응에 걱정되었는지 아드리안 님이 빠르게 설명을 이었다.

"아까 그분의 정체를 알아내기 위해서입니다. 그때 황태자비님을 아는 존재를 만났다고 하시지 않으셨습니까? 의도가 있는 상대라면 어떻게든 에이드 영애를 찾아내서 다시 접근할 거라 여겼습니다. 그래서 일부러 살짝 떨어져서 에이드 영애를 뒤쫓았습니다. 미리 말씀 드릴 수도 있었지만 그랬다가 에이드 영애가 괜히 절 의식할까 봐 말씀 드리지 못했습니다."

설명을 다 듣고 나니 아드리안 님의 행동이 납득은 간다. 하지만 나도 모르는 사이에 미끼가 된 느낌이라 기분이 좋지는 않았다.

"그래도 말씀해 주시지 그랬어요."

아드리안 님의 시선이 지그시 닿았다. 배부른 투정하지 말라는 건가 싶어 나도 지지 않고 눈을 마주쳤더니 아드리안 님의 입가에 희미한 미소가 천천히 피어났다. 새벽의 이슬과 햇빛만을 받고 피어나는 귀한 꽃처럼 숭고한 미소였다. 기습에 심장이 멎을 것 같았다.

"에이드 영애는 다정하고 배려심 깊으니까요."

전혀 아닌데요. 그 말, 키르가 들으면 서운해 할 말인데요. 그렇게 생각하지만 아드리안 님은 정말 내가 배려심 깊다고 생각하는 표정이라서 말문이 막혔다. 저 엄청난 착각을 어떻게 잡아 줘야 하지?

"저, 그렇게 착한 사람 아닌데요."

"아닙니다. 전 에이드 영애만큼 남을 배려하는 사람을 보지 못했습니다."

부끄러워 아니라고 작게 말했더니 아드리안 님이 단호한 어조로 확고하게 말해서 더 멋쩍어졌다. 저 믿음 어린 시선이라니. 양심이 찔려 내 눈동자가 갈피를 잡지 못하고 어지럽게 흔들렸다.

"덕분에 아까 그분을 만나서 정체를 알아냈습니다. 감사합니다."

아드리안 님의 감사를 표하는 말에 나오려는 말을 삼켰다. 무의식적으로 황족 남자의 정체를 물어볼 뻔했다. 선을 긋고 살려면 정체를 모르는 게 마음 편하다. 그래도 혹시 몰라 제일 중요한 점만 확인했다.

"위험한 분인가요? 앞으로 마주치지 않게 조심해야 될까요?"

황태자비님의 적인가요? 라고 직접적으로 묻지 못한 채 말을 돌렸다. 잠시 숨을 멈추고 나를 응시하던 아드리안 님이 희미한 미소를 지었다. 아까의 만개했던 미소가 아니라 내가 안도하길 바라서 만들어 낸 거짓 웃음 같았다.

"아마 괜찮을 겁니다. 예상했던 인물 중 제일 유한 인물이니까요."

확신은 못 하는 거구나. 괜히 내 마음이 무거워졌다.

"걱정하지 마십시오. 그분은 에이드 영애에게 피해를 줄 인물은 아닙니다. 살짝 별난 분이시거든요."

내게 피해를 주기엔 조금 모자라 보여서 그 점은 크게 걱정 안 했다.

"저보다 황태자비님이 걱정이지요. 잘 지내세요?"

며칠 안 봤을 뿐인데, 아주 오랜 기간 보지 않은 사이처럼 아련하고 그리운 듯한 기분이 들었다. 하긴, 그분이 존재감이 크긴 하지.

"네. 잘 지내십니다. 황태자비님도 에이드 영애와의 시간을 많이 그리워하십니다."

그립다는 낯간지러운 표현에 손끝이 오그라들었다. 시선처리를 못 하고 내가 안절부절못하자 아드리안 님이 물어왔다.

"절 용서해 주시겠습니까?"

"용서하고 말고 할 일도 아닌 걸요. 사심을 가지고 절 쫓아다닌 게 아니시잖아요."

살짝 서운하긴 했어도 적을 알아내려고 했던 일인데 그것까지 트집 잡는 건 아닌 것 같아 나는 가벼운 농담으로 분위기를 전환하려고 했다.

"……사심이 있었다면 어쩌시겠습니까?"

그런데 아드리안 님이 이렇게 물어오니 말문이 또 막혔다. 이거 사심이 있었다는 거야? 없다는 거야? 날 놀리는 건가? 당혹스러워서 내가 입만 달싹이자 아드리안 님이 나직하게 웃음을 터트렸다.

"농담입니다."

와 씨, 괜히 설레서 농담을 다큐로 받아들일 뻔했다. 무슨 망신살 뻗칠 사고를 칠 뻔했는지. 얼굴이 열기로 터질 것 같았다.

"아드리안 님도 농담을 다 하시네요."

난 민망해서 헛기침하며 말을 재빨리 돌렸다. 그러자 아드리안 님은 미소로 응답했다. 이 와중에도 숨 막히게 잘생겼다는 생각이 드는 난 멍청인가.

"사죄의 의미로 오늘 제가 에이드 영애를 에스코트해도 되겠습니까?"

"돌아가 보지 않으셔도 돼요?"

"당장 달려가서 보고해야 할 만큼 위험한 상대는 아닙니다. 이렇게라도 사죄를 드리고 싶습니다."

내가 헛물켠다는 생각을 지울 수 없지만 또 사람 심리란 게 그렇다. 아드리안 님이 날 챙기겠다니 괜히 설레서 입가가 실룩샐룩했다.

"그럼 부탁드릴게요."

"잘 부탁드립니다."

아드리안 님의 우아한 인사에 내 심장이 펄떡 뛰었다. 같이 날뛰려는 표정을 다잡느라 더욱 힘들었다.

* * *

에스코트라고 해도 마차를 타고 다니기에 달라질 건 없었다. 그냥 내가 가는 가게에 동행해 줬을 뿐이다. 하지만 그것만으로도 혼자가 아니라는 생각에 참 든든했다. 마녀의 서재를 제외하고는 물건을 구하기 어려운 곳이 없었음에도 마음가짐이 달랐다.

심부름으로 부탁받은 물건들을 사며 나는 이번엔 성공적인 흥정을 했다. 상점 주인들에게 지지 않고 밀어 붙여 가격을 만족스럽게 냈다.

잠시 아드리안 님이 내 억척스러움에 놀랄까 봐 걱정했지만 손해 보지 않는 게 더 중요했다. 난 얼굴에 철판을 깐 채 가격을 깎고 또 깎았다.

그렇게 우리는 여러 군데를 돌며 목록에 적힌 마지막 물건까지 성공적으로 구입을 마쳤다. 내가 사지 못한 것은 마녀의 뒷골목 물건뿐이었다.

이건 어쩔 수 없는 거니까 그대로 마무리하고 헤어지려는데 아드리안 님은 끝까지 나를 데려다 주겠다고 말했다. 나 역시 거절할 이유가 없어 그러라고 했다.

그러자 돌아가는 마차 안에는 멋쩍음이 감돌았다. 데이트의 끝을 앞두고 어색한 분위기 같은 느낌이었다. 나는 불편함을 참지 못하고 아무 이야기나 꺼냈다.

"오늘 함께해 주셔서 감사해요."

"제가 에이드 영애에게 저지른 무례에 비하면 별것 아닙니다. 이런 걸로 용서 받으려고 해서 오히려 죄스러운 마음뿐입니다."

아드리안 님도 고집이 세서 참 큰일이다. 괜찮다고 했는데 또 사과를 해 오셨다.

이러다가 또 서로 잘못했다고 빌 기세라 더 말하는 건 참았다. 그러자 아드리안 님이 다정하게 웃었는데, 이상하게 흐뭇한 시선처럼 느껴져 찜찜했다.

어색한 분위기 속에서 현자의 서재에 다 도착했는지 마차가 멈춰 섰다.

“도착했군요.”

“어, 네. 도착했네요.”

내려야 하는데 아드리안 님은 행동 대신 지그시 시선을 보내 왔다.

나더러 먼저 내리라는 건가?

내가 우물쭈물하는 사이 아드리안 님이 몸을 일으켰다. 가까워지는 거리에 움찔했는데 아드리안 님이 자연스럽게 마차의 문을 열고 내리셔서 쥐구멍에 숨고 싶을 정도로 민망해졌다.

난 도대체 뭘 기대했던 거니. 괜히 이상하게 혼자 의식해 버려서 큰일이다. 먼저 내린 아드리안 님이 문을 열고 기다리고 계셨다. 바깥의 햇빛을 받아 아드리안 님의 미모가 찬란하게 빛났다.

저 분도 참 문제다. 아무렇지 않게 굴려고 해도 사기적인 외모를 가지고 계셔서 저절로 설렌다.

나는 내밀어진 손을 보고 볼이 붉게 변하지 않았으면 좋겠다고 생각하며 내 손바닥을 얹었다. 손가락 끝에서 퍼지는 기이한 열기에 휘둘리지 않게 정신을 집중하며 마차에서 내렸다.

“오늘 에이드 양의 에스코트를 하게 되어 영광이었습니다.”

아드리안 님이 이제껏 본 적 없는 다정한 시선으로 부드럽게 말했다. 등줄기를 타고 저릿한 무언가가 흐르는 것 같았다. 부끄러워서 목소리가 안 나올 것 같아 겨우 힘을 냈다.

“저야말로 에스코트를 받아서 영광이었습니다.”

그랬더니 한껏 애교를 띤 낯간지러운 목소리가 나온 것 같아 뜨끔했다. 설명 못할 어색한 분위기에 내가 어찌할 바를 모를 때였다. 어디선가 무시무시한 시선이 느껴졌다.

본능적으로 고개를 돌렸다가 이쪽을 향해 매서운 눈빛을 쏘아 대고 있는 인물을 발견하고 내 심장이 덜컥 내려앉았다. 상대의 기세가 심상치 않으니 꿈이길 바랐다.

"이건 또 무슨 짜증나는 상황일까?"

나직하고 간드러진 목소리와 화사한 미소가 이렇게 무섭게 느껴질 수 있다는 것을 보여 주는 키르가 서 있었다.

가늘게 휜 눈가, 입가가 그윽하게 올라간 점을 보면 누가 보더라도 키르의 얼굴에 걸린 것은 완연한 미소였다. 그래서 심장이 바닥으로 뚝뚝 떨어져 내렸다. 키르가 화를 억누르는 게 보였다.

어째서 키르가 이 순간에 여기에 있는지, 그리고 왜 저렇게 분위기가 살벌한지 알 수 없었다. 하지만 내 몸은 반사적으로 움츠러들었다. 혼란으로 머릿속이 하얗게 변했다. 어떻게 해야 하는지 아무것도 떠올릴 수 없었다.

그때, 내 손을 지그시 압박하는 감촉이 느껴졌다. 따뜻한 온기가 감돌았다. 아드리안 님이 아까 마차에서 내릴 때 잡아준 손을 그대로 잡고 있던 터라 내 이상을 감지하고 살짝 힘주어 잡은 것이다.

마치 지켜 주겠다고 괜찮다고 다독이는 것 같아 안도감이 퍼질 찰나, 키르의 목소리가 예리하게 끼어들었다.

"아렌 거기서 뭐 해?"

한결 더 낮아지고, 한결 더 친절함을 가장한 목소리였다. 다시 키르를 돌아본 나는 소스라치게 놀랐다. 눈이 멀어 버릴 것 같은 화사한 미소에 심장이 미친 듯이 펄떡거렸다.

더 화났어!

키르의 웃음이 요사하게 짙어질수록 난 자꾸 주눅 들었다. 도망가고 싶었다. 내 '키르 감정 레이더'가 위험하게 경고를 울리고 있었다.

키르는 터지기 일보직전이었다. 미친 듯이 열 받고 있었다. 이건 키르를 오래 알아 왔기에 본능적으로 알아챌 수 있는 거였다.

무엇 때문에 이렇게 화난 걸까?

키르가 날 해치지 않아도 그 분노의 폭탄을 정면으로 뒤집어 써야 할 상황은 피하고 싶었다.

내가 아는 키르의 발작은 어린 시절의 그 모습 그대로였다. 성인이 되어 예전처럼 그렇게 발작하지 않을지도 모르지만 그래도 두렵다. 이 많은 사람들 앞에서 키르의 뺨을 때릴 수는 없지 않은가. 내가 아는 키르를 진정시키는 방법은 그게 유일한데, 지금은 행할 수 없는 방법이었다.

반사적으로 한 발 뒤로 물러서려다가 제대로 날 선 키르의 눈빛 때문에 꾹 참고 버텼다. 키르의 감정이 넘실거리는 눈동자가 무섭게 날 주시했다. 내가 그대로 굳어 있자 그는 앞으로 한 발 내딛었다.

저벅. 그 가까워지는 발걸음 소리가 유난히도 크게 울렸다.

"아렌, 내가 질문했잖아."

봄바람처럼 나긋하고 살랑거리는 키르의 음성이 귓가에 내려앉았다. 그만큼 경고가 요란하게 울려 이렇게 있으면 큰일 나겠다는 느낌을 지울 수 없었다.

"키르야말로 연락도 없이 무슨 일이야?"

가까스로 입을 열 수 있었다. 키르의 눈매가 더욱 가늘어졌다. 눈동자가 보이지 않을 만큼 눈이 접힌 미소에 소름이 돋기 시작했다. 자꾸 새어 나오려는 비명을 참는 것도 힘들 지경이다.

"나야 아렌을 만나러 왔지. 연락하지 않았다고 못 찾아올 사이는 아니잖아? 왜 그런 질문을 해? 섭섭하게."

"어, 그렇긴 하지. 언제든 마음대로 찾아올 수 있지. 그냥 갑자기라서, 그래서 물어 본 거야."

네 말이 맞다고, 열심히 고개를 끄덕이니 키르의 기분이 살짝 풀린 듯했다. 이번 미소는 진짜였다. 이제 괜찮아졌나?

눈치를 보는데 그건 아닌 듯 키르의 분위기가 원래의 가식 상태로 돌아왔다. 키르가 다정하게 물었다.

"그런데 아렌, 언제까지 그러고 있을 거야?"

응? 뭘? 하다가 키르의 눈길이 나와 아드리안 님이 잡고 있는 손을 응시해 나는 재빠르게 손을 떼어냈다. 아직까지도 이렇게 꼭 잡고 있는 줄 몰랐다.

아니, 그런데 왜 꼬리에 불붙은 쥐처럼 내가 이렇게 놀라야 하지? 조금 오래 잡고 있었지만 이상한 행동을 한 것도 아니고. 설령 이상한 행동을 했다고 해도, 키르의 눈치를 볼 필요는 없는 거잖아?

난 억울함을 떠올리면서도 키르에게 따지지는 못했다. 분위기에 밀려 키르에게 지고 들어가는 것 같았다. 난 괜히 주눅 들었던 게 싫어서 발끈하려는 찰나 키르의 시선이 아드리안 님에게로 돌아갔다.

그리고 내가 얼마 전에 벨리타에게 당했던 엄청난 불쾌감을 주는 그 상황을 키르가 가해자로서 재현해 냈다. 보랏빛 눈동자가 아드리안 님의 머리에서부터 발끝까지 느리게 훑고 다시 올라가 얼굴을 쏘아봤다. 사람을 평가하기 위한 노골적인 눈길이었다.

"그런데 이 사람은 누구지?"

어쩜 그렇게 예의 없게 구냐고 당장 잔소리하고 싶을 정도로 건방진 눈길이었다. 내가 키르와 격 없이 구는 것을 외부에 보여줘도 되는지에 대한 확신이 없어 타박하는 말을 할 수 없었다.

그래서 난 눈에 힘을 주며 그런 예의 없는 행동하지 말라고 무언의 경고를 했지만 키르는 못 알아들은 것처럼 굴었다. 분명히 눈이 마주쳤는데 말이다.

"안녕하십니까? 라인폰트 대공자. 이런 곳에서 뵙게 될 줄은 몰랐습니다."

아드리안 님이 놀랍게도 키르를 단번에 알아봤다. 원래 아는 사이였던 건가? 혼란스러워서 키르를 봤는데, 미간을 찌푸리는 모습을 보아하니 키르는 아드리안 님을 알아보지 못한 듯했다.

"누구지?"

"아드리안 페레즈라고 합니다. 황태자비님의 호위기사입니다."

그제야 키르에게서도 '아, 그 사람?' 하는 기색이 떠올랐다. 황태자비님이 키르의 먼 친척의 부인이니까 서로 인사를 하긴 했을 거다. 그때 그 자리에 아드리안 님도 있었겠지. 두 사람이 만난 적 있을 수도 있다는 걸 떠올리지 못한 게 더 이상했다.

상대가 누구인지를 알아채자 키르의 눈빛이 돌변했다. '그런데 네가 왜 여기 있어?' 하는 의문이 눈에 드러냈다. 저 의미가 말이 되어 입 밖으로 튀어나올 것을 알기에 이번에도 난 날쌔게 나섰다.

"우연히 만나서 기사님이 날 에스코트해 준 거야. 볼일 다 보셨으니까 기사님은 가실 거야. 기사님, 데려다 주셔서 감사했습니다. 조심히 들어가세요."

나는 앞으로 나서서 키르를 막으며 얼렁뚱땅 아드리안 님에게도 인사를 했다. 그러자 키르의 눈에 짜증이 스치고 지나갔다. 얜 애가 왜 이렇게 까칠한 거야?

또 어떤 막말이 나올지 몰라 다급하게 키르의 팔에 매달렸다.

"들어가자. 들어가서 이야기해."

내가 계속 잡아당기자 키르가 못 이기는 척 나를 따라왔다.

그러면서도 마지막까지 아드리안 님을 노려보는 것 같아 더 열렬하게 팔을 잡아당겼다. 그리고 죄송하지만 아드리안 님에게는 얼른 가라고 뒤로 몰래 손짓했다. 그가 괜히 키르에게 면박을 받지 않았으면 했다. 예의 없고 오만한 키르는 충분히 개념 없는 막말을 할 수 있다.

아드리안 님은 나와 키르를 차분하게 바라보고 있었다. 알 수 없는 눈빛이었지만 그 의미를 파악할 겨를이 없었다. 그보다는 두 사람을 떼어 놓는 게 급했다.

나는 계속 그러고 있지 말고 얼른 가라며 아드리안 님에게 손짓을 더 빨리했다. 내 손짓을 본 아드리안 님이 예를 표하고 떠나는 모습을 얼핏 확인하고 나서야 한시름 놓았다.

나는 건물 안으로 들어와서 키르의 팔을 놔 줬다.

"금방 돌아올 테니까 내 연구실에 가 있어. 나 포포 아저씨한테 물건만 전해 주고 올게."

키르가 할 말이 많은 표정으로 나를 봤다. 곱지 않은 시선을 보내는 키르의 등을 억지로 떠밀었다. 그래도 말은 잘 듣는다.

우선 키르를 내 연구실로 보내놓고 나는 포포 아저씨에게 심부름에서 사 온 물건들을 전달했다.

"저 왔어요. 여기 물건들이요!"

"잘 갔다 왔니?"

"여기요. 요정의 눈물은 없어서 예약해 놓고 왔어요. 나머지는 전부 사 왔고요. 뭐 중요한 말씀 없으시면 저 급해서 먼저 갈게요."

"어? 그, 그래. 가 보렴."

나는 당황하는 포포 아저씨에게 빠르게 설명하고 바로 내 연구실로 뛰어갔다. 그 거리가 멀게만 느껴졌다. 빨리, 빨리 가야지. 나는 걸음을 재촉해 헐레벌떡 연구실로 뛰어들었다.

"나 왔어!"

생각보다 내 연구실 안은 평온했다. 그렇다고 키르의 기분 나쁘지 않다는 건 아니었다. 자기 집처럼 편하게 의자에 기대앉은 키르는 심상치 않은 분위기를 내뿜고 있었다.

화가 났을 때 가만히 내버려 두면 기분이 진정되는 사람이 있고, 바로 풀지 않으면 더 분노하는 사람이 있다.

난 전자에 속하지만 키르는 후자에 속했다. 바로 설명하지 않고 살짝 시간을 두게 된 것이 오히려 독이 되었다.

키르는 내가 왔음에도 시선을 돌리지 않았다. 늘 반겨 주는 키르는 없었다. 그래서 나는 눈치만 봤다.

예전이라면 키르가 왜 저렇게 화났는지 이해 못 했을 거다. 아니, 이해했어도 나 편할 대로 모른 척 넘어갔을 거다. 그러든가 말든가 신경도 안 썼을 거다.

하지만 얼마 전 클레어와 벨리타를 보며 어떤 깨달음을 얻지 않았는가. 키르는 지금 내게 자기 말고 다른 친구가 생겼을 지도 모르는 상황에 서운함이 커서 저러는 거다.

키르는 예전부터 내 세계가 좁은 걸 알았다. 자기 말고 다른 사람이 내 친구가 될 수 있을 거란 상황 자체를 생각하지 않았을 것이다.

그러니까 키르는 자기 자리를 빼앗긴 듯한 느낌이 너무 갑작스러워서 더 충격을 받는 중일 지도 모른다. 아렌다인 껌딱지가 충분히 서운해 할 만한 상황이었다. 삐치기 한번 무섭게 했다.

그래도 예전처럼 퉁명스럽게 툴툴거리지 않아서 다행이다. 어떻게 하면 키르의 기분을 풀어 줄 수 있을까? 다가가서 또 무릎 꾹꾹 눌러 주면 기분 풀리려나? 하고 생각하다가 다른 의문이 들었다.

여기서 키르의 기분을 풀어 주는 게 맞나? 클레어에겐 당당히 벨리타를 잘 챙겨주라고 말했지만 내 상황에선 혼란스러웠다.

클레어와 벨리타는 아직 아카데미 안이라는 작은 틀 안에 있고, 나와 키르는 이제 서로의 인생을 찾아 밖으로 나가고 있었다.

우린 이제 그렇게 어린애가 아니다. 예전처럼 매일 집에만 머물며 같이 붙어 살 수 없다. 어릴 때와는 다르다. 사실 키르만 해도 그렇지 않은가. 제국에 와서 매일 나를 찾아올 것처럼 굴더니, 결국 자기 일이 바빠서 매일 만나지는 않게 되었다. 스스로도 체감하고 있을 거다.

이런 걸 서운해 하거나 할 필요가 없었다. 커 가면서 각자의 생활 반경이 넓어지면서 생기는 당연한 일이다. 어릴 때와는 사정이 다른 거니까,

다른 주변 인물들을 많이 만나니까. 유일하다 생각했던 친구 사이가 살짝 멀어지는 건 자연스러운 거다.

그러니 매일 만나지 못한다고, 친구에게 다른 친구가 생긴다고 해서, 친구가 아니게 되는 건 아니니까 서글퍼할 이유가 없었다.

그런데 여기서 내가 키르를 도닥여 주면 키르의 홀로서기가 더 늦어지는 게 아닐까? 지금이야 그렇다고 쳐도, 멀지 않은 미래를 생각하면 특히 더 홀로서기를 할 필요가 있었다.

키르도 언젠간 연애와 결혼을 할 것이고, 그 부인의 입장에서 생각해 보면 친구에게 너무 의존하는 남편은 참 싫을 것 같았다. 무슨 일만 있으면 친구를 찾아가는 거지. 마마보이도 아니고 프렌드보이라니. 엄청 하찮아 보인다. 있던 매력도 깎아 먹는 엄청난 결점이다.

내가 키르를 하찮게 여기는 것과 다르게 다른 사람이 키르를 하찮게 보는 건 나도 원치 않았다. 그걸 생각하면 키르가 홀로설 수 있도록 지금 다독이지 않는 게 맞다.

그래도 지금 풀어 주지 않으면 어쩐지 키르의 상태가 계속 저럴 것 같단 말이지. 저렇게 분위기 잡고 있으니 나도 신경 쓰이고.

이래서 육아가 힘든 거구나.

꼬꼬마가 아니라서 더 섬세하게 대해야 하니 힘들었다. 꼬마일 땐 얼렁뚱땅 속여 넘기기가 가능했는데, 이젠 키르의 머리가 커서 그것도 불가능했다. 여기서 키르를 달래 줘야 하나, 홀로서기를 준비 시켜야 하나를 내가 심각하게 고민할 때였다. 선공은 키르에게서 나왔다.

“아렌, 아까 그 남자는 어떻게 알게 된 사이야?”

처음부터 피할 수 없는 직설적인 공격이었다.

“응?”

“아까 그 남자와는 어떻게 알게 된 사이냐고.”

일부러 모른 척했더니 키르도 모른 척 싱그럽게 웃으며 되묻는다.

아드리안 님과의 만남을 설명하려면 황태자비님이 날 찾아온 것부터 이야기해야 하는데, 그녀와의 일을 내가 멋대로 말해도 되는지 확신이 없었다.

키르에게 상관없는 일일지라도 황태자비님은 심혈을 기울이는 일이었다. 그리고 그녀가 진지하게 생각하는 일을 내가 가볍게 여길 수는 없었다. 내가 키르를 믿는 것과 별개로 황태자비님에 대한 예의도 중요했다.

그리고 내가 남의 말을 함부로 전하는 사람을 싫어하기도 했다. 나와 상관없는 일이라고 가볍게 타인의 이야기를 옮기는 사람은 싫었다.

"어쩌다 보니 알게 됐어. 그렇게 친한 사이는 아니야."

키르의 기분을 풀어 주려는 변명이 아니라 사실이 그랬다. 황태자비님 덕분에 아드리안 님을 자주 보긴 했지만 대화는 나와 황태자비님이 했을 뿐이다. 길거리 음식을 먹는 것도 둘이서만 즐겼다. 아드리안 님은 뒤에서 서 있기만 했을 뿐이라 나와 사이가 친하다고 할 수는 없었다.

"친하지 않은데 에스코트를 받았어?"

"어. 매너 좋은 기사님이라서 그런 거 당연하게 생각해. 그분한테 특별한 일은 아닐걸?"

아드리안 님만큼 정석적으로 행동하는 사람을 보지 못했기 때문에 이것 역시 내 진심이었다. 아드리안 님이 나를 특별하게 생각해서 에스코트해 준 것으로 착각해선 안 됐다.

아드리안 님이 다른 사람에게도 실수했다면 사과의 의미로 그 사람에게도 똑같이 에스코트 했을 거다. 물론 내심 설레긴 했지만 그건 내가 김칫국을 사발로 마셨을 뿐이지 의식할 일이 아니었다.

"누구에게나 다 하는 일이라고?"

"응. 그렇다니까."

하지만 키르에게서는 내 대답이 마음에 들지 않는다는 신호가 왔다. 키르의 입가가 비뚤어져서 올라갔다. 그리고 벌떡 몸을 일으켜 내게로 다가

왔다. 가까워진 거리에 심장이 조마조마해진다.

오랜만에 선빵을 날리고 도망가야 하나 진지하게 고민했지만 참았다. 키르도 밖에서 잘 참지 않았던가. 이젠 정말 예전처럼 발작을 일으키지는 않을 것 같았다. 나 역시 어린 시절의 과격한 행동은 그만둘 때가 되었다.

그때, 키르의 손이 내 어깨에 내려앉았다.

꽉 짓누르는 것은 아니다. 살포시 내려앉은 후 서서히 힘이 들어가며 단단히 잡았다. 딱 단단히 잡는 정도의 수준인데 느리게 조여드는 게 느껴져서 내 심장도 같이 쥐어짜지는 것 같았다. 전혀 아프지 않은데 어째서인지 오싹해졌다.

진짜 내 손바닥이 활동을 해야 하는 건가? 사람이 나이를 조금 먹었다고 완벽해지지는 않잖아? 내 살 길을 찾아야지. 원래 인생은 기다리다 보면 늦는다. 먼저 치는 게 이길 확률이 높았다.

그렇게 내가 갈등에 빠져들었을 때 키르의 고개가 내 머리 바로 위까지 내려왔다. 가느다란 숨결이 머리 위를 간질였다. 흘긋 시선을 올렸다가 매섭게 이글거리는 눈빛에 놀라 바로 공손하게 눈을 내렸다.

살기 위해 키르의 뺨을 때리겠다는 불손한 생각은 눈 녹듯 순식간에 사라졌다. 여기서 잘못했다가는 키르에게 뼈째로 발릴 것 같았다. 기백에 눌려 저절로 내 어깨가 좁아졌다.

"아렌은 친하지도 않은 상대의 에스코트를 덥석덥석 받아들이는구나?"

나직한 목소리가 살랑이며 귓가를 간질였다. 이 부드러운 목소리가 이렇게 소름 돋게 들릴 수 있다는 사실을 처음 깨달았다. 심장이 바특 조여들었다.

"꽤 조심성이 없네?"

"사연이 있었어. 아예 모르는 사이도 아니었고."

"그러니까, 그 사연이 뭐냐고. 어떻게 아는 사이인지 알려 주면 좋잖아."

도대체 누구야! 저 해롭지 않은 미소가 해롭게 보이도록 만들 수 있는 기술을 가르쳐 준 인물이!

키르의 화사한 미소가 독초처럼 악랄하게 번뜩였다. 어린 시절의 새끼 악마였던 키르가 튀어나올 것 같았다. 얜 무슨 투정을 이렇게 무섭게 부리는 거야. 투정이라고 부르기 힘들 정도로 오싹했다.

"그것보다 왜 왔어?"

난 필사적으로 주제를 돌렸다.

"아까 말했잖아. 너 보러 왔다고."

"알지. 정말 얼굴만 보러 온 거 아닐 거 아니야."

아드리안 님이 있어서 할 말 못한 거지? 라고 쳐다봤더니 키르가 나를 차분하게 응시했다. 그의 눈길이 느릿하게 나를 담아 갔다.

"할 말 있으면 얼른 해."

"얼굴만 보러 온 거 맞아."

겨우 말 돌리기에 성공했나 싶었더니 이런 기가 막힌 말을 던지다니. 무슨 의미지? 난 당혹스러워서 할 말을 찾지 못하고 어물쩍거렸다. 이거 어떤 반응을 해야 할지 도저히 모르겠다. 한가해져서 같이 놀자는 소리인가? 나는 키르의 의도를 몰라 껄끄러움에 눈동자만 굴렸다.

그러자 키르가 긴장을 풀라는 듯 잡았던 어깨의 손의 힘을 풀며 작게 토닥였다. 내가 움츠렸던 어깨의 힘을 풀자 키르는 나긋한 목소리로 또 질문해 왔다.

"그래서 그 남자랑은 어떻게 알게 되었는지, 왜 에스코트 받게 됐는지는 알려 주지 않겠다고?"

이 집요한 놈. 하나에 꽂히면 끝까지 가는 건 알지만 정말 미치고 환장하겠다.

"그게 왜 궁금해?"

"궁금하니까. 궁금한 거에 이유도 필요해?"

"나도 사람 사귈 수 있어. 다른 친구가 생길 수도 있다고."

키르의 눈에 담긴 온기가 조금 내려간 느낌이 들었다. 키르의 손이 뺨 쪽으로 다가왔다. 처음엔 손가락이 톡 건드리고 그 다음은 미끄러지듯 움직인 손바닥 전체가 온전히 내 볼을 감쌌다. 솜털이 곤두섰다. 온기가 맞닿아 뜨끈뜨끈한 열기가 순식간에 얼굴을 덥혔다.

그러자 억지로 눌러 놨던 기억이 튀어나왔다. 며칠 전 볼을 꾹 누르고 갔던 그 낯선 감각이 선연하게 떠올랐다. 고마움의 표시, 그 어색함.

나도 모르게 숨을 크게 들이켰다. 애써 떠올리지 않으려고 노력했는데 키르가 그 노력을 무산시켰다. 뺨이 간질거려 피하려 했지만 키르의 손바닥이 따라 왔다. 내 정신을 흔들 듯 키르가 입을 열었다.

"당연히 네게 친구가 생길 수 있지. 내가 네 새로운 친구에 대해 궁금해 할 수도 있는 거고."

키르의 눈동자가 스산하게 빛났다. 다정해진 음성에는 끈질김이 담겨 있었다. 당연히 알아야 한다는 욕심이 들어 있었다.

내가 키르의 첫 친구이자 유일한 친구라서 그가 내게 집착하는 걸 이해는 한다. 그러니 다른 친구의 존재를 궁금해 할 수도 있지만 이렇게 집요한 건 좀 아닌 것 같았다.

클레어를 보고 과거의 나를 반성해서 가능하면 키르에게 무뚝뚝하게 대하지 않으려고 했었다. 하지만 아무리 생각해도 안 되겠다. 키르는 홀로서기를 할 필요가 있었다. 이대로 크는 건 여러모로 위험했다.

"그러지 말자. 너무 알려고 하지 마."

"어째서?"

키르의 눈동자가 시리게 빛났다. 아무것도 몰라서 하는 질문일까? 아니면 알면서도 모른 척 하는 질문일까?

"우리 이젠 예전처럼 지낼 수 없어. 네 환경은 넓어질 거야. 다른 사람도 사귀고 그렇겠지."

냉정하게 굴려는 게 아니라 거리를 조절해야만 했다. 나는 고집스럽게 키르를 봤다. 내가 어떤 마음으로 이런 말을 하는지 다 알 거다. 하지만 키르는 그런 내 마음을 모르는 사람처럼 굴었다.

"아니, 계속 이렇게 지낼 수 있어."

어린 시절부터 늘 내게 보내 오던 한결 같은 눈동자였다. 그때와 다를 거 없다고, 이렇게 지내면 된다고 속삭이는 것 같았다. 그게 기쁘면서도 서글펐다.

"그러지마. 자꾸 이러면 나중에 어쩌려고 그래?"

"나중에?"

나중이라고 다를 것 없을 텐데, 의 의미가 담긴 중얼거림에 뱃속이 들끓었다. 키르의 행동은 가끔 내 안의 나쁜 면을 자극하는 경향이 있었다. 못된 짓이 튀어나가려는 것을 나는 애써 눌렀다.

"그래. 나중에 네게 결혼할 사람이 생겨도 이럴 거야?"

순간, 키르의 얼굴이 굳었다. 기분 나빠도 서글거리면서 웃던 키르가 표정 관리가 안 될 정도로 놀란 것 같았다. 뒤이어 온갖 감정이 순식간에 스쳐지나갔다가 마지막에 욕설을 내뱉을 것 같은 표정에서 멈췄다.

"아렌, 내가 전에 결혼 이야기는 신경 쓰지 말라고 했던 것 같은데."

그의 눈이 무섭게 번뜩이며 나를 찔렀고, 거친 숨결이 귓가를 할퀴고 지나갔다. 지금의 키르는 툭 건드리면 인내심이 끊기며 터져나갈 것 같았다. 들끓는 감정을 억누르는 게 보였다.

딱 두 번 꺼낸 말인데, 그게 그렇게 잔소리처럼 들렸나? 나로선 신경 쓰인 부분이라 생각 없이 말해 버리고 말았다.

"미안해. 네 결혼을 강요한 건 아니야. 그냥 네 주변에도 다른 사람이 생길 거란 걸 말하고 싶었어."

그래서 나는 솔직하게 사과했다.

키르는 소리를 내는 대신 길게 심호흡하며 잠시 느리게 눈을 감았다.

긴 속눈썹이 보랏빛 눈동자를 가리자 천사 같은 얼굴이 눈에 들어왔다. 화를 내지 않으려 감정을 억누르는 게 어딘지 안쓰러워 보여 죄책감이 들었다.

아직 준비가 안 된 키르에게 홀로서기를 너무 강요하는 건가 싶었다.

살짝 약한 마음이 들려는 찰나였다. 키르는 그 짧은 사이 감정을 정리한 듯 다시 눈을 떴다. 그리고 다시 웃음을 만들어 냈다. 그런데 기분이 제대로 상했나 보다. 서늘함이 뚝뚝 떨어져 내리는 미소가 음산하게 퍼져 굉장히 사악해 보이는 얼굴이었다.

“아렌, 굉장히 놀라운 말을 하네. 결혼할 사람이 생기면 그래선 안 돼?”

얘 좀 봐라. 사악해 보이는 얼굴로 정신이 번쩍 들 무서운 말을 한다. 아무리 친구라도 정도라는 게 있다. 남편이 친구에게 집착한다면 키르의 부인 입장에선 좋게 보려고 해도 좋게 볼 수 없는 행동일 거다.

이러다가 내가 미래의 자기 부인에게 머리채 잡히면 내 편을 들어주기라도 할 건가? 어차피 그때 되면 다 자기 마누라 편들게 되어 있었다. 아들자식 키워 봤자 소용없다는 말이 괜히 나오겠는가. 나중에 자기가 먼저 배신할 거면서 아무것도 모르고 이런다.

“당연히 안 되지.”

일부러 더 단호하게 말했다.

그러자 키르의 깊은 한숨이 머리 위로 쏟아졌다. 거기에 담긴 기이한 열기와 짜증은 숨겨지지 않았다. 아까부터 의식하지 않으려 한 키르의 엄지손가락이 연신 내 볼 위를 쓸었다. 답답해서 미치겠다는 표정인데, 손길만은 부드러워 더 어색했다.

“아렌, 정말 모르겠어? 내가 왜 네 다른 친구들을 알고 싶어 하는지?”

키르의 시선도 부담스러워졌다.

“아쉬워도 어쩔 수 없어. 이젠 다른 사람도 사귀어야 한다니까. 언제까지 우리 둘만 친구일 수는 없다고.”

느리게 볼을 쓸고 있는 손이 의식되어 떼어내려고 키르의 손목을 잡았다. 손끝에서 퍼지는 감각에 눈이 크게 떠졌다. 닿은 피부를 통해 키르의 맹렬하게 뛰는 맥박이 느껴졌다.

그 엄청난 열기는 온화한 가면을 뒤집어쓴 얼굴과 다르게 흉포하게 날뛰어 터질 것만 같았다. 그 격렬함이 옮겨와 내 심장이 두근거렸다. 피부 위로 키르의 눈길이 스쳤다.

"알잖아."

오늘따라 키르가 영문 모를 소리만 한다. 슬슬 불편함이 너무 커져 이 자리를 벗어나려 키르의 손목을 잡아당겼지만 꿈쩍도 안 했다. 오히려 다른 쪽 손바닥까지 다가와 내 양 뺨을 감싸 쥔 상태가 되었다.

꼼짝없이 내 얼굴은 키르의 손 안에 갇혔다. 키르의 고개가 더욱 내려와 이마가 맞닿을 것처럼 가까워졌다.

"알잖아, 아렌."

열기가 감도는 눈길과 다르게 목소리가 너무 부드러웠다. 귓가가 간지러웠다.

"몰라. 모르니까 그만해."

반사적으로 움찔하며 몸을 뒤로 빼려 했지만 잡힌 얼굴 탓에 그건 불가능했다. 나는 부담스러운 자세에 양손 모두를 써서 키르의 손을 잡았다. 떼어내려고 힘을 줘도 키르의 손길은 굳건했다. 심장이 더 빨리 뛰었다.

"내가 말하지 않으면 끝까지 모른 척할 거지?"

"놔 줘. 불편해."

초조해졌다. 듣기 싫었고, 들어서는 안 될 것 같았다. 저 시선만이라도 피하고 싶었다. 하지만 단단히 붙들린 얼굴은 내 마음대로 돌아가지 않았다. 그래서 나는 곧이곧대로 키르의 모든 것을 받아야만 했다.

"내가 널 좋아해서 그러잖아."

내가 무슨 말을 들은 거지?

혼란스러웠다. 심장이 제멋대로 쿵쾅거렸다. 변함없이 나를 바라보고 있는 상대는 아무리 봐도 키르였다. 키르가 그런 말을 할 리가 없는데…….

아! 그렇구나!

"그럼! 나도, 나도 널 좋아해."

나는 떨림이 드러나지 않도록 조심하며 평범하게 답했다.

친구 사이에도 좋다는 말을 할 수 있다는 걸 잊어버렸다. 나도 모르게 당황해서 엄하게 받아들일 뻔했다. 이런 상황에 이렇게 말하니 괜히 엉뚱하게 오해할 뻔하지 않았는가.

나는 민망해서 어떻게든 시선을 돌리려 노력하며 키르를 밀어내려고 했다. 하지만 키르는 꿈쩍하지 않았고 쏘아지는 시선은 되레 갈수록 더 강렬해져 초조해졌다.

키르의 나른한 숨결이 입술 위를 간질였다. 따스한 온기가 전해져 쭈뼛 소름이 돋았다. 마치 서로의 입술이 맞닿은 것처럼 아득한 느낌에 나는 반사적으로 숨을 멈추고 입술을 말아 물었다. 분위기가 이상하게 야릇한 것 같았다. 그런 의미가 아니라는 걸 아는데, 심장이 요동쳤다.

"나도 너 좋아하긴 하는데, 이건 부담스럽다. 그만 떨어지는……."

"아렌."

나직한 목소리가 혼란스러운 내 정신을 다잡았다. 나는 하고 싶던 말을 끝마칠 수 없었다. 마주친 눈을 돌릴 수도 없었다. 다른 생각하지 말라는 듯, 자신만 보라는 듯, 집중시키는 키르의 부름에 그저 숨을 죽였다. 그러자 키르의 눈이 칭찬하듯 호선을 그렸다.

"네가 생각하는 그런 유아기적 의미 말고. 정말로 너를 좋아해."

"헉!"

이상한 소리를 내 버렸다.

숨이 멎을 것만 같았다. 생각이 제대로 이어지지 않았다. 키르의 엄청난 말에 곤혹스러워 고개를 돌리고 싶었다. 하지만 단단히 틀어쥔 손이 그러지 못하게 막았다.

키르의 얼굴이 가까이에 있어서 어디로 눈동자를 돌려도 시야에 보랏빛 눈동자가 자리했다. 그동안 내가 느끼지 못했던 감정이 흘러넘치는 키르의 눈동자가 이제야 보였다.

도저히 그 눈을 마주치기 힘들어 마지막 선택지로 눈을 질끈 감았더니, 키르에게 일방적으로 내 얼굴을 보이게 됐다. 그건 그거대로 의식되어 계속 눈을 감고 있을 수 없었다. 혼란스러움만 가중되었다.

키르가, 그 키르가 나를 좋아한다고? 그게 말이 돼? 우린 소꿉친구잖아! 가족 같은 존재잖아!

나를 놀리고 싶은 건가? 그래! 그런 게 틀림없다. 얘가 왜 갑자기 이런 장난을 치는지 모르겠다.

그만큼 내게 서운하고 화나서 투정을 부리고 싶은 건가?

하긴 그게 제일 그럴싸한 이유다. 자길 버리고 내가 다른 사람과 친해지는 게 싫은 거겠지. 이렇게라도 자기 테두리 안에 가둬 두고 싶은 거겠지. 거짓을 말해서라도 말이다.

키르라면 제가 원하는 것을 얻기 위해 이 정도 행동은 충분히 할 수 있다. 무슨 투정을 이렇게 사람 미치게 하는지 모르겠다.

그렇게 생각하니 갑자기 억울해졌다. 혼란스러워 감정이 폭포처럼 쏟아졌다. 큰소리가 버럭 나갔다.

"자, 장난치지 마!"

난 말도 안 되는 이야기를 하는 키르한테 화가 나서 얼굴을 잡고 있는 손을 밀어냈다. 하지만 꿈쩍도 하지 않아서 더 성질이 나려는데, 키르가 나를 불렀다.

"아렌."

부드러움이 가득 담긴 나직한 목소리가 귓가에 떨어지는 순간, 마법처럼 모든 생각이 멈췄다. 더는 버둥거릴 수 없었다. 조금의 장난기도 없는 키르의 눈빛이 나를 주시했다. 무슨 예견을 한 것처럼 내 심장 소리가 너무 크게 울렸다.

"이런 상황에 내가 장난을 칠 것 같아?"

장난이 아니라니. 장난이 아니면…….

"그럼 진짜라고? 진짜 날……."

차마 내 입으로 말할 수 없을 정도로 믿기지 않는다. 하지만 키르의 얼굴을 보니 믿지 않을 수도 없었다. 보랏빛 눈동자가 끊임없이 내게 속삭이고 있었다.

숨 막히도록 절절하게. 거짓이 아니라는 듯.

지금까지와는 눈빛이 너무 달라서, 얼굴을 잡은 손에서 간절함이 느껴져서 더는 외면할 수 없었다. 내가 제대로 상황을 인식했다는 걸 알아챈 듯 키르가 말을 이었다.

"그래. 그래서 네 곁에 내가 모르는 다른 사람이 생기는 것이 싫고, 내가 아는 사람이더라도 네게 관심을 가진 상대가 있다면 그것도 싫은 거야."

나직하게, 또박또박 자신의 의지를 전달하는 키르의 음성은 조르듯 애달프고 진심을 담고 있었다. 그 다정하고 달콤한 미소에, 내 심장 소리만 크게 울렸다. 주변의 모든 게 멈춰 버린 느낌이 들었다.

이 모든 게 비현실적으로 들렸다. 자신만을 바라보라는 것처럼 지독한 소유욕을 담은 키르의 진심이 나를 뒤흔들었다.

세상이 미쳐 버린 것만 같았다. 그렇지 않으면 키르가 이런 말도 안 되는 미친 소리를 할 리가 없다.

16. 그 영애가 행동하는 이유

미쳤다. 아무리 생각해도 미쳤다.

어떻게 키르가 나를 좋아할 수 있지? 아니, 좋아할 수는 있지, 가 아니지! 다른 사람도 아니고 키르가 날 좋아한단 건 믿기지가 않지!

그래, 만약으로 가정해서 키르가 나를 좋아한다고 치자. 대체 언제부터였지? 그동안 키르와 내가 해 왔던 것들을 전부 떠올리니 더 미칠 것 같았다.

나는 얼마 전까지 아무렇지 않게 키르에게 안겼다. 칭찬이라면서 아기가 안기듯 생각 없이 마주 안았다.

"이런 상황에 이렇게 오순도순하기도 힘들겠다."

"나랑 친한 게 불만이란 거야?"

그때 키르가 내게 했던 말들도 저렇게 엉뚱하고 모자란 언행으로 받아쳤지. 그럴 때마다 키르가 무슨 생각을 했을지 상상하면 이불 킥 감이다. 나를 좋아하는 애한테 안아 보라고 요구한 거다.

그것 말고도 여태까지 내가 그에게 아무렇지 않게 해 왔던 스킨십들이 떠올라 민망해서 죽을 것 같았다. 이제야 키르의 몇몇 행동과 대화들이 이해가 되었다. 나는 연신 손바닥으로 얼굴을 쓸었다.

그날, 키르의 고백을 받고 내가 한 행동은 회피였다.

"우아악! 난 몰라!"

난 멍청하게 비명까지 지르며 키르를 밀쳐낸 후 그 자리에서 무작정 도망쳤다. 그때의 나는 대화를 나눌 정신이 없었고 키르를 마주볼 용기도 없었다. 여태까지 한 번도 키르와 그런 쪽으로 생각해 본 적 없었기 때문에 어쩔 수 없었다.

키르가 던진 폭탄은 꽤나 커서 며칠이 지난 지금도 아직 그 여파가 가시지 않았다. 아니, 더욱더 혼란스러워지고만 있었다.

그날 키르는 무슨 생각인지 날 손쉽게 놓아 주었고, 지금 난 대놓고 그를 피하는 중이었다.

혹시 찾아올까 봐 연구실에서도 문을 잠가 놓고 생활했다. 밖에서 문 두드리는 소리가 들리면 안에 사람이 없는 척했다. 혹시 몰라 집사 아저씨에게 저택에 키르가 찾아오면 부재중이라고 전해 달라고 말했다.

아무리 키르라고 해도 집사가 막아서면 남의 집을 제멋대로 돌아다닐 순 없다. 물론 키르의 인내심이 끊기면 미친 척하고 행동할 수는 있지만 아직 그 정도까지는 아닌 것 같았다.

어쨌든 그런 식으로 난 대놓고 키르를 피해 다녔다. 도저히 그와 얼굴을 마주할 자신이 없었다.

살면서 키르는 한 번도 내게 이성이었던 적이 없었다. 그와 내가 친밀하다고는 생각한다. 하지만 딱 거기까지였다. 어릴 때 볼 꼴, 못 볼 꼴 다 봤는데 어떻게 그런 감정을 떠올리겠는가.

어릴 때 기억이 흐리기라도 하면 이해한다. 하지만 내겐 키르의 흑역사가 생생하게 남아 있었다. 내 손바닥이 키르의 뺨을 몇 대나 때렸던가.

정확한 횟수까진 몰라도 수차례 때린 건 기억한다.

그런 사람이 나를 좋아한단다. 어떤 반응을 해야 할지, 뭐라고 말해야 할지 아예 감을 잡지 못했다. 내가 네 뺨 때린 거 기억은 하지? 라고 물을 수도 없지 않은가.

그래서 무작정 피했다. 나쁜 선택지인 건 아는데, 지금은 키르의 얼굴을 볼 자신이 없었다. 그 감정을 믿기도 힘들고, 할 말이 전혀 떠오르지 않았다. 나중에 조금 진정되고 나면 볼 수 있을 거라 믿었다.

다만, 그때까지 키르의 인내심이 버텨 줄지도 의문이긴 하다. 지금 저택을 습격하지 않는 것만으로도 키르로선 모든 인내심을 끌어내고 있는 중일 테니까 말이다.

그리고 그렇게 안심하던 나날은 키르가 저택으로 날 찾아온 순간 끝났다. 키르는 고백 후 한동안 나를 내버려 둔다 싶었더니 어제부터 날 찾아오기 시작했다.

"라인폰트 대공자는 돌아가셨습니다."

미리 집사 아저씨에게 말해 놨기에 다행이었지 하마터면 준비 없이 키르를 만날 뻔했다.

"간 거 확실해요?"

"네. 마차를 타고 가셨습니다."

손님방에서 웅크리고 있던 나는 집사 아저씨가 들려 준 말에 그제야 한숨을 토해냈다. 나를 보는 집사 아저씨의 눈엔 의문이 드러나 있었다.

그렇게 격 없이 지내던 인물을 갑자기, 그것도 필사적으로 피하는 게 이상해 보일 만 했다. 물론 그 의문을 직접 물어보는 행동은 하지 않으셨다. 그래도 이런 식으로 피하면 곧 하프테리 님께도 이야기가 들어가긴 할 것 같았다.

그래도 어떡하라고! 정말 생각지도 못했던 일인데!

내겐 시간이 필요했다. 그것도 많이.

심도 깊게 생각하고 또 생각해서 결론을 내릴 수 있을 만한 시간이 필요했다. 지금 난 키르가 날 왜 좋아하는지, 정말 좋아하는 게 맞는지 조차 의심스러운 상황이었으니까.

나는 초조하고 불안해지자 공부도 그만두고 집 안에 틀어박혔다. 키르가 나섰으니 내가 현자의 서재에 왔다 갔다 하는 순간을 노릴지도 모른다는 생각이 들었다. 그 놈의 집착은 그 정도니까. 키르를 만날 것을 걱정하느라 집밖으로 나가는 것도 쉽지 않았다.

그렇게 나는 폐인 생활에 돌입했다.

"아렌, 바쁘지 않으면 이야기 좀 할까?"

그리고 아니나 다를까, 하프테리 님께 내 이야기가 들어갔나 보다. 좋은 소리하려고 부른 건 아닐 거라 피하고 싶지만 하프테리 님의 부름을 거절할 이유가 없었다. 그래서 나는 얌전히 부르는 대로 따라갔다.

내 마음이 제일 안정되는 장소로 고르셨는지, 도착한 곳은 서재였다.

"편히 앉으렴. 차라도 한잔 할까?"

"아니요. 괜찮아요."

불편한 이야기를 할 텐데 뭘 넘길 수 있을 것 같지 않아 거절했다. 그러자 하프테리 님도 필요 없으신지 차를 준비시키지 않았다. 내 맞은편에 앉으신 하프테리 님이 지그시 나를 관찰했다. 나는 고개를 푹 숙여 시선을 회피했다.

"아렌, 내게 할 말 없니?"

하프테리 님은 지은 죄가 있으면 다 털어놓으렴, 이라는 제일 무서운 화법을 구사하셨다. 원래 찔리는 것이 있는 사람일수록 이런 질문을 들으면 감당하기 힘들다.

나 또한 하프테리 님이 어디서부터 어디까지 알고 질문하는지 모르니 그냥 도둑이 제 발 저려서 당혹스럽기만 했다. 아무 말 못하고 손가락만 꼼지락거렸다.

"널 혼내려는 것이 아니야. 네게 고민이 있는 것 같아서 들어 주려는 거지. 말하고 싶지 않다면 말하지 않아도 괜찮단다."

내가 너무 주눅 들어 보였나 보다. 하프테리 님이 다정한 말로 나를 안심시키려 하셨다.

늘 이렇게 한 발 물러서서 기다려 주는 사람이 있다는 건 참 감사하고 기쁜 일이다. 그래서 묘한 감동과 죄책감이 동시에 몰려왔다. 갑자기 먹먹해져서인지 더 말을 꺼내지 못했다.

"네가 현자의 서재도 잘 가지 않는다는 소리를 들었단다. 라인폰트 대공자도 피한다면서. 무슨 일 있었던 거니?"

현자의 서재에서 내 공부에 강제적인 면은 없었다. 내가 '공부하기 싫어요'라고 한마디 하면 그길로 현자의 서재에서의 내 공부는 정리될 정도였다. 그런데 그런 의사를 내비친 것도 아니고 그냥 무턱대고 피하니 내게 무슨 일이 있었다고 의심하시는 것 같았다. 거기다 방 안에만 틀어박혀 있는 내 이상한 태도도 저택 사람들을 통해 전해 들으셨겠지.

여러모로 하프테리 님이 걱정할 수밖에 없는 행동을 했구나. 어릴 땐 손이 덜 가더니 이제야 이러니 늦은 사춘기처럼 보일 것 같았다. 이 나이 먹고 이런 걱정을 끼친 게 죄송스러웠다.

"죄송합니다. 앞으로 조심할게요."

나는 하프테리 님이 걱정하지 않도록 행동해야겠다고 다짐하며 말했다. 하프테리 님은 잠시 내 낯빛을 관찰했다. 괜찮다는 의미로 억지로 웃어 보였더니 그게 역효과가 난 것 같았다.

"아렌, 사람은 모든 일을 꿰뚫어 볼 수 없단다."

"네. 그렇지요."

무슨 당연한 소리를 하냐는 말을 하고 싶지만 내 생각해서 해주는 말을 알기에 건방지게 대꾸하지 않았다. 하프테리 님이 담담하게 이었다.

"네가 말하지 않으면 네게 무슨 문제가 있는지 알 수 없다는 소리야."

순간 말문이 막혔다. 하프테리 님의 말씀이 맞다. 독심술이 있는 것도 아니고 무슨 상황인지 모르니까 도와주지 못하는 건 맞다. 그런데 지금 내 고민이 남과 나눠야 하는 내용인지를 모르겠다.

전생의 기억이 있어서 내 사고가 또래와 다르단 것을 알아왔기에 난 내 속내를 주변에 터놓지 못했다. 너무 어른스럽다고, 나이에 맞지 않다고 의심할까 봐 조심해 왔다. 그러다 보니 속내를 이야기하지 않는 게 당연시 되어 왔다. 참는 게 익숙해서인지 말하는 게 더 어색했다.

그리고 키르와의 관계는 개인사이지 않은가. 과연 이걸 하프테리 님한테 말씀 드리는 게 맞나? 사람 사이의 관계에 대한 이야기이고 결국 내 마음을 결정하는 건 나인데?

그런 망설임을 하프테리 님이 읽으신 것 같았다.

"아렌, 미안한 말이지만 나도 네게 속내를 터놓을 친구가 있다면 이런 질문을 먼저 하지 않았을 거란다. 하지만 네 또래라고는 라이폰트 대공자가 전부인데 현재 넌 그조차 피하고 있지 않니. 말하고 싶지 않다면 캐묻지 않겠다만 혼자서 정리할 수 있겠니?"

하프테리 님의 말에 가슴이 턱턱 막혔다. 새삼 내 좁은 인간관계를 지적당하고 나니 서럽기까지 했다. 이제라도 친구를 만들어야 하나.

사실 이런 고민을 가장 터놓기 좋은 상대는 또래의 동성 친구였다. 그랬다면 로맨스에 들떠서 즐겁게 웃으며 털어 버릴 수 있을지도 모를 텐데, 하프테리 님 말씀처럼 내겐 이런 이야기를 나눌 상대가 없었다.

"그렇게 걱정하실 정도로 큰일은 아니에요."

하프테리 님이 잠시 침묵으로 나를 응시하다가 느린 숨을 쉬었다.

"그래. 네가 이야기하고 싶지 않다면 캐묻지 않으마."

그런데 웃기게도 막상 하프테리 님이 상황을 정리해 버리려는 기색을 내보이자 내게 조급함이 차올랐다. 과연 나 혼자 결론을 내릴 수 있을까? 난 키르에 대한 감정을 정의하는 게 너무 힘들었다.

어릴 때부터 키르는 내게 모순적인 존재였다. 받아들일 수 없으면서도 연민을 느끼게 만들고, 질릴 것 같으면서도 안타까웠다.

그럼 내가 키르한테 가진 모든 감정은 오직 동정 밖에 없는 건가? 그도 아니면 어린 시절에 방치당한 그가 안쓰러워 생긴 모성애인가? 늘 속으로 키르의 엄마, 엄마 하고 지칭했기에 스스로 그런 감정이 없었다고 할 수는 없었다.

하지만 또 완벽한 모성애라고 하기엔 애매했다. 난 언제든 키르를 버릴 준비를 했으니까. 나는 계속 이렇게 함께할 수 없다는 걸 자각하고 있었기에 언제든 그와 멀어질 준비를 했다. 그런데 키르가 나를 보아 온 감정은 그게 아니라고 말했다.

그게 진심이라면, 그날 고백하는 태도로 보아 키르의 감정은 하루 이틀 쌓아 올린 것은 아니었을 거다. 그렇다면 그는 언제부터였을까? 난 키르의 마음을 진심이라고 믿을 건가?

생각이 끊이질 않으니 머리가 너무 아팠다. 턱턱 막혀드는 속 때문에 숨이 막혔다.

"전 어떻게 해야 할지 모르겠어요."

"모든 일에 확신을 가지고 행동하는 사람은 없단다."

어른스러운 하프테리 님의 말이 위안을 준다. 내가 하는 고민이 지극히 당연하다고 여겨 주시는 것 같아서 위로가 됐다.

"무슨 문제가 있었던 거니? 그때 하겠다던 일에 문제가 생긴 거니?"

그때 하겠다던 일? 아, 설마 황태자비님이 맨 처음 내게 접근했던 일을 진행하는 줄 아셨나? 그거 진즉에 포기했는데. 그제야 요즘 하프테리 님과도 꽤 진솔한 이야기를 나누지 않았음을 깨달았다.

그러고 보니 그쪽도 문제다.

금발의 허술한 남자의 정체를 아드리안 님이 알아 가셨으니 잘 해결됐겠지? 황태자비님과 아드리안 님은 괜찮으시겠지?

……아니지, 그분들 걱정할 여유가 어디 있나. 내 일이 더 먼저고 복잡하지. 이래저래 심사가 심란하기만 했다.

"아니요. 그 일이 아니에요. 그 일은 사정상 하지 않기로 했어요."

내 씁쓸한 음성에 하프테리 님이 자애롭게 대했다.

"아렌에게 많은 일이 있었나 보구나."

"네. 최근에 많은 일이 있었어요."

"그럼 그 일도 아니고 어떤 일이 아렌을 제일 심란하게 했니?"

이걸 과연 하프테리 님께 상의하는 게 맞나? 싶으면서도 답답함이 더 크게 차올라 누군가에게라도 터놓고 싶다는 마음이 강해졌다.

"키르가……."

하지만 막상 입을 열었더니 의문을 드러내는 하프테리 님의 얼굴을 보는 순간 이걸 꺼내도 괜찮을까? 싶었다. 키르와 하프테리 님의 관계가 애매했기 때문이다.

사실 하프테리 님과 키르는 서로 보고도 못 본 척하는 사이라고 할 수 있었다. 내가 9살 무렵 키르와 하프테리 님이 한자리에서 만난 적이 있었다. 내 스승님을 자랑하려고 만든 자리였다.

그런데 웬걸, 키르는 하프테리 님을 보더니 여름날 더위를 잘못 먹은 짐승처럼 난리난리 생난리를 쳤다. 하프테리 님이 잘못한 게 있으면 이해라도 하는데, 그냥 보자마자 막무가내로 지랄발광을 했다.

당시엔 지금처럼 교육의 성과가 보이기 전인 날것 그대로의 키르라서 아주 그냥 다 뒤집어엎을 듯이 굴었다. 자리를 만든 내가 부끄럽고 곤란할 정도였다.

그래서 나는 그 다음부터 하프테리 님과 키르의 접점을 없앴다. 하프테리 님은 키르의 존재 자체를 모르는 척하셨고, 키르는 하프테리 님의 이야기를 꺼내지 말라고 하도 난리를 쳐서 언급도 못했다.

그렇게 두 사람은 서로 보고도 못 본 척하는 사이였다.

그런 키르의 이야기를 꺼내도 될까 조심스러웠다. 하프테리 님이 어른스러워도, 그 정도 발작을 일으키는 키르를 봤다면 좋게 여길 수 없을 거였다. 안 좋은 기억은 행복한 기억보다 더 오래오래 짙게 남는 법이다.

"라인폰트 대공자가 문제인거니?"

내가 망설이자 하프테리 님이 먼저 이야기를 꺼냈다. 마주 보는 시선에는 키르에 대한 그 어떤 악감정도 떠오르지 않았다. 역시 어른이시네.

"그래서 그를 피하는 거야? 혹시 그가 네게 나쁜 짓을 했니?"

하프테리 님은 조심스럽고 신중하게 나를 살피며 물어오셨다. 어린 시절 키르가 발작하던 모습을 제대로 본 하프테리 님이라면 충분히 오해할 수 있는 상황이었다. 나는 혹여 하프테리 님이 나쁜 상상을 하실까 고개를 재빠르게 저었다.

"나쁜 짓을 한 게 아니라요. 제가……."

하프테리 님은 이번엔 더 묻지 않고 기다려 주셨다. 내가 먼저 이야기를 꺼내도록 언제까지고 기다려 줄 것처럼 그런 너그러운 시선을 보내고 계셨다. 그 시선이 어쩐지 부끄러워서 내 목소리가 작게 나갔다.

"……키르가 제가 좋대요."

그런 쪽 이야기는 생각하지 않으셨는지 기습을 받은 사람처럼 하프테리 님의 얼굴이 당혹감으로 굳었다.

"음, 그러니까 고백 받았다는 소리니?"

하프테리 님은 내가 힐끔힐끔 눈치를 보기 시작하자 정신을 차리신 듯 헛기침 하면서 되물으셨다.

"네."

하프테리 님의 표정이 오묘해졌다.

"내가 잘 모르는 건가? 그래서 뭐가 문제인 거니?"

남자와 여자의 차이인가? 하프테리 님이 고백의 당사자가 아니라고 하더라도 이런 식으로 물을 줄은 몰랐다. 공감이나 호응은 아니더라도 저렇게 부정적인 말이 나올 줄은 몰랐는데. 말해 놓고 곤란해져 버린 나도 입을 다물었다.

"아렌, 너를 탓하는 게 아니라 네가 어떤 점을 고민하고 있는지를 물어보는 거야."

"전 키르에 대해 그런 식으로 생각해 본 적이 없어요. 그래서 전부 고민이에요."

하프테리 님이 곤혹스러우면서도 이해가 안 간다는 음성으로 되물었다.

"어째서? 그렇게 오래 함께했으면 한 번쯤 이성으로 의식할 법도 한데."

그러는 나야말로, 하프테리 님의 말이 이해가 안 갔다. 어떻게 의식을 한단 말인가?

"상대가 키르잖아요."

내가 듣기에도 왜 그 당연한 걸 묻냐는 듯한 건방진 음성이 흘러나왔다. 하지만 상대가 키르인데, 그를 남자로 의식한다는 전제 자체가 내겐 용납이 안 됐다. 그리고 내 생각이 거길 벗어나지 못하니 결론이 나올 수가 없는 거기도 했다.

내 대답에 하프테리 님이 괴상한 표정을 했다. 웃고 싶은 것을 참는 건지, 곤란함을 표현하지 않으려는 건지, 아니면 화를 참으려는 건지 모를 괴상한 얼굴이었다.

"큼, 그럼 아렌. 고백 상대가 대공자가 아닌 다른 사람이었으면 이렇게 고민하지 않았을 거란 말이니?"

말문이 막혔다. 갑자기 던져진 주제에 즉답이 나오지 않았다. 그러고 보니 난 고백 상대가 키르라서 헷갈리는 건가? 아니면 그냥 고백 받았다는 상황에 혼란스러운 건가? 나도 내 마음을 모르겠다. 생각이 너무 많아 어지러웠다.

그런 나를 응시하던 하프테리 님이 조심스럽게 말했다.

"아렌, 혹시 어른이 되고 싶지 않니?"

키르에게 고백 받았다는 이야기를 했는데, 돌아온 질문이 너무 뜬금없었다. 이해가 안 가면서도 저런 질문을 들었다는 것 자체에 갑자기 마음이 무거워졌다.

"그게 무슨 소리세요?"

반사적으로 부정하듯 중얼거렸다. 하지만 내 무의식이 반영된 목소리엔 힘이 없었다.

"그동안 널 보면서 느꼈단다. 어른이 되고 싶지 않은 것 같다고. 계속 어린애인 채로 지내고 싶다는 행동을 은연중 보여주지 않았니?"

순식간에 비수가 날카롭게 심장을 찌르고 들어왔다. 가슴이 턱 막혀 왔다. 하프테리 님은 자애로운 눈길로, 그렇지만 무서울 정도로 잔인하게 상황을 지적했다.

숨을 크게 들이켰다. 쿵쿵 울리는 심장 소리가 불길하게 머릿속까지 흔들었다. 손끝이 사정없이 떨려 주먹을 꽉 쥐었다.

"제가 그랬나요?"

억눌린 음성이 내 목을 또 한 번 졸라 왔다. 하프테리 님의 눈동자가 나를 할퀴고 지나갔다. 그저 관찰의 시선일지도 몰랐다. 하지만 하프테리 님이 말을 꺼낸 순간부터 급속도로 초조해졌던 내겐 그렇게 날카롭게 느껴졌다.

"그렇게 보였단다. 내 착각이었니?"

비난은 전혀 담겨 있지 않는 눈길이었다. 그저 되묻는, 네가 생각해 보는 것이 어떻겠니? 라는 의문이 담긴 눈동자에 심장이 내려앉았다.

난 아무 대답도 할 수 없었다.

내 행동을 곱씹어 봤다. 누구도 스스로를 냉정하게 평가할 수는 없었다. 때론 더 엄격하게, 때론 더 너그럽게 생각하게 된다.

그러고 보니 어릴 땐 내가 너무 어른스럽지 않을까? 하고 한 번씩 나를 돌이켜 보던 일이 어느 순간부터 현저하게 줄어들어 나를 되돌아보는 일이 거의 없었다.

귀찮아서? 아니다. 내 주변에 비교 대상이 없어서 내 경계가 열어져서 그랬다. 내 곁엔 또래가 없었으니까 다른 사람들이 나에 대한 위화감을 느낄 일이 적었다.

현자의 서재 사람들은 나이가 지긋한 사람들이 많았고, 그들 입장에선 12살이나 17살이나 전부 비슷비슷하게 까마득한 어린애였다. 딱히 내가 눈치를 봐 가며 그 나이대로 보이도록 조절할 필요가 없단 소리였다. 당연히 내 경계심은 줄어들었다.

이유는 그것뿐만이 아니다. 주변 사람들이 내게 주는 애정이 좋았다. 어린애 취급에 발끈하면서도 현자들이 손녀딸 챙겨주듯 하는 것은 기뻤다. 그래서 더 어리광 부리고 애교를 피우며 지냈다.

내 행동, 내 말투를 돌이켜보면 내 모습은 영락없는 어린애였다. 실제 어른 취급 못 받는 것에 분노하면서도 실상은 어린애처럼 굴었다. 날 챙겨주는 것이 좋아서…….

하프테리 님께 어떤 말을 하기 위해 입을 열던 나는 마주친 눈에 다시 말을 삼켰다.

거짓을 말하지 말라고, 합리화하지 말라고 말하는 듯한 하프테리 님의 눈빛에 외면하고 싶었던 정말 저 밑바닥에 숨겨 두었던 저열한 감정이 일어났다. 들키고 싶지 않던 내면을 들켜 버려 수치스럽기까지 했다.

그래, 난 어른이 되고 싶지 않았다. 정확히는 사회에 나가는 게 아직도 두려웠던 거다. 사회에 나가면 또 얼마나 막막할까, 또 얼마나 해괴망측한 일이 생길까, 또 얼마나 힘겨울까.

지금 이대로 아이라면 고민하지 않아도 될 일이다. 사회에서 겪은 쓰디쓴 경험들을 생각하니 오롯이 내 인생을 책임져야 하는 어른이 되고 싶지 않았다.

전생을 기억해서 좋을 것 같은가? 아니다.

내겐 전생의 잔재가 남아 있었다. 어릴 때 기절했을 때도 느꼈지만, 난 꽤 과거에 짙게 얽매여 있었다. 아직도 불 공포증이 남아 있었고, 권력을 휘두르려는 사람을 보면 숨이 막혔다.

그리고 남녀의 관계도 그 연장선이었다. 제대로 연애를 하고 더 나아가 결혼을 하게 되면 그 또한 어엿한 성인이 되어야 하니까. 그래서 난 연애 감정을 제대로 마주 보려고 하지 않았다.

내 인생을 온전히 책임지게 되는 순간이 두려웠다. 그냥 지금처럼 조금 더 공부하며 아직 어린아이처럼 아버지나, 하프테리 님, 다른 현자님들의 품에서 쉬고 싶었다.

어린 시절 그 이후로 나는 조금도 성장하지 못했다. 막상 내가 제일 어린애였다. 그게 내가 처절하게 외면하고 있던, 끝까지 보고 싶지 않은 진실이었다.

그리고 그 사실을 다른 사람은 보고 있었던 거다. 혹시 키르도, 이런 내 상태를 알고 있었을까? 외면했던 진실을 알고 나자 심란했다. 자괴감에 사라지고 싶었다.

"그런가 봐요. 어른이 되고 싶지 않았나 봐요."

마음과 머리로는 인정하고 있으면서도 난 차마 어른이 되고 싶지 않았어요, 라고 확정적인 말은 내뱉지 못했다. 마음이 먹먹하고 눈이 뜨거워지지만 눈물은 나오지 않았다. 눈물을 흘리는 것조차 배부른 투정이라 느껴졌기 때문이다.

어린 아이가 아닌데, 두 번째 삶이라 합치면 살아온 세월이 적은 것도 아닌데 나는 왜 이렇게 어리석을까? 어째서 조금도 성장하지 못했을까?

전생의 트라우마 때문이란 것을 알아도, 살짝 다르게 생각하면 그걸 핑계 삼아 성장하지 못하는 스스로가 한심했다.

"제 행동에서 그렇게 어린애 티가 많이 났나요?"

"아무래도 난 학생들을 가르치니까."

비교 대상이 있어서 더 눈에 띄었구나.

확실히 그렇다. 아이는 성장해 가면서 자신의 행동이 유치한지 아닌지를 가늠하고 고쳐 간다. 원래 어린 시절엔 더 빨리 크고 싶고 성숙해지기 마련이다. 그래서 아이들은 조금이라도 빨리 유아기적 행동을 하지 않으려고 대부분 기를 쓰고 노력한다.

하지만 난 말로만 '어린애 아니지!' 하면서 내 행동을 바꿀 생각은 거의 하지 않았다. 말투, 행동, 그 어떤 것도 성장하지 못했다.

"아렌, 어른이 되는 것이 두렵니?"

이번에도 직설적으로 들어온 질문에 숨이 턱 막혔다. 두렵다고 답했을 때, 그 이유에 대해 설명할 길이 없어서 대답하는 내 목소리는 기어들어갔다.

"……네."

"뭐가 두렵니?"

"막연하게 두려워요. 아직 책임질 준비가 안 된 것 같아요."

전에도 하프테리 님과 이런 비슷한 대화를 나눴던 것 같았다. 사실 쉽게 내 마음을 인정하긴 했다.

하지만 이 복잡한 심사를 딱 정의하기는 어려웠다. 전생의 트라우마는 막연했다. 내가 인식할 정도로 전생에 붙잡혀 있다는 것은 알면서도 그게 그러한 이유다 붙이며 논리적으로 설명하긴 어려웠다.

사람의 기억력은 변질되기 쉬웠다. 무의식적으로 남아 있지만 오래된 일이기도 했다. 그때의 기억과 현재의 기억이 뒤엉켜 정확한 상황은 기억 속에서도 흐려졌다.

반면 불안했던 감정에 대한 기억은 뚜렷했다. 내가 무서워했었지. 엄청 무서워했었는데 그게 수치적으로 얼마더라? 이런 식으로 계산할 수 없는, 그냥 본연 자체의 두려움만 남은 것이다. 그래서 더 혼란스러웠다.

"아무리 간절히 바란다고 해도 평생 어린아이일 수는 없단다."

"네. 알아요."

나도 평생 어린아이로 살 수 있을 거라 믿지 않는다. 그냥 내 무의식적인 소망이었을 뿐이다. 알지 못했다면 모를까 자각했으니 정신을 차려야 했다. 지금처럼 계속 어린애처럼 굴 수는 없다. 내면적으로도 성장을 해야 했다.

"이유는 정말 모르겠니?"

선생님답지 않은 집요한 질문이었다. 나도 모르게 하프테리 님을 응시했다. 살짝 걱정을 담은 평소와 다를 바 없는 모습인데, 오늘따라 하프테리 님이 낯설었다.

평소였으면 여기서 질문을 멈추고 나를 다독이거나 내가 납득할 만한 말씀을 해 주실 분이었다. 그런데 그런 하프테리 님의 태도가 다르니 불안이 가중되었다.

"왜요?"

혹시 내가 전생을 기억하는 것에 대해서 뭐 눈치채셨나? 하프테리 님이 이런 내 특수한 상황을 알게 된다고 나를 가지고 실험 같은 걸 할 분이 아님을 알지만, 내 상황이 일반적이지 않다 보니 불안했다. 내 두려움과 떨림을 읽은 하프테리 님이 입을 열었다.

"사실 난 네가 성장하지 않는 이유도 그것과 관련이 있다고 보고 있어서 그렇단다."

이건 예상치 못한 이유였다. 내 키가 자라지 않는 이유가 내가 어른이 되고 싶지 않아 하는 마음과 관련이 있다고?

"제 성장과 관련이 있다고요?"

"그래. 인간은 네가 생각하는 것보다 신비한 존재란다. 정신에 의해 신체가 영향을 받기도 하지. 처음엔 그냥 성장이 더딘가 싶었는데, 정도가 심한 걸 보니 다른 생각이 들었단다. 혹시 네 무의식이 반영되어 신체가 어린 아이의 몸을 유지하려고 노력하는 건 아닌가 싶었단다."

나는 하프테리 님의 말씀이 끝나자 멍해졌다. 한 번도 생각해 보지 못했던 가설이었다. 그런데 그걸 말씀하시는 분이 하프테리 님이라서 그런지 참 그럴싸하게 들렸다.

3, 4년 전만 해도 그저 또래보다 작은 거겠지 싶었던 내 어려 보이는 몸은 현재는 비정상적으로 보일 정도였다. 그게 이상하다는 자각은 있었다. 그래서 스트레스를 받기도 했다.

그런데 그게 어른이 되고 싶지 않다는 내 무의식 때문에 자라지 않은 거라면?

물론 기계도 아니고 사람의 정신이 제멋대로 신체를 조절할 수 있는 건 아니다. 그게 사람 마음대로 되는 거였다면 세상의 인구 모두가 키가 쑥쑥 크고 황금 비율 몸매의 미남미녀들만 생겼겠지.

하지만 그래도 어느 정도 영향을 줄 수 있는 것은 맞지 않을까? 전생에서도 사람의 정신에 관한 것만큼 난해하고 신비한 것은 없었으니까.

내 양손을 쫙 펴 확인했다.

작다. 도저히 18살의 성인이라고 볼 수 없을 만큼 작았다. 아버지가 키가 크니 유전적 요인이 나쁘다고 볼 수도 없었다. 생각하면 할수록 하프테리 님의 말씀에 아니라고, 그럴 리 없다고 반박할 수 없었다. 오히려 내 바람이 그렇게도 간절했던 건가 되돌아보게 되었다.

착잡하고 심란했다. 현실을 알려 주셨을 뿐인데 혼나는 기분까지 드는 건, 이것도 내 마음 탓일까?

"아렌, 늘 말하잖니. 널 혼내는 게 아니란다."

내 고개가 점차 아래로 내려가는 걸 봤는지 하프테리 님이 날 위로했다. 나는 괜찮다는 의미로 웃어 보려고 했다. 하지만 얼굴 근육이 마음대로 움직이지 않아 어설픈 표정이 되었을 것 같았다.

하프테리 님의 얼굴에서 안쓰러움이 떠올랐다.

"가끔 보면 넌 심각하게 타인의 눈치를 본단다. 늘 어른들의 기분을 맞추려고 노력하지. 네 주변사람들은 충분히 너를 믿고 사랑해 주는데 어째서 그렇게 초조해 하니?"

"제가 그렇게 보였어요?"

하프테리 님이 긍정의 의미로 쓰게 웃어 보이셨다. 몸이 싸늘하게 식었다.

이것 또한 어린애로 있고 싶다는 소망이 담긴 것일까? 아니면 또 다른 전생의 잔재일까? 이번 생은 전보다 잘 살고 있다고 생각했는데 그건 내 오만이었나? 사실 내가 전부 잘못하고 있었던 걸까?

갑자기 모든 게 혼란스러워졌다. 내가 자각하지 못했던 내 치부를 끊임없이 지적당하니까 너무 힘겨웠다. 어째서 하프테리 님은 지금에서야 이런 말들을 해 주시는 걸까?

"그동안은 제가 어려서 이런 말씀을 하지 않으셨나요?"

"그것도 있지만 나도 긴가민가했단다."

칭찬받는 것에 익숙해졌는지 계속되는 지적에 난잡한 구타를 당한 것처럼 고통스러웠다.

"아렌, 손 좀 잡아도 되겠니?"

그렇게 말씀하시며 하프테리 님이 조심스럽게 내게 손을 내밀었다. 나는 가늘고 흰 손가락을 바라보다가 그 위에 느릿하게 손을 얹었다. 단단히 잡아주는 손에서 따스한 온기가 전달되어 안도감이 퍼졌다. 갑자기 울고 싶어졌다.

"아렌, 네 생각보다 네 주변 사람들은 널 생각하고 네 편이란다. 무엇을 걱정하는지 모르겠지만 두려워하지 마렴. 네게 문제가 생긴다면 네 주변사람들은 기꺼이 널 도울 거란다."

하프테리 님은 내 두려움을 파헤치기보다 그 두려움을 이겨 내길 바라는 의미를 담은 말씀을 해 주셨다. 그리고 그런 하프테리 님의 선택은 적중했다.

하프테리 님의 말씀이 끝나는 순간 내 눈에서 울컥하고 눈물이 쏟아졌다. 내가 어쩔 틈 없이 눈에서 멋대로 눈물이 후드득 쏟아져 내렸다.

뒤늦게 나는 그 옛날부터 내가 이 말을 엄청 듣고 싶었다는 걸 자각했다. 그리고 또 덮어 놨던 내 감정과 마주할 수 있었다. 안도감과 서러움이 뒤섞였다.

난 열심히 살아야지, 했으면서도 이번 생을 제대로 마주보지 않았다. 전생에 느껴보지 못했던 것들에 대한 대리만족만 생각했다. 사람은 죽으면 어차피 또 환생할 거니까 라는 안일한 생각을 가지고 있었다.

실제로 환생을 할 수 있고 그때도 이렇게 전생을 기억할 수 있다는 보장도 없으면서 나 편할 대로 정신적 방어선을 쳐 놓은 채 내가 보고 싶은 면만 봐 왔다. 그러면서 알고 싶지 않은 것들은 외면해 왔다.

이렇게까지 나란 사람을 알게 되니 내 어리석음과 지나친 자기애에 화가 날 지경이었다. 나를 돌이켜 보면 한 단어 밖에 떠오르지 않았다.

어린애.

"전 정말 어린애였군요."

애써 울음을 삼키며 이 한심함을 털어놓는데, 갑자기 하프테리 님이 나직한 웃음을 터트리셨다. 자괴감 때문에 서럽게 울던 나는 하프테리 님의 행동이 상황에 어울리지 않아서 어안이 벙벙해졌다.

나를 보는 하프테리 님의 얼굴에 평소와 같은 자애로움이 펴져 있었다. 그렇지만 낮게 흘러나오는 웃음은 멈추지 못하셨다.

난 심각한데, 진지한데 저렇게 가볍게 웃으시다니. 내가 배신감에 사무치기 전에 하프테리 님이 웃음을 멈추며 이야기를 꺼냈다.

"아렌. 18살은 어린애라고 보기 힘든 나이기도 하지만 그렇다고 엄청 성숙할 수 있는 나이는 아니란다. 네가 지금 성숙한 것 같지?"

그러고 보니 지적당하기 전까지만 해도 나는 내가 굉장히 성숙한 줄 알았다. 전생의 기억이 있었으니 특히 더.

그런데 막상 오늘 내가 들은 소리가 있으니 성숙하다는 말이 나오지 않았다. 나는 대답 대신 입술을 꾹 다물었다.

“과연 10년 뒤, 아니 5년 뒤의 네가 지금의 순간을 돌이켜 보면 성숙해 보일 것 같니? 아니란다. 미숙함이 먼저 보여 부끄러울 거란다. 사람은 누구나 몇 년 전 일을 회상하면 왜 그런 행동을 했을까? 하고 후회할 때가 있는걸.”

하프테리 님의 말은 울음이 싹 가실 정도로 내게 충격이었다.

사실 전생의 기억 때문에 난 내가 어른인 줄 알았다. 친구들보다 빠르게 사회생활을 시작했고, 그 때문에 사회의 쓴맛도 봤다. 직장에서도 나름 눈치 있게 행동했고 같이 일하게 된 동료 언니, 오빠들에게 나이답지 않게 어른스럽다는 소리를 들었다.

그렇게 어엿한 성인으로 인정받았던 기억이 있어서 지금의 내가 어린 애인 게 못 견디게 부끄러웠는데, 그 또한 그때 느끼는 감정이라니? 어린애처럼 행동한 것 말고도 정말 미성숙했단 말인가?

“제가 어린애인 채로 있고 싶어서 하는 무의식적인 행동 말고, 정말 많이 미숙했나요?”

“오랫동안 널 보아 왔잖니? 확실히 아주 어릴 때부터 다른 아이들보다 네가 성숙하긴 했단다. 그런데 사람은 기본적으로 현재의 나를 중심으로 생각하지. 그 현재의 나를 객관적으로 보는 건 참 힘든 거란다. 아렌, 최근 과거의 네 행동을 후회해 본 적 없니?”

갑자기 클레어를 보고 과거의 나를 반성했던 게 떠올랐다. 그녀를 보기 전까지 난 내 과거의 잘못된 점을 몰랐었다.

“있어요. 무지했던 제 행동을 후회했어요.”

“그럼 어릴 때의 넌 그게 나중에 문제가 있을 거란 걸 알았니? 그게 잘못되었다는 감정을 가지고 있었니?”

그때 그런 잘못된 감정을 전혀 못 느껴서 지금 후회하지 않았던가. 어째서 그런 어린 행동밖에 못했는지 한심해하지 않았던가.

"전혀요. 오히려 당연하다고 생각했죠."

"그때 넌 네가 어리다고 생각했니?"

그제야 하프테리 님이 무슨 말을 하고 싶으신 건지 확 와 닿았다.

"……그때도 전 제가 성숙하다고 생각했어요."

대답하는 내 음성에는 힘이 없었다. 하지만 그건 즉, 지금의 내 생각이 예전과는 다르다는 사실을 알리는 것과도 같았다. 하프테리 님이 날 내려다보는 시선이 대견함으로 바뀌었다.

"사람은 늙어 죽을 때까지 성장을 해 가는 존재야. 지금은 느낄 수 없던 감정을 나중엔 느낄 수도 있단다. 지금 성숙하지 못하다고 자책하기보다 앞으로 성숙해지겠다는 마음가짐으로 충분한 것 같구나."

하프테리 님의 말씀이 다 맞아서 할 말이 없었다. 내가 어떤 성숙한 행동을 한다 해도 그건 나보다 어른인 하프테리 님께 어리게 보이는 거구나.

"이미 충분히 내가 하고자 하는 말을 알아들었지?"

나는 반사적으로 고개를 끄덕이려다가 멈추고 입을 열었다.

"네."

그만큼 자주 해 왔기에 익숙하게 행동할 뻔했다. 저런 작은 행동에서조차 난 어린애 같은 모습을 보이고 있었다.

"그럼 더 이야기하지 않으마. 대화를 나누는 것보다 혼자 생각이 필요해 보이는구나."

"그런 것……. 그래야겠어요."

또 무의식적으로 '그런 것 같아요'라는 어린애 말투를 쓸 뻔했다. 이렇게 내가 뿌리 깊게 어린 척을 해 왔다니 많이 신경 써서 고쳐야겠다.

이런 속내를 말하지 않았음에도 말투를 조심하는 모습에서 내 생각을 읽은 하프테리 님에게 기특하다는 감정이 흘러나왔다. 그에 익숙하게 기뿜으로 반응하려는 감정을 다스렸다. 사소한 칭찬에 기뻐서 들썩 거리는 것도 자제해야 한다.

"그래. 아렌, 넌 똑똑한 아이라 스스로 잘 알고 있단다. 다시 돌이켜보면 충분히 이해할 수 있을 거란다."

하프테리 님이 마지막 말씀을 한 순간 머리를 한 대 얻어맞은 것 같았다. 단지 오늘 나눈 대화를 정리한 것일 수도 있다. 하지만 얼마 전에 마녀의 뒷골목에서 비슷한 말을 듣지 않았던가.

"귀여운 아가씨는 스스로 답을 알고 있어."

그래서인지 굉장히 충격적으로 들렸다. 내 예상보다 난 더 뿌리 깊게 과거에 얽매여 있는 것 같았다.

* * *

하프테리 님은 자신이 전하고 싶은 이야기를 충분히 하셨는지 그 이후로 따로 나를 부르지 않았다. 오히려 마지막 말처럼 내가 충분히 나를 돌이켜 보길 바라셨던 것 같았다. 덕분에 난 혼자 많은 생각을 하며 나를 돌이켜 볼 수 있었다.

대부분 하프테리 님과 대화를 하면서 다 알아챘기에 새롭게 깨달은 건 없다시피 했다. 그래도 나는 현 상황을 더 객관적으로 바라보려 노력했다. 그리고 사람들이 날 보고 꼬마 취급하는 건 작은 몸뿐만 아니라 내 행동에도 문제가 있었음을 알아챌 수 있었다.

나는 내 행동, 말투, 생각 모두 곱씹으며 반성했다.

제일 우선순위로 잡은 건 '어린 척을 그만하자'였다. 만약 또래의 누군가가 나를 본다면 귀여운 척한다고 여길 만큼 나는 유치한 행동이 몸에 배어 있었다.

화가 나면 뺨을 부풀리고, 곤란하면 손가락 발가락을 꼼지락거렸다. 고개 젓기와 끄덕거림도 어린애처럼 했다. 워낙 오랜 세월 행동해 와서 이젠 습관처럼 나오는 것들이지만 이젠 그만둬야 할 때다.

그리고 내 전생을 회피하지 않도록 노력해 보기로 했다. 물론 정신적인 문제라 빠르게 변화하지는 않을 것이다. 그래서 조급하게 마음먹지는 않았다. 천천히, 조금씩 변화를 가질 수 있도록 전생을 외면하지 않고 제대로 자각하고 있는 것부터 하기로 했다.

내가 생각을 정리하고 곱씹으며 반성을 마친 뒤 제일 먼저 한 일은 키르를 찾아가는 것이었다.

난 꽤 오랜 시간 저택, 내 방을 벗어나지 않은 채 생각을 정리했다. 그리고 그동안 키르의 행동은 과격해지기 일보직전이었단다. 저택 안쪽까지 멋대로 쳐들어오지는 않았지만 곧 쳐들어올 것 같을 정도로 살벌해졌다고.

내가 개운한 표정으로 방을 벗어나자마자 그런 소식을 들을 수 있었다. 그래서 키르가 진짜 쳐들어와 상황이 어려워지기 전에 내가 먼저 찾아갔다.

하지만 내 마음이 가벼워져 위풍당당하게 키르를 찾아오긴 했는데 상황이 상황이다 보니 역시 껄끄러웠다.

딱히 할 말을 정리하고 온 것은 아니었다. 새로운 나를 깨닫고 기분 좋아서 상황을 정리해야 한다고만 생각했을 뿐이었다. 그래서 키르와 단둘이 마주 앉아 있는 이 순간이 불편해서 미칠 것 같았다.

키르는 낯선 얼굴로 나를 바라보고 있었다. 내게 한 번도 보인 적 없는 타인을 보는 듯한 눈길이었다.

"왜 아무 말 안 해?"

"말은 내가 아니라 네가 해야지."

키르의 목소리 또한 내가 아는 나긋한 그와 다르게 냉정했다. 키르가 내게 화났을 걸 예상했었음에도 불편해서 갑자기 숨이 턱턱 막혀 왔다.

이 정도일 줄은 몰랐다. 어떻게 말을 꺼내야 할지 모르겠다. 난 아직도 키르에 대한 감정을 정리하지 못했다. 나를 돌아보는 것만으로 벅차서 키르까지 생각할 여유가 없었다.

키르 입장에서 생각해 보면 감당하기 힘들 정도로 화나긴 할 것이다. 고백하자마자 도망가더니 계속 연락 두절 상태였으니까. 감정을 외면당한 것이다. 분노하지 않는 게 더 이상하다. 그가 여기서 내게 친절한 척하면 고백 자체가 거짓이었다는 뜻이겠지.

그래도 키르가 저렇게 타인 대하듯 구니 막막하고 서운하게 느껴지는 건 어쩔 수 없었다. 날 좋아한다고 했으니까 나도 모르게 키르가 화내지 않을 거라고 안일하게 생각했나? 내 묘한 이중성에 내가 다 질린다.

우선 대화는 시작해야 했다. 나는 차분하게 사과부터 했다.

"우선 사과할게."

"뭘?"

키르에게서 기다렸던 것처럼 날카로운 물음이 튀어나왔다. 그 날카로움에서 팽팽한 긴장감이 느껴졌다. 재회한 후 보여 왔던 여유는 조금도 없는 신경질적으로 번뜩이는 눈빛이 말실수했다간 가만두지 않을 것처럼 보였다. 이렇게까지 살벌한 키르는 또 처음이라 긴장됐다.

"널 피했던 거. 갑자기라서 그랬어. 그런 말을 들을 줄 몰라서 너무 놀란 나머지 생각할 시간이 필요했어."

나는 최대한 말을 고르고 조심했다. 그러면서 키르의 반응을 살폈다. 베일 것처럼 날 섰던 키르의 기운이 서서히 가라앉는 게 느껴졌다.

내가 안도감으로 한 박자 쉬자, 그에 맞춰 키르가 느리게 눈을 감았다가 떴다. 호흡을 맞춘 것 같은 묘한 타이밍이었다. 그게 이상하고 어색했다.

고작 눈 한번 감았다 뜬 것으로 자신의 감정을 다스린 키르에게서 날

선 모습이 많이 사라졌다. 놀랄 만큼 빠른 태세 전환이었다.

그 모습은 나와 다르게 키르는 정상적으로 성장했음을 느끼게 했다. 그는 진짜로 어른스러워졌다. 난 이런 키르의 성장조차 외면하고 있었구나. 그를 여전히 과거의 꼬마 키르로 여기고 있었다.

"네게 갑작스러웠던 거 알아."

키르는 그렇게 말하고 말을 삼켰다. 할 말이 너무 많아서인지, 말해도 될 지 말아야 할지 고민이 많아서인지는 알 수 없었다. 하지만 언뜻 드러나는 복잡한 심사에 나는 키르도 말을 고르는 중임을 알아챘다. 그래서 얼른 말을 꺼내길 종용하지 않았다.

한동안 불편한 침묵이 주변을 잠식했다. 나도, 키르도 서로가 소중했기에 말을 꺼내는 게 쉽지 않았다.

"……네가 준비되지 않았기에 기다리려 했는데, 내가 조급해서 그랬어."

보랏빛 눈동자가 올곧게 응시해 왔다. 그 안에 담긴 진심이 느껴져서 나는 더는 키르의 감정을 피할 수 없다는 걸 깨달았다. 나는 이해 못해도 키르의 감정만은 진심이었다.

다시 막막함이 몰려왔다.

클레어를 만나고 자각했는데, 나도 나름 키르가 소중했다. 내가 가볍게 생각한 이상으로 꽤 많이 키르를 아꼈다. 하지만 키르가 말하는 저 감정과는 달랐다. 그래서 더욱 온도 차이가 느껴졌다. 게다가 키르는 이 순간조차 나를 배려하고 있었다.

난 키르의 고백이 장난이길 바랐던 걸까? 정의할 수 없는 감정에 혼란스럽기만 했다. 떠오르는 질문도 있었다. 언제부터였는지, 왜 나였는지. 하지만 차마 물을 용기가 없었다. 내가 듣는다고 해도 난 키르를 받아 줄 수 없으니까.

내겐 지금의 키르보다 어린 시절의 키르가 더 많이 남아 있었다. 그런 상대에게 고백을 들었다고 해서 바로 키르가 남자로 보일까? 아니다. 키르를 남자로 인식하는 것 자체가 어색했다. 그 상황에 뭘 하겠는가.

저 예쁜 얼굴을 보고 한 번도 설렌 적이 없다고 말한 순 없지만 난 키르를 한 번도 이성으로 생각해 본 적이 없었다. 오히려 저놈을 어떻게 결혼시켜야 하나 걱정까지 했었다. 키르는 내 가족이지, 남자가 아니었다.

그리고 만약에 아주 만약에 내 마음이 키르와 같다고 해도, 미래에 어떻게 될 줄 알고 그걸 표현한단 말인가. 젊은 날의 혈기로 연애는 할 수 있다고 치자. 그럼 미래에는?

키르는 대공의 아들이다. 당장은 아니더라도 언젠간 대공이 될 것이다. 공국이 자치권을 완전히 인정받고 있어도, 제국과의 유대는 무시하지 못했다. 지금도 제국에 행사만 있으면 대공이 방문할 정도로 제국과 공국 사이에는 질은 끈이 이어져 있다.

그러니 제국 내의 영향력을 유지하려면 키르도 도움이 될 상대랑 결혼을 할 것이다. 제국의 고위 귀족 영애와 같은.

그리고 내 꿈은 공무원이다. 남의 남편이 된 구 남친과 같은 직장이라니. 매일 얼굴을 마주칠 일 없는 한직에 취직한다고 해도 끔찍한 결말이다. 나는 사귀다 헤어진 사람과 같은 공간에서 아무렇지 않게 일할 만큼 대범하지 못했다.

키르랑 소꿉친구라고 격 없이 가깝게 지냈다고 해서 내가 우리의 신분 차이를 잊은 건 아니었다. 키르는 대공의 아들이고 난 평민이다. 이 차이를 잊기는커녕 뇌리에 깊숙하게 박아 놓았다.

그래서 나는 키르와 거리를 두고 언제든 떼어 버리려 노력했던 거다. 그러니까 키르는 내게 남자일 수 없다. 어차피 키르를 이성으로 생각할 수 없다면 차라리 이대로 친구로 지내는 게 좋았다.

하지만 그건 내 생각일 뿐이다. 고백까지 한 입장에서 키르가 과연 내가 우리 친구로 지내자, 라고 했을 때 아무렇지 않게 받아들일까? 선선히 '그래, 우리 앞으로도 친구로 지내' 라고 답해 주겠냔 말이다.

그리고 나도 그렇다. 고백을 들었는데 계속 아무렇지 않게 키르를 대할 수 있나? 그럴 자신이 없었다. 게다가 우리는 거의 가족이나 마찬가지였다. 이성으로 보게 되면 근친 수준의 죄책감을 느끼게 될 것 같았다.

내 마음도 키르 마음도 모르겠다. 복잡해서 혼란스럽기만 했다. 그렇다고 해서 같은 감정이 아니라고 친구를 잃게 되는 것은 더 싫다. 심란하다.

남녀사이의 관계는 왜 이렇게 어려운 것일까? 전생과 현생을 합치면 인생을 거의 40년을 살았는데. 두 번 다 어린 시절을 길게 보내서 제대로 된 연애를 한 번도 못한 게 문제일까?

해답이 보이지 않았다. 이런 감정적 문제는 포포 아저씨가 내 주는 수리 문제보다 훨씬 난감한 문제였다. 스트레스를 받으니 위장이 꼬이는 것만 같았다.

키르는 내가 어떤 답을 주길 기다리듯 나를 관찰하며 입을 열지 않고 있었다. 눈빛에 무게가 있는 것만 같았다. 부담감에 점점 내 어깨 위로 돌덩이가 올라앉는 느낌이었다.

하지만 아무리 고민해도 결론은 하나다. 어정쩡한 마음으론 절대 받아줄 수 없으니 우리 사이는 소꿉친구가 딱 적당했다. 나는 어떻게 말해야 최대한 키르에게 상처를 덜 주고, 기분이 상하지 않게 거절할 수 있을지 고민하며 말을 꺼냈다.

“난 그런 쪽으로는 조금도 생각해 본 적이 없어. 내 인생의 목표는 공부가 전부였는걸.”

우선은 ‘난 공부하느라 연애 따위는 생각해 본 적 없어’ 방어를 펼쳤다. 반쯤은 사실이기도 했다. 잘생긴 사람을 보면서 혼자 설레발은 여러 번 쳤지만 말 그대로 그건 본능적인 마음의 일부분뿐이었다. 내게 연애는 머나먼 일이라고 여기고 있었다. 그만큼 눈앞의 목표가 간절했다.

이곳의 공무원은 전생의 공무원처럼 매년 사람을 채용하는 것도 아니다.

이미 자리 잡은 사람이 일을 그만둬야만 충원을 하기 때문에 취직 자체도 운이 맞아야 했다.

거기다가 나는 꿈도 크게 가졌다. 여기서 인정받는 수준의 공무원이 되려면 못 해도 전생의 차관급이다. 어중간한 실력으로 한 부서를 맡을 수 없었다. 내겐 그만큼 내 미래가 간절했다.

“알아. 네가 공부 말고 다른 쪽으로는 사고가 전환되지 않는 걸 아니까. 그래서 나도 기다리려고 했던 거고.”

아까부터 자꾸 키르가 말하는 ‘기다린다’는 표현이 신경 쓰였다. 단순한 ‘기다릴 거다’가 아니라, 만성이 되어 버린 감정처럼 들려서 더더욱 그랬다.

“도대체 언제부터…….”

나는 나도 모르게 한 질문을 끝내지 못하고 시선을 피했다. 어떤 대답을 들어도 감당하기 힘든 질문이라 의도적으로 묻길 피하고 있었다. 그리고 그걸 알았던 것처럼 키르도 자세한 말은 아무 것도 하지 않았다.

그렇다고 키르가 완전히 감정을 숨기는 것은 아니었다. 이미 내보인 거, 거침없이 나가기로 작정한 사람처럼 그는 내게 올곧은 시선을 보내왔다.

“오래됐어. 네가 생각한 것보다 더.”

나를 좋아한다는 감정이 네 착각이라고 우기기 힘들 정도로 확고한 말투였다. 어떻게 자신의 감정에 저렇게까지 확신할 수 있는 건지, 민망해서 도망가고 싶었다. 그동안 키르의 눈에 내 행동이 얼마나 유치해 보였을지, 답답해 보였을 지를 떠올리니 숨이 턱턱 막혔다.

나만 키르의 흑역사를 기억하는 게 아니라 키르도 내 엉뚱한 대답들을 기억할 것 같았다. 얼굴로 열이 확확 올랐다. 순간 왜 그렇게 오래 숨겼냐고, 내 반응보고 재밌었냐고 버럭 화를 낼 뻔했다. 하지만 곧 감정을 가라앉혔다.

이거야말로 적반하장이다. 사소한 곳뿐만 아니라 내 행동, 생각 전부에서 어린애로 살아온 세월이 고스란히 묻어나오고 있었다.

최근에 하나부터 열까지 내게 문제가 있다는 걸 알아서 뭘 하지 못할 정도였다. 하지만 지금 중요한 건 내 행동에 대한 반성이 아니었다. 이 상황에 집중해야 했다. 나는 내게서 눈을 떼지 않는 키르를 향해 부끄러움을 감추며 입을 열었다.

"난 전혀 알아차리지 못했어."

"네게 맞추기로 했으니까. 천천히 가려고 했지. 준비되지 않은 상태에서 알게 되면 네가 도망갈 것 알았으니까."

키르의 덤덤한 목소리는 그가 내 반응을 꿰뚫어 보고 있었음을 알려주었다. 나만 키르를 제대로 보지 않고 있었구나. 도대체 언제 이렇게 어른이 된 것일까?

키르가 온전히 나에게 맞추려 하고 있었다는 사실이 놀라웠다. 새삼스럽게까지 보였다.

"예상보다 꽁꽁 숨어서 조금 화나려 했지만. 그래도 이렇게 제 발로 찾아왔으니까."

그렇게 중얼거리며 키르가 무섭게도 미소지었다. 그런데 이해가 안 간다. 내가 회피할 것을 알면서도 고백한 이유가 뭘까?

"그런데 왜 그랬어?"

차마 '고백'이란 단어가 입 밖으로 나오지 않았다. 키르가 말하지 않았으면 내가 부담스럽지 않았을 텐데, 이렇게 고민할 필요 없었을 텐데, 라는 유치하고 억울한 감정이 찾아왔다. 너무 심란해서 그냥 없었던 일로 하고 싶었다.

최대한 억눌렀음에도 이런 내 감정이 흘러나왔나 보다. 키르가 낮게 웃음을 터트렸다.

"네가 다른 사람을 보며 설렜잖아."

온화한 웃음을 단 얼굴과 다르게 쏟아진 말은 흘려듣기 어려운 내용이었다.

"어?"

"그 기사를 보며 그 예쁜 푸른 눈을 어찌나 반짝이던지."

이번에도 키르는 나른한 웃음을 지었다. 그러니까 키르의 말을 보면 아드리안 님을 견제하는 것 같은데. 하지만 그런 것치고 키르의 태도는 여유로웠다. 혼란스럽다.

"그런 거 아닌데."

나는 늘 그렇듯 반사적으로 부정부터 하고 말았다. 그러자 키르에게선 그럴 리가 없는데? 라는 기색이 흘러나왔다.

"그렇게 볼을 붉혔으면서 아니라고?"

"내 볼이 붉었어?"

뜨끔할 수밖에 없었다. 그때 혼자 망상하면서 분위기가 야릇하다며 얼굴이 뜨끈하다고 느끼고 있긴 했으니까. 하지만 내가 거울을 봤던 것도 아니고 진짜로 내 얼굴이 붉었는지 아닌지 알 길이 없었다.

"거 봐, 얼굴로 열 올랐잖아. 스스로도 자각하고 있었네. 그런데 아니라고?"

당했다. 계속 발뺌해야 했는데 키르의 말장난에 당황하느라 넘어가 버리고 말았다. 결국 나는 그냥 시선을 피하며 입을 다물었다. 그러면서 키르가 나를 몰아가는 이 상황이 너무 이상하다고 느꼈다.

추궁한다기엔 키르의 목소리가 너무 아무렇지 않았다. 얜 내가 아드리안 님에게 설레길 바랐던 건가? 날 좋아한다면서 내가 그런 감정을 다른 남자에게 가져도 되는 건가?

도통 무슨 생각인지 모르겠다. 키르가 어렵게 느껴졌다.

"내가 그분에게 설레길 바라는 거야?"

잠시간 키르가 말없이 나를 쳐다봤다. 지긋하게 이질적인 시선을 내게 보내던 키르는 깍지를 껴 무릎에 얹으며 느긋한 자세를 했다.

그러니까 키르가 나를 좋아한다는 건 질투 따위는 하지 않을 가벼운 감정이란 건가? 편하게 거절해도 되나? 내가 그렇게 납득해 가려는 순간이었다. 키르의 얼굴에 화사한 미소가 걸렸다.

"아니. 네가 그러면 내가 화나지."

다정한 목소리가 스산하게 들렸다. 공포 영화의 귀신을 눈앞에서 본 것 같은 두려움이 몰려왔다. 저 예쁜 얼굴이 피를 뚝뚝 흘리고 눈구멍이 뻥 뚫린 귀신보다 무섭게 느껴질 수 있다는 것이 새삼 놀라웠다. 몸을 웅크려 오들오들 떨고 싶은 마음을 참을 때, 키르는 더욱 나긋하면서 또박또박하게 덧붙였다.

"그것도 네가 생각하는 것보다 더, 무척, 매우 화가 날 거야."

단어를 뚝뚝 끊어 읽는데 나야말로 매우 무서웠다.

"지금도……. 화났어?"

"아니. 우선 아렌이 몰랐던 거니까 화낼 수 없지. 몰랐던 일을 가지고 추궁하는 옹졸한 사람이 될 수는 없잖아. ……하지만 아렌."

나긋한 목소리와 주변이 반짝인다고 느껴질 정도로 환한 미소였다. 미소가 흉기처럼 느껴지기는 또 처음이다. 칼보다 더 날카롭게 내 심장 언저리를 쿡쿡 찌르고 있었다.

나는 얌전히 의도적으로 잘린 뒷말을 기다렸다.

"이젠 알았으니까 조심할 거지?"

어린아이를 꾀는 것 같은 달콤한 목소리였다. 저게 '앞으로 다른데 눈을 돌리면 가만두지 않겠다'는 경고임을 알아채지 못하면 바보였다. 갑자기 키르의 감정이 진심임이 뼈에 사무치게 와닿았다.

거절의 말을 꺼내기가 매우 어려워졌다. 입 안이 바짝 마르고 혼란스러웠다. 버릇대로 손가락을 꼼지락거릴 것 같아 손을 꼭 맞잡았다. 그래도 이 부담감이 사라지지는 않았다. 어쩌지? 어떡하지?

"아렌도 참 한결 같아."

나는 뜬금없는 키르의 말에 방황하던 초점을 보랏빛 눈동자에 고정했다. 내 마주잡은 손을 응시하던 키르가 눈을 마주쳐 오며 눈가를 예쁘게 휘었다.

"조심하겠다고 절대 답하지 않는 것 봐. 괜찮아. 그래야 아렌이지."

왜 이렇게 찔리고 내가 잘못하는 것 같지? 지금 키르가 날 좋아한다고 말하는 상황인 거 맞지? 나 혼나는 중 아니지? 슬슬 이게 무슨 상황인지 헷갈리기 시작했다.

사실 키르의 마음도 이해는 한다. 나에 대한 감정이 진심이라면, 그리고 그게 오래됐다면 억울할 수 있다. 내가 마냥 좋기보다 알아주지 않는 둔함에 해묵은 감정이 쌓였을 수도 있을 거다.

하지만 그건 키르의 일방적인 감정 아닌가? 내가 키르를 연애 대상으로 본 적이 없는데, 그의 마음을 강요하는 것은 아니지 않나? 당장 사귀자! 이러고 강요하는 건 아니더라도 키르를 남자로 생각해 본 적 없는 내겐 저 은은한 행동조차 강요나 다를 바 없었다.

키르가 이젠 예전처럼 내 말 한마디에 속아 넘어가고 휘둘릴 사람이 아니었다. 오히려 내가 이러다 어영부영 키르에게 끌려 갈 것만 같았다. 눈치를 볼 때가 아니었다. 나는 결단을 내렸다.

"네 마음은 고마워. 그런데 난 너를 남자로 생각해 본 적 없어."

나는 단호하게 말하며 키르와 눈을 마주쳤다.

차마 계속 친구로 지내자는 말을 내가 먼저 할 수는 없었다. 지금의 이 관계를 깨고 싶어 하는 건 키르였다. 나와 친구로 남든, 친구로도 남지 않든 그 결정은 키르가 해야 했다.

화사하게 웃거나 무표정이던 키르의 얼굴이 처음으로 무너졌다. 도저히 이번만은 숨기지 못하겠다는 듯 쓰디쓴 미소를 지어내서 보는 내 심장이 조여들었다.

"예상은 했지만 막상 직접 들으니 아프네."

애써 웃으려는 얼굴이 안쓰러워서 미안했다. 하지만 아무리 심장이 펄떡이며 죄책감을 호소해도 안 되는 건 안 되는 거였다.

"미안해."

"사과할 필요는 없어. 네가 나를 남자로 인식하지 않았다는 건 내가 제일 잘 아니까."

담담하게 위로해 주는 키르가 낯설면서도 고마웠다. 어떻게 그럴 수 있냐고 화를 내는 모습도 예상했기 때문이다.

그런 그가 화를 내지 않았다는 것에 안도하면서도 곧바로 의아함이 생겼다. 그럼 이대로 아무 일도 없었던 것처럼 넘어가나? 계속 친구로 지낼 수 있는 건가? 키르가 그런 선택을 한다고?

내가 아는 고집 센 꼬마 키르는 그럴 성격이 아니지만, 최근의 어른스러운 키르라면 다를지도 모른다. 그런데 무언가 거슬리고 찜찜했다. 내가 그렇게 설명 못할 애매함을 느끼고 있을 때였다.

"그러니까 아렌, 생각해 봐."

"응?"

뭘? 이라고 묻기도 전에 키르가 나긋하게 웃었다. 그 미소를 보는 순간 심장이 내려앉았다. 여태처럼 화사함 속에 숨겨진 사악함이 은은한 두려움을 자아냈다는 그런 소리가 아니었다. 뭐라고 표현해야 할까. 작정하고 유혹하는 모습?

키르는 제 반반한 낯짝이 여심을 흔들 만큼 매혹적이라는 것을 아는 게 틀림없다. 비스듬히 시선을 내리깔았다가 마주쳐 오는 눈빛은 보는 내가 민망할 정도로 달짝지근한 시선이었다.

키르가 살짝 몸을 기울여 거리가 가까워지자 심장이 더 펄떡펄떡 뛰었다. 그는 느슨하게 입꼬리를 올리며 사근사근한 목소리를 냈다.

"나에 대해 생각하고 또 생각한 후에 결정해."

그러니까 키르의 말은 자신을 남자로서 생각해 보라는 건가? 더 고민할 필요도 없는 문제였다.

"아니, 난……."

"아렌."

거절의 말을 꺼내려던 내 말은 키르의 단호한 부름에 끊겨 버렸다. 느릿하게 키르의 손이 얼굴 쪽으로 다가왔다. 피해야 할까? 말아야 할까? 충분히 제지할 수 있는 느릿한 속도인데 이상하게도 난 어떤 행동도 할 수 없었다.

결국 키르의 손가락이 내 뺨에 닿았다. 나는 반사적으로 숨을 삼켰다. 평소와 똑같이 미끄러지듯 움직인 손바닥이 뺨을 온전히 감쌌다. 너무 익숙한 온기였다. 그래서 이상했다.

"생각해 보지도 않은 상태에서 거절하는 건 비겁하잖아."

내가 뜨끈뜨끈한 열기가 모여드는 얼굴 쪽에 신경이 쏠려 버린 사이, 어느새 키르는 놀랄 정도로 거리를 줄였다. 가까이서 들리는 음성에 흠칫했다.

그런데 그의 조곤조곤한 목소리가 어쩐지 이성을 흔들었다. 그러면서 내가 비겁한 건가? 하는 의심을 만들어 냈다.

하지만 어차피 결과는 정해져 있는데 시간을 끌다가 거절하는 게 더 잔인한 행동 아닌가? 되지 않는 걸 될 거라 여지 주는 건 그거야말로 희망 고문이라고 생각한다. 그래서 나는 망설였다.

그리고 그런 내 생각을 읽은 것처럼.

"네가 진지하게 생각해 보고, 그래도 아니라고 하면 그때 받아들일게."

키르는 내 흔들림을 멈추게 하는 말을 던졌다. 가까이서 본 키르는 놀랄 만큼 어른스러운 느긋한 얼굴을 하고 있었다.

그리고 키르가 자신의 감정을 강요하지 않겠다는 소리에 내 마음을 억누르던 무게감이 사라졌다. 한결 마음이 놓였다. 게다가 저렇게까지 말하는데 계속 안 된다고 말하는 것도 이기적인 것 같았다.

하지만 다른 것도 아니고 키르에 대해서는 아무리 다시 생각해도 쉽사리 결과가 나오지 않을 것 같았다. 키르를 내가 아는 키르로 생각하지 않아야 하니까.

거기부터 시작해야 하는데 과연 가능할까? 괜히 여지를 줘 놓고 내 오랜 고민에 키르가 더 힘들지는 않을까?

"괜찮겠어? 너도 알다시피 난 느려."

여태까지는 전생의 기억 때문에 내가 느리다고 생각해 본 적 한 번도 없었다. 하지만 하프테리 님께 지적당하고 나서는 내가 많이 느리단 걸 자각했다. 내 딴엔 그를 생각해서 물었더니 키르는 가볍게 웃었다.

"아렌, 내가 몇 년을 기다려 왔다고 생각하는 거야?"

지금껏에 비하면 앞으로의 기다림은 별거 아니라는 그의 태도에 기분이 묘해졌다. 묵직하게 전해지는 감정.

어쩌면 지금도 난 키르의 감정을 가볍게 보고 있는 게 아닐까? 마음이 무겁다. 어쩌면 이런 고민조차 경솔한 게 아닐까?

뒤늦게 볼을 감싼 그의 커다란 손바닥이 의식돼서 손을 잡아 내렸다. 키르의 손은 순순히 내 얼굴에서 떨어졌지만 이번엔 내가 그의 손을 잡아버린 것처럼 되어 의식됐다. 이 와중에 무의식적으로 키르의 손을 평소처럼 만지작거릴 뻔했다.

"알았어. 그럼 진지하게 고민해 볼게."

이제 그냥 놓아도 자연스럽겠지? 손을 언제 어떻게 놓아야 하나 걱정하고 있는데 키르의 손이 내 손가락 틈으로 파고들었다. 손가락이 하나하나 얽히며 단단하게 깍지를 껴 와 놀랐다.

"잘 생각했어."

부드러운 칭찬이 귓가를 간질였다. 그의 손이 평소와 다른 움직임이라 나는 어쩌지 못하고 키르를 봤다. 키르의 눈길이 끈끈해졌다. 보랏빛 눈동자가 기이한 열기를 담아 번뜩였다.

그 순간은 언제나 기다릴 것처럼 다정하고 여유로운, 어른스러워졌다고 믿었던 키르가 아니었다. 뭔가 잘못된 것 같았다.

"이러지 마."

부담된 나머지 내 입에서 그를 말리는 말이 나왔다. 하지만 키르는 여상한 미소를 지을 뿐이었다.

"내가 뭘?"

그렇게 말하는 눈길이 끈덕져서, 단단히 잡은 손에서 욕심이 드러나서, 부담스러워졌다. 내 손이 덫에 걸린 것처럼 꽉 잡혀 버렸다. 어쩐지 은밀하면서도 단단한 감촉이었다.

손가락 안쪽까지 꽉 차고 들어오는 밀접함 때문일까? 아니면 아까까지 날 안심시키려 가장했던 나긋하기만 했던 다정한 눈동자가 아니라서 그럴까? 자꾸 의식되고 불편하기만 했다. 또 내가 예상했던 것과 다른 상황에 곤혹스러웠다.

"생각할 시간 준다면서."

"아렌, 그 똑똑한 머리로 잘 생각해 봐. 내가 언제 시간을 준다고 했어? 생각해 보라고 했지."

불과 몇 분 전의 대화였다. 못 떠올리는 게 말이 안 됐고, 돌이켜 보니 키르의 말이 맞았다. 키르는 자신에 대해 생각해 보라고 했지, 내게 시간을 준다고 한 적은 없었다.

이번에야말로 진짜 당했구나. 부담감이 무섭게 몰려왔다.

"이러면 내가 제대로 생각할 수 없잖아."

내겐 여유가 필요하다는 호소였다. 자꾸 이런 식으로 의식하게 만들면 생각이 제대로 이루어질 리가 없었다. 내게 불리한 상황이었다.

"이러지 않으면 네가 나를 남자로 생각하지 않을 거잖아."

키르를 밀었지만 그는 꿈쩍도 하지 않았다. 되레 깍지 낀 손을 잡아당겨 내 손등에 자신의 입술을 내리 눌렀다. 시선은 내게서 절대 떼지 않으면서. 그 느릿하고 형형한 눈빛이, 손등에서 느껴지는 낯선 감촉이, 화끈한 열기를 몰고 왔다. 부담감에 심장이 너무 빨리 뛰었다.

"아렌, 넌 생각하기만 해. 난 나대로 네가 알아챌 수 있도록 알려줄게."

나른한 미소를 베어 무는 키르가 참으로 아름답고 교묘해서, 악마처럼 보였다.

* * *

쿵쿵, 무의식적으로 책상에 이마를 부딪쳤다. 세게 박은 건 아니라 아프진 않았다. 정상적이지 않은 행동이란 것을 알면서도 멈출 수 없었다. 그저 이런 행동이라도 해야 이 혼란이 멈출 것 같았다. 너무 복잡해서 머리가 터질 것 같았다.

갑자기 자기를 남자로 봐 달라는 키르도, 하프테리 님께 지적 받았던 어린애이고 싶어 하는 내 무의식도.

공식이 있어서 덧셈 뺄셈처럼 계산하면 답이 툭툭 나오는 문제가 아니라서 더 고민이었다. 키르가 고백했으니까 사귀어야지, 이제 어른이 돼야지! 그렇게 단순하게 해결될 일이 아니었다.

차라리 누가 나서서 이렇게 살아라! 하고 인생의 방향을 정해줬으면 좋겠다는 생각이 들 정도였다. 생각이란 걸 안 하고 싶다. 복잡하지 않게 살고 싶다.

이러니까 차라리 진짜 어린애로 살고 싶다. 예전처럼 계속 공부만 하면서 살면 편할 텐데…….

"아니지! 이러면 안 되지!"

나도 모르게 또 합리화를 하려는 것을 깨달은 나는 벌떡 일어나서 외쳤다.

하지만 그런 다짐은 순식간에 사라졌다. 고민이 많으니 몸도 무겁다. 무기력이 나를 잠식해 아무것도 하기 싫어졌다.

괜히 생각해 본다고 했나 봐. 그 키르를 어떻게 감당하겠어. 어제의 요사했던 키르를 떠올리는 것만으로 무서워서 심장이 쿵덕쿵덕 뛰었다.

성장한 키르는 제멋대로 사람을 휘두를 수 있을 만큼 교묘해졌으며, 방심한 순간 치고 들어올 만큼 과감해졌다. 왠지 이대로 있다간 키르의 의도대로 홀라당 넘어갈 것 같은 그런 불길한 기분이 들었다.

"아, 진짜 아무 생각 없이 살고 싶다."

결국 나는 다시 책상에 머리를 떨어뜨리며 한심한 말을 내뱉었다. 그리고 내 머리에 밀려 바스락거리는 종이를 들어올렸다. 포포 아저씨가 내 준 문제는 아직도 끝마치지 못했다. 포기해야 하는 건가 싶을 정도로 진전이 늦었다.

이것도 문제, 저것도 문제, 머리가 터질 것 같다!

갑자기 연구실이 갑갑하게 느껴졌다. 숨이 막혔다. 어디 뛰쳐나가고 싶고, 제정신 아닌 사람처럼 자유를 외치고 싶어졌다. 수능을 며칠 앞둬 발작을 일으키는 수험생 같은 그런 기분이었다.

내가 다시 책상에 머리박기를 시작하려고 할 때였다. 똑똑. 노크 소리가 들렸다. 일어나야 한다는 의지도 없었다. 그래도 계속 이러고 있을 순 없어서 느릿하게 몸을 일으켰다.

하지만 내가 막 책상에서 상체를 일으키고 자리에서 완전히 일어나려는 찰나, 연구실 문이 활짝 열렸다. 허락 없이 열린 문에 펄쩍 뛰었던 나는 방에 들어서는 인물을 보고 또 놀랐다.

"어?"

"오랜만이지?"

늘 하던 변장 차림의 황태자비님이 내 휘둥그레진 눈을 보고 가볍게 인사를 하며 들어왔다.

말은 오랜만이라고 하는데, 표정과 어투는 어제도 본 사람처럼 친근했다. 뒤따라 들어온 아드리안 님으로 짐작되는 로브를 쓴 인물 또한 정중하게 내게 인사를 해 보였다.

"어떻게 오셨어요? 이렇게 나오셔도 돼요?"

"섭섭하게 반가움의 인사가 아니라 그런 것부터 묻나?"

황태자비님의 미간이 진짜 섭섭하다는 듯 찌푸려졌다.

"걱정되니까 그렇죠."

내 말에 황태자비님이 잘게 웃음을 터트렸다. 그러더니 내 앞에 의자를 끌어다 놓고 느긋하게 앉았다.

"괜찮아. 적당히 대화를 나눴어. 태도가 모호한 사람이라 걱정했지만 다른 의도는 없는 것 같아. 물론 예전처럼 자주는 못 나오겠지."

황태자비님의 여유로운 태도로 보아 황족과의 일은 잘 처리된 것 같았다. 이 일 또한 내 마음을 무겁게 했던 것 중 하나였기에 나는 마음의 짐을 하나 덜었다.

"좋게 해결됐다니 다행이네요."

황태자비님은 기분이 좋은지 연신 웃음을 지우지 못하고 계셨다. 환한 미소가 보기 좋았다. 나도 같이 웃고 싶을 정도였다. 하지만 마음이 심란해서 그런지 얼굴 근육이 마음대로 움직여지지 않았다.

그래도 누구라도 눈앞에 미소 짓고 있는 사람이 있으니 답답한 속내가 한결 나은 것 같았다.

"그런데 무슨 일 있어?"

"왜요?"

내 어색한 미소가 신경 쓰였을까? 황태자비님에게서도 웃음기가 지워졌다. 그녀가 내 안색을 살피는 모습에 나는 손으로 내 얼굴을 쓸어내렸다. 근육을 풀면 좀 표정이 자연스러워 보일까 해서.

"어딘지 조금 다른 것 같아. 혹시 좋지 않은 일이 있었나?"

황태자비님이 걱정을 내비치며 진지한 눈길로 나를 훑었다. 그녀가 과민 반응하시는 건 아닐까 싶어 나는 아드리안 님 쪽을 흘긋 확인했다.

남의 눈치를 볼 필요 없는 실내라 어느새 아드리안 님은 로브를 벗고 계셨다. 그래서 드러난 아드리안 님의 잘생긴 얼굴에도 나를 걱정하는 기색이 내비쳤다. 고민한 티가 그대로 난 것 같아서 씁쓸했다.

"그냥 예상치 못한 지적을 받아서 고민 좀 해서 그런가 봐요."

워낙 답답해서 그런가? 분명히 내 이야기를 남에게 하는 성격이 아닌데 자꾸 누군가에게 속을 털어 놓고 싶었다. 말을 꺼내면 얹힌 것처럼 답답하던 속이 내려갈 것만 같았다.

"지적?"

그게 무슨 소리냐고 의문을 드러내는 황태자비님은 진지한 태도로 내 서두를 받아주었다.

"제가 어리다는 소리를 들어서요."

나를 심란하게 했던 것 중 내가 털어 놓을 수 있는 고민을 꺼냈다. 지금 황태자비님은 진지했기에 내 고민을 가볍게 듣지 않을 것 같아서였다.

그런데 내 말이 끝나자 황태자비님의 눈이 동그랗게 변했다. 그러더니 마치 재미난 소리를 들었다는 것처럼 잘게 웃음을 터트리는 것 아닌가.

하프테리 님도 그랬는데 내가 진지할 때 상대방이 가볍게 굴면 기분이 상했다. 나는 저절로 뚱해지려는 얼굴을 다잡았다. 또 어린애 표정을 지을 뻔했다!

"리안, 아까 사 온 그것 좀 줘 봐."

황태자비님이 터트린 웃음을 멈추지 않고 아드리안 님을 향해 말했다. 뒤에서 대기하던 아드리안 님이 다가왔지만 난 어서 웃음을 멈추라는 의미로 황태자비님만을 노려봤다. 그러자 황태자비님이 웃음을 다잡았다.

"누가 그런 말을 했는지 모르겠지만 에이드 영애, 영애의 나이엔 그런 말 듣는 게 이상한 건 아니잖아."

꽤나 어른스러운 어투로 말해주는 게 오히려 어색했다.

"물론 들을 수는 있죠. 저도 얼마 뒤 성인식만 치르면 어엿한 성인인데 그런 말을 들으면 심란하죠."

이것도 어린애 투정처럼 들리지 않을까? 고민하면서 말하는데 갑자기 턱 하고 무언가 떨어지는 소리가 들렸다. 그리고 바로 좌르륵하면서 책상 위에 어지럽게 해바라기 씨가 흩어졌다.

저번에 그렇게 맛있게 먹더니 황태자비님이 또 간식으로 사 온 모양이었다. 하긴 한번 먹으면 멈출 수 없는 묘하게 중독성 있는 맛이긴 하지. 아까 달라고 한 게 이거구나. 그런데 이걸 왜 쏟았지? 이 사달을 만든 아드리안 님을 올려보다가 난 싸한 기분을 느꼈다.

아드리안 님의 얼굴에 떠오른 것은 당혹감이었다. 경직된 표정에 오갈 데를 찾지 못하고 어지럽게 움직이는 눈동자가 의미하는 건 하나였다. 아드리안 님은 지금 내 나이를 알고 놀랐다.

……이분, 나를 꼬마로 봤구나.

나와 눈이 마주친 아드리안 님의 눈동자에서 혼란이 엿보였다. 믿기지 않는다는 그 시선에, 나야말로 믿기지 않았다. 하프테리 님이 클레어에게 나를 팔아먹었을 때만큼 서운함이 몰려왔다.

우리 둘 사이의 기이한 분위기를 깬 건 황태자비님의 엄한 목소리였다.

"리안, 이게 무슨 실수야?"

"죄, 죄송합니다."

황태자비님의 지적에 아드리안 님이 사과하며 해바라기 씨를 다시 담아 수습하려고 했다. 하지만 여전히 어설픈 손놀림이나, 뻣뻣한 행동을 보아하니 어지간히 내 나이에 놀랐나 보다.

사실, 여태까지 아드리안 님이 나를 대하는 태도에 묘한 위화감을 느끼긴 했다. 어딘지 나를 보는 그의 시선에 늘 흐뭇함이 들어 있었으니까. 난 그런 표정이나 행동에 설레 왔는데 아드리안 님이 지었던 표정이나 행동은 늘 어린애가 대견하네, 하는 의미였다. 입 안이 썼다.

흘긋 시선을 마주친 아드리안 님이 흠칫 놀라서 내 기분은 더욱 저조해졌다. 당신이 그렇게 놀라시면 제가 더 심란합니다.

"애써 먹을 간식 준비했는데, 미안하게 됐네."

안타깝게 해바라기 씨를 내려다보는 황태자비님의 말에 나는 해바라기 씨를 쏟은 것보다 아드리안 님의 반응에 더 상처받았다는 말을 하고 싶었다.

그러고 보면 황태자비님은 아드리안 님과 다르게 놀라지 않으셨다. 황태자비님은 내 나이를 정확히 알고 계셨던 건가? 하긴 예전에 내 뒷조사를 한 것 같았으니까 그녀가 내 나이를 알아도 이상한 건 아니다.

그런데 황태자비님은 아는데 아드리안 님은 몰랐다? 두 사람 사이에도 정보를 교환하지 않는 부분이 있는 건가?

잠시 의문이 생겼지만 난 생각을 비웠다. 거기까진 과한 참견 같았고, 기껏 사 온 해바라기 씨를 황태자비님이 버리라고 할까 봐 마음이 급했다.

"괜찮아요. 어차피 껍데기 까서 먹는 거니까 그냥 먹을게요."

서러운 얼굴을 숨기지 못하고 힘없이 해바라기 씨를 까서 입에 넣었다. 어린애 티 안 내고 싶은데, 이제부터 우아한 성인으로 보이도록 노력하려고 했는데. 하지만 마음의 상처가 너무 커서 표정 관리가 안 됐다. 이 와중에 해바라기 씨는 눈물 나도록 맛있어서 서글펐다.

내가 시무룩하게 해바라기 씨만 까먹자 황태자비님도 해바라기 씨에 손을 뻗었다. 책상에 떨어진 건 안 드시려고 했던 게 아닌가? 아까 미안하다는 의미는 그런 의미였을 거다.

"드셔도 돼요?"

"영애는 먹는데, 나는 먹으면 안 되나?"

"안 된다는 소리가 아니라, 불쾌하실까 봐요."

평생 좋은 것만 겪어 온 황태자비님이다. 거의 모든 일에 남의 시중을 받아올 만큼 귀하게 자라 오셨겠지. 그런 사람이 책상 위에 떨어졌던 음실을 먹을 때 아무렇지 않나?

내 말도 그런 황태자비님이 비위 상하지 않을까 걱정되어서 한 말이었다. 그러자 황태자비님이 희미하게 미소를 지었다.

"생각해 보니 그렇더군. 그런 고상 떨 거였으면 아예 외부 음식을 먹으면 안 되는 거잖아? 이미 길거리에서 음식도 먹었는데 다를 게 뭐가 있어? 영애 말처럼 껍데기 까서 먹는데 말이지."

그렇게 말하면서 황태자비님은 쉬지 않고 해바라기 씨를 드셨다. 의외로 털털하시다니까.

황태자비님이 열심히 드셔서 나 또한 대화 대신 열심히 입에 해바라기 씨를 집어넣었다. 그래도 반복적으로 집어 먹다 보니 심란함은 좀 가시는구나. 나는 해바라기 씨 껍데기를 또 수북하게 쌓아 냈다. 별로 배는 안 부른데 엄청 먹은 것처럼 보이는 음식이다.

황태자비님 또한 열심히 먹은 잔해로 껍데기 한 무더기를 수북하게 만들어 놓고 나서야 무심하게 물었다.

"그래서 심란해?"

내가 아드리안 님에게 삐진 게 티가 많이 났나? 괜찮은 척하려고 노력했는데.

사실 삐질 일도 아니다. 우리가 진지하게 알아 가던 사이도 아니니까. 그냥 나 혼자 잘생긴 아드리안 님을 보고 북 치고 장구 치다가 꼬마 취급받아 시무룩한 거였다. 괜히 가운데 낀 황태자비님과 앞으로의 관계가 어색해지지 않도록 이제 표정 좀 신경 써야겠다.

"살짝 심란하긴 하죠."

"그래도 쓴 소리가 마냥 불쾌하게 들린 것만은 아니잖아. 무언가 깨달은 게 있지?"

이게 무슨 소리야. 아드리안 님이 언제 쓴 소리를 했다고?

"네?"

황태자비님의 말씀을 이해 못하니 자연스레 멍청한 반응이 흘러나왔다. 그러자 황태자비님의 눈썹이 휘며 탐탁지 않음을 드러냈다.

"정신이 어디 팔린 거야? 지적 받아서 심란하다면서."

아, 지적당해서 우울하단 이야기 했지. 아드리안 님의 놀람이 더 충격적이라서 그 이야기는 뒤로 밀린 상태였다. 이렇게 시야가 좁고 감정적인 것도 역시 어린애라서 그런 걸까? 이게 한번 신경 쓰이니 모든 감정이 기승전어린애여서, 로 흐른다.

그런데 그 와중에 황태자비님이 제대로 된 조언자의 위치를 자처하는 게 조금 놀라웠다. 고민을 먼저 꺼낸 나도 어색했지만 자연스럽게 내 이야기를 들어 주려는 황태자비님의 태도도 어색했다.

우리 진짜 많이 친해진 건가?

"또 딴 생각이야?"

얼른 이야기를 해 보라는 재촉에 다시 원점으로 돌아와 이야기를 진행했다.

"아, 죄송해요. 잠시 다른 생각 좀 하느라……. 맞아요. 인정해서 우울해요. 저도 제가 어린애처럼 굴었다는 걸 깨달았거든요. 뭘 할 때마다 어떻게 하면 어린애처럼 보이지 않을까, 하는 걱정을 하니까 아무것도 못하겠고요."

역시 실제로 고민을 털어 놓는 게 정답이었을까? 내가 혼자 생각했던 것보다 훨씬 정돈된 느낌이다.

맞다, 사실 그랬다. 조급하게 가지 않으려고 했다. 하지만 요즘의 나는 행동 하나 생각 하나 어린애 같지 않을까, 하고 고민하니 스트레스 받고 무엇도 할 수 없는 상태가 되어 버렸다. 뭘 해도 제자리걸음하는 느낌이었다. 내가 느끼는 것보다 무의식중에 더 압박을 받고 있었나 보다.

나도 참 나약하고 평범한 인간이라 큰일이다. 소설 속 주인공처럼, 만화 속 주인공처럼 깨달음을 얻은 즉시 쑥, 하고 성장했으면 좋을 텐데.

"난 그것만으로 충분하다고 보는데?"

당연한 이야기를 하는 것처럼 털어놓는 황태자비님의 말투는 가벼웠다. 그렇다고 내 이야기를 가볍게 듣는 태도는 아니었다. 저 말은 내가 충분히 변하고 있다는 소리인가?

"아무것도 한 게 없는데요?"

"사람은 반성을 참 잘 해. 한 해를 마무리할 때나, 새해의 목표를 정할 때나, 누군가의 조언을 듣거나, 반성하는 계기는 많잖아. 살면서 반성하지 않는 사람이 드물지. 그런데 그 반성의 결과를 보여 주는 사람이 몇이나 된다고 생각해?"

빈정거림이 없음에도 어쩐지 뼈를 때리는 말 같아서 움찔했다.

그러고 보니 전생에는 매년 연말만 되면 올해 목표를 이뤘나 되짚어 봤다. 부족한 영어랑 수학 공부를 더하자, 용돈 아껴 쓰자, 다이어트하자. 하다못해 학생 땐 매 방학마다 방학 숙제 밀리지 말고 하자, 라는 반성도 했다.

그런 것들 중 이룬 게 몇 개나 있을까? 유감스럽지만 꾸준히 반성 후 목표를 세워도 실천까지 가지 못 했었다.

"별로 없죠."

우선 황태자비님 말씀에 맞장구를 쳤다.

"사람이 어떻게 하루아침에 변해. 그거야말로 이상한 거 아닌가? 지금 자각하고 노력하는 것만으로 충분해. 그렇게 천천히 변해가는 거지. 빨리 변한다고 해서 결과가 전부 좋은 건 아니잖아? 지금 속도도 충분해. 그러면 언젠간 영애가 원하는 만큼 성숙하게 될 거야."

뻔한 말인데 황태자비님의 말씀을 듣는 순간 속이 울렁거렸다. 그리고 그 말이 가슴에 깊숙하게 와 닿았다. 내가 조급해하고 있었구나.

겉으론 느긋하게 가자고 마음먹었다. 하지만 언제나 나는 빠른 결과를 보여줘야 한다는 기대감에 짓눌려 조급함에 빠져 들었다. 얼른 변해야 한다고 나도 모르게 세뇌하고 있었다. 그리고 그런 것들이 은연중에 쌓여 '나다움'을 잃어 가게 만들었다.

그 와중에 네 속도는 충분해, 잘하고 있어. 라는 격려가 가득 담긴 시선을 받으니 기분이 묘했다.

갑자기 우리의 첫 만남이 떠올랐다. 그때는 날 이용해 먹으려던 사람인 줄 알았는데, 언제 이런 대화를 나눌 만큼 가까워졌을까? 나도 경계가 풀렸지만 현재의 황태자비님에게서도 나를 이용해 버리려는 기색은 조금도 없었다.

우리 사이에 큰일이 있었던 것도 아닌데, 어느새 서로의 이득만 따지지 않는 사이가 되어 버렸다. 인간관계라는 게 이렇게 변하기도 하는구나. 나이차는 조금 나지만 내 첫 번째 여자 사람 친구라고 여길 수 있는 사람 아닐까?

그런 멋쩍은 단어를 떠올리니 이상하게 가슴이 뭉클했다. 앞으로 그녀와 더 친해질 수도 있을 것 같았다. 나도 지금보다 진솔하게 대해야겠다. 새로 생긴 친구니까, 더 챙겨주고 싶었다. 이번 일은 내 마음속에서 황태자비님에 대해 다시 정의하게 된 계기가 되었다.

그리고 문득 지금에서야 한 가지 의문이 들었다.

"황태자비님은 왜 그 일을 하고 싶으세요?"

"응?"

"그렇잖아요. 그냥 이대로 사시면 황태자비님으로서 특권을 누리면서 평온하게 사실 수 있는 거 아니신가요?"

물론 황태자비님의 삶이 마냥 평탄할 거라고 생각하지는 않는다. 그래도 모른 척한다면 본인의 삶이 한결 편할 텐데 굳이 적이 생길 게 뻔한 일을 하려는 의도가 궁금했다. 황태자비님은 갑자기 변한 대화 주제에 잠시 놀란 듯하다가 곧 지긋이 나를 응시했다.

내가 그녀와의 대화에서 무언가 얻고 싶어 한다고 알았는지, 아니면 이 대화를 통해 나를 설득할 수 있을 거라 여겼는지는 모른다. 하지만 황태자비님은 순순히 입을 열었다.

"그냥 적당히 다른 사람들이 요구하는 대로 황태자비로서의 삶도 나쁘지는 않다고 생각해. 적당히 내실을 다지는 일만 하면 제국 측에선 나를 좋아하겠지. 그게 지금 내게 맞는 것이기도 하고."

결혼을 함으로서 자신의 모든 걸 바꿔야 한다는 소리를 황태자비님은 참으로 덤덤하게 했다. 안쓰럽다. 하지만 그게 이 시대에 귀족 여성이 갖는 의무이기도 했다. 내가 어떤 위로도 할 수 없는 말이었다.

막연하게 와닿는 감정에 숨을 죽였다. 그러자 황태자비님이 자신은 괜찮다는 듯 희미한 미소를 지었다.

"그런데 난 죄책감이 느껴져. 제국의 황태자비이기도 하지만, 난 테일런의 공주였으니까. 모국민들에게 받은 게 많으니까."

"조금이라도 보답하고 싶은 마음이란 건가요?"

"그렇지. 나도 제국에 피해를 주는 일이라면 이렇게 나서지 않았을 거야. 이제 테일런이 아니라 제국이 내 삶의 터전이 되었으니까. 하지만 에이드 영애가 알다시피 내가 원하는 것들은 모두 한 가문으로 흘러들어가 그 가문만의 이득이 되고 있지."

그래서 더 문제인 거다. 그쪽에선 황태자비님이 자신의 밥그릇을 탐내는 꼴이니까.

하지만 황태자비님의 마음도 이해는 간다. 똑같이 소중한 사람들 중에서도 더 정이 가는 사람이 있다. 그리고 더 소중한 사람들에게 뭐라도 더 해 주고 싶은 건 당연했다. 사람이니까.

황태자비님의 인간적인 면을 엿보니 더 마음이 무거워졌다. 살아 간다는 건 정말 힘든 것 같다. 전생처럼 서러움과 억울함이 뒤덮인 삶도 아닌데,

이번엔 후회 없는 삶을 살고 싶었는데. 벌써부터 이렇게 후회를 잔뜩 하니 갑갑했다.

위험한 일에 뻔히 나서는 멍청이가 될 것인가? 아니면 안전함만을 추구하는 무엇도 할 수 없는 답답한 사람이 될 것인가?

지금도 난 내 삶에 해가 될 것 같은 일은 절대 하기 싫었다. 혹시라도 문제가 생겨 그것 때문에 나쁜 일을 당한다는 상상만 해도 숨 막혔다.

전생에 많은 사람들 앞에서 무릎을 꿇었던 비참한 감정은 아직도 내게 깊게 남아 있었다. 다신 그런 꼴은 당하고 싶지 않았다. 하지만 생각해 보면 지금의 내 모습은 모든 게 두려워 아무 것도 못하는 꼴이다.

그럼 나는 왜 사는 걸까? 이것저것 재고 도전을 두려워하면 그걸 인생이라고 할 수 있을까? 어쩌면 내가 앞으로 나아가지 못하기 때문에 아직도 어린애인 건 아닐까? 제자리걸음만 하는데 성장이 있을 수 있을까?

그렇게 생각이 전환되자 진취적으로 살아야 할 것 같은 마음이 생겼다.

"계획은 어느 정도 진행됐어요?"

내가 진행사항을 묻자 희망을 얻었는지 황태자비님의 눈빛이 잠깐 반짝였다. 하지만 곧 어두워졌다.

"우리가 해 볼 수 있는 건 건의해 봤지. 장인에게 어떤 식으로 은밀한 접촉을 해도 다 들키더군. 그래서 새로운 시각이 필요한 거였어."

황태자비님의 말을 듣던 내 눈살이 찌푸려졌다.

아무리 강대국의 눈치를 보면서 작업한다고 해도 엄연히 국가가 주도하는 은밀한 접촉이다. 매번 아마추어들과 어설프게 작업하지 않았을 거다. 그런데 모두 실패했다는 건…….

"내부에 적에게 동조하는 자가 있다는 건가요?"

황태자비님은 쓰게 웃었다.

"모두 애국심이 뛰어난 건 아니니까. 돈에 눈이 먼 탐욕스러운 작자들이 정보를 흘리는 것 같더군."

"어쩐지……. 어려운 일도 아닌데 계속 실패한다는 게 말이 이상했죠."

사실 그렇다. 전생처럼 전자 기기가 있어서 국경을 넘을 때마다 신원을 바로 확인할 수 있는 장치가 있는 것도 아니다. 신분패와 본인의 대조만으로 모든 장인들의 이동을 막을 수는 없었다. 그래서 신경만 쓴다면 어떻게든 몰래 이동은 가능했다.

그런데도 그들은 늘 장인 섭외에 실패를 해 왔다. 그건 어떤 다른 이유가 있는 거였다. 내 진지한 태도 때문일까? 황태자비님은 더 깊은 이야기를 꺼냈다.

"사실 협상에 성공해 이야기가 오간 장인은 꽤 있지."

그 정도 협상을 할 수 있는 사람이 없다면 그건 그거대로 정말 망할 국가다. 인재가 그렇게 없는데 국가가 제대로 돌아가겠냔 말이다. 즉, 협상에 성공했는데도 작전을 실패했다는 소리인데.

"방해가 엄청났나 보네요."

황태자비님의 고개가 우아하게 까딱였다.

"작업을 시작하기 전에 문제가 생기더군."

설명을 요약하자면 그렇다. 한 분야에서 장인 소리를 들을 만큼 실력을 쌓은 사람들은 그만큼 자부심이 강했고 성격도 예민했다. 그런 그들을 데리고 오려면 그만큼의 복지와 작업 환경을 제공해 줘야만 했다.

하지만 장인이 만족할 만한 작업장은 꽤 까다로웠다. 각 장인이 요구하는 것도 달랐다. 거래가 오가면 작업 장소, 작업에 필요한 물품부터 작업대의 높이 같은 사소한 것까지 까다롭게 요구했다. 그 요구사항을 채우다 보면 부산함이 생기고 자연적으로 완벽히 숨길 수가 없었다.

"어디선가 정보가 새어 버리는 거군요. 당연히 방해가 들어올 테니 결국 성공하지 못 하는 거고요."

내 말에 황태자비님이 어딘가 먹먹한 표정을 지었다. 답답하다는 듯이 잠시 아랫입술을 깨물던 황태자비님은 서러움이 담긴 목소리로, 그렇지만 최대한 담담하게 설명했다.

"차라리 장인이 말을 번복하는 건 괜찮아. 더 크고 달콤한 제안에 흔들릴 수밖에 없는 게 당연하니까. 하지만 이주하기로 약속했던 장인 자체가 감쪽같이 사라져 버리기도 했지."

감쪽같이 사라졌다는 장인이 테일런과의 약속을 번복하는 게 미안해서 도피했다는 결론을 내릴 정도로 어수룩한 사람은 없었다. 누군가가 자신의 통제 안에 둘 수 없다면 제거해 버리는 게 낫다고 여겼겠지.

어떻게 자신의 이득을 위해 남의 목숨을 하찮게 여길 수 있는 거지? 고작 돈 때문에? 내 마음속에서 분노라는 감정이 차올랐다.

내가 표정을 못 숨기자 황태자비님의 입술 사이로 아득하게 한숨이 퍼져 나갔다. 숨결에서 숨기지 못하는 죄스러움이 드러났다. 자신이 그런 제안을 하지 않았다면 한 사람의 목숨이 그렇게 사라지지 않았을 텐데, 라는 죄책감이었다. 나 또한 숨이 턱 막혔다.

그 일을 지시한 사람은 과연 죄책감을 느끼긴 할까? 아니, 자신이 제거한 인물이 누구인지나 기억은 할까? 당연히 모르겠지. 갑자기 낭떠러지 앞에 선 것처럼 아득한 느낌이 들었다.

"그런 소문이 암암리에 장인들 틈에서 도니, 테일런의 접근 자체에 난색을 표하는 사람들도 생겼지."

언제 흔들렸냐는 듯 황태자비님이 담담하게 이야기를 이었다. 빠르게 감정을 수습하는 모습은 어느 때고 냉철해야만 하는 그녀의 치열한 삶을 보여 주는 것 같았다.

역시, 난 너무나 안주하는 삶을 살아 왔다. 더는 이렇게 머물기만 해서는 안 됐다. 그리고 삶이 변하는 계기는 의외의 곳에서 찾아오는 것 같다.

"애초에 방법이 잘못됐어요. 상대한테 접촉해서 빼내는 것이 아니라, 직접 찾아오게 만들어야죠."

"찾아오게 만든다고? 하지만 그들이 올 이유가 없잖나."

상황과 조건을 확실히 모르니 내 계획은 다소 어설펐다. 하지만 적어도 '어떤 방향으로 가야 하지 않을까?' 정도는 황태자비님에게 처음 제안을 들었을 때 틈틈이 생각했었다.

"없으면 만들어야죠. 이번 황제 폐하 탄신연 이후 두 달쯤 뒤에 테일런 국왕의 생신이시죠?"

"그렇지."

"좋아요. 타이밍이 딱 좋네요."

무슨 뜻인지 몰라 어리둥절해 하는 황태자비님을 향해 나는 힘껏 외쳤다.

"축제를 엽시다!"

영문을 몰라 눈을 동그랗게 뜨는 황태자비님을 보며 난 자신감 넘치는 미소를 지었다.

17. 그 영애가 동요하는 이유

"내가 내 발로 호랑이 굴에 걸어 들어가는 이 기분은 뭘까."

나는 초조하게 몰려오는 긴장감을 억누르려 혼잣말을 했다. 물론 고작 혼잣말로 이 불안감이 사라지지는 않았다.

그러는 와중에 무정하게도 마차는 너무 빠르게 라인폰트 대공저에 도착해 버렸다. 마차에 내려서도 선뜻 저택 안으로 들어가기 망설여졌다.

"어서 오십시오. 아가씨."

"안녕하세요. 키르는요?"

"침실에 계십니다."

얘는 또 왜 하필 오늘따라 침실에 있는 건가. 평소엔 아무렇지도 않았던 공간이 갑자기 의식되었다. 갑갑함이 턱 끝까지 차올랐다.

"올라가 볼게요."

하지만 나는 집사님이 이상하게 보기 전에 꾸벅 인사해 보이고 키르의 방을 향해 발걸음도 무겁게 걸었다.

키르의 선전포고 비슷한 것을 들은 이후 난 그를 피하려고 마음먹었다. 같이 있게 되면 그에게 왠지 말려들 것만 같았다. 그런데 이렇게 내 발로 먼저 찾아오게 될 줄이야.

이게 다 황태자비님 때문이다. 아니, 테일런이 무능한 국가라 그렇다.

내가 왜 도와준다고 했지. 왜 나선다고 한 거야.

스스로의 어리석음을 탓하며 나는 최대한 느릿하게 걸었다. 그런데 벌써 키르의 침실 앞에 도착해 버리고 말았다. 이 넓은 대공저가 오늘따라 참 작은 것 같았다.

노크를 위해 손을 들었지만 쉽게 문을 두드릴 수 없었다. 망설임이 길어지자 조바심 나던 마음이 점점 변질됐다. 그러고 보니 왜 내가 주눅 들어야 해? 키르에게 끌려가지 않으면 되지! 호랑이 굴에 들어가도 정신만 바짝 차리면 산다잖아!

간신히 용기를 낸 나는 힘차게 손을 들어, 조심스럽게 노크했다. 하지만 문 너머로 인기척이 안 느껴졌다. 노크 소리가 너무 작았나? 아무래도 서재와 다르게 침실 문은 내 맘대로 열기 껄끄러웠다. 그래서 이번엔 조금 크게, 다시 한번 노크했다. 역시나 이번에도 조용했다. 볼일이 있어서 온 거라 그냥 돌아가기 망설여졌다.

결국 나는 잠시 머뭇거리다가 슬쩍 문을 열었다. 문틈으로 들여다보았지만 인기척이 느껴지지 않았다. 조금 더 과감하게 고개를 들이밀고 방 안을 둘러봤다. 커튼이 반쯤 쳐져 있어서 방 안의 한쪽은 밝고 한쪽은 어둑한 편이었다. 침실에 있다고 했는데 다른 데 갔나?

그때 침대에서 사람의 형체가 보였다. 키르가 침대에 누워 있는 것 같았다. 탁, 하고 등 뒤로 문이 닫히는 소리가 들리고 나서야 자각했다. 나도 모르게 침실 안쪽으로 들어왔다. 묘하게 나쁜 짓을 저지른 것 같았다. 하지만 그러는 와중에 또 이상하게 호기심이 생겨 침대로 다가갔다.

"키르, 자니?"

우선 손바닥을 얼굴 위에 올리고 흔들어 봤다. 움직임은 없지만 미심쩍다. 지금은 벌써 정오였다. 아직까지 자는 건 키르답지 않다. 혹시 일부러 잠든 척하는 건 아닐까 의심이 되었다.

"자는 척하는 거지?"

두 번째 질문에도 키르는 조용했다. 진짜 자나 보다.

이 시간까지 자다니, 무슨 일이지? 푹신한 시트에 무방비 상태로 파묻힌 키르를 보니 어쩐지 기분이 묘했다. 평온한 것도, 무심한 것도 아니다. 말 그대로 무방비 상태. 누군가의 무방비 상태를 보는 건 꽤 기분이 이상했다. 이래서 어릴 때 내가 낮잠 잘 때 키르가 깨우지 않았던 건가?

나는 묘한 기분에 사로잡혀 그대로 키르를 관찰했다.

늘 보랏빛 눈동자가 사람을 홀리는 매력이 있다고 생각했다. 보라색이라는 색 자체가 고귀한 느낌이었고, 한편으로 아찔한 퇴폐미를 가지고 있었다. 그래서 키르가 나른한 얼굴을 할 때 묘하게 야릇하다고 여겼다. 그의 외모를 완성하는 건 그 보랏빛 눈동자라고 생각했다.

그런데 긴 속눈썹에 눈동자가 가려진 얼굴도 만만치 않았다. 잠든 아기의 얼굴처럼 매끄러운 얼굴은 볼수록 탐나게 생겼다. 자꾸 만져보고 싶을 욕구가 생겼다. 잠든 게 확실하니까, 이제 그만하고 나가야 하는데. 발걸음이 떨어지지 않았다.

어린 시절의 키르는 깜빡 잠이 들었어도 인기척에 예민하게 일어나곤 했었다. 그렇게 오래 함께했지만 이런 무방비 상태의 키르를 보는 건 처음이었다. 그래서인지 더 자세히 보고 싶단 마음이 들었다.

어느새 정신을 차리고 보니 난 도둑고양이처럼 몰래 침대 위에 올라와 키르의 얼굴을 향해 손을 뻗고 있었다.

"미쳤나……!"

내가 뭘 하려고 했던 거야. 잠든 키르를 만지려고 했어?

내 행동에 놀라 입에서 절로 미쳤어 소리가 나왔다. 그러다 또 놀라 나는 키르에게 뻗었던 손으로 입을 막았다. 혼란스러움에 허둥지둥 침대 아래로 내려가려던 내 머릿속에 어떤 생각이 들었다. 키르의 얼굴을 조금 더 자세히 보면 감정에 대한 어떤 답이 나오지 않을까?

솔직히 말해서 아무리 혼자 생각한다고 답이 나오지 않았다. 내게 키르는 소꿉친구 그 이상도 이하도 아니었다. 하지만 이런 의외의 모습을 보면 생각이 어떻게 달라질 지도 모르지.

이게 무슨 합리화였는지 모르겠다. 하지만 그냥 그런 생각이 들었다. 그래서 대놓고 관찰했다.

이마 위에 흐트러진 금빛 실타래를 치워 냈다. 머리 위쪽으로 넘겨 보슬거리는 머리카락을 매만졌다. 손끝에 걸린 감촉이 부드럽다. 이렇게 눈만 감고 있으면 천사 같다. 계속 이렇게 천사 같으면 좋겠는데.

손가락에서 느껴지는 부드러움이 전염되나? 심장 부근이 뭉글뭉글해지는 느낌이었다. 그런데 진짜 안 깨네. 내가 만져도 키르가 깨어날 기미가 없으니 내 조심성이 옅어졌다.

머리카락을 쓸던 손가락을 내려 이번엔 이마에 손을 댔다. 무슨 피부가 이렇게 보송보송해? 머리카락과는 다른, 손끝이 녹아 버릴 것같이 부드러운 감촉에 손을 떼지 못하고 슬슬 문질렀다. 심장이 간질거리는 것 같았다.

손을 떼야 하는데. 내 이성과 다르게 손이 더 제멋대로 움직였다. 내 손가락이 미간까지 내려오자 키르의 속눈썹이 잘게 흔들렸다. 심장이 덜컥였다. 그제야 내 행동이 인식됐다. 키르가 눈을 뜨기 전에 도망가야 했다.

하지만 화들짝 놀란 내가 손을 떼는 순간 키르의 눈꺼풀이 올라갔다. 초점이 흐린 보랏빛 눈동자가 나를 담아냈다. 키르의 눈 속에 내가 들어 있다. 말로 설명 못할 감각이었다. 키르의 안에 내가 전부 들어 있는 기분이었다.

"……아렌?"

잠결이라 잔뜩 잠긴 목소리였다. 아직 꿈속을 헤매는 듯 키르의 표정은 흐렸다. 계속 깜빡이던 눈은 초점 맞추길 포기했는지 미소로 바뀌었다. 배시시 어린아이처럼 웃는 키르의 얼굴을 보는 순간 심장이 바닥으로 떨어지는 느낌이었다.

달콤한 무언가를 입에 넣은 것처럼. 순수하게 황홀해 하는 키르의 얼굴에 나는 굳어 버렸다. 늘 보는 미소인데 충격이 더 커서 도망가야 한다는 생각이 이어지지 않았다.

그 순간, 키르의 손이 훽 하고 올라와 나를 잡아당겼다. 얼떨결에 키르의 가슴에 기대게 된 상태가 되자 머리가 멍했다. 키르의 팔이 내 허리를 감싸고 내 정수리에 키르의 코가 비벼져 왔다. 같이 자자는 듯, 그의 손바닥이 등을 작게 토닥여 왔다.

온몸이 쿵쾅거렸다. 손끝까지 마비되어 움직일 수도, 숨을 쉴 수도 없었다. 입에서 터져 나오려는 비명을 간신히 억눌렀다. 지금 이건 키르가 잠결에 하는 행동이다. 그러니까 움직여서는 안 된다는 걸 알았다.

"좋다……."

잠결이 분명한 음성에 나른한 기쁨이 담겨 있었다. 작게 등을 토닥이는 손길이 점차 약해졌다. 그리고 다시 잠이 들었는지 고른 숨결이 귓가에 울려 퍼졌다. 그제야 나도 억눌렀던 숨을 토해 낼 수 있었다.

엄청난 크기로 누가 음악을 틀어 놓기라도 한 것처럼 심장이 쿵쾅거리는 소리에 머리까지 어질어질했다. 키르와 처음 안아 본 것도 아니다. 평소엔 아무렇지 않게 파고든 장소였는데, 낯선 온기가 아닌데, 어째서 이렇게 기분이 이상할까?

전에 느꼈던 안도감은 찾아볼 수 없을 정도로 혼란스러웠다. 모든 게 자극적으로 느껴졌다. 키르의 향기가, 맞닿은 단단한 신체가 너무도 다르게 와 닿았다.

키르의 고른 숨소리와 정 반대의 격렬한 내 심장 소리를 들으며 나는 이 혼란스러움을 잠재우기 위해 눈을 감았다. 어쩐지 알고 싶지 않은 어떤 것을 엿본 기분이었다.

잠시 그렇게 숨죽이고 있던 나는 키르가 다시 깊은 잠에 빠졌다고 확신이 선 후에야 조심스럽게 품속에서 빠져나왔다. 나를 끌어안았던 팔은 힘없이 침대 위로 떨어졌다.

키르의 체온이 너무 뜨거웠는지 그의 품에 닿은 내 얼굴이 후끈했다. 손부채질을 해도 열기가 식지 않았다.

다시 봐도 처음부터 끝까지 무방비 상태로 자고 있는 키르였다. 잠결에 이런 행동을 하다니, 알고 보니 아주 음흉한 놈이었다. 그러고 보니 방금 키르는 나를 너무 익숙하게 안았다.

설마, 꿈에서 매번 나를 껴안는 거야? 이 파렴치한!

열이 올라 얼굴이 터질 것만 같았다. 난 이렇게 안절부절못하는데. 혼자만 평온하니 한 대 때려 주고 싶을 정도였다.

나는 복잡하고 억울한 마음에 그를 한껏 째려봐 주고 조심히 문을 열고 나왔다. 어쨌든 지금 키르가 깨서 얼굴을 마주보게 되면 나만 곤란할 게 뻔했다. 나는 소리 나지 않게 주의하며 문을 닫았다.

"아가씨?"

문을 닫자마자 들리는 부름에 깜짝 놀라 펄쩍 뛰었다. 비명도 못 지를 정도였다. 후다닥 돌아보니 집사님이 서 계셨다. 집사님이 어떤 말을 하시기 전에 나는 서둘러 검지를 세워 입술에 댔다.

"쉿, 키르 자요."

목소리는 한껏 낮췄다. 괜히 평소와 같은 대화 소리에 키르가 깨면 나만 곤란했다.

"얜 뭐 하느라 이렇게 늦게까지 자는 거람."

키르의 방에서 나오다 걸린 것에 찔려 부러 키르를 탓하는 말도 덧붙였다. 말을 하면서도 곤혹스러워 얼굴로 열이 올랐다.

하필 이 순간을 들킬 건 뭐란 말인가. 혹시라도 집사님이 방 안에서 있었던 일을 알아채실까 봐 부끄러워서 죽겠다. 난 조심스럽게 집사님의 눈치를 봤다.

"대공자께서는 오늘 아침에야 들어오셔서 잠드신 지 얼마 되지 않았습니다."

키르가 깰까 봐 내가 한껏 목소리를 낮췄더니 집사님 또한 목소리를 낮춰 대신 변명을 해 주셨다. 그제야 키르가 비몽사몽 굴었던 것이 이해가 됐다. 밤새 어디 파티라도 다녀왔나 보다. 그런 것도 키르의 의무 중 하나였다.

그럼 일어나려면 오래 걸리겠네. 지금 키르를 보면 안 될 것 같았는데 차라리 잘됐다. 물어 볼 게 있었지만 어차피 이건 내 오지랖이니 당장 답을 알지 못한다고 내가 곤란한 일은 없었다.

"전 그럼 나중에 다시 올게요."

"벌써 가시려고요?"

"네. 키르가 일어날 때까지 기다릴 수는 없으니까요."

조금 전 상황을 정리할 시간이 필요하기도 했다. 아직도 얼굴이 뜨끈뜨끈한 것 같았다.

"그럼, 시원한 주스라도 한잔 드시겠습니까? 대공저를 방문한 손님에게 아무것도 내어 드리지 않는 건 예의에 어긋나지요."

집사님이 음료를 권했다. 이상한 일은 아니었다. 수도의 대공저를 관리하는 집사님은 늘 내게 예의를 차렸으니까. 나도 평소라면 느긋하게 얻어 마셨을 거다. 하지만 오늘은 아니었다. 괜히 미적거리다가 키르가 깨어나면 곤란할 것 같았다.

"아니에요. 마음만 감사히 받을게요. 현자의 서재에도 가 봐야 하는 걸요."

"제가 아가씨에게 챙겨 드리고 싶어서 그럽니다. 꼭 한잔 하고 가주셨으면 합니다."

집사님의 제안은 친절하지만 어딘지 박력 있었다. 결국 나는 거절하지 못하고 얼떨결에 집사님이 이끄는 대로 내 침실로 들어오고 말았다.

"전 진짜 괜찮은데……."

"아닙니다. 제가 직접 챙겨드리겠습니다. 잠시만 기다려 주십시오."

괜찮다고 말해도 오늘따라 집사님은 단호하셨다. 잠시만 기다리면 가져오겠다는 말을 남긴 집사님이 사라지셨다. 묘하게 강압적인 권유에 얼떨떨하기만 했다. 오늘따라 왜 저러신지 몰라 멍하니 있던 나는 무심코 방 한쪽에 있는 거울을 보았다.

"맙소사!"

그제야 나는 집사님이 왜 그런 행동을 했는지 알아챌 수 있었다. 부스스 흐트러진 머리와 주름지고 비뚤어진 리본, 게다가 발갛게 상기된 얼굴이 묘하게 어떤 오해를 불러일으키기 딱 좋았다.

같이 침대에서 뒹굴었으니 이렇게 됐을 거라 예상했었어야 했는데. 혼란스러워서 외양이 흐트러졌다는 건 생각도 못했다. 이러고 돌아다니다가 다른 사람을 마주쳤을 걸 상상하면 끔찍했다. 그런데 얼굴은 도대체 왜 이렇게 빨간 거람. 어딜 봐도 열이 오른 모양새였다.

재빨리 머리와 옷을 가다듬고 양 손바닥으로 얼굴을 감쌌다. 이 꼴로 키르 방에서 나온 걸 들켰다니 집사님 볼 낯이 없었다. 그러는 사이 노크 소리 후 문이 열렸다. 집사님이 아무렇지 않은 얼굴로 들어와 시원한 레몬주스와 작은 쿠키가 담긴 접시를 내려놓았다.

"감사합니다."

찔리는 게 있던 터라 인사하는 내 목소리가 기어들어갔다.

"편히 드시고 가십시오."

집사님은 가벼운 미소와 함께 정중하게 말씀하신 후 자리를 비켜 줬다.

혼자 남겨진 게 다행이면서도 한편으로 얼음이 들어 있는 주스의 의미를 알 것 같아 더 큰 부끄러움이 몰려왔다. 충분히 열을 식히고 가라는 소리겠지.

잠시 침대를 보았다. 저기 뛰어들어서 이불을 뒤집어쓰고 발차기를 하면 이 부끄러움이 좀 옅어질까? 하는 유혹에 흔들렸다.

하지만 그러면 지금보다 더욱 상태가 흐트러질 테니 나는 대신 레몬주스를 들이켰다. 시원하고 상큼한 레몬주스가 짜릿하니 정신을 번쩍 들게 했다. 집사님의 선택은 탁월했다.

나는 방에서 홀짝홀짝 레몬주스를 마시며 얼굴의 열기를 가라앉혔다. 그리고 외양을 꼼꼼하게 가다듬은 뒤 도망치듯 대공저를 벗어났다. 열기를 식히고 나니 시간이 꽤 지났다. 괜히 키르가 깨어날까 봐도 걱정이었고, 집사님을 보기도 민망해서 재빠르게 움직였다.

어째 요즘 키르만 만나고 나면 무언가에 홀린 것 같았다. 심지어 오늘은 잠든 키르였는데도 말이다.

깨어난 키르는 얼마나 무서울지 짐작도 안 됐다. 계속 키르를 아무렇지 않게 대할 수 있을지 점차 자신이 없어졌다. 물어 볼 게 있는데 다시 만나서 어떻게 대해야 할지 걱정이었다.

* * *

그렇게 연구실로 구르듯 도망쳐 들어왔는데 주인도 없는 연구실에는 선객이 있었다.

"에이드 영애! 어디 갔다 와? 오늘은 늦었네?"

황태자비님이 언제부터 기다렸는지 모르겠지만 먼저 내 연구실을 차지하고 있다가 반색하며 일어섰다. 나를 보고 열렬하게 반가워하는 황태자비님의 얼굴에 초조함이 묻어났다.

저렇게까지 불안해 하니 차마 왜 주인도 없는 방에 있었는지 따지지 못하겠다.

"어쩐 일이세요?"

"약속 전에 시간이 남아서 들렀어."

황태자비님은 말을 하면서도 안절부절못했다. 방 안을 서성이고 싶은 걸 꾹 참는 표정이었다. 그녀의 조급한 마음도 이해는 갔다.

차라리 막연한 상태가 나았다. 아예 가망성이 없는 일보다 희망적인 상황이라 기다리는 시간이 더 괴롭고 힘들기 마련이다. 그 와중에 이쪽이 가진 게 부족한 상태니 더 애달을 수밖에 없었다.

"좋은 소식 좀 있어요?"

황태자비님의 부정을 나타내는 고갯짓에 기운이 없었다. 이렇게 제멋대로 표현을 해도 되는지 걱정될 정도로 황태자비님은 무방비하게 속내를 드러냈다.

"좋은 소식을 기대 중이지."

어제 황태자비님과 이야기를 나누다가 일을 진행하기에 큰 문제가 있음을 알아차렸다. 그것도 매우 큰일 말이다.

* * *

어제 내가 축제를 하자고 외치자 황태자비님은 무슨 헛소리를 하냐는 시선을 보내 왔다. 제법 자신감 있게 내던진 내 제안을 그녀가 알아듣지 못해서 기운이 빠졌다. 하지만 사고의 전환이 되지 않아서 헤매고 있는 걸 알아서 나는 설명을 덧붙였다.

"장인에게 은밀하게 접촉하니까 무산되었을 때 어쩔 수 없는 겁니다. 원래 사건이란 건 더 큰 권력을 가진 자가 쉽게 덮어 버릴 수 있는 거지요."

그쯤 말하자 황태자비님은 내가 말하고자 하는 바가 무엇인지 알아챘다.

"저 쪽도 떳떳할 건 없으니 공개적으로 가자 이거군. 몰래 덮지 못하도록?"

"네. 맞아요."

"하지만 공개적이라고 해도 견제가 사라지는 건 아닌데. 과연 사람들이 움직일까?"

실패를 거듭해서인지 황태자비님이 부정적인 면을 먼저 떠올렸다.

"그러니까 축제를 여는 거죠. 우린 장인을 다른 나라에서 빼내 오는 게 아닙니다. 그저 왕의 생일을 축하하는 자리를 빌어 장인들을 위한 축제를 여는 거지요. 대회라는 명목을 내세우면 그들이 제 발로 걸어오도록 할 수 있죠."

"그렇군. 그저 축제 참가일 뿐이니까 대놓고 국경을 넘어도 되는 거군."

뒤늦은 깨달음을 얻은 황태자비님이 놀람을 숨기지 못했다. 그래, 이건 장인을 위한 축제다. 이면에 어떤 계획을 가졌다고 해도 겉으로는 그냥 축제일뿐이다. 보석 광산이 많은 테일런에서 그와 관련된 축제를 여는 게 어색한 것은 아니다.

그리고 그런 공개적인 일이 크면 클수록 막는 건 어려웠다. 개인적으로 몰래 이주하는 장인 하나 둘을 잡는 것과 축제를 즐기기 위해 움직이는 무리를 방해하는 건 달랐다.

특별한 이상이 없는 상황에 통행을 막는다면 그 행위에 대해 이유를 묻는 사람이 생긴다. 이때 제대로 된 설명을 하지 못하면 그런 기행에 대한 소문이 퍼질 것이다. 그렇게 되면 권력을 가진 사람의 호기심을 끌지도 몰랐다.

탐스러운 먹이가 있다는 소문이 권력자들 사이에서 도는 것은 방해자도 원치 않을 거다. 아무것도 몰랐던 어중이떠중이도 한몫 떼어먹으려고 덤벼들 수 있었다.

결국, 몰래 진행하는 것보다 아예 공론화되면 오히려 통제하기가 어렵다는 뜻이다. 그러니 일이 커지는 것은 테일런보다 방해자 쪽에게 원치 않는 일이었다.

상대가 원치 않는다면 더욱 드러내 줘야 재밌는 진행이 될 것 아닌가.

"비밀스러운 일은 원래 사건이 커질수록 나쁜 짓을 하는 사람이 더 불리하지요."

나쁜 사람이 싫어하는 행동을 공모한다고 생각해서 그럴까? 나도 모르게 사악한 미소가 입가에 번졌다.

"그런 식으로도 사람을 모을 수도 있는 거군."

황태자비님 입에서 허탈한 웃음이 새어나왔다. 방해꾼이 있으니 어떻게든 은밀하게 접촉을 해야만 한다고 생각해 온 그녀 입장에선 내 제안이 꽤나 충격적으로 들렸나 보다.

아드리안 님 또한 그런 쪽으론 생각해 본 적 없다는 듯한 놀람을 드러내고 있었다. 아드리안 님만 보면 심란하니까 저쪽은 보지 말아야겠다. 나는 다시 하려던 말에 집중했다.

"네. 그러니까 성대한 축제를, 정확히는 장인들이 실력을 뽐낼 수 있는 대회를 여는 거죠."

"방법은 새롭고 좋네. 그런데 대회를 연다고 했을 때 과연 많은 사람들이 참가할까?"

대회를 열어도 장인들이 참가하지 않으면 소용이 없었다. 황태자비님의 걱정은 당연했다. 그러니 장인이라면 탐낼 만한 보상을 걸어야 했다.

어설픈 상품은 없느니만 못했다. 처음 여는 대회니까 보상은 클수록 좋았다. 보상이 달콤할수록 혹시나 하는 기대 심리로 도전하는 사람도 생긴다. 사람이 많이 참여할수록 대회는 흥행하고 방해자가 막기엔 더 힘들어질 테니까.

"당연히 거기에 누구나 탐낼 만한 보상을 걸어야죠. 그런 의미로 테일런에서 제일 값나가는 물건이 뭐지요?"

"어? 비싼 물건?"

어쩐지 황태자비님의 얼굴에 당혹감이 드러났다. 불길함이 퍼졌다. 설마 아니겠지. 그래도 한 국가잖아?

"부상으로 줄 만한 물건은……. 알아 봐야겠는데."

황태자비님답지 않게 우물쭈물하는 음성엔 자신감 없음이 드러나 있었다. 딱 봐도 값비싼 물건을 왕의 허락 없이 함부로 내걸 수 없어서 저러는 게 아니었다. 상으로 내걸 만한 물건 자체가 없어서 저러는 거였다. 한숨이 나온다.

테일런은 예상보다 더 형편없는 경제 사정인 것 같았다. 장인들의 스카우트가 불발되는 원인 중, 장인의 요구를 못 맞춰준 것도 있지 않을까?

하긴 넉넉한 형편이 아니니까 타국에 시집와서도 모국을 걱정하는 거겠지. 그러니까 테일런의 귀족도 제 배를 채우려 옆 나라 황제도 아니고 고작 귀족에게 국가 정보를 팔아먹었을 거고.

하지만 여기서 내가 딱하다는 표정을 드러내는 건 황태자비님의 자존심을 해치는 일이다. 그래서 나는 최대한 담담하게 물었다.

"그럼 남에게 줄 수 없더라도 값어치 있는 물건은요? 보석을 세공하는 사람들 사이에서 이건 대단하다고 여겨질 만한 보물이라도 없어요?"

"그런 걸 줄 수는 없어."

황태자비님은 단호했다. 물건이 없는 건지, 있더라도 줄 수 없는 건지 의미를 모르겠다.

"알지요. 그 정도로 대단한 물건이면 상으로 줄 필요는 없어요. 미끼로 만들자는 거죠."

"미끼?"

기술자들은 더 높은 기술을 탐한다. 특히, 장인이라 불리는 예술가들에게는 더 잘하고 싶고, 더 완벽한 작품을 만들고 싶은 욕구가 있다.

그리고 욕심이 있는 장인들은 이름이 드높은 작품을 직접 보는 것만으로도 충분한 영감을 얻을 수 있었다. 예술가들이 명작을 탐구하고 싶어 하는 건 본능과도 같은 일이었다.

"네. 장인들이 볼 수 있도록 축제 기간 동안만 유명한 작품을 공개하는 겁니다. 그럼 보석 세공 좀 한다는 사람들은 구경하러 몰려들겠죠. 그런 귀한 물건을 자주 공개하지는 않을 테니까요. 그러니까 전설적일 정도로 귀한 물건일수록 좋습니다."

이 세상에서는 박물관이 없었다. 보물을 가진 사람들은 자신의 보물을 공개하지는 않는다. 즉, 전설적인 물건은 소문만 무성하게 퍼질 뿐 후대의 인물 중 그걸 직접 보게 되는 사람은 드물었다.

그리고 한 분야에서 실력을 쌓으면 당연히 그 분야에서의 전설적인 물건에 대한 소문은 들을 거다. 그런 귀한 걸 볼 기회가 생긴다면? 이번 기회를 놓치면 다시없을 기회! 얼마나 지르고 싶은 마음이 생기는 말인가! 마치 타임 특가라고 소비자에게 광고하는 것과 같다.

그런 심리를 자극하는 미끼를 내걸면 충분히 많은 사람이 명작을 보기 위해 테일런에 방문할 것이다. 꼭 대회 참가자가 아니더라도 방문하는 사람은 많을수록 좋았다. 그 자체가 홍보로 이어지니까. 그리고 그런 점들은 결국 다른 많은 기회를 만들어 낼 수 있다.

그래도 국가인데 국보 하나쯤은 있겠지. 나는 기대감에 반짝이는 눈빛을 보냈다. 하지만 황태자비님은 민망한 기색으로 스리슬쩍 눈을 피했다. 그리고 답지 않게 자신감 없는 목소리로 중얼거렸다.

"찾아봐야 알겠지만 장인들을 자극할 그런 보물은 없을 확률이 높아."

이럴 수가. 키르네 보물 창고에도 수두룩한 물건이 한 국가에 없다니.

내 예상은 늘 그렇듯 빗나갔다. 아무래도 내게는 헛다리 제대로 짚는 능력이 있나 보다. 예전부터 기대만 하면 실망을 하게 됐다.

이렇게까지 재정이 빈약한 국가가 어떻게 유지되고 있는지 신기할 지경이었다. 축제에 가장 필요한 조건이 충족되지 않다니. 이대로라면 일을 진행 못할 확률이 높다. 그러긴커녕 내 모든 계획이 어그러진다.

표정 관리를 해야 하는데 막막함에 표정 관리가 힘들어졌다.

"그렇게까지 가난한 건 아니고. 보석이 없는 거야. 원석이 그렇게 많은데 굳이 보석을 사들이겠나? 무기라든가, 명화 같은 보물들은 조금 있어. 하지만 그게 필요한 건 아니지 않나."

황태자비님이 변명하듯 부랴부랴 설명을 덧붙였다. 이해가 가면서도 참 막막한 말이었다. 확실히 보기 드문 무기나 명화를 공개하는 것도 사람들의 이목을 끌 수 있다.

하지만 우리의 목표는 콕 집어서 보석 세공 기술 장인이었다. 그리고 그들을 더 많이 끌어들이려면 보석에 관련된 작품이 더 좋았다. 아무래도 관심 분야의 물건에 더 흥미를 가질 테니까.

지금에서야 부랴부랴 명작을 구매하는 것은 무리였다. 그런 귀한 물건들은 능력 있는 자들이 가지고 있었고, 그들이 금전이 부족할 리 없다. 그러니 물건 자체가 시장에 잘 나오지 않았다. 물건을 구하는 것 자체가 하늘의 별따기 수준이었다.

테일런 왕의 생일이 약 두 달 후. 장인들이 제국을 가로질러 이동할 기간을 생각하면 시간이 넉넉한 게 절대 아니었다. 한 명이라도 더 오게 만들려면 하루라도 빨리 소문을 내야 한다.

비행기나 기차 같은 이동 수단이 있으면 참 좋을 텐데 아쉽게도 이 세계에 그런 이동 수단이 없었다. 그만큼 시간이 촉박하다는 소리였다.

명작을 구매할 수 없다면…….

"혹시 주변에 대여할 만한 사람도 없나요?"

불가능에 가까운 말이란 것을 알면서도 물을 수밖에 없었다. 내 질문에 황태자비님이 쓴 미소를 지었다.

"알아 봐야지. 하지만 과연 자신의 보물을 공개하고 싶어 하는 사람이 있으려나 모르겠네."

황태자비님이 누군가에게 물건을 빌려 달라는 말을 꺼내는 일 자체가 어려울 것이라고 생각했다.

뭔가를 빌린다는 것 자체가 다른 사람에게 아쉬운 소리를 해야 하고, 그건 그녀의 위치에선 자존심 상하는 일이다. 그래서 불가능할 거라 여겼다. 그런데 어째 내가 생각했던 것과 조금 다른 이유 같았다.

"전 다른 사람에게 부탁하는 일이 더 어려울 줄 알았는데요."

"그걸로 내가 염원하던 것을 이룰 수 있다면 그깟 부탁 백 번, 천 번이라도 더 할 수 있어."

황태자비님은 정말 부탁 따윈 얼마든지 할 수 있다는 표정이었다. 그녀의 얼굴에서 억지로인 기색은 조금도 없었다.

그녀에 대해 알만큼 알게 되었다고 생각했는데 그게 아닌가 보다. 알면 알수록 새로웠다. 그리고 황태자비님의 결심이 저토록 강렬하니 어떻게든 도와주고 싶어졌다.

"그런데 황태자비님이 부탁을 해도 안 되는 건가요?"

"아무래도 소장품을 공개하는 일이니까. 귀족들의 심리가 그래. 주변 지인들을 불러 애장품을 자랑하는 것까지는 괜찮은데 굳이 그걸 대다수의 일반인들에게 공개할 이유가 없다고 생각하는 거지. 도리어 희귀성이 낮아진다고 여기는 거야."

많은 사람들이 알수록 더 유명해지는 거 아닌가?

"사용하는 것도 아니고 구경만 하는데요? 더 유명해지는 게 아니라요?"

"무조건 많은 사람들이 안다고 명작인 건 아니니까. 자신이 인정한 사람들이 인정한 물건인 게 중요하지. 일종의 특권 의식 같은 거랄까?"

그들의 그 이해할 수 없는 뒤틀린 특권 의식은 알겠다. 그런데 내가 이해가 안 가는 건 무려 황태자비님이 부탁을 했는데 그들이 들어주지 않는다는 점이다.

여기는 신분제가 꽤 까다로운 세상이다. 그중에서도 최고로 높은 자리에 앉은 황태자비님이다. 그런 황태자비님의 부탁을 들어주지 않다니.

물어보고 싶어도 어떻게 들릴지 몰라서 말을 쉽사리 꺼낼 수 없었다. 하지만 내 태도에서 하고 싶은 말을 황태자비님이 짐작하셨나 보다.

"나는 결혼한 지 몇 년 안 됐고, 소국 출신이라서 내 입지가 탄탄하지 못해. 그에 비해 좋은 물건을 가진 자는 그만큼 재정과 권력이 탄탄한 가문의 사람이지."

현실을 담담하게 받아들이는 오연한 모습이었다. 역시 황족이라고 마냥 편한 건 아니라니까.

"그래도 주변에 최대한 연락은 해 볼게. 도움이 된다면 뭐라도 해야지."

빙긋 웃으며 해결책을 찾으려는 모습을 보이는 황태자비님을 보니 가슴이 먹먹했다. 그런 상황에서 이렇게 사건을 일으켜도 되냐고 묻고 싶은 것도 참았다. 대신 내가 도울 수 있는 방법을 떠올렸다.

나 또한 엄청난 보물을 수두룩하게 가진 사람을 알았다. 그뿐만 아니라 그 보물 창고를 직접 구경하기까지 했다. 그래서 이 상황에 도움이 되는 물건이 있다는 것도 알았다.

당사자에게 허락을 받아야 한다는 문제점이 남았지만 지금 황태자비님을 도울 수 있는 얼마 안 되는 방법 중 하나이기도 했다.

나는 입에서 제멋대로 튀어나가려는 말을 삼켰다. 도와주고 싶은 마음은 굴뚝같지만 쉽사리 나설 수 없는 일이었다. 황태자비님은 순간 흐려진 내 표정에서 무엇을 읽었는지 자신감 넘치는 미소를 지었다.

"고마워."

"뭐가요?"

인사를 받을 만한 일은 한 것도 없는데 황태자비님에게 인사를 받으니까 기분이 가라앉았다.

"위험할까 봐 나서지 않으려 했던 일이잖아. 그런데 이렇게 새로운 시각으로 계획을 짤 수 있게 도와줬지. 그것만으로도 기쁘고 고마워서 그래. 이렇게 의견을 내 줘서 고맙다고."

황태자비님 얼굴에 청초한 미소가 흐드러지게 피어났다.

이미 언급했듯, 황태자비님은 꽤나 미인이다. 미인이 바로 앞에서 저런 황홀한 미소를 지으니 내 심장이 더 지끈거렸다. 요즘 심장에 이상이 생겼나, 시도 때도 없이 펄떡이거나 통증이 생겼다.

"무슨 소리세요? 전 아무 의견도 안 냈습니다만."

황태자비님이 기운을 내는데 내가 더 우울해 할 수는 없었다. 나도 아무렇지 않게 굴어야 했다. 내가 덤덤하게 굴면서 선을 긋자 황태자비님의 눈이 동그랗게 변했다. 곧이어 내가 말한 의도를 알아챈 듯 낮게 웃음을 터트리셨다.

"알았어. 공식적으로 영애가 나를 도와준 것은 아무것도 없어. 앞으로의 도움도 없다는 소리지? 구체적인 계획은 내 사람들과 짜 볼게."

그렇게 말씀하시는 황태자비님의 눈빛이 굳건했다. 내 도움을 잊지 않겠다는 다짐이 보였다. 내가 한 일을 가볍게 여기는 것이 아니라 혹시 실패했을 때를 대비해서, 내게 피해가 오는 상황을 막아 주겠다는 의도가 담긴 말이었다.

"앞으로의 진행이 더 중요해요. 제대로 된 축제를 준비해야 할 거예요."

"알지. 그래도 은혜도 모르는 사람이 되고 싶지는 않으니까."

'내가 고맙게 여기는 것 알아 달라', '나중에 잘되면 꼭 보상하겠다' 라고 말하는 것 같은 황태자비님의 눈빛에 부담감이 생겼다.

딱히 구체적인 계획을 다 짜서 알려 준 것도 아니다. 내가 도와준 건 '공개적으로 진행하라'는 말이 전부였으니까. 앞으로 일을 진행하는 건 황태자비님의 사람들이다. 이 일이 성공하면 그 사람들 덕이지, 내 덕은 아니란 소리였다.

"전 진짜 아무것도 한 게 없는데요."

"다른 사람이 내지 못했던 의견을 낸 것만으로 대단한 것이지."

이러다 자꾸 고마움을 쏟아낼 기세다. 결국 무안해진 난 말을 돌렸다.

"아, 아무튼 미끼 상품이에요! 미끼 상품이 중요하니까 어떻게든 꼭 구하셔야 해요!"

그렇게 나는 황태자비님에게 미끼 상품을 꼭 구하라는 미션을 주고 전날 대화를 마무리했었다.

* * *

그런 임무를 준 지 하루밖에 안 됐는데 황태자비님은 아무리 시간이 없다고 해도 너무 초조해 하고 있었다.

"벌써 연락을 다 돌려 보신 건가요?"

그러기엔 시간이 없었을 텐데?

"아니, 그건 아닌데. 가능성 높은 자들에게 물어 봤지만 썩 내켜하지 않아서."

재빠르게도 행동했다. 황태자비님은 시무룩함을 숨기지 않았다. 그래도 이제 첫 시도를 했으면서 저렇게 기운 없어 하다니. 첫 술에 배부를 리 없다.

"더 노력하셔야죠."

"알아. 그런데 예상보다 더 쉽지 않네. 주인이 누구라고 소문난 물건들을 가진 자들은 이런 일에 끼고 싶어 하지 않거든."

"황태자비님의 편이라고 인식되기 때문인가요?"

"그렇지."

황태자비님은 씁쓸함을 드러냈다.

권력이라도 제대로 휘두를 수 있는 상태였다면 편했을 텐데 복잡한 정치 상황으로 그것도 힘들었다. 황태자비님의 남편이 황태자 자리에 앉아 있지만 안정적인 자리가 아니었다.

이 제국은 황제가 점찍은 후계자에게 자리를 물려주는 것이 아니라 황자들이 경쟁해 능력 있는 자가 황제 자리를 쟁취했다. 즉, 황태자라고 해도 자신을 밀어줄 귀족의 힘이 중요했다. 자신의 가치를 아는 귀족들은 눈치를 보며 끊임없이 몸값을 높이는 행동을 했다.

그리고 현재 황자들의 세력이 비등비등했고, 선택한 황자가 없는 귀족들은 콕 집어 누구를 밀어준다는 인상을 주지 않으려 하는 상태였다. 이런 상황에서 황태자를 지지하는 귀족의 힘을 빌리는 것도 쉽지 않았다.

황태자비님이 하는 일은 '제국'에 좋은 일이 아니라 '타국'의 일이다. 귀족들이 나설 이유가 없었다.

그들을 움직이려면 그들에게도 이득을 줘야 하는데, 자칫했다간 혹 떼려다가 혹 붙이는 상황이 될 수도 있다. 욕심이 없으면서도, 능력 있고 믿을 만한 사람을 구하는 게 쉽지는 않았다.

"고민한다고 상황이 나아지는 건 아니니까. 움직여야지."

황태자비님이 기운차게 말씀하시고 벌떡 일어나서 내 상념은 깨어졌다.

"벌써 가시게요?"

"약속 전에 시간이 남아서 들른 거야."

의연하게 마음을 다잡는 황태자비님을 보면서도 걱정이 생겼다.

"조급함이 일을 망칩니다."

"알았어. 영애가 부담을 갖지 않도록 똑바로 할게."

황태자비님은 걱정 말라는 자신만만한 얼굴로 떠났다. 말은 저렇게 해도 초조해서 어쩔 줄 몰라 하는 게 보였다. 그러니까 틈이 났을 때 나를 찾아왔겠지.

무언가를 시도할 땐 사람 마음이 마음대로 되지 않는 것 같았다. 설렘, 불안감, 기대감, 초조함 그런 감정들이 왔다갔다하겠지.

하지만 결과는 막상 열어 봐야 알기 때문에 희망과 불안을 동시에 가지는 거다. 그런 감정이 전염되려는지 나 또한 심란함에 빠질 것 같았다.

하지만 저건 황태자비님이 해결해야 할 일이다. 난 내 일만 하면 된다. 깊게 파고들지는 않기로 했으니까. 나는 자꾸 늘어나려는 상념을 지우려 포포 아저씨가 내 준 문제에 억지로 정신을 쏟았다.

한참 문제에 집중하고 있는데 노크 소리가 들렸다. 황태자비님이 사람을 만나고 다시 오신 걸까?

의아함을 느끼고 문을 열기 위해 일어섰을 때, 문이 저절로 열렸다. 열리는 문틈으로 등장하는 인물 때문에 난 굳어 버렸다.

"어, 어떻게 왔어?"

내 입에서 반사적으로 경계 어린 목소리가 튀어나왔다. 이제 좀 진정됐나 싶은데, 이렇게 기습적으로 등장하다니. 내 평화로운 시간을 방해 받은 것만 같았다. 하지만 내 경계의 눈초리에도 키르는 여유로웠다.

"찾아왔었다면서."

눈가를 사르르 접는 화사한 키르의 미소에 겨우 진정되어 가던 내 마음은 다시 혼란 속에 빠졌다.

아직 제대로 감정 수습도 못한 상태에서 등장한 키르 때문에 난 안절부절못했다. 굳어 버린 나를 스쳐서 키르는 자연스럽게 내 연구실 안쪽으로 들어왔다. 그리고 의자에 느긋하게 기대앉았다.

"뭐 해? 앉아."

그는 마치 이 공간의 주인처럼 굴었다.

키르가 지금 여기 왔다는 게 믿기지 않았다. 저절로 아까의 떠올라 얼굴에 열이 몰렸다. 앤 아침에 돌아와 잠들었다면서 뭐 이렇게 빨리 일어났단 말인가! 난 더 시간이 있을 줄 알았다.

키르가 잠결에 자신이 한 행동을 기억할지, 못할지 그게 걱정이었다. 기억해도 문제지만 기억 못 해도 억울할 것 같았다. 키르에 관한 건 갈수록 혼란스러워졌다.

"왜 찾아왔어?"

일부러 퉁명스럽게 말했다. 하지만 키르는 나와 반대인 다정한 목소리를 냈다.

"오전에 왔다 갔다고 들었어. 깨우지 그랬어."

"아침에 들어왔다면서. 더 자지."

"달콤한 꿈을 꿔서 그런가? 이상하게 피곤하지 않네."

귓가에 속삭이는 것처럼 나긋한 목소리였다. '달콤한 꿈'이란 표현에 심장이 덜컥 내려앉았다. 역시, 아까 그 사건을 기억하는 건가? 키르의 반짝이는 눈동자가 어째 전부 알고 있는 것 같았다.

"무슨 소리야?"

난 내가 키르의 침실에 숨어든 사실을, 그리고 그에게 안겼단 것을 알리고 싶지 않았다. 내가 키르의 침실에 들어갔다는 점을 집사님도 고하지 않았을 거라 믿었다. 그래서 발뺌을 했다. 그랬더니 키르는 눈을 예쁘게 접으며 야릇한 미소를 지었다.

"그냥. 좋은 꿈 꿨다고."

꿀 한 숟갈을 퍼먹은 것처럼 목 안쪽에 달짝지근함이 들러붙었고, 가슴 언저리가 들들 끓는 기분이 들었다.

어쩐지 얄미울 정도로 느긋하고 교태로운 미소였다. 저렇게 의뭉스럽게 구니까 내가 더 혼란스러웠다. 초조함이 자꾸 등골을 타고 올라왔다. 이러다간 난 키르의 의도대로 끌려가기만 할 것 같았다.

"무슨 일로 왔냐니까?"

나는 키르를 얼른 보내 버리려고 재촉했다. 그러자 그는 낮게 웃음을 터트렸다.

"아렌, 볼일은 내가 아니라 네가 있지. 무슨 일로 날 찾아왔어?"

진짜……. 부끄러워서 죽고 싶다.

키르는 내가 아까 찾아갔던 이유가 궁금해서 방문한 거다. 그리고 나는 고작 고백을 들었다고 키르 앞에서 내 모습을 잃어 갔다. 자꾸 집중력이 흐려져 이성적인 사고가 안 된다. 머릿속이 통째로 텅 비어 버리는 것 같았다.

키르에게 무심한 나도 못났다 생각했지만 이렇게 주체 못하고 흔들리는 나도 참 못났다.

"내 예상대로라면 네가 슬금슬금 날 피해야 할 텐데 무려 직접 찾아왔잖아. 그만큼 중요하고 급한 일이란 거겠지?"

이거 어느 순간부터 내가 키르의 손바닥 위에 오른 건가? 나를 완전히 간파한 키르의 분석에 알 수 없는 불안감이 뒷덜미를 스쳐지나갔다. 그는 아무것도 한 게 없는데 어째서인지 점차 덫 안에 제 발로 걸어 들어가는 기분이다.

키르의 손가락이 툭툭 책상 위를 두드렸다. 그 정신을 일깨우는 움직임에 고개를 들었다.

"무슨 일이냐니까?"

키르의 눈빛이 담담했다. 아니, 쟨 멀쩡한데 왜 나만 이렇게 안절부절 못하냐고. 먼저 좋아하는 사람이 지는 거라던데 왜 내가 더 지고 들어가는 느낌이냐고.

"대공 전하 언제 오셔?"

내가 대답을 하지 않으면 끝까지 물어 볼 키르의 시선에 나도 최대한 의연한 척 입을 열었다.

"아버지?"

"응. 이번에 오실 거잖아. 안 오셔?"

질문이 끝나자 키르의 눈빛이 살짝 서늘해졌다. 기분 좋아 보였던 것 같은데 순식간에 짜증이 생겨 버린 얼굴이었다.

키르가 의자에 등을 기대며 팔짱을 꼈다.

“아버진 왜?”

“만나 뵐 일이 있어서.”

“그거 물어 보려고 온 거야?”

“응.”

간결하게 답하자 키르의 고개가 외로 꼬였다. 질문이 마음에 들지 않는 것 같았다. 하지만 대공에 관해선 키르에게 듣는 게 제일 정확했다.

사실 대공저를 방문했을 때 집사님에게 물어 볼 수도 있었다. 내가 묻는다면 집사님은 대공이 언제 도착하는지 알려 줄 것이다.

하지만 그걸 타인에게 알려 주는 것은 집사로서 실격인 행동이다. 아무리 질문 당사자가 대공과 사적인 친분이 있어도 사용인은 모시는 분의 행적을 함부로 밝히지 않는 게 맞았다.

그리고 난 무의식적으로 주변 사람들에게 폐를 끼치지 않으려고, 선을 넘지 않으려 노력하고 있었다.

“아버지를 만나려는 이유는 말해 줄 수 없고?”

키르의 눈동자가 나를 관찰했다. 말할 거라면 이미 설명했을 거란 걸 알면서도 저렇게 묻는다.

“부탁드릴 일이 있어.”

“내가 들어줄 수 없는 거야?”

부탁 이야기를 꺼내기 무섭게 키르가 되물었다. 하지만 이건 키르에게 말해선 안 되는 일이다. 키르가 내게 고백한 이상, 난 특히 더 말을 조심해야 한다.

지금 내가 부탁하면 키르는 생각도 하지 않고 바로 들어 줄 것 같았다. 가뜩이나 어릴 때부터 키르는 내게 맹목적인 구석이 있었다. 하물며 지금처럼 내게 고백까지 한 상황에 과연 이성적인 판단을 할까?

나는 내 대답만 기다리는 키르의 시선을 확인했다. 역시 그에게 쉽게 부탁을 해선 안 된다는 느낌이 들었다. 키르가 나 때문에 그 엄청난 일에 손쉽게 결정 내리는 꼴은 보고 싶지 않았다.

"대공 전하를 만나 봬야 해."

키르의 눈썹이 불만족스럽게 휘어졌다. 그리고 가늘어진 눈이 머리끝부터 발끝까지 나를 훑었다. 눈동자가 움직일 때마다 생각이 휙휙 변하는 것 같았지만 그 의미들은 알 수 없었다. 다만, 내가 대공 전하를 만나고 싶다는 것 자체에 불만이 있다는 건 확실히 알 수 있었다.

"내가 불편하면서도 날 찾아올 정도였으면 간절한 일이란 거겠지?"

마치 혼잣말처럼 키르가 중얼거렸다. 그런데 눈빛이 심상치 않았다.

"기다리면 저절로 해결될 일로 찾아올 정도면 기다릴 시간도 없을 정도로 급한 용무란 의미도 있을 거고."

느릿하게 늘어진 말투엔 확신이 담겨 있었다.

키르의 말이 맞았다. 황제의 탄신연이라는 중요한 행사에 대공이 아예 오지 않을 리는 없고, 탄신연 전엔 올 게 뻔하다. 그러니 기다리면 대공은 만날 수 있다.

그런데도 키르를 찾았다. 내가 시간이 없다는 걸 스스로 알린 꼴이다.

내게 불리할 것 같아 묵비권을 행사했다. 키르가 시간을 끌수록 내 초조함은 강렬해졌다. 내 반응을 보던 키르가 나긋하게 속삭였다.

"네가 나랑 같이 해 줬으면 하는 일이 있어."

키르의 눈이 야살스럽게 휘고 입술에 비뚜름한 미소가 걸렸다. 비웃음보다는 나쁜 생각을 떠올린 악당의 미소 같았다.

내가 미쳤지. 괜히 쓸데없이 남을 도와준다고 나서서는.

저건 꿍꿍이가 있는 게 확실한 표정이었다. '어떡할래? 네가 선택해.' 하는 키르의 표정에 난 심각하게 갈등했다.

약속된 것도 아니고 내 오지랖에 황태자비님을 챙겨주고 싶어서 나선 것이다. 내가 아쉬울 건 없는 상황이었다.

하지만 아까 황태자비님의 얼굴이 떠오르니 선뜻 됐다는 말이 나오지 않는다. 그렇다고 덥석 키르의 손을 잡기엔 불안했다.

"뭔데?"

"거절해도 상관없어."

들어보고 결정하려고 했더니, 싱긋 웃으며 가볍게 대꾸하는 게 아닌가. 무언지 알려 줄 기색은 조금도 없었다. 그런데 키르가 이 기회를 이용하는 건 내가 질색할 게 뻔한 일이 틀림없다.

뭐지? 워낙 키르한테 질색한 게 많아서 딱 꼬집어 떠오르는 게 없었다. 싫다고 하고 싶은데 계속 황태자비님의 시무룩한 얼굴이 떠올랐다. 아, 진짜. 나도 쓸데없이 잔정만 많아서는.

"알았어. 뭔지 몰라도 같이 해 줄게."

키르의 부탁이 귀찮거나 곤란할지언정 내게 해를 끼치는 건 아닐 것이다. 그런 믿음이 있어서 나는 거래를 받아들였다. 키르가 승자의 웃음을 짓는 건 모른 척했다.

"나가자."

"지금?"

"너 따로 급한 일 없잖아."

벌떡 일어선 키르는 내게 급한 일이 없을 거라는 자신감이 넘쳤다.

급한 게 없는 건 맞긴 한데, 저렇게 당당하게 말하니까 미묘하게 짜증과 억울함이 생긴다. 불만으로 입술을 비쭉이려다가 다급하게 안으로 말아 물었다. 진짜, 습관이란 건 무서운 거다.

또 유치한 행동을 할 뻔했다고 반성하며 한숨을 쉬었다.

그런데 그 짧은 사이에 키르가 탐탁지 않은 시선으로 나를 바라봤다. 하고 싶은 말이 있는데 참는 듯한 표정이었다. 그렇게 오래 뭉그적거린 것도 아닌데.

"알았어. 가면 되잖아."

벌떡 일어나자 키르가 작게 한숨을 쉬었다. 여기서 또 발끈해서 좋을 건 없기에 조용히 키르를 뒤따랐다.

마차에 오르고 나서도 침묵하는 키르 때문에 여간 불편한 게 아니었다. 난 자꾸 아까 있었던 일이 생각나려고 해서 곤란했다. 나를 차분하게 응시하는 눈길이 부담스러워 아침에 먹은 음식들이 울렁거리며 속에서 요동을 치는 것만 같았다.

그래서 나는 키르의 주의를 돌리기 위해 일부러 말을 걸었다.

"어디 갈 건데?"

"가 보면 알 거야."

치사하긴. 짧게도 답한다. 내가 대공에게 부탁할 내용을 말해주지 않아서 일부러 저러는 거다. 키르도 참 유치한 구석이 있었다.

그걸 떠올리자 한편으로 안도감이 들었다. 내가 긴장했던 것치고 평소와 같은 키르였다. 선전포고 비슷한 걸 해서 엄청 긴장했었는데, 평소처럼 대할 건가 보다. 그걸 생각하자 울렁거리던 속이 순식간에 진정된다. 이대로라면 딱히 키르를 의식하지 않아도 될 것 같았다.

기분이 좋아져서 반사적으로 다리를 달랑달랑 흔들려다가 깜짝 놀라서 발끝에 힘을 줬다. 몸뚱이가 참 내 마음대로 조절이 안 된다. 습관이란 건 정말 무시무시했다. 팔다리가 따로 인격을 가진 것들처럼 제멋대로 움직여 왔다.

다시 또 반성을 하고 있는데, 시선이 느껴졌다. 키르의 눈빛에 비딱함이 감돌고 있었다. 아무것도 한 게 없는데 왜?

"너……."

막 키르가 입을 열어 내게 무슨 말을 하려는 찰나, 마차가 멈춰 섰다. 무슨 말을 할까 기다렸는데 마차 문이 곧 열릴 걸 알아서 그런지 키르는 이어 말하지 않았다. 문이 열리고 키르가 무뚝뚝한 얼굴로 먼저 내렸다.

내밀어진 손에 손을 얹을까 말까 잠시 고민했다. 하지만 여기서 빼는 것도 괜히 의식하는 것처럼 보일까 봐 손을 얹었다. 내 손을 휘감는 손길에 심장이 불안하게 두근거렸다. 에스코트가 설레기보다 두렵게 느껴지다니, 뒷덜미가 서늘해서 자꾸 뒷덜미를 만지고 싶어졌다.

서두른 티가 나지 않도록 조심하며 재빠르게 내려선 후 키르의 손에서 후다닥 손을 뺐다. 내 행동에 키르의 눈이 살짝 가늘어졌지만 모른 척했다. 그 곤란한 시선을 피하느라 주변을 둘러보는 척했다.

그제야 주변이 눈에 들어왔다. 눈앞엔 가게가 있었다. 전혀 예상하지 못한 장소였다. 종업원이 활짝 열고 있는 문을 보면 키르의 목적지가 여기인 건 확실했다.

"여긴 왜?"

평소 키르가 들어갈 일이 절대 없는 장소였다. 그래서 의도가 짐작되면서도 알고 싶지 않은 기분이었다.

"가게에 왜 오겠어? 물건 사러왔지."

그렇게 말한 키르가 먼저 열린 입구로 들어갔다. 저 안쪽에 들어가기 망설여졌지만, 반대로 들어가지 않아서 더 곤란한 일이 생길 것만 같은 기분이 들었다.

방금 키르가 들어간 곳은 여성화 전문점이었다. 그리고 키르가 살 여성화의 주인이라고 하면 단 한 사람 밖에 없었다. 내 것!

나는 키르가 엉뚱한 짓을 저지르기 전에 허겁지겁 안으로 뛰어들었다. 여태 내가 이용했던 가게는 개인 공방이었다. 작고 어수선하면서 친근감 있는 곳.

그런데 오늘 방문한 가게는 늘 다니던 가게와는 차원이 달랐다.

화사한 조명이 가게 내부를 비추고, 유리 진열장 위에 구두들이 가지런하게 놓여 있었다. 세련되게 디스플레이된 가게 내부에 탄성이 흘러나왔다. 전생의 고급 브랜드 매장에서 봤을 법한 깔끔한 상태였다.

오랜만에 보는 화려한 모습이 전생의 향수를 불러일으켰다.

"이쪽으로 오시지요."

잠깐 화려한 구두에 시선과 정신을 빼앗겼던 나는 직원의 정중한 음성에 정신이 번쩍 들었다. 먼저 들어간 키르는 이미 사라지고 없었다.

직원은 차분하게 나를 기다리고 있었다. 온전히 고객에게 맞추는 정중한 태도였다.

이럴 때 나와 키르가 사는 세계가 다름을 확연하게 느꼈다. 그제야 나는 이곳이 평소처럼 행동해도 되는 장소가 아님을 자각하고 태도를 조심했다.

내가 알겠다고 고개를 끄덕인 걸 확인한 직원이 앞장섰다.

직원을 따라 움직이면서도 난 진열장에 진열된 구두를 눈으로 훑었다. 다들 너무 예쁘고 고급스러운 디자인이었다. 처음 와 본 여성화 전문점이라 그런가? 시선을 못 떼겠다.

늘 내가 신던 굽이 낮은 어린이용 신발과 다른 굽 높은 구두들의 우아한 자태는 가히 매혹적이었다. 그러다가 보석 박힌 구두까지 등장하니 또 정신이 번쩍 들었다. 저 보석은 진짜 보석일 테니까 살짝 두려워졌다.

신발의 가격은 둘째 치고, 보석을 신발에 달고 다니는 건 숨 막히는 기분 아닐까? 잃어버릴까 봐 무서워서 신고 다니겠냐고.

나와 어울리지 않는 낯선 장소임을 자각하자 어쩐지 불편해졌다.

직원이 나를 안내한 곳은 역시 고급스러워 보이는 문 앞이었다. 귀족들을 상대하는 전문점이라서 그런지 프라이빗 룸이 준비되어 있는 모양이었다.

직원이 문 앞에서 노크를 하고 문을 열었다. 나는 직원의 손짓에 소심하게 안쪽으로 들어갔다. 먼저 도착한 키르가 소파에 느긋하게 기대 앉아 책자를 보고 있었다. 자기 집처럼 여유작작한 모습이었다.

"그렇게 서 있지 말고 앉아."

나를 발견하고 앉으란 눈짓을 한 키르가 다시 책자에 시선을 돌렸다. 마음 같아서는 도대체 여기서 뭐 하냐고, 무슨 짓을 저지르려고 그러냐며 따지고 싶었다. 당장이라도 키르를 끌고 나가고 싶은 마음도 굴뚝같았지만 그럴 수 없었다. 내가 키르의 옆에 앉자 나를 안내한 직원이 물었다.

"차는 어떤 걸로 드릴까요?"

준비된 차 종류라도 알려주면 편할 텐데, 포괄적으로 물어보니 어떤 걸 요구해야 할지 모르겠다. 무안해서 키르를 돌아보자 내 시선을 느낀 키르가 나 대신 나서 줬다.

"같은 걸로."

"알겠습니다. 곧 준비해 오도록 하겠습니다."

정중하게 인사를 한 직원이 사라졌다. 키르가 익숙해 보여서 기분이 묘했다.

"여기 와 본 적 있어?"

"어."

키르의 고개가 까딱 움직였다. 그 와중에 키르가 책자에서 눈을 떼질 않길래 뭔가 하고 고개를 빼고 봤더니 다 여성화였다. 자기 걸 사는 것도 아니면서 뭘 저렇게 진지하게 보고 있는 거람.

투덜거리려다가 정신이 번쩍 들었다. 그러고 보니 점원은 차를 준비하러 갔지. 나는 주변을 둘러보고 둘만 남았다는 걸 확인하고 나서야 키르를 타박했다.

"뭐야. 여기 왜 왔어? 설마 내 물건 사려는 건 아니지?"

이미 짐작은 하고 있었지만 아니길 바라서 물었다. 그랬더니 키르가 무슨 당연한 소리를 하는 눈빛으로 날 쳐다봤다.

"여기 네 물건 아니면 누구 물건을 사겠어. 내 거?"

네 거일 수도 있지만 그건 그거대로 문제가 되긴 하겠다. 나야 키르에게 또 다른 은밀한 취향이 있더라도 순수한 맘으로 이해해 줄 수 있지만 남들은 아닐 테니까.

그리고 역시나 예상대로 키르의 목적은 내 물건이었다. 선물로 사람의 환심을 사려 하다니, 얘가 아주 나쁜 것만 잘 배워 왔다.

"내 거라면 괜찮아. 필요 없어."

키르의 눈길이 비스듬하게 떨어졌다. 살짝 무심한 오늘의 키르는 어쩐지 읽기 힘들었다.

"나야말로 괜찮아."

그걸 그렇게 받아치면 어떡해? 키르가 말싸움하기 싫은지 다시 책자에 시선을 고정했다. 진지하게 보는 게 꼭 '이 안에 있는 것 전부!' 라고 외칠 것만 같아서 조마조마했다. 큰소리를 칠 수 없는 장소라 참 불편했다.

"인형 놀이라도 하고 싶은 거야?"

이유 없이 드레스를 선물 받은 지 얼마 되지 않았다. 그런 상태에서 이런 곳에 또 오게 되니 썩 유쾌한 기분은 아니었다. 선물이 슬슬 과했다. 그러자 키르가 차분하게 나를 응시했다.

"아니면 여기 물건 전부 싹쓸이하면서 재력 자랑이라도 하려는 거야?"

그게 매력 포인트라고 여기는 건 아니겠지. 나는 키르가 식상하고 유치한 돈 자랑 놀이를 할까 봐 경고의 눈빛을 보냈다. 그러자 키르의 고개가 한쪽으로 기울었다.

"그런 걸 바라는 거야?"

원한다면 해 주겠다는 듯 태연한 반응이었다.

선물은 너무 많이 받아도 부담스러웠다. 키르는 부유하게 자라서 그런지 어릴 때부터 선물에 인색하지 않았다. 처음엔 나도 기쁜 마음으로 받았다. 공짜는 언제나 좋은 거니까.

하지만 그러다 어느 순간 과해져서 볼 때마다 무언가를 안기니 받기 미안할 정도가 됐다. 그 뒤로 나는 키르에게 그러지 말라고 신신당부해 놨다.

그래서 우리 사이에서는 늘 적정한 수준의 선물이 오갔다. 어릴 때부터의 약속이었다.

그런데 싹쓸이라니? 너무 낯간지럽고 무시무시하잖아!

선물은 특별해서 기쁜 거다. 소중한 날, 그걸 더 기쁘게 만드는 장치다. 무분별한 선물은 부담스럽기만 할 뿐, 제대로 된 감동을 주지는 못한다는 게 내 지론이다.

"내가 그런 걸 바랄 리가 없잖아."

키르의 입가에 그럴 줄 알았다는 웃음이 달렸다.

"그렇지. 그래서 하나만 살 거야."

딱 하나만 살 거라는 단호함에 기분이 묘해졌다. 아닌 척했으면서 내가 선물 세례를 받을 거라고 은연중에 기대라도 했나?

왜 그런 거 있지 않은가, 드라마에서 남자 주인공이 여자 주인공을 위해 물건 왕창 사다 나르는 그런 거. 살짝 유치하지만 짜릿한 감상을 주는 그런 일. 키르가 그럴 줄 알았다.

나도 참 드라마를 너무 봤나 보다. 제멋대로 착각해서 부끄러움이 몰려왔다. 그래서 나도 모르게 입에서 괜히 센 척하는 음성이 튀어나왔다.

"나도 구두 있어."

"하지만 내가 선물한 드레스에 어울리는 구두는 없지."

확실히 얼마 전에 선물 받은 귀족용 드레스에 어울리는 구두는 없었다. 그런데 그런 옷을 내가 입을 일이 있느냐가 더 중요하지.

"내가 그 드레스를 입을 일이 뭐가 있다고."

예쁘지만 입을 일이 없으니 지금도 장식용이나 마찬가지인데. 한 쌍인 구두가 있으면 뭐 하겠는가.

"사 준 성의가 있는데 입어는 봐야지. 그리고 입을 일이 왜 없어?"

입을 일이 없다고 계속 말하면 강제로라도 입을 일을 만들 것 같은 키르라 나는 재빨리 말을 돌렸다.

"입어는 봤어."

수려한 눈썹이 쓱 올라갔다가 내려왔다. 입어 봤으면서 왜 안 보여 줬냐는 듯한 불만스러운 표정이었다. 하지만 방에서 그냥 시험 착용해 봤을 뿐인데 그걸 키르에게 쪼르르 달려가 보여 주는 건 좀 민망했다. 그런 내 감정을 파악한 듯 키르는 더 파고들지 않았다.

"예쁘지?"

감상을 묻는 키르의 음성은 자신만만했다. 그리고 분하게도 몸 위에 대 봤을 때보다 실제 입어 보니 드레스는 더 예뻤다. 확실히 나를 돋보이게 하는 옷이었다. 성숙한 여인이 된 기분을 만끽할 수 있었다.

어떻게 나한테 이렇게 잘 어울리는 드레스를 찾아냈는지 무서울 정도였다. 내가 그런 드레스를 평소 입는 사람이었다면 자주 챙겨 입었을 거다. 그럴 수 없다는 게 문제지.

"어. 예쁘고, 딱 맞더라."

그래, 그 점이 실로 놀라웠다. 마치 내가 직접 가서 입어보고 맞추기라도 한 것처럼 옷 사이즈가 딱 맞았다. 어떻게 내 사이즈를 얻어냈는지 궁금했지만 되묻지 못했다.

키르의 의미심장한 웃음이 두려웠다. 저 입에서 '너를 그렇게 안았는데 모르겠어?' 라고 말하면 할 말이 없지 않겠는가. 나는 괜히 분위기 이상해질까 봐 그 이상 말을 꺼내지 않았다.

"나도 보여 줘."

멋쩍음을 날리기 위해 책자 쪽으로 손을 내밀었더니 키르가 책자를 옆으로 치웠다. 어린애 장난감 빼앗는 듯한 행동에 어이가 없었다.

"뭐야?"

"이미 골라 놨어."

그러니까 지금 내가 그걸 보고 다른 거 고를까 봐 치웠다는 거야?

"그럼, 굳이 날 데려오지 않아도 됐잖아."

자기 마음대로 다 정했으면서 약점 잡은 것처럼 나를 데려온 행동이 이해가 안 갔다. 그러고 보니 드레스는 깜짝 선물로 턱 내놓더니 구두 가게는 왜 직접 데려온 거지? 내가 고르는 것도 아닌데.

"다르지. 옷은 수선할 수 있지만 구두는 발이 편해야 하니까 전문가가 봐야지."

사이즈 측정을 위해 데려왔다는 소리에 기분이 또 이상해졌다. 뭔가 어색하고 이질감이 느껴지는데, 콕 집어 뭐라고 하기 힘든 애매함이 자꾸 찾아왔다.

괜찮은데, 정말 별일 아니고 평소와 다를 바 없는 배려인데, 이상하게 괜찮지가 않았다. 이런 설명 못할 기분을 뭐라고 표현해야 할까? 목 안쪽이 꽉 막힌 것처럼 불편했다.

"왜 자꾸 선물을 해."

키르의 시선이 차분하게 변했다. 지금 이건 어릴 때 같이 놀아 달라고 주던 선물과 다른 의미라는 걸 안다. 그래서 더 부담스러웠다. 보랏빛 눈동자에 치기가 아닌 묵직한 어떤 것이 전해지는 것만 같았다.

키르의 손이 내 얼굴 쪽으로 다가왔다. 평소처럼 뺨을 감싸려는 단순한 행동임을 알지만 어쩐지 지금은 닿기 두려웠다. 그리고 그런 감정을 나타내듯 내 몸이 크게 움츠러들었다.

그러자 다가오던 키르의 손이 허공에서 멈춰 섰다. 어색하게 허공을 움켜쥔 손이 다시 물러섰다. 그게 안타깝고 살짝 아쉬움이 느껴진다면……. 내가 많이 이상한 거겠지.

오히려 내 행동에 키르가 상처받았을 게 뻔한데 그는 아무렇지 않게 미소지어 보였다.

"불편해 하지 마. 네게 좋은 걸 해 주고 싶은 것뿐이니까."

당연히 그런 의미일 거라 짐작은 했다. 하지만 그걸 직접 입으로 듣게 되니 다른 의미로 곤혹스러웠다.

키르는 참 사람이 할 말 없게 만드는 재주가 있었다.

"딱히 좋은 거 해 주지 않아도 괜찮아."

"그 구두를 보면 다를걸?"

키르가 자신감 넘치게 말했다. 정말 괜찮다고 하려는데 때마침 직원이 차를 들고 들어와 말을 삼켰다. 키르와 내 앞에 찻잔을 내려놓은 직원이 차를 따라 주자 얼 그레이 향이 번졌다. 잔을 모두 채운 직원이 물러났고 다른 직원이 상자를 들고 들어와 우아하게 자기소개를 했다.

"다시 뵙게 되어 반갑습니다. 공자님. 처음 뵙게 되어 반갑습니다. 아가씨. 이곳을 책임지고 있는 로즈마리라고 합니다."

어쩐지 다른 직원들보다 직위가 높아 보인다 싶었더니 책임자급이었다. 키르와 로즈마리는 이미 아는 사이인 듯 했다.

"이분이 구두를 신으실 분이십니까?"

무슨 그런 당연한 것을 묻냐는 듯 키르가 오만하게 고개를 까딱였다. 로즈마리는 키르의 태도에 개의치 않고 내게 말했다.

"저희는 신으시는 분의 발이 편하도록 모든 제품을 맞춤 제작하고 있습니다. 그만큼 품질에 큰 자부심이 있습니다. 괜찮으시면 제가 아가씨의 발을 보아도 되겠습니까?"

나는 로즈마리의 말이 끝나자 비명을 내지를 뻔했다. 왜 아까 이 경우를 떠올리지 못했지? 신어 보기만 하는 거면 상관이 없다. 하지만 여긴 고급 수제화 전문점이다. 사이즈를 아주 꼼꼼하게 측정해야 한다.

미리 씻지도 않은 맨발을 보여 줘야 한다는 생각에 당혹감이 몰려왔다. 처음 본 사람이 내 맨발을 만지다니!

이 와중에 키르는 아무렇지 않은 표정으로 옆에서 책자만 봐서 정말 미치겠다. 나를 이 곤란한 상황에 던져 놓고 저 나 몰라라 하는 태도라니. 거절하고 싶지만 키르의 체면을 생각해서 그럴 수도 없었다.

분명히 로즈마리는 인사할 때 키르와 안면이 있는 것을 알렸다. 즉, 그녀와 키르는 미리 만남을 가졌고 여기에 다시 올 걸 이야기 해 둔 상태란 뜻이다.

여기서 내가 고집을 피우면 키르의 말이 뒤집어진다. 그건 진짜 곤란하다. 나중에 키르에게 한소리를 하는 한이 있더라도 지금은 맞춰 줘야 했다. 쓴 소리하고 싶은 걸 참으며 나는 애써 미소를 만들어 냈다.

"네. 괜찮아요."

어떻게 해야 하나 고민하는 내게 로즈마리가 먼저 알려 줬다.

"제가 하겠습니다. 편히 계시면 됩니다."

그리고 내 앞에 무릎을 꿇고 앉아 구두와 양말을 벗겼다. 낯선 존재에게 마음의 준비도 없이 맨발을 보여 주게 되니 엄청 부끄러웠다. 더럽진 않을까? 냄새 나진 않겠지? 별의별 생각이 다 들었다.

"그럼, 지금부터 치수를 재겠습니다."

나와 달리 로즈마리는 일상인 듯 조금의 표정 변화 없이 이곳저곳 치수를 재서 메모했다. 사무적인 태도에 엄청 불편하던 마음이 조금은 나아졌다. 꼼꼼하게 모든 치수를 잰 후에야 로즈마리가 일어섰다. 그러면서 가지고 온 상자 위에 손을 얹고 키르에게 물었다.

"치수는 다 쟀습니다. 디자인은 전에 고르셨던 걸로 하시겠습니까?"

선물인데 디자인을 내게 공개해도 되느냐, 아니면 더 비밀로 할 것인지를 키르에게 돌려서 묻고 있음을 알 수 있었다.

"나중에 완성품을 받아보지."

아직 어떤 구두인지는 내게 알려 주지 않겠다는 소리였다. 키르가 저렇게 비밀로 하니 괜히 디자인이 궁금해졌다.

"알겠습니다. 완성품은 일주일 뒤에 나옵니다. 찾으러 오시겠습니까? 배달해 드릴까요?"

수제화 제작에 일주일이면 적당한 시간인 것 같은데 키르에겐 아니었나 보다. 키르의 눈빛이 서늘해졌다.

"일주일 뒤? 최고의 대우를 하겠다더니 그렇게 느린가?"

진상이다! 갑질 진상이 나타났다!

나와 같은 걸 떠올렸을 로즈마리의 표정이 살짝 굳었다. 하지만 로즈마리는 프로였다. 곧 그린 듯한 미소를 만들어 낸 후 허리를 숙였다.

"죄송합니다. 착오가 있었습니다. 이틀 뒤에 오시면 됩니다."

화끈하게 시간을 단축시켜 버리는 로즈마리에겐 갑질을 질리게 상대해 온 노련한 자의 기운이 물씬 풍겼다. 물론 덕분에 수제화 제작자는 밤샘 작업을 하게 되겠지만 키르같이 까칠한 진상들은 만족스러울 게 틀림없다. 지금도 언제 서늘한 음성을 던졌냐는 듯 키르의 음성은 평온해졌다.

"찾으러 오지."

그렇게 말하고 키르가 일어서자 나도 따라 일어섰다.

"방문해 주셔서 감사합니다."

입구까지 따라 나온 로즈마리가 인사했고 나와 키르는 마차에 올라탔다. 둘만의 공간에 들어서자 그제야 난 편하게 숨을 쉴 수 있었다.

역시 남에게 씻지도 않은 발을 내민다는 건 엄청난 용기가 필요했다. 참지 못하고 얼굴에 손부채질을 했다. 아까는 이런 당황스러움을 드러낼 수 없어 더 힘들었다. 바람이 피부에 닿으니 좀 살 것 같았다.

"상의도 없이 이런 일을 겪게 하면 어떡해!"

진정이 된 나는 최대한 소리를 죽여 키르를 타박했다.

"상의했으면 왔겠어?"

당연히 안 왔지! 나는 힘껏 외치려던 말을 삼켰다. 그러자 내 생각은 다 안다는 듯 피식 키르가 웃음을 터트렸다.

그래도 자기 욕심을 채워서 그런지 키르는 만족스러워 보였다. 자기 물건도 아니고 남의 물건을 사고 저렇게 흡족해 해도 되는 건가? 기분이 좋아서 그런가, 키르가 너그러운 목소리로 말했다.

"이틀 뒤야."

"이틀 뒤에 나더러 구두를 찾으러 오라고?"

나도 모르게 목소리가 올라갔다. 진상 짓은 네가 하고 그 부끄러움을 받는 건 나더러 하라고? 그런데 키르가 어이없다는 듯이 픽 하고 웃음을 터트리는 게 아닌가.

"아버지 언제 오시는 지 궁금하다면서. 예상대로라면 이틀 뒤에 도착하실 거라고."

아, 대공이 언제 오는지 중요했지. 그걸 알려고 동행했으면서 그걸 잊고 있었다. 그런데 이틀 뒤? 그렇게 빨랐어? 충분히 기다릴 수 있는 날짜였잖아? 어쩐지 키르에게 속은 기분이 들었다.

하지만 내 억울한 눈빛에도 키르는 어깨를 으쓱이며 승자의 웃음을 흘릴 뿐이었다. 요즘 키르에게 제대로 휘둘리고 있는 느낌이었다.

18. 외전 : 키르시카, 그 청년 이야기

인정한다. 아주 어린 시절, 우리가 처음 만났을 때 어린 내 눈에 아렌은 굉장히 대단해 보였다.

나로선 무서운 아버지에게 할 수 없는 말을 턱턱 해 댔고, 수업 시간에 난해한 공부도 척척해 냈다. 귀여운 게 똑똑하기까지 했다. 그래서 잠시 잠깐이지만 어린 마음에 동경하듯 우러러본 적도 있었다. 나보다 어른스럽고 뛰어나 보였으니까.

하지만 시간이 지날수록 어느 순간 그녀가 정체되어 있음을 느꼈다. 난 성장하지만 아렌은 그대로인 듯 보였다. 신체뿐만 아니라 마음까지 말이다.

아렌의 마음이 나와 다르다는 건 알았다. 그래도 그녀가 툴툴거리면서도 은근히 내게 맞춰 주는 걸 알았기에 조급하게 생각하지 않으려 했다. 어차피 아렌에게도 나밖에 없고, 결국 그녀가 선택할 사람은 나라고 믿었기 때문이었다.

어느 날, 생각과 행동이 뻔한 아렌이 평소와 다르게 정신이 팔린 모습이 보였다. 놀랄 만큼 해맑은 게 그녀의 장점이었다. 그런 아렌이 답지 않게 우울함에 축 처져 있어서 의아했다.

나는 그때 아렌이 고민이라는 것을 하는 모습을 처음 봤다. 그녀는 망설임이 없는 사람처럼 늘 쉽게 결정하고 행동했으니까.

그런데 그런 그녀가 고민을 한다? 어쩐지 불길한 느낌이 들었다. 그래서 캐물었더니 아렌은 손쉽게 말해 주었다.

"나랑 떨어지면 어떨 거 같냐고 물었더니, 아버지가 쓸쓸하다고 하시더라. 아버지의 약한 모습 보니까 나도 쓸쓸하네."

"그냥, 어쩌다가. 평생 같이 살 수는 없는 거잖아. 그래서 만약을 이야기한 거지. 그래서 상상해 봤더니 슬프더라."

그렇게 아버지와 떨어질 것을 걱정하는 아렌의 태도에서 짐작을 했었어야 했는데. 멍청하게도 그녀가 쓸쓸해하는 것만 신경 쓰고 말았다. 그때는 나도 어려서 깊게 생각하지 못했다. 그저 아버지가 없으면 외로울 거라는 상상을 하는 아렌을 위로해야겠다는 생각밖에 없었다.

"난 네 곁을 떠나지 않을게. 절대."

나만은 네 옆에 있을 거라고, 절대 외롭게 하지 않을 거라고 굳게 약속했다. 이때도 아렌이 내 약속을 가볍게 여기는 것 같았지만 괜찮았다. 아렌은 느리고 둔한 아이니까, 어릴 땐 어른처럼 보였어도 지금은 나보다 어린애가 확실하니까.

그러니 나 또한 그녀에게 맞춰서 천천히 가야 한다고 늘 다짐해 왔다. 가끔 조급함이 치밀고 아렌의 둔함에 화도 났지만 그럭저럭 버틸 만했다.

* * *

내 15살 생일이 얼마 남지 않은 어느 날, 제국에서 손님이 찾아왔다. 그는 황제의 초대장을 갖고 왔다.

초대장의 내용은 제국 아카데미에 입학하는 게 어떻겠냐는 제안이었다.

"대공자에게도 유익한 시간이 될 겁니다."

워낙 라인폰트 공국이 구석에 붙어 있었기에 제국의 귀족들과 유기적인 관계를 맺으려면 필요한 일이었다. 아버지도 가길 원하는 눈치였다. 앞으로를 생각하면 가는 게 맞았다. 그런데 망설여졌다.

"잠시 생각할 시간을 주십시오."

그렇게 답을 피하고 답답함에 아렌을 찾아갔다. 공부하느라 바쁜데 왜 찾아왔냐며 날 귀찮게 바라보는 저 뚱한 얼굴이 뭐가 예쁘다고. 이 무심한 애가 뭐가 좋다고. 그런 생각을 떠올리면서도 결정은 손쉽게 났다.

내게는 지금 내 손에 닿는 이 온기를 지키는 게 더 중요했다. 함께 하겠다고 약속한 지 며칠 지나지도 않았다. 아렌을 혼자 두고 떠날 수는 없었다. 곁에 있어 줘야 했다. 내가 지켜 줘야 하는 아이니까.

"죄송합니다. 아카데미 입학 이야기는 거절하겠습니다."

그렇게 직설적으로 거절하자 황제의 심부름꾼은 불쾌한 기색을 내비쳤다. 그래도 자신의 위치를 생각해서인지 좋게 다시 권했다.

"폐하의 제안입니다. 다시 생각해 보십시오."

"제 결정은 변함이 없습니다. 대공이 되기 위한 공부는 이곳에서도 충분합니다."

내 확고한 거절에 결국 황제의 심부름꾼은 표정을 딱딱하게 굳혔다.

"스스로 기회를 걷어차다니. 다신 이런 기회가 없을 겁니다. 황제 폐하께 이 슬픈 소식을 전해야 하니 전 이만 떠나지요."

그렇게 냉랭하게 쏘아붙이고 황제의 심부름꾼은 불쾌한 기색으로 떠났다. 무슨 생각으로 내가 거절했는지를 짐작한 아버지는 못난 아들 보는 듯한 눈빛을 숨기지 않으셨다.

아버지의 잔소리는 한 귀로 흘렸다. 그래도 괜찮았다. 나는 이제 아버지의 감정을 얻기 위해 발버둥치는 어린애가 아니었다.

잘한 결정이라고 믿었다.

아렌이 내 뒤통수를 거하게 후려치기 전까지는.

* * *

"생일 축하해."

생일 당일, 아렌에게 선물을 받을 때만 해도 기뻤다. 또 애장품이 생겼다. 여태껏 아렌이 준 선물들은 소중해서 써 보지도 못했다. 아렌이 그 점을 서운해 하는 것을 알면서도 닳을까 봐 사용하기 너무 아까웠다.

그녀가 모든 용돈을 탈탈 털어서 샀을 펜을 받는 순간, 너무 기뻤다. 이걸 고르느라 고심했을 아렌을 생각만 해도 좋았다. 선물 자체도 마음에 들었다. 엄청 고급스러운 것도 아닌데 마음에 꼭 들었다. 이건 쓰지 않으면 아까울 것 같은 기분이었다.

그렇게 기분 좋은 생일이 될 줄 알았는데. 뒤끝 작렬하시는 아버지가 기어이 일을 만들었다. 굳이 식사시간에 유학 이야기를 꺼내 아렌의 흥미를 자극했다.

이미 정리된 일을 아렌이 괜한 신경 쓰게 하고 싶지 않았다. 하지만 호기심 강한 아렌이 가만히 있을 리 없었다. 괜찮다고 해도 결국 아버지에게 이야기를 들은 아렌의 눈이 튀어나올 듯 커졌다.

"그걸 왜 거절해?"

그리고 역시나 저렇게 내 속 터지는 이야기를 했다. 당연히 선택했어야 한다는 그 반응을 예상하고 있었지만 살짝 짜증이 났다.

"그냥이 어디 있어? 그걸 왜 거절해?"

못난 동생 보는 듯한 그녀의 시선에 얼렁뚱땅 둘러댔다.

"난 제국이 싫어."

"제국이 싫어? 왜?"

거기서 그치지 않고 그걸 왜 거절했냐며 정말 아까워하는 아렌의 표정에 나는 버럭 말도 안 되는 변명을 했다.

"그냥 싫어. 그러니까 제국에 가란 소리 하지 마. 제국 소리는 꺼내지도 마!"

아렌의 수긍하면서도 진심으로 아까워 죽겠다는 얼굴에 먹던 음식들이 체할 것만 같았다. 그건 아렌의 작은 중얼거림에 더욱 심해졌다.

"시간 나면 놀러 오라고 하려고 했는데 안 되겠네."

귓가에 감지된 내용에 감당하기 힘든 불길함이 몰려왔다. 다급해져서 다그쳤더니 하는 말이,

"나, 제국 가거든. 나중에 놀러 오라고 하려 했는데 네가 제국을 그렇게 싫어하니 안 되겠다."

온몸의 피가 말라붙어 버리는 것 같은 충격이었다. 못 만나게 돼서 아쉽다는 말투조차 가식적으로 들렸다. 그것도 3일 뒤에 출발한다는 소리를 너무 아무렇지도 않게 해서, 결국 내 인내심이 폭발했다. 서운했던 감정이 터져 나왔다.

"너는……!"

혼자만의 감정이란 걸 알았다. 아렌은 나를 친구 이상으로 절대 보지 않고 있다는 것도 알았다. 그래도 그건 아렌이 아직 어려서 그러니 시간이 지나면 달라질 거라 믿었다. 하지만 그건 내 착각이었다.

할 말은 많았지만 우선은 아렌을 이렇게 보내선 안 된다는 생각이 더 강했다. 그래서 뒤늦게라도 제국에 가겠다는 의사를 내비쳤더니 아버지는 냉정하게 내치셨다.

사실 황제의 심부름꾼이 불쾌한 기색으로 떠나서 다시 번복하기 어려울 것을 알았다. 하지만 이렇게라도 해야 하는 간절함이 있었다.

저 본인만 억울하다는 표정을 짓고 있는 어린애 때문에. 결국, 완전히 불가능하단 소리를 듣고 더는 그 자리에 있을 수 없었다.

이런 상황을 만든 어리석은 스스로가 한심하고, 모든 것을 알아주지 않는 아렌이 원망스러웠다.

나는 침실에 틀어박혀 올라오는 화를 억눌렀다. 아렌이 찾아왔지만 지금만은 그녀의 얼굴을 보고 싶지 않았다. 내가 너무 속상해서 그녀에게 상처 주는 말만 할 것 같았다. 혼자만의 시간을 가지며 생각을 곱씹고 또 곱씹으면서 인정할 수밖에 없었다.

아렌에게 난 언제든 버릴 수 있는 존재였다. 그 사실을 인정하자 울컥 감정이 솟았다.

첫 만남부터 아렌이 언제든 나와 거리를 벌릴 준비를 하고 있었던 걸 알았다. 그래서 어떻게든 붙잡아서 곁에 두고 있었다. 우리 둘은 오로지 내 노력에 의해서 이어진 관계였다. 아렌에겐 난 귀찮은 동생도 되지 않을 것이다.

그래도 난 아렌이 내게 익숙해지면 될 줄 알았다. 그녀에게 선택지가 나뿐이니까 당연히 내게 올 줄 알았다. 하지만 이번 아렌의 행동으로 내 안에서는 이런 식이면 안 된다는 결론이 나왔다.

우선은 감정을 수습했다. 떠나는 아렌에게 마지막 인사는 해야 했다. 떠나기 직전 찾아가니 반가운 얼굴로 맞이하며 나를 달래려는 아렌의 행동에 그래도 기분이 한결 나아졌다.

그러면서 이때 더 철저하게 느꼈다. 지금 이대로라면 아렌은 평생 나를 남자로 보는 일이 없다는 걸. 그녀는 끝까지 내게 어린 동생을 다루는 듯한 말투를 썼다.

다른 사람의 뺨을 때리지 말라고 약속을 받아낸 건 그런 행위로라도 아렌의 손바닥이 다른 사람과 닿는 게 싫어서라는 이유도 있었다. 하지만 가장 큰 이유는 걱정 때문이었다.

아렌은 나와 함께하며 귀족에 대한 경계가 느슨해져 있었다. 우연히 마주친 귀족에게 실수라도 날 대하듯 했다가는 아렌에게 큰일이 생길지도 모른다. 그때의 나는 곁에 없어서 지켜줄 수도 없다. 그러니 억지를 써서라도 아렌이 수도 생활을 경계하게 만들어야 했다.

나에 대해 오해한 아렌이 마지막에 질린 얼굴로 떠날 걸 알면서도 난 그렇게 약속을 받아 낼 수밖에 없었다.

기다리기 힘든 지루함이 될 것 같았다.

* * *

"딸아이가 보냈습니다."

아렌과 같이 제국으로 갔던 허트만 단장이 홀로 돌아왔다. 그는 내게 탐탁지 않은 얼굴로 편지를 내밀었다. 허트만 단장도 참 귀여운 구석이 있었다. 주기 싫어 죽겠으면서도 딸이 부탁한다고 그걸 또 건네준다.

자리를 옮겨 편지를 뜯어봤다. 낯익은 글씨체에 마음이 울렁거렸다. 벌써부터 보고 싶어졌다. 아렌처럼 글씨체도 동글동글 귀여웠다.

아카데미가 아니라 현자의 서재에서 공부하게 됐다는 것, 사는 곳이 생각보다 좋다는 것, 잘 지내고 있으라는 내용이 가득 든 편지를 읽고 나니 다시 가슴이 먹먹해졌다.

벌써 아렌이 그리웠다. 그 보드랍고 말랑거리는 뺨을 만지고 작은 머리도 쓰다듬고 싶었다. 품에 안고 안도하고 싶었다. 편지지가 아렌인 것처럼 한번 쓸었지만, 그 온기가 전해지지는 않았다. 그녀에게 당장 달려가고 싶다는 마음을 애써 다잡았다.

그리고 편지지를 곱게 접어 서랍 한쪽에 넣었다. 답장은 하지 않기로 했다. 아렌에겐 시간이 필요했다. 나를 귀찮은 동생이나 소꿉친구가 아닌, 남자로 의식할 시간이.

그동안 우리는 너무 오래 붙어 있었다. 그러니 아렌은 나에 대해 다른 생각을 할 수 없는 거다. 어릴 때의 꼬마로만 보는 시각을 바꿔야 했다.

아렌은 나를 다른 사람으로 낯설게 인식할 필요가 있었다. 그래서 나는 편지에 답장하지 않았다.

아렌에게 고작 두 번 더 편지가 오고 더는 오지 않았다. 내가 답장을 하지 않아서 끊긴 걸 알았지만 얄미웠다. 그 오기로 나는 더 열심히 수련하고 배움을 얻었다. 아렌이 완전히 나를 느끼도록 빨리 성장해야 했다.

* * *

인내의 1년이 지나고 어떤 기회와 맞물려 나는 아렌을 찾아갔다. 조금은 의식하겠지? 이젠 달라진 눈으로 봐 주겠지? 그런 기대감은 날 발견한 아렌의 놀라는 얼굴에 충족되었다.

낯선 사람을 보는 것 같은 그 표정에 그동안의 인내가 보상 받는 것 같아 만족스러웠다. 혼란스러움을 드러내는 그녀의 눈동자가 아득함을 전해줬다. 답장을 왜 안했냐고 투덜거리는 모습도 귀여웠다. 오랜만에 닿는 온기가 따스하고 부드러워 가슴 벅찼다.

물론 그런 감정은 정말 찰나였다.

"아렌, 난 그런 것들보다 네가 중요해."

"어, 너 때문이야. 너랑 함께 있고 싶으니까."

분명 다르게 느끼면서도 그 다른 점을 못 알아채는 것 같은 아렌의 모습에 난 일부러 직설적으로 말했다. 이 정도면 충분히 알아들을 만하다 여긴 말들이었는데.

"너라면 설레겠냐? 그래서 계속 내 핑계로 네 할 일을 안 하겠다고?"

내가 자신을 핑계로 놀 생각만 한다고 말하는 아렌의 반응에 어이가 없었다. 아렌은 아렌이었다. 15살의 아렌은 14살의 아렌과 조금도 변하지 않았다. 그게 나는 기쁘면서도 서글플 수밖에 없었다.

"네가 제국 싫어하는 건 알지만 그래도 어쩌겠어. 네 일이기도 한 걸.

힘내, 내가 열심히 응원할게. 알았지?"

함께 있고 싶다는 사람에게 저런 말을 하다니. 머리론 이해해야한다는 걸 알면서도 나도 완전한 어른은 아닌지 욱하는 감정이 솟는 건 어쩔 수 없었다. 그래도 어른스러워지기로 했으니까 이번에도 참았다. 그리고 그녀가 원하는 대로 아버지를 쫓아다니며 의젓한 모습을 보였다.

아렌은 내게 별로 신경도 쓰지 않는 것 같았다. 오히려 날 피해 다니는 것만 같았다. 그래도 나는 그녀가 원하는 대로 행동했다.

아까운 시간은 참으로 빨리 흘렀다. 아렌과는 별로 함께하지도 못했는데 벌써 공국으로 돌아가야 할 시기가 왔다. 붙잡는 것까지는 바라지 않았다. 그저 아쉬움만이라도 표현해 준다면 제국에 머물 생각이었다.

하지만 아렌은 조금도 아쉬움을 드러내지 않았다. 멍하니 딴 생각을 했다. 어린 시절 그대로 반응하는 게 답답했다. 아직도 나를 어린애 보는 듯한 시선을 지우지 못했다. 시간이 더 필요했다. 1년 가지고는 부족하다. 난 그것도 힘들게 참았는데, 아렌에겐 별거 아닌 기간이었나 보다.

"아니다. 나 간다. 이번에도 편지 안 할 거야."

그래서 난 일부러 편지를 보내지 않겠다고 이야기했다. 어떻게 그런 말을 대놓고 하냐며 아렌은 어이없다는 듯이 바라보았다. 하지만 이건 내 나름의 선전포고였다. 나에 대한 아쉬움을 가져 보라고. 어린 시절의 철없는 동생 보는 듯한 시선 지우라고.

제대로 성장해 올 테니 나를 남자로 느끼라고.

* * *

시간은 엄청 느리게 흐른 것 같으면서도 빠르게 흘렀다. 이제 아렌도 성인이 된다. 이젠 좀 어른스러워졌을까? 꽤 오랜만에 보는 것이니 이젠 철없던 꼬마라고 생각하지 않겠지?

때마침 제국에 빠질 수 없는 행사가 잡혔고 아렌을 만나러 갈 시간이 다가와 기대감이 생겼다.

편지를 주고받지 않았어도 종종 허트만 단장이 아렌을 만나고 와서 그녀에 대한 소식을 아예 모르는 건 아니었다.

물론 허트만 단장이 내게 직접 아렌의 이야기를 해 주지는 않았다. 예전부터 나를 소중한 딸을 넘보는 도둑놈 취급하던 그가 내게 그녀의 이야기를 순순히 할 리가 없었다.

그래도 주변 사람들을 통해 충분히 들을 수 있었다. 저 험악한 외모의 사내도, 딸 자랑하고 싶은 마음은 감추지 못했다.

그리고 어느 순간부터 자랑뿐만 아니라 걱정도 함께 들려왔다. 아렌이 너무 자라지 않는다고, 아렌 본인도 신경을 쓸 정도로 작다고. 아버지로선 귀여워서 좋지만 걱정이라고.

그런 이야기를 들을 때마다 묘하게 불안감은 강해졌다. 어차피 만나야 하는 것, 더 참기 힘들어 먼저 제국 수도로 올라왔다. 도착하자마자 아렌을 찾았다.

실제로 아렌을 봤을 때 솔직히 놀랐다. 헤어지기 전과 거의 달라지지 않아서. 사뿐하게 들리는 몸이 너무 작아서.

하지만 그 놀람을 드러내지는 않았다. 아렌이 작다는 말에 스트레스를 받는다는 소리를 들었기 때문이다. 그리고 예전 그대로라도 아렌은 아렌이었다.

내가 아렌을 좋아하는 이유는 늘씬한 미인이어서가 아니었다. 아렌 그 자체이기 때문에 좋아하고 있다. 다른 이유는 필요 없었다. 그냥 숨 쉬는 것처럼 그렇게 자연스러운 일이었다.

"정말 키르야?"

믿지 못하고 되묻는 아렌의 얼굴에 번지는 놀람이 제법 만족스러웠다. 눈만 깜빡이며 내게 넋 놓은 아렌을 보는 건 꽤 유쾌한 기분이었다.

썩 마음에 들어하지 않던 어릴 때부터 예쁘장하다는 칭찬을 듣던 외모가 이렇게 도움이 되었다. 하지만 완전히 마음을 놓지는 않았다. 이미 당했던 전적이 있던 터라 헛된 희망을 가지지 않았다. 상대는 아렌이니까.

"보고 싶어서 왔어. 지금 도착했고."

"거짓말."

역시나 보고 싶었단 내 말에 거짓말이라고 응수하는 아렌이었다. 그녀도 말로는 가끔 생각났다고 했지만 떨리는 눈동자를 보아하니 거짓말이 확실했다. 날 보고 생겼던 아렌의 혼란은 빠르게 잦아들었다.

그리고 내가 알던 아렌으로 돌아왔다. 실망하면 뺨을 부풀리고 내가 아버지 대신 왔다니 대견함을 감추지 못했다. 저 표정을 보니 아직 갈 길이 먼 게 확실했다.

답답함에 속이 터질 것 같았지만 화사한 웃음을 지었다. 아렌의 눈이 커지는 걸 보며 더욱 눈을 가늘게 휘었다. 아렌의 뺨이 탐스럽게 달아올랐다. 나도 제법 성숙해졌다. 예전처럼 발끈하는 게 아니라 이런 만들어낸 얼굴을 할 수 있게 되다니.

아무렇지 않게 나를 대하려는 아렌의 행동에 조급함을 느끼지 않기로 했다. 아렌이 내게 낯섦을 느끼는 것도 장족의 발전이었다. 내 조급함으로 망치고 싶지 않았다. 천천히 잠식하듯, 내게 젖어들게 만들 거다.

사실 제국으로 출발할 때만 해도 이런 마음은 아니었다. 더 기다릴 수 없을 거라 생각했다. 하지만 막상 만나 본 아렌은 혼자만 시간이 멈춰 버린 것처럼 그대로였다. 그녀는 아직도 내게서 뺨을 때려 달라고 말하던 어리숙한 꼬마의 모습을 보고 있었다.

아직도 내가 제국을 싫어한다고 믿으며 작다는 소리에 발끈하는 소녀 같은 아렌. 이번엔 다른 의미로 아렌에게 시간이 필요해 보였다. 내가 성장한 만큼 아렌도 성장할 필요가 있었다.

무슨 이유로 아렌의 성장이 느린지는 모른다. 하지만 내 속도에 아렌더러 맞추라는 건 이기적이다. 그녀가 원치 않는 내 감정을 밀어붙이는 것도 강요였다.

아렌은 별 생각 없는데 좋아하니까 나를 보라고 소리치는 건 어릴 때 멋모르고 하던 채찍질과 다르지 않았다. 나는 그러고 싶지 않았다. 소중하게 대해 주고 싶었다. 이젠 나도 그녀도 어린애가 아니니까 천천히 알려주면 된다.

물론, 안아 봐도 되냐는 질문에 아렌이 너무 아무렇지 않게 안겨서 살짝 기분이 애매하긴 했다. 그래도 내 손길을 익숙하게 받아들인다는 것만으로 충분했다. 닿기를 거부하는 어색한 사이보다 낫다.

나도 사람이다 보니까 순간순간 조급함이 치밀었다. 하지만 감정을 내비치려다가도, 어린아이처럼 놀라서 경직되어 버리는 아렌 때문에 참을 수밖에 없었다. 내가 기다려야지, 하며 자기 합리화를 하는 가장 큰 이유였다.

예전 그대로의 아렌이라면 내가 고백하고 이 감정을 알아채는 즉시 그녀는 도망칠 거다. 이건 감이 아니라 확신이었다. 분명 나를 직시하기는 커녕 외면하기 바쁘겠지. 고백도 통할 사람에게 해야 했다. 준비되지 않은 지금의 아렌에겐 말해 봤자,

"내가 널 어떻게 키웠는데!"

따위의 헛소리를 하면서 정색하겠지.

아무것도 모르는 어린 시절에도 그녀는 나와 거리를 두려고 했다. 나를 챙기면서도 언제든 버릴 준비를 했다. 그런 사람이 고백을 들었다고 과연 나를 받아들일까? 당연히 아니라는 결론이 나왔다.

남자와 맞닿아 있어도 그녀는 조금도 동요가 없었다. 조급하게 생각하면 끔찍한 일이지만 다른 사람을 생각하면 안심할 일이었다. 어차피 아렌은 연애라는 건 생각도 못 하는 성격이었다.

이대로 아렌의 속도에 맞춰 기다리다 보면 기회가 올 것이다. 어릴 때

부터 아렌에게 인내심만은 열심히 배워 왔다. 다 이걸 위한 아렌의 큰 그림이 아니었을까 싶을 정도였다.

그래도 무심한 척 툴툴거려도 막상 내가 약한 모습을 보이면 어쩔 줄 몰라 하는 아렌을 보면서 난 머지않았다고 여겼다.

* * *

무슨 계기가 있었는지 모르겠지만 아렌이 퉁명스럽게 굴던 행동을 줄였다. 예전엔 열에 한 번 나를 배려했다면 요즘엔 다섯에 세 번 정도 친구로서라도 나를 배려하려 함을 느꼈다.

그래서 나도 차근차근 아렌을 흔들었다. 아렌이 소꿉장난처럼 여겨도 실은 무의식적으로 쌓이도록. 나를 어린애가 아니라 남자로 느끼도록. 그래도 최근 내 행동에 아렌이 많이 흔들리는 게 보여 내 마음이 곧 닿을 수 있을 거라 여겼다.

가끔 아렌의 입에서 내 결혼 이야기가 나오면 욱하고 치솟는 감정을 참기 힘들었다. 하지만 아렌은 볼에 닿는 가벼운 입맞춤만으로 놀라서 후다닥 도망가기 바쁜 사람이었다. 어차피 아렌의 세계는 좁다.

그래서 나는 더 여유롭게 기다릴 수 있을 줄 알았다. 인내심이야 꽤 단련됐기에 아렌의 속도에 충분히 맞춰 갈 수 있을 줄 알았다.

가끔 이상 징후가 보였지만 별거 아닐 거라 여겼다. 저택과 현자의 서재만 왔다 갔다 하느라 바쁜 그녀는 그럴 틈이 없을 줄 알았다. 공부에만 전념하는 그녀에게 다른 날파리가 꼬일 일은 없을 거라 믿었다.

그런데 모르는 사이에 어디서 벌레를 꼬였을까?

어디선가 봤던 것 같은 기사를 올려다보며 연애의 단꿈에 젖은 여인의 얼굴을 한 아렌을 보는 순간, 내 모든 인내심은 깨졌다. 그녀를 배려하는 것만이 옳은 건 아니란 사실을 나는 알아챘다.

"그래. 나중에 네게 결혼할 사람이 생겨도 이럴 거야?"

이런 말을 잘도 종알거렸다. 내겐 다른 여자를, 자신 또한 다른 남자를 만나겠단 소리였다.

갑자기 인내의 끈이 뚝 소리를 내며 끊어진 기분이 들었다. 아렌의 속도에 맞춰 가자? 어른스럽게 대하자? 다 헛소리였다. 내 배려 따위 아렌은 끝까지 못 알아 챌 거다.

기다려 주는 것도 지쳤다. 괜히 어른스러운 척하다가 아렌에게 다른 사람이 생겨 고작 소꿉친구로 남아 버리게 될 수는 없었다. 나는 그러려고 기다려 온 게 아니었다.

이젠 대놓고 흔들 거다. 숨기지 않고 내비칠 거다.

"내가 널 좋아해서 그러잖아."

이렇게 준비 없이 고백하고 싶지 않았다. 좋은 분위기에 근사한 선물을 갖추고 달콤하게 고백하고 싶었다. 하지만 말하지 않으면 끝까지 모른 척 살아 갈 아렌 때문에 이럴 수밖에 없었다. 내 고백을 친구의 가벼운 투정이라고 여기려는 아렌을 붙잡고 확실하게 주지시켰다.

"네가 생각하는 그런 유아기적 의미 말고. 정말로 너를 좋아해."

넋 놓고 응시하던 아렌이 택한 것은 도망이었다. 현실을 외면하고 싶어 도망치는 그녀를 일부러 붙잡지 않았다. 내 감정을 아렌이 알아차렸을 때 행동할 예상했던 반응이었다.

이미 충분히 과하게 밀어붙였다. 아렌에게도 생각할 시간이 필요하겠지. 나는 그녀가 진정하고, 조금 더 깊게 생각하도록 기다렸다. 다만, 이젠 인내심을 저버렸기에 그 결정이 빠르길 기다렸다. 예전처럼 진득하게 기다릴 자신이 없었다.

예상보다 아렌의 고뇌가 길었다. 더는 기다리기 힘들다 여겨졌을 때 나는 그녀를 찾아갔다. 숨는 행동을 예상했음에도 막상 아렌이 대놓고 피하니까 감정이 들끓었다.

그래서 나는 조금만, 조금만 더 참자고. 그렇게 스스로를 다독였다.

다행히 내가 터지기 직전 아렌이 눈치껏 먼저 찾아왔다. 우물쭈물하는 아렌의 결정은 뻔했다. 예전처럼 친구로 있고 싶다는 거겠지. 하지만 난 절대 그렇게 지낼 생각 없었다.

"네게 갑작스러웠던 거 알아."

우선은 아렌이 두려워하지 않도록 아주 친절한 가면을 만들어 썼다.

"나에 대해 생각하고 또 생각한 후에 결정해."

그 어느 때보다 다정하고 나긋하게, 그녀가 안도할 수 있도록.

"아렌, 내가 몇 년을 기다려 왔다고 생각하는 거야?"

그녀에겐 충분한 여유가 있다고 착각하도록. 온화한 미소를 지우지 않았다.

"알았어. 그럼 진지하게 고민해 볼게."

마침내 이 작은 소녀가 긍정적으로 답했을 때.

"아렌, 넌 생각하기만 해. 난 나대로 네가 알아챌 수 있도록 알려줄게."

안도할 수 있었다. 그리고 잊지 않고 이번엔 아렌이 들을 수 있는 선전포고를 했다. 앞으론 숨기지 않을 거라고. 당했다는 억울한 표정을 짓는 아렌에게 화사한 웃음을 선보였다.

더 붙잡아 둔 채 아렌에게 알려 주고 싶은 건 많았지만 안타깝게도 저녁 일정이 있었다. 참가하기로 한 파티에 가지 않을 수 없어서 아렌을 놓아 주어야만 했다.

그리고 나는 그 다음날도 일정 때문에 아렌을 보지 못했다. 붙잡고 알려줘야 하는데 시간이 없었다.

나에게 맞추라고 아렌에게 강요하겠다는 소리가 아니다. 난 처음부터 아렌을 바꿀 생각은 조금도 없었다. 그녀는 그녀답게 살면 되었다. 다만, 예전처럼 나도 어린애가 아님을 알려 줄 생각이다.

문제는 그럴 시간도 없다는 점이다. 아렌과 보낼 시간도 없는데 이런 시답지 않은 모임에 불려가 있어야 한다는 사실이 짜증이 났다.

그날 나는 밤새 시달리고 아침에서야 풀려날 수 있었다. 자고 일어나도 진득한 피로감이 몸에 붙어 있을 것만 같은 상태였다. 조금이라도 회복하려 침대에 누웠다. 짜증과 격한 피로감이 맞물려 불쾌하게 잠이 들었다.

분명히 불쾌하게 잠들었는데, 이상하게 눈을 떴을 때 기분이 좋았다. 마치 품에 아렌을 안았던 것처럼 날카로웠던 신경이 느슨하게 진정되었다. 그래서 아렌이 보고 싶어졌다.

눈을 뜨자마자 그녀 생각을 떠올리다니, 이러다 하루 종일 아렌 생각만 하는 건 아닐까?

이런 스스로가 중증이라 생각하며 나는 낮게 웃음을 터트렸다. 생각난 김에 찾아가 봐야겠다. 오늘은 아렌을 위해 무슨 일을 해야 할까? 그래, 그게 좋겠다. 전에 사 준 드레스와 어울리는 구두를 주문해야겠다.

봐 둔 물건은 있는데 아렌을 데리고 구두 가게에 가는 게 문제였다. 드레스처럼 알아서 만들어 주면 좋으련만 나름 자부심 있는 가게라고 고객의 치수를 제대로 재야겠다고 고집을 부리다니.

아렌은 속물적이면서 묘하게 과한 선물은 기피했다. 그 성격이니 가게에 안 간다고 버틸 것 같은데……. 일단 만나고 생각하자. 만나서 대화를 하다보면 아렌은 꼬실 수 있겠지.

결정이 나자 채비를 하고 나왔다. 막상 아렌을 찾아가니 그녀는 의아할 정도로 동요를 드러냈다. 저택을 나설 때 집사에게 잠든 사이에 아렌이 들렀단 소리는 들었는데 그것과 무슨 연관이 있나?

아렌이 아무렇지 않은 척 하는데 나를 의식하는 게 보였다. 고백 때문이라고 하기엔 아렌 답지 않은 것 같았다. 상황 자체가 내게 나쁘지 않은 일이라 유용하게 이용했다.

가끔 아렌이 혼자 있을 때 중얼거리는 '저 죽일 놈의 미모'를 살려 최대한 화사한 미소를 지어 보였다. 아렌이 양 뺨을 불긋하게 물들이고 의식하는 모습이 나쁘지 않았다.

한껏 기분이 좋아지려는 찰나, 혼자 안절부절못하던 아렌이 아버지에 대해 물었을 땐 기분이 바닥을 쳤지만. 어쩌겠는가 ,상대가 아렌인걸.

그런데 상황이 의아했다. 아렌은 아버지를 편하게 생각하지 않았다. 그런 사람이 아버지를 찾는다는 건 용건이 있다는 뜻이며 아렌 성격상 아버지가 아니면 감당할 수 없는 일이니까 아버지를 찾는 거겠지. 도대체 또 어떤 큰일을 저지르려고?

우선 기회를 활용해 애초에 목적했던 아렌의 구두를 맞췄다. 이렇게 문제가 저절로 해결되다니 운이 좋았다.

선물을 준다니 불퉁해진 아렌을 보면서 저 천진한 얼굴로 또 사고를 치고 다닐까 걱정이 들었다. 게다가 아렌의 태도를 보아하니 내게 무슨 일인지는 절대 알려줄 생각이 없어 보였다. 한동안 아렌을 주의 깊게 봐야 할 것 같았다.

19. 그 영애가 소꿉친구를 부담스러워하는 이유

대공과의 만남도 중요하지만 역시 오랜만에 보는 아버지가 내겐 더 중요했다. 일찌감치 대공저에서 기다리던 나는 대공 일행이 도착했다는 소리에 헐레벌떡 뛰어나갔다. 예전처럼 자주 오시지 않으니 근 1년 만에 보는 아버지였다.

"아버지!"

대공의 마차 옆에서 말을 타고 계시던 아버지가 나를 발견하고 말에서 뛰어내렸다.

"아렌! 잘 지냈느냐?"

아버지가 나를 번쩍 들어 올리셨다. 얼마 전에 지적도 받았겠다, 더는 어린애 취급받고 싶지 않았다. 하지만 아버지 얼굴에 은은하게 피어나는 기쁨을 보니까 도저히 말리지 못하겠다.

게다가 오랜만에 보는 아버지잖아, 내가 갑자기 달라지면 슬퍼하시겠지? 나는 그렇게 합리화하며 못이기는 척 아버지를 껴안았다.

"어서 오세요. 피곤하시죠? 얼른 정리하고 씻으세요. 따듯한 물 준비해 뒀어요."

배시시 웃으며 아버지를 반기는데, 어쩐지 아버지의 표정이 이상해졌다. 오랜만이라서 감격스러워서 그러신가?

나는 굳어 버린 아버지의 목을 한번 껴안은 뒤 그만 내려 달라고 속삭였다. 그렇게 말하고 나서야 아버지는 찜찜한 표정을 지우지 못한 채 나를 내려주셨다. 그제야 나는 겨우 이 저택의 주인을 향해 인사를 했다.

"어서 오세요. 먼 길인데 오시느라 힘들진 않으셨어요?"

마차에 내려서 우리 부녀의 상봉을 구경하던 대공의 표정도 내 인사를 듣자 이상해졌다.

물론 예법 상 아버지에게 인사하기 전 대공에게 먼저 예를 차려야 하는 게 맞다. 하지만 그동안 대공은 우리 부녀가 오랜만의 만남으로 먼저 인사하며 기뻐하는 것을 용인해 줬다. 그런데 오늘은 왜 저런 표정이지?

흘긋 둘러보니 다른 사람들도 표정이 묘했다.

"음, 그래. 오랜만이구나."

대공의 인사가 표정만큼 어색했다. 거기에 사람들의 어색한 반응까지 뭔가 신경이 쓰였다. 뒤에서 서 있던 키르가 앞으로 나섰다.

"오셨습니까?"

키르를 바라보는 대공의 표정이 평소로 돌아왔다.

"그래. 잘 하고 있었느냐?"

"네. 별 문제 없었습니다."

키르도 무뚝뚝하게 대꾸했다. 며칠 만에 만난 부자라고 볼 수 없을 정도로 딱딱한 대화였다. 전형적인 정 없는 부자의 모습을 그대로 보여 주고 있었다.

"들어가지."

그렇게 말한 대공이 휘적휘적 안쪽으로 들어갔다. 그제야 난 다른 사람들에게 인사를 했다.

“어서들 오세요. 피곤하시죠? 집사님이 여러분들 늘 쓰던 방 준비해 뒀어요. 출출하신 분을 위해 간식이 준비되어 있는데 그거 조금만 드세요. 저녁 만찬 함께해야 하니까요. 아셨죠?”

“어, 어. 그래. 아렌, 오랜만이구나.”

“오랜만이다. 잘 지냈나 보구나.”

“수다는 그만 떨고 정리부터 하자고.”

다들 늘 수도에 방문하는 인원들이었기에 인사를 짧게 나누고 각자 짐 정리를 시작했다. 그런데 사람들이 흘긋흘긋 내게 시선을 보냈다. 할 말들이 있으면 그냥 할 것이지, 왜 저런 시선을 보낸단 말인가.

다른 사람들의 태도가 신경 쓰였지만 중요한 일은 아닌 것 같아 아버지를 향해 물었다.

“피곤하지 않으시면 같이 차 한잔할까요?”

공국과 제국의 이동은 나름 긴 여행이다. 아무리 단련된 성인이라고 해도 여독이 쌓일 만한 상황이라 최대한 조심스럽게 물었다.

오랜만에 만난 아버지와 시간을 보내고 싶었다. 언제까지 머물지 알 수 없으니 시간이 있을 때 최대한 함께 보내고 싶은 욕심이 들었다. 아버지도 나와 같은 생각이신지 위아래로 격렬하게 고개를 끄덕이셨다.

“정리 좀 하마. 30분 뒤에 보자.”

“네! 제가 아버지 방으로 찾아갈게요.”

먼저 저택 안으로 들어간 나는 잠시 시간을 보내다가 집사님에게 피로 회복에 좋은 레몬꿀차를 부탁해서 아버지를 찾아갔다. 노크를 하자 기다렸던 것처럼 아버지가 문을 열어 주셨다.

“꿀차 배달 왔습니다.”

나를 보는 순간 험악한 얼굴에 퍼지는 반가움에 나도 기분 좋아졌다.

내가 어린애 같아서 특히 더 심한 건가? 아니면 원래 부모자식간이라서 그런 것일까? 아버지 앞에서 더 어린애가 되는 것 같았다.

"잘 지내셨어요?"

"그건 내가 먼저 물을 말이지. 잘 지냈느냐?"

"저야 잘 지냈죠."

아버지 방에 들어와 차를 따라놓고 우리는 마주 앉아 재잘재잘 몇 개월 동안 밀렸던 이야기를 나눴다.

현자의 서재에서 공부가 어려워 머리가 깨질 뻔했다는, 매번 하던 이야기부터 시작해서 첫 심부름으로 호구짓을 했고 거기서 만난 마녀가 나더러 재능이 있다고 했다는 것. 그리고 처음 가 본 아카데미에서 이상한 애를 만났던 것

또 황태자비님이라고 정체는 밝히지 못해도 새로 사귄 친구 같은 사람이 있다는 이야기나, 어떤 잘생긴 기사님을 보고 설렜는데 그쪽은 나를 어린애 취급해서 우울했던 점 등을 쉬지 않고 이야기했다.

끊이지 않는 내 이야기가 지겨울 법도 한데 아버지는 끝까지 차분하게 들어주셨다.

"……이번엔 짧은 시간 안에 꽤 많은 일이 있었구나."

"그래서 요즘 정신이 없었어요."

아버지의 말이 맞았다. 늘 현자의 서재에서 공부만 하던 내게 최근에는 엄청난 일들이 많았다. 하프테리 님의 지적과 키르의 고백을 포함해서 말이다. 하지만 이 점은 차마 입 밖으로 나오지 않았다.

전자는 아버지가 나를 걱정하실까 봐, 후자는 아버지가 남몰래 괴한으로 변장해서 키르를 습격할까 봐 말이다. 아버지는 나를 꽤 아끼시고 키르는 탐탁지 않게 여기시니까.

그러고 보니 이것도 문제다.

나 때문에 아버지랑 키르의 사이가 틀어지지는 않겠지? 내가 어떤

결정을 한다고 해도 아버지의 직장은 안전하겠지?

"음, 아렌?"

"네?"

갑자기 현실적으로 와닿는 아버지와 키르의 관계를 걱정하느라 나도 모르게 생각을 깊게 했나 보다. 아버지의 부름에 화들짝 놀라 소리를 높여 버렸다. 아버지도 내 목소리에 놀란 듯 살짝 눈을 크게 뜨셨다가 어색하게 웃으며 찻잔을 들어 보이셨다.

"맛있구나."

우리 딸이 만들어서 맛있구나! 하시는 것 같았다. 뭐지? 곤란한 말씀을 하려고 하셨나? 어쩐지 아버지의 말투와 행동이 부자연스러웠다. 억지로 칭찬을 하려는 기색에 괜히 내 기분도 이상해졌다.

"죄송해요. 제가 만든 거 아니에요. 주방장님이 만들어 주신 거예요."

"아, 그러니? 허흠, 허흠. 그래도 우리 딸이 가져다 줘서 더 맛있구나."

아버지의 초조함이 더욱 커지시는지 이상한 헛기침 소리까지 내셨다. 무슨 말씀을 하시려고 저렇게 어설픈 칭찬까지 하며 분위기를 조장하시는 걸까?

내가 하실 말씀 있으면 어서 하라고 가만히 쳐다보자 아버지가 고개를 옆으로 돌리고 헛기침 하신 후 슬그머니 본론을 꺼내셨다.

"그래서 그 기사놈……. 크흠, 그 기사가 누구라고?"

살짝 귓가가 달아올랐으면서 눈빛만은 근엄 진지한 아버지의 태도에 잠깐 멍해졌다. 그러다 뒤늦게 이해가 돼서 터지려는 웃음을 꾹 참았다. 아까 스치듯 아드리안 님과의 일을 언급했더니 그걸 또 담아 두셨나 보다.

'감히 제깟 게 뭔데 이렇게 사랑스럽고 귀여운 내 딸을 어린애 취급하며 실망시켰더냐!' 하는 분노로 똘똘 뭉쳐 있었다. 당장 찾아가서 혼쭐을 내 주겠다는 아버지의 결심이 엿보여 나는 행복하면서도 걱정되었다.

이러다 아버지의 과보호 때문에 평생 연애도 못 하는 거 아닌가 모르겠다.

아드리안 님과의 일도 저렇게 반응하시는데, 키르의 고백 사실을 아버지가 알게 되면 괴한 분장을 하고 키르를 습격할 지도 모른다는 내 짐작이 사실이 될 것 같았다. 키르의 고백을 눈치껏 말하지 않길 정말 잘했다.

그리고 행복한 것과 별개로 어떻게 이 상황을 잘 빠져 나가야 할지 곤란했다. 아드리안 님과의 일은 연애라고 하기도 힘든 이야기라 아버지에게 말한 거였다. 그런데 저렇게 과장되게 반응하시다니.

“별일 아닌걸요. 저 혼자 들떴던 거예요.”

일부러 아무렇지 않은 목소리를 냈음에도 아버지의 잔뜩 굳은 볼이 살짝 실룩였다.

“그게 더 나쁜 거다.”

하고 싶은 말은 많은데, 표현력이 부족한 아버지는 스스로도 답답한 모습이었다. 감히 내 딸을 무시하다니, 부들부들하는 아버지의 반응에 참 웃음이 나오면서도 아리송했다.

막상 내가 아드리안 님과 연애라도 한다고 하면 그건 그거대로 난리칠 거면서, 자기 딸에게 관심 없다고 저런 반응이라니. 부모의 ‘내 자식이 최고로 예쁘고 잘났다’는 어쩔 수 없나 보다.

“신경 쓰지 마세요. 정말 아무 일 아니에요. 다 지난 일인걸요.”

몸을 기울여 아버지의 팔을 토닥였더니 아버지의 분노로 들썩이던 몸이 진정되었다. 그리고 아버지의 안쓰러운 눈빛이 내게 떨어졌다.

“정말 괜찮은 거지?”

“네. 정말 괜찮아요.”

생각해 보면 여기서 내가 분노를 쏟아 내는 거야말로 미친 짓이다. 아드리안 님은 내게 조금도 여지를 주지 않았다. 내가 혼자 망상을 무럭무럭 했을 뿐이다.

내가 단호하게 답하니 아버지의 기세가 한 꺼풀 꺾였다.

아버진 우직한 성격인 만큼 고집도 만만치 않은 면이 있었다. 그래서 끝까지 아드리안 님의 정체를 파악하려 들까 봐 걱정이었는데, 바로 포기하다니 다행이었다.

"네가 괜찮다면 어쩔 수 없지. 그런데 혹시 말이다……."

아버진 무뚝뚝한 성격만큼 단호하게 말씀하시는 분이다. 그런데 그런 아버지가 불길하게 또 말을 끌었다. 정말 묻고 싶지 않았지만 듣지 않으면 더 신경 쓰일 것 같다는 고뇌에 찬 표정이었다.

또 어떤 폭탄을 던지시려고? 내가 긴장한 채 주시하자 아버지가 머뭇거리며 물었다.

"그동안 대공저에서 머물렀니?"

아버지답지 않게 흘긋흘긋 내 눈치를 보시다가 우울한 얼굴로 하는 질문에 기가 막혀 펄쩍 뛰며 부정했다.

"아니요! 저 스승님 저택에서 머물러요."

가뜩이나 키르가 수도에 도착하고 초반에 저택에 머물라고 해서 곤란했었는데 갑자기 왜 이런 엉뚱한 질문을 하신단 말인가. 혹시 공국에서 출발 전에 키르가 이미 아버지에게 허락을 맡아 온 건가?

"그러니?"

아버지의 얼굴이 아니길 간절하게 바랐던 것처럼 환해졌다. 순식간에 생기발랄해지는 아버지의 표정에 웃기면서도 상황이 어이없어 볼멘소리가 나왔다.

"아버지도 참, 무슨 오해를 하시는 거예요. 제가 왜 대공저에서 머물러요. 아버지도 없는데."

그렇게 덧붙이자 아버지의 얼굴에 안도감과 뿌듯함이 동시에 깃들었다. 자랑스러움으로 가슴을 부풀린 아버지가 흐뭇한 미소를 지었다.

"그래. 내가 괜한 오해를 했구나."

"도대체 왜 그런 말도 안 되는 오해를 하신 거예요?"

"대공저에 도착했을 때 네가 너무 자연스럽게……. 안주인처럼 맞이하는 것 같았다."

말하면서 그게 또 씁쓸한지 아버지의 음성이 시무룩해졌다.

내가 그때 그랬나?

하긴 아버지와 대공에게 건넨 인사를 떠올려 보니 언뜻, 집주인이 손님을 맞이하는 상황 같긴 했다. 설마 대공의 표정이 어색했던 게 대공도 그런 느낌을 받아서 그런가? 앞으로는 말 한마디도 조심해야지.

"아니에요. 절대 그런 거 아니니까 이상한 오해하지 마세요. 알겠죠?"

그렇게 말하고 아버지가 오해하지 않도록 설명에 설명을 더 하다 보니 저녁시간이 다 되었다.

대공이 수도에 올라온 첫날은 공국에서 올라온 사람들 전부가 함께 식사하는 전통 아닌 전통이 있었다.

우린 다 함께 식사를 했다. 익숙하고 평화로운 만찬이었다. 용건이 있는 나 혼자 긴장하고 눈치를 봤지만.

다들 배불리 식사하고 분위기가 나른해졌다. 식사를 마무리하고 각자의 방에서 쉬자는 말이 나오기 전에 나는 대공에게 벼르고 벼르던 요청을 조심스럽게 했다.

"대공 전하, 실례가 아니라면 개인적인 면담을 부탁드려도 될까요?"

순간, 식당에 정적이 감돌았다. 아버지는 '아까 대화할 때까지만 해도 아무 소리 없었잖아?' 하는 혼란스러운 눈빛을 보내셨다. 다른 사람들은 무슨 일인지 호기심과 걱정을 드러내고 있었다. 내가 대공에게 볼일이 있다는 걸 알고 있던 키르만이 담담했다.

대공이 그런 키르를 한번 보고 나를 돌아보았다. 무심한 시선에 움츠러

들려는 어깨를 폈다.

"면담?"

"네. 시간 좀 내 주셨으면 합니다."

어쩐지 대공의 시선이 다시 키르에게 옮겨갔다. 키르는 건방지게도 눈썹을 한번 까딱여 보이는 걸로 반응을 끝냈다.

대공은 친구 아버지이기 전에 한 공국의 왕이다. 아무리 친분이 있다고 하더라도 개인의 면담 요청을 일일이 들어줄 수 없는 위치였다. 대공의 차분한 시선이 다시 내게 쏘아졌다. 긴장감이 몰려왔다.

"식사는 끝마친 거냐?"

"네. 잘 먹었습니다."

"그럼, 자리를 이동하자."

지금 면담을 해 주겠다는 소리에 얼떨떨해 눈을 크게 떴다. 가끔 같이 식사를 하고 아버지와 나를 위해 배려를 해 주시지만, 대공과 나는 따로 개인적인 감정적 교류가 없다고 여겼다. 그래서 대공이 개인적인 면담을 이렇게 쉽게 받아 줄 줄은 몰랐다. 거절하시면 어떻게 설득해야 하나 고민하고 있었는데, 그 고민이 다 헛된 것이 될 정도로 손쉬운 허락이었다.

"식사는 이걸로 마치지. 다들 먼 길 이동하느라 고생했으니 푹 쉬도록."

그렇게 말한 대공이 휘적휘적 걸음을 옮겼다. 너무 쉬운 허락에 잠시 멍했던 나는 재빠르게 대공의 뒤를 따랐다.

내가 요청했지만 순식간에 대공의 집무실에서 단 둘이 있게 된 상황에 긴장감이 몰려 왔다. 괜히 밥 먹고 바로 이야기 했나 보다. 방금 먹은 음식들이 얹힐 것 같았다.

아버지와 키르가 대화에 끼어들고 싶어 했지만 나도 대공도 거절해서 단 둘만 있게 되었다. 대공은 차분하게 나를 응시했다. 할 말이 있으면 해 보라는 듯 먼저 말을 걸지 않았다. 대공의 시선만으로 묵직한 공기가 내 몸에 올라타는 것 같은 압박감을 만들어 냈다.

나는 요 며칠 내가 황태자비님을 도울 수 있는 일이 뭐 없을까 진지하게 고민했다. 적극적으로 나설 순 없어도 그녀의 도전을 조금이라도 도와주고 싶었다. 그래서 이런 자리를 마련했다.

"부탁드리고 싶은 게 있습니다."

내 말에 대공의 눈동자가 투명한 막을 한 겹 씌운 것처럼 변했다.

"……오랜만에 하게 된 면담에서 부탁이라?"

대공의 물음엔 의아함이 가득했다. 비꼼까지는 아니어도 긍정적인 목소리로는 절대 볼 수 없었다.

괜히 심장이 쿵쾅쿵쾅 울렸다. 내가 이런 부탁을 드려도 되는지 걱정이 되었다. 하지만 그래도 그간의 정을 생각해서 크게 혼내지 않으리라는 걸 믿고 질렀다.

"누구를 만나 주셨으면 해요."

내가 직접 보석을 빌릴 수는 없어도 대공과 황태자비님의 만남을 주선해 주고 싶었다.

대공의 시선이 더욱 사무적인 빛을 띠며 서늘하게 변했다. 그와 동시에 대공의 몸이 비스듬하게 한쪽으로 쏠렸다. 왼쪽 팔꿈치를 팔걸이에 걸친 대공이 손가락으로 관자놀이를 받쳤다. 순식간에 사람을 내려다보는 오만함을 몸에 두른 채 대공이 입을 열었다.

"무슨 이유로?"

한층 더 감정이 절제된 목소리에 목이 졸려 왔다. 여기서 말을 잘 해야 함을 알고 있다.

"그분이 제안을 하나 하실 겁니다. 절 봐서 그 제안을 긍정적으로 봐 달라는 소리가 아닙니다. 만나 뵙고 대화만 나눠 주세요. 좋은 조건이면 받아들이시고, 별로면 거절하시면 됩니다. 대공 전하와 친분이 크게 없는 분이라서 제가 나선 겁니다."

자칫 잘못하면 황태자비님이 하게 될 부탁이 내가 하는 것처럼 들릴 수 있다. 나는 이 말이 청탁처럼 받아들여지지 않길 바라며 조심해서 말했다.

대공의 눈동자가 나를 관찰하고 있었다. 키르와 닮았지만 더 깊고 묵직한 눈빛에 심장이 불안하게 뛰었다.

"그 사람이 꽤 네 마음에 들었나 보구나. 네가 나에게 부탁을 할 정도면 말이다."

방금 전까지 나를 시험하기라도 했던 걸까? 매섭게 느껴지던 기세가 순식간에 누그러졌다. 어느새 대공은 식사 때처럼 느슨하게 풀려 있었다. 아들 친구를 보는 듯한 대공의 시선에 몰려오던 긴장감이 옅어졌다.

"네. 제게 친구라 부를 만한 사람이 생겼어요."

처음 생긴 친구를 자랑하는 묘한 쑥스러움이 몰려왔다. 그래서 나도 모르게 대공의 시선을 피해 눈을 내리깔았다.

"좋다. 만나 보마."

그때 대공이 선선히 허락했다. 면담이 이루어진 것도 놀랍지만 손쉽게 만남을 약속해 기쁨이 몰려왔다. 대공이란 직위가 고작 한 사람의 부탁으로 움직일 정도로 한가하고 가볍지 않았다.

게다가 만날 대상이 누구인지 묻지 않았다. 대공은 순전히 나만 보고 허락했다는 걸 알 수 있었다. 그만큼 나를 신뢰한단 소리였다. 어릴 때 내 시간을 키르에게 할애한 보람이 있었다.

"감사합니다. 참, 그쪽의 제안은 객관적으로 판단해 주세요. 친분이 있는 사이지만 일은 저랑 관련 없는 일입니다."

"언제 만나 보면 되지?"

오해하지 말라고 일부러 더 단호하게 선을 그었는데 대공에겐 상관없는 일이었나 보다. 대공은 그저 고개를 끄덕이고 무심하게 약속 일정만 물었다.

"제가 빠르게 시간을 정해 볼게요."

일방적으로 내가 나선 일이다. 황태자비님은 이런 일이 있는 것도 모른다. 그래서 약속 시간을 정할 수 없었기에 우선 정확한 날짜는 보류했다.

"좋다. 더 할 말은?"

"피곤하실 텐데 제가 시간을 오래 끌었네요. 용건은 끝났습니다."

그러자 나가라는 듯 대공이 손짓해 보였다. 일어나서 응접실을 나서기 전 나는 대공에게 진심을 담아 다시 한번 인사했다.

"허락해 주셔서 감사합니다."

대공의 알았다는 손짓을 보고 나는 복도로 나왔다. 대공이 보물을 빌려주겠다고 허락하지도 않았는데, 들떠서 방방 뛸 뻔했다. 내가 할 수 있는 최대한의 도움을 줬다는 것만으로 기뻤다.

황태자비님이 대공을 잘 설득해서 그의 도움을 받게 된다면 계획했던 일이 잘될 확률이 높았다. 물론 대공의 성격이 만만치 않으니까 황태자비님이 잘해 주면 좋겠지만.

그런 생각을 하며 나는 내 침실로 향했다. 오늘은 아버지가 오신 터라 대공가에서 자고 간다고 미리 하프테리 님께 말해 놨다.

나는 기분 좋게 씻고 잠들 준비를 했다. 잠옷을 갈아입으려 옷장을 열었다가 키르가 선물한 드레스에 시선이 갔다. 예쁘긴 진짜 예쁘다. 반사적으로 치맛자락을 매만졌다. 고급 천의 부드러운 감촉이 마치 아기 피부랑 비슷한 감촉이라 묘했다.

나는 이상하게 싱숭생숭해진 마음에 드레스에서 손을 뗐다. 그리고 잠옷으로 갈아입은 뒤 침대에 올랐다. 그렇게 막 침대에 누우려는 찰나, 노크 소리가 들렸다. 이 시간에 날 찾아올 사람이면 아버지인가?

"들어오세요."

찾아올 사람이 없으니 당연히 아버지라 생각한 밖을 향해 외쳤다. 정돈된 침대에서 시트를 빼내는 사이, 문이 열렸다.

"이 밤에 확인도 하지 않고 사람을 불러 들여?"

말은 그렇게 하면서 키르는 아무렇지 않게 방 안으로 들어왔다. 문을 열고 들어온 키르가 나를 타박하자 나야말로 놀라서 침대 시트 안으로 쏙 들어갔다. 그리고 무례한 키르를 향해 외쳤다.

"그걸 알면서 들어오면 어떡해?"

"네가 들어오라고 했잖아."

뭘 새삼스레, 하는 키르의 표정에 나는 지지 않고 맞받아쳤다.

"당연히 아버진 줄 알았으니까 그렇지!"

사실 예전이었으면 나도 이렇게 당황하지 않았을 거다. 서로의 잠옷차림이야 몇 번 봐 왔다. 게다가 나는 키르를 남동생이나 다를 바 없는 존재라고 생각했으니까 민망하다고 의식해 본 적이 없었다. 내겐 언제나 꼬꼬마 키르였으니까.

그런데 키르가 꿈에서 음흉하게 나를 막 껴안고 그런다는 걸 알아 버린 후로는 신경이 쓰였다. 지금 내 머릿속에는 얼른 키르를 쫓아 버려야겠다는 생각뿐이었다.

"내일 이야기 해."

"내일부터 바쁘니까, 지금 찾아왔지. 이것만 주고 갈게."

그러고 보니 키르가 상자를 하나 들고 있었다. 고급스럽게 포장까지 된 상자를 보는 순간 나는 저게 뭔지 알아챘다. 이틀 전에 맞춘 구두였다. 그러고 보니 오늘 찾는 날이었구나.

진짜 이틀 만에 완성품이 나오다니. 장인이 작업하면서 얼마나 고생했을지를 떠올리니 안쓰러웠다. 그러거나 말거나 장인의 사정엔 관심 없는 키르는 침대로 다가와 내 옆에 상자를 내려놨다.

"그러고 있지 말고 열어 봐. 내가 열어 줘?"

그러고 보니 어째 너무 자연스럽게 선물을 받게 된 상황 같았다. 자꾸 말할 타이밍을 놓친다. 그래, 이왕 받는 거 이번까지만 기쁘게 받고 다음번엔 특별한 날 아니면 선물하지 말라고 진지하게 말해 둬야겠다.

"내가 열어 볼게."

내가 손을 내밀자 키르는 상자를 내 쪽으로 밀어 줬다. 예쁘게 묶인 리본을 풀고 상자를 열었다.

하얀색의 천 위에 놓인 구두는 메리 제인 스타일의 새빨간 굽 높은 구두였다. 내가 한 번도 신어 보지 못한 아찔한 높이였다. 구두는 정열적인 빨간색과 유려한 곡선이 조합되어 야릇하면서 성숙한 매력을 발산했다.

"예쁘지?"

이번에도 키르의 목소리는 확신을 담고 있었다. 얘는 뭐가 이렇게 보는 눈도 좋단 말인가. 나보다 물건을 잘 고르는 것 같았다.

"굽이 꽤 높네."

"10cm였어. 높은 굽은 신기 힘들 것 같아?"

"안 신어 봐서 모르겠어."

예뻐서 가슴 벅차긴 한데, 한편으로 씁쓸했다. 과연 이런 디자인이 내게 어울릴까?

구두의 성숙함과는 어울리지 않는 내 신체가 마음에 걸렸다.

"그래도. 예쁘다."

그래도 인정해야 할 건 인정해야 해서 나는 작게 중얼거렸다. 힘없는 내 음성에 키르는 살짝 눈살을 찌푸렸다가 폈다. 그리고 구두를 직접 집어 들었다.

커다란 키르의 손에 들리니 구두의 야릇한 매력이 더 빛을 발하는 것 같았다. 성인 남자가 여자의 발을 잡고 있는 것 같은 살짝 선정적인 느낌? ……와, 선정적이래.

내 생각 속에서 나온 표현인데 내가 더 놀라고 부끄러웠다.

그 순간 키르의 시선이 내게 닿았다. 나는 속으로 제발 지금 내 얼굴이 붉지 않길 바랐다. 혼자 떠올린 생각에 지레 찔려 눈을 피하는데 키르의 목소리가 울렸다.

"발 이리 줘."

구두를 직접 신겨 주려는 키르의 태도에 나는 침대 시트를 더욱 꼭 잡았다.

구두 사이즈를 측정할 때도 느꼈지만 맨발이란 건 타인에게 내보이기 참 민망한 부위였다. 그것도 키르에게 보여 줘야 하다니. 방금 씻었다고 해도 신경 쓰일 수밖에 없었다.

"안 돼."

나는 분명히 단호하게 거절했는데 키르의 몸이 아래로 내려갔다. 무릎을 꿇고 자세를 낮춘 키르가 나를 올려다보며 손을 내밀었다. 동화 속 왕자가 유리 구두를 신겨 주는 것 같은 자세에 비명이 튀어나올 뻔했다. 왜 이렇게까지 하냐며 악쓰는 말은 이번에도 내뱉지 못했다.

나는 어서 발을 내밀라는 키르의 소리 없는 압박에 필사적으로 고개를 저었다. 그러자 키르의 눈동자가 살짝 어두워졌다.

"내가 시트를 치우고 강제로 손을 대길 원해?"

나직하고 차분한 말투였다. 마치 '오늘 저녁 맛있는 거 먹을래?' 하고 묻는 것처럼 평온한. 하지만 눈동자만은 고집으로 무섭게 빛나서 위협적으로 보였다. 키르가 다정해서 더 무서웠다.

"그럼, 내가 신을게."

나는 이러다 키르가 정말 강제로 신발을 신길까 봐 차라리 내 손으로 신겠다고 나섰다. 하지만 내가 손을 내밀어도 키르는 손에 든 구두를 까딱여 보일 뿐이었다. 그리고 내 심장을 쫄깃하게 하는 화사하면서 살짝 뒤틀린 웃음을 지었다.

"아렌은 강제적인 걸 좋아하는구나? 그럼 네 취향에 맞춰 줘야지."

아니, 내가 신는다는데! 그게 왜 강제적인 걸 좋아하게 되는 거야? 서서히 내 쪽을 향해 다가오는 키르의 손이 무서워 나는 발을 시트 밖으로 쭉 밀어냈다. 악당처럼 사악하게 웃던 키르가 흡족한 얼굴을 했다.

"이렇게 내줄 거면서."

그 만족스러운 목소리를 듣고 나서 알아채고 말았다. 내 반응이 이럴 줄 알고 일부러 위협했구나!

나는 키르를 눈으로 흘겼다. 그 순간 키르의 손바닥이 내 발을 감싸 쥐었다. 그냥 신기면 되지, 발을 왜 감싸는 거야! 느낌이 너무 낯설어서 발가락이 제멋대로 움직이려 했다.

붉은 구두가 내 발끝에 닿는 모습이 어쩐지 아슬아슬해서 대신 키르의 정수리를 노려보았다. 심장이 터질 것 같았다.

어른스러운 척하는 주제에 키르는 여자의 마음을 몰라도 너무 모른다. 직접 신겨 주는 것까지는 과했다.

"부끄럽단 말이야."

내가 참지 못하고 외치자 올려다보는 키르의 눈이 크게 뜨여졌다. 마치 그럴 줄은 몰랐다는 반응에 되레 내가 어이가 없었다. 하지만 그사이 생각이 어떻게 전환되었는지 곧 키르의 입가에 실실 웃음이 걸렸다.

"뭐가 부끄러워?"

장난기 가득한 목소리인데 귓가가 간지러웠다. 발목을 감싸는 구두끈을 잠근 키르가 반대쪽 발도 달라는 듯 손을 내밀었다. 민망해 죽을 것 같았다. 하지만 괜히 버텨 봤자 실랑이 밖에 더 하겠는가. 어차피 내준 것, 반대쪽도 내주었다.

"난 부끄러움도 없는 사람인 줄 알아?"

그런데 저 반응은 뭐야? 내 불퉁한 태도에도 키르의 웃음이 더욱 짙어졌다. 나는 부끄럽다는데 좋아 죽겠다는 그 반응이 거슬렸다.

"왜 그렇게 웃어?"

반대쪽 구두까지 모두 신긴 키르의 오른쪽 손바닥이 내 왼발 바닥을 받쳐 감쌌다. 키르의 눈이 나른하게 휘었다. 어쩐지 불길함에 심장이 두근거렸다.

그리고 발등 위로 키르의 오른쪽 뺨이 닿았다. 발등에 닿는 부드러운 감촉에 사고가 정지했다. 애교를 부리듯 발등에 작게 뺨을 비벼 오는 몸짓에 정신이 번쩍 들었다.

지금 어디에다가 얼굴을 대고 비비는 거야?

키르의 곤란한 행동에 속으로 악악거리는 비명을 내지르느라 바빠 제대로 된 언어가 선뜻 떠오르지 않았다.

키르의 기행에 놀란 나는 뒤늦게 발을 빼려 했다. 하지만 키르의 손바닥에 단단히 붙들려 뺄 수 없었다.

"무슨 짓이야? 발에 왜 얼굴을 대!"

드디어 문장이 완성되어 입 밖으로 쏟아져 나왔다. 하지만 내가 버럭 소리쳤음에도 키르는 얼굴을 떼지 않은 채 낮게 웃음을 터트릴 뿐이었다.

"발등에 입이라도 맞췄으면 숨넘어갔겠다?"

당당한 키르의 말투에 입이 떡 벌어졌다. 거기에 왜 입을 맞춰? 얼굴로 온 열이 쏠렸다. 무슨 그런 말도 안 되는 말을 하냐고 말해야 하는데 이상하게 목소리가 나오지 않았다.

"그래도 의외네. 이렇게 빨리 의식해 줄지는 몰랐는걸?"

또 다시 심장이 덜컥였다. 키르의 얼굴에 걸린 표정은 좋아 죽겠다는 달콤한 웃음이었다.

"의식한 거 아니야. 발이 더러울까 봐 걱정한 거야."

재빠르게 변명했지만 키르는 이미 자기 좋을 대로 생각하는 듯했다. 내 발을 내려놓고 벌떡 일어선 키르가 내 손을 잡아 일으켜 세웠다. 나는 얼떨결에 키르의 힘에 이끌려 일어서게 되었다. 처음 신는 하이힐에 중심을 잡기 위해 발끝에 힘을 줘야 했다.

손을 잡은 채 키르와 마주선 나는 그대로 눈이 마주치자 굳어 버렸다. 평소와 닿는 시선의 높이가 너무 달랐다. 느슨하게 당겨진 키르의 입술과 가늘게 휜 눈매가 아찔했다.

가까워진 만큼 다른 거리도 좁혀진 걸까? 점차 빨라지는 내 심장소리를 키르가 들을까 봐 걱정될 정도였다.

"이리로."

키르의 목소리가 이렇게나 부드러웠나? 벨벳의 감촉처럼 따스함과 간질거림이 같이 느껴졌다. 그래서일까, 그 나직한 부름에 나는 홀린 것처럼 따랐다. 키르는 처음 스케이트를 타는 사람을 가르쳐 주는 것처럼 내 양손을 잡고 느릿하게 뒷걸음질 쳐 거울 앞으로 움직였다.

힐이 아직 익숙지 않은 나는 걸음을 배우는 아이처럼 느리고 어설프게 걸었다. 총총 걷는 걸음이 낯설게 느껴졌다. 도착한 거울 앞에서 나는 거울에 비친 내 모습을 확인했다.

새빨간 구두가 단번에 시선을 끌었다. 숨이 턱 막히는 느낌이다. 아동용 구두가 아닌 어른스러운 구두가 걸린 내 발이 낯설게 느껴졌다. 안 어울릴 줄 알았는데 제법 잘 어울렸다.

확실히 실력 있는 장인이 만들었는지 발에 착 감기는 느낌도 좋았다. 무엇보다 구두 굽이 높으니 종아리가 쭉 세워지고 중심을 잡기 위해 허리를 세워서 자세도 달라졌다.

거울을 볼 수 있게 자리를 비켜 줘서 내 뒤에 선 키르와 함께 섰을 때의 느낌도 달랐다. 예전에는 아이와 성인이 서 있는 느낌이었다면, 지금은 남자와 여자가 서 있는 것처럼 보였다. 거울 너머로 키르와 또 눈이 마주쳐 숨을 들이켰다. 키르의 눈이 흡족하게 접혔다.

"이번에도 예쁘지?"

귓가를 간질이는 나직한 목소리가 마법처럼 들렸다.

어린애 같은 모습에서 벗어나 내가 완연한 여인이 된 느낌. 머리끝부터 발끝까지 전율이 흘렀다. 고작 굽 하나로, 10cm 차이로 무언가 많이 달라진 느낌이 들었다.

* * *

"도대체 어디를 가는 거야?"

의문을 나타내는 황태자비님의 질문에 내 입가에서 혼자만 비밀을 알고 있는 자의 우쭐한 웃음이 자꾸 새어나갔다.

"따라 오세요."

내 표정에서 뭘 보았는지 황태자비님의 눈이 가늘어졌다.

"어째 불안한데."

"나중에 저한테 고맙다고 하실 겁니다."

이래서 깜짝 선물을 하는구나. 의심을 지우지 못하는 황태자비님의 행동조차 재밌었다.

오늘은 바로 내가 고대하던 날이었다.

바로 황태자비님과 대공의 만남을 주선하는 자리였다. 참고로 황태자비님의 신분이 더 높다 보니 일방적으로 대공저로 약속 장소를 잡을 수 없어서 적당한 식당을 예약했다. 아무리 부탁하는 입장이더라도 황태자비님의 자존심은 챙겨주고 싶었다.

방금 전에도 미끼용 보물을 얻지 못했다고 실망했으니 황태자비님이 이 깜짝 선물을 잘 활용했으면 좋겠다.

마차에서 내린 곳이 고급 식당임을 알자 황태자비님이 의아한 눈길을 보냈다. 나는 걱정하지 말란 의미로 황태자비님에게 웃어 보이고 앞장섰다.

"사파이어 룸으로 예약했어요."

"이쪽으로 오십시오."

직원이 정중하게 안내를 시작했다. 황태자비님은 혹시나 아는 사람을 만날까 봐 신경이 쓰이는지 최대한 조용히 나를 따라왔다. 그 와중에 눈짓으로 몰래 내게 물었지만 모른 척했다.

직원이 노크를 하고 문을 열었다.

"들어가시죠."

나는 황태자비님에게 먼저 들어가라고 손짓했다. 의심스러워하면서도 안쪽으로 들어서던 황태자비님은 먼저 자리하고 있던 대공과 눈이 마주치는 순간 걸음을 멈췄다.

뒤에서 봐서 그런가, 황태자비님의 어깨가 놀람으로 살짝 들썩이는 게 보였다. 그래도 재빠르게 감정을 수습하고 느리게 나를 돌아보는 황태자비님에게 나는 응원의 말을 했다.

"전 자리만 마련해 드린 겁니다. 얻으시는 건 황태자비님의 능력에 달려 있어요."

황태자비님이 형용하기 힘든 감동으로 물든 눈빛을 내게 보내더니 살짝 눈웃음을 보였다. 그 잠깐 사이에 마음의 준비가 된 듯했다.

"두 분 대화 편하게 나누세요. 전 다른 곳에서 기다릴게요."

내가 없는 게 더 대화하기 편할 거라 생각한 나는 자리를 피하기로 했다. 황태자비님의 정체를 알아챈 대공의 놀란 눈빛을 받았지만 모른 척 문을 닫았다. 거래는 두 사람의 일이었다.

만남을 주선한 나는 식당 2층 테라스에 앉아 과일 주스를 한잔 시켜 두고 두 사람의 대화가 끝나길 기다렸다.

햇살이 딱 기분 좋게 내리쬐었다. 낮잠을 부르는 포근한 날씨였지만 내 마음은 늘어지기는커녕 싱숭생숭해졌다. 웃기게도 황태자비님 걱정은 아니었다.

저 안에서 벌어지는 일이 훨씬 더 중요하다는 것을 알면서도 나는 다른 일이 더 신경 쓰여 집중하지 못했다. 저 눈부신 빛을 보자 머릿속에 자연스럽게 연상되는 화사한 금발의 주인, 키르 때문에.

이틀 전 밤을 떠올리는 것만으로 얼굴이 달아올랐다. 발을 감싸던 하이힐의 아찔한 감각과 발등을 간질이던 키르의 부드러운 피부와 머리카락.

그때의 키르는 가식적이라 느껴질 정도로 더 없이 부드러운 말투를 사용했다. 알면서도 심장까지 간질거리는 느낌. 내가 널 좋아하고 있어, 라고 속삭이는 것 같았다.

더는 모른 척하기 힘들 정도로 키르의 태도는 갈수록 노골적으로 변했다. 그의 그런 행동들이 일부러 날 뒤흔들려고 하는 걸 안다. 키르는 내가 의식할 걸 알고 일부러 요망한 행동을 해 댔다.

그걸 알면서도 나는 키르의 행동에 일일이 반응했다. 남동생이 투정부린다며 아무렇지 않게 넘겨야 하는데, 그를 의식할 수밖에 없었다. 키르 이 음흉한 놈.

상상만으로 또 다시 열이 올라 주스를 쭉 들이켰다. 그래도 어제 오늘 키르를 못 봐서 다행이었다. 중심을 잡지 못한 지금 마주쳤으면 그에게 제대로 휘둘렸을 것 같았다.

……그만 생각하자. 지금은 키르 고민할 때가 아니잖아. 안쪽에서 엄청 중요한 이야기를 하는데 내가 이런 걸로 정신이 팔려서 되겠어? 나는 상황을 되새기며 스스로를 다그쳤다.

긴장된 상태로 시간을 얼마나 보냈을까. 10분이 하루 같은 지루한 시간이었다.

"좋은 자리 잡았네."

기다리고 기다리던 황태자비님의 목소리가 뒤에서 울렸다. 벌떡 일어나 돌아보니 자신감 넘치는 웃음을 지은 채 빳빳하게 고개를 세우고 있는 황태자비님이 보였다. 손가락 대신 입술로 브이 자를 그려내는 의기양양한 그 태도에서 말하지 않아도 결과를 알 수 있었다.

"성공하셨군요!"

거래가 잘 이루어졌단 사실에 내 목소리가 높아졌다. 어렵다고 소문난 시험을 단번에 합격했다는 소리를 들은 것처럼 기뻤다.

"당연한 거지."

황태자비님도 나처럼 방방 뜨고 싶어하는 게 보였다. 하지만 체면을 생각해 억누르는 것 같았다. 그래도 만족감은 숨기지 못해 코끝이 올라가셨다. 은근하게 우쭐함을 드러내는 모습이 귀여웠다. 외부인데 저렇게 긴장을 풀어도 되나?

그러고 보니 황태자비님 뒤에는 그림자처럼 서 있는 아드리안 님만 계시고 대공은 보이지 않았다. 황태자비님이 뒤쪽을 기웃거리는 내 시선에 드러난 의아함을 읽었는지 말했다.

"라인폰트 대공은 먼저 갔어. 그에게 할 말 있었어? 두 사람 어차피 저녁에 볼 거라면서."

그런 대화도 나눴어? 내가 지루하게 기다리긴 했어도 막상 대공과 황태자비님이 안에서 보낸 시간은 짧았다. 그럼 거래하기도 바빴을 텐데, 그 와중에 사적인 대화도 한 모양이었다.

"그냥 인사하려고 했던 거예요. 앉으실래요?"

"그럴까. 식사라도 할래?"

배고파서라기보다 내게 대접하려는 의도라는 걸 알아서 재빨리 고개를 저었다.

"아니요. 별로 배 안 고파요. 마실 거나 한잔하시죠."

고개를 끄덕인 황태자비님이 내 맞은편에 앉아 직원을 불러 차를 시켰다. 직원이 차를 가지러 사라졌고 난 황태자비님을 차근차근 살폈다.

일이 잘 풀려서 기분이 좋아서 그럴까, 요 며칠 쌓여 가던 시름이 단번에 날아간 개운한 표정이었다.

황태자비님과 대공의 대화 내용이 궁금해 입이 근질거렸지만 질문은 참았다. 깊게 개입하지 않겠다고 해 놓고 캐묻는 건 예의가 아니다. 그리고 황태자비님의 상태를 보아하니 묻지 않아도 먼저 알려 줄 것 같았다.

사라졌던 직원이 다시 등장해 주문했던 차를 가져다주고 자리를 떴다.

그리고 나서야 황태자비님은 입을 열었다.

"고마워. 전혀 예상치 못한 존재의 등장이라 아까는 내심 당황했지만 덕분에 좋은 결과를 얻었어."

그러고 보니 놀랄 만했다. 그냥 인사도 아니고 거래를 하는 상대를 만나는데 마음의 준비를 하지 못한 건 당황스러웠겠지. 나 역시 키르의 깜짝 선물에 놀라고 당황했으면서 내 즐거움을 위해 남을 배려하지 못했다. 들떴던 기분이 갑자기 가라앉았다.

"미리 알려 드릴 걸 그랬나 봐요."

"무슨 소리야. 놀라긴 했어도 덕분에 좋은 결과를 얻었다니까?"

기운 빠진 내 음성에 황태자비님의 눈동자가 동그랗게 변했다. 정말 아무렇지 않게 왜 자책을 하냐고 하는 말투에 나는 오히려 얼떨떨했다.

"영애는 가끔 이상할 정도로 사람의 눈치를 봐. 난 오히려 도움을 받아서 기쁜 걸. 모든 일에 좋은 점만 있을 수 없어. 나쁜 점도 있지. 그러니까 장점을 더 보면서 살자고."

황태자비님의 가벼운 말에 마음이 놓였다. 그리고 내가 남의 눈치를 꽤 본다는 걸 다시금 자각했다. 어른스러워지는 게 문제가 아니라 이게 더 문제구나. 우선은 처지려는 입 꼬리를 끌어당겼다.

"도움이 되었다니 제가 더 기쁘네요."

"공국 출신인 건 알았지만 내 예상보다 라인폰트 대공과 친했나 봐? 이야기가 너무 순조롭게 진행돼서 놀랐어."

황태자비님이 들뜬 감정을 숨기지 못하고 생글생글했다. 그런데 내용이 어째 놀라웠다.

"네? 순조롭다니요?"

"별로 조건을 달지도 않던걸. 내가 제시한 것에 더 조율하지도 않고 바로 승낙했어. 설득하기 위해서 노력할 필요도 없었다니까?"

거짓이 아니라는 듯 황태자비님의 얼굴엔 놀라움이 떠올라 있었다.

그리고 대공이 나를 보고 이번 거래를 바로 받아들인 거 아니냐는 그런 의미의 시선을 보냈다. 감동과 대단하다는 감정이 뒤섞인 그녀의 눈빛에 멋쩍음이 몰려왔다.

"황태자비님이 건넨 조건이 좋았겠죠."

"그렇게 좋은 조건도 아니었는걸. 부끄럽지만 만족스러운 조건을 내걸지 못해서 여태껏 보석을 못 구했던 거니까 말이야."

다른 사람에게 보석을 빌리지 못했던 게 대가를 제대로 챙겨주지 못해서였다니. 하지만 그렇게 말해도 대공이 나만 보고 물건을 빌려주기로 했다는 게 나야말로 납득이 안 됐다.

아무리 오래 알았다고 해서 나의 뭘 보고? 설마 아버지를 보고? 하지만 만약 문제가 생기면 아버지가 평생 대공가에서 소처럼 일해도 그 물건을 보상하지 못할 텐데? 대공이 날 그렇게 신용한다고?

혼란스러웠다. 하지만 대공의 속내를 알 길이 없었다. 그리고 기왕 기회가 온 거, 제대로 잡아야 했다.

"그러면 뭘 빌리기로 하셨어요?"

"대공가에서 무얼 갖고 있는지 모르니까. 대공이 대여 가능한 물건의 목록을 적어 주기로 했어. 갑작스러운 제안이라 대공도 생각이 필요할 테지. 그런데 뭘 빌려야 할지 그것도 문제네. 쓸 만한 것이 있을까?"

말 그대로 쓸 만한 물건이 있는지를 묻는 게 아니다. 대공가의 보물인데 그저 그런 물건이겠는가. 당연히 다 좋은 물건이다.

그러니까 황태자비님의 말은 그만큼 홍보의 효과를 극대화할 수 있는 물건이기를 바란다는 뜻이었다. 그리고 이것이야말로 내가 제대로 도울 수 있는 부분이었다.

"있지요. 엄청난 물건이 있습니다."

내 비장함이 넘치는 목소리에 황태자비님의 눈이 호기심과 기대감이 섞인 열망으로 번쩍였다.

"뭐지? 뭐가 있는 거야? 뭘 아는 건지 같이 알자고."

은밀한 기대감으로 내 쪽으로 몸을 기울이는 황태자비님을 보며 난 더욱 의미심장한 웃음을 흘렸다. 갈수록 황태자비님의 기대감이 고조되는 것이 보여 신이 났다.

그렇지 않아도 대공에게 황태자비님과의 만남을 허락 받은 다음 바로 나는 전설적인 보석에 관한 책을 뒤져 보았다. 그중 가장 최근에 발간된 『보석 감정의 정석』을 읽었다.

보석을 감정하는 법에 대해 적혀 있던 그 책에는 예시로 유명한 보석들에 대해 언급되어 있었다. 그리고 그 책에서 내가 아는 물건을 찾아냈다.

내가 나직한 웃음으로 시간을 끌자 황태자비님의 얼굴에 조급함이 드러냈다. 어서 말하라는 압박어린 눈빛이 쏟아졌다. 이러다가 내 멱살을 잡고 흔들 것 같은 느낌이 들어서 나는 재빨리, 하지만 누가 들을까 봐 소리죽여 외쳤다.

"바로 에리카 황녀의 드레스입니다!"

좋은 물건을 꿰고 있는 황태자비님은 이름만 듣고도 단번에 정체를 알아챈 듯했다. 찢어질 듯 크게 떠지는 눈에 내 물건도 아닌데 우쭐해졌다.

"그게……. 라인폰트 대공가에 있단 말이야?"

황태자비님의 나직한 중얼거림에는 믿기지 않는다는 감정이 담겨 있었다. 난 단호하게 답했다.

"네. 그렇답니다."

에리카 황녀의 드레스! 백 년 전 당대의 황제가 자신의 사랑하는 딸을 위하여 온갖 장인을 불러들여 만든 세상의 단 하나뿐인 드레스였다.

바로 내가 대공가의 보물 창고에 들어가서 봤을 때 충격 받았던 물건이다. 한 알 한 알 보석을 가공해 수공예로 꿰어 만든 그 보석 드레스! 이게 알고 보니 상상을 초월할 정도로 굉장한 물건이었다.

그리고 그 옷이 귀한 것에는 그 옷을 이루고 있는 보석의 종류나 가격 따위보다 더 엄청난 이유가 있었다.

바로, 보석을 가공한 자가 드워프란 사실!

그때 보석 드레스 앞에 붙어 있던 설명을 읽어서 드레스를 이룬 보석을 드워프가 가공했다는 건 알았다. 다만 내가 드워프란 존재들의 가치를 몰랐다.

물론 드워프가 장인의 종족이고 그들이 만든 물건이 대단하다는 건 알았다. 그런데 최근엔 드워프를 만나기 힘들다는 사실까지는 몰랐다. 요즘 드워프들은 다들 꽁꽁 숨어 자신들의 마을에서만 모여 살고 있단다. 그래서 요즘엔 진짜 드워프를 보기 힘들어진 상태였다.

과거 기록엔 드워프들이 심심치 않게 인간들과 협업을 했다고 남아 있었으며 난 그런 활자 정보만을 접해 와서 현재 상황을 몰랐다. 어쨌든 그런 장인들 세계에서 거의 전설적인 종족 취급 받는 드워프가 만든 물건인데 장인이 혹하지 않을 수 없었다.

거기다가 황제가 혼신을 다해 만들라고 했기 때문에 그만큼 당대 최고의 드워프 장인이 나섰다고 들었다. 그래서 드워프 세계에서도 이 드레스는 전설로 꼽힌다고 적혀 있었다.

이것만큼 화제성이 충만한 물건은 없다고 나는 생각했다.

"세상에……."

황태자비님은 할 말을 찾지 못하고 연신 감탄사만 내뱉고 있었다. 직접 본 것도 아닌데, 이야기를 들은 것만으로 숨넘어갈 것처럼 반응하고 있었다. 하지만 놀라고만 있을 수 없었다.

우리에겐 물건 자체를 얻어내는 것이 더 중요했다. 대공은 '보석'을 빌려주겠다고만 했지, '에리카 황녀의 드레스'를 빌려주겠다고 콕 집어 이야기한 것은 아니니까.

"아셨죠? 꼭 그걸 얻어내야 합니다. 드워프 장인이 만든 물건입니다.

그 정도면 숨어 살던 드워프 장인이 세상으로 뛰어나올 정도로 엄청나게 매혹적인 미끼라고요."

나는 황태자비님이 더 열렬히 원하도록 약간 과장되게 이야기했다. 내가 진지하게 조언하자 황태자비님이 가출했던 정신을 다잡으며 굳건한 표정을 지었다.

"그러고 보니 그렇군. 엄청난 물건이야. 꼭 그걸 빌릴 수 있도록 노력하겠어."

흥정의 달인이 되겠다는 황태자비님의 굳센 다짐에 난 응원의 시선을 보냈다.

* * *

황태자비님과 대공의 만남을 주선한 뒤로 내 주변 사람들은 다 바빠졌다. 황제의 탄신연이 얼마 남지 않았기 때문이다. 이것저것 작은 모임이 수시로 열렸다.

그래서 나는 키르도 황태자비님도 만나기 힘들어졌다. 특히 황태자비님은 테일런의 대회를 몰래 준비하느라 더 바빠지셨다.

생일의 당사자인 황제에겐 조금 미안한 일이지만 황태자비님에게 나는 테일런의 대회 소식을 꼭 황제의 탄신연에서 알리라고 했다.

일일이 초대장을 보내는 것보다 사람이 많이 몰려 있을 때 공개적으로 알리는 게 파급력이 크기 때문이었다. 그리고 이미 공개적으로 알렸으니 뒤늦게 알게 된 방해자가 테일런을 압박하기 힘들 거란 생각이었다.

그러다 보니 황태자비님은 더욱 바빠졌다. 가뜩이나 황실 행사라 이것저것 해야 할 것도 많은데 대회 초안도 만들어야 했다.

그래서 시간을 많이 잡아먹는 외출은 힘들어졌다. 수시로 찾아오던 사람의 발길이 뚝 떨어지니 심심해졌다.

대신 요즘 나는 황태자비님의 사람 중 한 명인 제니퍼라는 여성과 만나게 되었다. 제니퍼는 황태자비님의 후원으로 아카데미 졸업을 마칠 수 있게 된 인연으로 그녀를 돕게 되었다고 했다. 그녀 말고도 황태자비님에게는 그런 재원들이 꽤 있다고 했다.

제니퍼는 이동이 불가능해진 황태자비님을 대신해 내게 여러 소식을 알려왔다.

그중 가장 기쁜 소식은 내가 알려준 대로 대공에게 에리카 황녀의 드레스를 빌렸다고 했을 때였다. 난 마치 내 일처럼 희열을 느꼈다.

실제 큰 행사를 한다고 할 때, 주최자 입장에선 준비해야 할 게 엄청 많았다. 제니퍼는 준비하다가 막히면 나를 찾아왔다.

공식적인 방문은 아니었다. 제니퍼가 날 찾아와 진행사항을 혼잣말처럼 흘린다. 그걸 듣고 있던 내가 떠오르는 적절한 방안이 있으면 툭툭 혼잣말 하듯 알려주는 방식이었다.

내가 황태자비님의 일에 직접 끼어들지 않기로 했기 때문이었다. 그래서 빤히 보이는 눈 가리고 아웅인 걸 알면서도 어쩔 수 없었다.

그리고 확실하게 느끼는 게 책을 보는 것만이 다가 아니었다. 예를 들어 대회를 연다고 했을 때, 대회가 열리고 심사를 해서 우승자에게 선물을 주는 게 끝이 아니다. 그 대회를 준비하기까지 적지 않은 노력이 필요하다. 실제로 행사를 실행하려면 자잘한 것까지 다 신경써야 했다.

우선 대회를 진행할 사람들을 뽑아야 한다.

거기서부터 대공에게 빌린 보물을 옮기고 공개 일정 정하기. 그리고 보물 경비를 포함한 행사 진행 인원과 갑자기 몰려든 사람들이 머물 숙소가 충분한지 역시 체크해야 했다. 하나부터 열까지 신경 써야 했고 예산이 쏟아져 들어가는 일투성이었다.

그리고 사람들이 많이 모이다 보니 변수도 많았다. 황태자비님의 일을 통해 나는 계획과 실행의 괴리감에 대해 배웠다. 괜히 비리가 생기는 게 아닌 것 같았다.

국가 정책이다 보니 움직이는 돈은 상상을 초월하는 금액이었다. 그런데 전생처럼 전산화가 제대로 되지 않았다. 그래서 관계자가 나쁜 마음만 먹으면 충분히 빼돌릴 수 있는 구조였다. 서로 말만 맞추면 되니까.

그런 모든 상황을 보면서 조율해야 하는 황태자비님이니 바쁠 수밖에 없었다.

하여튼 그렇게 내 의견이 반영되어 구체적인 계획이 잡혀 가는 건 꽤 재밌었다. 살짝 게임하는 느낌과 비슷했다. 어쩌면 적극적으로 참가하는 게 아니라 내가 관여하는 건 의견 제시 정도라 덜 스트레스 받아서 그런지 모르겠지만.

* * *

그렇게 정신없이 보내다 보니 황제의 탄신연이 열리는 당일이 되었다.

나는 자리에 앉아 『기획의 정석』이라는 책을 읽어 보고 있었다. 대회 준비를 돕다 보니 은근히 내가 모르는 게 많아서 요즘 읽는 책이었다.

웃기게도 이 세상도 '정석'이란 표현을 참 좋아했다. 그래서인지 책 제목에 정석이 붙는 게 많았다. 그리고 내용도 정석 시리즈가 제일 참고할 게 많기도 했다.

"요즘 바쁜가 봐?"

한창 책을 읽고 있다가 들려온 키르의 목소리에 움찔했다. 그러고 보니 같은 저택에 머물면서도 구두를 선물 받고 난 후 키르를 만나지 못했다. 반사적으로 돌아가려는 고개를 붙잡고 우선 마음을 다잡았다. 당황한 티를 내지 않을 거다. 덤덤하게 대할 수 있다. 키르는 내 남동생이다!

"응, 조금 바쁜 일……."

하지만 자연스럽게 고개를 들며 아무렇지 않게 이야기를 건네려던 나는 뒷말을 이을 수 없었다.

언제부터였는지 모르겠지만 키르가 문에 기대 서 있었다. 마치 책을 읽느라 집중했던 날 관찰하기라도 했던 것처럼.

물론 키르가 날 보고 있었다고 놀란 건 아니었다. 내가 놀란 이유는 지금 눈앞에 있는 키르의 모습이 낯설기 때문이었다. 내 당혹감을 알아챈 것처럼 키르가 느슨한 미소를 지었다. 그리고 우아한 몸놀림으로 내게 다가왔다. 가까워지는 거리만큼 내 혼란은 더 커졌다.

"왜 그렇게 봐?"

살짝 눈웃음치며 짓궂게 묻는 키르의 말에 재빨리 고개를 저었다.

"그냥 봤는데."

하지만 내 방어는 키르에게 먹히지 않았나 보다. 화사하게 피어오르는 미소에 기쁨이 드러났다. 키르가 보란 듯이 팔을 벌려 보이며 물었다.

"어때?"

"뭐가?"

너 따위는 개미똥구멍만큼 매력 없다고 소리쳐 주고 싶었다. 그런데 분하게도 지금의 키르는 너무 멋졌다.

늘 나풀거리던 머리카락은 어른스럽고 단정하게 뒤로 넘겼고, 짙은 색의 연미복은 우아하고 세련미를 부각시켰다. 비율 좋은 몸매를 빈틈없이 감싼 옷은 도리어 섹시한 느낌을 더 강하게 했다.

오늘의 키르는 성숙함에 발을 걸친 수준이 아니라, 완연한 성인 남성의 느낌을 온몸으로 내뿜고 있었다. 늘 봐 왔던 나도 놀랄 정도였다. 황제의 탄신연이라고 단단히 힘을 준 듯했다. 지가 주인공도 아니면서 아주 그냥 주인공처럼 꾸몄다.

"오늘 나 어때?"

내가 말을 돌리는 것이 마음에 들지 않은 듯 키르는 대놓고 물었다. 다 알면서 묻긴, 음흉한 놈.

자신감 넘치는 그 웃음이 그렇게 얄미울 수 없었다. 내 입에서는 절로 퉁명스러운 목소리가 흘러나왔다.

"멋져. 오늘 힘 많이 줬네."

사실 아까부터 마음속에서 설렘이라고만 할 수 없는 기분이 미묘하게 술렁였다. 분명 처음엔 '우와 멋지다, 저게 키르야?' 하는 감정이었는데 지금 이 기분은 뭐지?

꾸민 키르의 모습을 처음 보는 것도 아니다. 그런데 오늘은 특별히 더 힘을 준 것이 느껴졌다. 누구에게 잘 보이려고 그렇게 힘을 줬냐.

반사적으로 뚱해지려는 표정을 다잡았지만 키르의 눈엔 다 보였나 보다. 낮게 웃음을 흘리며 키르의 손이 다가왔다. 이상하게 저번처럼 두려움은 없었다. 그리고 내가 피하면 키르가 상처를 받는 걸 알기에 그러고 싶지 않았다.

마치 내 반응을 보듯 느리게 다가오던 손은 아무렇지 않은 내 반응에 용기를 얻은 듯 뺨을 툭 건드려 확인하고 나서야 제대로 감쌌다.

분명히 두려움 따윈 안 느꼈던 것 같은데. 키르의 손이 닿자 낯선 사람의 손이 닿은 것처럼 등줄기를 타고 소름이 돋았다. 키르의 손이 느릿하게 피부 위를 움직일수록 온몸의 솜털들이 반란을 일으키는 것만 같았다.

전과 같으면서도 다른, 묘한 기분이었다. 몸을 비틀고 싶은 걸 꾹 참았다.

"아렌."

그러자 또 키르의 목소리가 간지럽게 귓가에 내려앉았다. 고작 이름을 불린 것만으로 심장이 아래로 떨어질 것만 같았다. 지금 대답하면 목소리가 떨릴 것 같아 나는 대답 대신 숨을 죽였다.

키르의 손이 움직여 내 턱을 감쌌다. 제 쪽으로 끌어당기는 손길에 어쩔 수 없이 키르와 눈을 마주쳐야 했다.

허리를 숙여 가까이서 내려다보는 키르의 얼굴이 여자 꽤나 울려 봤을 법한 카사노바의 그것과 비슷했다. 조금 아찔하고, 퇴폐적인 미가 흐르는. 눈을 떼기 힘들지만 보고 있으면 어쩐지 죄책감 비슷한 느낌을 주는 눈빛이었다.

키르의 보랏빛 눈동자가 내 눈과 또렷하게 마주쳐 오며 살살이 내 반응을 살폈다. 내 표정을 보던 키르의 얼굴에 만족감이 크게 번졌다.

"네가 보기에도 멋져?"

다시 질문을 듣고 나서야 내가 홀린 듯 그를 바라보고 있다는 것을 자각했다. 당황스러움으로 내 눈이 빠르게 깜빡일수록 키르의 입술은 느슨하게 호선을 그리며 올라갔다. 그 짙은 미소가 참으로 바람둥이 같았다.

"……멋지다니까."

그래도 애써 아무렇지 않게 답할 수 있었다.

"그럼, 됐어."

그렇게 의미 없는 말을 중얼거린 키르가 다녀올게, 라고 속삭이고 떠났다. 허망한 기분에 잠깐 휩싸였지만 방금 키르의 행동이 마치 내게 허락 맡길 바란 것 같은 태도여서 괜히 얼굴이 달아올랐다.

되긴 뭐가 돼?

그가 떠난 방에서 나는 괜히 쿠션을 잡고 쥐어뜯으며 복잡한 마음을 달랬다. 그날 이상하게 심란해서 잠이 오질 않았다. 황태자비님이 연회에서 할 일 때문인지, 잔상처럼 자꾸 떠오르는 키르 때문인지 알 수 없었다.

내가 가까스로 잠들고 일어난 그 다음날, 아직 탄신연의 여파가 남아 있는 거리에는 곧 테일런에서 어마어마한 대회가 열릴 거란 소문이 퍼졌다.

* * *

"이번에 테일런에서 큰 대회를 연다면서?"

아는 이야기라서 그런지 자연스럽게 그쪽으로 내 고개가 돌아갔다. 홀쭉한 남자와 털북숭이 남자가 대화를 하고 있었다. 뒤늦게 이야기를 들은 쪽이 홀쭉한 남자인지 대답은 털북숭이 남자에게서 나왔다.

"그걸 이제 들었나? 새벽부터 떠들썩했어. 보석 세공 대회라더군. 상금이 커서 참가해 볼 만하다고 하던걸."

"보석 세공 대회? 보석 만지는 사람들만 신날 텐데 왜 다들 이렇게 난리야?"

관심 없는 이야기인지 홀쭉한 남자의 목소리가 퉁명스러웠다. 그러자 털북숭이 남자가 과장되게 반응했다.

"그 이야기 못 들은 거야?"

"무슨 이야기?"

"이번에 테일런에서 대회 기간 동안 전설적인 명작을 일반인들에게도 공개한다고 하잖아! 직접 만지진 못 해도 눈앞에서 볼 수 있는 기회가 생긴다고."

"에이, 그런 보석 구경해서 뭐 해?"

내 것도 아닌 것에 관심 없다는 듯한 홀쭉한 남자의 태도에 아랑곳하지 않고 털북숭이 남자는 답했다.

"이럴 때 아니면 우리에게 그런 좋은 걸 구경할 기회가 올 것 같아? 귀족들이 언제 자신의 물건을 공개하는 거 봤나? 그것도 우리 같은 평민에게?"

그제야 털북숭이 남자의 이야기가 조금 와 닿는지 홀쭉한 남자가 살짝 성의 없이 동의했다.

"그건 그렇지."

"그러니까 난 구경 갈 거야."

"거기까지 가게?"

테일런까지는 거리가 꽤 되었다. 그래서인지 홀쭉한 남자처럼 부정적인 생각을 가진 사람이 대부분이었다. 그러거나 말거나 털북숭이 남자는 자신의 의견을 말했다.

"다음에 또 공개한다는 보장도 없잖아. 인생에 한 번뿐인 기회라면 꼭 잡아야 한다고."

"돈은 어쩌고. 거기까지 갔다 오려면 만만치 않은 금액이 들 텐데?"

"모아 놓은 돈이 조금 있지. 이럴 때 아니면 언제 쓰겠어? 그리고 그거 말고도 꽤 재미난 일을 한다더라고."

"재미난 일이 뭔데?"

"구경꾼들 중 추첨을 통해 엄청난 선물을 뿌린다더라고. 그거 당첨되면 우리 같은 평범한 사람은 인생이 바뀔 금액이래."

"진짜?"

"뭐라더라? 복권? 추첨 당일 거기 있는 사람 뽑아서 돈을 주는 거래. 인생 뭐 있어? 한 방이지!"

털북숭이 사내가 열렬하게 말했고 홀쭉한 남자도 더 짙은 호기심을 드러냈다. 나는 복권 소리에 웃음을 터트릴 뻔했다.

저건 일반인들도 흥미를 느끼도록 내가 낸 의견이었다. 한정된 주제로 축제가 진행된다면 그 분야에 관심 있는 사람들 밖에 관심을 갖지 않을 것 같았다. 그래서 모든 이들이 동요할 '돈'이라는 경품을 내걸었다.

그게 효과가 있는지 저런 대화가 길거리 여기저기서 오가고 있었다. 분명히 대회 소식을 공표한 건 어제인데 생각보다 엄청 소문이 빨리, 그리고 급격하게 퍼져서 놀라웠다.

제국에서 하는 것도 아니고 타국에서 하는 행사가 이렇게 빨리 퍼지다니. 아무리 '복권'이란 개념이 처음 등장했다고 해도 소문이 퍼지는 속도가 너무 빨랐다. 길거리에서 너도나도 대회에 대한 이야기를 나누고 있었다. 나는 이런 상황이 믿기지 않았다.

티브이나 인터넷도 없는 세상에서 어떻게 이렇게 할 수 있던 걸까. 황태자비님은 도대체 무슨 마법을 부려 하룻밤 사이에 이렇게 소문을 낸 거지? 그만큼 복권이란 개념이 신기했나?

테일런에서 여는 이 대회는 이번이 첫 개최였다. 그래서 그만큼 화제성이 중요하다고 생각했다. 황태자비님에게도 대회 자체보다 화제성을 더 강조했다.

"최대한 널리 알리세요. 과감한 금액을 투자하는 것도 좋겠네요. 이 일은 화제성이 높을수록 효과적입니다. 그러니 무슨 수를 써서라도 소문을 퍼트리는 겁니다. 산속의 마을은 말할 것도 없고, 가능하면 바닷속까지 말입니다. 원래 진짜 숨겨진 실력자는 은둔하는 법이니까요."

라고 황태자비님한테 홍보의 중요성을 단단히 알렸다.

다행히도 그런 내 말을 황태자비님이 참 잘 들었나 보다. 사람들이 계속 대회에 대해 대화를 하는 게 놀라웠다. 그래서 여론조사를 할 겸 구경 다니다 보니 생각지도 못한 장면을 발견했다.

아까 그 털북숭이 아저씨가 다른 곳에서 또 자신은 테일런에 대회를 구경 갈 거라며 이야기하고 있었다. 뭔가 묘해서 잘 살펴보니 대회에 대해 긍정적으로 이야기하고 다녔던 사람은 다른 곳에서도 같은 이야기를 하고 다녔다.

즉, 몇몇 사람들이 나서서 테일런 대회에 대해 긍정적으로 이야기를 유도하는 것이었다. 아무래도 황태자비님은 작정하고 여론 몰이를 하는 것 같았다.

사람을 써서 소문을 조장하다니, 너무 단순해서 난 생각지도 못한 방법이었다. 저런 방식으로 어느 세월에 소문을 내나 했는데 예상 외로 효과가 좋은 것 같았다.

황태자비님의 계획이 잘 진행되는 듯한 모습에 나는 마음이 놓였다.

한참을 돌아다니며 반응을 살폈더니 슬슬 배가 고파졌다.

오랜만에 간식을 사 먹어야겠다. 오늘은 뭘 먹을까? 대공가의 음식도 훌륭하지만 가끔 나와서 먹는 이런 간식이 또 별미 아니겠는가. 딱히 먹고 싶은 걸 정하고 나온 게 아니라 이곳저곳 기웃거렸다.

하지만 맛있는 냄새를 풍기는 음식은 많아도 딱히 끌리는 게 없었다. 입맛이 없어지면 죽을 때가 된 거라던데…….

먹을 때 빼지 않는 나였기에 갑자기 입맛이 없는 게 불안하게 느껴졌다. 그래서 더 필사적으로 두리번거리며 먹을 만한 것을 찾았다. 그러다 내 눈에 번쩍 뜨이는 것이 있었다.

저걸 먹자. 소시지 양념 꼬치.

손가락 두 마디 사이즈로 만든 소시지를 꼬챙이에 끼워서 구운 후 과일로 만든 새콤달콤한 양념을 발라 주는 음식이었다. 의외로 상큼한 과일 향이 소시지의 느끼함을 싹 잡아 줘서 계속 먹게 되는 맛이었다. 여기에 떡이 개발되어 소떡을 만들면 더 맛있을 텐데.

소시지 양념 꼬치를 하나 사 든 나는 광장 쪽으로 걸었다. 먹으면서 걷는 건 보기에 좋지 않으니까 광장에 있는 벤치에 앉아 사람 구경도 하면서 느긋하게 먹으려는 생각이었다. 그렇게 막 골목을 꺾던 순간, 골목 안쪽에서 나오던 사람과 부딪힐 뻔했다.

"우와악!"

나는 반사적으로 괴상한 소리를 내며 내 꼬치를 보호했다. 언제나 먹을 건 최우선적으로 보호해야 한다.

"으아아!"

상대방도 꼬치에 찔릴 뻔해 놀랐는지 괴상한 소리를 내며 뒤로 물러났다. 내 꼬치가 안전을 확보한 나는 부딪힐 뻔한 상대를 확인하다가 멈칫했다.

이 또한 운명이라 불러야 하는 사이 아닐까? 이 드넓은 수도 한가운데에서 도대체 몇 번째 우연인 만남인지 모르겠다. 그리고 꼭 어쩜 이런 타이밍에 만나는지. 상대방도 나를 확인하고 눈이 휘둥그레졌다.

전에 약속도 했겠다, 상대가 대충 어느 정도 급인지 짐작도 했기에 난 어색하게 웃으며 먼저 인사했다.

"안녕하세요. 또 뵙네요?"

"어?"

내 인사에 남자의 눈이 또 한 번 휘둥그레졌다. 인사 받을 줄 몰랐다는 듯 순진한 표정이었다. 그 표정을 보니 내 꼬치를 위협해서 짜증났던 감정이 싹 사라졌다. 어수룩한 얼굴이 살짝 귀엽기까지 했다.

"다시 보면 도망치지 않기로 했잖아요."

남자는 화사한 금발머리를 가진, 바로 황족으로 짐작되는 인물이었다. 물론 도망치지 않기로 한 게 아는 척한다는 소리는 아니지만. 그래도 안면을 튼 사이인데 인사도 하지 않으면 그거야말로 무시가 되는 것 같아서 한 인사였다.

그런데 이런 내 행동이 남자에겐 기쁨을 주었나 보다. 그의 얼굴에 안도가 담긴 환한 미소가 걸렸다. 처음 봤을 때부터 선한 얼굴이라고 생각하긴 했는데 저렇게 천진하게 웃으니 소년미가 있었다.

"부딪힐 뻔했는데, 괜찮아?"

내 안부를 묻다니. 전에도 느꼈지만 참 황족답지 않게 소탈한 사람이었다. 알고 보면 이상한 사람이 아닌데 내가 선입견에 사로잡혀 있었던 것 아닐까?

"네. 괜찮아요. 그쪽은 괜찮으세요?"

"부딪힌 건 아니니까 난 괜찮지."

걱정하지 말라고 가볍게 웃는 남자였다.

아니, 그런데 이 남자. 황족이면서 이렇게 돌아 다녀도 돼? 대공과 키르는 새벽까지 연회에 참석해 기절하다시피 잠들었는데, 눈앞의 남자는 숙면한 사람처럼 상쾌한 표정이었다.

갑자기 남자의 정체가 다시 의심되었다. 정말 황족 맞아? 내가 단어를 착각했나? 황으로 시작되는 단어가 뭐가 있지? 황궁 수석 요리사? 황궁 정원사? 뭐 그런 건……. 아니겠지.

"어디 가나 봐?"

그렇게 질문하면서 남자가 왜 내 꼬치를 보는지 모르겠다. 남자에 대한 생각보단 내 꼬치가 소중했던 나는 슬며시 꼬치를 뒤로 숨겼다.

"그냥 바람 쐬러 나왔어요."

말을 해 놓고도 이번에도 남자가 날 또 미아 취급할까 봐 걱정이 들었다. 하지만 남자도 학습을 했는지 이번엔 그런 기색은 없었다.

"간식 사 가지고?"

"네. 사람 구경 좀 하면서 여유를 즐기려고요."

"아, 사람 구경……."

그렇게 답하고 잠시 묘한 불편한 침묵이 감돌았다. 운명이라고 부를 수 있을 정도로 남자를 자주 만나는 건 사실이었다. 하지만 우리는 서로의 이름도 모르고 친분이 있는 것도 아니라서 따로 나눌 말이 없었기 때문이다. 둘 사이에 더 이어질 말이 없었다. 괜히 아는 척한 게 불편한 상황이 되어 버렸다.

이제 자연스럽게 헤어질 분위기를 만들어 볼까.

"어……. 그럼 전 이만 가 보겠습니다."

"어? 그래."

내가 먼저 자리를 피하겠다고 알리자 남자가 어색하게 반응했다. 난 고개를 꾸벅 숙여 보이고 남자를 지나쳤다.

그래도 역시 이런 날 혼자 돌아다니는 걸 보면 저 남자 수상하단 말이지. 황족이면 타국의 손님들을 상대하느라 바쁠 텐데 이렇게 외부에 몰래 돌아다니는 게 말이 안 됐다. 역시 수상해.

잠깐 의심을 떠올렸지만 곧 머릿속에서 지웠다. 광장에 도착해서 내 손에 들린 행복을 쟁취하는 일이 남았기 때문이다. 누구나 쉬어갈 수 있게 만들어 놓은 벤치에 앉은 나는 아직 따끈따끈한 온기가 남아 있는 소시지를 한 입 베어 물었다.

햇살은 따스하고 바람은 서늘하다. 거기에 입 안에서 느껴지는 새콤달콤한 소스와 짠 소시지의 육즙의 조화까지. 요즘 내 마음을 심란하게 하던 것이 싹 사라졌다. 맛있는 걸 먹는 건 정말 마법 같다. 거기다가 사람들을 구경하는 재미도 한몫했다.

광장은 모두에게 개방된 곳이고 이동하기 위해 거쳐 가야 하는 곳이다. 그래서 마냥 화려하기만 하지 않았다. 실제 성인에게 호객 행위를 하는 사람 중엔 이제 갓 초등학생 정도 된 어린 아이들도 많았다.

다른 세계라고 해서 동화같이 평화롭기만 한 세상이 아니었다. 여기도 빈부격차는 컸다. 일을 해서라도 배를 곯지 않으려 노력하는 이들을 보니 나도 기운내야겠다는 생각이 들었다. 저들이 보기엔 나 또한 부모의 혜택을 받는 존재니까.

한편으로 그런 이들을 보면서 어쩐지 생각이 깊어졌다. 작은 마을 단위에서도 부의 차이가 나기 마련인데, 모든 사람들이 일정 수준의 생활이 보장된 삶이 가능할까? 모두 미래를 걱정하지 않아도 되는 삶의 평균이 잡혔으면 좋겠다. 실현이 불가능하단 걸 알면서도 그런 방법이 있었으면 좋겠고 찾고 싶었다.

그런 생각을 하면서 나는 소시지를 베어 물었다. 이상하게 목이 멨다. 짠 걸 너무 많이 먹어서 그런가?

"마실래?"

그때, 내가 목이 막혔던 것을 알아챈 듯 옆에서 쑥, 컵 하나가 내밀어졌다. 손을 따라 시선을 올리니 아까 헤어졌던 황족으로 짐작되는 남자였다. 잠시 고민하다가 목이 말랐기에 컵을 받았다. 그러자 남자가 물었다.

"옆에 앉아도 돼?"

날 찾아 온 건가? 음료까지 받았으면서 안 된다고 하기도 그렇고 공공장소인데 내가 제지할 권리가 없었다.

"네. 앉으세요."

같이 앉을 정도로 친한 사이는 아니라서 그런지 적당히 나와 간격을 두고 남자가 앉았다.

"그거 맛있어."

음료를 마시지 않고 들고만 있는 내 모습에 남자가 어서 마시라고 권하듯 말했다. 내가 생각해도 계속 들고만 있는 건 아닌 것 같았다.

그래서 우선 남은 소시지를 다 먹고 음료를 한 모금 마시던 내 눈이 번쩍 뜨였다. 콕 집어 과일 이름이 안 떠오르는 걸 보니 여러 과일을 섞은 것 같았다. 생전 처음 맛보는 맛인데 어쨌든 무지 맛있었다.

"맛있어요. 이거 뭐예요?"

내가 맛없다고 할까 봐 긴장했었나 보다. 내 반응에 남자가 안도하는 미소를 지었다.

"괜찮지? 여러 과일이 섞인 거라 나도 정확히는 뭐가 들었는지 몰라. 그게 비법이라고 알려 주지 않거든. 섞여서 오히려 맛이 더 좋아졌지?"

저 남자라면 '비법이다' 하는 소리에 더 파고들어서 묻지 않았을 것 같다. 그래서 나도 더 묻지 않고 그냥 음료 맛에 더 집중했다.

달짝지근한데. 청포도 맛은 확실하게 느껴지고, 망고도 들었나? 망고가 아니라 망고스틴인가? 내 모든 미각을 쥐어짜내며 이 음료에 무슨 과일이 들었나 분석하고 있을 때였다. 남자가 입을 열었다.

"궁금한 게 있는데……. 우리 혹시 몇 년 전에 만난 적 있어?"

그렇게 말하면서 남자는 제 왼쪽 뺨을 보호하듯 살포시 감쌌다. 막 목구멍으로 넘어가던 음료가 도로 튀어나올 뻔했다. 가까스로 음료는 삼켰지만 터져 나오는 기침은 숨길 수 없었다.

몇 번 콜록이다 진정하고 나니 남자는 아직도 자신의 뺨을 보호하고 있었다. 서로 모르는 척하는 게 좋을 거라 여겼는데 그걸 물어볼 줄이야. 여기서 그게 내가 맞다고 밝혀야 하는지 아니라고 발뺌해야 하는지 나는 잠시 고민했다. 남자가 긴장된 눈빛을 내게 보냈다.

하지만 역시 괜한 거짓말은 하고 싶지 않았다. 지금 작은 위기를 모면하자고 거짓말했다가 나중에 들키는 게 더 수치스러울 게 뻔했다.

"네. 만난 적 있어요."

그래도 민망해서 차마 자신감 있게 말하진 못하고 슬쩍 눈을 내리깔며 작은 목소리로 인정했다.

"맞지?"

그 소리에 고개를 드니 남자가 눈을 크게 뜬 채로 반대쪽 손까지 이용해 양손으로 제 뺨을 감싸고 있었다. 내 뺨 때렸던 사람 맞지? 라는 그 의도를 모를 수가 없었다. 미안해진 나는 고개를 작게 끄덕이며 그때 못 한 사과를 했다.

"죄송했어요. 그때 많이 놀랐었거든요. 많이 당황하셨죠?"

"어, 그래. 괜찮아. 음……."

내가 먼저 사과를 해서 그럴까? 남자는 적당한 말을 찾지 못한 듯 이상한 소리만 내며 이리저리 시선을 돌렸다. 그러다가 알맞은 말을 찾은 사람처럼 환하게 말했다.

"그래! 괜찮아. 생전 처음 겪어 본 화끈한 경험이었으니까!"

그의 말을 들은 순간, 나는 표정 관리가 되지 않았다. 화끈한 경험이라니. 키르를 뛰어넘는 진성 변태가 나타났다. 처음 내게 맞았던 키르가 자신을 때리는 것을 나만은 허락해 준다고 말했던 옛날보다 더한 충격과 공포가 찾아왔다.

키르는 어려서 그런 실수를 했다고 쳐도, 다 큰 성인의 언어 수준이 왜 저런지 모르겠다. 그리고 공교롭게도 내가 뺨을 때린 두 사람 다 황가의 혈통인 데다가 심지어 반응도 비슷했다. 혹시 황가의 피엔 맞는 걸 좋아하는 유전자가 흐르기라도 하는 건가?

어쨌든 확 질려 버리고 말았다. 그렇다고 벌떡 일어나서 도망가자니 남자가 또 필사적으로 쫓아올 것 같았다. 그래서 나는 슬금슬금 엉덩이만 움직여 남자와 거리를 스리슬쩍 벌렸다.

남자는 제가 내뱉은 말이 얼마나 변태 같았는지를 모르는 듯 밝은 얼굴로 나를 보고 있었다.

황족의 뇌가 이렇게 해맑아도 되는 건가? 진짜로 정체가 황족이 아니라 황궁 요리사인 거 아니야? 그래, 수석 요리사쯤 되면 황제의 총애를 받아 아드리안 님한테 존대를 받을 수도 있겠지. 그만큼 먹는 건 중요하니까.

그렇게 내가 속으로 남자의 정체는 황족이 아니라는 가설에 확신을 가져갈 때였다. 내 침묵이 불편했는지 남자가 입을 열었다.

"그리고 그때 네 말도 납득이 갔으니까. 맞을 만했지."

당시엔 처음 본 사람의 뺨을 때렸단 것에 너무 놀라 나도 모르게 자기합리화를 심하게 했었다. 하지만 나중에 시간이 조금 흐르고 이 사람이 선의로 미아를 도와주려던 걸 알게 되어 살짝 미안한 마음이 들었다.

괜히 선의를 베풀다가 봉변을 당했으니까. 이게 다 내가 어려 보여서 생겼던 오해였다.

다시 떠올리니 죄책감이 생긴 나는 그에게 다시금 사죄했다.

"제가 많이 당황해서 저도 모르게 더 합리화했던 것도 있어요. 그땐 정말 죄송했어요."

"아니, 다 맞는 말이었지. 충분히 맞아도 싼 일이었어. 사실 허락 없이 숙녀의 몸에 손을 댄 건 잘못된 일이니까. 그때 어린애가 아니었……."

일부러 과장되게 말하며 내 기분을 풀어 주려던 남자는 무언가를 떠올린 사람처럼 하던 말을 멈췄다. 그리고 뒤늦게 괴리감을 느낀 듯 어라? 하더니 괴상한 표정으로 나를 훑어봤다. 그리고 점차 헷갈려 하더니 나중엔 충격을 감추지 못하고 매섭게 동공을 흔들었다.

그 격한 반응의 이유를 알 것 같다.

"그러고 보니……. 예전에 만났을 때랑 거의 달라진 게 없는 것 같은데?"

내게 답을 구한 것이 아니었다. 이 상황을 이해할 수 없는 남자의 혼잣말이었다. 심령 현상을 겪은 사람처럼 남자는 혼란스러워했다.

"아! 동일 인물이 아닌 거겠지? 자매라든가?"

반쯤 넋을 놓은 그는 그때 그 사람이 나임을 믿지 못하겠는지, 예전에 만났던 사람이 내가 아닐 거라는 헛소리를 했다. 계산에 오류가 난 로봇처럼 버벅대기까지 했다.

계속 내버려 두면 끝까지 혼잣말을 하면서 정신을 못 차릴 것 같아 내가 나서기로 했다.

"그때 만난 거 저 맞아요. 그때랑 별로 변하지 않아서 조금 놀라셨죠? 제가 조금 작아요. 그래도 곧 18살입니다. 그때도 어린 나이는 아니었죠."

다시 어린애 취급으로 돌아갈 것 같아 나는 그냥 나이를 밝혔다. 남자는 내 나이를 듣더니 체면을 잊고 입을 쩍 벌렸다. 속상하지만 저게 일반적인 반응인 걸 알아서 난 한숨을 작게 내쉬었다.

정말로 내가 어른이 되고 싶다고, 성장하고 싶다고 강하게 바라면 진짜로 크긴 하는 걸까? 남들이 진심으로 놀라면 그만큼 내 비정상이 크게 와 닿아 속이 쓰렸다.

어린애로 있고 싶다고 무의식중에 원했을 땐 '꼬마 취급이 화 나!' 라는 유치한 마음뿐이었다. 하지만 이제 슬슬 위기감이 느껴졌다. 정말 모종의 이유로 내 성장이 멈춘 걸까 봐 진심으로 불안해졌다.

누구의 옆에 서도 어린애처럼 보일 테니까. 상대와 어울리지 않다는 소리만 들을 테니까. 아니, 그 수준이 아니라 내 상대가 이상한 취급을 받을 테니까.

"미, 미안. 아니, 죄송합니다. 제가 경솔하게 판단해 실수했습니다. 제 무례를 용서해 주십시오."

내가 시무룩한 얼굴을 하자 남자는 그게 자신 때문인 줄 알고 벌떡 일어나서 머리를 숙이며 정식으로 사과했다. 여태껏 어린애 취급을 했던 것을 알려 주듯 남자는 말투까지 바꾸며 정중하게 굴었다. 갑자기 완벽하게 예의를 차리는 모습에 이번엔 내가 당황했다.

남자가 쉽게 내 나이를 믿을지도 믿는다 해서 바로 사과할 줄도 몰랐다. 그러고 보니 이 남자는 처음 만났을 때부터 본인이 잘못한 거라 여기면 반성 한번 빠르게 했지.

"괜찮아요. 제 외모가 오해를 많이 사요. 그 때문인데 어쩔 수 없는 일이었죠."

"그래도 바로 전에도 그렇고, 그 전에도 그렇고……. 여러모로 제가 실수를 많이 했군요."

내가 오해 때문이라고 이야기해도 남자에겐 그게 아니었나 보다. 남자는 나와의 만남들을 돌이켜 봤는지 낯빛이 더욱 어두워졌다. 죄책감에 몸부림치는 얼굴이었다.

어떻게 해야 이 실수를 용서 받을 수 있을까 진지하게 고민하는 것 같던 남자는 무언가 해결책을 찾은 사람처럼 밝은 얼굴을 했다. 그리고 그 표정이 조금 전 화끈한 경험이라고 표현하기 전과 비슷한 표정이라서 나는 불길했다. 아니나 다를까.

"괜찮겠습니까? 원하신다면 또 제 뺨을……."

"괜찮아요! 서로 몰랐던 사이라서 생긴 오해니까. 앞으로 조심하면 되죠!"

남자의 입에서 또 뺨 이야기가 나오는 것 같아서 나는 그의 뒷말을 단호하게 끊었다.

그러자 남자는 하던 말을 멈추고 내게 안타까운 시선을 던졌다. 마치, '어째서 말리죠? 당신이 원하면 얼마든지 맞아 줄 수 있습니다.' 하는 눈빛이었다. 그러니까 맞지 못한 걸로 그런 아련한 표정 짓지 말라고!

하여튼 이놈이고 저놈이고 도대체 왜 내게 뺨을 맞지 못해서 안달인지 모르겠다. 정말 내게 '마성의 손바닥' 같은 능력이 있는 건 아니겠지?

이렇게 된 거, 아드리안 님도 한번 때려 봐?

"더 사죄를 청하고 싶지만 영애가 원한다면 그만하겠습니다."

다행히 내가 질색을 하기 전에 남자의 입에서 내가 원하는 답이 나왔다. 하지만 남자의 표정에 지우지 못한 안타까움이 과할 정도로 흘러 넘쳐서 난 다시 짚고 넘어갔다.

"우리 이제 그 실수 이야기는 언급하지 말기로 해요. 과거의 일이기도 하고, 누구 하나의 일방적인 잘못이 아니니까요. 알겠죠?"

서로 부끄러운 사건을 없었던 일로 하자는 건 댁한테도 좋은 일이잖아. 어서 동의해! 나는 내 반응을 살피는 남자의 지긋한 시선에 얼른 긍정하라고 쏘아 보았다.

"네. 그러겠습니다."

다행히 내가 원하는 대답이 나왔다. 다시 확답을 받으니 그제야 안도감이 퍼졌다.

볼 때마다 남자가 뺨 때려 달라는 소리를 해 봐라. 누가 우리의 대화를 듣기라도 한다면 남자뿐만 아니라 나까지 얼마나 변태 같아 보이겠는가. 그러고 보니 누가 우리의 대화를 듣지는 않았겠지?

공개 장소에서 거침없이도 말했다. 그제야 나는 신경 쓰여 주변을 둘러봤다. 다행히 우리의 대화가 들릴 만큼 가까운 곳에 사람은 없었고 딱히 우리 쪽에 관심을 보이는 사람도 없었다.

"실례가 안 된다면 질문 하나만 해도 되겠습니까?"

또 무슨 이상한 말을 하려고? 차라리 아무 말 하지 말지. 그럼 얼굴은 멀쩡해서 정상인으로 보이는데. 나는 두리번대던 시선을 남자에게 고정하며 쓸데없는 소리 하지 말라는 경고의 눈빛을 던졌다.

"지금 도는 소문 아십니까?"

무슨 소문? 갑자기 왜 소문을 나에게 묻는단 말인가. 내가 수다스러워 보이나? 나는 뜬금없이 묻는 남자의 소문 이야기에 그저 어리둥절했다.

"어떤 소문이요?"

남자의 지긋한 시선이 내 뺨에 와 닿았다. 왜 저렇게 보지? 어쩐지 나를 관찰하는 시선이라 불편했다.

"테일런에서 대회를 연다는 소문 말입니다."

놀라서 격하게 숨을 들이켤 뻔했다. 오늘 거리에 쫙 퍼진 소문이 테일런의 대회였는데 왜 남자가 언급한 '소문'에 바로 테일런을 연상하지 못했는지 모르겠다. 조금 전까지 귀 기울이고 있었으면서도 말이다.

물론 남자가 순수하게 소문의 내용이 궁금해서 물은 걸 수도 있었다. 하지만 어쩐지 저 눈빛은 그런 단순한 의미가 아닌 것 같았다. 남자는 내 반응을 살피고 있었다. 괜히 찔려 심장이 쪼그라드는 느낌이 들었지만 그런 티를 내선 안 됐다. 난 황태자비님의 일에 개입하지 않은 거니까.

"예. 들었어요. 복권이란 것도 재밌겠지만 대회 보상이 어마어마하다면서요? 저도 능력이 있었다면 참가하고 싶더라고요. 그 소문은 왜요?"

너도 나도 이야기하는데 아예 듣지 못했다고 발뺌하는 건 오히려 무언가 숨기고 있다고 말하는 것 같아 소문 자체는 알고 있음을 인정했다.

그러자 남자의 눈동자가 어둠속에서 빛을 발하는 짐승의 눈처럼 번들거렸다. 먹이를 낚아채기 직전처럼 기세를 다듬는 남자가 낯설면서도 긴장됐다.

나는 남자가 어떤 말을 해도 동요하는 티를 내지 않으려 대비를 했다.

"혹시 지금 일어나는 일 말입니다. 영애가 개입되어 있습니까?"

나와 황태자비님이 한 일을 전부 본 것 같은 질문이었다. 대비하지 않았다면 그대로 동요를 드러냈을 만큼 내 심장은 불안하게 뛰었다. 확신하는 걸까? 아니면 그저 찔러 보는 걸까? 아무리 내가 황태자비님과 함께 있는 모습을 봤다고 해도 어떻게 그걸 나와 연관했지?

여태까지 덜떨어짐을 넘치게 보여 주던 남자가 진지한 시선을 보내고 있었다. 내 반응을 관찰하는 눈빛에 도망가고 싶어졌다. 무슨 의도로 묻는지 모르니 더 불길했다.

"무슨 말씀이신지 모르겠습니다. 제가 어떤 일에 개입되어 있다는 거죠?"

다행히 내 입에서는 떨리지 않는 목소리가 나왔다. 내친김에 정말 무슨 소리인지 모르겠다는 어리둥절한 얼굴도 했다. 그러자 남자의 눈동자가 다시금 나를 날카롭게 훑고 지나갔다.

하지만 단련될 만큼 단련된 내 표정은 흔들리지 않았다. 어릴 때 해맑은 꼬마 연기를 해 왔던 게 이렇게 도움이 된다. 내가 눈을 피하지 않았기에 허공에서 서로를 염탐하는 시선이 꽤 오랫동안 부딪혔다.

"……그렇군요. 제가 착각했나 봅니다."

먼저 포기한 건 남자였다. 정말 포기했는지 알 수 없지만 방긋 웃는 겉모습으로는 그렇게 보였다. 남자가 허술해 보여서 자꾸 경계심이 흐려졌는데 이제 보니 마냥 허투루 봐서는 안 되겠다.

그런데 어째서 남자는 그런 질문을 한 것일까? 혹시 그 일이 남자와도 연관이 있나? 이 남자 황태자비님과 적대적인 사이였던가?

온갖 불길한 쪽으로 생각이 쏠릴 때였다.

"혹시……."

남자가 내게 할 말이 있다는 듯 다시 조심스럽게 이야기를 꺼냈다. 어떤 곤란한 질문이 들어올까? 저 어려워하는 태도를 보아 방금 질문보다 더한 내용이겠지.

다시 심장이 조여들었다. 긴장감에 심장이 조여들다 못해 쿵쿵 울렸다. 한참 나를 보던 남자가 미안하지만 정말 알고 싶다는 듯한 표정으로 말을 이었다.

"페레즈 경도 압니까? 그, 영애의 나이 말입니다."

……거기서 왜 그 질문이 나와?

황당해하는 나와 달리 남자는 아까와 조금 다른 의미로 진지했다. 하지만 긴장했던 것이 무색하게 허망한 질문이라 난 어이가 없었다. 이 사람은 조금 다르게 보려고 하면 꼭 이렇게 엉뚱한 짓을 한다.

그러려고 싶지 않은데 입이 앞으로 삐쭉 솟으며 절로 뚱한 표정이 지어졌다. 게다가 남자의 질문 의도가 좋게만 보이지는 않았다. 무슨 억측을 만들어 내려고 그런 질문을 해?

그래서 나는 그가 원하는 대답 대신 투덜대는 말투로 대꾸했다.

"그게 왜 궁금해요?"

"네? 아, 그냥 궁금한 겁니다."

살면서 이런 반문을 들어 본 적 없는 사람처럼 남자는 매우 당황스러워했다.

"그러니까 그 사실이 왜 그냥 궁금하냐고요."

아드리안 님이 내 나이를 알든 말든 알아서 뭐 하게. 내가 그런 시선을 보내자 남자의 안절부절못함이 더 커졌다.

"그러니까 페레즈 경과 친하신 걸로 보였거든요. 그만큼 친하면 당연히 알 것도 같은데. 또 그때 행동을 보면 그게 아닌 것 같고……. 알면서 그러는 건지, 아니면 모르면서 그러는 건지……."

뭐라는 거야? 도대체 무슨 말을 하고 싶은지 모르겠다. 남자의 횡설수설에 내가 다 어지러울 정도였다. 저 중얼거림을 듣다가 내가 더 헷갈릴 것 같아 그냥 답했다. 사실 비밀로 할 내용도 아니고.

"알고 계세요."

"페레즈 경도 압니까?"

눈을 휘둥그레 뜨고 되묻는 남자의 음성엔 놀람이 담겨 있었다. 그게 그렇게 놀랄 일이냐고 물으려다가 그냥 뒀다. 기껏 맛있는 걸로 풀렸던 기분이 이 남자를 상대할수록 착잡해졌다.

아니, 그런데 왜 이런 사적인 이야기에 내가 답을 하고 있지? 따지고 보면 이런 대화를 나눌 상대가 전혀 아닌데 말이지.

"그 이야기는 그만할게요. 아드리안 님과 그쪽이 아는 사이라고 해도 제가 두 분의 관계도 모르는데 아드리안 님에 대해 말씀드릴 이유는 없잖아요."

그래서 나는 더 묻지 말라고 단호하게 선을 그었다. 그러자 남자의 눈이 왕방울만 해졌다.

"모르셨습니까?"

"뭘요?"

당연히 알 거라는 목소리로 물으면 내 기분이 좀 그렇거든? 나는 그런 마음을 담아 남자를 향해 눈을 살짝 흘겼다. 그러자 남자가 제 뒷머리를 벅벅 긁었다.

"전 당연히 페레즈 경에게 저에 대해 들은 줄 알았습니다."

당연히 설명했을 거라니. 도대체 무슨 의미야?

"그게 왜 당연한 줄 모르겠네요."

"죄송합니다. 자의식 과잉이었나 봅니다."

혹시 눈치를 많이 받아서 이렇게 습관적으로 사과를 하나? 또 깍듯한 사과에 나는 할 말이 없어졌다.

"사과하라고 한 말은 아니었어요."

"그럼, 영애는 여태껏 모르는 상대와 대화를 나눈 거군요."

"그건 그쪽도 마찬가지죠."

그렇게 답했지만 뒤늦게 혹시? 하는 생각이 들었다. 아까 의미심장한 질문을 했던 것도 그렇고. 남자는 내가 황태자비님과 아는 사이라서 나를 조사를 했을 수도 있으니까. 그걸 떠올리자 덜컥 위기감이 몰려왔다.

내가 너무 선선히 남자를 상대했나?

그래서 남자를 불길하게 쳐다볼 때였다.

"그럼 제 소개를 해야겠군요."

"아니요!"

남자가 빙긋 웃으며 가볍게 하는 말에 난 벌떡 일어나 적극적으로 거부했다. 내 격한 반응에 남자의 눈이 놀람으로 커진 후 그 상태로 굳어 버렸다. 확실히 내가 생각해도 과한 행동이었던 것 같아 슬그머니 다시 앉으며 변명했다.

"굳이 자기 소개하지 않으셔도 됩니다. 그렇게 친할 필요 없는 사이잖아요."

자기소개를 거부하는 것이 이상한 상황이란 사실을 알면서도 어쩔 수 없었다. 그러자 남자는 굳었던 얼굴을 풀며 애써 괜찮은 미소를 지어냈다.

"그렇게 적극적으로 거부하시니 꼭 알려 주고 싶네요."

"아니요. 정말 괜찮아요. 알고 싶지 않아요."

나는 일부러 해맑은 미소를 지었다. 이미 내 성격에 대해 들킬 만큼 들켰지만 애써 천진한 어린애 가면을 썼다. 나도 어떤 의미로 간절하다고.

연달아 거절당하자 더는 표정 관리하기 힘든지 남자의 얼굴이 딱딱해졌다. 어째서 그렇게까지 거부하냐고, 매서운 눈빛으로 나를 노려봐도 모른 척했다. 불쾌감으로 꾹 다물렸던 남자의 입술 끝이 실룩였다.

남자가 폭발하기 전에 도망가야겠다는 생각이 들었다. 그래서 이만 인사를 하고 막 일어서려는 찰나였다.

"……제일런 하르트."

남자가 툭, 폭탄을 내던졌다. 못 알아들은 척하고 싶었다. 하지만 못 알아들을 수가 없어서 굳어 버린 내게 남자가 친절하게 알려 줬다.

"그게 내 이름이지."

하르트. 황족을 상징하는 성이 들어간 그의 이름에 내 심장도 바닥으로 떨어져 데굴데굴 굴러갈 것만 같았다.

짐작은 했지만 남자는 정말 황족이 맞았다. 그렇게 자연스럽게 아무것도 아닌 것처럼 자기 소개하지 말라고! 상대의 정확한 정체는 몰라도 '하르트'라는 성을 쓴다는 것을 알게 된 이상 계속 모른 척할 수 없었다.

내가 벌떡 일어서자 남자가 먼저 손바닥을 내보이며 단호하게 말했다.

"예는 생략하지. 여기서 쓸데없이 시선을 끌고 싶지는 않거든."

그렇게 말하는 남자는 허술함을 찾기 힘들 정도로 의젓해 보였다. 여태까지 변태적인 말을 내뱉던 그 어설픈 사람과 동일인이 맞나 의심될 정도였다. 황태자비님도 그러더니 황족들은 필요할 때 황족의 가면을 참으로 잘 쓰나 보다.

그래도 남자의 말이 맞다. 이렇게 사람이 많은 장소에서 내가 대놓고 예의를 차렸다간 갑자기 등장한 황족의 존재에 이곳에 있는 사람들 전부가 혼란에 빠질 거다. 괜히 일을 크게 만들고 싶지 않았다. 그래서 나는 다시 의자에 앉으며 목소리를 낮췄다.

"장소가 이래서 예를 못 갖춘 점, 용서 바랍니다. 그리고 지금까지 고귀하신 분을 알아 뵙지 못하고 실수를 저질렀습니다. 무례를 용서해 주십시오."

남자를 향해 시선을 돌리지 못한 채 소리 죽여 용서를 청했다.

사실 난 끝까지 남자의 정체를 알고 싶지 않았다. 몇 년 전 일이라고 해도 내가 남자의 뺨을 때린 일이 없던 일이 되진 않았다.

그래서 끝까지 이름을 모르는 사이로 남으려고 했는데. 이렇게 기습적으로 본인의 정체를 밝힐 줄이야. 남자가 지금이라도 꼬투리를 잡아서 내게 처벌을 내릴까 봐 긴장했다.

"그렇게 어려워하지 않아도 돼. 황족 대접 받고 싶었으면 진작 정체를 밝혔겠지."

남자의 편해진 목소리가 머리 위로 떨어졌다. 조심스럽게 고개를 들어 눈을 마주쳤다. 남자의 표정은 이름을 밝히기 전과 조금도 달라지지 않았다. 의도를 알 수 없어서 침묵했더니 남자는 살짝 어색한 미소를 지었다.

"정말 나에 대해 몰랐나 보네."

그러니까 계속 몰라도 된다고 했잖아!

나는 발끈하는 속내를 숨기기 위해 다시 눈을 내리깔았다. 그리고 재빠르게 기억을 뒤졌다.

얼마 전까지 난 딱히 황족에게 관심이 없었다. 역사를 공부했기에 업적을 남긴 황족이 누구고, 어떤 업적이 있고 하는 것들은 달달 외웠지만 지금 황제의 자식이 몇이고 누구인지 등은 알려고 하지 않았다. 나와는 머나먼 일이라 여겼기 때문이다.

하지만 황태자비님과 친분이 생긴 순간, 언제 어떻게 황족과 얽히게 될지 모른다는 위기감이 들어 살짝 조사를 했다. 그래서 나는 지금 내 옆에 앉은 사람이 현 황제의 네 번째 자식임을 기억해 낼 수 있었다. 거기다 더불어 그는 황제의 자식 중 유일하게 정비 소생이 아닌 황자였다.

이제야 황태자비님이 하셨던 말씀이 이해가 갔다. 태도가 모호한 사람이라는 의미.

아마도 그는 황자지만, 배경이 약해서 권력 싸움보다 밖으로 떠돌아다니는 모양이었다. 황위에 관심이 없다는 걸 모두에게 알리는 중이겠지. 남자의 정체를 알아차렸다고 해서 바로 아는 척하긴 또 그랬기에 난 침묵을 택했다.

"그렇게 어려워하지 않아도 되는데……."

내 달라진 태도가 불편했나 보다. 제일런 황자가 제 뺨을 긁적이며 멋쩍음을 드러냈다.

"전 이게 편합니다."

어려워하는 게 더 편하다. 즉, 너랑 격 없이 지내는 게 더 어려운 일이다. 라는 말을 내가 돌려 말하자, 제일런 황자는 그제야 괜히 정체를 밝혔다고 후회하는 표정을 지었다. 하지만 황족임을 알게 된 이상 예전처럼 그를 대할 수는 없었다. 황태자비님과는 경우가 다르니까.

갑자기 이 자리가 불편해졌다. 어떻게 벗어나야 잘 벗어났다고 소문날 수 있을까?

티가 나지 않도록 벗어날 방법을 궁리하던 중 시무룩해하던 제일런 황자가 무엇을 떠올리고 조심스럽게 입을 열었다.

"그런데 내 소개만 했네?"

우와! 나 자연스럽게 내 소개도 하지 않고 도망가려고 했어! 나조차도 내가 이름을 밝히지 않았다는 걸 몰랐다. 엄청난 내 보호 본능에 놀라며 나는 뒤늦게 제일런 황자에게 자기소개를 했다.

"아렌다인 에이드라고 합니다."

"음, 에이드 가문은 들은 적이 없나? 기억이 안 나네."

무시의 의미가 아니라 정말 기억이 나지 않아 고민하는 말투라 답을 해 주지 않을 수 없었다. 도대체 왜 이렇게 나한테 관심이 많은 거야?

"전 라인폰트 공국 출신입니다."

"공국 출신이었어?"

제일런 황자의 눈길에 새삼스럽다는 감정이 번졌다. 그러다가 무언가 떠오르는 것이 있는지 미간을 좁히며 골몰했다. 기억날 듯 말 듯한지 인상을 찌푸리고 있던 제일런 황자가 생각난 듯 외쳤다.

"아, 공국! 에이드! 공국의 기사단장 성이 에이드였지?"

하긴, 아버지는 대공을 따라 황실 행사에 자주 참석하시니 제일런 황자가 아버지를 만났을 수도 있겠다. 황자가 아버지를 떠올린 것이 살짝 뿌듯해서 어깨가 쭉 펴졌다. 아버지는 작위는 낮지만 검술 실력만은 최고였다. 기사단장 자리 꿰찬 것만 봐도 알 수 있지 않은가.

"네. 그분이 바로……."

"공국에선 에이드가 흔한 성인가 봐?"

기분이 좋아진 내가 막 아버지 자랑을 하려던 때였다. 눈치라곤 지지리도 없는지 황자가 문제성 발언을 했다.

"……흔한 성 아닙니다."

난 본능적으로 그 의미를 알아채고 올라오려는 화를 참으며 황자에게 기회를 줬다.

"그래? 대공 일가를 빼고 내가 아는 공국 출신이 두 명인데, 두 명 모두 같은 성을 쓰니까 그런 줄 알았지. 하하하."

이번에도 제일런 황자는 해맑게 말했다. 마지막엔 웃음까지 터트리면서 말이다. 그러니까 거기서 왜 두 사람이 부녀 사이라고 자연스럽게 짐작하지 못하냐고! 똑바로 보라고! 이 곱슬머리가 얼마나 똑 닮았는데! 어딜 봐도 부녀의 머리카락이라고!

나는 욱, 하고 올라오는 감정을 다스리고 또 다스렸다. 상대는 황자다. 황자야!

"그러고 보니 같은 공국 출신이면 영애도 기사단장을 알려나?"

"그러니까 그분이 바로……."

"에이드 기사단장은 꽤 험악하게 생겼던데?"

그가 이 이상 헛소리하기 전에 나는 나와 아버지와의 관계를 알려주려고 했다. 하지만 눈치를 안드로메다로 팔아 버린 듯 제일런 황자는 이번에도 내 말을 끊었다.

남의 아버지더러 험악하게 생겼다니. 물론 나도 인정은 하지만 남이 저렇게 말을 하면 내 기분이 좋을 리 없었다. 나는 부글부글 끓기 시작하는 속을 달래려 양 주먹을 꾹 쥐었다. 하지만 제일런 황자는 멈추지 않았다.

"그 기사단장 정말 지나가다 보면 산적인 줄 알고 도망가게 생겼어. 덩치도 얼마나 크던지. 귀엽게 생긴 에이드 영애와 엄청 다르지. 하하하하."

그걸 농담이라고 하냐? 이놈아! 그 산적같이 생긴 사람이 우리 아버지다!

그래도 실낱 같은 정신이 내 이성을 붙들고 있었다. 차마 소리치지 못하고 제일런 황자를 노려봤다. 한 대 때려 주고 싶어! 내 분노의 눈빛에서 무언가를 읽은 제일런 황자가 흠칫했다.

"왜 그래?"

"그만하세요. 타인의 외모를 비하하는 건 좋지 못해요. 특히 당사자가 없는 상황에서는 더요."

이미 부녀사이임을 밝히긴 늦은 것 같아 나는 원론적인 지적을 했다. 최대한 담담하게 지적하고 싶었다. 하지만 나도 사람이다 보니 감정적일 수밖에 없었다. 그래서인지 내 입에서는 마치 내가 모욕을 당한 것처럼 절로 싸늘한 목소리가 나왔다.

그러자 제일런 황자가 당황해서 주절거렸다.

"에이드 영애에게 그런 말한 거 아니야. 영애는 귀엽다니까."

칭찬을 들으면 내가 하하호호 좋다고 할 줄 알았나? 본인의 실수를 덮기 위해 나를 칭찬하려드는 모양새에 더욱 불쾌감이 강해졌다.

"그러니까! 절 칭찬하라는 게 아니라고요! 타인에 대해 나쁘게 말하지 말란 소리예요!"

"아니, 비하한 게 아니었어. 그러니까 웃자고 한 소리인데. 그냥 그 기사단장이 산적 같다고……."

아니, 또? 진짜 산적도 산적 소리를 들으면 기분 나쁠 텐데, 기사인 아버지가 산적 소리를 들으면 얼마나 모욕감을 느끼겠는가! 아버지의 마음은 여리단 말이다!

상대가 아무리 황족이라고 해도 나도 더는 참을 수 없었다. 나는 자리에서 벌떡 일어나 버럭 소리쳤다.

"그만하라고! 그 산적이 내 아버지다!"

그러고도 모자라 씩씩거리며 제일런 황자를 노려봤다. 차라리 입을 다물고 있지! 자꾸 말도 안 되는 해명을 하려 드니까 더 내 아버지를 놀리는 꼴이 되잖아. 너무 열이 받아서 순간 내가 아버지를 산적으로 만들어 버렸지만 나도 황자도 그걸 의식하지는 못했다.

"뭐?"

"내 아버지가 웃기냐? 왜 내 아버지로 웃기려 들어!"

지금은 분노로 세상이 벌겋게 보여 황족 모독죄고 뭐고 떠오르지 않았다. 내 외침에 눈을 크게 뜨고 굳어버렸던 제일런 황자가 뒤늦게 상황을 이해한 듯 동공지진을 일으켰다.

"그러니까, 에이드 기사단장과 에이드 영애가 부녀 사이라는……."

그러고도 모자라 믿기지 않는다는 듯 제일런 황자의 입술이 파르르 떨렸다.

"그래, 그 공국의 기사단장이 내 아버지라고요!"

그래도 한 차례 크게 소리치고 나니 살짝 정신이 들어 이번엔 존댓말이 나왔다. 하지만 나보다 더 당황한 제일런 황자의 귀엔 그 차이가 들리지 않는 것 같았다. 본인의 실수에 경악하느라 바빠 보였다. 하긴 면전에서 상대의 가족을 무시한 건 무례의 끝이었으니까.

난 씩씩거림을 숨기지 못하고 제일런 황자를 노려봤다. 그는 이리저리 눈을 굴리며 불편한 기색을 숨기지 못한 채 내 눈치를 봤다. 그러더니 슬쩍 제 상체를 내 쪽으로 내밀고 눈을 감으며 비장하게 속삭였다.

"한 대……. 때릴래?"

기승전빰때릴래냐? 진짜 한 대 때릴까 보다. 얄미워서 반사적으로 손을 들어 올렸다. 그러자 그림자와 스윙 소리로 맞을 것을 짐작했는지 제일런 황자의 눈이 질끈 감겼다. 하지만 긴장한 채 눈을 힘껏 감고 있는 얼굴을 보니 차마 내려치진 못했다.

아무리 허락했다고 해도 황족 상해는 엄청난 죄다. 그 정도 이성은 남아 있었다. 그리고 어서 때리라고 얼굴을 내민 채 맞을 각오를 하고 있는 멍청한 모습을 보니 기가 막혀서 올라오던 분노도 가라앉았다. 내가 왜 이 사람을 상대하고 있는지 모르겠다.

다시 주저앉아 허탈한 한숨을 흘리고 있는데 슬쩍 실눈을 뜨고 내 반응을 살핀 제일런 황자가 눈치를 보며 말했다.

"미안. 진짜 미안해. 영애의 아버지를 모욕할 의도는 없었어."

이번에도 제일런 황자의 사과는 진심이었다. 눈동자 가득 미안함이 들어 있었으니까. 이제 슬슬 머리가 지끈거릴 지경이었다.

“애당초 사람의 외모를 가지고 농담을 했다는 것 자체가 나쁜 거예요. 본인에겐 가벼운 일이었어도, 그 이야깃거리가 된 상대에겐 상처가 될 수 있잖아요.”

“…….”

대꾸할 말이 없는지 제일런 황자는 침묵했다. 그도 내가 화를 내서 잘못된 행동임을 알 테지. 하지만 어째 그게 황자에게 깊게 와 닿지 않는 것 같아서 덧붙였다.

“남의 이야기를 가볍게 하지 마세요. 황, 아니, 그쪽이 남에게 이야깃거리가 된다고 생각해 보세요. 기분 좋으시겠어요? 그저 웃기 위해 언급했다는 사실이 더 모욕적일걸요.”

황자라 부르려던 나는 누가 들을까 봐 호칭을 어색하게 수정했다. 분명히 황족이 듣기엔 껄끄러운 쓴 소리였다. 그런데 제일런 황자는 화내는 대신 굉장히 민망한 표정을 했다.

“내가 생각이 짧았어. 앞으로 조심하지.”

제일런 황자가 진심으로 반성을 해서 무서울 지경이었다. 도대체 어떤 생활을 하면 저렇게 눈치가 없지? 저 나이 먹도록 어떻게 살아온 건지. 악의 없는 순진함은 정말 골치 아픈 일이구나. 답답하다, 답답해.

“네. 앞으로는 꼭 조심하길 바랄게요. 그리고 저 먼저 일어날게요. 주스 잘 마셨습니다.”

이 남자는 어딘가 많이 이상한 사람이다. 더 대화를 했다간 나까지 이상해질 것 같았다.

“아…….”

제일런 황자가 안타까움이 담긴 탄성을 흘렸지만 난 더 말 붙이지 말라고 단호한 시선을 보냈다.

"그래, 조심히 들어가."

눈치가 그렇게 없는 황자도 이건 알아들은 모양이었다. 아니면 지은 죄가 있어서 붙잡을 용기가 없는 걸지도.

"네. 만나서 반가웠습니다."

예의상 인사를 건네고 최대한 우아한 걸음처럼 보이도록 노력하며 재빠르게 걸었다. 그러면서도 등 뒤로 제일런 황자의 죄책감 가득한 시선이 끈질기게 따라 붙는 느낌이 들었다.

괜히 외출했다가 이게 무슨 일이람. 우리 아버지가 어때서! 얼마나 순박하신데! 귀엽기만 하고만! 악의가 있었던 게 아니라고 해도, 아버지가 그런 평가를 들었다는 사실에 내 뚱한 마음이 가라앉지 않았다.

차라리 제일런 황자의 뺨을 때리고 분노를 표출했으면 나았을까? 상대가 황자라 모든 화를 표출하지 못하고 적당히 참았더니 체한 것처럼 가슴에 묵직한 것이 걸렸다. 한국인의 고질병, 화병에 걸릴 것만 같았다.

거리를 돌아다닐수록 내 기분은 더욱 꿍해졌다. 이대론 분노만 더 쌓일 것 같아 결국 저택으로 돌아가기로 했다.

신나는 일로 이 짜증을 털어 버리고 싶다. 뭐 할 거 없을까? 그런 생각을 하다가 방금 놀라운 사실을 알아챘다. 그러고 보니 나는 이 세상에서 스트레스를 풀 유희 거리를 전혀 몰랐다. 전생에서야 노래방이나 게임 같은 유희거리가 많았지만 이곳은 그렇지 않았다.

나 진짜 공부만 한다고 멍청하게 살았구나. 전생의 기억 때문에 그렇게 노력했는데 이제와 과연 내가 잘 살고 있는 건가 의문이 들었다. 삶을 하나도 즐기고 있지 못 하잖아!

새삼 내가 살아온 방식에 충격을 받아 비틀거리며 저택으로 돌아왔다. 그리고 내 침실 문을 여는 순간 소스라치게 놀라 뒷걸음질 쳤다. 방의 위치를 확인하고 문을 열고 내부를 확인해 봐도 여긴 내 방이 맞았다.

그런데, 도대체 왜! 키르가 내 방에서 자고 있단 말인가!

물론 내 침대 위에서 자고 있는 건 아니었다. 그는 불편하게 의자에 앉아 졸고 있었다. 피곤하면 바로 앞에 있는 자기 방에서 자면 되지. 왜 내 방에서 불편하게 저러고 있냔 말이다. 그냥 자리를 피해야 할까? 아니면 깨워서 키르의 방으로 돌려보내야 할까?

키르와 대화를 나누고 싶지 않다는 마음과 저렇게 불편하게 자도록 내버려 둘 수 없다는 내 이성이 치열하게 싸웠다. 하지만 결국 저대로 둘 수 없다는 결론이 나와 버렸다.

저렇게 자면 피로가 안 풀릴 테니까. 보나마나 오늘 밤에도 연회에 참석할 텐데, 피로가 누적되면 안 되잖아?

어쩐지 누군가에게 변명하는 모양새로 중얼거리며 나는 내 방임에도 남의 방에 몰래 들어가는 사람처럼 슬그머니 들어갔다. 조용하게 문을 닫은 나는 차마 키르의 근처까지 다가가지 못하고 소리를 냈다.

"일어나! 왜 그러고 있어?"

그렇게 큰 소리를 내지 않았는데 흠칫 몸을 떤 키르가 천천히 눈을 떴다. 피로가 상당히 쌓인 듯 키르의 눈에 잠이 묻어났다.

"어디 갔다 와?"

키르가 잘못 자서 뻐근한지 제 손으로 뒷목을 주무르며 물었다. 저럴 거면 편히 자지. 찌푸려진 미간이 몸의 불편함을 나타내고 있었다. 게다가 나른한 몸짓이 어쩐지 내 마음도 초조하게 만들었다.

"잠시 외출했어. 불편하게 왜 그러고 자? 네 침실 놔두고."

잘못 자서 근육 뭉친 게 얼마나 아픈지 알아서 키르가 움직일 때마다 내 미간도 같이 찌푸려졌다. 내가 다 아픈 것 같았다. 하지만 나와 달리 키르는 찌뿌둥함이 아무렇지 않은 듯 굴었다.

"널 보러 왔지."

눈웃음을 지으며 나른하게 속삭이는 키르의 행동에 속에서 나오려는 비명을 억눌렀다. 무슨 저런 낯간지러운 소리를 뻔뻔하게 하는지. 아직 잠결인 듯, 키르에게선 평소와 다른 느슨함이 보였다.

사실 평소엔 키르가 내게 아무리 다정하게 굴어도 몸에 배어 있는 날카로움과 오만함은 숨길 수 없었다. 그런데 오늘의 키르는 잠에서 덜 깼던 저번처럼 느슨하고 무방비한 표정을 했다. 내가 깜빡 속아 넘어갈 정도로 착하고 다정한 사람처럼 보였다.

"무슨 소리를 하는 거야! 볼일 없으면 얼른 네 방에 가서 자!"

키르의 부끄러움을 모르는 말에 얼굴로 열이 자꾸 오른다. 더 상대했다간 큰일나겠다. 내가 얼른 나가라고 재촉했지만 키르는 여유롭게 스트레칭을 했다.

"왜 볼일이 없어? 널 보러 왔다니까."

얘, 얘가 왜 이렇게 부끄러운 줄 몰라? 저런 말을 당당히 할 수 있다는 게 놀라웠다. 정작 말한 키르보다 내 얼굴이 더 벌겋게 달아오른 것 같았다. 낯간지럽다고! 부끄럽다고!

"날 보는 게 무슨 볼일이야?"

헛소리 그만하고 얼른 네 방으로 가, 하는 손짓을 휘휘 했는데 키르는 일어날 생각이 없어 보였다. 대신 느긋하게 의자에 등을 기대며 깊은 미소를 지었다.

"그야 아렌이 이렇게 날 의식하는데 그 감정을 잊지 않게 도와줘야지."

눈은 졸려서 가물거리면서 입가에 달린 미소가 얼마나 그윽한지. 어쩐지 승자의 미소 같았다. 울컥한 나머지 나는 키르에게 쏘아붙였다.

"의식 안 해! 그러니까 얼른 네 방에 가서 자!"

그때 키르가 손으로 관자놀이를 눌렀다. 그렇게 큰 소리를 내지도 않았는데.

"아렌, 소리 지르지 말아 줄래? 피곤해서 머리 아파."

기운 빠진 음성을 내는 걸 보니 정말 머리가 아픈 모양이었다. 자세히 보니 안색이 좋지 않았다. 지금까지의 웃음이 만들어 내기라도 했던 것처럼. 그 와중에 찌푸려진 미간이 묘하게 야릇했다.

갑자기 죄책감이 몰려온다. 아픈 사람에게 괜히 신경질을 부린 건가 싶었다. 평소에 아픈 티를 내지 않던 인간이 이러니까 신경 쓰였다. 그러니까 상태도 나쁘면서 왜 내 방에서 저러고 있냐고.

키르가 계속 두통을 느끼는 것 같은 모습에 나는 가까이 다가가 키르의 이마를 손으로 짚었다. 딱히 열이 나지는 않았다.

"많이 아파? 약 얻어 올까?"

그 순간 키르의 손이 내 손을 잡아 제 얼굴을 비볐다. 손끝에 닿는 감촉이 좋았다. 겉보기엔 수척한데 피부만은 보들보들했다.

마치 예쁨을 받으려는 고양이처럼 내 손바닥에 뺨을 비비적거리는 키르의 행동에 누가 내 속을 쥐어짜는 기분이 들었다. 어쩐지 손을 떼고 싶지 않은 달콤한 느낌이었다.

그래서 숨죽이고 키르가 하는 대로 가만히 있었다. 눈이 마주치자 키르가 다시 느슨한 웃음을 그려 냈다. 속이 절절 끓는 것만 같았다.

"그거 말고 다른 거 해 줘."

보랏빛 눈동자가 간절하게 나를 올려다봤다. 키르의 응석부리는 어조에 심장이 꾹 눌렸다. 손가락 끝이 꼼질거렸다. 안절부절못할 감각이 찾아와 무언가 세게 붙잡아야 할 것만 같았다.

"다른 거라니, 뭐?"

혀가 내 마음대로 움직이지 않는 느낌이었다. 피부가 간질거려 괜히 벅벅 긁어야 할 것 같은 이상한 감각도 뒤따랐다. 그때 키르가 실실 눈웃음 치며 말을 이었다.

"안아 줘."

듣는 것만으로 심장이 터질 것 같은 달콤한 목소리가 귓가에 내려앉았다. 온몸의 솜털이 곤두설 만큼 나긋하고 야릇했다. 그래서 잠시 제대로 생각이 이어지지 않았다.

그런데 얘가 방금 뭐라고 했지? 안아 줘? 안아 달라고?

"뭐, 뭘 해 달라고?"

"안아 달라고."

당연한 것을 요구하듯 나를 응시하는 키르 때문에 내가 잘못 들은 줄 알았다. 뒤늦게 정신이 든 내가 어이없다는 시선으로 쳐다봤지만 키르는 당당했다. 얜 정말 부끄러움을 모르는 게 틀림없다.

"어쩜 그걸 그렇게 당당히 요구해?"

"왜? 이상한 거 아니잖아. 얼마 전까지 하던 일인데?"

그건 그렇지. 키르를 위로한다고 칭찬한다고 품에 덥석덥석 잘도 안겼던 게 얼마 전이었다. 그랬으면서 이제 와서 키르의 요구를 거부하는 건……. 그때, 내 생각을 읽은 것처럼 키르의 눈이 가늘어졌다.

"갑자기 거부하는 건 역시 날 의식한다는 소리야?"

저렇게 인정하는 꼴이 되어 버렸다. 내가 정말로 키르를 남동생이라고 생각한다면 여기서 예전처럼 안아 주는 게 맞았다. 갑자기 등 뒤로 식은 땀이 흐른다. 인정하자니 싫고, 인정하지 않자니 안아야 하고.

내가 대답하지 못하자 내 손을 잡지 않은 키르의 손이 반대쪽 손목까지 감싸 왔다. 키르의 살짝 풀린 차분한 눈길이 심장을 때리는 것 같았다. 맞닿은 곳이 뜨거웠다. 분명히 키르에겐 열이 없었는데. 그럼 이건 내 체온인가? 나 진짜 미쳤나 봐.

그래, 키르의 말이 맞았다. 난 그를 의식하고 있었다. 고백을 들은 다음부터 동요하고 있었다. 그래서 갈수록 키르를 평소처럼 대하는 게 힘들어졌다. 내가 이렇게 줏대 없는 사람이었나 싶을 정도였다.

고작 고백을 받았다고 이렇게 과하게 키르를 의식하는 게 이해가 안 된다. 키르는 남자가 아닌데, 아니 남자는 맞지만 내겐 이성이 아닌데. 우린 소꿉친구일 뿐인데. 가족과 다름이 없는데.

"됐어. 아프면 가서 자."

결국 나는 애써 아무렇지 않은 척 키르를 밀어냈다. 손목을 잡은 키르의 손은 순순히 떨어졌다. 하지만 키르는 제 뺨에 닿은 내 손은 놓아주지 않았다. 키르의 시선이 끈질기게 변했다. 점차 잠기운이 사라지는 보랏빛 눈동자가 요요하게 빛나 부담스럽게 느껴졌다.

"아렌, 지금이라도 내가 안고자하면 널 안을 수 있어. 알지?"

키르의 목소린 차분했다. 하지만 눈동자만은 강렬했다. 앉아 있는 키르 앞에 서 있는 내 한쪽 손은 아직도 그의 뺨에 닿은 상태였다. 키르의 말대로 그가 손만 뻗어도 난 키르의 품에 안길 수 있었다.

내 마음대로 할 수 있지만, 그래도 네가 선택하길 기다리고 있어.

키르의 눈은 그렇게 말하고 있었다. 분명 선택권이 있는데, 왜 이렇게 막다른 골목에 갇힌 것처럼 숨이 막히는지 모르겠다.

"그러는 넌 왜 자꾸 사람을 안으려고 해?"

하지만 역시 차마 예전처럼 키르를 덥석 안을 수 없어서 작게 투덜거렸다. 질문이라기보단 키르가 포기하길 바라는 마음을 담은 우회적인 거절에 가까웠다.

"며칠 동안 못 볼 거니까."

며칠 동안 못 보다니?

"어디 가?"

"응. 바스탄 공작이 서쪽에 새로 지은 별장에서 연회를 한다고 해서 거기 가야 해. 며칠에 걸쳐 여는 연회인데, 거리가 꽤 떨어져 있어서 매일 왔다 갔다 하긴 힘들겠더라고."

설명하면서도 키르가 살짝 귀찮다는 표정을 했다. 거길 가야 한다는 사실 자체가 싫다는 걸 숨기지 않았다. 바스탄 공작. 만난 적은 없지만 주시하던 인물의 이름이 나와 나도 모르게 움찔했다. 그런 나를 보고 키르의 눈길에 의아함이 스쳐지나가서 난 모른 척 입을 열었다.

"갑자기……. 왜 그렇게 멀리서? 혹시 예정되어 있던 거야?"

키르가 내 손바닥에 더 무게를 실어 기대오며 마치 관찰하듯이 내게서 눈을 떼지 않았다.

"아니. 그건 아닌 것 같더라. 일이 좀 있어서 바스탄 공작이 변덕을 부리는 것 같아. 조금 떠들썩한 일이 있었거든."

키르의 설명에 나는 생각이 복잡해졌다. 황성에서 연회를 여는 건 귀족들을 단합하고 관리하는 의미가 있다. 황제의 생일, 건국제 등을 구실로 귀족들을 불러 모아 관계를 단속하거나 공고히 하는 거다. 큰 행사 뒤에 이루어지는 다른 연회들도 다 그런 교류의 장이었다.

그러다 보니 그들이 황권에 반하지 않는다는 것을 보여주기 위해 귀족들의 연회는 황성에서 가까운 곳에서 열리는 게 대부분이었다.

그런데 아무리 황성에서 여는 연회가 끝났다고 해도, 굳이 황성에서 멀리 떨어진 곳에서 따로 연회를 연다는 것은 일반적인 일이 아니었다. 황권을 견제한다는 의미를 나타내니까. 그래서 웬만큼 생각 있는 귀족이라면 하지 않는 건데…….

혹시 황태자비님이 한 일 때문인가? 그럼 이건 바스탄 공작이 날리는 경고의 표시? 괜히 지금 발표하라고 했나?

지금 일어나는 이변이 내가 알려준 것 때문일까 봐 걱정됐다. 가뜩이나 입지가 좁은 황태자비님을 내가 더 위태롭게 만든 것은 아닐까 두려워졌다.

"아렌."

"어?"

손을 꼭 쥐며 날 부르는 키르의 음성에 나는 어두워지려던 생각에서 깨어났다. 내가 불안해서 그런가? 빤히 마주쳐 오는 키르의 시선이 어쩐지 아까보다 조금 무겁게 느껴졌다.

"이번에 아버지와 황태자비님이 함께 하는 일, 네가 관여한 거야?"

헉 소리만 내뱉지 않았을 뿐 난 표정으로 전부 드러내고 있을 거다. 하지만 가뜩이나 황태자비님을 걱정하고 있다가 갑자기 들려온 그녀에 대한 이야기에 동요를 숨길 수 없었다.

거기다가 아까 제일런 황자에게도 비슷한 말을 들었기 때문에 더 숨길 수 없었다. 어째서 다들 나와 황태자비님을 엮지? 내가 황태자비님이랑 친하게 지낸다는 게 소문이라도 났나? 분명히 조심했는데.

"테일런의 후원 같은 큰일을 아버지가 내게 상의도 하지 않고 진행하지는 않아. 그건 내게 알릴 틈이 없을 정도로 일이 빨리 진행되었다는 소리겠지."

키르의 음성엔 확신이 들어 있었다. 키르와 대공이 겉으론 사이가 좋지 않은 부자처럼 보여도 서로를 꽤 신뢰하고 있음을 알 수 있었다. 그리고 키르는 내 예상보다 더 어엿한 대공의 후계자로 자리 잡고 있었다.

"그것만으로 나와 연관을 지었어?"

"얼마 전에 네가 아버지와 면담을 했잖아. 네가 이유 없이 그런 일 할 사람이 아니니까. 아버지와 한 이야기는 네가 감당하기 힘든 큰일이었단 거겠지?"

그리고 지금 그 정도로 큰일은 황태자비님을 후원하는 거니까. 제 생각을 말하는 키르의 시선은 담담했다. 놀라지도, 추궁하지도 않는 담담한 눈빛. 저렇게 한정된 정보로 그런 추론을 하다니 기분이 이상했다.

나는 잡히지 않은 손을 들어 키르의 머리카락 위에 조심스럽게 얹었다. 자신의 얼굴을 온전히 내준 채 키르는 나만 보고 있었다. 지금까지의 대화는 중요하지 않다는 듯이.

난 대답 대신 키르의 머리카락을 쓰다듬었다. 내 손가락의 움직임을 따라 머리카락이 제멋대로 흐트러졌다. 부드러워서, 만질수록 내 심장이 녹아내릴 것만 같았다. 이러다가 정말로 완전히 녹아 사라져 버릴 것만 같아서 나는 억지로 입을 열었다.

“맞아. 내가 황태자비님에게 대공 전하를 소개했어.”

키르는 놀라울 정도로 의문을 드러내지 않았다. 이것저것 궁금한 것이 많을 텐데 그는 그저 그렇구나, 하는 표정으로 가만히 있었다. 그런 일보다 내 손길이 더 중요하다는 듯이 키르는 온전히 내게 자신을 내준 채 내 손길에 집중하고 있었다. 얌전한 키르를 보고 있으려니 사나운 고양이를 길들인 기분이 들었다.

“왜 아무 것도 묻지 않아?”

“말할 내용이었으면 먼저 말했겠지. 궁금증보다는 걱정이 커.”

말과 동시에 키르의 보랏빛 눈동자에 어둠이 드리웠다. 황태자비님의 일이 마냥 밝고 희망적인 일이 아님을 키르도 알기에 걱정은 당연했다. 그리고 나는 저 예쁜 빛깔이 나 때문에 흐려지는 게 싫었다.

“어쩌다가 황태자비님과 연이 생겼고 살짝 조언해 준 정도야.”

나는 최대한 별것 아닌 것처럼 이야기했다. 하지만 키르의 차분한 눈길은 그동안 내 행적을 낱낱이 읽은 것처럼 느껴졌다.

“……그래. 그 정도면 다행이고.”

전부 짐작했으면서도, 내가 별것 아니라고 하기에 그렇게 여겨 주려는 것만 같았다. 키르의 말간 얼굴과 다르게 내 마음은 심란해졌다.

사실 내가 생각해도 괜찮지 않았다. 이미 두 명에게 나와 황태자비님의 관계를 들켰다는 건 언제 또 다른 사람이 눈치챌지 모른다는 소리와 같았다. 내가 경솔하게 행동하는 걸까? 안전하게 황태자비님 일에 나서지 않는 게 맞았나?

함부로 건드리기 힘든 황태자비님과 다르게 평민인 난 화풀이 당하기 쉬운 상대였다. 한 건 별로 없어도 언제 어떻게 불똥이 튀게 될지 모르는 상황.

착잡한 생각을 정리하듯 나는 마음껏 흐트러트리던 키르의 머리카락을 정돈하고 매끈한 이마를 드러냈다. 그리고 그 위에 다시 손바닥을 얹었다.

이번에도 열기가 느껴지진 않았다.
"머리 아픈 건?"
"아직도 살짝."
진짜 아픈 거야, 아니면 투정을 부리는 거야? 키르의 낯선 응석에 마음에 불편해졌다.
"언제 출발해?"
"곧 준비하고 가야지."
시간이라도 넉넉하면 덜 신경 쓰일 텐데. 출발 시간이 멀지 않았다는 소리에 가슴에 돌덩이를 얹은 것만 같았다. 다른 뜻은 없었다. 아프다고 하니까 걱정되는 것뿐이다.
"많이 피곤해 보이는데 괜찮겠어?"
"괜찮지 않으니까, 안아 줘. 기운 낼 수 있게."
장난스러움을 담아 웃었지만 내 눈에 보이는 키르의 얼굴 가득 피로가 덕지덕지 묻어났다. 키르가 답지 않게 자꾸 약한 소리하면서 조르니까 내 마음이 약해졌다. 어쩐지 더 거절을 못하겠다.
그래, 포옹 그까짓 게 뭐라고. 늘 하던 거잖아? 아무렇지 않게 할 수 있잖아? 괜히 의식하고 피하는 게 더 이상한 거 아니겠어? 그렇게 마음을 다잡았다.
"알았어. 안아 줄게."
"진짜?"
내 대답에 키르의 눈이 살짝 커졌다. 조르긴 했어도 내가 들어주지 않을 줄 알았나 보다. 네 반응이 그러면 내 선택에 후회가 되거든.
"응. 안아 줄게."
나는 미묘하게 올라오는 불안감과 초조함을 억누르며 아무렇지 않게 답했다. 키르의 얼굴에 형용할 수 없는 감정이 번졌다. 복잡함과 기대감이 뒤섞인 감정은 곧 온전한 기쁨으로만 물들었다. 지켜보고 있는 내 심장이 또 두근거렸다. 누가 내장을 잡고 흔드는 것처럼 속이 울렁거렸다.

잡고 있던 손을 놓으며 키르가 팔을 벌렸다. 어서 와 안기라고 말하는 듯한 자신감 넘치는 얼굴엔 피로감이 남아 있었다.

그 수척해진 얼굴이 안쓰러우면서도 어딘지 성숙해 보여, 요염함이 있었다. 그래서 위험해 보였다. 한 발짝도 아니고 그저 손만 뻗으면 되는 거리인데. 이 작은 행동으로 무언가 크게 변해 버릴 것만 같은 느낌. 해서는 안 되는 선택을 해 버린 기분.

그런 내 고민과 두려움을 알기라도 하는 것처럼 키르는 재촉 없이 나를 기다렸다.

고민하던 나는 아주 느리게 손을 뻗었다. 그리고 키르의 팔 안쪽으로 내 팔을 넣어 끌어안으며 키르의 어깨에 뺨을 기댔다. 살포시 허리에 팔을 두르며 잡아당기는 힘에 의해 나는 키르의 무릎에 앉았다. 단단히 끌어안는 손길에 나 또한 키르의 등을 감싼 옷을 꽉 잡았다.

크게 두근거리는 심장 소리가 내 것인지 키르의 것인지는 알 수 없었다. 어쩐지 어지러워서, 아찔한 향기가 맴도는 것 같아서 눈을 감았다. 익숙하면서도 참 낯선 품이었다.

* * *

미쳤지. 내가 미쳤어. 도대체 무슨 정신으로 키르에게 안겼던 거지? 늘 지나고 후회하는 그런 못난 인간의 정석이 바로 나였다. 베개에 고개를 묻은 채 주먹으로 침대를 퍽퍽 두들겼다.

아까는 뭐에 홀린 것만 같았다. 아니지, 같은 게 아니라 요사한 키르에게 제대로 홀린 거지. 그렇지 않으면 내가 그런 행동을 했을 리 없다.

도대체 얼마나 안겨 있었던 거야! 왜 정신을 못 차리는 거냐고!

이제 와서 내가 한 행동들을 변명하고 부정해도, 이미 지나 온 사실은 변하지 않았다. 그게 더 미칠 것 같았다. 과거를, 아니 내 기억만이라도. 아냐, 이것도 아니지. 하다못해 키르의 기억만이라도 지울 수 있는 지우개가 있었으면 좋겠다.

마지막으로 키르와 눈이 마주쳤을 때 난 본능적으로 알았다. 저 품에 안겨선 안 된다는 걸. 하지만 알면서도 그 올곧은 시선에 난 느리게 손을 뻗었다.

머뭇거림을 지나 서로의 온기가 맞닿았을 때는 시간이 멈춘 것 같았다. 망설임이 우스울 만큼 아무 생각도 나지 않았다. 단단했던 품이 침대처럼 포근했다. 혼자 남아 있는 지금도 그 기분 좋은 온기가 주변에 맴도는 것 같았다.

그렇게 우린 꽤 오랫동안 서로 부둥켜안고 있었다. 안겨 있는 동안 나는 키르를 밀어낼 생각을 하지 못했다. 그저 그렇게 있는 게 당연하다는 듯이 나도 모르게 계속 안겨 있었다. 집사님이 키르를 찾으러 올 때까지, 그렇게 계속.

으아악! 다시 생각해도 내가 정신이 나간 게 분명했다! 거기가 어디라고 거기서 그렇게 넋을 놓고 있었대?

키르의 헤어질 때 표정을 잊지 못하겠다. 배부른 포식자의 얼굴이랄까, 세상을 다가진 것 같은 느슨한 미소는 숨 막힐 만큼 예뻤다. 예뻤지만 반짝이는 눈동자 사이로 드러나는 만족스러움에 다른 의미로 숨 막혔다.

자신이 원하는 것을 얻기까지 얼마 남지 않았다고 장담하는 것 같아서. 이러다가 내가 정말 말도 안 되는 선택을 할 것 같아서.

진짜……. 이렇게 숨 막혀 죽었으면 좋겠다 싶었다. 그래서 자꾸만 부끄러움에 몸부림쳤다.

이렇게 후회할 줄 알면서! 왜 난 어리석은 선택을 했단 말인가! 두 번째 생임에도 왜 발전을 못 했는가!

물론 부끄럽다고 진짜로 죽을 리는 없었다.

한동안 자학의 시간을 보내던 나는 집사님의 알림에 비척걸음으로 일어나 식사를 하러 갔다.

이상하다고 해야 하나, 아니면 당연하다고 해야 하나. 이번 바스탄 공작의 연회는 키르가 대공가를 대표해 혼자 갔다. 그래서 대공과 아버진 저택에 계셨고 나는 두 사람과 같이 식사를 마쳤다.

아버지를 보니 아까 제일런 황자에게 아버지가 놀림 받은 게 생각났다. 이렇게 늠름하고 멋지신데! 울컥하고 안쓰럽기도 해서 아버지에게 쪼르르 달려갔다.

내가 커다랗고 투박한 손을 잡고 빤히 얼굴을 올려다보자 아버지가 습관처럼 나를 번쩍 들어 올리셨다. 이젠 이러지 말아 달라고 매번 부탁을 해도 모른 척하신다.

"왜 그러느냐?"

"아니에요. 그냥 아버지 보니까 좋아서요."

제일런 황자가 아버지 외모를 보고 놀렸다는 이야기를 전달할 수 없어서 나는 말을 돌렸다. 다행히 그게 아버지를 기쁘게 하는 말이었는지 아버지의 입이 헤벌쭉해졌다.

"그러냐. 아버지도 아렌과 함께하니까 좋구나."

아버지도 커험커험 소리를 내며 멋쩍어 하시면서도 말로 표현을 했다. 무뚝뚝해서 말도 못 붙이던 어린 시절과 많이 달라졌다. 이게 바로 꾸준한 애정 표현의 결과였다.

이것 봐라. 우리 아버지가 얼마나 순박하신데. 비록 남들보다 덩치가 크고, 수염이 수북한데다가 악성 곱슬머리라 정돈을 해도 헝클어져 험악해 보이고, 눈매까지 부리부리해 사나워 보이지만!

눈동자만은 얼마나 순박한지 시골 소의 눈 같았다. 투명하고, 맑고, 깨끗해! 사람은 때려 본 적도 없게 생겼잖아!

갑자기 아버지 부심이 커졌다.

이렇게 귀여운 우리 아버지한테 그런 심한 말을 하다니. 아버지가 들으시면 얼마나 마음의 상처를 받겠어? 황자면 다냐!

다시 분노가 차올라 나도 모르게 씩씩거리는 소리가 새어나왔는지 아버지가 의아하게 날 바라보았다. 그래서 그런 감정은 다음에 황자를 만나면 은근슬쩍 복수해 줘야겠다는 다짐과 함께 미뤘다.

"바쁘지 않으시면 우리 차 한잔할까요?"

"그러자꾸나."

부녀의 시간을 보내자는 내 신호에 아버지가 신나서 대답했다.

아버지가 언제나처럼 둥개둥개 해 주셔서 나도 짜증은 털어 버리고 즐거운 티타임을 보냈다. 아버지와의 시간은 마냥 어리광을 부릴 수 있어서 좋다. 성숙해져야 한다는 조바심 따위는 떠올리지 않아도 되었다.

"그런데 말이다……. 아직도 그 기사 놈이랑……."

한창 대화하던 중 아버지가 눈치를 보며 다시 은근슬쩍 아드리안 님을 언급했다.

"아이 참, 그분이랑은 아무 것도 아니라니까요."

내가 손등을 두드려 주자 아버지는 입을 꾹 다무셨다. 정말 신경 쓰지 말라고 잘 달래자 아버지가 시무룩하게 알았다고 답했다.

"저는 아버지가 제일 좋은걸요."

"그, 그렇지?"

그래서 저렇게 몇 번이고 속삭여 드리자 그제야 회복하셨다. 그렇게 대화를 나눈 뒤 마음의 평화를 되찾은 나는 아버지 방에서 나왔다. 이제 방으로 가서 씻고 누워야지, 하는 생각을 하고 있었는데 마치 기다렸던 것처럼 집사님이 슥 다가왔다.

"아가씨 대화는 모두 끝마치셨습니까?"

이분은 참 소리 없이 다닌다니까. 나는 벌렁거리는 가슴을 부여잡고 답했다.

"네."

"다행이군요. 대공 전하가 아가씨를 찾으십니다."

겨우 진정되는 줄 알았던 심장이 또 벌렁거렸다. 가뜩이나 대공은 내게 불편한 존재였다. 게다가 내가 황태자비님을 소개하고 난 다음 한 번도 따로 자리를 만든 적이 없었다. 즉, 찔리는 것이 너무 많은 상태였다. 하지만 어차피 대공의 저택에서 도망가 봤자 대공의 저택이다. 불편해 죽겠지만 피할 수는 없는 자리였다.

"지금 가면 돼요?"

"네. 집무실에서 기다리십니다."

"혼자 가 볼게요. 볼일 보세요."

집사님이 안내를 자청할까 봐 혼자 가겠다고 알렸다. 그러자 집사님은 알겠다는 표시를 해 보이고 자리를 떴다. 난 굼벵이로 빙의해 느릿느릿 대공의 집무실을 찾았다.

"앉거라."

책상에 앉아 서류를 보던 대공이 집무실에 들어와 어정쩡하게 서 있는 내게 무심하게 말했다. 나는 눈치를 보며 소파에 앉았다. 보던 서류에 서명을 휘갈겨 마무리한 대공이 소파로 자리를 옮겼다.

"차, 필요하느냐?"

"아니요. 전 아버지와 마시고 왔습니다. 필요하시면 준비할까요?"

"됐다."

잠시라도 자리를 피하고 싶은 마음에 벌떡 엉덩이를 뗐지만 대공의 단호한 대답에 나는 다시 얌전히 엉덩이를 소파에 붙여야만 했다. 조심스럽게 착석하자 대공의 눈빛이 지긋하게 쏘아졌다.

원래도 불편한 사람인데 저렇게 바라보면 마치 추궁하는 것 같았다. 없던 죄도 만들어 고백해야 할 것 같은 기분이다.

대공의 시선이 길어질수록 찔리는 게 너무 많아서 자꾸 목이 어깨 사이로 파고들었다. 의식해서 자세를 펴도 대공의 눈빛에 다시 움츠러들어 본의 아니게 어깨춤을 춰 버렸다.

"깜찍한 일을 저질렀더구나."

묵직하게 가라앉은 목소리로 저렇게 말하니 정말 깜찍하게 여기는 건지, 반어법인지 모르겠다. 거기다 표정도 무표정이라 더.

아, 이제야 내가 왜 대공이 불편한지 알겠다. 대공은 표정 변화가 거의 없어 생각을 읽기 힘들었다. 마치 벽을 보고 이야기하는 느낌이 들 정도였다.

그래도 처음 만났을 땐 어린애답지 않은 내 발언에 표정 변화가 있었던 것 같은데. 이제 그것도 면역이 생겼는지 어느 순간부터 무표정한 얼굴을 했다.

전혀 쓸모없는 이유나 찾아 낸 난 할 말을 찾지 못하고 대공의 눈치만 봤다.

"의외의 인물을 소개하기도 했고."

이어지는 대공의 말에 사정없이 마음이 찔린 내 어깨가 또 움찔했다. 사실, 일반적으로 황태자비님과 내가 인연이 있다는 건 상상도 못할 일이었다.

"어쩌다 보니 연이 닿았습니다."

"무슨 일인가 했더니 예상을 뛰어 넘는 큰일이었어."

그래도 황태자비님 요구를 다 들어 주신 걸 보면 그렇게 불편하게 여기신거 같지 않은데……. 어려운 일이면 단호하게 거절할 성격이시기도 하고.

"혹시 부담 되셨어요?"

그래도 혹시 몰라 물어봤더니 대공의 눈썹이 위로 쓱 올라갔다가 내려왔다. 그 표정만으로 감정이 읽혔다. '감히 내 앞에서 부담스럽냐고 묻는 건가?' 라는 오만함과 불쾌감이 뒤섞인 감정이 말이다.

종종 키르가 짓는 표정과 똑같았다. 저 넘치는 자신감도 유전이 틀림없다. 어쩐지 키르의 미래가 상상되는 것 같았다. 표정만으로 대답하고 한동안 나를 매섭게 응시하던 대공이 입을 열었다.

"황태자비가 알고 네게 접근한 거더냐?"

순간 뭘? 하고 떠올리다가 생각이 주르륵 흘렀다. 무슨 참신한 생각을 하셨는지 아무래도 대공은 황태자비님이 물건을 얻기 위해 내게 의도적으로 접근했다는 결론을 내린 것 같았다.

아니, 어디에서 그런 엉뚱한 결론이 나오지? 나를 통하면 대공가에서 필요한 걸 전부 얻을 수 있는 것도 아닌데 말이다.

"그건 아니에요!"

"그걸 어찌 그렇게 확신하느냐. 사람 속내는 모르는 것이다."

내 격렬한 부정에도 대공은 미심쩍음을 지우지 못했다. 하지만 난 확신했다. 황태자비님은 나를 통해서 현자의 서재의 힘을 빌리고 싶어 하긴 했지만 대공의 힘을 노린 건 아니었다.

아니, 어쩌면 나를 조사하는 과정에서 키르와 내 사이를 알아내 대공가와 친분이 생기길 노렸을지도 모르긴 했다. 하지만 적어도 대공가의 물건을 빌리기 위해서 내게 접근한 건 절대 아니었다. 왜냐하면…….

"물건을 빌릴 일을 만든 게 저니까요?"

사실을 말해도 되는지 아닌지 갈등 중이라 나도 모르게 말이 의문형으로 나왔다. 그래서 대공도 바로 알아듣지 못하는 것 같았다. 난 눈동자를 몇 번 굴리며 생각했다.

현재 일이 내 예상을 뛰어넘어 커지고 있었다. 내가 감당하지 못할 순간이 올 때를 대비해 보험을 들어 놓는 게 좋을 것 같았다. 의문이 짙게 서린 대공의 눈동자를 보며 나는 고백했다.

"그분에게 대회를 열라고 조언한 게 접니다."

나를 만나기 전까지는 황태자비님에게 대회를 열 생각이 없었다면 그녀가 대공에게 물건을 빌리기 위해 내게 접근했다는 전제 자체가 성립되지 않았다. 그걸 순식간에 이해한 대공에게서 '그걸 네가?' 하는 놀란 시선이 날아왔다. 난 어색하게 웃으며 덧붙였다.

"그리고 미끼 상품이 중요하다고 한 것도 저고요."

물건을 빌려야 한다고 말한 것도 나라는 사실에 대공은 할 말을 잃은 사람처럼 나를 쳐다봤다. 그 눈빛이 사고 거하게 치고 다니는 말썽꾸러기 막둥이 보는 시선이랑 비슷해 변명하듯 입을 열었다.

"황태자비님 일에 나서서 계획한 건 아니고요. 큰 틀만 조금 알려 드렸어요."

민망해서 엄지와 검지를 슬쩍 벌려 정말 조금인 것처럼 표현했다. 그러자 또 대공의 표정이 흔들렸다. 깨지는 무표정 속에 드러난 어처구니없다는 감정에 멋쩍음이 커졌다.

그렇게 보시면 부끄러운데, 하는 시선을 던졌더니 대공이 이번에는 손으로 미간을 누르며 작게 한숨을 쉬었다. 골치가 아프다는 듯 미간을 누르던 손을 뗀 대공이 나직하게 중얼거렸다.

"그래, 그러고 보니 넌 그런 아이였지."

그건 무슨 의미인가요? 한숨 후에 던진 대공의 미묘한 표현에 내 감정이 묘해졌다. 칭찬이 아닌 것 같은 느낌적인 느낌이다. 나를 훑는 대공의 눈빛은 정말 설명하기 어려워서 '묘하다'는 단어만 떠올랐다. 그래서 나는 변명처럼 덧붙였다.

"황태자비님은 제가 작성한 논문을 보고 찾아오셨어요. 저도 처음엔 도움 요청을 거절했습니다. 그런데 어쩌다 보니 여기까지 왔네요."

대공은 묵묵히 생각에 잠겼는지 내 설명에도 별다른 반응이 없었다. 그렇게 한참을 침묵한 채 나를 응시하던 대공이 입을 열었다.

"네가 아무 것도 모르고 꽤 위험한 일에 얽힌 것 같아서 경고하려고 불렀다."

아무래도 전에 '친구 비슷한 존재'라고 언급한 탓에 내가 이용당한 것은 아닌지 걱정하신 모양이었다. 그것도 아니면 앞으로 일어날 사건을 조심하라는 경고일지도. 이것저것 복잡한 말을 떠올리던 나는 눈을 내리며 짧게 답했다.

"조심해야 되는 건 잘 알고 있어요. 더 주의하겠습니다."

이 정도 밑밥을 깔았으니 한 번 더 대화가 오가면 '나도 그 일에 대해서는 더 신경 쓰마' 정도는 해 주시겠지? 나를 걱정할 정도면 나름 신경 써 주신다는 의미잖아? 난 기대감을 가지고 대공의 뒷말을 기다렸다.

"그래, 네가 벌인 일이니 네가 알아서 잘 처리하겠지."

그런데 대공의 입에서 내 계획과는 너무나 다른 말이 흘러나왔다. 그리고 대화가 끝났다는 듯 대공이 벌떡 일어났다. 어라? 이게 아닌데……. 어안이 벙벙해진 내가 쳐다보자 대공이 할 말 끝났으니 나가 보라는 시선을 보냈다. 그래도 내가 움직이지 않자,

"더 할 말 있나?"

그렇게 무뚝뚝하게 물었다. 적어도 황태자비님과는 어떻게 친해졌는지, 내가 어디까지 참견했는지, 앞으로 문제가 일어날 여지가 있는지 등을 물을 줄 알았다. 그걸 계기로 자연스럽게 오가는 대화 속에 대공이 황태자비님 일에 더 주의하게 되도록 설계를 하려고 했는데.

나는 대공의 박력 있는 시선에 뭐라 더 말도 하지 못했다.

"아, 아니요."

"그럼, 나가 봐라."

"아, 네. 나가 보겠습니다."

대공의 깔끔하게 잘라 내는 말에 난 어설프게 인사를 하고 집무실에서 나와야 했다.

이렇게 대화가 끝이라고? 혹시 대공은 내가 알아서 이야기하길 기다리는 건가? 하지만 그렇다고 하기엔 여지도 없이 나를 내쫓았다.

정말 내가 다 해결할 수 있을 거라고 대공이 믿는 건가?

예전부터 대공과 대화를 나누고 나면 늘 찝찝했다. 키르도 그러더니 둘이 아주 똑같았다. 그러고 보니 키르! 기껏 잊고 있었는데! 다시 떠오른 키르 생각에 잊었던 자괴감이 또 몰려왔다. 그 얼굴에 걸린 우쭐한 미소!

대공의 집무실 앞이 아니라면 비명을 지르고 싶을 정도였다. 아주 부자가 쌍으로 날 불편하게 한다. 그래도 키르가 한동안 집을 비우는 게 참으로 다행이다. 제발, 부디, 오래오래 있다가 왔으면 좋겠다.

그날 밤, 나는 밤새 잠을 설쳤다. 눈을 감으면 땅 파고 들어가고 싶은 부끄러움의 폭풍이 몰려와 시트와 베개를 괴롭히느라 잠을 잘 수 없었다.

아니, 세뇌 당한 것도 아닌데 왜 계속 떠오르냐고!

키르의 요사한 미소가 떠오를 때마다 나는 한밤에 비명을 지르지 않기 위해 애써야 했다.

* * *

"아가씨, 일어나셔야 할 것 같습니다."

대공저에서 일하는 엠마 언니가 나를 깨우는 조곤조곤한 음성에 한쪽 눈만 억지로 떴다. 어제 이불을 차느라 워낙 늦게 잠든 터라 내 기상은 오늘따라 늦었다. 잠투정 같은 건 부려 본 적 없는데, 처음으로 일어나고 싶지 않았다. 그래서 시트를 둘둘 만 애벌레 상태로 꿈틀거렸다.

그러고 보니 무슨 일이지?

어릴 때부터 스스로 부지런을 떨었기에 누가 날 깨우는 경험은 거의 처음이었다. 가끔 내가 늦잠을 자도 자는구나, 하고 다들 내버려 뒀다. 그러고 보면 나 정말 팔자 늘어졌구나.

"아가씨, 손님이 오셨습니다."

손님? 대공가까지 나를 찾아올 손님이 누구지?

아직 잠이 가시지 않아 머릿속이 멍해서 눈만 느릿하게 깜빡였다.
"손님은 아가씨가 일어나실 때까지 기다리겠다고 하셨습니다만 그래도 나와 보시는 게 좋을 것 같습니다."
"네에……."
뭔지 모르겠지만 일어나긴 해야겠다. 하지만 내 생각과 달리 몸이 무거워 미적미적 몸을 일으켰다.
"손님을 허트만 단장님이 상대하고 계십니다."
아버지가 오늘 안 바쁘신가 보네. 그런데 아버지가 왜 내 손님을 상대하지? 그제야 그 손님이 누군지 묻지도 않았단 걸 깨달았다. 사실 너무 피곤해 말하는 것도 귀찮았다.
"손님이 누군데요?"
"아드리안 페레즈 경이라고 했습니다."
아드리안 님? 그분이 무슨 일로 날 찾아왔지? 아침부터 귀찮게. …… 뭐? 누구라고? 몽롱하던 정신이 찬물을 맞은 사람처럼 번쩍 들었다.
"누, 누가 찾아왔다고요?"
자리에서 벌떡 일어나 되묻는 내 음성이 괴상하게 찢어졌다. 하지만 답하는 엠마 언니는 담담했다.
"아드리안 페레즈 경입니다."
아드리안 님이 대공가까지 날 찾아온 건 문제가 아니다.
"아버지가 상대하고 계시다고요?"
아버지랑 아드리안 님이 만난 게 문제인 거지! 가뜩이나 어제도 그 기사가 누구냐고 또 물어 보셨는데! 정체를 알지 못해 아버지가 시무룩해하셨는데!
"네."
그 큰일에 저렇게 담담하게 답을 하다니. 엠마 언니도 무서운 분이다. 난 꼬리에 불붙은 쥐처럼 후다닥 움직였다.

고양이 세수를 한 후 옷을 변신 소녀 수준으로 빠르게 갈아입고 부스스한 머리를 하나로 틀어 묶어 정리했다. 그대로 날 듯이 뛰어 1층 응접실로 가던 내 발은 계단을 내려가기 전에 멈칫했다.

내 눈에 들어온 것은 팔짱을 끼고 장승처럼 서 계신 아버지의 뒷모습이었다. 그리고 그 앞에 반듯하게 서 있는 아드리안 님까지 한 눈에 들어왔다. 아드리안 님의 표정은 평소와 같이 말끔하셨지만 아버지의 뒤로 딸바보 기운이 이글거리며 뿜어져 나왔다.

"아버지!"

움찔하고 흔들린 아버지의 몸이 느릿하게 나를 향해 돌아섰다.

"아렌."

무뚝뚝한 얼굴에 안타까움이 번져서 난 안도했다. 늦지 않았구나. 서둘러 뛰어 내려갔다.

"아렌, 조심해야지. 그러다 구르면 어쩌려고."

그게 중요한 게 아니잖아요.

"아버지가 어쩐 일이세요?"

아버지에게 왜 이곳에서 아드리안 님을 상대하고 있는지를 돌려 물었다. 아버진 불편한 헛기침 소리를 내고 변명했다.

"크흠……. 네 손님이 왔다고 해서 나와 봤다."

진작 저지를 걸, 하는 후회 어린 표정이 아버지의 얼굴에 떠올라 있었다. 무슨 짓을 하려고 하셨던 거야? 절대 그러지 말라고, 어서 가시라는 마음을 담아 아버지에게 눈을 흘겼다. 그러자 아버지가 상처받은 표정을 지으며 '내 딸이 변했어!' 하고 배신감을 드러냈다.

딱히 상대가 아드리안 님이라서 내가 이러는 게 아니다. 그게 누구든 날 찾아 온 손님한테 이러는 건 아니지. 내 경고의 눈빛에 시무룩해지는 아버지를 내버려둔 채 아드리안 님을 향해 고개를 돌렸다.

"어서 오세요, 이른 아침부터 어쩐 일이세요?"

"약속도 없이 죄송합니다. 용건이 있어서 방문했습니다."

아드리안 님이 깍듯하게 인사했다. 아드리안 님도 워낙 무표정이라 아버지와 어떤 대화가 있었는지는 알 수 없었다.

아니, 그런데 왜 손님을 이렇게 입구에 세우고 있었담. 내가 일어나서 준비한 시간도 있었으니까 충분히 안으로 안내할 수 있었을 텐데. 아드리안 님의 기습 방문보다 아버지가 더 무례했다.

"우선 응접실로 안내할게요."

"크흠, 크흠……."

내 말이 끝나기 무섭게 아버지가 헛기침을 했다. 뭘 그렇게까지 하냐는 신호를 모른 척했다. 사심이 아니라 방문한 손님을 푸대접할 수 없었으니까.

"아버지, 바쁘지 않으세요?"

아버지의 방해가 귀찮아서 물었더니 아버지무룩했다.

"바쁘지 않다."

커다란 어깨를 좁히는 아버지의 힘없는 변명에 괜히 부끄러워졌다. 아버지가 나를 챙기는 건 좋았다. 그래도 남 앞에서 이러는 건 아니다. 딸 사랑 표현도 적당히 해야지.

어서 가라고 아버지의 옆구리를 슬슬 밀었지만, 아버진 꿈쩍도 하지 않았다. 평소엔 못 이기는 척 밀려 주시는 분인데 오늘따라 굳건하게 버티신다. 아버지와 내 투닥거림이 길어지자 아드리안 님이 나섰다.

"죄송합니다. 더 시간을 지체하기 힘들어서 그런데, 용건을 말해도 되겠습니까?"

힐끔 확인한 아버지의 눈이 번뜩였다.

이쯤 되니까 아버지의 고집을 꺾기 힘들어 보였다. 내가 자리를 비켜 달라고 대놓고 요구해도 끝까지 버티실 것 같았다. 그런 모습을 보일 바엔 차라리 이 자리에서 말하는 편이 낫겠다.

"무슨 일로 오셨죠?"

"그분이 전해 달라고 하셨습니다."

아드리안 님이 품에서 서신 한 장을 꺼냈다. 내가 받아 들자 아드리안 님이 살짝 눈짓했다. 지금 읽어 보란 신호에 나는 봉투를 열었다. 황태자비님이 보낸 황궁으로의 초대장이었다. 그것도 약속 시간이 오늘인.

내 놀란 얼굴에 아드리안 님은 그저 고개를 한 번 꾸벅여 보인 게 전부였다. 잠시 생각을 정리하고 싶었다. 하지만 아버지가 서신과 아드리안 님을 번갈아 번뜩이는 눈으로 바라보고 있었다.

우선 이 상황부터 정리해야겠다.

"지금 바로 출발해야 하나요?"

"시간이 되실 때까지 기다리겠습니다."

그건 당장 출발하자는 소리잖아.

아드리안 님의 기다린다는 소리에 아버지의 눈이 희번덕거렸다. 이번만은 아무리 나라도 아버지 편을 들어 주기 힘들 정도로 험악한 얼굴이었다. 저런 아버지와 아드리안 님이 단둘이 있도록 할 수 없었다.

"지금 출발하죠."

나도 이렇게 준비 없이 출발하고 싶지는 않았다. 그래도 정식 티타임 초대 같은 게 아니니까 그냥 가도 되겠지.

"알겠습니다. 먼저 나가서 기다리도록 하겠습니다."

눈치껏 아드리안 님이 자리를 피해 줬다. 무슨 생각을 하시는지 아버지의 얼굴은 복잡해 보였다.

"어딜 가는 거냐?"

황태자비님을 만나러 황궁에 간다고 말을 해야 하나 말아야 하나. 잠시 고민하던 나는 우선 설명은 나중으로 미루기로 했다.

"나중에요. 설명은 다녀와서 드릴게요."

지금 설명은 할 수 있지만 놀란 아버지를 진정 시킬 여유까지는 없을 것 같았다.

그러자 아버지가 나직하게 한숨을 쉬고 내 머리에 손을 얹으셨다. 작게 도닥이는 손길에 힘이 없었다. 나는 손을 뻗어 내 머리 위에 있는 아버지의 손을 꼭 감쌌다.

"별일 아니에요. 금방 돌아올 거예요."

"알았다. 기다리마."

많은 의미가 함축된 것 같은 말이었다. 나는 조심스레 아버지의 손을 떼어냈다. 그리고 아버지가 걱정하지 않도록 단호하게 덧붙였다.

"그리고 아버지! 오해하지 마세요. 저분은 그냥 심부름 오신 분이에요. 알겠죠?"

그제야 아버지의 얼굴에 아차 하는 기색이 번졌다. 서신에 정신 팔려 아드리안 님에게 못한 것들이 떠오른 모양이었다. '교활한 기사놈. 내가 정신이 없는 사이에 도망가다니!' 이런 얼굴로 부들부들 흔들리는 턱수염이 심상치 않았다. 아버지가 쫓아 나가시기 전에 도망가야 했다.

"다녀올게요."

안타까워하는 아버지의 손등을 두드린 뒤 재빠르게 밖으로 나갔다.

황궁에서부터 끌고 왔는지 처음 보는 마차가 서 있었다. 내가 먼저 올라타고 아드리안 님까지 탄 후에 마차가 출발했다. 마차가 대공저를 벗어나고 나서야 긴장감이 좀 풀렸다. 아버지가 무슨 일을 저지르기 전에 벗어나서 다행이다.

하지만 그런 안도감은 잠깐이었다. 좁은 공간에 아드리안 님과 단둘이 있으려니 어색했다. 특히, 모르는 척할 수 없을 정도로 저렇게 지긋한 시선이 와 닿으니 말이다. 불편할 정도로 노골적인 아드리안 님의 눈길이 내 쪽으로 쏟아졌다.

아드리안 님이 눈을 깜빡일 때마다 긴 속눈썹에 눈동자가 가려졌다가 드러났다. 어딜 보나 강인한 기사의 이미지인데, 저럴 때는 묘하게 '청초하다'는 단어가 떠오르며 심장이 철렁이곤 했었다.

역시 찬란한 외모였다. 저 외모에 혼자 설렜었지.

그런 생각을 떠올리던 나는 놀라고 말았다. 단어가 과거형이다.

뭐야, 나 지금은 설레지 않는 거야? 저 찬란한 외모를 보고? 왜? …… 설마, 키르 때문에?

내 의식의 흐름에 머리를 쥐어뜯고 싶어졌다. 어제 잠을 설친 걸로도 모자랐던 모양이다. 내가 진짜 미쳤구나. 미쳤어. 인정하고 싶지 않은 현실이 코앞까지 다가와 있었다.

다시 생각해도 아드리안 님의 저 빛나는 외모를 보고 설레지 않았다는 사실이 충격이다. 정확히는 잘생겼다는 감동은 있다. 하지만 예전처럼 그를 상대로 부끄럽고 야릇한 망상을 하지 않게 되었다. 저 이상적인 남자를 앞에 두고 어째서!

이 복잡한 심경을 어떻게 해야 할까? 제멋대로 날뛰는 마음과 정신이 꼭 악마에게 홀린 것 같았다. 마음 같아선 내 뺨을 내리쳐 멀리 나간 정신을 되돌리고 싶었지만 그랬다간 아드리안 님이 놀랄까 봐 참았다.

그런데 이분은 오늘따라 왜 이렇게 날 바라보실까?

"하실 말씀 있으면 하세요."

결국 이번에도 참지 못하고 내가 먼저 이야기를 꺼냈다. 아드리안 님은 본인이 날 빤히 보고 있었단 걸 자각하지 못했는지 내 말에 흠칫 놀라는 기색이 드러났다. 하지만 잘게 흔들리던 눈동자는 감정을 수습한 듯 곧 잠잠해졌다.

"사죄드리고 싶었습니다."

이분도 사과 참 좋아하신다. 아드리안 님이 내게 잘못할 만한 것이 뭐가 있는지 생각했다. 저렇게 정중하게 굴 일이 뭐가 있을까? 그러다 과거의 일이 떠오르며 한쪽으로 생각이 기울었다. 헉! 설마?

"또 절 미행하셨어요? 이번엔 무슨 이유로요?"

이분도 이상한 취미가 생기셨나? 또 미행이야?

내 높아진 목소리에 아드리안 님의 눈이 휘둥그레졌다. 저번에 다신 안 그럴 것처럼 사과하더니 또 그런 행동을 하다니. 사람 그렇게 안 봤는데 은근히 음흉한 면이 있네.

내가 눈을 가늘게 뜨고 흘기자 아드리안 님이 다급하게 손사래를 쳤다.

"아닙니다. 이번엔 미행하지 않았습니다. 다른 일로 사과드리는 겁니다."

"다른 일, 뭐요?"

흥분해서 그런지 나도 모르게 날카로운 어조가 나갔다. 그러자 아드리안 님이 머뭇거렸다.

"제가……. 에이드 영애를 오해했습니다."

오해? 아드리안 님이 날 오해하고 실수할게 뭐……. 있구나. 나를 어린애로 착각한 걸 말하는 거겠지. 잊고 있던 일을 굳이 상기시켜 준 아드리안 님의 친절에 내 표정이 떨떠름하게 변했다.

"괜찮은데요."

비꼬는 것처럼 들릴까 봐 앞에 '굳이 사과하지 않으셔도' 라는 부분은 생략했다. 하지만 아드리안 님은 부족하다는 듯 깊게 고개를 숙였다.

"제가 에이드 영애의 말을 믿지 않았던 거니까요."

분명 예전에 나는 내가 보이는 외모보다 더 나이가 많다고 말했다. 비록 정확한 나이는 말하지 않았지만 아드리안 님도 적당히 수긍하는 것처럼 반응했었다. 그래 놓고 실제 내 나이를 듣고 놀라 해바라기 씨를 쏟으셨지. 하지만 그렇게 진실을 꼬집는 게 더 뼈아프단 걸 모르시나?

"믿기 힘들다는 거 아니까. 정말 괜찮아요."

애초에 내 입으로 나이를 밝히지 않은 잘못도 있고, 이렇게 오해하게 생겨 먹은 탓도 있다. 하프테리 님과의 대화 후 내가 성장하지 않는 이유가 내 마음 때문일 수도 있다는 걸 의식하고 나니, 남의 평가에 예전처럼 발끈하는 경우가 줄었다. 속은 쓰려도 무턱대고 남을 비난할 수 없었다.

그리고 계속 아버지에게 했던 말처럼 아드리안 님과 내 사이에 뭐가 있었던 것도 아니고. 나 혼자 망상하고 저쪽은 어른스러운 척하는 꼬마를 기특하게 봤겠지.

괜찮은데 왜 이렇게 눈물이 찰까? 생각할수록 숙연해졌다.

그런데 아드리안 님은 그때까지 내 나이를 진짜로 모르셨나 보네. 황태자비님이랑 붙어 다녀서 모든 정보를 공유하는 사이인 줄 알았는데 아닌가 보다.

"제가 경솔했습니다. 앞으로 주의하겠습니다."

내가 담담히 굴수록 아드리안 님이 더 죄스러워했다. 하지만 아드리안 님이 그럴수록 나 또한 쓰디쓴 감정이 커졌다. 내 작은 몸이 더 신경 쓰여서. 내 비정상적인 상황이 무겁게 와닿아서…….

"정말 괜찮으니까 더 사과하지 않으셨으면 해요."

겨우 진정한 나는 차분하지만 단호하게 정리했다. 멈칫한 아드리안 님이 살짝 입술을 깨물었다. 더 사과하려던 것을 참는 것 같았다. 나 또한 이 이야기는 더 하고 싶지 않아서 창밖으로 시선을 돌렸다.

20. 그 영애가 어색한 이유

침묵 속에서 마차는 황궁에 도착했다.

"어서 와!"

황태자비님의 궁에 들어서자 이산가족 상봉이라도 한 것처럼 황태자비님이 격렬하게 나를 반겼다. 하지만 난 그럴 수 없었다. 이곳이 황태자비님의 공간이라고 해도 그녀만을 위한 공간은 아니었으니까. 적어도 난 예의를 차릴 필요가 있었다.

"황태자비님을 뵙습니다."

허리를 깊게 숙이며 정중하게 인사했다. 내 예의를 차리는 태도에 황태자비님도 태연하게 행동을 바꾸셨다.

"일어나게. 우선 앉지."

자리를 권해서 앉자, 황태자비님이 시녀에게 신호를 줬다.

"차 좀 부탁하지."

미리 준비해 둔 다과가 금방 준비되었다. 다기를 내려놓은 시녀들이 뒤에 시립하려고 하자 황태자비님이 명령했다.
"잠시 자리를 비켜 주게. 전부."
나를 전에 한 번 본 적이 있기 때문인지, 아니면 내가 위협적으로 보이지 않아서 그런지 제일 나이든 시녀가 내게 잠깐 시선을 준 뒤 다른 시녀에게 신호를 줬다.
"필요한 것이 있으면 불러 주십시오."
다른 시녀들이 먼저 자리를 비우자 나이든 시녀도 마지막 말을 남기고 자리를 비웠다. 이어지는 황태자비님의 눈짓에 아드리안 님까지 같이 자리를 비워 방 안에는 나와 황태자비님 단 둘만 남게 되었다.
"후우, 이곳은 역시 숨 막히다니까. 그렇지?"
둘만 남게 되자 황태자비님의 자세가 늘어지고 말투가 편하게 변했다. 저렇게 태도가 풀어질 정도면 누가 대화를 듣지 못 하겠지. 그제야 나도 긴장을 풀고 초대장을 받았을 때부터, 아니, 아드리안 님이 대공저를 방문했을 때부터 쌓였던 불만을 표출했다.
"이렇게 갑자기 부르시면 어떡해요?"
"미안, 큰 행사는 끝났다고 해도 내가 자리를 비우기 힘들어서. 그리고 눈치 볼 사람 없는 지금이 초대하기 딱 좋은 기회잖아."
황태자비님의 안일한 생각에 나는 그저 답답했다. 설마 했는데 정말 저렇게 생각했다니. 중요한 건, '갑자기'가 아니라 나를 '부른' 것에 있었다. 평민인 내가 황궁 출입을 한 번 이상 한다는 건 그만큼 내가 황태자비님에게 의미 있는 사람이라는 사실을 남들에게 알리는 꼴이다.
바스탄 공작이 일부러 먼 곳에서 연회를 여는 이유가 고작 견제만을 위한 것이라고 생각했나?
"경계가 허술해지도록 일부러 틈을 보인 거라고 생각하지 않으세요?"
내 말에 황태자비님이 눈과 입술이 동그랗게 변했다.
"나를 관찰하기 위해 그 사람이 일부러 자리를 비웠으니까 더 주의했어야 한다는 소리야?"

정말 몰라서 묻는 건가?

"저라면 제 손바닥 위에 있다고 생각했던 사람이 예상을 뛰어 넘는 행동을 한다면 새로운 조력자의 존재를 떠올렸을 테니까요."

일부러 빈틈을 보이면 작은 승리에 도취된 자는 더 큰 실수를 했다. 지금의 황태자비님처럼. 나라면 떠나면서 황태자비님을 더 주의해서 관찰하라고 명령했을 거다. 예상치 못한 폭탄을 던졌으니까. 오히려 지금까지보다 더 의심하고 경계하겠지.

난 내 목숨이 소중하다고! 이번에도 개죽음은 사양이라고!

전생에 너무 어이없게 죽었기 때문에 현재의 나는 더욱 몸을 사리는 경향이 있었다. 완벽한 삶까진 아니더라도 이번엔 제대로 살아 보고 싶었다. 그래서 내 생명을 위협할 수 있는 존재에게 나를 드러내고 싶지 않았다.

차마 더 잔소리는 못하는 대신 '당신 경솔했어!' 하는 시선을 황태자비님에게 보냈다. 그러자 놀랍게도 황태자비님이 소리 내 웃었다. 엄청 재미난 이야기를 들었다는 듯이.

"그렇게 걱정되는데 왔어?"

"제가 어떻게 황태자비님의 명령을 거부합니까?"

떡하니 황궁 마차까지 보내 놓고. 내가 뾰로통하게 반응하자 황태자비님이 웃음을 멈추고 나긋하게 미소 지었다.

"놀랍네. 거기까지 생각했으면서 본인이 만든 연막은 생각 못 해?"

왜 저렇게 웃는담? 내가 만든 연막이 뭐라고. 싱글싱글 웃는 황태자비님의 낯짝이 얄밉다고 느껴질 때였다.

전체적인 상황이 머릿속을 스치고 지나갔다. 그리고 그 상황에 내가 한 말의 의미가 이해되며 그와 동시에 엄청난 부끄러움이 몰려왔다. 얼굴이 새빨갛게 변했을 것 같아 손바닥으로 얼굴을 감쌌다.

"어머, 왜 그래?"

알면서 저렇게 놀리는 황태자비님이 가증스러웠다.

"놀리지 마세요……."

"왜? 라인폰트 대공보다 더 엄청난 존재신데. 아주 위협적으로 보이는."

비꼼이 아닌 장난스러운 음성인데도 부끄러워 죽어 가던 상태라 그런지 뼈아팠다. 방금 나는 지금 내 입으로 내가 엄청난 존재라고 과시한 거나 다름없었다.

황태자비님에게 대공을 소개하면서 내가 노린 것은 두 가지였다. 하나는 정말 미끼 상품을 빌리는 것. 그리고 다른 하나는 대공이 황태자비님의 뒷배처럼 보이도록 만드는 거였다.

딱히 어렵지 않았다. 물건 빌리기를 성공한다는 것 자체가 대공이 황태자비님을 후원하는 것처럼 보였으니까. 그게 아니라면 그런 값비싼 물건을 빌려줄 이유가 없었다.

나도 정확히 두 사람이 어떤 거래를 했는지 모른다. 대가를 받고 물건만 빌려 주는 건지, 그 이후에 주고받는 것이 더 있는지는 알 수 없었다.

이렇게 대충 상황을 아는 나조차 두 사람 사이의 거래가 신경 쓰이는데, 황태자비님을 경계하는 입장에선 어떨까?

대공이 황태자비님을 밀어 줄 의도가 없다고 해도 두 사람이 결탁한 것처럼 보일 거고, 주변에선 당연히 그렇게 믿을 수밖에 없다.

그리고 나랑 라인폰트 대공을 비교했을 때 대공 쪽을 조력자라고 믿는 게 당연했다. 그러니 지금 방해자는 황태자비님보다도 대공의 행동에 더 촉각을 곤두세우고 있을 거다.

방해자에게 황태자비님이 하는 일이 그저 되도 않는 장난질이었다면, 대공은 자기 밥그릇을 빼앗을 수 있는 막강한 경쟁자니까.

그런 인물을 내세워 놓고 내가 의심 받을 거라고 걱정하다니. 내 자의식 과잉이었다. 내 안위를 중시하다 보니 생각을 깊게 하지 못했다. 나는 다급히 변명했다.

"어제 잠을 제대로 못 자서 그래요."

"무슨 일 있어? 왜 잠을 못 잤어?"

말을 돌리려고 했던 말인데 이유를 물으니 더 할 말이 없어졌다. 황태자비님에게 키르를 생각하느라 밤잠을 설쳤다고 말할 수는 없으니까.

"그냥 잠을 설쳤어요. 그것보다 이게 어떻게 된 일이에요? 어떻게 소문이 이렇게 빨리 퍼져요?"

이번엔 대놓고 다른 주제를 꺼내며 말을 돌렸다. 다행히 황태자비님은 더 캐묻지 않고 대화의 흐름에 따라 줬다.

"널리 알려지는 게 중요하다며? 그래서 사람을 많이 심어 뒀지."

"그렇다고 해도 너무 빨리 퍼졌는데요."

"수도에 특히 더 사람을 많이 풀어 놨지. 그리고 누구나 참여할 수 있는 대회니까. 이런 대회는 드물다 보니 원래 소문이 빨리 퍼지게 되어 있어. 게다가 영애의 말처럼 눈에 보이는 돈을 무시하긴 힘들지."

마지막 말은 복권을 암시하는 걸 알 수 있었다. 하긴, 평민에겐 인생역전의 기회니까. 운으로 부자가 될 수 있는 기회는 굉장한 흥밋거리였다.

뿌듯하게 답하는 황태자비님의 말에 나는 고개를 끄덕이며 적당히 맞장구쳤다. 그러자 황태자비님의 눈이 반짝였다.

"그날 어떤 일이 있었는지 듣고 싶지 않아? 내가 대회를 공표하는 순간 얼마나 황홀했는지 몰라!"

환호성을 내지르는 것 같은 음성이었다. 그 순간을 음미하는 저 표정을 보며 황태자비님이 날 다급하게 불러들인 이유를 알아챘다.

황태자비님의 입술이 어서 말하고 싶다며 움찔움찔 흔들리고 눈은 번쩍 빛나며 나를 압박했다. 내가 먼저 말하지 않으면 질문해 달라고 달려들 기세였다.

결국 나는 별로 궁금하지 않지만 입을 열어야만 했다.

"그래서 황제 폐하의 탄신연에서 어떤 일이 있으셨나요?"

내가 그런 질문을 해 주길 기다렸던 황태자비님의 얼굴이 화사하게 빛났다. 자랑하고 싶어 들뜬 7살 어린애처럼 해맑았다.

"탄신연이 얼마나 화려하고 어쩌고 하는 건 듣고 싶지 않겠지? 그런 건 생략할게. 가까스로 탄신연 당일에 대회 초안을 완성할 수 있었어. 아니, 사실 부족하긴 하지만 어쩔 수 없지."

"시간이 워낙 촉박했으니까요."

황태자비님의 즐거움을 방해하지 않는 선에서 적당히 추임새를 넣었다. 그러자 황태자비님이 만족스럽게 웃었다.

"뭐, 어쨌든 영애가 알려 준 대로 준비가 부족하지만 꼭 연회가 무르익었을 때 대회에 대해 공표하기로 했지."

"적당한 순간을 기다리는 건 짜릿하죠."

이왕 즐거워하시는 거, 더 기뻐하라고 나는 열심히 호응했다. 천진하게 좋아하는 걸 방해하고 싶지 않았다.

"이제 와서 영애에게 뭘 숨기겠어. 알지? 사사건건 내 일을 방해하는 사람이 누구인지."

혼자만 알고 있는 중요한 사실을 공표하기 직전의 우쭐함이 갑자기 진지함으로 바뀌었다. 반짝이던 눈동자가 시리게 변했다.

나도 황태자비님도 그 사람이 누구인지 뻔히 알면서 직접 언급한 적은 한 번도 없었다. 직접 이름을 말하는 것만으로 큰일 날 듯 조심했다. 왜냐? 그가 영웅으로 칭송받는 존재였으니까.

"바스탄 공작이죠."

그 이름을 듣는 것만으로 황태자비님의 눈동자가 출렁거렸다. 그만큼 그에 대한 감정이 깊다는 걸 보여 줬다.

바스탄 공작, 그는 내가 태어나기도 전에 일어났던 전쟁을 승리로 이끈 주역이었다. 젊은 나이에 믿을 수 없는 실력을 발휘한 그는 이제 거의 전설적인 존재가 되었다.

그리고 영웅이란 존재는 기사와 병사들의 호응을 이끈다. 그 실력에 반한 기사들의 절대적인 지지를 얻고 있었다. 그런 그가 차기 황제로 지지하는 황자는 황태자가 아니라 2황자였다.

자칫했다간 황위 싸움이 전면전이 될 수 있었다. 그래서 황태자비님이라고 해도 함부로 하지 못하는 사람이었다.

"세상에 제국의 영웅이란 존재가 그렇게 탐욕적이어도 돼? 그동안 바스탄 공작이 날 얼마나 무시했는지 알아? 물론 겉으론 웃으며 정중하게 대했지."

감정을 억누르는 황태자비님 목소리엔 은은한 분노가 담겨 있었다. 참 씁쓸하다. 과연 바스탄 공작도 처음부터 저렇게 욕심이 많았을까? 어쩐지 아닐 것 같았다.

처음엔 그 역시 순수하게 자국을 지키기 위해 나섰을 것이다. 그러다 영웅의 지위를 얻었고, 그렇게 추앙받다 보니 권력에 취하고 더 큰 욕망에 눈이 먼 거겠지. 바스탄 공작을 직접 만나 본 것은 아니라 확신은 못하지만, 어쩐지 그럴 것 같았다.

"그래도 황태자비라는 지위가 있으니까 바스탄 공작도 겉으론 조심했군요."

"그래. 하지만 그 눈동자 안에 담긴 경멸은 숨길 수 없잖아? 그는 나를 볼 때마다 마치 자신의 아랫사람을 보듯 봤지. 내가 장인을 섭외하려고 할 때마다 번개같이 알아내고 내게 와서 경고를 해 댔다고."

그동안에 쌓인 것이 너무 많아서일까? 방금 전까지 들떠서 어쩔 줄 모르더니 지금은 분노를 쏟아내기 바빴다.

"'쓸데없는 일은 그만두시지요. 그럴수록 모국이 더 힘들어지지. 않겠습니까?' 싸늘한 목소리로 저따위 협박을 했다고. 얼마나 무례하기 짝이 없어?"

그녀가 황태자비라는 지위에 있으면서 언제 이렇게 감정을 표출해 봤을까? 아마도 담담한 척 늘 혼자 참아 왔을 거다. 그게 얼마나 자존감을 깎아 먹고 숨 막히는 일인지 짐작되었기에 난 황태자비님의 수다를 말리지 않았다. 응어리를 전부 쏟아내도록 기다렸다.

"비참하게도 난 참는 것 밖에 할 수 없었지. 힘이 없기도 했고, 황태자비인 내가 제국이 아니라 모국의 일에 나섰다는 것 자체가 문제잖아. 그리고 실제로 바스탄 공작은 협박을 실행할 힘이 있어."

그녀는 말을 한번 멈췄다가 쓰게 웃었다.

"웃기지? 없어서 못 파는 귀한 자원인데 현재 바스탄 공작이 구매를 멈추면 구매자가 없어. 그가 독점 거래를 하니까. 다른 루트를 뚫을 수도 없지."

모멸감에 움켜쥔 황태자비님의 손이 부르르 떨렸다. 테일런은 광산이 많은 지역이다 보니 식량의 자급자족이 힘들었다. 즉, 원석 판매가 막히면 자금의 흐름도 같이 막혀 식량 수입이 힘들어진다. 그럼 고통 받는 건 힘없는 국민들이다.

사실 말도 안 되는 상황이다. 고작 한 사람의 결정에 의해 국가 하나가 이렇게 휘둘린다는 건 제대로 된 국가라고 빈 말로라도 말할 수 없는 상황이었다. 하지만 흥분한 황태자비님에게 매정한 말을 할 수 없어 난 그냥 어색하게 웃었다.

그래도 황태자비님은 한 차례 쏟아내고 나니 살짝 진정된 듯했다.

"나도 알아, 테일런은 외부 의존도가 너무 높지."

다행히 황태자비님도 현실을 모르지는 않았다.

"그 모든 문제를 타개하려고 장인을 섭외하려는 거잖아요."

나는 그녀를 달래기 위해 일부러 희망적인 이야기를 흘렸다. 그러자 황태자비님의 얼굴에 다시 생기가 돌았다. 다행히도 황태자비님의 사고 회로가 다시 즐거운 쪽으로 돌아간 듯했다.

"맞아. 사실 탄신연 전까지도 굉장히 마음을 졸였어. 당장이라도 바스탄 공작이 계획을 눈치 채고 방해를 할지도 몰랐으니까."

"운이 좋았네요. 들키지 않아서 다행이고요."

마치 당시인 것처럼 긴장하는 황태자비님의 태도에 이제 긴장할 필요 없다는 의미로 한 말이었다. 그런데 황태자비님의 반응은 정색이었다.

"운이 좋았던 게 아니야. 일이 급하게 진행되어 모국에 정보를 거의 전하지 않아서 외부로 내용이 새지 않은 거지."

하지만 나는 황태자비님의 정색보다 대화 안에 든 어떤 점이 마음에 걸렸다. 설마? 아니겠지.

"뭐야? 왜 그렇게 봐?"

"제가 좀 예민하게 생각했나 봐요. 테일런에 정보를 거의 전하지 않았다는 말에서 국왕 전하도 모를 거라고 생각했거든요. 아무리 그래도 국가 단위의 행사인데 무슨 그런 말도 안 되는 생각을 한 건지. 아하하하……."

나는 일부러 웃음까지 터트리며 얼토당토 않는 생각이었음을 강조했다. 하지만 이쯤에서 같이 웃으며 부정해야 할 황태자비님의 표정은 멀뚱멀뚱 조금도 변하지 않았다.

억지로 내던 내 웃음이 잦아들었다. 불안감이 물밀 듯 밀려왔다. …… 정말 아니겠지? 황태자비님은 대답 대신 말간 눈길을 보냈다. 그 의미는 당연하게도 긍정이었다.

"정말로 국왕 전하도 몰라요?"

내 목소리가 찢어지듯 올라갔다.

"영애도 알잖아. 모국에 첩자가 있는 거."

답하는 황태자비님의 목소린 덤덤했다. 아무리 그래도 국가 행사인데 국왕도 모르게 진행되는 게 말이 돼?

"이미 공표했는데 어쩔 거야? 아바마마도 어쩔 수 없지."

"돈 한두 푼 드는 일도 아닌데 예산은요? 인력은요?"

동네 구멍가게 장사도 아니고 뭐 하는 짓이냐고 소리치고 싶었다.

어설픈 대회를 여느니 안 여는 게 더 낫다. 사람들의 기대치도 있는데 기껏 열린 대회가 초라하면? 거기에 실망한 사람들이 너도나도 좋지 않은 평가를 한다면? 테일런이란 나라를 부정적으로 볼 수 있었다. 국가의 신용이 걸린 문제인데!

"그렇게 무책임하다고 보지 마. 나도 나름 계획이 있다고. 예산은 내 사비로 충당했으니 문제없다고."

국가 대회를 사비로 충당하다니. 이게 황족의 위엄인가?

"그렇게 부자셨어요?"

"아니, 내 전 재산으로도 부족해서 빚도 졌어. 이번에 일을 망치면 난 끝장이지."

황태자비님이 아무렇지 않게 엄청난 소릴 했다. 저렇게 말할 정도면 감당하기 힘든 금액을 빌린 거겠지. 배짱이 좋은 건지 아니면 세상 물정을 몰라서 막무가내인 건지.

"왜 그렇게 질린 눈으로 봐? 그만큼 난 사활을 걸었다고."

내 질린 눈빛이 보이긴 하나 보다. 하지만 내가 적극적으로 나선 게 아닌 이상 황태자비님의 선택에 왈가불가할 수 없었다.

"그냥 놀라워서요."

"자꾸 흥분해서 말이 새네. 아무튼 탄신연 중에도 바스탄 공작이 날 보는 표정은 그랬어. 같잖게 일 벌이지 말고 얌전히 네 할 일이나 해. 뭐 이런 표정?"

또 다시 황태자비님에게서 분한 감정이 흘러나왔다.

"사람도 많은데 설마 대놓고 그랬겠어요?"

"알아, 내가 그에게 쌓인 게 많아서 더 그렇게 느낄 수도 있겠지. 어쨌든 바스탄 공작의 그 표정을 변하게 하리라 벼르고 별렀어. 황제 폐하를 향한 축사와 선물 전달식이 다 끝나고 본격적인 연회가 시작되었지."

"소리 없는 전쟁이 시작되었군요."

사교 활동이란 게 그렇다. 진짜 마음 맞는 친구를 만나기보다 서로를 재 보는 시간에 가까웠다. 내게 이득이 될까?

저쪽이 무슨 꿍꿍이가 있을까? 그런 모든 걸 미소라는 가면을 쓰고 자신의 속내는 숨긴 채 상대의 패를 알아내는 게임이었다.

그래서 키르가 제국이라면 질색을 하며 외출하고 돌아온 날은 피곤해하는 거겠지. 내가 그 점을 알고 있는 것 같자 황태자비님의 얼굴에 빙그레 미소가 걸렸다.

"맞아. 귀족들이라고 절대 우아하지 않아. 동화 속에 나오는 것처럼 룰루랄라 화려한 무도회 따위 절대 아니라고. 아무튼 우선은 적당히 노래가 몇 곡 돌고 분위기가 정돈되길 기다렸지. 아무리 그래도 황제 폐하의 생신 축하자리가 끝나자마자 나서면 황태자비라고 해도 눈치를 받을 테니까."

사실, 남의 축하 자리에서 내 경사를 밝히는 건 무진장 눈치 없는 짓이다. 홍보 자리로 이용하는 것도 마찬가지였고. 황제가 화를 내지 않은 게 다행이었다.

"잘하셨어요. 나쁜 일이라고 할 수는 없어도 매너 있는 행동은 아니니까요."

황태자비님도 동의한다는 듯 잘게 웃었다. 그러다가 갑자기 무언가 떠올린 사람처럼 외쳤다.

"아 참, 세상에! 왜 그걸 알려주지 않은 거야?"

황태자비님의 호들갑에 나는 어리둥절해졌다.

"뭘요?"

내가 뭐 중요한 것을 놓쳤나?

"라인폰트 대공자가 미남이라는 소리를 왜 하지 않았어!"

세상 억울하다는 황태자비님의 표정에 나는 그저 멍청하게 입을 벌렸다.

거기서 왜 뜬금없이 키르가 나와?

너무 엉뚱하게 튄 이야기를 바로 잡아줘야 하는데, 당혹감이 너무 커 말을 잇지 못했다. 그런 내 반응은 상관없다는 듯 황태자비님은 본인의 감상을 쏟아냈다.

"나, 보고 깜짝 놀랐잖아. 몇 년 전에 봤을 때만 해도 그냥 귀엽다는 느낌이었는데 그새 성숙한 남자가 다 되었더라?"

확실히 어린 시절의 키르와 지금의 차이는 꽤 컸다. 그래도 아는 사람이, 그것도 황태자비님이 이렇게 반응하니 기분이 이상했다. 황태자비님의 황홀하게 반짝이는 표정은 아이돌 보는 팬의 감정과 비슷했다. 자기보다 어린 키르에게 오빠 소리까지 할 것 같았다.

"결혼도 하신 분이 그래도 돼요?"

"누가 뭐 하겠대? 감상은 자유지."

자중하라는 의미로 말했다가 황태자비님에게 눈 흘김을 받았다. 그래, 그저 눈 호강하겠다는데 아무 말도 할 수 없지. 사실 나도 아드리안 님 보면서 눈 호강 열심히 하지 않았는가. 예쁘고 잘생긴 존재를 보고 마음의 위안을 얻는 것은 인간의 본능이었다.

"내가 대회 준비 때문에 바빠서 몰랐지. 대공자가 최근 유명하더라고."

키르가 예쁜 건 인정하지만 저럴 정도인가? 취향은 이상한데다가 성격도 못 됐고, 좀 하찮잖아.

"키르가 유명해요?"

"편하게 부르다니 소꿉친구답네."

"……."

반사적으로 생각 없이 키르라고 부르고 말았다. 내가 침묵하자 황태자비님이 피식 웃음을 흘렸다.

"라인폰트 대공자가 흔한 미모는 아니잖아."

역시 외모가 다구나. 그러고 보니 그때 평소보다 더 힘을 줬었지. 내가 보기에도 짜증날 정도로 멋졌던 기억이 떠올랐다.

"거기다가 혈통도 좋잖아. 이상적인 상대지. 미혼 영애들이 다 라인폰트 대공자를 흘긋대던걸? 춤 신청하고 싶어서 난리가 났었다고."

키르가 뭐라고 난리야? 사람들이 참 보는 눈이 없다. 외모에 홀랑 넘어가서 내면을 보지 못하다니. 걔가 얼마나 성격 더러운데.

그보다 키르 녀석, 밖에 나가서 여자나 꼬시고 다녔구나. 그래 놓고 나한테 피곤하다고 그랬단 말이야? 갑자기 기분이 불퉁해졌다. 그냥 짜증나는 기분이었다.

"그래서 키르가 누구랑 춤 췄어요?"

이건 절대 내가 궁금해서 묻는 게 아니다. 나중에 키르에게 말할 때 논리적으로 따지려고 알아두려는 거다.

"라인폰트 대공자가 누구랑 춤을 췄냐고?"

황태자비님이 흥분 상태라 잘못 들었는지 되물었다. 나는 맞다는 의미로 고개를 끄덕였다. 그리고 순간 아무리 소꿉친구라고 해도 이런 질문하는 건 조금 과한 건가 의식됐다.

이상하게 생각하지 않으시겠지?

다행히 내 걱정과 달리 황태자비님은 내 질문을 수상하게 여기지 않았다.

"아쉽게도 아무도 안 췄어."

"왜요?"

황태자비님의 선선한 답에 나도 모르게 새된 음성으로 되물었다.

이해가 안 됐다. 이번 탄신연은 손꼽히는 성대한 연회였다. 그만큼 참석하는 사람들이 다양했고 세상 처음 보는 미인들이 넘쳐났을 거였다. 그리고 황태자비님의 말처럼 키르가 인기인이었다면 당연히 그 여러 미인들이 호감의 신호를 보냈겠지.

키르가 날 좋아한다고 생각하는 것도 진정한 미인을 보지 못해서 그럴지도 몰랐다. 그 상태에서 겪게 될 나와 비교하기 황송할 정도로 늘씬한 미녀의 유혹! 얼마나 매혹적인가! 제대로 된 미인을 보지 못한 키르에겐 아름다운 여성의 적극적인 관심이 충격이었을 거였다. 상상하는 내가 다 설렐 지경이었다. 그런데 어째서 키르는 아무와도 춤을 추지 않았을까?

"이유? 나도 모르지."

황태자비님은 '그걸 내가 어떻게 알아? 나야말로 궁금하다고.' 하는 어이없다는 표정으로 답했다. 하긴, 오랫동안 봐 온 나도 키르 속을 모르는데 황태자비님이 키르의 속내를 어떻게 알겠어.

그저 변덕이었겠지. 딱 때마침 키르가 귀찮았거나 피곤했을 수도 있겠다. 그럼, 그 성질에 얌전히 버틴 게 용하다. ……그런데 그렇단 말이지? 키르가 아무와도 춤을 추지 않았단 말이지. 키르 녀석, 기회가 왔을 때 잡지도 못 하고. 하여튼 어설프다니까.

그렇게 생각하면서도 영문 모를 짜증으로 비비 꼬이고 있던 속이 스르르 풀리는 것 같았다.

"라인폰트 대공자도 매정하지. 누구보다 멋지게 차려입고 왔으면서 누구와도 춤은 안 추니까 영애들이 많이 아쉬워했어."

황태자비님이 기회가 있었다면 먼저 춤 신청을 했을 것처럼 아쉬움을 토로했다. 그러다가 갑자기 눈썹을 추켜세우며 날선 의문을 나타냈다.

"……뭐야?"

"네? 왜요?"

잘 이야기하다가 왜 살짝 짜증을 내는지 모르겠다. 황태자비님의 말을 끊은 것도 아닌데. 영문을 몰라 물어 보니 황태자비님의 눈길이 고깝게 변했다. 나를 대놓고 훑는 탐탁지 않은 시선이 영 불편했다.

도대체 왜 갑자기 저렇게 불만투성이가 된 거야? 하지만 그런 내 의문은 이어진 황태자비님의 질문에 쏙 들어가 버렸다.

"왜 그렇게 웃어?"

"네? 웃어요?"

영문을 몰라 물어보니 황태자비님의 눈길이 내 입가로 쏘아졌다. '그건 네 입이 아니냐?' 라고 하는 듯한 무언의 지적에 손을 들어 내 입술을 눌렀다.

내 의지를 벗어난 입가가 제멋대로 씰룩이고 있었다. 누가 억지로 끌어당기기라도 한 것처럼 내 입꼬리는 한껏 위로 올라가 있었다. 나 지금 웃고 있는 거야? 왜? 신나는 일 아무 것도 없는데?

"지금 웃고 있잖아. 내가 이야기 중인데 무슨 다른 생각을 한 거야?"

멋대로 움직인 입꼬리 때문에 내가 혼란스러워하고 있는데, 황태자비님이 내 상태를 다시 냉정하게 짚어 줬다. 그런데 이상하다. 분명히 황태자비님의 트집에 가까운 투덜거림에도 불쾌해지지 않았다.

이런 표현은 이상하지만 오히려 살짝 뭉게뭉게한 기분? 저 하늘의 구름같은 폭신함. 아니면 풍선이 된 것 같은 두둥실한 기분?

설명하기 힘든 감정에 적절한 표현을 찾으려던 나는 점차 황태자비님의 표정이 나빠지자 정신 차리고 변명했다.

"별일 아니에요. 신경 쓰지 마세요."

"신경 쓰지 말라고 해도 그렇게 헤죽헤죽 웃으면 신경 쓸 수밖에 없잖아. 폭소를 터트리는 것보다 그런 웃음이 더 거슬리는 거 몰라?"

하긴, 남이 진지하게 말하는 중에 실실 바보처럼 웃으면 거슬리긴 하지. 황태자비님의 언짢음이 커지는 게 훤히 보였다. 그래도 이상하리만치 내 기분은 나빠지지 않았다. 이러다가 황태자비님에게 제대로 공격당할 것 같아 난 재빠르게 말을 돌렸다.

"그것보다 바스탄 공작 이야기는요? 그 사람에게 한 방 먹인 이야기 하려던 것 아니었어요?"

"아, 맞다! 그 이야기 중이었지. 내 정신 좀 봐."

"아까부터 저, 그 이야기 엄청 듣고 싶었어요."

일부러 엄청 기대한 티를 냈더니 황태자비님이 눈을 가늘게 뜨고 샐쭉하게 나를 흘겼다.

"어디까지 이야기했지?"

그 속내를 다 알면서 넘어가 준다는 신호에 난 겨우 입꼬리를 가다듬고 살짝 웃었다.

"분위기가 정돈되길 기다렸다, 까지요."

"그래. 분위기가 살짝 지루해졌을 무렵, 웃기게도 바스탄 공작이 먼저 내게 접근했어."

황태자비님이 그를 적대하는 만큼 바스탄 공작도 그녀를 좋아할 리 없었다. 그런 상대가 먼저 접근한 이유는 의심스러운 점이 있기 때문이겠지.

"설마 대회 준비 중인 걸 눈치챘던 건가요? 그 사람이 이미 알고 있었어요?"

내 음성에 조급함이 묻어나왔다. 황태자비님이 걱정하지 말라는 듯 느릿하게 고개를 저었다.

"대회에 대해 짐작한 건 아니었고 내가 무언가 하려는 중인 걸 눈치챘던 거지. 경고하러 왔더라고."

"아……. 다행이네요."

잔뜩 힘이 들어갔던 내 어깨에서 힘이 빠졌다. 그러다가 내가 괜한 걱정을 했다는 걸 깨달았다. 그때 문제가 생겼다면 지금 이렇게 평화롭게 대화할 수 없을 텐데, 너무 이야기에 몰입했나 보다. 내가 겸연쩍은 웃음을 짓자 황태자비님도 가볍게 미소를 지었다.

"시간이 없었던 게 도리어 도와준 거지. 일정이 여유로웠다면 공개하기도 전에 그가 전부 알아냈을 지도 몰라. 참, 영애는 바스탄 공작을 본 적 있어?"

"당연히 없죠. 전 평범한 사람입니다만."

내가 그 사람을 어떻게 보냐는 의미로 고개를 절레절레 저었더니 황태자비님은 '그게 말이 되냐?' 하는 시선을 보냈다.

"영애가 라인폰트 대공과 친하니까 혹시 인연이 닿았을 수도 있어서 묻는 거지. 나도 알고, 현자의 서재 쪽 인맥도 대단하고 하니 친분까진 아니더라도 스칠 수 있다고 생각했어. 그리고 영애가 평범한 사람이라고 하기엔 조금 그렇지 않나?"

진짜 평범한 사람들이 알면 놀라 자빠지지 않겠냐는 지적이었다.

사실 나도 내가 진짜 평범하다고 표현하기는 애매한 존재란 건 안다. 하지만 워낙 주변에 천재들이 많고 권력 짱짱한 사람들만 있다 보니 상대적으로 주눅이 들었다.

"그렇다고 제가 엄청 대단한 존재라고 하기엔 조금 그렇잖아요."

난 자신감을 내비치기엔 변변하지 못했다. 그러자 황태자비님이 심사가 복잡하게 얽힌 얼굴을 했다. 이걸 어디부터 짚어 줘야 할까 하는 의미에 난 다시 입을 열었다.

"그런데 바스탄 공작을 만나 본 건 왜 물었어요?"

"그냥. 알고 있는 존재라면 설명하기 쉬우니까."

난 또 무슨 중요한 이유가 있는 줄 알았지.

"상상력을 잘 발휘해 볼게요."

장난스럽게 답하자 황태자비님이 설핏 웃음을 터트렸다.

"바스탄 공작은 라인폰트 대공과 분위기가 비슷해. 짜증스럽게도 오만하고 강인하지. 아, 그렇다고 라인폰트 대공이 그렇게 재수 없다는 의미는 아니야."

대공이 그렇게 재수 없었냐고 물으려던 나는 황태자비님이 재빨리 덧붙이는 말에 질문을 삼켰다. '다 알지? 쓸데없는 말 전하는 거 아니지?' 하는 눈짓에 그냥 못 들은 척했다.

"바스탄 공작이 겉으로 보기엔 얼마나 멀끔한지 공명정대해서 욕심 따위는 없어 보여. 그 이면은 그렇게 추악한데 말이야."

황태자비님도 사람이 참 감정적이라서 큰일이다. 그새를 못 참고 또 바스탄 공작 욕으로 넘어갔다. 그래서 본론은 언제 나오냐고. 이렇게 내버려 뒀다간 내내 대화가 제자리걸음할 것 같아서 슬쩍 내가 나섰다.

"그래서 바스탄 공작과 무슨 일이 있었는데요?"

황태자비님이 어린애처럼 입을 삐쭉였다. 본인의 이야기가 끊겨서 짜증이 난 것 같았다. 하지만 생각해 보니 대화의 진전이 없다는 것을 깨달았는지 쓴 소리를 하지는 않았다.

"알았어, 알았어. 본론만 이야기한다고. 적당히 사람들의 집중력이 흐려졌을 때쯤, 굉장히 자연스럽게 바스탄 공작이 나를 찾았어. 겉으로는 안부 인사였지만, '또 헛짓거리를 하는 걸 보니 요즘 한가하신가 봅니다. 아니면 정신이 나갔거나.' 같은 압박이었지."

* * *

"안녕하십니까? 황태자비 전하. 탄신연을 준비하느라 바쁘셨을 텐데, 얼굴이 확 펴셨습니다. 무슨 좋은 일이 있으셨는지요?"

그거 알지? 비꼬기 위해서 '얼굴이 폈다'는 말을 썼다는 거. 듣자마자 어조로 알 수 있잖아. 바스탄 공작이 건넨 말투가 그랬거든. 불쾌했지만 참았지.

"오랜만입니다. 바스탄 공작. 할 일이 많아서 열정적으로 움직여 그리 보이나 봅니다. 공이야말로 좋은 일 있는 것 같습니다만."

"뭐 저야, 평소와 같다면 그게 좋은 일이지요. 사실, 요즘 살짝 번잡스러운 문제가 생길 뻔했지만, 곧 조용해질 예정입니다."

네가 뭘 하려는지 눈치 챘으니까 조용히 덮어라. 그러면 용서해 주겠다는 바스탄 공작의 신호였지. 그 정도에 순순히 물러설 거면 시작도 하지 않았겠지?

"조용해질 예정인 건 어찌 아십니까?"

"상대방도 생각이 있다면 그리하겠지요. 설마 그리 아둔하겠습니까?"

그 입가에 걸린 미소가 얼마나 음험하던지. 저 말은 나더러 멍청한 행동 그만하라는 경고잖아. 이가 갈리지만 난 우아하게 받아쳤지.

"그쪽도 다 생각이 있으니까 행동했겠지요. 그 쪽의 편을 들어 주려는 것이 아니라 그럴 것 같다는 의미입니다. 그래도 공의 심기를 거스르는 일이라니 좋게 해결되길 빌겠습니다."

모른 척 웃어 줬더니 바스탄 공작의 눈이 얼마나 사납게 돌아가던지. 꼭 뱀의 눈 같았다니까.

이때 처음 느꼈어. 남이 모르는 훌륭한 패를 쥐고 있다는 건 정말 짜릿한 일이란 걸. 처음으로 바스탄 공작을 상대하는데 짜증보다도 기대감이 더 크더라고. 대회 소식을 들었을 때 바스탄 공작의 표정이 어떻게 일그러질지 상상하는 것만으로 전율이 일었지.

물론 들뜬 티를 내지 않았어. 아니다, 티를 내도 상관없었겠구나. 어차피 공개할 때가 되었으니까. 어쨌든 그 당신엔 숨겨야 한다는 생각에 최대한 억누르긴 했어. 그랬더니 바스탄 공작이,

"사람은 발전이란 것을 한다는데, 그렇지 않은 누군가도 있는 것 같습니다."

라고 말하는 게 아니겠어? 그렇게 당하고도 정신 차리지 못했냐고 경고하는 거지. 그러면서 너그러움을 가장한 음습한 웃음을 흘리더라고. 누가 늙은 뱀 아닐까 봐 사람 불쾌하게 하는 말을 살살 돌려가면서 했다니까. ……알아, 안다고. 옆으로 새지 않을게.

"글쎄요. 발전이 너무 커서 상대가 그걸 알아차리지 못하는 것 아닐까요?"

"본인은 똑똑한 줄 알지만 그렇지 않은 경우가 많지요. 거기다가 가끔 말이 전혀 통하지 않는 상대도 있고요. 그런 사람들이 꼭 뒤늦게

후회를 하더군요."

목소리를 한껏 내리깔고 으르렁대면서 내게만 들리도록 속삭이더군. 이게 협박이 아니고 뭐야? 날 보는 바스탄 공작의 서늘한 눈동자가 이게 마지막 경고라 알리고 있었어.

이때 더 듣고 있을 필요가 없단 걸 깨달았지. 터트릴 순간만 보고 있었는데, 그게 지금이 아니면 언제겠어? 라는 생각이 뇌리를 지배한 거야.

"참, 그러고 보니 제가 기쁜 소식을 하나 전할 게 있었는데, 폐하의 탄신연을 챙기느라 깜빡했네요."

바스탄 공작을 바라보며 화사하게 웃어 주었지. '무슨 짓을 하려고?'. 바스탄 공작이 딱 그런 의미로 날 보더라고. 아주 눈이 매섭더군. 물론 난 그걸 무시하고 웃으며 와인 잔을 나이프로 두들겼어.

바스탄 공작을 상대하면서도 난 주변을 의식하고 있었거든. 그래서 악사들의 연주가 끝나는 타이밍을 딱 맞출 수 있었지. 워낙 타이밍이 절묘해서 소리도 청명하게 울리더라고. 덕분에 사람들의 시선이 단번에 내게 쏠렸지.

"우선 이렇게 황제 폐하의 탄신연에 참석해 주신 여러분께 감사의 인사를 드립니다. 여럿이 모인 김에 하나 공표할 일이 있어서 이렇게 주의를 끌었습니다. 모쪼록 잠시만 제 이야기가 끝날 때까지 시간을 내주시길 바랍니다."

이때 바스탄 공작을 한번 우쭐하게 바라봐 주는 걸 잊지 않았어. 미리 날 말리지 못했던 공작의 그 굴욕적인 표정이란. 보고 또 보고 싶었지. 알았어. 진짜 알았다니까! 계속 이야기 할게.

"제가 테일런 출신인 건 모르는 분이 없을 겁니다. 제 아버지인 테일런의 국왕도 곧 생신을 맞이하게 됩니다."

다 아는 이야기니까 그러려니 하는 사람과 무슨 이야기를 하려고 이렇게 뜸을 들이나? 하는 사람들에게 나는 드디어 본론을 꺼냈어.

"그걸 축하하기 위해 테일런에서 작은 대회를 열기로 했습니다."

귀족들의 호기심 어린 웅성거림이 회장에 번지기 시작했어. 그러자 바스탄 공작이 애가 탔는지 서둘러 나서더군.

"황태자비 전하, 조금 경솔하신 것 아닙니까? 갑자기 이야기도 없이 이런 식으로 진행을 하다니요."

바스탄 공작의 감도 대단하지. 내가 벌일 일이 뭔지 모르면서도 나섰어. 일이 더 커지기 전에 무마하려는 본능적인 행동이었겠지. 어쨌든 바스탄 공작이 상황 파악을 하지 못해 조급해 하는 모습을 보이더군.

내가 무언가 준비하는 줄 알았지, 그게 이렇게 공표가 가능할 정도로 진행됐단 건 몰랐으니까 더 긴장했을 거야. 물론 바스탄 공작이 흔들릴수록 당연히 내 감정은 고조됐지.

"바스탄 공작, 이상한 말씀을 하시는군요. 왜 테일런에서 대회를 여는 것을 공과 상의해야 합니까?"

"흠, 저랑 상의해야 한다는 소리는 아니었습니다. 그런 큰일을 황제 폐하의 생신을 축하하는 이런 중요한 날에 공표한다는 문제점을 알려 드린 겁니다."

대놓고 테일런에 내정 간섭을 하고 있다고 밝힐 수는 없으니 바스탄 공작은 불편한 음성을 내는 걸로 눈치를 줬어. 내정 간섭에 대한 건 공개적으로 할 말이 아니라는 걸 바스탄 공작 본인이 제일 잘 알고 있으니까 재빠르게 말을 돌리더군.

"그 점은 제가 경솔했습니다. 많은 분들에게 알려 드리고 싶단 마음이 앞서 서두르게 되었군요."

물론 나도 더 이상 책잡히지 않는 게 중요하니 순순히 사과를 했지. 서둘러 사과했는데도 연회장에 묘한 공기가 떠돌았어. 바스탄 공작이 지적한 점이 맞으니까. 날 보던 귀족들의 시선이 부정적으로 변할 때였지.

그때, 의외의 존재가 날 도와주더군.

"뭐 어떻습니까? 주인공이신 폐하께서는 피로하다고 이미 자리를 비웠지 않습니까. 태자비의 서툰 마음을 너그럽게 넘겨주시지요."

내 남편인 황태자가 등장하더군. 어쩐 일로 남편이란 사람이 도움을 주는지. 몰래 준비한 거라 알고 방방 뜨지 않을까 걱정했는데 말이지. 사실, 그 사람이랑은 데면데면해서 도움은 기대하지도 않았거든.

어쨌든 기회를 놓치지 말아야 하니 남편이란 사람이 눈짓을 주는 걸 날름 받아먹었지.

"다시 한번 제 실수에 대해 사과하겠습니다. 그럼, 본론으로 돌아가죠. 모두 테일런이 보석 광산으로 유명한 건 아실 거라 믿습니다."

거기서 일부러 말을 끊고 사람들을 돌아봤어. 다들 인정한다는 의미로 고개를 끄덕이더군. 난 시종들에게 신호를 줬지. 내 신호를 받은 시종들이 미리 준비시켰던 초대장을 근처의 귀족들에게 일일이 나눠 줬어.

"그 특색을 살려 역사의 길이 남을 보석을 테일런에서 직접 만들어 보기로 했습니다. 그래서 장인들이 실력을 뽐낼 수 있는 세공 대회를 열 생각입니다. 자세한 내용은 방금 드린 초대장을 확인해 주십시오."

세공 대회 소리에 모두 술렁거렸지.

사실, 귀족들에게도 이런 대회는 몇 없는 재미난 유희거리거든. 바스탄 공작이 제 앞에 내밀어진 초대장을 확인하고 심기 불편함을 드러냈어. 내가 이런 대회를 여는 의도는 뻔하니까.

감히 몰래 이런 일을 꾸몄냐고 바스탄 공작이 탐탁지 않게 테일런의 사절단을 쏘아봤어. 하지만 웃기게도 그 사절단이 자기보다 더 놀라는 모습에 나를 어이없다는 듯 보더군.

이게 내 독단적인 계획임을 알아챈 거지. 그리고 무슨 생각을 했는지 슬쩍 비릿하게 웃었어. 내가 아무리 포부를 크게 잡아도 대회가 성황을 이룬다는 보장이 없단 걸 안 거야. 사실, 모든 대회가 성공하는 것은 아니니까 바스탄 공작의 생각은 마땅했지.

"보석 세공 대회라. 멋지긴 합니다만 이건 장인들을 위한 대회지 않습니까? 여기 계신 심미안이 뛰어난 분들의 흥미를 얼마나 끌 수 있을지……. 쯧."

가증스럽게도 마지막에 혀까지 차며 안타까움을 드러내는 척을 하더군. 실상은 귀족 체면에 장인같이 험한 일을 하는 자들과 어울려야 하냐, 조금 더 고급스러운 대회를 준비하지 못했냐는 의미일 텐데 말이야.

역시나 바스탄 공작의 말에 대부분의 귀족들이 홀려 버렸지. 적당히 흥미를 드러내려던 자들도 어색하게 관심 없는 척하더군. 그래서 영애의 조언과 선택이 더 적절했던 거지.

"대회에 흥미가 없으신 분들도 보석엔 흥미가 있으시겠죠? 그래서 이번에 여러분들을 위한 눈요깃거리를 제대로 준비했습니다. 대회 기간 동안 명작이라 불리는 보물을 공개하기로 했습니다. 누구나 감상할 수 있지요."

내 말에 다시 주변 귀족들이 술렁이기 시작했어.

명작 운운하는 보석이 뭔지 궁금하기도 하고, 그만큼 귀한 게 맞다면 정말 그걸 공개하는 건지 당연히 다들 알고 싶어 했지. 어쨌든 사람들의 흥미는 제대로 끌었다고 느꼈어.

"뭘 공개하는지 가르쳐 주실 수 있습니까?"

"맞아요. 어떤 귀한 보석이기에 그렇게 장담을 하십니까?"

"정말 귀중한 보석이면 그거 보러 한번 가 보고 싶군요."

원래 보석 욕심이 있던 몇몇 귀족들이 나서서 흥미를 드러내자 바스탄 공작의 표정이 점차 일그러졌어. 흥미는 대회의 성공과 직결되니까 바스탄 대공의 경계심이 커지는 건 당연해. 내 대답을 기다리는 그 시선에 아주 오싹했다니까. 등 뒤를 타고 오르는 전율을 억누르며 알렸지.

"바로 에리카 황녀의 드레스입니다!"

유명한 보석의 정보를 아는 건 바른 귀족의 소양 아니겠어?

빠르게 알아들은 몇몇이 크게 술렁거렸지. 보석에 대해 잘 모르던 사람도 주변 사람들을 통해 그 정보를 전달 받아 그게 얼마나 값진 보물인지에 대해 다들 수군거리기 시작했어.

"정말 그 대단한 보물을 공개한다는 겁니까?"

"얼마 동안 공개하는 겁니까?"

"그 정도로 유명한 보석이라면 구경하러 꼭 가야겠군요."

"전 전설인 줄 알았던 물건인데 실존했군요."

귀족들의 웅성거림이 커졌어. 그만큼 홍보는 성공적이라고 볼 수 있었지. 사람들의 관심이 제대로 쏠려 대회가 묻히지 않을 것을 짐작한 바스탄 공작의 꼴은 볼만했어. 점차 표정 관리도 못하더라니까.

아, 참고로 이게 끝이 아니었어. 누군가 때마침 적절한 질문을 던졌거든.

"그런데 그 엄청난 보물이 테일런에 있었습니까? 언제, 어떻게 구한 겁니까?"

내가 딱 기다리던 질문이었어.

"아쉽게도 에리카 황녀의 드레스는 테일런의 물건이 아닙니다. 감사하게도 너그러운 분이 대여해 주심과 동시에 대회를 후원해 주시기로 했습니다."

그 엄청난 보물의 주인이 궁금해진 사람들이 숨을 죽이고 이어질 말을 기대했지. 그중엔 바스탄 공작도 있었고.

물론 그는 기대하는 게 아니라 겁 없이 자신과 관계된 일에 나선 찢어 죽일 사람을 알아내겠단 의도였겠지만. 어찌나 표정 관리를 어찌나 못하는지 악마가 강림한 줄 알았다니까.

모두의 시선이 내게 한결같이 집중되었을 때, 난 바스탄 공작을 주시하면서 최고로 우아한 미소를 지어 줬지.

"바로 라인폰트 대공입니다."

* * *

그때의 감정을 고스란히 떠올리는지 황태자비님의 두 뺨은 발갛게 상기되어 있었다. 반짝이는 눈동자가 저 하늘의 별이라도 따 넣은 듯 환하게 빛났다. 입가엔 그린 듯한 미소가 피어났다.

"바스탄 공작의 얼굴이 일그러진 것을 보았을 때, 그리고 그걸 수습할 정신조차 없어 보였을 때! 짜릿해서 몸 둘 바를 몰랐다고!"

짜릿해, 늘 새로워, 한방 먹이는 게 최고야! 라고 외칠 것 같은 황태자비님의 표정에 나는 일단 진정시켜야 하는 건 아닐까 하는 걱정이 들었다. 저러다 황태자비님마저 이상한 취향이 생기면 어쩌나 싶었다.

그래도 이왕 좋아하는 거 더 좋아하라고 내버려뒀다. 쌓인 게 얼마나 많으면 저러나 싶기도 했고.

황태자비님은 한참 흥분을 만끽하고 나서야 격한 감정을 가라앉혔다.

"이제 진정 좀 되셨어요?"

"흠, 안 좋은 꼴을 보였네."

황태자비님도 자신이 과했다는 건 아는지 손바닥으로 살짝 뺨을 눌러 열기를 식혔다.

"아니에요. 충분히 들뜰 만한 일이었죠."

그녀의 마음은 충분히 이해했다. 벼르고 있던 적의 뒤통수를 치고 전율을 느끼지 않는 게 이상하다. 오랫동안 쌓인 게 많았을 테니 특히 더 광분했던 거고. 잠시 자신의 감정을 가다듬은 황태자비님이 다시 몸가짐을 바로 했다.

"몇 번을 인사해도 부족할 것 같아. 고마워. 영애가 나서 준 덕분에 일이 술술 풀렸어."

내가 아니었으면 일이 이렇게 쉽게 풀리지 않았을 거라고 단단히 믿는 황태자비님의 시선에 머쓱해졌다. 현자 분들에게 공부를 잘했다고 칭찬

받는 건 사탕을 먹은 것처럼 달달하게 기쁜데 왜 이런 칭찬은 낯간지러워 몸이 배배 꼬이는지 모르겠다.

"뭐 제 덕분인가요. 다 대공 전하 덕분이죠."

말은 바로 해서 정말로 대공 덕분이 맞았다. 대공의 후광으로 바스탄 공작이 반발하지 않고 잠잠한 거니까. 뒤로 음흉한 흉계를 꾸미고 있을지 모르겠지만 적어도 지금 겉으로 바스탄 공작이 아무것도 하지 못하고 있는 건 다 대공 덕분이었다.

지금쯤 바스탄 공작은 골머리를 썩고 있을 거다. 대공이 테일런 일에만 참견을 하는 것일까? 아니면 황태자의 편을 들기로 한 것일까? 그는 여러모로 머리가 터지도록 생각하고 있을 것 같았다.

공국의 일에만 전념하는 대공은 원래 제국 귀족들 사이에서 큰 영향력을 발휘하지는 않았다. 대공과 제국 귀족은 적당히 서로를 간섭하지 않는 어색한 이웃과 같은 관계였다.

그래서 아이러니하게도 황제는 대공을 좋게 보며 챙겼다. 대공이 황권에 관심이 없는 게 확실하니까 믿음직스러웠던 것 같다.

그러다 보니 대공은 제국에서 파벌이 없으면서도 귀족들에겐 무시할 수 없는 존재가 되었다. 권력이 강한 존재라 하기도 그렇고, 그렇다고 중요한 순간 권력을 쓰지 못하는 존재도 아닌 애매한 위치였다.

"그 라인폰트 대공의 후광을 빌리게 된 게 영애 덕분이니까."

뭐, 그래. 두 사람 사이에 없던 인연을 만들어 준 내 노고도 없다고 볼 수는 없으니까. 속으로 내 기여를 인정하면서도 멋쩍어서 말을 돌렸다.

"속은 진짜 시원하셨겠어요."

"시원하다 뿐이겠어? 짜릿했다니까."

할 수 있다면 또 하고 싶다고, 중독성 있다고 외칠 것 같은 눈빛이었다. 이러다 정말 나쁜 버릇이 들 것 같은데. 진짜로 내 '주변에 있는 이상한 사람 카테고리'에 황태자비님도 추가가 되는 건 아니겠지.

"사실 부탁이 있어서 불렀어."

"부탁이요?"

"응. 일이 이렇게 순조로운 건 영애의 말처럼 라인폰트 대공이 날 후원하는 것처럼 보이기 때문이지."

대공이 없었다면 바스탄 공작은 진작 방해를 시작했을 거다. 늘 하던 대로의 방법이 통하지 않는다면 황태자비님을 협박했을 거고, 그마저도 통하지 않는다면 테일런 국왕에게 직접 압박을 넣었을 수도 있었겠지.

그런 여러모로 들어와야 할 방해가 없다는 건 황태자비님 뒤에 대공이 있어서다.

"존재만으로 누군가에게 압박을 줄 수 있는 사람이니까요."

내 입으로 말하면서도 질린다. 대공과 면담을 할 때마다 어렵긴 했지만 더 까마득하게 머나먼 존재처럼 느껴졌다.

"그래서 그 힘을 더 제대로 활용했으면 해."

황태자비님이 빙긋 웃었다. 상황을 정확하게 파악하고 있었고 아주 살뜰히 이용해 먹겠다는 태도였다.

나는 영문을 몰라서 눈을 깜빡였다. 이왕 도움 받는 김에 제대로 싹싹 긁어서 받겠다는 생각도, 이왕 이용할 거라면 전부 이용하겠다는 그 마음도 알겠다.

그런데 뭘, 왜 나한테 부탁한단 말인가?

"그거랑 저랑 무슨 상관인가요?"

불길함이 몰려왔다. 황태자비님은 또 빙긋 웃음을 지어냈다.

"그냥 말을 대신 전달해 준다고 생각해."

그러니까 지금 대공에게 부탁해야 할 말을 나더러 대신 전달해 달라는 거야? 그거 어려운 일을 내게 떠넘기겠다는 거 아니야? 심통이 난다.

그래, 이해는 한다. 황태자비님이 직접 움직이는 것도 그렇고, 그렇다고 부탁하는 입장에 대공 더러 와 달라고 부탁하는 것도 신경 쓰인다.

그렇다고 해서 서신은 예의가 아닌 것 같다는 황태자비님의 마음도 읽히긴 했다.

이해는 하는데 나도 대공이 어렵단 말이야. 특히 그에게 뭔가를 부탁할 땐 혼나는 기분이라 썩 좋지 않았다.

면담할 때는 아무렇지 않은 척했지만 가뜩이나 나는 요즘 키르 때문에 더더욱 대공이 불편해지고 있었다. 난 아무것도 하지 않았는데 대공에게 죄를 짓는 기분이었다. 그 상태에서 무슨 부탁을 하라고.

"뭘 하려고요."

내가 들어 줄 거라 믿는다는 듯 황태자비님이 고혹적인 미소를 입가에 달았다.

"대공에게 연회 좀 열어 달라고 부탁해 줘."

저 어여쁜 얼굴을 한 대 때리고 싶을 만큼 어려운 부탁이었다.

* * *

"뭘 해 달라고?"

역시나 되묻는 대공의 음성이 비딱해진 것 같았다. 분명히 똑같은 고저 없는 목소리인데, 비꼬는 것처럼 들리는 건 죄책감 때문인가. 아니면 대공의 특별한 능력인가. 황태자비님의 말을 전달하는 것뿐인데 정작 대공의 얼굴을 맞대고 있는 건 나라서 괜히 초조해졌다.

"황태자비님이 연회를 열어 주셨으면 좋겠다고 하셨습니다."

황태자비님을 만나고 온 나는 바로 대공에게 면담을 요청했다. 그리고 황태자비님의 요구를 전달했더니 대공의 눈썹이 위아래로 까딱였다.

그러자 '누가? 내가?' 라고 환청이 들리는 것 같았다. 저건 무슨 신기한 능력이지?

얼른 다시 말해 보라는 대공의 시선에 나는 서둘러 덧붙였다.

"꼭 크게 열지 않아도 된다고, 작게라도 연회를 열고 초대만 해 주시면 좋겠다고 하셨습니다."

침묵 속에 대공의 시선이 따갑게 쏘아졌다. 왜 자신이 연회를 열어야 하는지 모르겠단 태도였다. 물론 대공이 정말로 의미를 모르는 건 아니겠지. 그는 황태자비님이 노리고 있는 점이 무엇인지 다 알 것이다. 알면서도 귀찮게 왜 내가 들어줘야 하냐는 의미였다.

나도 대공이 이렇게 반응할 줄 알았다. 대공은 제국에서 영향력을 키우기 위해 굳이 노력하지 않는다. 그런 그가 연회를 연다고 딱히 이득인 점이 없었다. 그리고 가장 큰 문제점은.

"내가 대공이 된 후 대공가에서 한 번도 연회가 열린 적이 없다는 건 아느냐?"

그 말처럼 지금 대공이 대공 자리를 이어받고 대공가에서는 연회가 열린 적이 한 번도 없었다. 그런 사람을 내가 설득해야 하는 거다. 갑자기 속이 쓰라렸다.

"그렇다고 들었습니다."

나는 최대한 조심스럽게 대답했다. 사실, 그걸 알기 때문에 더 부탁하는 것이었다. 연회를 열지 않던 사람이 연회를 열어 가면서 사람을 모으는 행동을 한다는 건, 그만큼 황태자비님을 열렬하게 지지한다는 의미였으니까. 황태자비님에겐 그 후광이 간절하게 필요했다.

'테일런vs바스탄 공작'이 아니라, '라인폰트 대공vs바스탄 공작' 구도를 만들어야 그녀에게 붙는 시선이 분산될 거고, 대회 진행이 한결 편해지기 때문이었다. 정말 대놓고 이용해 먹겠단 소리다. 그걸 알면서도 부탁하는 나 역시 부끄러워서 숨고 싶었다.

"그럼, 내가 연회를 열지 않는 이유는 아느냐?"

대충 짐작은 한다.

첫째, 사람들을 규합할 이유가 없다. 대공은 공국만 잘 운영하면 된다고 여기는 인물이었다. 공국 운영도 벅차다고 여기는지 정해진 것 이상 욕심을 내지 않았다. 세력이 필요하지 않으니 굳이 제국 귀족들의 비위를 맞추기 위한 연회를 열 필요가 없는 거다.

둘째, 대공의 성격 탓이다. 대공은 번잡스러운 걸 싫어했다. 내가 대공가와 연이 닿고 나서도 한 번도 대공의 생일 등을 크게 챙긴 적이 없었다. 키르의 생일 때처럼 적당히 공국민에게 음식을 베풀고 가신들과 저녁을 함께하는 게 전부였다.

그리고 세 번째 이유는 연회를 연다고 할 때 그에게 도움을 줄 안주인의 부재였다. 연회란 건 자신의 저택에 손님을 초대하는 행위다. 그냥 저택을 가꾸는 것과 연회를 위해 꾸미는 건 또 다르다. 가뜩이나 바쁜 대공은 그런 걸 일일이 신경 쓸 섬세한 성격이 못 됐다.

그런 귀찮은 일을 할 바엔 그냥 공국에서 절대 나오지 않겠다고 선언하지 않을까?

어쨌든 하나, 하나는 무슨 그런 핑계를 대냐고 트집 잡을 수 있는 사소한 이유였다. 하지만 세 개의 이유가 전부 합쳐지니 꽤 그럴싸해졌고 그 핑계로 대공은 연회를 열지 않았다.

네 입으로 그 이유를 말해 보라는 대공의 시선에 속이 뜨끔했다.

첫째 이유는 황태자비님의 노림수였다. '당신에겐 필요 없지만, 다른 사람에겐 필요해서요.' 라고 내 입으로 말하기 그렇다.

둘째 이유도 대공이 싫어하는 걸 알면서도 그 부분을 요구하는 거라 선택할 수 없다.

결국, 내가 내세울 수 있는 선택지는 마지막 이유뿐이었다.

"연회를 열었을 때 손이 많이 가는 일을 도와 줄 안주인이 없어서 그렇지 않을까요?"

대공이라면 내가 왜 이 이유를 선택했는지까지 뻔히 짐작했겠지. 부담스러울 정도로 심오한 눈빛으로 대공이 나를 훑었다.

"그 이유도 없다고 할 수 없지. 그리고 현재 내게는 그런 걸 신경 쓸 여유가 없다. 그런데 귀찮은 일을 도와 달라?"

대공의 음성엔 진짜 귀찮음이 넘쳐흘렀다. 숨 쉬는 것도 귀찮다고 여기는 게으름뱅이를 눈앞에 두고 있는 것 같았다.

황태자비님이 꼭 설득해 달라고 부탁하셨는데, 대공의 거부가 만만치 않았다. 나라면 대공을 설득할 수 있을 거라는 믿음 넘치는 황태자비님의 말씀에 더욱 부담감이 컸다.

역시 황태자비님에게 마음을 주는 게 아니었다. 키르나 황태자비님이나 친구라는 존재가 생기니 뒤치다꺼리할 일만 생긴다. 그놈의 정이 뭐라고.

어떻게든 설득해야 된다는 생각에 나는 대공을 향해 조심스럽게 의견을 냈다.

"귀찮은 일은 사람을 쓰면 되지 않을까요?"

"……그래. 그거 좋은 생각이구나."

예상외로 대공의 입에서 재빠른 긍정이 흘러나왔다. 마치 기다렸던 것처럼.

그럼, 연회를 열기로 정한 건가?

이렇게 설득이 쉬울 줄 몰라서 얼떨떨했다. 그러고 보면 요즘 대공이 이상하게 후하다. 무슨 꿍꿍이가 있나?

어쨌든 대공이 미심쩍긴 해도 황태자비님에게 좋은 소식을 전할 수 있다는 생각에 기분이 좋아졌다.

"그렇죠? 사람을 쓰면 다 도와 준다니까 연회 여는 것도 어렵지 않을 거예요."

"그래, 그러니 네가 나서서 하면 되겠구나."

갑자기 엄청난 소리가 내 귓가를 스치고 지나갔다.

"……네?"

그게 무슨 헛소리세요? 하는 의미의 되물음이었는데 대공이 단호하게 확정지어 줬다.

"네가 그 일을 대신하면 된다는 소리다."

아니, 대공가 안주인 일을 내가 대신하라고? 이게 무슨 마른하늘에 날벼락 떨어지는 소리야?

"제가 그걸 어떻게 해요. 그건 아니지요."

그런 건 불가능하다고 어색하게 웃었지만 대공은 무서운 사람이었다.

"네가 가져온 일은 네가 책임져야지?"

물론 대공에게 필요하지 않은 일을 내가 억지로 들이민 거니 양심이 있으면 내가 나 몰라라 해서는 안 되는 게 맞다. 맞는데, 아는데, 왜 이렇게 서글프지?

대공은 분명히 평소와 같이 딱딱한 무표정이었다. 그런데 어쩐지 날 놀리듯 빙글빙글 웃고 있는 것 같은 느낌이 들었다.

* * *

결국, 대공가에서 연회를 열기로 정해졌다. 그 말을 듣고 황태자비님이 격렬하게 기뻐했지만 난 마냥 즐거워할 수 없었다. 대공이 한 말이 너무 이치에 맞아 내가 거부하지 못하고 일을 떠맡아 버렸기 때문이다.

분명히 황태자비님에게 필요한 일인데 내가 대신 바빠져 버렸다. 어째서죠. 왜 내가 바빠져야 하는 거죠? 잠시 한탄했지만 사실은 바쁜 것보다 부담감에 머리가 터져 버릴 것 같았다.

내게 일을 떠넘긴 대공은 아예 신경 쓰기 싫은지 연회관련한 전권을 내게 주었다. 날짜는 언제쯤이 좋겠다, 대충 그 정도만 말해 준 뒤 아예 신경을 꺼 버렸다. 내가 뭘 물어 보면 '알아서 해라, 네게 전권을 주지 않았느냐' 따위의 답만 했다.

그쪽이 일을 내게 전부 맡기면 나도 다른 사람에게 맡기면 되지. 까짓거, 내가 돈 내는 것도 아니고!

이런 마음으로 나는 수도에서 몸값 비싼 전문가들을 초빙해서 견적을 받았다. 그리고 충격적인 평가를 받았다.

그들은 하나같이 입을 모아,

"손봐야 할 곳이 너무 많군요."

라고 답했다. 상술이 아니라 진심처럼 보였다. 내가 어려 보이니 사기를 치나 싶어서 의심의 눈초리를 보냈더니 그들은 성심껏 나서서 최신 유행에 대해 알려줬다. 그들에게 귀가 따가울 정도로 설명을 듣고 나서 나 역시 뭐가 문제인지 알 수 있었다.

"그러니까 화사함이 부족하단 거죠?"

"네. 맞습니다. 전부 고급스럽고 딱히 유행에 뒤진 것 같지는 않지만……. 현재 대공저는 너무 무난하지요."

그래도 대공가라서 집사의 주도로 적절한 관리는 늘 해 왔기에 웅장한 멋은 있었다. 하지만 섬세하고 유려한 멋이 없단다. 비교하자면 충분히 더 멋스럽게 옷을 입을 수 있는 사람이, 굳이 딱딱하고 무난한 스타일을 추구하는 것에 가까웠다.

"좋아요. 어디부터 손을 대면 될까요?"

내가 현실을 인정하자, 전문가들은 물 만난 고기처럼 신나서 떠들었다.

"그래요. 잘 생각하셨어요! 저희가 영혼을 쏟아서라도 도와 드리죠. 우선……."

말을 하고 싶어서 입이 근질근질해 미칠 지경이었는지 전문가들은 쉬지 않고 이야길 했다. 얼마 전에 어떤 가문에서 뭘 했는데 반응이 좋았더라, 같은 이야기가 끊이질 않았고 듣다가 머리가 터질 것 같았다.

좔좔좔 쏟아지는 말에 결국 난 하지 말아야 할 말을 하고 말았다.

"그냥 대충 최근 가장 유행하는 스타일로 가면 안 되나요?"

내 질문이 끝나자 전문가들이 하나같이 표정을 굳혔다. 어쩜 그렇게 무식한 말을 하냐는 정색 어린 얼굴들이었다. 난 판도라의 상자를 열어 버리고 만 것이다.

"그 무슨 안일한 말씀이십니까? 이게 얼마나 중요한 일인지 아셔야지요. 가문의 긍지가 달린 일입니다. 진정한 귀부인은 티스푼 하나에도 신경을 써야하는 법입니다."

전 귀부인이 아닌데요, 라는 변명도 하지 못한 채 전문가들의 잔소리 폭격이 시작되었다. 슬프게도 참으로 우아하게들 말씀하셔서 항의할 수도 없었다. 조곤조곤한 목소리로 요점을 짚을 때마다 내가 얼마나 미적 감각이 없고, 무식한 말을 했는지 알려 줘서 그렇게 아플 수 없었다.

어쨌든 이번에도 요약하자면 손님을 초대하는 건 내부, 즉 그 가문의 이미지를 보여 주는 것과 같단다. 그러니 다른 귀족에게 얕보이지 않으려면 제대로 가꾼 모습을 보여 줘야 한다는 것이다.

고급스럽게. 그러면서도 과해서 부담스러워 보이지 않아야 하고. 그렇다고 고루한 것도 아니어야 한다는 설명을 나는 열심히 들었다. 연회를 여는 데에는 생각보다 센스가 많이 필요했다.

그러니까 못난 날 대신해 전문가들이 정해 주면 좋으련만 그들은 마치 날 교육이라도 시키는 것처럼 요즘 유행하는 것들로 물품이나 디자인을 추천만 해 줬고 선택은 꼭 내가 하도록 만들었다.

내가 한 선택이 대공가의 이미지와 직결된다는 걸 알고 나니 선택 장애가 왔다. 전부 예쁘고 고급스럽긴 한데 마음에 쏙 들지 않았다. 정확히는 마음에 들지만 과연 이걸로 괜찮은 건가? 하는 망설임이 남았다.

아니, 도대체 나의 뭘 믿고 대공비의 일을 맡기냐고. 이 대공아!

마지막에 차마 욕을 붙이지 못한 구슬픈 외침이 밤마다 힘없이 내 방에 울려 퍼졌다.

* * *

내가 고용한 전문가인 아이리스가 두 장의 천을 내게 내밀었다.

"아시겠지만 최근 유행하는 색은 푸른색 계열입니다. 제 추천은 이렇게 두 가지입니다. 보시다시피 한쪽은 우아함을 더 강조한 색이고, 반대쪽은 화사함을 더 강조한 색이지요. 어느 걸로 갈 것인지 골라 주세요. 선택하신 천으로 연회장을 꾸밀 커튼을 바꾸겠습니다."

한숨이 나온다. 별 차이가 없는 두 가지 천을 두고 고르라니. 내 눈엔 그게 그거로 보이는데. 어디가 더 우아하고 어디가 더 화사하단 말인가. 제발 어디가 다른지 콕 집어 가르쳐 달라고! 겹쳐 놔 봐야 살짝 색이 다른 걸 알 정도였다. 내가 선택의 시간에 고뇌하고 있을 때였다. 아이리스가 조심스럽게 조언했다.

"그리고 준비를 더 서둘러야 하실 것 같습니다."

가뜩이나 황태자비님에게 시간이 많지 않아서 지금도 충분히 서두르고 있었다. 그래도 저렇게 재촉하는 말을 들을 정도는 아닌데.

"무슨 일 있나요?"

"귀족들 사이에 대공가에서 연회가 열릴 거란 소문이 돌기 시작했습니다."

심장이 덜컥였다. 아직 공식적으로 대공가에서 연회를 연다고 초대장을 돌린 적은 없었다. 그런데 벌써 소문이 돌다니?

"무슨 소리죠? 누가 그런 소문을 퍼트린 거죠?"

아직 갈 길이 먼데 먼저 소문이 돌았다는 이야기에 난 날카롭게 반응했다. 추궁하는 것처럼 들렸는지 아이리스가 재빠르게 말했다.

"전 신용으로 장사하는 사람입니다. 제가 어느 가문에 고용되었는지 직접 말하고 다니지 않습니다. 하지만 제가 제법 유명한 측에 속하고, 저를 고용하고 싶어 하시는 분들에게 적지 않은 관심을 받고 있지요. 그런 제가 아무리 조심한다고 해도 사람들의 눈을 피할 수는 없습니다. 저뿐만 아니라 다른 이들도 마찬가지고요."

아이리스의 자부심 넘치는 대답이었다. 그러니까 수도에서도 가장 유명한 전문가들을 독점하는데 당연히 소문이 돌 수밖에 없는 거 아니냔 소리였다.

아찔했다. 차라리 연회가 기습적으로 열리면 상관이 없다. 하지만 시간이 지나고 소문이 돌수록 기대감은 더 커지기 마련이다. 그리고 사람들 기대치가 너무 커지면 나중에 힘들어지게 된다. 아이리스의 서두르라는 말은 그 기대치가 과하게 쌓이기 전에 연회를 열라는 의미겠지.

"특히 라인폰트 대공가에선 몇십 년만의 연회 아니겠습니까? 더 무성한 소문이 돌겠지요."

"……서둘러야겠네요."

아이리스는 빙긋 웃는 걸로 대신했다. 내 부담감은 감당하기 힘들 정도로 커졌다. 일을 못 한다고 대공이 날 책망하지는 않을 거다. 이 연회는 대공에게 중요한 일이 아니다. 그러니 그는 내가 연회를 잘 치루든 못 치루든 그냥저냥 넘길 게 뻔했다.

하지만 내겐 이게 시험처럼 느껴졌다. 이 일을 제대로 해내지 못하면 내 미래의 공무원 길이 막히는 건 아닌지 불안감이 깔려 있었다. 잘되면 평타고, 못 되면 손해 보는. 나는 그런 일에 발을 들이고 있었다.

우선은 아직 내 선택을 기다리는 아이리스에게 답을 줬다.

"우아함을 강조한 쪽으로 선택하죠."

화사함도 좋긴 하지만 키르와 대공을 생각하면 우아한 쪽이 더 잘 어울릴 것 같았다. 두 사람의 분위기에 맞춰야겠지.

"좋은 선택이십니다."

아이리스는 또 빙긋 웃었는데 이게 의무적인 웃음인지 정말 칭찬하는 웃음인지 모르겠다. 커튼 색 하나 고르는 걸로 평가 당하는 기분이라니.

피곤함을 느끼는데 노크 소리가 들렸다.

"아가씨, 잠시 들어가도 되겠습니까?"

문 너머에서 집사님의 목소리가 들렸다. 순간 숨고 싶단 생각이 들었지만 아이리스가 앞에 있어서 그럴 수 없었다. 눈물을 머금고 답했다.

"들어오세요."

집사님이 불안하게도 서류 뭉치를 들고 들어왔다. 제발, 아니겠지. 그러지 마. 하지만 그런 내 간절한 바람에 집사님은 거침없이 찬물을 뿌렸다.

"아가씨, 이것 좀 처리해 주셨으면 좋겠습니다."

집사님이 흐뭇한 시선으로 건네는 서류 뭉치에 눈물이 쏟아질 것 같았다. 내가 저택의 내부 업무에 관여한다는 소릴 들은 순간부터 집사님은 마치 이런 일이 있길 기다렸던 사람처럼 내게 일거리를 계속 가져왔다.

아니, 주방 용품 교체 같은 건 대공에게 말해도 바꿔 줬을 거 아니냐고! 저택에서 일하는 사람들의 휴가나 그에 따른 대체 인력 구하기 같은 업무까지 왜 내게 가져오는 건데!

하지만 나는 그렇게 발끈하면서도 저렇게 기쁜 표정을 짓는 집사님에게 일을 가져오지 말라고 차마 성질을 부릴 수는 없었다.

"당장 처리해야 할 일인가요?"

"오늘 안에 해 주시면 감사하겠습니다."

오늘 안……이구나.

"네. 서두를게요."

내 시무룩한 음성이 들리지 않나 보다. 집사님의 눈에 더욱 뿌듯한 감정이 들어찼다. 그 와중에 아이리스와 눈이 마주치자 그녀는 다른 일을 더 진행해도 되냐는 눈짓을 해 보였다.

두 사람의 '어서 일을 하자' 신호에 난 포기했다. 여기저기서 내게 일을 하자고 난리구나. 일복이 너무 터졌다.

난 아이리스의 조언을 듣고 일을 서두르기로 했다. 그러다 보니 서류더미에 푹 파묻힌 정신없는 나날이 이어졌다.

아이리스와 같은 전문가들도 내가 선택을 하면 그 단가와 필요한 양, 전체 금액 등을 서류로 작성해서 내게 가지고 왔다. 내가 승인을 해야 일이 진행되기 때문에 검토를 빠르게 해야만 했다.

나름 현자의 서재에서 공부하느라 논문 꽤나 읽었는데 이건 그것과 차원이 달랐다. 너무 많이 봤더니 나중엔 눈이 팽글팽글 돌 지경이었다.

처음엔 영수증에 적힌 헉, 소리 나는 금액에 내 심장의 존재를 여러 번 확인해야 하는 일도 있었다. 다행히 그것도 며칠 보니까 익숙해졌는지 덤덤해졌다.

내가 빨리 처리하지 못하면 진행하는 쪽에서 일이 밀리니, 식사 시간과 잠을 쪼개 가며 일했다. 매일매일이 정신없는 나날이었다. 이게 야근하는 직장인의 마음이구나.

결국 오늘도 늦은 시간까지 서류를 확인했다. 피곤이 덕지덕지 묻은 몸을 이끌고 내 방문을 열다가 맞은편 키르의 방을 보니 내 입술이 삐죽 솟았다.

이놈은 바스탄 공작의 연회가 그렇게 재밌나 보다. 일주일이 다 되도록 돌아오지 않았다. 아무리 바스탄 공작이 연회를 길게 열었다고 해도, 보통 그걸 전부 참석하나? 자기가 언제는 연회를 진득하게 다 참석했다고. 혹시 거긴 황궁 연회보다 더 예쁜 영애들이 많나? 그래서 즐거워서 집에 돌아오고 싶단 생각도 들지 않나?

괜히 입이 삐죽삐죽 솟았다.

일하는 동안은 바빠서 딱히 키르 생각이 떠오르지는 않았었지만 이렇게 내 방에 들어갈 땐 키르의 방 앞을 지나쳐야 하니 한 번씩 억울한 마음이 떠올랐다. 왜 또 이렇게 짜증나지?

연회에서 인기 많으니까 좋나? 아주 재미가 좋은 모양이다?

나는 키르가 저 방 안에 있기라도 한 것처럼 발을 쾅쾅 굴러 신경질을 부리고 내 방으로 들어왔다. 얼른 자야겠다. 피곤해서 짜증이 더 치솟는 것 같았다.

* * *

“그럼, 테이블은 여기서부터 저기까지 놓으면 될까요?”

집사님의 손가락을 따라 시선을 옮겼다. 긴 홀을 따라 움직이는 거리가 꽤 길었다. 지금 나와 집사님은 연회가 열릴 홀에서 연회 도중 간단하게 배를 채울 수 있는 음식을 놓을 테이블의 위치를 정하는 중이었다. 아무래도 집사님은 테이블을 홀 한쪽에 몰겠다는 것 같은데.

“아니요. 그거 반 정도 길이로 해서 양쪽으로 나눠서 둘로 하죠.”

“한쪽으로 몰아서 넓은 공간을 확보하는 게 좋지 않을까요?”

집사님의 의견을 제시하는 모습이 참 좋았다. 무작정 자신의 의견을 우기지 않으면서도 그렇다고 내 의견에 따르기만 하는 것도 아니다. 덕분에 나는 ‘내가 제대로 하고 있는 건가?’ 하는 의심과 부담감이 점점 줄고 있었다.

“공간 확보도 좋지만 번잡하게 몰리지 않는 것도 중요한 것 같아요. 음식을 먹는 타이밍은 다들 비슷할 테니까요.”

이번 연회의 목적은 황태자비님이 자기 일에 도움이 될 존재들을 고르는 것에 있다. 그러니까 그런 은밀한 대화를 나눌 수 있는 적당한 공간과 여유가 필요하다. 그리고 사람이 자연스럽게 접촉하기 쉬운 공간 중 하나가 이런 음식 앞이었다.

“알겠습니다. 양쪽 벽으로 나누지요. 대신 테이블의 크기는 처음 했던 것의 반 맞습니까? 그리고 테이블 채울 음식 종류는 어떤 종류로 하시겠습니까?”

"네. 딱 좋아요. 음식은 잠시만요. 그거 적어 둔 게 있어요."

나는 들고 있던 종이 뭉치에서 음식 이름이 적힌 것을 찾아 헤맸다. 최근 연회에서는 어떤 것을 올리는지 알아내 미리 목록을 만들어 놨다. 이 음식 하나도 가문의 자존심이라고 설명하던 요리장의 설명에 속으로 몰래 한숨을 쉬었다.

그놈의 자존심이 뭐라고. 뭐 하나 쉬운 게 없다.

들고 있는 종이 뭉치가 워낙 많아 내가 열심히 뒤적이는 사이 하인 한 명이 다가와 집사님에게 작게 말을 전했다. 계속 목록을 찾던 내게 집사님이 알렸다.

"목록은 잠시 후에 받겠습니다. 지금 대공자님이 돌아오셔서 제가 나가 봐야 할 것 같습니다."

"키르가 왔어요?"

절로 고개가 돌아갔다. 드디어 돌아왔단 말이야?

"방금 정문을 지나치셨답니다. 대화는 잠시 뒤에 이어서 해도 되겠습니까?"

"네. 그러세요."

하지만 집사님은 내 허락을 받고 바로 움직이는 대신 잠시 나를 쳐다봤다. 키르가 입구에 도착하기 전에 가서 대기하려면 바삐 움직이셔야 할 텐데.

"같이 안 가십니까?"

뭘 알고 묻는 건지, 모르고 묻는 건지. 어쩐지 지금 집사님의 질문이 의미심장해 뜨끔했다.

"전 괜찮아요."

"알겠습니다. 그럼 잠시 실례하겠습니다."

집사님이 자리를 뜨고 괜히 기분이 이상했다. 그동안은 일을 처리하느라 키르는 생각도 안 났었는데 괜히 저택에 도착했단 말을 들으니까 속이 울렁거렸다. 뭐 알아서 잘 있다 왔겠지…….

그런데 연회에 갈 때쯤에 걔 아프지 않았나? 이젠 괜찮아졌나? 설마, 아팠을 때 무리해서 더 아파지진 않았겠지? 그래서 늦은 거 아니야?

그렇게 생각하니 갑자기 심장이 덜컥 내려앉았다. 그 성격에 남들한테 아프단 소리도 못 했을 거다. 나는 안절부절못하는 감정에 발을 동동거리다가 창문 쪽으로 다가갔다.

연회를 위한 홀은 2층에 있었다. 그래서 창문을 열면 키르가 마차에서 내리는 모습을 확인할 수 있었다. 창문을 연 나는 테라스로 나가지 않은 채 고개만 뺐다. 때마침 저택 입구에서 마차가 멈춰 섰다.

마차 문이 열리고 키르가 내려서는 모습이 천천히 보였다. 영화의 하이라이트를 보여 주는 것처럼 이상하게 느린 화면으로, 그리고 또렷하게 키르가 눈에 들어왔다.

요 며칠 봐 온 대공과 꼭 닮은 서늘한 얼굴. 피곤해 보이지만 아프지는 않은 것 같았다. 키르가 집사에게 무어라 말을 하는 것이 보였다. 보석 같은 금발이 햇빛을 받아 반짝였다. 그 반사된 빛이 눈부셔서일까, 어지러웠다. 이상하게 발밑이 불안했다.

그때, 집사님의 말이 끝나자 키르의 고개가 이쪽으로 움직이는 것 같아 나는 재빨리 주저앉았다. 기분이 이상했다. 부정맥이 온 것처럼 몸이 반응했다. 무슨 병이라도 걸린 것 같았다.

아니, 병에 걸린 것이 틀림없다. 아무래도 안 되겠다. 요즘 무리해서 내가 많이 아픈가 보다. 조금 쉬고 일을 해야지. 그렇게 나는 쫓기는 사람처럼 침실 쪽으로 걸음을 옮겼다. 막 계단을 오르고 있을 때,

"아렌."

키르가 부르는 음성에 귓가에서 쿵, 하고 울리는 소리가 들렸다. 위층에서 무언가 떨어진 거겠지?

어쩐지 몸이 뻣뻣하게 굳어 억지로 고개를 돌렸다. 지금 내 꼴을 보면

꼭 기름칠 안 된 낡은 로봇처럼 보이지 않을까 싶을 정도였다.
"왔어?"
눈이 마주치자 키르가 화사한 웃음을 지으며 성큼성큼 계단을 올라왔다. 숨이 턱 막혔다. 분명히 키르가 맞는데 어쩐지 다르게 보였다. 키르와의 거리가 가까워지는 만큼 나는 더 초조해졌다. 그냥 며칠 떨어졌다가 만나는 거다. 긴장할 것 없다. 괜찮다. 그렇게 나를 다독였다.
하지만 머릿속에선 키르와 마지막 만남에서 있었던 일이 생생하게 떠올랐다. 나를 감쌌던 감각이 선명하게 기억났다. 마치 지금 나를 감싸고 있는 것처럼 소름 돋을 정도로 생생하게 느껴졌다. 어떤 얼굴로 서 있어야 할 지 모를 때, 키르가 가까이 와 내 앞에 섰다.
"잘 있었어?"
역시 평소와 같은 키르인데 평소와 같지 않은 키르였다. 다정한 인사와 함께 키르의 손이 내 얼굴로 다가왔다. 언제나처럼 뺨을 감싸는 작은 스킨십이다. 그걸 가만히 보던 나는 훅, 하고 치솟는 불쾌감에 한 발 물러섰다. 머릿속에서 빠르게 온갖 번잡한 생각이 스쳐지나갔다. 순식간에 이성이 마비될 것 같은 짜증이 치솟았다.
"아렌, 왜 그래?"
내 거부 반응에 키르의 목소리가 낮게 가라앉았다. 하지만 그걸 신경써 줄 여유가 없다. 지금 내 표정이 얼마나 형편없이 일그러졌을지 생각하는 것만으로 벅찼다. 혈류가 역류한다는 기분이 이렇지 않을까? 머릿속에서 아찔하게 쿵쿵 울리는 소리가 들었다.
"미안. 지금 내가 피곤해서. 나중에, 나중에 이야기 하자."
내 간절한 목소리에 새파랗게 빛나던 키르의 눈빛이 잠잠해졌다. 키르가 나를 붙잡지 않을 것 같아 보이자 나는 내 침실로 다급하게 뛰어들었다. 허겁지겁 방문을 닫고 문에 기대 주저앉아 무릎에 얼굴을 기댔다.
미쳤다. 내가 미쳐도 단단하게 미쳤지.

방금 키르에게서 낯선 향기가 났다. 그야 다른 곳에서 머물렀으니까 거기서 제공하는 샤워 용품을 썼을 거고, 그게 몸에 남을 테니 낯선 향기가 나는 건 당연했다. 그런데 그 향을 맡은 순간, 내가 느낀 감정은 마치 다른 여자의 향기를 품고 돌아온 내 남자를 마주한 느낌이었다.

내 남자.

그 단어를 떠올리는 순간, 인정할 수밖에 없었다. 큰일이다. 내가 키르를 남자로 의식하고 있는 걸 넘어 어떤 감정을 가지고 있었다.

다시 생각해도 어이가 없었다. 아니, 키르가 다가와서 제대로 된 말 한마디 걸길 했나? 그렇다고 설렘을 유발하는 행동을 하며 꼬신 것도 아니다. 키르는 뭐 한 것도 없는데 혼자 이렇게 자각해 버리다니. 고작 오랜만에 본 것뿐인데. 어떻게 그럴 수…….

그런데 오늘따라 키르가 더 성숙해 보이긴 했어. 피곤해서 그럴까? 아니면 대공대신 어른들을 오래 상대해서일지도? 느슨한 웃음을 짓던 키르에게서 어른스러운 여유를 느끼긴 했다.

멋있긴 했……! 이게 아니잖아!

나는 얼른 손바닥에 얼굴을 묻었다. 너무 뜨끈뜨끈해 터지지 않을까 걱정될 정도로 열기가 느껴졌다. 내 심장이 귀로 올라가기라도 했는지 쿵쿵거리는 소리가 너무 거세게 들렸다.

진짜 말도 안 된다. 다른 사람도 아니고 어떻게, 어떻게 내가 키르를……. 더 생각하기도, 인정하기도 싫었다. 아니, 인정할 수 없었다. 다른 사람도 아니고 키르라니!

내 손발이 발버둥 칠 준비를 하며 제멋대로 나가려 할 때였다. 문 너머로 발자국 소리가 들렸다. 키르가 아까 나와 헤어진 그 상태 그대로 한동안 서 있었던 모양인지 이제야 인기척이 느껴졌다.

내 방문 앞에서 멈춘 발걸음 소리에 나는 숨을 죽였다. 키르가 문을 열고 들어오며 아까 무슨 짓이었냐고, 당장 설명하라고 외칠 것 같아 두려워졌다. 하지만 나는 지금 키르 얼굴을 볼 자신이 정말 없었다.

제발 가! 네 방에 가서 쉬라고!

이런 내 간절한 외침이 들렸을까? 작은 발걸음 소리 뒤에 문이 열리고 닫히는 소리가 들렸다. 혹시나 싶어 조금 더 밖을 향해 귀를 기울였다. 아무 소리가 들리지 않는 걸 보니 키르가 제 방에 들어간 것이 확실했다.

그제야 나는 참았던 숨을 토해 내며 작은 안도감을 느낄 수 있었다. 하지만 곧 지금 닥친 상황이 다시금 인식됐다. 힘이 빠진 내 몸이 옆으로 쓰러졌다. 쿵, 하며 몸이 울렸지만 혼란스러움이 너무 커 고통 따위는 느껴지지 않았다.

큰일이다. 큰일이야. 정말 큰일이라서 어째야 할지 모르겠다.

그렇게 나는 내 침실에 틀어박혀 심란한 밤을 보냈다. 키르가 미리 언질이라도 했는지 요즘 수시로 나에게 일거리를 던져 주던 집사님도 찾아오지 않았다. 그래서 마음껏 고민할 수 있었다.

하지만 어차피 고민한다고 해도 결론은 하나였다. 그게 내가 할 수 있는 최선의 선택이었다.

간신히 잡념을 지우고 어제 내팽개쳐서 더욱 쌓인 일거리에 집중하려 할 때였다.

"아렌."

뒤에서 들린 나직한 부름에 진정되었던 심장이 또 날뛰었다. 하필이면 이동 중에 딱 만난단 말인가. 눈을 질끈 감았다 떠서 표정 관리 후 몸을 돌렸다.

"키르."

차분한 키르의 시선과 눈이 마주쳤다. 거짓으로라도 다정한 미소를 짓지 않는 키르의 얼굴은 서늘했다. 딱히 나를 추궁하는 건 아니지만 느리게 훑는 눈길에 압박감이 느껴졌다. 나는 더 침묵을 유지했다간 아예 목이 막혀 버릴 것 같아서 억지로 먼저 입을 열었다.

“어제 미안했어. 속이 조금 안 좋아서 네가 오랜만에 돌아왔는데 환영도 못 해 줬네. 어때? 멀리서 한 연회는 재밌었어?”

키르의 눈이 살짝 커졌다가 미간에 희미한 주름이 잡혔다. 어제의 내 행동에 대한 서운함과 분노를 담고 있던 눈동자가 순식간에 걱정으로 물들었다.

“지금은, 지금은 괜찮아?”

다급하게 거리를 좁혀온 키르가 손을 뻗었다. 손가락 끝이 살며시 뺨에 닿았다. 하지만 그 손가락이 내 뺨을 완전히 감싸기 전에 나는 자연스럽게 키르의 손을 잡아 내렸다. 그리고 걱정하지 말란 미소를 지었다.

“나 원래 건강한 체질이잖아. 당연히 괜찮지.”

“진짜 건강한 체질이면 어제도 아프지 말았어야지.”

“사람이 어떻게 평생 아프지 않을 수 있어? 아팠던 횟수를 손에 꼽을 정도인데, 나 정도면 건강한 체질인 거지.”

잡고 있던 키르의 손등을 타박하듯 툭 치고 손을 완전히 놓았다. 자신의 손등과 내 얼굴을 번갈아 바라보던 키르가 표정을 수습했다.

“앞으로 아프면 바로 말을 해. 그래야 약을 먹든가 신관을 부르든가 했을 거 아니야.”

“그럴 정도는 아니고, 그냥 쉬면 될 것 같았어. 내 예상대로 이제는 멀쩡하잖아.”

나는 살짝 팔을 들어 ‘지금은 건강함’을 과시했다. 키르의 눈길에 탐탁지 않음을 드러내는 짜증이 스쳤다.

“정말 괜찮은 거지?”

“그렇다니까.”

결국 내 고집을 더 꺾을 순 없다 여겼는지 키르가 한숨을 쉬며 고개를 끄덕였다. 다행히도 아팠다는 말 때문인지 키르는 어제의 내 이상한 행동을 더 끄집어 낼 생각이 없어 보였다. 사실 그 점을 노리고 아프다는 핑계를 대긴 했지만.

잠시의 정적이 둘 사이에 흘렀다. 자리를 뜨기 딱 좋은 타이밍이었다.

"나, 바빠서 볼일 보러 갈게."

그러자 키르의 표정이 불만스럽게 굳었다.

"아팠으면서 뭘 하겠다는 거야?"

누가 들으면 내가 어제 정신을 못 차릴 정도로 아팠던 사람처럼 키르가 걱정을 내비쳤다.

"지금은 괜찮다니까. 그리고 아는지 모르겠지만 대공 전하가 맡긴 일 있어서 그거 해야 돼. 여유가 없어서 서둘러야 해."

"들었어. 연회 여는 걸 총괄한다면서."

키르의 얼굴에 점차 확연한 짜증이 드러났다.

"응. 그래서 바쁘니까 나중에 이야기 하자."

키르의 표정에 아랑곳하지 않고 방긋 웃어 주었다. 그러자 키르는 답답하단 표정을 지었지만 나를 붙잡지 않았다.

그렇게 나는 자연스럽게 키르를 내버려 두고 돌아섰다. 혹시라도 뒤에서 키르가 쫓아올지도 모른다는 생각에 최대한 평소와 같은 걸음으로, 도망가는 것처럼 보이지 않도록 조심해서 움직였다.

내가 사무실 대신 사용하는 서재에 도착했다. 혼자만의 공간에 들어오자마자 난 또 손바닥으로 얼굴을 감싸며 주저앉았다. 그러면서 손바닥에 닿는 감촉으로 내가 어떤 흉한 표정을 짓고 있는 건 아닌지 확인했다. 다행히 아무렇지 않은 표정이었다.

하지만 티를 내지 않기 위해 억눌러 놓은 것에 반발하듯 심장 소리가 더욱 크게 쿵쾅거렸다. 아깐 멀쩡했던 모습이 거짓인 것처럼 심장의 움직임이 격렬했다. 고작 키르의 얼굴을 마주했다고 말이다.

심장아 그만 뛰어! 이거 내장간 소음이라고! 자꾸 이러면 다른 내장들이

시끄럽다고 반발한다고!

키르 앞에서 이러지 않았다는 게 다행스러우면서도 역시나 큰일이란 생각에 심란했다. 이러다가 키르가 눈치채겠다.

그런데 걔는 왜 걱정하는 얼굴도 예쁘냐. 하긴 키르가 안 예쁜 적이 없지. ……아렌다인! 넌 그 와중에 키르의 얼굴이 눈에 들어 왔니? 나는 그렇게 혼자 스스로를 타박했다.

사실 어젯밤 늦게까지 고민하고 내린 결론은, '이제까지와 다를 바 없이 지내자' 였다. 키르는 날 좋아한다고 고백했지만 순수하게 그 말을 믿을 수는 없었다. 아니, 믿는다 해도 받아들일 수가 없었다.

키르가 날 의지하는 건 아주 어릴 때부터 알고 있었다. 자신에게 관심을 주는 사람이 처음이라 그럴까, 모를 수가 없을 정도로 처음 만났을 때부터 키르는 내게 집착하는 경향이 있었다. 언제나 나를 졸졸 쫓아오고 저와 놀아 달라며 그렇게 떼를 썼다.

그렇게 아이가 어미 쫓듯 매달리는 키르를 나도 엄마 같은 마음으로 챙겼다. 그렇기 때문에 다 큰 키르가 했던 조금 부담스러운 행동들도 늘 하던 집착의 일부분인 줄 알았지, 다른 감정일 줄은 몰랐다.

도대체 언제부터 나를 좋아했는지 알 수 없었다. 키르와 함께 했던 시간을 돌아보며 언제부터 키르의 시선이 달라졌을까 짐작해 봤다.

첫 만남부터 돌이켜 보면 나름 충격적이었다. 내가 보기엔 키르의 태도는 전혀 달라지지 않았다. 아주 어릴 때부터 키르는 내게 한결같이 맹목적이었고 그래서 키르의 감정을 믿을 수가 없었다.

어린 시절, 키르의 옆에 있던 또래는 내가 처음이고 유일했다. 다른 사람을 알게 될 수 없는 환경이었다.

그래서 각인된 오리처럼 그에게 내가 유일한 존재라고 인식되어 다른 곳으로 눈을 돌릴 수 없는 게 아닐까?

키르가 내게 가진 감정이, 정말 이성에 대한 거라 확신할 수 있을까?
내가 사람을 단숨에 홀릴 정도로 아주 매력적으로 생긴 사람이면 이해라도 한다. 외모 때문에 이성적인 호감을 가지는 건 본능이니까.
하지만 이 작은 신체 때문에 우연히 만난 사람들 그 누구도 나를 제대로 된 성인으로 보지 않았다. 이성으로 인식되기에 나는 아직 부족했다.
그런데 그는 어째서 이런 날 좋아할까? 제국 생활에 익숙해지고, 다른 아름다운 여성을 많이 보게 되면 키르의 감정도 달라지지 않을까? 유일한 존재가 아니라 선택지가 많이 주어지게 된다면 키르도 흔들리지 않을까?
안다. 내가 이기적이라서 키르를 믿지 못해서 이런 고민을 하는 거다.
게다가 우리는 서로 좋아하니까 사귀어 보면 되지! 라고 단순화할 수 없는 사이라서 더 그렇다. 서로의 감정을 확인한다면 잠시간은 좋겠지. 처음 하는 연애에 알콩달콩함을 느낄 수 있을지도 모른다.
하지만 만약 키르와 사귀다가 헤어지기라도 한다면 손해는 나만 보게 되어 있다.
키르와 나의 신분 차이는 엄청났다. 지금 이렇게 가족처럼 지내지만 막상 내가 키르의 부인이 되겠다고 나서면 대공도 태도를 달리할 거다. 나뿐만 아니라 아버지에게 문제가 생길 수도 있다. 단순한 감정 때문에 그런 도박을 선택할 수 없었다.
그럴 바엔 지금과 같은 이 상태가 딱 좋았다. 이런 혼란은 금방 가라앉을 거다. 내 마음만 다잡으면 된다.
어젯밤 나는 그렇게 결론을 내렸다. 그런데 키르의 얼굴을 보는 것만으로 주체하지 못할 정도로 심장이 뛰다니.
아무래도 안 되겠다. 한동안 키르를 열심히 피해 다녀야겠다. 거리를 두면 언젠간 아무렇지 않게 되겠지.
그래도 다행이다. 바쁘다는 핑계가 있으니 말이다.

* * *

"아렌, 바빠?"

"응. 오늘까지 이거 다 검토해야 해."

"잠깐 시간 돼?"

"나 바로 약속 잡혀 있어. 식기 들어오기로 해서 확인해야 해."

"아렌, 같이 식사라도 하자. 식사 시간은 있지?"

"바빠서 나 대충 샌드위치로 때울 거야."

그 뒤로 나는 그 다짐을 열심히 실천했다. 같은 저택에 머무니 아예 키르의 얼굴을 보지 않는 건 무리였지만 이 핑계 저 핑계를 대며 그와 단둘이 있는 시간을 없앴다.

실제로 키르 역시 내가 연회 준비에 정신이 없으니 억지로 자신을 피한다고는 생각하지 않는 것 같았다. 물론 키르에게 점차 불만이 쌓이는 건 느껴졌다. 다만 지금은 내가 바쁘니까 참는다는 표정이어서 보는 내 마음도 편치 않았다. 연회가 열리고 나면 키르에게 꽁꽁 붙들려서 벗어날 길이 없지 않을까.

다행히 생각을 돌리기 위해 일에 더 집중해서 그런가, 일은 많이 진행되었다. 물론, 그만큼 시간은 빠르게 흘러 연회가 열리기 이틀 전이 되었다. 갑자기 대공이 불러 아버지, 키르와 나까지 묘하게 불편한 인물들이 모여 식사를 하게 된 자리였다.

"어제부로 모든 초대객의 참석 여부가 결정되었다. 준비는 다 되었느냐?"

이틀 뒤 열릴 연회에 대해 대공이 한 질문에 나는 식기를 내려놓으며 답했다.

"네. 부족하겠지만 최선을 다했습니다."

"그래. 고생했다."

그 짧은 말에 갑자기 코끝이 찡했다. 준비하는 내내 어떤 말을 하던 '네가 알아서 해라' 하던 대공의 격려는 묘한 감동을 줬다. 고생을 인정받은 기분이다. 이래서 평소에 일부러 무뚝뚝하게 구는 건가? 작은 일로 감동을 주려고? 역시 대공은 아무나 하는 게 아닌가 보다.

"연회 시 신경 써야 할 점은 정리해서 곧 올릴게요."

"필요 없다."

하지만 이어지는 대공의 단호한 말에 감동으로 울리던 마음이 차게 식었다. 어이가 없었다. 보통 집사님이 다 알아서 하겠지만 그래도 주최자가 신경은 쓰고 있어야 했다.

손님이 많다 보니 혼자 한다면 놓칠 만한 일이 꽤 있었다. 예를 들면 연회 도중 음식을 교체할 타이밍이라든가, 휴식 시간 같은 것 말이다. 대공가에는 그런 신경 써야 하는 것들을 조절할 안주인이 없으니 대공도 알아 둬야 했다.

"바쁘시면 키르에게 알려 주겠습니다."

그래도 대공이 필요 없다는데 그에게 강요할 수는 없었다.

"그럴 필요 없대도."

하지만 대공은 더 없이 단호했다.

아무리 준비를 철저히 해도 어떤 사고가 일어날지는 모른다. 그리고 연회 중 일어나는 실수는 안주인의 부재를 드러내는 것과 마찬가지라 더 좋지 않았다. 만일을 대비하는 게 좋을 텐데.

"알아 두시는 게……."

조심히 설득하려 했지만 내 말은 대공의 단호함에 끊겼다.

"네가 하면 되지 않느냐?"

"네?"

이건 또 무슨 황당한 소리야? 지금 집사님 일을 도우란 거야?

"저더러 연회에서 일을 하라는 건가요?"

대공이 느릿하게 고개를 저으며 말을 했다.

"맡았으면 끝까지 책임을 져야지."

뭐야? 책임을 지는데 일하는 게 아니면 뭔데? 어안이 벙벙해서 가만히 있자 대공은 단호하게 알렸다.

"연회에 참석하란 소리다."

"지금 저더러 연회에 참석하라고요?"

"그래."

짧게 답하는 대공에겐 '벌써 말귀를 못 알아듣는 거냐?' 하는 감정이 드러나 있었다. 하지만 나야말로 기가 막힌다고! 대공이 자기가 하기 싫은 일을 내게 떠넘겼어도 설마 참석까지 요구할 줄은 꿈에도 몰랐다.

아주 오랜만에 대공가에서 열리는 이 연회에는 귀족들의 관심이 과하게 쏠려 있었다. 그리고 그들 모두가 이 연회를 연 이유가 대공이 황태자비님을 후원하기 위한 것임을 짐작 못하는 사람은 없었다.

여기서 선택되면 대공과 황태자비님 라인에 제대로 편입된다. 이러한 기대감에 아직 어느 쪽의 편도 되지 않은 귀족들은 엄청 고조된 상태였다. 대공가의 이름에 어울리는 '격' 높은 연회. 그 연회에 들뜬 그들에게 난 이물질이다.

아직 대공과 황태자비의 편이 될 거라 결정하지 못한 이들도, 초대장을 받은 것만으로 본인은 '선택된 존재'라는 자부심을 가지고 연회에 참석할 거다.

그런데 고작 평민이, 그것도 어린애처럼 보이는 여자가 연회에 참석해서 안주인 노릇을 하고 있다면? 과연 그들이 보기에 이 연회가 제대로 연회라고 느껴질까?

답은 '아니오'다. 아버지의 기사단장 작위를 인정해 줘서 나를 완전한 평민 취급을 하지 않더라도, 어쨌든 이 연회의 가치를 흐리는 격 떨어지는 존재라고 생각하겠지. 졸부 취급하면 그나마 나은 편일 거다.

그게 키르와 내 신분의 차이였다. 우리가 이렇게 아무렇지 않게 같이 밥을 먹고 같은 저택에 머무는 게 말이 안 될 만큼.

차라리 그렇게 나를 무시하는 걸로 끝나면 상관없다. 나는 어차피 그들과 내가 사는 세계가 다름을 인정하고 있으니까.

그런데 혹시라도 본인이 무시당했다고 귀족들이 불쾌감을 느끼기라도 하면 어쩌려고? 이 세계 귀족들의 특권 의식은 전생의 진상 재벌 사모님 뺨칠 정도로 드높았다. 연회 자체가 별로라고 느끼면 그건 연회의 주최자인 대공가에도 누가 된다.

차라리 내가 집사님처럼 고용인으로서 참석하면 괜찮을 거다. 하지만 부재중인 안주인을 대신해 '고용인이' 일하는 것과 안주인의 정식적인 '대리인'이 내가 되는 건 차원이 다른 일이다.

고생해서 준비한 연회였다. 망칠 생각이 아니라면 내가 참석하지 않는 게 옳았다. 내 존재만으로 대공가의 이름까지 먹칠하는 꼴이 될 테니까.

"제가 나설 자리가 아닌 것 같습니다."

나는 대공의 말에 반박하는 것처럼 느껴지지 않도록 조심스럽게 내 의견을 말했다. 하지만 대공은 끄떡없었다.

"어째서 그렇지? 네가 들인 공을 생각하면 충분히 참석할 권리가 있다."

또 이렇게 내 노력을 알아줬다는 점에서 감동받았지만 아닌 건 아닌 거다. 원론적으로 세상이 돌아간다면 왜 차별과 불합리함이 생기겠는가. 다시 생각해도 내 참석은 문제가 생길 소지가 다분했다. 하지만 눈이 마주친 대공은 생각을 바꿀 마음이 없어 보였다.

어지간히 남의 눈을 신경 쓰지 않는 분이다. 아니면 본인의 일이 아니니 이미지 관리할 필요 없다고 여기는 걸지도. 이 연회가 필요한 사람은 대공이 아니라 황태자비님이니까.

"갑자기 말씀하셔서 제가 참석할 준비를 하지 못했습니다."

이런 연회에 여자들이 준비 없이 나서진 않는다. 아무리 홀로 지낸 세월이 긴 대공이라고 해도 그 정도를 모르지 않을 거다. 대공의 한쪽 눈썹이 위로 휙 올라갔다 내려왔다. 마치 '그럼, 미리 알렸으면 순순히 참석했을 거냐.' 라고 묻는 것 같았다. 핑계임을 짐작했나 보다.

어찌 됐든 준비가 되지 않은 여성에게 연회에 참석하란 건 정말 예의가 없는 행동이기에 대공도 더 강요할 생각은 없어 보였다. 그래서 그 이야기는 없었던 일로 끝날 줄 알았다. 키르가 입을 열지 않았다면.

"아렌, 전에 내가 선물해 준 드레스 있잖아."

저건 눈치 없이 하는 말이 아니라 대공더러 들으라고 하는 말이었다. 아주 다정한 목소리로 말한 후 날 보며 온화한 미소를 짓는 키르가 그렇게 얄미워 보일 수 없었다. 요 며칠 설렜던 거 다 취소!

연회 전 여성이 준비해야 하는 1순위가 바로 드레스다. 하루아침에 뚝딱 만들어지는 것이 아니고 기성복이 없어서 그렇다.

나의 연회 참석을 포기해 가던 대공에게 키르의 의도대로 의아함이 떠올랐다. 그리고 그와 동시에 아버지는 눈이 튀어나올 만큼 부릅떴다. 분명히 대공과 아버지 두 사람 다 '언제 선물을 받았느냐?' 라는 똑같은 의문일 텐데 눈빛은 극명하게 달랐다.

"드레스를 선물했느냐?"

대공은 내가 아니라 키르에게 질문을 했다.

"네. 필요한 일이 있을 것 같아서 이번에 올라오자마자 준비했습니다. 그게 이렇게 도움이 될 줄은 몰랐네요. 디자인은 아렌도 마음에 든다고 했고요. 그렇지?"

너, 설마 내가 연회에 참석할 일이 있을 거라고 여겨서 선물한 거니? 난 내가 연회에 참석할 일이 있을 거라 생각지도 못했는데?

나는 경악한 눈으로 키르를 보면서도 그의 철저함에 혀를 내둘렀다. 키르는 마지막에 내가 드레스를 마음에 들어 했음을 알림으로서 '드레스 준비가 미흡해서'라는 변명도 사전에 차단했다.

사실, 드레스가 마음에 들면 연회를 거절할 이유가 없다고 봐야 했다. 대공도 같은 결론을 내렸는지 다시 나를 지긋이 아주 부담스럽게 응시했다. '오호라! 네가 일부러 거절했단 말이지?' 이런 의미가 담긴 시선이 내 죄책감을 자극했다.

"드레스가 마음에 들긴 했는데요. 그래도……."

나는 순간 변명이 생각나지 않아 그저 머뭇거렸다. 거짓말을 들킨 상황에 저 눈빛을 정면으로 받게 되니 머릿속이 하얗게 변하는 느낌이었다.

"드레스에 딱 어울리는 구두도 선물했잖아. 그럼 걱정 없는 거 아니야?"

키르가 눈치 없는 사람처럼 또 그렇게 내게 물었다. 그러자 대공의 시선이 서늘하게 가라앉았다. '네가 정말로 작정하고 거절했구나.' 라고 말하는 듯했다. 멀지 않은 곳에 앉은 아버지의 얼굴도 '언제 구두까지?' 하며 터질 것처럼 새빨갛게 변했다.

"아, 보석이 필요해서? 하긴 구매하긴 시간이 없겠다. 그래도 창고에 아직 쓸 만한 게 있을 거야. 아렌에게 빌려 줘도 되죠? 아버지."

싱긋 웃는 키르의 모르쇠.

"그래라."

대공의 압박.

"……."

아버지의 분노.

"……참석할게요."

이 불편한 식사 자리를 벗어나기 위해 난 그렇게 답할 수밖에 없었다.

그리고 식사 자리가 끝나자마자 나는 '아버지도 드레스 사 줄 수 있단다.' 하며 삐치신 아버지를 달래느라 전전긍긍해야만 했다.

결국 내가 키르에게 사 달라고 한 것이 아니다, 어느 날 갑자기 주더라, 거기에 다음번엔 절대 이렇게 몰래 준비하지 말라고 키르에게 단단히 주의를 줬다는 걸 계속 알리고 나서야 아버지의 시무룩함은 조금 나아졌다. 혹시 우리 사이에 있는 뭐를 눈치챘나 싶을 정도로 아버지의 키르에 대한 경계가 날로 커지시는 것 같았다.

그렇게 마지막에 아버지랑 드레스 맞추러 가기로 약속을 하고 나서야 나는 아버지의 의심에서 벗어날 수 있었다.

21. 그 영애가 마음을 인정할 수밖에 없는 이유

이번 생에 난 화장을 해 본 적이 없었다. 그렇다고 대공가에서 귀족 여성을 모셔 본 하녀가 있는 것도 아니었다. 그래서 갑자기 참석하게 된 연회에 난 당황했는데 그래도 키르가 마지막 양심은 있는지 날 도와줄 사람을 구해 왔다.

예약 없이 다급하게 불려와 놀랐을 텐데도 도우미분은 내가 입을 드레스와 나를 보더니 자연스럽게 화장에 들어갔다. 프로답게 엄청난 속도로 내 머리를 만지신 도우미분은 내 얼굴에서 성숙함을 한껏 끌어올려 주신 다음 돌아갔다.

급하게 불려온 터라 처음부터 그렇게 하도록 조율을 했다. 딱히 코르셋을 조이는 드레스는 아니라 옷은 혼자 입을 수 있으니까.

옷까지 갈아입고 거울에 비춰보니 감탄만 나왔다. 나지만 나 같지 않았다. 아까 인두로 머리를 지지더니 내 악성 곱슬머리를 쭉 펴서 생머리로 만들어 놨다.

화장은 또 어찌나 잘 하셨는지 내가 제대로 성장했으면 이런 얼굴이지 않을까 싶었다.

나 좀 예쁜 것 같아. 평소에 내 외모가 귀엽고 깜찍하단 생각은 했지만 예쁘다고 생각하지 못했는데 이번엔 내가 봐도 좀 예쁜 것 같다. 옷까지 제대로 갖춰 입으니까 나도 미인이란 생각에 들떴다. 하지만 마냥 기뻐할 수 없었다.

다행히 내가 걱정했던 것과 달리, 대공이 나더러 안주인 대리로서 연회를 진행하라고 하진 않았다. 그냥 참석해서 부족한 것만 눈치껏 챙겨 달라고 하는 정도였다. 그러니 내가 앞으로 나설 일은 거의 없다. 그래도 나와 어울리지 않는 장소에 간다는 것에 부담감이 있었다.

나 때문에 분위기가 흐려지지 않을까? 낯선 일이라 실수하지 않겠지? 별별 불안감이 내 마음속에서 끊이지 않고 생겼다. 얼른 나가서 마지막 체크해야 하는데 초조해져서 진정이 되지 않았다.

그래서 침대에 앉아 시간을 조금 보내고 있을 때였다. 똑똑, 노크 소리가 들리고 내가 대답도 하기 전에 문이 열렸다.

"준비 다 했어?"

연회에 참석하기 위해 한껏 멋 부린 키르가 들어왔다. 눈이 마주치는 순간 나도 키르도 굳었다.

오늘의 키르는 머리를 뒤로 넘기고 문양이라곤 조금도 없이 단색의 단순한 옷을 입고 있었다. 포인트라곤 짙푸른 크라바트 뿐인데, 그 단순함이 오히려 키르의 화려한 외모를 더 살려 주고 있었다.

보랏빛의 신묘한 눈동자와 붉은 입술이 주는 강렬한 인상이 살짝 줄어들고 절제된 요염함이 돋보인다. 옷 아래로 키르의 다부진 체구가 눈에 들어왔다. 분명히 매일 연회만 다니는 것 같은데 언제 수련을 하는 거람.

"아렌, 진짜 예쁘다. 상상했던 것보다 더."

멍하니 키르를 보던 나는 나를 칭찬하는 키르의 목소리에 정신을 차렸다.

나도 중증이다. 방금 자체적으로 귀에는 샤랄라라라라~ 하는 배경음을 깔고, 눈에는 반짝임과 꽃잎이 휘날리는 CG를 덧씌운 채 키르를 봤다. 눈가를 접으며 화사하게 짓는 키르의 미소에 놀라서 눈을 재빠르게 깜빡였다.

"허락 없이 문 열지 마."

이 동요를 드러내지 않기 위해 나는 더욱 단호하게 굴었다. 침이 꼴깍 넘어갈 만큼 잘생긴 키르의 얼굴에 내 심장은 매섭게 뛰어서 곧 몸 밖으로 튀어나올 것 같았다. 하지만 나도 나름 연기에도 꽤 소질이 있었기 때문에 잘도 냉정한 목소리가 나왔다.

내 목소리가 서늘해서 그런가, 의문을 드러내던 키르의 시선이 차분하게 가라앉았다. 최근 내가 키르를 피하기 시작하면서 그는 종종 내게 저런 눈길을 보냈다. 추궁해야 하나 말아야 하는 그런 표정을.

"허락 안 할 거였잖아."

다행히 연회를 앞둬서 추궁은 하지 않기로 했나 보다. 키르는 적당히 내 행동을 지적하되, 내가 반박할 수 없는 말을 꺼냈다. 정곡을 찔린 나는 입을 다물었다. 그러자 키르의 눈이 살짝 서늘해졌다. 방금 내가 키르를 피하고 있음을 인정해 버린 꼴이었다. 의심에 확신을 줬다.

할 말이 많다는 듯 침묵한 채 응시하던 키르가 몸을 돌렸다. 그리고 한쪽에 가지런하게 놓인 자기가 선물해 준 빨간색 구두를 향했다.

익숙지 않아서 나가기 직전에 신으려고 놓아 둔 신발을 키르가 챙겼다. 그러더니 구두를 내게 선물했던 날처럼 내 앞에 또 무릎을 꿇고 손을 내밀었다. 전에 겪었던 그 일이 있는데 키르가 뭘 하려는지 당연하게 안다. 그래서 나는 이번엔 더 키르에게 발을 내밀 수 없었다.

"내가 신을게. 내려 놔."

"아렌."

돌아오는 건 더 덧붙임 없이 나직한 부름뿐이었다. 하지만 이번에도 키르의 눈엔 자신이 신겨 주고 말 거라는 강한 의지가 드러났다. 지금 발을 내밀면 내 심장이 터질 것 같단 말이야!

얌전히 무릎 꿇고 있지만, 이렇게 시간을 끌면 키르가 사납게 달려들 것 같아서 나는 이번에도 결국 발을 내밀었다. 오른쪽 발가락이 구두 안쪽으로 사라지고 키르의 손길이 구두끈을 잠갔다.

손가락이 스치는 자리에 화끈하게 열이 올랐다. 노골적으로 피부를 훑는 것도 아닌데 발목을 스치는 손길이 야하게 느껴졌다.

요즘 애써 표정 관리 잘 해 왔는데 얼굴이 빨갛게 달아오를까 봐 걱정됐다. 피부색이 변해도 티 나지 않을 정도로 화장 더 두껍게 해 달라고 할 걸!

내 혼란을 아는지 모르는지 키르는 신발 신기기에 열중했다. 오른쪽을 다 신기고 반대쪽을 향해 키르가 손을 내밀었다. 나는 이번에도 얌전히 발을 내밀었고 키르가 구두를 들어 내 발을 꿰어 넣었다.

그래도 이번엔 키르가 발등에 얼굴을 대거나 하는 이상한 행동은 하지 않아서 다행이었다. 그렇게 내가 안도하는 순간, 구두끈을 조이던 키르가 휙 고개를 들었다. 깜짝이야!

눈이 마주치자 키르가 살며시 웃었다. 그런데 문제는 입만 웃고 있지, 눈은 조금도 웃지 않고 있다는 점이었다.

"왜?"

"아렌, 그 혼란 빨리 정리해."

키르의 다정한 경고에 심장이 쿵, 떨어졌다. 설렘으로 터져 가던 심장이 이제는 불안으로 뛰었다. 역시 내가 그동안 피하고 있다는 사실을 아는 게 맞구나.

키르의 눈동자는 차분하게 번뜩이고 있었다. 심장의 고동소리가 더없이 불길해졌다. 혹시 내가 자기를 피하는 이유를 눈치챈 건가?

하지만 내가 인정할 수 없는 상황에서 키르에게 이 감정을 들키고 싶지 않았다. 숨 막히는 감각에 나는 그 어떤 대꾸를 할 수 없었다.

키르의 손가락이 살짝 내 발등을 건드린 후 발을 바닥에 조심스럽게 내려놓았다. 앉아 있는 상태라 다리의 힘이 풀린다는 느낌이 들지 않아야 하는데, 발밑이 흔들리는 것 같은 불안감이 몰려왔다.

키르의 양손이 이번엔 내 무릎을 살짝 짚었다. 그 상태 그대로 키르는 나를 올려다봤다. 무게감이 거의 느껴지지 않게 살짝 올려진 손바닥이 마치 나를 내리누르는 것처럼 압박감이 몰려왔다.

"네가 무슨 이유로 나를 피하는지 모르겠지만 서둘러 정리하는 게 좋을 거야. 너도 알다시피 내 인내심은 얕잖아."

난 네가 날 피하는 꼴을 봐줄 수 없어, 라고 속삭이는 것 같은 눈동자에 숨이 훅 막혔다. 무서울 정도로 키르는 내게 선택지가 하나밖에 없음을 믿고 있었다. 그리고 나 또한 그 점을 자각하고 있기에 필사적으로 인정하기를 거부하고 있었다.

나만 존재한다는 듯 응시하는 저 눈동자를 보고 어떻게 다른 생각을 하겠는가. 내가 답하지 못하고 입을 꾹 다물자 분위기를 바꾸려는 듯 키르가 방긋 웃으며 칭찬했다.

"그건 그렇고 아렌, 오늘 너무 예쁘다."

키르가 아무렇지 않은 척 말을 돌리는 순간 난 안도했다. 부담감이 느껴지지 않는 다정한 키르였다. 마음이 편해지니 또 다른 게 보인다.

예전에도 느끼긴 했지만 이런 구도는 기분이 이상했다. 늘 나를 내려다보는 키르가 날 올려다보는 기분은 참 설명하기 애매했다. 속이 울렁거리는 이 혼란을 들키고 싶지 않았다. 이런 오기를 부리고 싶지 않은데 오기가 생겼다.

"그거 알아?"

본인이 하고 싶은 말은 다 끝났는지 그대로 일어난 키르가 내게 손을 내밀었다. 눈빛만은 하고 싶은 말 하라고 하면서. 어서 올리라고 재촉하는 키르의 손바닥 위에 손을 얹으며 말했다.

"구두를 선물하면 그 구두 신고 도망간대."

키르의 눈이 살짝 커졌다. 한 번도 들어본 적 없나?

협박처럼 들릴 수 있는 말에 긴장하길 바랐는데, 키르는 곧 피식 웃음을 터트렸다. 대답 대신 어서 일어서란 듯 맞잡은 손에 힘을 줬고, 나 또한 그에 맞춰 다리에 힘을 주고 일어섰다. 하지만 이번에도 몸이 휘청여 반대쪽 손으로 키르의 팔뚝을 잡아야 했다.

격렬한 움직임 때문이 아니라 익숙지 않은 신발 탓이었다. 이 신발을 신을 일이 있을 줄 알았으면 미리 신어서 익숙해지도록 연습했을 텐데. 신을 일이 없다고 장식용처럼 모셔 놨더니 중심 잡기 힘들었다. 오늘 제대로 버틸 수 있을지 걱정이었다.

순간, 키르의 팔이 내 허리를 감쌌다. 춤이라도 출 것 같은 자세에 깜짝 놀라 움찔하며 키르를 노려봤다. 얼굴 사이의 거리가 너무 가까웠다. 이 또한 굽이 있는 구두를 신었기 때문에 가능한 자세였다. 끌어안듯 가까운 탓에 그의 숨결이 느껴져 숨을 참았다.

구두가 주는 10cm의 마법은 엄청났다. 그리고 평소와 다르게 좁혀진 거리가 영 어색했다. 반대로 키르는 이런 상황이 퍽 만족스럽다는 듯 입가에 흡족한 미소가 퍼져 있었다. 더 가까워졌다간 내 심장 소리가 들릴 것 같아 키르를 밀어냈지만 꿈적도 안 했다.

"얼른 놔 줘."

가까스로 내가 내뱉고 나서야 키르의 팔이 풀렸다. 그에 맞춰 느슨한 안도의 한숨을 쉴 수 있었다. 놀리려다가 되레 당한 기분이다. 올라오는 당혹감을 숨기려 내가 아랫입술을 살짝 짓이길 때였다.

"아렌, 내가 왜 그 구두를 선물했다고 생각해?"

키르가 살짝 고개를 숙여 귓가에 속삭이는 행동에 나는 어깨를 움츠렸다. 따스한 온기가 귓가를 스치고 가는 느낌이 오싹했다. 살짝 선정적인 느낌이라 심장이 마구 뛰었다. 키르를 밀어내고 귀를 감싸고 싶은 손을 간신히 억눌렀다. 너무 의식하는 것처럼 보일까 봐 어떤 행동을 하기 힘들었다. 내 대답을 기다린 건 아니었는지 키르가 바로 이어 설명했다.

"익숙하지 않은 높이의 구두잖아. 그거 신고 도망가는 게 가능할 것 같아?"

나직한 목소리가 섬뜩했다. 어쩐지 멍해서 키르를 봤다. 그는 그 어느 때보다 무해함을 담은 화사한 미소를 짓고 있었다. 하지만 어쩐지 마지막에 '그거 신고 뛰었다간 발목 부러져. 부러진 다리로 어딜 가겠어?' 라는 말을 삼킨 것 같은 표정이었다.

알고는 있었지만 나 정말 심각하게 나쁜 놈을 좋아하게 된 건 아닐까? 갑자기 불안감에 뒷덜미가 싸늘했다.

* * *

내가 키르와 함께 연회가 열리는 홀에 등장한 건 꽤나 사람들의 시선을 끌었다. 이제 막 연회가 시작한 터라 많은 사람이 참석한 게 아니지만 모두의 시선이 우리 쪽으로 쏠렸다. 키르는 당당했고 난 민망함에 도망치고 싶어졌다.

사실 키르와 같이 등장할 생각이 난 조금도 없었다. 하지만 홀 입구에서 먼저 들어가란 내 말에도 같이 들어가야 한다고 꿋꿋하게 버티는 키르 때문에 어쩔 수 없었다. 이런 상황에서 언제 내가 키르를 이겨 본 적이 있어야지.

거기다 내가 생각보다 구두에 적응하지 못한 것도 이유였다. 아기 사슴도 아니고 키르의 팔을 잡지 않고는 제대로 걷지도 못했다. 어쩐지 굽이 이상하게 가늘더라니. 아찔한 매력을 높여 성숙해 보이기 위한 게 아니라 이런 상황을 의도했던 거 아닐까?

그렇게 내가 키르의 팔에 매달려 여기저기 끌려 다니는 동안 '재는 누구야? 라인폰트 대공자와는 무슨 사이일까?' 그런 호기심과 탐색 어린 시선이 우리의 곁에 끈질기게 달라붙었다.

연회를 시작한 지 얼마 되지 않아 참석자의 대부분은 작위가 낮은 귀족들이었다. 그러다 보니 사람들은 키르가 다가와서 인사를 건네주길 기다리지, 먼저 다가오지 못했다. 그나마 다행이었다.

하지만 키르가 나름 신경 써야 하는 손님과 인사를 나누면 그 옆에 붙어 있는 내게 자연스럽게 시선이 닿았다. 그래서 나 또한 어색하게 자기소개를 해야 했다.

“대공가의 기사단장인 허트만 에이드의 딸, 아렌다인 에이드입니다.”

“아……. 대공가 기사단장의 따님이셨군요. 대공 전하가 기사단장을 꽤 아끼시나 봅니다.”

그렇게 의미심장한 탄성을 흘리고 내 정체를 알게 된 사람들의 눈빛은 순식간에 부러움에서 질투로 변했다. 내가 운이 좋아서 대공가와 친분이 있는 것을 배 아파하는 것이다.

자신의 작위가 훨씬 더 나은데 쟤는 아버지 직업 때문에 대공자 옆에 붙어 있군. 뭐, 그런 반응이라 기분이 썩 좋지는 않았다.

하지만 이렇게 보여도 난 서비스업에 종사했었다. 나름 영업용 미소 좀 지어 봤던 사람이란 소리다. 이 정도 반응은 예상했고 난 발끈하는 대신 적당히 미소로 넘겼다. 오히려 키르가 불쾌감을 나타내려 해서 그걸 티 나지 않게 말리느라 힘들었다.

결국 난 내가 연회에 참석하는 순간 그런 취급을 받을지 몰랐냐고 몰래 눈치를 주고 나서야 키르의 입을 다물게 만들 수 있었다. 그렇게 키르가 불편해하든 말든 난 영업용 미소로 버텼다.

시간이 흐를수록 초대 손님들이 속속들이 등장해 사람이 점차 많아졌다. 더 어수선해지기 전에 나는 키르를 밀어냈다.

“이제 그만 혼자 다녀.”

“왜?”

키르의 멀뚱한 질문에 눈을 흘겼다.

"발 아파. 못 서 있겠어."

변명이 아니라 실제로 발이 너무 아팠다. 구두가 고급 제품이니 피부에 상처가 난 건 아니다. 그냥 익숙지 않은 높이 때문에 종아리가 당기고 발바닥도 아팠다. 이러다 마비가 올 것 같다. 몰랐던 고통을 알게 되자 신발을 벗어 던지고 싶어질 정도였다.

이런 구두를 신고 춤까지 추는 여성들은 얼마나 대단한 거야? 여성들의 그 보이지 않는 피나는 노력을 새삼 깨달았다. 어쩐지 아이리스가 여성 휴게실과 벽 주변에 의자 배치의 중요함을 알리더라니. 그 조언을 듣고 넉넉하게 의자를 배치하길 참 잘했다.

내 투정에 키르가 잠시 드레스 아래쪽으로 시선을 내렸다가 의자로 나를 이끌었다. 의자에 앉자 발에 가는 부담이 줄어들어 한결 나아졌다. 어떻게 몰래 구두를 벗고 조금 쉴 수 있는 방법 없을까?

"많이 아파?"

으아아악! 뭐 하려는 거야? 내가 잠시 딴 생각하는 사이에 키르가 질문하면서 내 쪽으로 허리를 숙이는 행동에 깜짝 놀라 어깨를 붙잡았다. 다급하게 주변을 둘러보고 소리죽여 경고했다.

"앉지 마. 무릎 꿇지 마!"

얜 왜 자꾸 무릎을 꿇는 거야! 그것도 이 많은 사람들 앞에서 뭐 어쩌려고! 내 살벌한 경고가 통했는지 키르가 피식 웃으며 살짝 숙였던 몸을 일으켰다.

"괜찮은지 상태 보려고 했던 건데."

말리길 잘했다. 정말 무릎 꿇으려 했구나.

막지 않았으면 키르가 했을 행동이 그려져 아찔했다. 공개된 장소에서 내 발을 만지겠다니. 얜 부끄러움을 모르는 거야? 아니면 무시하는 거야? 본인의 위치를 자각 좀 하라고!

"그러지 않아도 돼. 사람들 앞에서 내 발을 드러내라는 거야?"

"그건 생각 못했네. 상처 나거나 그랬으면 어떡하나 싶어서. 나가서 확인하고 올까?"

……그냥 걱정한 건가? 괜히 얼굴이 화끈하고 입꼬리가 제멋대로 움직이려 했다. 자꾸 이러면 내 마음을 키르한테 들킨다. 그래서 나는 일부러 입술 끝을 꾹꾹 내리눌렀다.

이렇게 흔들리면 안 되는데 말이지. 이성은 알지만 몸은 자꾸 솔직해졌다. 나는 키르가 눈치채기 전에 제멋대로 히죽거리는 입술 끝에 힘주며 표정 관리에 힘썼다.

"상처 난 거 같지는 않아. 익숙지 않아서 힘든 거야. 굽이 높으면 발끝을 세워서 종아리가 아파."

키르의 얼굴에 여자들은 이런 고통이 있구나, 하는 깨달음이 번졌다. 그리고 곧 미안한 표정을 했다.

"괜히 굽이 높은 디자인을 선택했네. 예뻐서 다른 건 생각 못했어. 미안해."

나 또한 내가 이 상황을 겪기 전엔 몰랐다. 디자인이 아찔하다는 느낌은 있어도 이렇게 고통 받을 줄 나라고 알았겠는가. 오히려 키르의 말처럼 나도 구두가 예뻐서 만족스러웠고.

"사과할 일은 아니지. 나도 몰랐는걸. 좀 쉬면 될 것 같으니까 넌 얼른 가서 손님들 상대해."

내가 연회를 돕기 위해 참석했지만 안주인을 대신하는 건 아니었기에 손님을 맞는 행동에 나설 필요는 없었다. 키르가 놔주지 않아 함께 했던 거지, 이제부턴 그 혼자 해도 된다.

내 말을 들은 키르의 얼굴에 혼자 다니기 싫다는 감정이 떠올랐다. 아쉬움을 잔뜩 드러냈지만 그렇다고 아픈 나를 끌고 다닐 수 없다는 건 키르가 더 잘 알았다.

"뭐 먹을 것 좀 가져다줄까?"

"주스 좀 가져다줘."

어지간하면 내가 할 수 있는 일을 키르에게 시키고 싶지 않았다. 하지만 다리가 너무 아파 움직일 바엔 차라리 목마름을 참는 게 나을 정도라 부탁했다. 키르는 귀찮은 기색 없이 라즈베리 주스 한 잔을 금방 가져다줬다.

"고마워."

주스를 받아 한 모금 마시며 주스의 상태를 확인했다. 시원함이 덜 했다. 그래도 아직 바꾸긴 이르고 조금 있다가 시원한 주스로 갈아야겠네. 이따 할 지시 사항을 잊지 않고 기억했다.

"또 필요한 건?"

날 챙겨주고 싶어 안달난 사람처럼 키르가 물어 와 뱃속이 간질간질했다. 물론 평소에도 키르는 날 챙겼다. 하지만 마음을 깨닫고 나니 그게 다 설렘으로 다가왔다.

"없어. 그러니까 얼른 가 봐."

퉁명스럽게 말하고 싶지 않지만 상황이 살짝 부담스러웠다. 키르가 내 앞에 서 있을수록 이쪽으로 시선이 몰렸다. 아직 중요한 인물들이 참석하지 않은 상태에선 키르가 제일 주요 인물이었다. 다들 어떻게든 말을 붙여보고 싶어 하는 존재란 뜻이다.

다들 힐끔거려서 나 역시 얼른 가서 볼일 보라고 자꾸 키르를 밀어낼 수밖에 없었다. 키르 또한 이 상황을 잘 알고 있었다.

"알았어. 가 볼게. 어디 안 갈 거지?"

"응."

움직이고 싶어도 움직이기 힘들 정도로 지금은 다리가 아팠다.

"필요한 거 있으면 큰소리로 불러."

여기서 너를 큰소리로 부르라고? 네가 연회장 한 가운데에 있을 때?

"미쳤나 봐."

키르의 말에 놀라 나도 모르게 소리 내 말했다. 그러자 키르가 작게 웃음을 터트렸다. 저렇게 장난처럼 웃지만 저 말이 진심이란 걸 알기에 나는 얼른 키르를 쫓아냈다.

"얼른 가. 얼른 가."

잠시간 나를 내려다 본 키르가 다시 사람들 틈으로 사라졌고 그제야 혼자 남을 수 있었다. 얼굴이 화끈거려서 큰일이다. 시원한 주스 잔을 뺨에 가져다 대 열기를 식히고 싶은 걸 참고 한 모금 더 마셨다. 그래도 액체가 입 안으로 들어가니 조금 나은 것 같았다.

키르가 자리를 떴어도 아직 일부 사람들의 시선이 내게 남아 있었다. 키르와 나를 향한 호기심이었다. 다행히 이렇게 쉬기 위해 앉은 사람에게 바로 말을 거는 건 실례라 누구도 다가오지 않고 있었다.

반대로 나와 떨어지자 혼자가 된 키르에게 접근하는 사람이 많아졌다. 황태자비님의 말씀을 듣고 살짝 걱정했었는데, 키르는 거의 남자들만 상대하고 있었다. 아버지 또래의 남성을 자연스럽게 응대하고 있는 모습을 보니 새삼스럽다.

다 컸다고 인정하면서도 어릴 때와 다른 모습을 볼 때마다 놀라는 건 내게 키르의 어린 시절의 그림자가 너무 크게 남아서 그런가, 키르를 좋아하는 것과 별개로 저런 모습을 보니 또 엄마 마음이 올라와 대견했다.

가슴 빵빵하게 무언가 들어찬 기분. 음, 이젠 엄마 마음과는 조금 다른가?

그때, 키르의 고개가 내 쪽으로 돌아왔다. 마치 내가 보고 있던 걸 알았던 듯 나와 눈이 마주치자 살짝 눈웃음 치고 왜? 라고 속삭이는 입모양에 심장이 밖으로 튀어나갈 것 같았다.

멍하니 바라보면 다시 내게 다가올 테니까 나는 신경 끄라고 얼른 손짓을 했다. 키르는 피식 웃고 다시 정면으로 고개를 돌려 응대하던 사람을 상대했다.

키르와 대화를 하던 상대의 고개가 흘끗 내 쪽으로 돌아와 난 고개를 푹 숙였다. 잠시 뒤 고개를 들어보니 그 사람은 다시 키르와의 대화에 집중하고 있어서 살짝 안도했다. 잰 대화중에 왜 딴 짓이야?

그러면서도 괜히 내 양 볼이 발그레해진 것 같았다. 물론 거울이 없어 확인할 수 없으니 느낌일 뿐이겠지만. 요즘 심장뿐만 아니라 입 꼬리에도 문제가 있나. 또 제멋대로 히죽댈 것 같아서 나는 라즈베리 주스를 한 모금 더 마셨다.

너무 가까워서 보이지 않던 게, 이렇게 멀리서 보면 더 잘 보일 때가 있다. 키르의 성장한 모습도 그랬다.

진짜 멋져졌네. 황태자비님이 했던 말이 빈말이 아니었다. 저렇게 어른들을 상대하는 키르에겐 성숙한 매력이 있어서 더 사람의 시선을 끌었다.

나도 모르게 홀린 듯 키르만 관찰하고 있었다. 눈을 떼야 하는데. 간혹 돌아볼 때마다 계속 키르와 눈이 마주쳐서 이러다간 전부 들켜 버릴 것 같은데. 그러면서도 내 눈은 키르를 끊임없이 좇았다.

중간에 잠깐 시종에게 주스를 갈라고 지시할 때 빼고는 나는 키르에게서 눈을 떼지 못했다. 그런 나를 일깨운 건 묘한 감동으로 울렁거리는 명랑한 목소리였다.

"어, 언니!"

어딘지 익숙하고 거부감이 드는 목소리에 흠칫하며 고개를 돌렸던 나는 화들짝 놀랐다. 전혀 다시 보고 싶지 않은 인물이 어느새 옆에 와 있었다.

"역시! 언니 맞았군요! 그 아담한 체구! 달콤한 향! 따스한 느낌! 언니일 줄 알았어요! 얼마나 보고 싶었다고요."

네가 여기 왜 있어? 클레어 세르비아. 하프테리 님을 만나러 간 아카데미에서 내게 충격과 공포를 줬던 그 클레어가 바로 옆에 서 있었다. 내가 알아듣지 못할 이상한 말을 중얼거리면서 말이다.

"어째서 또 아카데미에 찾아오지 않은 거죠? 전 언니 다시 보고 싶었어요."

난 클레어의 흥분이 강해질수록 천적 앞에 선 동물처럼 굳어 버렸다.

"우리 재, 재회 기념으로 한번 안아 볼까요? 엄청 기분 좋을 것 같아요."

싱그러운 초록빛 두 눈을 광기로 번뜩이며 클레어가 내게 손을 뻗었다. 저기에 잡히면 다신 벗어나지 못할 것 같다는 두려움이 찾아왔다. 나는 극렬한 거부감에 다급하게 외쳤다.

"멈춰!"

다급해서 그저 소리친 것뿐이다. 그런데 내가 무슨 마법을 부리기라도 한 것처럼 한순간에 클레어의 움직임이 멈췄다. 정말 멈출 줄 몰라서 오히려 내가 더 놀랐다.

그래서 나도 클레어도 서로를 응시한 채 눈만 깜빡였다.

여기서 놀라운 건 마치 내가 움직여도 된다는 말을 해 주길 기다리듯 클레어는 꼼짝도 하지 않았다는 점이었다. 그녀는 초롱초롱한 눈빛으로 나만을 바라보고 있었다. 이거 어째 그거 같은데? 강아지 앞에서 간식을 들고 '기다려' 하는 느낌?

"벌써 얘를 상대하는 법을 터득했네."

뒤늦게 클레어의 뒤에 있던 벨리타가 눈에 들어왔다. 얘들은 여기서도 붙어 다니는구나. 방금 벨리타가 한 말이 무슨 의미인지 몰라서 그녀를 물끄러미 바라봤다. 그러자 벨리타가 가볍게 클레어를 눈짓해 보였다.

"걘 단호하게 다뤄야 해. 그래도 자기가 변태인 걸 아는 변태라서 당사자가 하지 말라면 하지 않거든."

그건 또 무슨 이성적인 변태냐. 그러고 보니 전에 만났을 때도 내가 단호하게 하지 말란 건 하지 않았었지.

내가 떨떠름한 눈으로 클레어를 훑었더니 그녀는 '내가 이렇게 말을 잘 듣는답니다. 얼른 허락해 주세요.' 하는 눈빛을 마구 쏘아 댔다. 나는 그런 그녀를 조용히 무시하고 고개를 돌렸다.

"오랜만이네요. 두 분을 여기서 볼 줄은 몰랐습니다."

"아빠가 대공에게 초대장을 받았지."

벨리타에겐 그게 당연하다는 자부심이 있었다. 그런데 내가 말한 의도는 그게 아니었다.

"아카데미에서 그 이유로 외출을 허락해 줬습니까?"

그러자 벨리타가 고개를 갸웃했다.

"교수님의 제자라면서 몰랐어? 아카데미 방학했잖아."

방학했구나. 내가 대공가에서 머무느라 그동안 하프테리 님께 너무 무심했나 보다. 나는 벨리타의 살짝 의심어린 눈빛에 정신없이 변명했다.

"사정이 있어서 최근 뵙지 못했어요."

"그런데 교수님 제자가 여긴 어쩐 일이야?"

벨리타는 나와 하프테리 님 이야기 대신 내가 왜 여기 있는지를 물어왔다. 도착한 지 얼마 되지 않아 나와 키르가 함께하는 모습을 보지는 못했나 보다.

"아버지가 공국 기사단장이세요."

"공국 기사단장? 기사의 딸이었어?"

벨리타가 눈을 동그랗게 뜨고 나를 응시하다가 곧 고개를 끄덕이며 스스로 납득하는 표정을 지었다.

방금 벨리타가 무슨 생각을 했는지 알겠다. 여기는 직업을 대를 이어서 갖는 경우가 많았다. 그러니까 아버지가 기사단장이면 그 자식은 기사가 되지 못하더라도 대충 몸 쓰는 일을 했다.

그런데 기사단장의 딸인 난 현자의 서재에서 공부하니 벨리타가 놀란 거겠지. 그러다가 내 체구를 보고 몸 쓰는 일을 제대로 하지 못할 거라 여긴 듯했다.

"그것보다 이제 안으면 안 돼요?"

클레어가 간식을 눈앞에 두고 참는 것처럼 끙끙거렸다. 계속 '기다려' 상태인 게 놀라웠다. 거참 그렇게 안 봤는데 얘 은근히 강아지 같은 면이 있었네. 클레어가 말을 잘 듣는다는 사실을 안 순간부터 내 마음속에서 그녀에 대한 거부감과 두려움이 엷어졌다. 나는 새삼스럽다고 느끼며 내 쪽으로 간절한 눈빛을 쏘아 대는 클레어를 향해 방긋 웃어 줬다.

“안 돼요.”

클레어가 충격 받은 표정으로 나를 응시했다. 낑낑거리는 애처로운 눈빛을 가볍게 무시했다. 아쉽게도 클레어가 내겐 중요한 존재가 아니었다. 내가 그녀의 요청을 받아 줄 이유는 조금도 없었다. 하프테리 님은 클레어와 친하게 지내라고 했지만 그렇다고 해 달라는 대로 덥석 안겨 줄 필요까지는 없을 것 같았다.

그리고 얼마 전에 대공을 보고 큰 깨달음을 얻지 않았는가. 사람은 쥐어짜다가 사소한 걸 주면 도리어 더 큰 감동을 얻는다. 지금부터 클레어의 요구를 들어줘 버릇하면 앞으로도 계속 들어줘야 한다. 그러니 아끼고 아끼다가 정말 필요한 순간에 줘야 한다. 저 모습을 보면 클레어와 친해진다고 좋을 것 같지는 않지만.

“어?”

무언가 떠오르는 생각에 나도 모르게 소리를 냈다. 그러자 클레어와 벨리타 두 사람이 내게 집중했다. 그게 부담스러워 어설프게 떠오른 사실을 물었다.

“클레어는 엄청난 마법적 재능이 있다고 들었어요.”

“네. 저 마법 잘해요. 마법 보여 줄까요?”

관심 받는 게 기쁜 아이처럼 클레어의 눈빛이 반짝였다. 정말 뭐든지 다 해 줄 것 같은 시선이었다.

“제가 보여 달라고 하면 다 보여 주려고요? 뭐 해 줄 수 있는데요?”

“필요한 거 있으면 말하세요. 다 해 줄게요. 저 진짜 능력 있어요.”

대신 네게 안겨야겠지. 그래도 고작 안겨 주는 걸로 그 재원이라는 마법사를 이용할 수 있으면 엄청 남는 장사다. ……어라? 이거 살짝 내게 이득인 것 같은데?

"언니가 요청하는데 제가 못 해 줄 게 뭐가 있어요?"

정말 내가 요청하면 그게 뭐든 다 들어 줄 것 같은 목소리였다. 클레어는 간이고 쓸개고 빼줄 것 같은 믿음을 내게 보였다. 윽, 양심통. 그 순수하다고 하긴 뭐하지만 맹목적인 감정에 계산적인 생각을 열심히 하던 내 양심이 자신의 존재를 알렸다. 찔려도 너무 찔렸다.

순간 나도 모르게 클레어를 그저 유용한 수단이라고 봤다. 마법사라는 재원을 싼 값에 이용할 생각을 했다. 사람을 도구로 볼 뻔하다니, 이기적인 생각을 반성했다.

"왜요? 뭐가 필요해요? 정말 어려운 마법도 사용 가능해요."

내가 잠시 죄책감을 떠올리느라 고민을 오래 했더니 어려운 부탁이라고 짐작했는지 클레어가 나를 재촉했다.

"아니, 부탁이 아니라 궁금한 게 있어서요."

벨리타와 클레어 두 사람의 눈빛이 내게 집중되었다. 어떻게 보면 정말 별거 아닌데. 과한 집중에 무안해서 조심스럽게 질문했다.

"클레어는 뛰어난 마법적 재능을 가진 사람이면서 어떻게 아카데미에 다녀요?"

"제가 다니고 싶으니까요."

클레어는 그게 무슨 질문이냐는 듯 해맑게 웃으며 답했다. 하지만 내 상식으로 이해가 안 됐다. 전에 마녀의 뒷골목 주인이 그랬다. 내가 마법 재능이 있는 존재였다면 납치했을 거라고. 납치 이야기를 했을 때 그녀는 진지해 보였다.

마녀나 마법사나 필요한 재능은 같다. 스승이 누구냐에 따라서 마녀가 되거나 마법사가 된다. 게다가 서로 대립을 하는 중이라 두 집단 모두 인재 욕심이 강했다. 그래서 뛰어난 존재다 싶으면 서로 자신의 편으로 끌어 들이기 위해 납치 같은 불법적인 일도 서슴지 않았다.

그러니까 아카데미에 다니는 학생이 마법 쪽으로 타고나 봐야 어중간한 재능을 가진 경우가 대부분이었다. 마법은 쓸 수 있지만 아무리 배워도 고위 마법을 쓸 수 없는 그런 재능 말이다.

그런데 클레어는 남들이 탐낼 정도의 재능을 가졌다면서 어떻게 멀쩡하게 아카데미에 다니지?

딱히 본인의 능력을 숨기고 다니는 것 같지도 않았다. 하프테리 님이 내게 알려 주실 정도면 클레어의 재능이 비밀인 것도 아니다. 그런데 두 집단의 영향 없이 멀쩡히 아카데미를 다닌다고?

"혹시 정통 학파 소속인 건가요?"

질문을 하면서도 클레어가 정통 학파 소속이 아닌 것 같다는 생각을 했다. 전에 하프테리 님이 클레어를 마탑이 탐내는 인재라고 표현하기도 했고, 학파 소속이었다면 아카데미가 아니라 마탑에서 배웠겠지. 아, 설마. 마탑에서 인정한 정식 마법사라서 더 수행할 필요가 없는 건가? 하지만 그런 사람이라면 학생이 아니라 교수가 되어야 하는 일이었다.

"아니요. 전 학파 쪽은 좀 별로라서……."

클레어의 얼굴에 정말 질색하는 표정이 떠올랐다. 저거 설마 학파엔 늙은 사람 밖에 없어서 그런 건 아니겠지? 마법은 어려운 학문이라 마탑에는 현자의 서재만큼 나이 드신 분이 많았다. 그러면 클레어의 변태적인 욕망을 충족시켜 줄 인원이 없을 테니까.

"그럼 마녀인가요?"

마녀라면 이렇게 소문이 돌도록 내버려 둘 것 같지 않은데.

"그쪽과도 마찰이 좀 있어서……. 그냥 서로 건들지 않기로 타협했어요."

멋쩍게 클레어가 웃었지만 내 혼란만 더 가중되었다. 도대체 무슨 소린지 모르겠다.

"마녀와 타협을 했다고요?"

뭘 어떻게 타협을 해?

"네. 어릴 때 마녀 소굴로 납치당한 적이 있는데 다 부수고 탈출했거든요. 또 이런 짓하면 협회 소속이 될 거라고 이야기했더니 절 건들지 않기로 타협했지요. 참, 협회 쪽도 마찬가지예요. 자꾸 귀찮게 하면 마녀가 될 거라고 했더니 아무도 절 건들지 않게 됐어요."

마치 1등 성적표를 내미는 우등생처럼 클레어가 굉장히 수줍어하며 몸을 꼬았다. 그건 타협이 아니라 협박이잖아. 방금 엄청난 이야기를 들은 것 같은데, 클레어와 벨리타가 별일 아닌 것처럼 굴어 내 상식이 흔들렸다.

"어……. 그럼 마법은 누구에게 배운 건가요?"

"언니는 숨 쉬는 것도 남에게 배워요?"

내 질문에 클레어가 눈을 동그랗게 뜨고 반문했다.

"숨 쉬는 걸 왜 남에게 배워요."

뜬금없는 질문의 의도가 더 묻지 말라는 의미 같았다. 그래서 나는 더 캐묻지 않기로 했다. 은거 기인에게 개인적으로 사사를 받았고 그 사람의 정체를 말할 수 없는 경우도 있으니까. 그러니까 난 그 말 돌리기에 동참해 준 것뿐인데.

"저 능력 있다니까요."

클레어가 이렇게 말하고 방긋 웃어 버린다. 말이 참 대중없이 왔다 갔다 한다. 숨 쉬는 것과 능력이 무슨 상관이…….

그리고 그 순간 떠오르던 상념들이 한순간에 멈췄다. ……설마, 숨 쉬는 것만큼 마법을 쓰기 쉬웠어요. 그 말이야, 지금? 내 경악에도 클레어는 해맑게 웃고 있었고 벨리타가 옆에서 인정하듯 고개를 끄덕였다.

"능력 하나는 대단하지."

정말 믿기 어려운 말이다. 이건 하프테리 님이 알려 준 것보다 더 대단한 일 아닌가. 그냥 천재도 아니다. 마법이라는 그 어려운 것을 배우지도 않고 할 수 있는 진정한 초천재가 내 눈앞에 있었다.

아니, '초천재'라는 말로도 부족하다. 그 정도 재능이면 마법계의 시조새나 가능한 거 아니야? 내가 충격을 숨기지 못하고 클레어를 넋 놓고 바라보자 그녀는 또 몸을 배배 꼬며 희망 사항을 말했다.

"언니, 이제 안으면 안 돼요?"

서서히 커지던 존경심이 싹 사라지는 말이다. 그 초천재가 저렇게 변태라니. 역시 세상은 불공평하다.

그 와중에 내 계산적인 부분이 다시 몸을 일으켰다. 저 정도 엄청난 능력자라면 변태라고 해도 친해지는 게 이득이지 않을까? 간사하게 욕심이 속삭였다. 한번 안겨 주고 친해지는 거야. 또 알아? 고작 안겨 주는 것으로 정말 중요한 순간에 엄청난 마법을 얻어 쓸 수 있을지?

그리고 클레어가 엄청 대단하다고 느껴지니까 그렇게 질색하던 기분도 좀 나아진 것 같았다. 내가 이성과 본능 사이에 갈등을 하느라 대답을 해주지 않자, 그 흔들림을 알아챈 클레어가 더욱 눈을 빛내며 음흉하게 속삭였다.

"언니. 전 언니가 해 달라면 뭐든지 다 해 줄 수 있으니까 걱정하지 말아요. 그러니까, 어서, 어서 제 품에 안겨요."

황홀한 유혹의 물결이 귓속으로 흘러들어왔다. 정말 내가 원하는 것이 다 이루어질 것만 같은 든든함. 그래. 까짓 거, 한 번 안기는 거 어렵지 않잖아? 라는 생각이 자꾸 들어 나는 내게 가까워지는 클레어의 손을 거부하지 않고 멍하니 응시했다.

그걸 허락의 의미로 받아들이고 환하게 번지는 클레어의 미소를 보면서도 말려야 한다는 생각이 들지 않았다. 나와 클레어 사이의 거리감이 줄었다.

그리고 마침내 내가 막 그녀의 품에 빨려가듯 안기려는 찰나, 그 틈으로 불쑥 팔이 파고들어 막았다.

"무슨 짓입니까?"

싸늘한 음성에 정신이 번쩍 들었다. 방금 뭐 할 뻔했어? 나 클레어에게 홀린 거니? 내 실수를 막아 준 이는 어느새 내 곁에 다가온 키르였다.

클레어가 더 다가올 수 없도록 나와 그녀를 가로 막은 채 키르는 더 없이 날카로운 눈빛을 빛내고 있었다.

클레어와의 대화에 얼마나 집중했는지 키르의 이동을 알아채지 못할 정도였다. 하지만 키르의 날카로운 시선을 정면으로 받으면서도 클레어는 조금도 주눅 들지 않았다.

"상관없는 사람은 비키세요."

오히려 놀라울 정도로 당당했다. 도도하고 냉정한 클레어의 음성에 나 혼자 깜짝 놀랐다. 얼마나 단호하고 차갑던지 내가 겪어 온 클레어와는 다른 사람 같을 정도였다. 그녀는 지금 방해 받은 것이 진심으로 짜증난 듯했다. 하긴 그렇게 거절을 당하다가 겨우 날 안을 뻔했는데, 그 기회를 놓쳤으니 분노할 만했다. 하지만 상대인 키르도 만만치 않았다.

"그쪽이야말로 상관없는 사람 아닙니까? 누굴 함부로 만지려 합니까?"

키르의 눈이 흘긋 클레어의 손을 향했다. 마치 '그 더러운 것을 어디다 대려고 합니까?' 라고 묻는 것 같은 조금 불손한 눈빛이었다.

"아니요. 상관있습니다. 전 분명히 허락 받았다고요."

클레어가 자신만만하게 외쳤고 키르의 고개가 휙 소리가 나도록 내게 돌아왔다. 그는 클레어가 무슨 짓을 하려했던 건지 아는 것 같았다. '너 지금 저 여자한테 안기려 했었어?' 라고 매섭게 추궁하는 키르의 눈빛에 난 반사적으로 고개를 흔들어 부정했다.

"허락한 적 없어."

그러자 클레어와 키르의 반응이 극명하게 갈렸다. 클레어의 얼굴엔 서러움이, 키르의 얼굴엔 흡족함이 떠올랐다.

"언니! 허락해 주신 거 아니었어요?"

"허락은……. 아니었지요."

정확히는 홀려서 거부할 생각을 못한 거지, 허락한 건 아니었다. 이렇게 합리화하면서도 속으로는 클레어한테 찔끔 미안했다. 하지만 난 너보다 키르가 더 중요하고 무서운걸. 네가 이해해 주렴. 내가 그녀에게 속으로 사과한 걸 알아채기라도 한 것처럼 키르의 손이 내 앞에 내밀어졌다.

"아무래도 여긴 자리가 좋지 않은 것 같아. 아렌, 자리 옮기자."

내게 다정하게 굴며 앞에 있는 두 사람을 무시하는 화법에 괜히 내가 더 눈치가 보여 선뜻 손을 올리지 못했다. 클레어가 억울함으로 발을 동동 구르는 사이 벨리타가 나섰다.

"오랜만입니다. 라인폰트 대공자. 인사조차 건네지 않다니 무례하신 것 같군요."

역시 만만치 않은 성격을 가진 그녀였다. 우아하게 웃으며 직설적으로 지적한 벨리타의 행동에 키르의 기세가 다시 서늘해졌다. 그러고 보니 지금 모여 있는 사람의 조합이 썩 좋은 것 같지 않았다. 다들 독특한 성격이잖아? 불안함이 커졌다.

"오랜만입니다. 벨리타 크리시아 영애. 제 무례함보다 영애의 일행이 '제 사람'에게 한 무례함을 지적하는 것이 먼저 아닙니까?"

키르의 말이 끝나기 무섭게 벨리타가 눈을 쏟을 것처럼 크게 뜨고 나를 바라봤다. 하지만 나 또한 키르의 엄청난 단어 선택에 놀라 표정 관리를 할 생각을 못 한 채 그를 경악한 얼굴로 올려다봤다.

그 와중에 키르는 뭘 새삼스럽게 놀라냐는 듯 부드러운 미소를 지으며 보란 듯이 흘러내린 내 머리카락을 귀 뒤로 넘겼다. 친밀함을 자랑하는 행동에 부끄러움이 목 끝까지 차올랐다.

얘, 진짜 미쳤나 봐. 키르의 노골적인 행동의 의미를 벨리타가 못 알아볼 리 없었다. 벨리타의 입가에 미묘한 미소가 걸렸다. 저 미소는 어이없다는 뜻일까, 아니면 남 일이라고 흥미로운 걸까. 어쨌든 우선 키르를 보내야겠다는 생각이 들었다.

"여기서 이러고 있으면 어떡해? 얼른 가 봐. 네 할 일 해야지."

키르의 눈이 살짝 가늘어졌다. 불만을 품은 그 눈길을 이해할 수 없었다. 하지만 그 의문은 이어지는 키르의 대답에 풀렸다.

“아버지 오셨잖아. 이제 내가 나서지 않아도 돼.”

그 말에 놀란 나는 고개를 쭉 빼고 사람들이 몰려 있는 곳으로 시선을 돌렸다. 어느새 대공과 황태자비님까지 도착해 계셨다. 클레어와 벨리타를 상대하느라 연회장 분위기가 이렇게 바뀐 것을 알아채지 못했다. 저 둘이 저렇게 활약을 해 주는 이상 키르가 나설 일은 크게 없었다. 진짜 주인공들이 도착했으니까.

황태자비님은 퍽 이 상황이 마음에 드는 듯했다. 물 만난 고기처럼 그녀는 자연스럽게 사람들을 이끌고 있었다. 신났네. 신났어. 황태자비님의 들뜬 마음이 여기까지 전해져 괜히 내 입가에도 흐뭇한 미소가 새어나왔다.

……나 살짝 이상한 성격인가. 키르도 그러더니 황태자비님이 어엿하게 귀족들을 휘어잡고 있는 모습을 보니 내가 다 으쓱하네.

“아렌.”

엉뚱한 생각을 하다 들린 키르의 부름에 고개를 돌렸더니, 그는 눈을 휘며 만들어진 웃음을 지었다. 본능이 경고하며 솜털이 곤두섰다. 왜 또 갑자기 기분이 나빠졌어?

“어서.”

손을 흔들며 던진 짧은 말에 놀란 나는 재빨리 내 손을 키르의 손바닥 위에 올렸다. 손끝을 살짝 감싸 쥐는 손길에 나 또한 마주한 손끝에 힘을 줬더니, 그제야 키르가 제대로 된 미소를 지었다. 그래, 그렇게 웃어야지. 예쁘기도 해라.

나도 모르게 멍청하게 따라 웃었다. 그러자 키르가 살짝 눈을 크게 떴다가 가늘게 휘며 진심으로 기뻐했다. 그걸 보고 아차 싶었다. 방금 내 꼴은 아주 네가 좋아 죽겠다고 광고하는 거나 다름없는 반응이다.

도대체 나 뭐 하는 거지? 이러다 성격 장애 오겠네. 자괴감과 자기합리화가 번갈아 나타났다. 키르가 살짝 손을 잡아당겼다.

“발은 이제는 괜찮지?”

괜찮지 않다는 선택지가 없는 질문이었다. 왜냐? 괜찮지 않다고 하면 당장이라도 키르가 나를 번쩍 들어 올릴 것 같은 눈빛이었으니까.

“두 분, 꽤나 친밀한 사이 같군요.”

단어는 추측성이지만 벨리타의 눈빛과 오묘한 콧소리는 ‘다 안다’는 의미가 담겨 있었다. 그리고 키르는 벨리타의 말을 부정할 생각이 없었다. 오히려 더 확대 해석해 주길 바라는지 슬쩍 미소를 지을 뿐이었다.

이렇게 기정사실화하지 말라고! 아직 그런 사이 아니잖아!

이 이상 벨리타가 이상한 오해를 하도록 내버려 둘 수 없었다. 다급해진 나는 벌떡 일어나며 해명했다.

“소꿉친구니까요! 우리 그래서 친해요!”

하지만 갑자기 선 탓에 이번에도 난 제대로 중심을 잡지 못해서 비틀댔다. 그때 키르가 재빠르게 손을 뻗어 날 잡아챘다. 결국 나는 키르의 몸에 반쯤 기대게 됐다.

“조심해야지.”

키르의 목소리가 낮게 가라앉아 있었다. 차분한 시선이 잠깐 나를 바라보다가 떨어졌다. 그제야 나는 내 실수를 알아챘다. 차라리 키르가 서운함을 드러냈다면 내 마음이 편했을까? 하지만 키르가 내게 보내는 건 실망도 분노도 아닌 그저 잠잠한 시선이라 더욱 심장이 덜컥했다.

초조해진 나는 반사적으로 키르의 팔을 잡은 손에 힘을 줬다. 그 손길에 키르는 잠깐 내게 시선을 줬지만 다시 고개를 돌렸다. 화난 거야? 무슨 말을 해야 하는데, 할 말을 찾지 못했다.

“두 분이 소꿉친구였군요.”

벨리타는 나직하게 중얼거린 후 나와 키르를 번갈아 보며 더 교묘한 미소를 지었다. 그 의미심장한 태도가 내 잘못을 지적하는 것 같아서 더 불편했다. 그래도 키르가 날 뿌리치지 않았다는 건 괜찮다는 거겠지?

나도 모르게 키르의 눈치를 봤다. 하지만 그는 내 행동을 알면서도 외면했다. 그래서 다시 키르를 잡은 손에 힘을 줬더니 그제야 그는 눈을 마주치고 미소를 지었다.

아무리 봐도 억지로 지은 게 뻔한 키르의 미소가 마음을 무겁게 짓눌렀다. 수많은 말들이 입안에 맴돌아 난 입술만 달싹였다.

그러자 재빨리 감정을 수습한 키르가 정말 괜찮다는 듯 다시 웃어 보였다. 나를 안심시키기 위한 미소. 물론 이번에도 억지 미소지만 내게 부담을 주지 않겠다는 키르의 어른스러운 선택이었다. 그리고 참으로 못나게도 난 그 미소를 보고 안심했다.

어색한 공기를 깬 것은 넋 나간 클레어의 음성이었다.

"부럽다. 진짜 부러워. 소꿉친구라니. 언니의 어릴 때는 더 귀여웠겠지. 더 쪼그맸을 거야! 더 달콤했을 거고! 더 따스했겠지! 난 왜 그때 언니를 알지 못했지? 알았다면 좋았을 텐데. 품에 쏙 들어오는 더 작은 언니라니……."

클레어는 내 어릴 때의 모습을 보지 못해 어지간히도 억울했는지 비통하게 중얼거렸다. 얘, 진짜 심하게 변태다. 그런데 얜 도대체 왜 이렇게 날 좋아하지? 내게 뺨을 맞은 것도 아닌데?

이해할 수 없었던 나는 원조 변태 키르를 봤다. 키르는 같은 변태 기질이 있으니 클레어가 저러는 이유를 알까 싶어서 말이다.

하지만 그는 클레어의 이런 모습을 처음 보았는지 질색하며 그녀를 노려봤다. 같은 변태로서도 용납할 수 없는 변태인가 보다. 물론 클레어는 혼자만의 생각에 빠져서 그런 키르의 눈빛을 알아채지 못했다.

"지금이라도 늦지 않았어. 언니의 곁에 있으면 계속 볼 수 있을 거야. 방법을, 방법을 찾아야 해……. 저 귀여운 모습을 매일 볼 수 있다니! 저 따스함을 계속 만끽할 수 있다니!"

그리고 하필 클레어가 내 옆에 머물 궁리를 굳이 소리 내서 한 탓에 키르가 전부 들어 버렸다. 키르는 더 듣기 힘들었는지 싸늘하게 경고했다.

"혼잣말이라고 무시하기 힘든 말씀을 하는군요. 클레어 세르비아, 당신이 아렌의 곁에 머물 일은 절대 없습니다."

행복한 망상을 깨는 소리에 클레어가 키르를 노려봤다.

"당신과는 상관없는 일이죠. 선택은 언니가 하는 거예요."

클레어가 발끈해서 외쳤다. 처음엔 '네가 뭔데?' 라고 외치는 것 같았던 그녀의 눈빛은 곧 나와 키르를 보고 '내가 저기 있고 싶어!' 로 바뀌었다. 내가 반쯤 키르에게 안기다시피 매달려 있었기 때문이다.

마치 자신의 자리를 빼앗긴 것처럼 클레어에게선 질투의 감정이 줄줄 흘러내렸다. 그러니까 왜 저렇게 날 좋아하냐고. 내가 클레어 뺨이라도 때렸으면 이해하겠는데.

갑자기 두려워진 나는 슬쩍 키르의 품으로 더 파고들었다. 그러자 잠시 멈칫한 키르가 부드럽게 나를 더 감싸 안았다

클레어의 시야를 조금 비껴가게 된 덕분인지, 아니면 키르의 기분이 풀린 것처럼 보이기 때문인지 모른다. 나를 감싸는 키르의 손길에 난 짙은 안도감이 들었다. 완전히 품에 안기고 싶은 걸 참았다. 그런 내 부족함을 알아챈 것처럼 키르의 손이 느리게 내 어깨를 쓸었다.

"그럴 일은 없어 보이는군요."

클레어를 향해 키르가 한 말에 내 어깨가 움찔했다. 갑자기 키르의 음성이 우쭐해진 것 같은데? 나만 그렇게 느낀 게 아닌지 클레어의 눈빛에서 쏟아지는 분한 감정이 더 커졌다. 둘은 으르렁거리는 소리를 내지 않을 뿐 서로 경계했다.

……이거 상황이 조금 이상하다? 내가 의아함을 느낄 때였다. 클레어가 발을 동동 구르다가 좋은 생각이 난 사람처럼 활짝 웃으며 제안했다.

"언니, 마법사 안 필요해요? 제가 전속 마법사 해 줄까요?"

"클레어!"

벨리타가 더 놀라서 이름을 불렀지만 클레어의 결심은 훨씬 더 컸나 보다. 그녀는 벨리타의 부름을 무시한 채 말도 안 되는 조건을 내걸었다.

"금전적 지원도 필요 없어요! 언니가 원하기만 하면 전속 마법사 해 줄게요!"

나도 모르게 덥석 허락할 뻔했다. 모든 이들이 탐내는 천재 마법사가 무보수 노동을 하겠다는 소리였다. 놀란 나머지 나는 그녀에게 진짜냐고 다시 물어보려고 했다.

그때, 키르가 나를 감싼 팔에 지긋이 힘을 줘서 그를 올려다봤다. 그리고 내 시야에 비친 키르의 얼굴이 싸늘하게 굳어 있어 입을 다물었다.

클레어에겐 의기양양함이 키르에겐 맹렬한 경계심이 불타올랐다. 뭐지, 이 상황은? 설마 지금 이 두 사람 나를 두고 싸우는 거 맞는 건가? 아까부터 느끼던 묘한 상황이 이제야 제대로 인식됐다.

"아쉽군요. 아렌은 공국에서 살아갈 텐데 세르비아 당신은 절대 공국에 발을 딛지 않겠다고 했지요."

"언니, 공국에서 살 거예요?"

클레어의 충격어린 시선이 내게 닿았다. 난 두 사람의 대화를 듣다가 어떤 점을 알아차렸다.

"두 사람, 아는 사이였어?"

"아니요."

"응."

웃기게도 동시에 다른 답이 나왔다. 전자가 클레어고 후자가 키르였다. 클레어가 키르를 째려보더니 내게 말했다.

"한 번 만난 적은 있지만 제대로 된 교류를 하기도 전에 대화는 끝났어요. 정확히 아는 사이라고 하긴 애매하죠."

"어쨌든 만나서 짧게 대화를 나눴던 사이는 맞아. 대화의 내용이 유쾌하지는 않았지만."

클레어의 말이 끝나기 무섭게 이번엔 키르가 덧붙였다. 둘이 예전에 싸웠었나? 그래서 서로 감정이 나쁜가? 서로 자신의 주장을 말하고 나서 두 사람은 나를 응시했다. 내게 누구의 편을 들 건지 묻는 것 같았다.

……아니, 그러니까 이런 상황이 오면 당연히 내겐 답이 정해져 있다니까.

"인사했으면 모르는 사이는 아니지."

클레어의 배신감 어린 눈빛을 난 피했다. 그 와중에 키르의 고조된 감정이 전해졌다. 조금 전 내 실수 따위는 까맣게 잊은 사람처럼 눈이 마주치자 키르는 화사한 기쁨의 웃음을 짓는다. 내가 계속 자기 편을 들어 준 것이 그렇게 좋은가 보다.

"크흑. 언니, 전 언니를 위해서라면 뭐든 해 줄 수 있는데. 왜……."

클레어가 비통하게 외쳤다. 그녀는 내게 버림받은 사람처럼 홀로 감정이 격앙되어 있었다.

"당신이 필요 없나 보지요."

키르가 얄밉게 클레어를 약 올렸다. 클레어가 손수건을 물어뜯을 것 같은 표정으로 키르와 눈싸움을 했다.

"크흑, 언니를 위해서라면 제가 공국에서 살 수 있어요."

클레어는 엄청 양보한다는 식으로 말했지만 키르가 더 얄밉게 나왔다.

"허락하지 않을 것입니다만."

클레어가 억울한 눈빛으로 키르를 노려봤다. '감히 내가 이렇게까지 숙이고 들어가는데 네가 방해해?' 라고 부르짖는 듯한 클레어의 눈빛에 키르는 코웃음을 쳤다. 대공자인 키르가 명령을 내리면 클레어가 공국에서 살지 못하니 저렇게 화가 나는 건 이해했다.

그건 그렇고 아무리 생각해도 클레어가 왜 이렇게 내게 호의적인지 모르겠다. 그리고 키르, 넌 도대체 왜 그러니? 답지 않게 왜 어린애랑 유치한 싸움을 해?

세기의 배신을 당한 표정을 짓는 여자와 그 여자를 약 올리는 치기어린 남자. 두 사람의 유치한 투닥거림이 계속 이어지니 슬슬 어이가 없었다. 벨리타도 둘의 행태가 기가 막히는지 할 말이 없다는 듯이 팔짱끼고 구경만 하고 있었다.

나 역시 갑자기 왜 내가 이러고 있나 한심함이 몰려왔다. 그렇게 무의식적으로 주변으로 고개를 돌리던 나는 나를 주시하고 있던 눈동자와 눈이 마주쳤다.

어라? 나를 보고 있던 상대방은 내가 자신을 볼 줄 몰랐는지 나와 눈이 마주치자 놀란 듯 살짝 눈이 커졌다. 하지만 이내 곧 당혹스러움을 가라앉히며 슬쩍 고갯짓을 해 내게 신호했다.

우선 나도 알겠다는 눈짓만 했다. 그러자 그 사람은 신호를 준 적 없는 것처럼 사람들 틈으로 사라졌다. 언제부터 보고 계셨던 거지?

누군가 보고 있었단 사실에 민망함이 몰려와 열이 났다. 그러다 꼭 끌어안는 포옹이 아니었다고 해도 여태까지 쭉 키르에게 기대 있었단 사실을 뒤늦게 자각했다. 어머, 계속 안겨 있었어. 이렇게 사람들이 많은 곳에서 어쩌려고. 나 정말 멍청하다.

그제야 나는 허둥지둥 키르를 밀어냈다. 내 손짓에 클레어와 으르렁거리던 키르가 의아함을 드러냈다. 그 와중에 나를 놓아 줄 기색은 전혀 없어서 내가 더 놀랍다. 도대체 언제까지 안고 있으려고?

"나, 잠깐."

이렇게 말하면 대충 알아듣겠지? 다행히 키르가 알아챈 듯 나를 고쳐 잡으며 말했다.

"데려다줄게."

내가 어디 가는 줄 알면서 데려다주겠다니?

"혼자 잘 못 걷잖아."

"갈 수 있어."

키르의 팔을 때리려다 참고 눈을 흘겼다. 특정 장소를 언급하지 않은 건 언급하기 민망한 곳이란 소리, 그건 즉 화장실 다녀오겠다는 신호였다. 정확히는 이것도 핑계지만.

어쨌든 키르라면 이게 화장실 간다는 소리라고 알아들었을 것이다. 그러면서도 내가 잘 못 걷는다는 핑계로 따라오려 하다니. 아무리 키르라도 더 권하는 건 아니라는 걸 알았는지 조심스럽게 나를 놔 줬다.

"조심히 갔다 와."

조심히는 뭘 조심히야. 누가 보면 어디 엄청난 곳 가는 줄 알겠다. 그리고 우리의 대화를 듣고 상황을 짐작한 클레어가 눈을 반짝였다.

"언니! 제가 같이 갈게요!"

클레어는 기회를 잡았단 표정이 역력했다. 화장실은 키르가 따라오지 못하는 공간이기에 그녀는 다 이긴 승자의 미소를 짓고 있었다. 그제야 키르에게서 아차, 하는 기색이 떠올랐다. 난 그런 키르의 팔을 짚고 차분하게 말했다.

"키르, 네게 할 일을 하나 줄게."

나는 어리둥절해 하는 키르를 보며 조용히 클레어를 눈짓했다.

"따라오지 못하게 막아 줘."

"언니! 도대체 왜요!"

클레어가 처절하게 외쳤고 키르는 자기만 믿으라는 듯 자신감 넘치는 미소로 답했다.

"알았어. 조심히 다녀와."

가뜩이나 자신의 시야가 닿지 않는 곳에서 클레어와 내가 함께 있게 될까 봐 걱정했는데, 먼저 나서서 막아 달라는 내 부탁이 기쁜 듯했다.

"왜 자꾸 절 거부하는 거죠? 언니 저 훔쳐보지는 않아요!"

사뿐히 돌아서서 걷는데 뒤에서 클레어의 무시무시한 말이 들렸다. 점점 변태 지수가 높아지는 것 같아서 살짝 걱정되는 말이었다.

사실 클레어가 훔쳐볼까 봐 막은 건 아니었다. 정말 화장실 갈 게 아닌데 클레어가 따라오기라도 했다간 큰일이라서 막은 거였다.

사람의 시선을 피해서 움직여야 했고 그럴싸한 핑계가 필요해 화장실 핑계를 댄 것뿐이다. 벨리타는 당연히 클레어 곁에 남을 테니 키르를 이용해 클레어를 막으면 난 자유가 됐다.

그리고 내 계산이 제대로 들어맞아 난 홀로 연회장을 벗어날 수 있었다. 조금 걸어 연회장에서 적당히 거리가 떨어진 문 앞에서 날 기다리는 사람을 발견할 수 있었다.

아까 내게 눈짓했던 아드리안 님 말이다.

"오랜만입니다."

내가 살짝 고개를 숙여 보이자 아드리안 님도 같이 고개를 숙였다.

"네. 오랜만입니다."

그렇게 인사를 하고 아드리안 님이 날 바라봤다. 더 할 말이 있으신가? 평소와 다르게 나를 보는 아드리안 님의 시선이 살짝 멍했다. 영문을 모르는 내가 아드리안 님을 같이 응시하니 침묵이 길어졌다. 왜 저렇게 보시지? 침묵을 더는 못 견딘 난 멋쩍어서 조심스럽게 물었다.

"노크, 제가 할까요?"

안에 알려야 내가 들어가지. 아드리안 님이 할 일을 하시지 않으니 내가 나설 수밖에.

"아! 제가 하겠습니다."

아드리안 님이 놀라 큰소리까지 내셨다. 왜 저렇게 놀라시지? 그러고 나서도 할 말이 있는 것처럼 살짝 입을 달싹이던 아드리안 님은 그냥 문을 노크했다. 안쪽에서 희미하게 허락하는 소리가 들렸다. 문고리를 잡고 문을 열기 전에 아드리안 님이 나를 향해 조심스럽게 말했다.

"……오늘, 아름다우십니다."

예상 못한 칭찬에 놀란 내 입이 벌어졌다. 나 칭찬 받은 거야? 아드리안 님은 막상 말하고 나니 쑥스러운 건지 바로 몸을 돌려 문을 열었다.

나 오늘 진짜 예쁜가? 뱃속이 간질거리고 입꼬리가 제멋대로 올라갔다. 거울을 보며 나도 인정하고 키르에게도 그런 말을 들었다. 하지만 아드리안 님의 입으로 아름답다는 말을 들으니 기분이 남달랐다. 물론 이게 속칭 '화장빨'이란 걸 알면서도 정말 미인이 된 것 같았다.

"감사해요."

작게 인사하자 아드리안 님은 살짝 고개를 숙여 보였다.

"들어가시죠."

안쪽으로 들어가길 권하는 아드리안 님의 손짓에 나는 슬쩍 올라가던 입매를 굳히며 안으로 들어갔다. 소파에 앉아서 쉬고 있던 황태자비님이 나를 발견하고 활짝 미소 지었다.

"어서 와."

"황태자비님을 뵙습니다."

나는 아드리안 님의 칭찬 덕분에 세계 최고의 미녀가 된 기분이라 한껏 우아하게 인사를 했다. 뒤에서 아드리안 님이 문을 닫는 소리가 들렸다. 방 안엔 나와 황태자비님만 남게 되었다.

"앉지."

황태자비님의 허락에 나는 그녀의 맞은편에 앉았다. 둘만 남게 되었으니 굳이 예를 차리며 거절하고 그러지 않았다. 세상을 다 가진 듯한 미소를 짓는 황태자비님 때문에 내 입가에도 절로 미소가 새어나왔다.

"그렇게 좋아요?"

무엇에 홀린 것처럼 황홀한 표정을 감추지 못하는 황태자비님을 보자 내 입에서 절로 그런 말이 나왔다.

"응. 너무 좋아. 이렇게 내 일을 도와 줄 사람이 있다는 게 참 기쁘네."

갑자기 손에 쥔 게 많아져서 어쩔 줄 모르는 어린아이 같았다. 기뻐하는 것도 좋지만 너무 흥분한 거 아닌가 싶었다.

"아직 끝이 아닌 거 아시죠?"

대회가 열리고 끝날 때까진 안심할 수 없었다.

“그럼, 충분히 경계하고 있다고.”

황태자비님이 언제 몽롱한 얼굴을 했냐는 듯 또렷한 눈으로 다부지게 말했다. 한소리 해야 할 줄 알았는데. 다행히 기쁨에 취해 아예 정신을 놓은 건 아니었나 보다. 제 앞가림 할 줄 아는 사람에겐 더 하면 쓸데없는 잔소리가 될 테니 나 역시 덧붙이는 말은 생략했다.

서로의 마음을 이해하는 상태라 우리는 한동안 흐뭇한 눈길만 주고받았다. 그러다가 뒤늦게 떠오른 듯 황태자비님이 날 칭찬했다.

“그런데 오랜만에 봐서 그런가? 오늘 굉장히 아름답네.”

“진짜요?”

숨도 쉬지 않고 되묻자 황태자비님이 낮게 웃음을 터트렸다. 하지만 아드리안 님에 이어 황태자비님까지 이렇게 말해 주니 언제나 외모로 주눅 들었던 내 자신감이 막 움트는 새싹처럼 쑥쑥 자라났다.

혹시 나 듣기 좋으라고 다들 빈말하는 거 아니겠지? 슬쩍 의심이 들었지만 황태자비님이 덧붙이는 말에 그런 의심은 싹 사라졌다.

“응. 귀여움보다는 예쁘다, 라는 단어가 더 먼저 떠올라.”

‘귀엽기보다 예쁘다.’ 내가 얼마나 듣길 희망하던 말인가. 나 오늘 진짜 미인인가 봐. 감동이 해일처럼 밀려왔다. 특히, 미인들에게 줄줄이 인정을 받아 더 우쭐해졌다.

“드레스도 어울리는 것으로 잘 고른 것 같아. 연회장도 잘 꾸몄던데 영애가 보는 눈이 좀 있나 봐.”

와! 와! 이게 뭐라고 기분이 좋아? 그걸 티내지 않기 위해 이를 악물었다. 새삼 느꼈는데 나 칭찬에 되게 약하구나.

“드레스는 선물 받은 거고, 연회장 꾸미는 건 전문가의 도움을 받았는 걸요.”

“어머, 드레스는 선물 받은 거야?”

"네……."

선물 받은 걸 선물 받은 거라 말하는데 왜 이렇게 부끄럽냐.

황태자비님의 눈동자가 나라를 휩쓸 스캔들을 앞에 둔 것처럼 흥미로 반짝였다. 설마 누가 선물했는지 묻지는 않겠지? 비밀로 할 내용이 아니긴 하지만 어쩐지 말하기 좀 그랬다. 내 안절부절못함을 읽었는지 황태자비님이 피식 웃고 말았다.

"선물해 준 사람이 영애를 아주 잘 아나 보네."

네가 원하는 대로 더 캐묻지 않겠다는 의미를 담은 황태자비님의 짧은 말이 내 심장을 옥죘다.

키르와 내 사이를 알고 말하는 것 같아서. 어째서 남들이 내 상황을 다 아는 것 같지? 그냥 내가 찔려서 그렇게 느끼는 건가?

"어쨌든 처음이면서 연회는 훌륭하게 준비한 것 같아. 아무리 전문가의 도움을 받았다고 해도 선택은 전부 영애가 했을 거 아니야."

나는 황태자비님의 말 돌리기를 거부하지 않고 받았다.

"저 고생 엄청 했으니까, 꼭 황태자비님께 도움이 되셨으면 해요."

빈말이 아니라 나 때문에 망칠까 봐 그동안 마음고생 진짜 심했다. 그 부담감에 더 열심히 일했다. 내가 내 일도 아니고 남의 일로 이렇게 열정적으로 일하게 될 줄 몰랐다.

"알아. 그래서 고맙다는 말 하려고 불렀어."

사실 이 연회의 진짜 주인공은 황태자비님이다. 그런 그녀가 한창 연회가 무르익은 이 순간 왜 나를 불렀나 했더니 감사를 표현하기 위해서였다니. 또 다시 감동이다.

황태자비님이고 대공이고 사람을 쓸 줄 안다니까. ……이렇게 따지면 내가 호구인가? 클레어의 행동이 과하다고 생각할 게 아니잖아? 친분 있다고 이 일이고 저 일이고 다 해 주고 막 퍼 주는 호구가 여기 있었어!

새삼 충격을 받았지만 곧 이내 털어 버렸다. 내가 도와주고 싶어서 나선 일 가지고 호구네 뭐네 할 게 아니지. 내가 좋게 생각하는 사람을 도와주고 싶은 것도 내 의지니까. 그렇게 생각하니 불쾌하지 않았다. 사람 사는 거 참 마음먹기에 따라 다르다.

“고마우면 오늘 사람들 잘 설득하고 대회도 꼭 성공하세요.”

그게 내가 한 고생을 보답 받는 일 같았다.

“그거 가지고 되겠어?”

황태자비님이 이상하게 장난스러운 표정으로 받아쳤다. 그거 가지고 되겠냐니, 그게 가장 중요한 건데. 이렇게 고생했는데 계획이 망해 봐, 얼마나 내가 억울하겠어.

“그럼요.”

황태자비님의 미소가 더욱 짙어졌다.

“난 제대로 보답해 주려고 했는데 영애가 그걸로 괜찮다니, 뭐……. 난 좋네.”

잠깐! 뭐라고?

“보답? 보답이요?”

한 옥타브 올라간 내 목소리가 응접실 안에 울려 퍼졌다. 내 눈은 왕방울만 하게 커지고 심장은 그 어느 때보다 벌렁벌렁 격하게 뛰었다. 황태자비님은 이런 내 반응을 예상했는지 나직하게 웃음을 흘렸다.

“난 주려고 했는데 영애가 필요 없다니까 어쩔 수 없지.”

“필요합니다! 누가 필요 없대요? 누가 한 헛소리죠?”

내가 들어도 당장 황태자비님에게 달려들 듯 격한 음성이었다.

“원래 고생엔 대가가 있는 법이지.”

황태자비님은 놀라긴커녕 이럴 줄 알았다는 듯 눈웃음을 지었다. 그리고 엄지와 검지를 붙여 내보였다. 돈을 뜻하는 그 황홀한 신호. 세상에 황태자비님이시여! 경배하라! 저분이 바로 올바른 물주님이시다! 온갖 찬양의 말이 다 떠올랐다. 그래서 나는 격하게 외쳤다.

"믿습니다! 존경합니다!"

황태자비님이 이 반응까진 예상하지 못했는지 눈을 동그랗게 떴다가 큰소리로 웃음을 터트렸다. 나와 단 둘뿐인 공간이라 그런지 황태자비님은 체통을 잊은 채 배를 잡고 웃었다.

한참을 웃던 황태자비님이 호흡을 가다듬으며 진정했다.

"왜 돈을 보니 없던 존경심이 생겨?"

내 반응이 웃기다는 가벼운 웃음이었지만 혹시 내가 너무 솔직하고 과하게 반응한 건 아닐까 하는 생각이 들었다.

"돈 보고 도와 드린 거 아니에요."

애초에 내가 그걸 의도하고 도운 것처럼 황태자비님이 느낄까 봐 걱정됐다. 실제로 나는 보답이 있을 거란 생각은 조금도 없었다. 그저 내가 돕고 싶어서였다. 그 와중에 돈이 생긴다고 해서 좋았던 거고.

"알아, 돈 받을 생각뿐만 아니라 도울 생각도 없었던 거."

거 참, 민망하게 자꾸 처음에 거절했던 이야기를 꺼내시네.

"그건 처음에만 그랬죠."

멋쩍어서 중얼거렸더니 황태자비님의 눈이 가늘게 휘었다.

"그래서 더 고마운 걸. 사실 고민하긴 했어. 영애는 호의로 도와준 거고 내가 해 줄 수 있는 보답이 금전적인 것 밖에 없어서 오히려 불쾌하게 여기지 않을까 걱정했지. 그런데 지금 반응 보니 괜한 걱정이었네."

많이 속물처럼 보였나? 황태자비님의 시선은 너그러웠지만 살짝 의식은 됐다. 그건 그렇고 나도 황태자비님이 편해지긴 엄청 편해졌나 보다. 그렇게 거침없이 외치다니. 굶고 산 것도 아닌데 이놈의 속물 근성은 왜 이렇게 격렬할까?

내가 생각해도 우스웠던 행동 때문에 뒤늦게 피식피식 웃음이 나왔다. 황태자비님도 다시 생각해도 웃긴지 눈이 마주친 순간 우린 동시에 웃음을 터트렸다.

"어쨌든 곧 준비해서 전달할게."

"이왕 주시는 거, 많이 주세요."

거절하지 않고 담담하게 답했더니 황태자비님이 다시 웃음을 터트렸다.

"알았어. 내 최대한 넉넉하게 준비할게. 영애는 정말 못 당하겠다."

못 당하겠다니. 어째 잊을 만하면 듣는 표현 같지만 주머니가 두둑해질 예정인 지금의 나는 너그럽게 받아들일 수 있었다. 주는 사람도 받는 사람도 유쾌한 순간이었다.

"자리를 너무 오래 비웠네. 다른 이야기는 나중에 나누자고."

황태자비님이 먼저 대화를 마무리했다. 아무래도 오늘의 연회에서 해야 할 일이 있기 때문에 그녀가 자리를 오래 비우긴 힘들었다. 수다가 중요한 건 아니니까.

"네, 제가 먼저 돌아가 볼게요."

"그래. 나중에 또 봐."

황태자비님을 향해 인사해 보인 나는 문을 열고 나섰다. 밖에 나오자 문 앞에서 지키고 있던 아드리안 님에게도 인사했다.

"실례했습니다."

고작 아름답다는 말을 들었을 뿐인데 아드리안 님을 보는 게 괜히 머쓱해졌다. 그래서 서둘러 인사만 끝내고 연회장으로 움직였다. 발걸음도 가볍게 연회장으로 걸어가며 뒤늦게 사이가 좋지 않은 키르와 클레어를 함께 두고 온 게 떠올랐다.

그 당시엔 홀로 자리를 벗어날 생각뿐이라 생각지 못했다. 그런데 두 사람, 아니 벨리타도 포함해 세 사람 다 성격이 만만치 않아서 급격히 불안감이 몰려왔다. ……나, 혹시 사고치고 온 거 아니야?

나는 굽 때문에 속도를 높이지 못했기에 마음만 서둘러서 연회장에 도착했다. 마지막에 머물렀던 장소에 도착했지만 세 사람은 보이지 않았다. 황급히 주변을 둘러보았다. 하지만 세 사람 중 누구도 눈에 띄지 않았다.

뭐지? 이 엄청나게 불길한 느낌은.

그건 확신에 가까운 감이었다. 그 세 사람이 따로따로 각자의 볼일을 보러 간 것이 아니라 '함께' 자리를 옮겼다는 확신. 왜? 무슨 짓을 하려고? 다급한 마음에 나는 세 사람을 찾기 위해 움직였다.

사람이 시야가 덜 닿는 곳부터 기웃거리고 그 다음, 연회장에 딸린 테라스를 하나씩 확인했다.

"실례합니다. 혹시 대공자가 안쪽에……."

"어머! 무례하게 뭐 하시나요? 대공가의 연회인데 기본이 안 되어 있네요!"

그러다 보니 안에서 밀회를 즐기고 있다 방해 받은 사람들이 쏟아내는 분노를 받기도 했다.

"죄송합니다. 사람을 찾느라. 정말 죄송합니다."

그래도 나는 계속 사과하면서도 확인을 멈추지 않았다. 확인하지 않은 테라스의 수가 줄어들 때마다 초조함은 극에 달했다. 밖에서 클레어와 키르가 치고받고 싸우는 건 아니겠지? 라는 불길함의 끝을 달리는 상상 때문에 다리를 멈출 수가 없었다.

물론 정도를 모르는 어린애들이 아니라는 건 알지만 서로 투닥거리던 키르와 클레어는 충분히 사고 칠 수 있는 어린애처럼 보였다. 그리고 어느덧 마지막 테라스에 도착했을 때였다. 안쪽을 향해 양해를 구하는 말을 하기도 전에 익숙한 목소리가 들렸다.

"굳이 자리를 옮겨야 할 이유를 모르겠군요. 용건만 빨리 말씀해 주시죠."

키르의 싸늘한 목소리였다. 그 온기 없는 음성에도 우선은 안도감이 들었다. 어쨌든 이성적인 대화를 하고 있다는 거니까. 내가 괜한 걱정을 했나 보다. 그런데 도대체 무슨 이야기를 하려고 자리까지 옮긴 거야?

"왜 서둘러야 하죠?"

벨리타의 반문이 들렸다. 이들을 찾았다는 사실이 반가워 잠깐 멈칫했을 뿐인데 그 사이에 어쩐지 엿듣는 행색이 된 것 같았다. 내 등장을 알려야 할까? 아니면 아예 피해 줘야 할까?

냅다 들어가서 대화에 끼자니 나 없이 해야 하는 중요한 이야기면 어쩌나 싶어 신경 쓰였다. 하지만 그렇다고 그냥 떠나자니 저들 중 누구라도 기분이 상해 막 나갈까 봐 걱정됐다.

"깊이 이야기 할 일이 없는 사이기도 하고 아렌이 돌아오기 전에 나가고 싶으니까요."

쟤 진짜 큰일이다. 무슨 생각으로 저렇게 거침없이 말하는지 모르겠다. 난 고민하느라 가뜩이나 머뭇거리는 중이었는데 저렇게 말해 버린 키르 때문에 더더욱 나설 수 없게 되었다. 숨김없이 노골적으로 나를 챙기는 키르의 행동에 난 벌겋게 달아오른 낯을 어쩌지 못하고 발만 동동거렸다.

"……꽤 질척거리시네요."

벨리타가 키르의 그 거침없는 언행에 기가 막혔는지 느리게 비꼼을 담아냈다.

"질척이든 아니든 상관없지 않습니까?"

원래 남의 시선에 연연하기보다 제 갈 길을 제멋대로 가는 키르였다. 그래서인지 벨리타의 비꼼 따위 아무렇지 않게 받아들였다. 심지어 언뜻 들으면 더욱 질척이겠단 소리처럼 들릴 정도였다. 벨리타도 그걸 알아들었는지 혀 차는 소리가 들렸다.

부끄러워서 숨고 싶다. 난 점차 더 나서기 힘들어졌다.

"물어보고 싶은 말이 있어서 불렀어요."

"이미 말하지 않았습니까?"

일부러 자리까지 옮겼더니 왜 귀찮게 했던 말 또 하냐는 듯한 키르의 짜증이 느껴졌다. 질질 끌지 말고 얼른 본론만 말하라는 뜻이겠지.

"알았어요. 돌려 말하지 않을게요."

벨리타의 음성에 짜증이 서렸다. 대화하는 걸로 봐서 두 사람 엄청 눈싸움하고 있을 것 같은데. 이거 계속 듣고 있어도 되는 건지, 뛰어 들어가서 말려야 하는지 점점 더 헷갈렸다. 훔쳐 듣는 건 나쁜 건데.

나는 죄책감과 불안감 사이에 갈팡질팡했다.

“교수님의 제자, 그러니까 대공자의 소꿉친구분이요. 그분에게 계속 그렇게 질척거릴 겁니까?”

거기서 왜 내 이야기가 나와? 벨리타가 나를 언급해서 나는 그저 황당했다.

“그게 당신과 무슨 상관인지 모르겠군요. 크리시아 영애.”

키르의 목소리가 경고하듯 서늘하게 깔렸다. 나를 향하지 않았음에도 오싹함이 전해지는 목소리에 움찔했다. 역시 뛰어 들어가 말려야 할 것 같은데. 하지만 하필 대화의 주제가 나에 대한 거라서 쉽사리 발을 뗄 수 없었다.

“대공자가 하는 언행들이 정상이라고 보기 힘드니까요.”

벨리타의 느슨한 목소리에 내 심장이 쿵, 떨어졌다. 무슨 의미인지 알 것 같아서 숨까지 턱턱 막혀 왔다.

“무슨 헛소리입니까?”

“사실 그렇잖아요. 그분을 좋아하십니까?”

“그러니까 제 감정이 왜 당신에게 중요한지 묻고 있습니다.”

“정확히는 제게 중요한 건 아니지요. 대공자, 당신의 감정이 비정상적이란 걸 알리고 싶은 거예요.”

키르의 목소리에 짜증이 드러났지만 그럴수록 벨리타는 더욱 여유로운 목소리를 냈다. 그녀가 말한 ‘비정상’ 소리에 밖에서 듣던 나는 바닥에 주저앉을 뻔했다. 벨리타는 내가 두려워하는 점을 정확하게 짚고 있었다.

“왜, 그리고 누구 마음대로 제 감정을 비정상이니 정상이니 판단하는 겁니까?”

키르의 목소리가 더욱 위협적으로 낮아졌다. 더는 헛소리를 들어 주지 않겠다는 경고였겠지만 벨리타는 끄덕하지 않고 말을 이었다.
"제가 주변에 이상한 애가 있어서 알아요. 그나마 클레어는 스스로가 본인이 정상이 아니라는 걸 아니까 상관이 없지요. 하지만 대공자는 아니잖아요? 그분에게 당신이 그런 감정을 품는 게 정상이라고 보세요?"
더는 상대해 줄 생각이 없는 걸까? 키르의 목소리가 사라졌다. 나와 키르의 일에 벨리타가 나서는 행동들이 과하다는 걸 알면서도 난 나설 수 없었다. 나 또한 의문이었던 문제니까.
"클레어가 관심을 갖는다는 건 그분의 외형이 그만큼 어려 보인다는 소리죠. 실제로 그분은 저보다 나이가 많다고 느껴지지 않을 정도로 어린애처럼 보여요. 그렇게 작고 어린애 같은 사람에게 그런 감정을 품다니 변태 아닌가요?"
내 심장이 바닥에 굴러다니는 돌멩이만큼 하찮게 바닥을 굴러다니는 것 같았다. 내가 걱정하던 점을 벨리타가 고스란히 말하고 있었다.
키르와 내가 함께하기엔 내 외모가 문제라는 점. 둘이 나란히 서 있으면 정상적인 남녀 사이보다 오빠와 막냇동생처럼 보일 정도라는 것. 나와 사귀면 키르가 어린애를 좋아하는 변태처럼 보일 거란 점을 그녀는 정확하게 짚고 있었다.
나 역시 나 때문에 키르가 이상한 취급 받을까 봐 정말 무서웠다. 그래서 이어지는 키르의 침묵이 두려웠다.
"우선 절대 아니지만 아렌이 제대로 된 여자로 보기 힘들다고 칩시다. 그게 당신과 무슨 상관이죠?"
"물론 저랑 상관은 없지요. 하지만 대공자 당신이 문제지요."
본인 지적에 심기가 불편한지 키르의 대답은 들리지 않았다. 벨리타도 답을 구하려던 건 아닌지 바로 말을 이었다.
"본인이 정상임을 인정하지 않는 사람은 무서운 일이니까요."
이제야 알겠다. 벨리타는 키르나 나를 걱정해서 하는 말이 아니라 그냥 시비를 걸고 싶었던 것 같았다. 벨리타의 음성이 '한방 먹였다'는 우쭐함이 들어 있는 걸 보니 확실했다. 하지만 벨리타의 행동이 과하다는 걸 알면서도 난 나서지 못했다. 그녀의 말은 내 두려움을 자극했다.

물론 나는 내 내면이 성숙해질수록 내 작은 몸도 성장할 거라는 희망을 갖고 있다. 하지만 과연 다른 사람들도 그럴까? 벨리타처럼 키르를 이상 성애자로 생각하지 않을까? 나 때문에 키르가 변태 취급 받는 걸 난 용납할 수 없었다.

"그분을 왜 좋아하세요?"

'어서 네가 변태라고 인정해. 인정하고 넘어가면 되는 거야.' 벨리타는 그렇게 생각하고 있지 않을까? 목소리 톤을 들어 보니 슬쩍 즐기기까지 하는 것 같았다. 한동안 침묵하던 키르가 입을 열었다.

"왜 그 설명을 아렌도 아니고 당신한테 해야 하는지 모르겠지만 그 편협한 사고를 고쳐 주려면 어쩔 수 없군요. ……누구를 좋아하는데 왜 이유를 찾습니까?"

이번엔 벨리타의 말문이 막힌 듯했다. 그리고 나도 너무 놀라서 숨이 막혔다.

"사람의 감정입니다. 다른 이유는 필요 없습니다. 아렌이니까, 그녀니까 좋은 겁니다."

자신의 감정엔 확신하는 목소리였다. 키르의 기습에 심장이 터질 것 같았다. 분명히 전에 키르에게 고백을 받았지만 다른 사람에게 선언하는 걸 듣는 기분은 또 달랐다.

"그게 말이 된다고 생각하세요? 본인이 어린애를 좋아하는 변태라는 걸 인정하는 겁니까?"

설레던 감정이 순식간에 싸늘해졌다. 나를 좋아한다는 것 때문에 어린애를 좋아하는 변태가 되다니.

"외모 때문에 자꾸 착각하시는 것 같은데 아렌은 성인입니다."

"알아요. 그래도 외모가 그렇게 보이지 않잖아요. 그분이 누구나 반할 아름다운 여성이었다면, 아니, 평범하기만 했어도 저도 이런 소리 하지 않아요."

벨리타의 반박이 아프게 다가왔다. 그녀의 말처럼 내가 아름다운 여인이라면 나도 키르의 감정을 받아들이는 게 쉬웠을까?

"그럼 되묻지요. 성인인 아렌이 외모가 어려 보인다고 다른 사람을 좋아할 자격이 없단 소리입니까? 그럼 아렌의 외모가 지금 이대로라면 그녀는 평생 누군가를 좋아해서도, 사랑 받아서도 안 된단 소리입니까?"

나는 키르의 말에 헉 소리가 나올 뻔해서 입을 틀어막았다. 나도 거기까진 생각해 보지 않았다.

"그건……."

"외모가 부족하거나 조건이 부족하면 누군가를 좋아해서도 안 된다고 당신은 말하고 싶은 겁니까?"

"그거랑은 좀 다르잖아요!"

벨리타의 신경질적인 외침이 이어졌다.

"뭐가 다르지요?"

하지만 키르는 담담했다. 그 짧은, 덧붙일 말이 없는 질문에 벨리타가 침묵했다. 나 또한 숨을 들이켰다. 심장이 쿵쿵 울렸다. 키르의 확고함은 내 망설임을 정면으로 부정하고 있었다.

"다시 말하지만 저는 그녀이기 때문에. 그 어떤 조건도 필요 없이, 오직 아렌이기 때문에 좋아하는 겁니다. 다른 이유 따위는 필요 없습니다."

키르의 말이 심장에 쿡쿡 들어와 박혔다. 내 두려움을 키르는 저렇게 생각하고 있었구나. 직접 대화를 나눠 볼걸. 내 아집으로 외면하지 말걸.

키르의 말이 맞았다. 외모가, 그리고 조건이 부족하면 누구를 좋아해서 안 되는 것일까? 내 스스로 말도 안 되는 잣대를 만들어 키르를 거부한 것이 아닐까?

키르의 감정이 어미를 쫓는 아기 오리 같으면 어때. 키르가 저렇게 확신하는 감정인데. 내 걱정, 나의 불안보다 더 강한 의지를 갖고 있는데.

울고 싶을 정도로 속이 울렁거렸다. 서글픔보다는 기쁨과 감동에 가까운 감정이었다.

키르는 내 못남도 못나게 보지 않았다. 누가 또 나란 존재를 이렇게 순수하게 나로 봐 주면서 좋아해 줄까? 이런 사람이 또 있을 수 있을까? 어쩌면 생애 단 한 번뿐인 기회일지 모르는데, 막연한 불안감으로 외면하기엔 너무 아깝지 않을까?

이제는 인정할 수밖에 없었다. 키르를 내가 어떻게 좋아하지 않을 수 있을까. 저 남자를 내가 어떻게 거부할 수 있을까. 저렇게 나를 믿어 주는 사람을.

이제는 키르와 소꿉친구가 아닌 연인 사이가 되고 싶어졌다.

내 감정을 인정하고 나니 가장 먼저 후련함이 찾아왔다. 알면서도 아닌 척 부정해 왔던 게 나름 쌓였었는지 그렇게 개운할 수 없었다. 그리고 그다음은 설렘과 기대감이 몽실몽실 차올랐다. 솜사탕 같은 달콤하면서도 폭신한 감각에 몸이 터져 나갈 것 같았다.

연애라니, 키르와 내가 연애라니! 인생 2회 차, 모태솔로 경력도 2회 차인 내게도 연애라니!

부끄럽고 무안하면서 또 어딘가 절절 끓는 복잡 미묘한 감정에 혼자 들떴다. 연애하면 도대체 뭘 해야 하는 거야? 키르는 나랑 뭘 하고 싶을까?

……어라? 그러다가 문득 의문이 생겼다. 내가 들떠서 생각을 못 했는데 키르의 마음은 어떨까? 그가 날 좋아하는 건 안다. 뒤처지는 내 속도에 맞춰 주는 중인 것도 안다. 그렇기 때문에 키르가 뭘 바라는지 정확히 모르겠다.

얘는 나랑 연애를 하고 싶은 게 맞나? 애당초 키르가 내게 뭘 요구한 적이 있었나? ……이거 혹시 키르는 이제는 별 생각 없는데 나 혼자 착각하는 거 아니야?

중요한 순간이 되니 내게 맞춰 주던 키르의 여유로움이 내게 혼란을 줬다. 그렇게 내가 갑자기 찾아온 번뇌를 정리하지 못하고 있을 때였다. 한동안 조용하던 안쪽에서 키르의 목소리가 다시 들렸다.

"아렌에 대해 할 중요한 이야기가 있다고 해서 자리를 옮겼습니다만 전혀 도움이 되지 않는 이야기군요. 그런 편협적인 사고로 뭘 하시겠단 겁니까? 그리고 크리시아 영애, 당신 멋대로 아렌을 재단하지 마시죠."

아무래도 벨리타는 나를 미끼로 키르를 이쪽으로 이끌었나 보다. 어쩐지 키르가 순순히 여기까지 왔나 싶었더니.

그리고 이번엔 키르의 혀 차는 소리가 뒤이어 들렸다. 키르는 원래 그런 행동을 하지 않았다. 그런데 굳이 소리를 내는 걸 보니 아무래도 아까 벨리타의 행동에 복수하는 것 같았다. 은근히 쪼잔한 남자라니까.

"그건……. 미안하게 됐어요. 그분을 나쁘게 말할 의도는 없었어요."

벨리타가 내 이야기를 꺼낸 건 그냥 키르를 흔들고 싶었을 뿐일까? 안쪽에서 들려오는 그녀의 사과하는 목소리엔 진심이 담겨 있었다.

"그랬으면 제가 가만두지 않았을 겁니다."

내 욕을 하면 가만두지 않겠다는 키르의 경고가 들렸다. 이젠 좋은지 아닌지 모를 정도의 감정이 휘몰아쳤다. 내 입은 절로 미소 짓고 심장은 달큰하게 쿵쿵 뛰지만 너무한 건 아닌가 걱정이 된다.

대체 어디까지 티를 낼 작정이야?

"안 한다고요. 그분이 아니라 라인폰트 대공자 당신에게 경고하고 싶었던 거니까요. 제 편협한 사고는 인정해요. 하지만 잊지 마세요. 귀족만큼 편협한 존재도 없답니다."

자신의 잘못은 반성하지만 지기는 싫다는 걸까? 키르의 이야기를 들은 벨리타가 덧붙였다. 그리고 그건 맞는 말이었다. 이상하게 귀족들 중에서는 아집이 강한 이들이 유독 많았으니까.
“충분히 잘 알고 있습니다. 도움을 줄 것이 아니라면 참견은 필요치 않지요.”
키르가 그만 참견하라는 의미로 선을 그었지만.
“도움을 줄 거라면 참견해도 된다는 소리인가요?”
벨리타가 키르의 말에 꼬투리를 잡아 반색하는 목소리가 들렸다. 그녀의 말에 어째서인지 키르는 침묵했다. 그는 벨리타의 참견 자체가 달갑지 않은 것 같았다.
나 또한 마찬가지였다. 딱히 좋은 의도 같지도 않고 좋은 의도라고 하더라도 불필요할 것 같았다. 이제 슬슬 내가 나서야겠다. 이미 전부 훔쳐 들었지만 이렇게 계속 몰래 듣고 있는 건 좀 아니니까.
“참견은 필요치 않아요.”
또 타이밍이 더 이상해지기 전에 나는 재빠르게 안쪽으로 들어가며 내 존재를 알렸다. 내 등장에 키르와 벨리타가 놀라 돌아봤다. 내 존재도 존재지만 두 사람의 대화를 내가 전부 들었다는 사실에 더 놀란 것 같았다.
내 잘못도 있어서 사과의 말을 먼저 하려는 순간, 클레어가 반가운 표정으로 소리쳤다.
“언니! 다녀오셨군요!”
“멈춰요!”
나도 모르게 본능적으로 외쳤다. 주인 맞이하는 강아지처럼 달려들던 클레어가 내 말을 듣고 멈춰 섰다. 큰 눈을 깜빡이며 반가움을 금치 못하고 들썩들썩하는 몸을 보니 진짜 강아지다. 첫인상과 정말 다르구나.
그런데 얘도 안에 있었어? 벨리타랑 키르의 목소리 밖에 들리지 않아서 클레어도 안에 있는 줄 몰랐네. 키르와 벨리타의 곤혹스러워하는 표정이 보여 우선 나는 클레어를 내버려두고 흐름이 끊겼던 말을 이었다.
“우선 두 사람의 대화를 몰래 엿들은 점은 죄송합니다. 제 이야기가 나오는 것 같아서 지나칠 수도, 나설 수도 없었어요. 그리고 아무리 도움을 주려는 이유라고 해도 이건 저와 키르 두 사람의 문제죠. 다른 사람의 도움은 필요하지 않습니다."

나는 제대로 목소리를 가다듬은 후 벨리타를 향해 확실하게 말했다. 그녀가 키르에게 무슨 억하심정이 있어서 이러는지 모르겠지만 그거 때문에 내가 이용당하는 건 사양이다.

내가 강하게 벨리타를 응시하자 그녀는 더 큰 곤혹스러움을 드러냈다. 흘긋 키르의 반응도 살피다가 어쩐지 만족스러워 보이는 그의 표정에 내가 더 놀랐다.

"이 상황에선 제가 사과해야죠. 교수님의 제자분을 언급한 건 죄송했습니다. 제가 생각이 짧았어요."

벨리타가 정중하게 고개를 숙였다. 선선히 자신의 잘못을 인정하고 반성하는 태도라 나도 더 말 꼬리를 잡지는 않았다.

"사과하시니까 받아들일게요."

내 대답이 있고 나서야 벨리타의 고개가 들렸다. 역시 얘도 만만치 않은 사람이다. 저렇게 깔끔하게 구니 앙금을 남길 수가 없다.

"아렌."

그렇게 상황을 정리하던 중 화사한 미소를 짓는 키르를 보자마자 반사적으로 뜨끈한 열기가 얼굴에 몰려왔다. 감정을 인정한 건 정말 대단했다. 눈만 마주쳐도 심장이 콩콩 뛰어 대서 미치겠다. 내가 유치하게 이렇게까지 동요할 줄 몰랐다.

"찾아다녔어."

"밖에서 할 이야기는 아니라고 해서. 많이 찾아다녔어?"

왜 이렇게 그윽하게 말하는 거야? 키르의 말투와 시선에 녹아내릴 것만 같았다. 그때 키르가 다가와 내민 팔 위에 나는 머뭇거리다가 손을 얹었다.

하도 이들을 찾느라 돌아다녀서 발이 피로해졌다. 그래서 지지대가 필요했다. 그래, 단지 그것뿐이다. 별 다른 뜻은 손톱만큼……. 밖에 없었다.

"언니 왜 저만……. 저도 잡아 주세요. 전 업어 드릴 수도 있어요!"

클레어의 단어 선정이 자꾸 격해지는 건 내 기분 탓이겠지?

"이야기 다 끝난 거 맞아?"

나는 클레어의 칭얼거림을 무시하고 키르와 벨리타의 눈을 차례대로 맞췄다. 키르는 간단하게 고개를 끄덕였고 벨리타는 잠시 나를 쳐다보다 내가 원하는 답을 주었다.

"네. 용건은 끝났어요."

키르 앞이라서 그런가? 아니면 아까 사과를 해서 그런가? 벨리타가 내게 존댓말을 쓰고 있었다. 하지만 지금 나는 그걸 신경 쓸 여유가 없었다. 지금 내 온 신경은 옆에 서 있는 키르에게 향해 있었으니까.

"그럼, 잠시 자리 좀 비켜 줄래요?"

난 숨김없이 키르와 단둘이 대화를 나누고 싶단 감정을 드러냈다. 그러자 제일 먼저 반응한 건 클레어였다.

"언니!"

"알겠어요. 비켜 드릴게요."

클레어가 안타까운 외침 후 내게 매달리려 했지만 벨리타가 나서서 그녀를 잡아끌었다.

"난 싫어! 이렇게 언니를 안아 보지도 못하고 헤어지다니!"

"너답지 않게 오늘따라 왜 이래? 싫다고 하면 알아서 그만뒀잖아."

클레어가 필사적으로 버텼고 벨리타의 짜증과 의아함이 섞인 목소리가 허공에 울렸다.

"이런 느낌 처음이란 말이야!"

"뭐가 처음이야? 네가 난리친 적이 한두 번이야?"

벨리타가 짜증을 냈다.

"아니야! 언니는 진짜야! 언니한테서 정말 좋은 향기가 난단 말이야.

상쾌하면서 달콤하고, 맛있어서 견딜 수 없는 그런 황홀한 향기가 난단 말이야! 저 따스함을 안아 보지 못하다니!"

클레어의 몽롱한 외침에 난 굳어 버리고 말았다. 마치 날 잡아먹고 싶단 소리처럼 들렸다. 놀라서 내 몸에 대고 코를 킁킁댔지만, 딱히 무슨 맛있는 냄새 같은 건 나지 않았다.

나만 클레어의 반응을 이상하게 생각하는 게 아닌지 키르가 재빠르게 나를 자신의 등 뒤로 숨겼다. 나는 거부하지 않고 얌전히 몸을 숨겼다.

클레어의 재능에 그녀가 대단하게 보여서 적당히 관계를 유지해도 괜찮을 줄 알았는데 아니다. 역시 클레어는 내 천적이다.

그런데 어째 조용해서 빼꼼 눈만 내밀어 동태를 살폈다. 벨리타도 기가 막힌지 클레어를 노려보고 있었고, 자기 잘못을 알긴 하는지 클레어는 시무룩하게 서 있었다.

"클레어."

벨리타가 나직하게 클레어의 이름을 불렀을 뿐이었다. 그러나 클레어는 움찔 어깨를 흔들었다. 그리고 간절한 눈빛으로 나를 응시했다.

하지만 내가 시선을 피하자 결국 기운 없는 몸짓으로 벨리타의 곁으로 움직였다. 그녀를 따르겠단 클레어의 의사에 벨리타의 치솟던 눈꼬리가 제자리로 돌아왔다.

저 두 사람도 확실히 나랑 키르와 비슷한 관계인가 보다. 전에 아카데미에선 벨리타가 더 약한 줄 알았는데 의외로 이런 상황에선 클레어가 벨리타의 말을 따랐다.

"두 분이서 대화 나누세요. 방해꾼은 제가 데리고 나갈게요. 그리고 여러모로 실례했습니다."

상황이 정리된 듯하자 벨리타가 우아하게 인사한 뒤 클레어를 이끌고 테라스 밖으로 나갔다. 클레어가 끝까지 아쉬운 눈길을 보내길래 나는 재빨리 커튼을 닫고 테라스 창문을 꼼꼼하게 닫았다. 클레어를 막는 것뿐만 아니라 나처럼 누군가 우리의 대화를 들을지도 모른다는 생각에 더더욱 확실하게 확인했다.

"무슨 일이야?"

키르의 목소리가 너무 가깝게 들려 흠칫 내 몸이 흔들렸다. 마치 귓가에 속삭이기라도 하는 것처럼. 키르의 숨결이 귀를 스친 것 같아 등 뒤가 저릿저릿했다.

동요를 드러내지 않으려고 느릿하게 몸을 돌리던 나는 가까이서 느껴지는 인기척에 놀라 다시 정면을 봤다. 심장이 몸 밖으로 튀어나올 뻔했다. 방음 작업에 열중하는 사이 키르가 내 뒤에 바짝 붙어 있었다. 팔만 뻗으면 뒤에서 나를 안을 것 같은 자세라 몸을 움직일 수 없었다. 내가 아무 말 못하고 굳어 버리자 키르가 웃으며 더욱 작게 속삭였다.

"갑자기 둘이서 할 이야기가 생겼어?"

분명히 내 몸 그 어느 곳도 키르와 닿지는 않았다. 그런데 어쩐지 내 몸에 열기가 감돌았다. 나는 애써 표정을 수습하며 고개를 돌렸지만 시야가 너무 가까워 소리 지를 뻔했다. 마음의 준비를 충분히 하지 않았으면 어쩔 뻔했어. 키르의 예쁜 보랏빛 눈동자가 코앞에서 내게 쏟아질 것 같아서 심장이 더욱 뛰었다.

"좀 떨어져 봐."

가까스로 입을 연 나는 키르에게 거리를 벌릴 것을 요구했다. 네가 그런 표정으로 내려다보면 내가 좀 그렇거든.

"왜? 닿지는 않았어."

내 동요를 다 아는 게 틀림없을 텐데, 키르가 의뭉스럽게 굴었다. 아까부터 은밀한 접촉을 한 것처럼 기분이 묘했다. 서로의 신체가 직접 밀착된 것도 아닌데 야릇하게 느껴질 수도 있구나.

거기다가 단 둘만 있는 상황이 의식되니 갈수록 내 심장 박동은 빨라졌다. 혼자 전력 질주해 이러다 터지는 건 아닐까 걱정될 정도였다.

"내가 할 말이 있는데 이러면 말을 못 하겠거든."

준비했던 것처럼 대꾸하던 키르가 입을 다물었다. 위에서부터 느릿하게 키르가 내 얼굴을 살폈다. 지금부터 내가 중요한 말을 할 예정이라서 그런가, 키르의 시선이 너무 따갑고 긴장됐다.

'키르는 어쩌고 싶은 걸까?' 라는 아까 내가 느꼈던 의문을, 나는 이번엔 혼자 고민하는 게 아니라 직접 물으려 했다. 혼자 생각하고 판단하는 멍청한 짓을 그만하려고 둘이 대화할 상황을 만든 건데. 키르의 빤한 눈빛이 너무 부담스러워 쉽사리 말이 나오지 않았다.

"왜 그렇게 봐?"

뱃속의 힘을 쥐어짜서 다른 질문했더니.

"그냥?"

키르가 빙긋 웃었다. 허무하게 답하는 걸 보니 모든 걸 알아채고 이러는 건 아닌 듯했다. 그럼, 그냥 방해꾼 없이 둘이 있게 된 상황을 좋아하는 것뿐인가?

하지만 키르와 달리 나는 점점 더 이 자세가 불편해서 안절부절못했다. 키르가 고개를 조금만 더 숙이면 어딘가가 닿을 것 같아서 조마조마했다.

"저리 좀 가 보라니까."

결국 키르의 가슴을 슬쩍 밀어냈다. 이번엔 키르가 순순히 물러나 줘서 난 재빠르게 난간 쪽으로 움직여 거리를 벌렸다. 계속 가까이 있다간 말보다도 내 몸이 모든 걸 다 알릴까 봐서 어쩔 수 없었다. 키르는 담담한데 혼자 긴장한 것 같아.

난간을 붙잡고 찬 공기를 마시며 심호흡했다. 동요하지 말자. 당당하게 묻는 거야. 마음의 준비를 하고 돌아봤지만 그 준비가 소용없었다. 키르와 눈이 마주친 순간 난 다시 난간 쪽으로 몸을 돌려야 했다. 간신히 주저앉지 않기 위해 허리에 힘을 줬다.

나를 응시하고 있는 키르의 눈빛이 너무 달달해서, 귀엽고 사랑스러워 죽겠다는 흐뭇함을 담고 있어서, 그 얼굴을 마주 볼 자신이 없었다. 쟨 어쩌자고 저런 시선으로 바라보는 거야. 내가 어떻게 할 수가 없잖아.

문득 그런 생각이 들었다. 차라리 내가 위에서 키르를 내려다보면 좀 낫지 않을까? 키르가 날 올려다볼 때의 시선은 좀 달랐던 것 같았으니까.

그러자 문득 내가 손을 얹고 있는 난간이 보였다. 테라스 난간이라 꽤 널찍해 손바닥을 얹고도 여유가 있었다. 그런데 아무리 봐도 혼자 올라가긴 무리네.

"여기 올려 줄 수 있어?"

난간을 탁탁 치며 말하자 뭐든 다 해 줄 것 같던 키르의 얼굴에 살짝 탐탁지 않아하는 기색이 어렸다.

"위험해 보이는데."

"네가 잡아 주면 되잖아."

당연히 키르가 잡아 준다는 전제로 요구했던 거라 그렇게 말했더니 키르가 잠시 말 없이 나를 바라봤다. 내가 너무 과한 요구를 한 건가? 그러다가 키르가 무언가 떠올린 듯 물었다.

"다리가 많이 아파서 그래? 그만 정리하고 올라가서 쉴래?"

내가 앉으려는 이유가 쉬고 싶어서 그런 줄 아나 보다. 그렇게 생각하니 다시 다리가 아팠다. 하긴 조금 전에 쉬었다고 해도 한번 아파진 다리가 쉽사리 회복될 리 없지. 하지만 내가 난간에 앉고 싶은 건 그 이유가 아니었다.

"올려 주기 싫어?"

"싫은 게 아니라 위험할 것 같다니까."

입으론 투덜거리면서도 결국 키르는 내 말을 따랐다. 내 곁으로 다가와 허리를 잡고 쑥 들어 올려 난간에 날 앉혀 줬다. 그리고 떨어지지 않도록 양 손을 잡았다.

"이제 만족해?"

알고는 있지만.

"날 너무 번쩍 든다."

"가벼우니까."

'무겁다'보다 '가볍다'가 당연히 듣기 좋은 말인데 너무 어린애처럼 달랑 든 기분이라 또 신경 쓰였다. 이런 걸로 발끈하면 안 되는데 유치하게 신경 쓰인다.

그런 내 꼬인 심사를 읽었는지 키르가 피식 웃었다. 철없는 동생 보는 오빠 시선 같아 더 심술이 돋았다. 어디 계속 그렇게 여유로울 수 있는지 보자고.

잡고 있던 손 중 오른쪽 손을 빼내고 그에게 더 가까이 오라고 손짓했다. 키르가 아무 의심 없이 한 걸음 더 다가왔다. 내 무릎과 키르의 아랫배가 닿을 정도로 가까워졌다.

이때다 싶어 나는 앞쪽으로 몸을 숙였다. 내가 떨어질까 봐 움찔한 키르가 바짝 붙으며 허리 쪽을 향해 팔을 뻗어 왔다. 난 상체를 기울인 채 그의 어깨에 팔을 걸쳤다.

키르가 숨을 멈추는 게 느껴졌다. 얼굴이 맞닿을 듯 가까워진 거리에 키르의 동요가 엿보였다. 놀람, 설렘. 여유로움이 조금도 없는 그의 반응에 심술이 사르륵 녹았다. 바보같이. 내가 닿는 것만으로 이렇게 좋아하다니. 이렇게 뻔한 남자인데, 왜 그동안 나는 의심했을까.

나는 눈을 피하지 않고 키르의 반응을 살폈다.

"……조금 당황스러운데?"

애써 아무렇지 않은 척하지만 꽉 졸린 키르의 목소리가 날 들뜨게 했다.

"놀리는 거냐고 묻는 거야?"

키르가 살짝 눈을 치떴다. 화내는 게 아니라 혼자 생각을 정리하는 듯한 모습이었다. 이런 표정도 요염해서 매력 있네.

"그건 아니고. 그냥 좋지만, 네가 또 엉뚱한 생각을 하고 있을지 몰라서 당황스럽지."

설레야지, 엉뚱한 생각이라니?

"그게 뭐야?"

좋던 기분이 가라앉아 내 입에서 불퉁한 목소리가 나왔다. 키르는 정말 모르냐는 의미처럼 피식 웃었다.

"그동안의 경험으로 배운 거지. 아렌의 행동을 받아들일 땐 신중하자. 혼자 앞서가서 헛된 망상하지 말자."

"……그게 뭐야."

키르가 저렇게 생각할 정도로 내가 했던 행동들을 인정하지만 괜히 입이 삐쭉여졌다. 뒤끝 엄청난 남자 같으니라고.

하지만 나는 키르를 흘겨보다가 내 투정부리는 행동에도 달달해지는 그의 눈빛에 더 투덜거리지 못했다. 고작 시선에 입 안이 녹을 것 같았다. 갈수록 더 심해지잖아.

"나쁜 말은 아니야. 네 속도에 맞춰 가겠단 소리지. 그러니까 말해."

"응?"

설마 내가 하려던 말, 벌써 들켰어? 나야말로 동요해서 펄쩍 뛸 뻔했다.

"무슨 생각이야?"

키르의 눈이 내 반응을 살피고 있었다. 내가 왜 이러는지 짐작도 못하는 것 같았다. 얘도 중요한 순간엔 눈치가 없네.

"그냥, 널 위에서 내려다보고 싶었어."

키르의 눈이 살짝 커졌다. 다른 사람은 모르겠지만 내겐 시야가 바뀐다는 건 꽤 큰 변화였다. 어떻게 보는지에 따라서 희한하게 마음가짐이 조금 달랐다. 오늘따라 이상하게 키르와 나란히 서서 눈을 마주치기 힘들었는데, 이렇게 내가 위에서 내려다보니 심리적으로 여유가 생기는 것 같았다. 심장이 멋대로 날뛰는 걸 보니 효과가 엄청 큰 것 같지는 않지만.

키르가 놀람을 지우며 가볍게 웃음을 터트렸다.

"넌 항상 날 내려다보잖아."

이번엔 내가 당황스러웠다. 그런 의도로 말한 건 아니었는데. 그동안 키르는 내가 자신을 업신여긴다고 느꼈을까? 하긴, 속으로 수없이 키르를 하찮게 표현했으니 그걸 키르가 느껴 왔을지도 모르겠다.

"널 무시하겠단 말이 아니야."

내 경솔함이 키르에게 상처를 준 것 같아 미안했다. 나도 철없어서 했던 실수였다. 사람을 그렇게 대하고 표현했으면 안 됐는데.

"나도 그런 의도로 한 말이 아니야."

그럼? 난 놀라고 영문을 몰라서 말을 잇지 못했다.

"내가 감정적 약자란 소리지. 언제나 난 너를 원했으니까. 네가 바라는 건 전부 해 주고 싶으니까. 네가 내 위에 있는 게 당연해."

키르가 당연한 것을 말한다는 듯 아무렇지 않게 굴었다. 키르의 손은 자신 쪽으로 쏠린 내 상체가 넘어지지 않도록 내 허리를 붙잡고 있었다. 그게 아니라면 내 뺨을 매만지고 싶다는, 그런 아쉬움 가득한 감정이 키르의 얼굴에 떠올랐다.

"그런 식으로 나누고 싶지 않아. 그냥 지금 물리적으로 위에서 널 내려다보고 싶었을 뿐이야."

부끄러워서 겨우 말을 꺼냈다. 사실 키르의 말도 아예 틀린 말은 아니었다. 여유가 아니라, 온전한 심리적 우위에 서고 싶어서 내가 내려다보고 싶단 선택을 했는지도 모르겠다. 하지만 인정하자니 내 못남이 너무 부각되는 것 같아서 나는 괜히 변명을 덧붙였다.

"위에서 볼 때 네가 더 예쁠 때가 있거든."

그 말에 키르의 입이 넋 놓은 사람처럼 벌어졌다. 눈동자는 갈피를 잡지 못하고 흔들렸고 귓가가 빨갛게 달아올랐다. 그 적나라한 반응에 내가 더 부끄러워졌다.

"반응이 왜 그래?"

"너한테 직접 예쁘단 말은 처음 듣는 것 같아서."

키르가 수줍게 답해서 놀랐다. 어린 시절의 첫 칭찬을 받았을 때처럼 숨김없는 기쁨을 드러내는 그 모습에 내 목 안이 무언가로 꾹꾹 틀어 막히는 느낌이 들었다.

"이야기 했을걸?"

"안 했을걸?"

키르가 재빠르게 되받아쳤다. 기억을 뒤져 봤지만 기억이 잘 안 났다. 속으로 키르의 예쁨을 여러 번 말해서 자각을 못했는데, 설마 진짜 입 밖으로 꺼낸 건 처음인가? 그게 뭐 어려운 말이라고 한 번도 말해 준 적 없었지. 저렇게 좋아하는데 어렸을 때 많이 해 줄걸. 물론 지금은 그런 말하기 좀 낯간지러웠다.

"너, 네가 예쁘게 생긴 거 알잖아."

평소 키르의 자신감 넘치는 태도를 보면 자신의 외모가 어떤지 알고 있는 게 뻔했다. 그런데 저렇게 반응하다니. 그래서 아무렇지 않게 물었다. 그러자,

"알지. 아는데 너한테 듣는 건 다르거든."

키르가 조금의 부끄러움도 없이 본인의 외모를 인정하며 웃었다. 얜 좀 새삼스러움을 느끼려 하면 이런다니까.

알밉다는 듯 키르를 흘겼지만 그는 이미 칭찬으로 들떠 화사한 미소를 짓고 있었다. 그리고 살짝 고개를 들었다. 내가 고개를 기울이고 있었기에 그 작은 움직임으로 우리는 서로의 코끝이 스쳤다.

그 작은 스침이 뭐라고.

놀란 나는 반사적으로 고개를 뒤로 물렀다. 코끝이 간질거리고 심장이 쿵쾅거렸다. 키르의 시선이 갈수록 달달해져서 미치겠다.

"키르."

"응?"

"아직도……."

차마 말을 잇지 못하고 말을 삼켰다. 다 아는 사실이지만 막상 내 입으로 꺼내려니 쉽지 않았다. 차마 눈을 마주치고 있기 힘들어 살짝 고개를 내렸더니 호선을 그리고 있는 입술에 절로 시선이 갔다. 그냥 입술을 보는 것뿐인데 왜, 왜 이러지?

시선 둘 곳을 찾지 못하고 내 고개가 점차 수그러들었다.

그때,

"응. 아직도 널 좋아해."

키르의 목소리가 달콤하게 속삭였다.

"우와! 넌 그런 말 하는 거 부끄럽지도 않아?"

묻기도 전에 내 질문을 먼저 알아채고 대답해 버린 키르 때문에 나도 모르게 소리쳤다. 처음 듣는 것도 아닌데 키르의 고백에 온 열기가 얼굴로 몰렸다. 조금 괜찮아질 만하면 키르는 이렇게 나를 뒤흔들었다.

마치 온탕 냉탕을 번갈아 왔다 갔다 하는 것처럼 수시로 얼굴에 열이 올라 수습이 안 됐다. 지금도 이렇게 혼란스러운데 이러다가 키르와 공식적인 사이가 되면 더 심해지는 거 아니야?

"있는 사실을 그대로 말하는데 뭐가 부끄러워?"

난 오글거려! 얼굴을 가리고 싶은데 키르의 어깨를 짚고 있어서 그것도 무리였다. 내 얼굴이 달아오를수록 키르의 웃음은 짙어졌다.

심리적으로 내가 우위라면서! 왜 내가 더 곤란한 거냐고!

내 마음을 인정해도 난 저러지 못 할 텐데. 나는 아무래도 키르의 속도는 절대 못 따라 갈 것 같다. 부끄러운 나머지 자세를 바꾸고 싶어진 내 몸이 꼼지락거렸다. 그러자 이번엔 키르의 손이 내 허리를 단단히 틀어쥐어 벗어날 수 없었다.

처음엔 위험할까 봐 싫다더니 그새 키르는 이 자세가 나름 마음에 든 것 같았다. 하지만 난 점점 더 부담스러워진다고. 이제 그만 내려 달라고 말하려 했다. 그러나 키르와 눈이 마주치는 순간 그 말은 쏙 들어갔다. '사르르 녹는다'는 표현으로 부족할 정도의 시선이었다.

결국 그 대신 나는 오늘 꼭 하고 싶던 이야기를 꺼냈다.

"그럼……. 넌 나랑 뭘 하고 싶은 거야?"

키르의 눈이 커졌다. 동요로 흔들리던 눈동자가 이내 번쩍였다. 순식간에 내가 한 질문에 깔린 저의를 알아챈 것 같았다. 슬쩍 벌렸던 입을 꾹 다물고 침을 꿀꺽 삼키는 키르의 모습이 보였다. 나는 키르의 답을 기다렸다.

지금의 답이 중요하단 걸 아는지 잠시 생각을 정리하던 키르가 느릿하게 입을 열었다.

"그냥, 평범한 거."

"평범한 거?"

키르의 대답이 의외였다. 온갖 달콤한 말과 황홀한 미끼로 나를 살살 꾈 줄 알았던 그가 평범을 말하니 당혹스러웠다. 사실 날 좋아하는 키르라면 당연히 나와 이것저것 함께하고 싶은 게 많을 거라 생각했다. 그게 부담스러운 일들이면 어쩔까 걱정했다.

그런데 평범? '평범'한 게 뭘까? 지금 사이도 충분히 평범한 것 같은데. 아니지, 이건 평범한 게 아닌가? 하긴 지금 이것도 보통 친구 사이의 스킨십이라고 하기엔 애매한 상태이긴 한데. 그렇게 생각하고 나니 새삼 우리의 자세가 신경 쓰였다.

"지금과 크게 다른 건 없을걸. 난 네가 내게 뭔가 엄청난 걸 해 주길 바라는 게 아니야. 그냥 같이 손을 잡는 게 자연스러워지고, 네가 기대고 싶은 사람이 내가 되는. 그런 게 당연한 사이가 되고 싶은 거지."

엄청난 걸 해 주길 바라지 않았다는 키르의 말에 내 마음이 한결 느슨해졌다. 기대하면서도 한편으로 두려워했던 내 마음을 안심시켜 줬다.

그건 그렇고 누가 들으면 우리가 손 한번 안 잡은 사람처럼 말하네?

“지금도 손은 잡잖아.”

“그렇지. 하지만 더 자연스러워지고 싶은 거야.”

키르의 말투는 다정했고 눈웃음은 부드러웠다. 이번에야말로 살살 꾀는 말투다. 그러고 보니 과한 의식 아니었을까?

그동안 지내 온 세월이 있는데, 이제 와서 소꿉친구가 아닌 남녀 사이가 된다고 우리 관계가 급변할 것 같지는 않다. 그렇다면 어려워할 필요 없이 그 변화를 자연스럽게 받아들이면 되는 것 아닐까?

키르에게는 다 알면서도 속아 넘어가게 만드는 재주가 있었다. 기대감에 은은하게 빛나는 보라색 눈동자를 빤히 쳐다봤다. 얼른 대답해 주길 바라는 간절함이 고스란히 전해졌다. 그래서 나는 내 마음 속에 마지막으로 막연하게 남아 있는 걱정을 쏟아 냈다.

“사실 잘 모르겠어.”

“뭘?”

“우리 사이가 달라지면 뭘 해야 할지.”

어느 순간부터 늘 익숙한 생활만 해 왔던 나는 낯선 상황에서는 절로 소심해졌다. 그래서 걱정했다. 소꿉친구가 아니게 되면 우리 사이가 달라지면 뭘 해야 할지.

애당초 연애를 해 봤어야 알지. 전생이었다면 지금 이 말을 하기 전에 검색창에 적어 보지 않았을까? ‘모솔 연애’라고.

“아렌…….”

감격 어린 목소리가 내 이름을 불렀다. 드디어 여기까지 왔다는 희망이 차오르는지 키르의 얼굴이 환하게 빛났다.

“부담스러워하지 않아도 돼. 네게 부담을 주고 싶은 게 아니니까.”

알아, 네가 부담을 주려고 했다면 이미 줬겠지.

“응.”

“크게 달라지지 않아. 아니, 달라지긴 하겠지.”

키르가 벅차오르는 감정을 다스리기 위해 말을 끊는 게 느껴졌다. 잔뜩 잠겨 가는 목소리, 더 없이 환희에 물들어 가는 얼굴.

"그래도 지금이랑 같아. 네가 싫어하는 짓은 하지 않아. 그저 조금 더 표현하고, 조금 더 솔직하게 기뻐할 수 있는 거지."

키르는 이미 모든 걸 짐작했을 것이다. 하지만 내게서 본인이 원하는 말을 정확히 들은 건 아니니 최대한 감정을 절제하는 게 보였다. 나긋하게 날 달래며 어서 말하라고 키르의 눈동자가 열망을 속삭였다. 소리 내 재촉하지 않아도, 키르의 조름이 내게 전해졌다.

……부담스러워. 하지만 이미 여기까지 와서 뭘 빼겠는가. 느리게 심호흡한 나는 한껏 힘주어 말했다.

"그래. 그거 하자, 연애."

드디어 떨어진 내 인정에 키르의 얼굴에 그 어느 때보다 환하고 순수한 기쁨이 드러났다. 나를 조심스럽게 붙들고 있던 손이 떨어지고 대신 키르의 팔이 내 허리를 깊게 안아 왔다. 그래서 내 몸이 더욱 앞쪽으로 쏠렸다.

코앞에 키르의 얼굴이 있고 몸이 순식간에 더욱 밀착되는 움직임에 나는 숨을 삼켰다. 키르의 입에서 환희의 숨결이 터져나와 내 입술을 간질였다. 순간 야릇한 느낌에 내 몸은 움찔했지만 키르는 기뻐하느라 그런 걸 알아채지 못한 것 같았다.

"아렌."

감격어린 울림이었다. 내 마음까지 찡해지는.

"응."

"아렌."

이 순간이 믿기지 않는다는 듯한. 그래서 나도 설레는 목소리.

"응."

흐드러지는 키르의 미소를 보며 난 무의식적으로 대답했다. 키르는 좀 더 격렬한 반응을 하고 싶은 걸 참는 것 같았다. 닿아 있기 때문에 그의 온몸이 움찔거리며 한껏 좋아하고 있다는 걸 알 수 있었다.

그래서 나는 키르가 마음껏 즐기도록 기다렸다. 이렇게 기뻐하는 키르의 얼굴을 보는 것만으로도 나도 만족스러웠으니까. 타인의 즐거움이 내 즐거움이 될 수 있다니. 그런 새삼스러운 감정을 느끼며 나는 기뻐하는 키르를 바라봤다.

"아렌, 아렌……."

감격을 표현할 길이 없는지 한동안 내 이름만 부르던 키르가 날 부드럽게 응시했다. 어쩐지 부끄러워져서 시선을 피하려 했지만 손으로 붙들기라도 한 것처럼 고개를 돌릴 수 없었다.

"……그래서 아렌, 내게 해 줄 말이 있지 않아?"

다정하고 다정해서, 심장이 내려앉을 것만 같은 목소리에 내 어깨가 움찔했다. 그걸 보는 키르의 눈빛이 의미심장하게 빛났다. 알아채지 못할 줄 알았는데 눈치챘나 보다. 그래도 혹시 모르니까 우선 발뺌을 해 봤다.

"없는데?"

"있을 텐데."

키르의 눈이 가늘게 접혔다. 그리고 내가 거부할 수 없는 고혹적인 미소를 지어 냈다.

설탕 가루를 마구 뿌려 대는 것 같이 달콤하고 요염한 미소. 저건 다 알고 짓는 미소다. 미남계다!

그걸 다 알면서도,

"아렌, 어서. 응?"

키르의 조르는 음성에 넘어갈 수밖에 없었다. 물거품이 되어 사라지는 인어의 기분이 이렇지 않을까. 내 몸이 보글보글 끓다가 퐁퐁 터져 나란 사람이 사라져 버릴 것만 같았다.

그래서 나는 결국 키르가 원하는 답을 주고 말았다.

"키르, 좋아해."

키르는 정말 세상을 다 가진 듯 행복이 완연한 미소를 지었다. 소리 내는 것조차 사치라는 듯 환한 미소였다. 부끄러워서 말하고 싶지 않았었는데 역시 말해 주길 잘한 것 같다. 그래도 저 얼굴을 자꾸 보고 있으면 내 심장과 눈이 고장 날 것 같아서 슬쩍 고개를 숙였다.

심장이 머릿속으로 옮겨 갔나. 쿵쾅거리는 소리가 귀에서 울렸다. 어지러울 정도였지만, 그래도 싫지 않았다. 아마 그 이유는 나보다 키르의 전율이 더 큰 것 같아서겠지.

날뛰는 것도 아닌데 그가 느끼는 모든 환희의 감각이 온몸으로 느껴졌다. 이번엔 키르의 얼굴을 볼 자신이 없어서 나는 한참을 그렇게 안고 있었다.

그렇게 얼마나 있었을까. 아무리 키르가 잡아 줬다고 해도 편한 자세는 아니었다. 그래서 나는 느리게 상체를 들었다. 그리고 이제 그만 내려 달라고 요구하려고 했는데 나보다 키르가 한 발 빨랐다.

"아렌, 뭐 바라는 거 없어?"

"바라는 거?"

"응. 우리가 사귀게 된 기념으로 뭐 해 주고 싶어서."

이번에도 난 속으로 비명을 지를 뿐이었다. 저런 걸 너무 자연스럽게 말하는 키르에게 아직 적응되지 않아 힘들었다. 그 와중에 이 감정이 오글거림인지 설렘인지 헷갈려서 문제다.

"괜찮아."

"생각해 보고 말해 줘."

생각해 볼 것이 뭐가 있겠는가. 연회를 시작하기 전까지만 해도 끝까지 이 감정을 거부하려고 했는데.

그래서인지 키르가 저렇게 말해도 딱히 떠오르는 게 없었다. 하지만 내가 원한다면 하늘의 별이라도 따 줄 듯한 목소리에 뭐라도 말해야 할 것 같은 의무감이 들었다.

그러다 내게 정말 필요한 걸 떠올릴 수 있었다. 다만, 그걸 말하는 순간 키르의 기분이 곤두박질칠 게 뻔했다. 저렇게 좋아하는데 역시 나중에 말할까? 하지만 키르의 태도로 보아 지금 말하지 않으면 안 될 것 같은데. 차마 말을 꺼내지 못 하고 나는 입술만 우물거렸다.

"왜? 어려운 말이야?"

나를 주시하고 있던 키르가 바로 알아채고 물어왔다. 나는 대답 대신 고개를 끄덕였다. 그러자 키르가 너그러운 미소를 지었다. 세상의 여유를 다 가진 자의 표정이었다.

"괜찮아, 어려워 말고 말해 봐."

아닌데, 말하면 너 화낼 텐데. 그 말이 목 끝까지 차올랐다. 역시 오늘은 아니다. 조금만, 조금만 더 있다 말하자. 오늘 하루쯤은 키르가 즐거움을 만끽하도록 도와주고 싶다.

"아니야. 나중에 말할게."

내 말에 키르의 눈이 가느스름해졌다. 슬슬 무언가 이상함을 느낀 듯했다.

"지금 알게 되나 나중에 알게 되나 똑같을 텐데. 그냥 말해."

'그러지 말고 내가 기분 좋을 때 말하지?' 라는 키르의 신호에 순간 혹했다. 나중에 말하면 더 화낼 것 같단 생각이 들었기 때문이다.

그래서 결국 나는 내가 하고 싶었던 유일한 부탁을 입 밖에 꺼냈다.

"우리 연애하는 거, 비밀로 하자."

뭐든지 들어 줄 것 같던 키르의 다정한 표정이 순식간에 굳어 버렸다. '무슨 헛소리를 들었나?' 하는 부정 단계를 찍은 키르의 사고가 '설마?'로 넘어가는 게 훤히 보였다. 그리고 곧 키르는 '잘못 들었겠지.' 라고 결론을 내린 것 같았다.

"아렌도 참, 뭘 원한다고?"

키르가 원하는 건 부정의 말이겠지만 이미 꺼낸 말이니 나는 끝까지

가야 했다.

"우리 사이, 비밀로 하자고 했어."

키르가 입을 다물었다. 그렇게 좋아했던 것이 거짓말처럼 싸늘하게 굳은 표정으로 날 노려봤다. 조용하게 시근거리던 키르가 물었다.

"……내가 부끄러워?"

자신감으로 살아가는 키르가 이렇게 생각할 줄은 몰랐다. 설마 본인이 부끄러워서 거절한다고 생각하다니.

"그건 아닌데……."

"그럼? 난 우리 사이를 숨기고 싶은 생각이 조금도 없어."

본인이 걱정했던 이유가 아니라서 그럴까? 키르가 딱 잘라 말했다. 거기에 더해 여지가 없다는 듯 단호한 눈빛까지 보냈다. 그러자 나 역시 키르에 대한 미안함이 옅어지며 울컥하는 감정이 생겼다.

난 키르가 내게 이유를 먼저 물어 볼 거라 생각했다. 서로 대화를 하며 풀어갈 수 있을 줄 알았다. 그런데 저렇게 단호하게 말하다니. 내가 그런 말 하는 이유가 뭔지도 모르면서.

울컥한 나는 결국 내가 그런 부탁을 할 수 밖에 없는 이유를 외쳤다.

"너! 우리 아버지를 살인자로 만들 셈이야?"

나는 버럭 소리치고 키르를 노려봤다. 키르도 순식간에 표정을 딱딱하게 굳혔다. 좁힐 수 없는 의견차 때문에 우리는 서로를 응시하며 잠시 침묵에 빠졌다.

사실 내 말에는 모순점이 있었다. 아버지의 직업은 기사단장이다. 그래서 나 역시 아버지가 아예 살생을 하지 않았다고 생각하진 않는다. 전쟁이 일어날지도 모르는 지역에 출전도 하셨으니 아마 내가 모르는 사이에 사람을 해치셨을 수도 있다.

하지만 인식하고 있다고 해도 내겐 막연한 느낌이었다. 나에게 있어서 아버지는 나를 많이 사랑해 주시고 어딘가 살짝 허술한 딸바보 아버지일

뿐이니까. 누구보다 우직하시고 귀여우시며 인간미 가득한 사람이었다. 의도적으로 누굴 해치는 사람이 아니다.

그런 아버지가 자발적인 살인자가 되다니 상상만으로 끔찍했다. 진짜 그 상황을 상상해 버려 감정이 격해진 내 어깨가 들썩였다.

"……내가 살해당할 거란 소리네."

그제야 키르의 목소리와 눈에서 한결 기운이 빠졌다. 뒤늦게 아버지가 반대할 상황을 인식한 듯했다. 애초에 나랑 연애할 생각을 했으면 그건 당연히 떠올리고 있었어야지.

아버지에게 난 무엇과도 비교할 수 없는 소중한 존재였다. 어린 나이에 떨어지게 되어서 그럴까? 아니면 내 작은 체구 때문에 더 그럴까? 아버지는 지금도 나를 일곱 살 어린애 보는 듯한 눈으로 보듬으며 애정을 강하게 표현했다.

그 소중하고 귀한 딸을 넘보는 놈팡이가 생겼는데 충분히 욱하실 수 있다. 오히려 더 나아가 변장하고 습격을 강행하실 게 뻔했다. 그만큼 나는 아버지의 애정이 강하다고 확신했다.

"그럼, 멀쩡할 수 있을 거라고 생각했어?"

내가 던진 말이 기가 막힌지 키르가 잠시 나를 응시했다. 너도 생각이 있으면 아버지가 반대할 걸 예상했을 거 아니야. 그런 의미로 나도 지지 않고 시선을 맞받아쳤다. 혼자 조용히 감정을 불태우던 키르가 이내 곧 피곤하다는 듯 한숨을 쉬었다.

"허트만 단장이라면 네 상대가 누구든 당연히 반대하겠지."

그 와중에 본인만 특별 경계 대상이 아님을 알리고 싶었나? 투덜거리듯 키르가 중얼거렸다. 그 말투 속에 답답함이 들어 있었다. 나는 무슨 그런 당연한 소리를 하냐는 의미로 고개를 끄덕였다. 내 상대가 누구든 아버지가 반대부터 하는 건 변치 않을 진리다.

하지만 어쩌면 키르라 더 반대하실지도 모른다. 어린 시절에 키르가 워낙 못난 꼴을 보였어야지. 나조차 내가 지금 키르를 좋아하는 게 놀라운데.

그래도 키르도 이 난감한 상황을 알긴 아는구나 싶어서 욱하던 감정이 조금 가라앉았다. 아버지가 선선하게 허락해 줄 거라고 키르가 믿었다면 내가 더 화가 났을 거다.

어릴 때부터 아버지가 키르를 얼마나 경계했는지는 나도 느끼고 있었다. 최근엔 키르한테 지금 입고 있는 드레스를 선물 받았단 사실만으로 아버지는 눈에서 불을 뿜었다.

그것도 모자라 키르와 내가 사귄다는 사실까지 알게 되면……. 그날 밤 어설프게 얼굴만 가린 엄청난 덩치의 괴한이 대공가를 습격하리란 것에 키르의 손모가지를 걸 수 있었다.

"큰일이네. 허트만 단장이 어떻게 하면 방해하지 않을까?"

키르의 근심 가득한 한숨 소리가 허공에 울렸다. 그의 표정에 골치 아픔이 떠올랐다. 다행히 키르는 이 상황을 진지하게 받아들였다. 그래서 그에게 생겼던 서운함과 아버지가 살인자가 될지도 모른다는 두려움이 조금 옅어졌다. 그리고 뒤늦게 키르에게 미안해졌다.

하지만 역시 사라지지 않는 심란함 탓에 내 입에서는 솔직하지 못하게 투덜거림이 먼저 나왔다.

"그러게, 진작 아버지한테 잘 좀 하지 그랬어."

키르도 그렇겠지만 나도 이 상황이 곤란하고 짜증났다. 누구의 편을 들 수도 없는 상황 아닌가. 내가 골을 내서 그런가, 키르가 조심스럽게 나를 떠봤다.

"너, 내 편을 들어 줄 생각은 없지?"

무슨 그런 당연한 말을. 난 단호하게 고개를 끄덕였다. 이 문제에 대해서 난 중립을 지켜야만 한다. 나중에 어떻게 변할지 모르지만 현재는 누구 하나 우열을 가릴 수 없었다.

그리고 어쩐지 이번 일만은 내가 아무리 아버지를 살살 녹여도 넘어가지 않을 것 같았다. 내가 키르를 두둔하는 순간, 아버지는 더 실망하고 분노하며 더 격렬하게 키르의 존재를 거부할지도 모른다.

"네 편을 들면 아버지가 더 싫어하실걸?"

정답이란 걸 알면서도 듣기 짜증나는 말이었나 보다. 키르는 내게 불만스러운 시선을 보냈다. '나라고 노력해 보지 않았겠어?' 라는 의미일 거다. 키르가 아버지의 마음에 들기 쉽지 않다는 건 나도 안다.

키르는 내 주변의 유일한 또래 남자였고, 어린 시절부터 내게 금붕어 똥같이 굴었다. 그래서 아버지는 그때부터 키르에게 내게 접근하지 말라는 눈치를 주며 경계했다. 물론 고집쟁이 키르는 제멋대로 굴었고.

그런 사이인데 당연히 키르와 아버지가 친해지기 어려웠을 거다. 이해는 된다. 하지만 내가 키르에게 할 수 있는 말은 '그래도 더 노력했어야지.' 이것뿐이었다.

그럴 줄 알았다는 듯 키르가 나직한 한숨을 쉬더니 생각을 정리하는 듯했다. 그렇지만 이것저것 묘책을 강구해 봐도 쉽사리 답이 나올 리 없었다.

이게 뭐야. 연애하기로 하자마자 소리를 높이고 막막해지다니, 괜히 사귀자고 했나. 그냥 당장의 감정을 무시하고 버텼으면 이렇게 고민할 일도 없었을 텐데. 한번 불길한 생각을 하니 끊임없이 안 좋은 생각만 이어졌다.

이러다 진짜로 아버지가 '대공가 습격범'으로 현상 수배되면 어떡하지? 무력이 있어서 굶어 죽지는 않겠지만 아버지는 검 쓰는 것 빼고는 다 어설픈 사람이었다. 그런 아버지가 홀로 도망치게 내버려 둘 수 없었다. 역시 아버지랑 같이 야반도주해야 하나?

내 상상이 막 최악으로 치닫기 시작할 때였다.

"……좋아."

혼자 결론을 내린 듯, 키르의 후련한 목소리가 망상 속에 빠져들던 날 일깨웠다. 뭐지? 어떤 결론이 나왔길래 저러지? 전혀 답이 없는 상황인데 키르가 다 해결된 것처럼 말하니 불길해진다.

"뭐가? 방법이 있어?"

그러자 키르가 교묘하게 웃었다. 눈이 접히고 입술이 그린 듯 호선을 그렸다. 완연한 미소지만 조금 전 순수하게 기뻐하는 웃음을 봐서인지 의미가 아까와는 다르다는 걸 본능적으로 느낄 수 있었다.

그게 뭔지는 딱 꼬집어 뭐가 다르다고 표현할 수는 없었다. 하지만 뭔가 많이 달랐다.

"괜찮아. 내가 알아서 할게."

그의 미소에는 나쁜 생각을 하는 악당처럼 꿍꿍이가 가득했다. 그렇게 나를 안심시키기 위해 속삭이는 키르에겐 걱정 따윈 조금도 없다는 기색이 드러났다. 더 나아가 자신감을 내비치기까지 했다.

하지만 자세한 설명은 하지 않고 저렇게 두루뭉술한 웃음으로 무마하니 내겐 더욱 묘하게 불안감을 남길 뿐이었다.

"알아서 뭘 어떻게 하게?"

"네가 걱정하지 않도록 행동하겠다고."

참, 예쁘게도 방긋 웃는다. 그런데 네가 그렇게 말하니까 내가 더 불안해지거든. 어쩐지 불안해서 나는 속내를 꺼내지 못하고 입술만 우물거렸다. 그러자 키르가 더욱 다정한 목소리로 속삭였다.

"괜찮아. 걱정하지 않아도 돼. 허트만 단장한테만 들키지 않으면 되는 거잖아?"

마치 나를 안심시키듯.

"그……렇지. 그것만 조심하면 되긴 하지."

그런데 왜 난 저 '걱정하지 말라'는 말이 더 불안하냐고. 저 환하고 다정한 미소에서 사악함이 엿보여서 내 초조함은 더욱 커졌다. 설마. 키르, 너 역으로 우리 아버지를 살해할 생각은 아니겠지?

키르라면 내가 싫어할 짓을 안 할 거라 믿고 싶었다. 하지만 그 와중에 본인의 마음에 들지 않으면 멋대로 굴 것도 같았다.

이러면 안 되는데. 이젠 키르를 조금 더 믿어야 하는데. 어린 시절부터 쌓아 온 '막무가내 꼬맹이 키르'에 대한 불신이 쉽사리 사라지지 않았다. 내 불안한 표정을 읽은 걸까.

"절대 허트만 단장한테 죽지 않는다고 약속할게."

키르가 웃기는 약속을 했다. 그런데 저 말이 뭐라고 안도감이 들었다. 사소한 사건은 있을지언정 큰일을 없을 거라는 믿음이.

"조금 이상한 약속인 거 알지?"

"그렇지. 하지만 네가 걱정하는 거잖아."

그렇긴 하지. 키르를 믿어야 하나 말아야 하나. 본능은 믿지 말라고 하는데 편하고 싶은 속내는 믿으라 한다.

그리고 그런 내 갈등을 읽은 것처럼 키르가 내 이성을 앗아 가는 환한 미소를 지었다. '걱정 마, 걱정 마. 내가 다 해결할게' 라고 말하는 듯, 그와 동시에 본인의 외모를 한껏 살린 저 미소. 바라보는 순간 내 심장이 두근거리고 머릿속이 텅 비어서 이성적 판단을 못할 거라는 걸 알고 지어내는 미소. 그걸 다 알면서도 나는 또 넘어가게 된다.

내가 이렇게 멍청한 사람이 아닌데, 라고 생각하면서도 나는 그냥 고개를 끄덕였다. 어쩌면 나도 이 좋은 순간을 포기하고 싶지 않아서 그런지도 모르겠다. 그러자 키르는 더욱 짙게 웃었다. 다시 세상을 다 가진 것 같은 미소였다. 예뻐라. 그 얼굴만으로 내 뺨이 간질거려 고개를 돌리려는 순간이었다.

"나만 믿어."

그렇게 속삭이며 키르가 까치발을 들고 고개를 내밀었다. 정말 순식간이었다. 반응할 새도 없이 말캉한 것이 입술에 닿았다가 멀어졌다. 부드럽고 촉촉하면서 홧홧한 여운을 남기는 감촉. 바, 방금 뭐야? 설마? 너무 순식간이라 믿지 못하던 내게 키르의 미소는 확신을 주었다.

"으악!"

놀란 나는 키르를 밀어내며 허리를 젖혔다. 그러자 내 몸이 뒤로 위험할 정도로 넘어갔다. 그제야 내가 난간에 앉아 있었던 상황이 떠올랐다. 반동으로 훌러덩 반쯤 뒤로 넘어간 내 몸이 완전히 떨어질까 봐 두려움에 빠졌다.

다행히 나를 붙잡고 있던 키르가 놀라 서둘러 내 허리를 잡아채 난간에서 내려줬다. 하지만 혼란스럽다는 말이 부족할 정도로 놀라워 그걸 인식하지 못 했다. 심장이 엄청난 속도로 벌렁거렸고 다리가 후들거려 제대로 서 있을 수 없었다. 감각이 이상해 지금 내 다리로 서 있는 건지도 의문이었다.

이게 떨어질 뻔해서 놀란 건지, 다른 이유로 놀란 건지 모르겠다. 머리가 일하길 거부한 것처럼 그냥 이성적인 생각이 이루어지지 않았다.

……부, 분명히 다, 닿았지? 닿았던 거 맞지? 입술에, 입술에!

온기가 남은 것 같았다. 차마 '뭐가, 어디에' 닿았는지 정확히 표현하기 힘들 정도로 본능이 생각하길 거부했다. 김이 뿜어져 나올 것처럼 머리로 열이 몰렸다.

그렇게 뇌가 일하길 거부했음에도 시간이 지나자 차츰 현실을 인식했다. 뇌뿐만 아니라 몸도 일하길 거부했는지, 제대로 서 있지도 못한 나는 키르에게 기대 있었다. 반쯤도 아니고 거의 품에 안기다시피한 자세로.

미쳤다! 미쳤어! 순식간에 이성이 돌아왔다. 나는 발끝에 힘을 주고 제대로 서면서 키르의 가슴팍을 밀었다.

"가, 갑자기 이러는 게 어디 있어! 지금까지와 크게 다를 건 없다더니!"

물론 사귀기로 한 이상, 이런 걸 할 날이 올 거란 건 알았다. 하지만 그게 오늘 당장일 줄은 몰랐다. 이건 너무 빠르잖아! 마음의 준비를 할 틈 없이 벌어진 일에 심장이 너무 벌렁거려서 심근경색이 올 것 같았다. 머릿속에는 으아, 으아, 하는 괴상한 비명만 떠올랐다.

그 와중에 키르의 얼굴엔 얄밉게도 흡족함이 떠올라 있었다. 난 어쩌지 못하고 키르를 노려봤다.

"아렌."

난 부끄럽고 놀라서 심장이 터질 것만 같은데 키르는 참으로 담담하게 내 이름을 불렀다.

"우리 이젠 이래도 되는 사이잖아. 내가 하면 안 되는 일을 한 거야?"

진지하게 묻는 키르의 시선에 내 고개가 절로 수그러들었다. 나도 내 반응이 과하단 건 알았다. 자칫 키르에게 상처가 될 수 있는 행동이란 것도 안다. 아는데, 너무 갑작스러웠다니까.

"싫었어?"

낯 뜨거운 질문을 키르는 정말 아무렇지 않게도 했다. 저 질문에 대한 답을 어떻게 해! 싫으면 내 손바닥이 이미 네 뺨을 쳤겠지! 난 벌겋게 얼굴이 달아오른 채 키르의 시선을 피했다. 내가 침묵하자 키르의 낮은 웃음소리가 울렸다.

들켰어! 알아챘어! 내가 무슨 생각하는지 다 안다는 그 웃음이 그렇게 얄미울 수 없었다. 그리고 다시 얼굴 쪽으로 가까워지는 키르의 고개에 나도 모르게 움찔했다. 하지만 이번엔 입술이 아니라 옆으로 틀어져 귓가로 다가온 거라 키르를 밀어내지는 않았다.

키르는 아주 중요하고 은밀한 사실을 알려주듯,

"아렌, 네 속도에 맞춘 게 이 정도야. 조금 더 표현할 거라고 했잖아?"

귀에 대고 나직하게 속삭였다. 그 목소리가 너무 야릇해서 아찔했다. 앞으로가 더 있다는 암시에 심장이 쿵쿵 뛰었다.

내가 너무 덥석 키르의 손을 잡은 건 아닐까? 갑자기 키르에게 한 입에 잡아먹힐 것 같은 두려움이 생겼다.

〈다음 권에 계속〉